KB151505

교주 조선고대소설사

옛한글문헌연구총서 1

교주 조선고대소설사

주왕산 저 · 심치열 외 교주

역락

옛한글문헌연구총서를 내며

10여 년 전부터 한국학중앙연구원과 성신여대의 고전문학 전공자들이 모여서 서로의 관심사를 학문적으로 연구하고 토론하는 <한국고전서사문학회>를 자발적으로 운영해왔다. 아무도 관심을 가지지 않았지만, 그 안에서 이루어진 발표들은 속속 전문 학술지에 논문으로 실리는 성과로 이어졌다. 즐거움이 없는 것은 아니었지만, 우리들끼리만 공유하고 함께 한다는 아쉬움도 컸다. 이 연구 모임을 좀더 확대하고 공개하고 싶은 욕심이 생겼다. 물론 여기에는 우리들의 모임이 시간이 흐름에 따라 처음에 가졌던 긴장감과 열정이 약해지고 있다는 자각도 있었다.

이에 새로운 연구회를 결성하기로 하였다. 이를 위해 먼저 연구회의 정체성에 대하여 진지하게 고민하였다. 지금까지 이어져 온 수많은 학회나 연구 모임과는 결을 달리해야 한다는 부담감이 짓눌렀다. 발의를 한 몇몇 사람들이 진지하게 머리를 맞대고 토의하고 논쟁하며 검토하였다. 그리고 마침내 '옛한글'을 핵심어로 상정할 수 있었다. 시기의 중심에는 조선을 놓았다. 조선 시대에 쓰였던 한글은 어휘나 표기, 표현 등에서 지금과는 많이 다르다. 결국, '옛한글'이라는 말은 현재 우리가 쓰고 있는 한글을 염두에 둔 어휘이다.

'옛한글'은 단지 국어학과 문학에서만 찾을 수 있는 것이 아니다. 역사, 철학, 고문서, 의학, 지리, 언해 등등 다양한 분야가 '옛한글'로 기록되어 있다. 이들 분야의 전문가들과 함께 학제간 연구를 통하여 '옛한글' 문헌들을 풀어낼 때가 왔다. 이러한 시의성을 고려하여, 연구회의 명칭을 <옛한

글문헌연구회>로 하였다. 특정 전공의 전유물이 아닌, 모든 학문 분과가 함께 할 수 있는 길을 열기 위해서이다. 이와 함께, '옛한글 문헌'의 내용을 일반 교양인들도 이해할 수 있도록 현대어로 번역해낼 필요성도 제기되었다. 연구 성과에 대해 학자들끼리만 즐기고 만족해하지 말자는 취지였다. 이렇게 함으로써, 탈초와 주석과 번역을 각각의 전문가가 협력하여 수행하는 일이 가능하게 되었다.

<옛한글문헌연구회>는 이러한 결과물을 지속적으로 산출해낼 것이다. 그리고 이것은 "옛한글문헌연구총서"와 "옛한글문헌자료총서" 시리즈로 출판될 것이다. 또한 "옛한글 강독회와 자료 발표회"를 한 달에 두 번 개최하여 '옛한글과 옛한글문헌'에 대한 이해와 해독 능력을 확산시키고자 한다.

비로소 한 발을 내딛었다. 앞으로도 지금의 시작하는 마음이 그대로 이어질 것이다. '옛한글'에 관심이 있는 모든 분들의 많은 참여를 기대한다.

옛한글문헌연구회 회장 임치균

교주 작업을 하면서

고전문학사는 초기 학자들의 열정과 관심 속에 차츰 무에서 유의 형태로 발전하여 지금에 이르렀다. 안확의 『조선문학사』(1922)를 기점으로 김태준의 『조선소설사』(1933(초판), 1939(개정증보판))가 출판되면서 고전문학 전공자들에게는 중요한 문헌으로 자리매김하였다.

그 후 주왕산의 『조선고대소설사』(1950), 박성의의 『한국고대소설사』(1958)와 신기형의 『한국소설발달사』(1960)가 출판되면서 고전문학 중 특히 고전산문 영역으로 볼 때 작품소개 및 분석 등의 학문적 공헌이 크다고 할 수 있다. 물론 현재 학계의 시각에서 보면 학문적 정립 및 오류 등이 다수 발견되지만 선학들의 집필 당시에는 획기적인 연구물임을 부인할 수 없을 것이다. 그런데 이 중에서 주왕산의 저서는 상대적으로 학계에 주목받지 못했다. 주왕산은 한글학자 주시경의 셋째 아들로, 『청구영언』(1946)을 교정하였고 『조선민요개론』(1947)을 집필하기도 하였다.

주왕산의 『조선고대소설사』는 체재 및 작품 선정에 이르기까지 김태준의 『조선소설사』의 틀에서 크게 벗어나지 못한 것도 사실이다. 하지만 다른 시각으로 본다면 주왕산만의 학문적 신념과 방법론을 적용하여 고전소설을 통시적으로 검토하고 수많은 자료를 정독하면서 이를 구체적으로 제시하려고 노력한 점은 우리 연구자들이 계승해야 할 고전연구정신이라고 할 수 있다. 이러한 취지로 그간 묻혀있던 『조선고대소설사』와 현대 독자들과의 편한 만남을 주선하고자 교주 작업을 하여 출판하게 되었다.

우선 이 작업을 하면서 가장 고민되었던 것은 표기 문제로 한자와 한글 병기문제였다. 요즘의 출판물은 한글 전용이 대부분이지만, 고민 끝에 원저서의 표기 형태를 그대로 두기로 하였다. 이는 어차피 일반 독자를 대상으로 한 출판물이 아니기도 하거니와, 그 당대의 연구서를 시각적으로 있는 그대로 수용하는 것이 오히려 내용 전달에 용이하다고 판단되었기 때문이다. 그리하여 인쇄나 조판 형태를 제외하고 원저의 체재와 한자 표기 등을 최대한 그대로 유지하였다. 다만 가독성을 위해 맞춤법과 띄어쓰기는 교정하였으며, 학문적인 실증적 오류와 작품명, 인명, 연도 등 단순 오기는 내용에 지장을 주지 않는 범위 내에서 별도 표시 없이 원문에서 바로잡았다. 왜냐하면 실제로 교주 작업하는 과정에서 이 부분이 상당히 많아서 일일이 별도 표기할 경우 편집 형식상의 가독성이 떨어질 수도 있기 때문이었다. 이러한 차원에서 주석 역시 최소화하였으나, 다만 원저서 본문에 인용된 한문(작품, 문헌 자료 등)의 경우 별도로 해석하여 본문에 배치하고, 한문 원전은 각주로 이동시켰다.

본 교주 작업 출판은 '옛한글문헌연구회'에서 기획한 것으로, 연구총서의 첫 발을 내딛고 시작을 알리는 신호탄이 될 것이다. 앞으로 '옛한글문헌연구회'는 선학들의 업적인 국학 및 옛한글 자료들을 발굴하고 소개하는 작업을 꾸준히 지속해 나갈 것이다.

≪논어≫ '八佾'편에 '教學相長'이라는 말이 있듯이, 이 작업에 동참한 제자들과 함께 학문 연구의 자세를 잃지 않고 앞으로 학문적 성장 및 성숙을 서로 기대해본다.

막상 짧은 기간 내에 작업을 마치고 나니 미흡한 점이 많아 걱정스럽지만 이러한 작업의 첫 시도에 의의를 두고자 한다. 연구자분들의 질정을 바라면서, 출판 상황이 어려운 요즘에 기꺼이 출판을 허락해 주신 역락 관계자께 깊은 감사의 마음을 전한다.

옛한글문헌연구회 부회장 심치열

『조선고대소설사』의 체재와 내용

주왕산의 『조선고대소설사』는 1950년에 출판된 고전소설사이다. 저자는 서문에서 고전문학이 주전공이 아니라고 스스로 밝혔으나 이는 겸사로, 아버지인 주시경의 영향으로 문자와 문화·문자와 문학의 상관성에 대한 폭넓은 이해와 우리 고전문학에 대한 신념 또한 대단하였다. 『조선고대소설사』의 기술방식상 가장 큰 특징 중 하나는 국내외 방대한 자료를 섭렵하고 인용을 통해 실증적·논리적 소설사를 기술했다는 점이다. 저자는 이론적 근거가 되는 자료 및 문제작이라고 판단한 작품의 경우, 원문을 직접 인용할 뿐만 아니라 주해를 덧붙여 독자의 이해를 돕기도 하였다.

『조선고대소설사』는 소설사를 크게 6기로 구분하였다. 체재상 제1편 서론을 제외하고 제2편부터 제7편까지 각 시기별 고전소설의 특징과 대표 작품을 선별하여 개관하는 방식으로 기술되었다. 중국 문화 및 문예의 유입과 조선의 역사적 시대상을 고전소설의 변화를 결정짓는 요인으로 파악하고 왕조 교체기를 변화의 경계로 삼았다.

제1편은 '서론'으로 소설의 개념과 고전소설의 특수성에 대하여 언급하였다. 주왕산은 문학이란 '언어 문자로 표현된 인간의 사상, 감정, 상상의 미적 작품의 일절'이라고 규정하면서 소설의 개념 또한 이에 준한다고 보았다. 다만 이러한 개념을 조선시대 문학에 적용한다면 엄밀한 의미의 소설이 존재하기 어렵다고 보는 것이 주왕산의 견해다. 곧 주자학이라는 이념적 잣대에 제약 받아야 했던 조선시대의 문학 환경을 고려했을 때 인간

본연의 감정과 사상을 드러내기에는 한계가 있다고 판단한 까닭이다.

또한 고전소설의 특성으로 중국의 영향과 운문체의 잔존을 들었다. 전자는 중국의 한자·한문의 유입과 불교 및 유교의 전래가 조선의 소설 형성과 변천에 영향을 주었다는 의미인데, 실제로 『조선고대소설사』에서 모든 시기의 소설사는 중국 문화와 문예의 이동 및 유입을 전제로 기술되고 있다. 운문체의 잔존은 특히 판소리계 소설의 연행 형태를 지적한 듯하나, 이를 적극적으로 해명하지 못하였다. 왜냐하면 독서물로서의 소설이 아닌 가창극으로서의 소설은 정체성을 상실한 것으로 받아들였기 때문이다.

제2편은 '설화시대' 편으로, 상고시대 및 삼국시대부터 고려시대까지의 서사문학을 '설화'의 범주에서 다루었다. 상고시대 및 삼국·통일신라의 설화는 ≪삼국유사≫와 ≪삼국사기≫ 소재 설화를 소개하였고, 고려의 설화와 관련하여 패관문학과 불교문예에 관해 언급하였다. 특히 조선의 설화와 함께 중국의 설화를 병렬 배치하고 비교하였는데, 한대 이전의 신화와 전설·육조시대의 지괴소설·≪세설신어≫·당의 전기소설·송금의 설화를 함께 다루었다. 주왕산이 설화에 주목한 이유는 민족성·민중성·대중성 그리고 해학적 특성 때문이었는데, 이러한 설화의 특징이 소설 창작에 근간이 되고 있다고 보았다.

제3편은 '이조 초기의 소설' 편으로, 고려시대 패관문학을 계승한 야담집, 백화소설로서 <수호전>·<삼국지연의> 등을 소개하였다. 진당대의 지괴소설을 모방한 ≪전등신화≫와 이 작품이 조선에 유입되면서 창작된 ≪금오신화≫를 작품 개요와 함께 자세히 설명하였다.

제4편은 '훈민정음과 조선문학' 편으로, 여기에서 '훈민정음'이라는 자국어로 창작된 '조선문학'이라는 용어가 등장한다. '한 민족의 언어는 그 민족의 문자를 통해 표현될 때에만 비로소 진정한 민족문학'이 될 수 있다고 보고 훈민정음 창제는 조선문학-조선소설사의 획기적인 사건임을 강조

하였다. 더불어 쉽게 사용할 수 있는 문자의 등장은 문학 담담층으로서 여성-부녀자의 존재를 부각시켰다고 밝혔다. '조선 고대소설의 발달 내지 보호는, 한 나라의 문화를 담당하고 있는 양반 사대부가 아니고 사회적으로 천대를 받는 평민계급 특히 심규에 갇혀 있는 부녀자였다'고 언급한 것도 이 때문이다.

제5편은 '신문예의 발흥' 편으로, 조선 전기와 후기를 구분 짓는 임병양란 이후의 문학과 소설의 변화를 다루었다. 민중의식의 성장과 평민문학의 토대를 언급하기는 했으나 조선의 소설 작품이 여전히 중국의 소설을 모방한 작품으로 인지한 것은 한계라고 볼 수 있다. 군담소설로서 <임진록>과 <유충렬전>을 자세히 언급했으며 선·인조시대의 연정소설과 가전체소설로서 임제의 <수성지>와 <화사>를 들었다. 사회소설로서 <홍길동전>의 경우 개요는 물론 작가 소개와 작품의 가치, 그리고 작품 원문 주해까지 많은 부분을 할애하여 소개함으로써 주왕산이 인식한 소설적 가치의 의의·성과를 기술하였다.

제6편은 '소설문학의 난숙' 편으로, 고전소설의 전성기로서 이때 등장한 많은 작품을 소개하였다. 숙종 이후로부터 평민계급이 자아에 눈 뜨고 '한글'이라는 문자를 도구 삼아 소설문학이 일반 서민계급과 함께 거듭 발전하면서 비로소 '진정한 소설문학'이 탄생하게 되었다며 그 배경을 설명하였다. 즉 명대의 연의소설, 연정소설 등의 연문학이 조선 중엽부터 유입되면서 조선의 문운이 활기를 띠었다고 본 것이다. 고전소설의 수작으로 거론되는 <구운몽>·<사씨남정기>는 작가와 함께 소개하였으며, 기존의 동화·설화가 소설화된 작품 <콩쥐 팥쥐>, <장끼전>, <토끼전>, <서동지전>, <흥부전>, <심청전>, <적성의전>, <삼설기>, <요로원야화기> 등도 개별적으로 언급하였다. 특히 이러한 작품들은 중세 봉건 체제의 주체였던 지배계급과 남성을 향한 피지배계급 그리고 여성의 목소리가 담겨

있다는 점, 관념적 세계와 규범에 얽매여야 했던 기존의 행동방식에서 벗어나 현실적이고 인간적인 감정의 표출과 욕망을 드러내고 있다는 점을 높이 평가하였다. 물론 그럼에도 불구하고 여전히 전근대적 봉건의식과 비현실적 세계에서 완벽하게 벗어나지 못하고 있음도 지적하였다.

제7편은 '근대소설' 편으로, 근대소설의 시기를 영·정조시대로 규정하고 이후의 소설사는 고전소설의 본령에서 제외시켰다. 실학과 서학 등 과학적 합리주의적 사상과 이념에 대한 관심과 필요성에 대해 언급하고 이러한 맥락에서 박지원과 ≪열하일기≫에 주목하였다. <장화홍련전>, <춘향전> 등은 일상생활 및 현실에 맞닿아있다는 측면에서 파악하였다. 특히 <춘향전>을 두고 전시대에서 찾아볼 수 없는 파격적이고 근대적인 성격을 띤 작품으로 평가하며, 내용 소개는 물론 작자 및 창작시기의 고증·사상·현실성·가치 등을 상세하게 기술하였다. 이외에도 <옥루몽>, <인현왕후전>, <한중록> 등을 소개하였다.

주왕산은 순조 이후부터는 고전소설이 쇠잔해가는 시기로 파악하였다. 갑오경장을 전후로 유입된 외래문화의 영향 아래에서, 소설문학 역시 고전소설과는 다른 형식과 내용을 지닌 신소설이 등장함으로써 고전소설시대는 자연스럽게 종막을 고하게 된다고 본 것이다.

주왕산의 경우 고전소설사가 이 시점에서 종결된 이유는 1950년대 당시 신문예운동 이후의 소설사를 정리하는 데에 저자의 부담감이 작용하였을 것으로 짐작된다. 김태준의 『조선소설사』도 1933년도 초판과 1939년 증보판 사이에서 많은 변화를 보이고 있는 부분 중에 하나가 '근대소설'인데, 초판에서 다루었던 부분이 증보판에서 삭제·수정되었다. 김태준 역시 당대의 문학 현상에 대한 학문적 정립이 미비한 상태에서 축적된 연구도 없이 민감한 정치사회적 환경을 극복하고 제대로 된 소설사를 기술하기 어려웠을 것이기 때문이다. 이는 해방 직후 주왕산의 경우도 마찬가지로 수정과 삭제·축약으로써 변화를 꾀한 김태준과 달리 주왕산은 신문예운동과 그 이후의 소설사를 과감하게 제외시키는 방법을 선택한 것으로 볼 수 있다.

주왕산의 『조선고대소설사』는 해방 이후 한국 고전소설의 통시적 연구가 부재한 상황에서 문제의식을 갖고 방대한 작업을 완성한 저작이라 할 수 있다. 그의 고전소설에 대한 인식과 시각은 중국 소설문학 변천의 자장 안에서 출발하였다. 그 과정에서 중국 고전소설도 우리 고전소설만큼이나 구체적으로 언급하면서 실제 작품을 꼼꼼히 제시하고 있기 때문에 중국 소설사의 흐름까지 파악할 수 있게 한다. 또한 훈민정음/한글의 등장을 고전문학의 형성과 발전에 기여하는 매우 중요한 사건으로 주목하고 강조하였다. 이러한 인식은 '훈민정음과 조선문학'을 독립 편목으로 다룸으로써 김태준의 『조선소설사』와 구별되는 또 하나의 소설적 가치를 드러냈다고 볼 수 있다. 특히 주왕산이 지닌 인간의 삶과 인생을 표현하는 도구가 소설이라면 어떤 제도나 규범에 의해 인간의 자유로운 생각과 행동이 제약 받아서는 안 된다는 인식은 『조선고대소설사』에 일관되게 적용되고 있다.

• 일러두기 •

1. 주왕산의 『조선고대소설사』(1950년, 정음사)를 저본으로 삼았다.
2. 가독성을 고려하여 현대 맞춤법과 띄어쓰기를 적용하였다.
3. 원저대로 한자를 표기하되 과도하게 사용된 한자는 가독성을 고려하여 한글로 표기하였다.
4. 교주자의 각주는 '한글(한자)'로 병기하였다.
5. 원저에서 사용된 한자의 약자는 정자로 수정하였다.
6. 교정은 문헌 및 연대 등의 오기·오류를 바로잡는 것으로 한정하였다.
7. 원저에 인용된 한문 원전은 번역한 후, 번역문은 본문에 싣고 한문 원전은 각주로 이동시켰다. 다만 인용시 원저자가 원문을 축약·추가한 경우, 원저자를 따랐다.
8. 원저자가 축약하여 표기한 작품 및 문헌은 원제를 밝혀 표기하였다.

   예) 滑稽傳 → 太平閑話滑稽傳, 五洲衍文 → 五洲衍文長箋散稿,

   洪傳 → 洪吉童傳, 泗水 → 泗水夢遊錄, 金山寺 → 金山寺夢遊錄
9. 원저자의 주석은 '[註1], [註2], [註3]…'으로, 원저자의 주해는 '1, 2, 3…'으로 표시하고 미주 형식을 그대로 유지하였으며, 교주자의 주석은 '1), 2), 3)…'으로 표시하고 각주로 달았다.
10. 작품명은 < >, 고서는 ≪ ≫, 현대서는 『 』로 표시하였다.

차례

옛한글문헌연구총서를 내며_5
교주 작업을 하면서_7
『조선고대소설사』의 체재와 내용_9
일러두기_14

序 • 19

第一篇 緖論 • 21

第一章 小說의 槪念 …… 21
第二章 漢文化의 流入 …… 31
第三章 儒敎와 古代小說 …… 34
第四章 古代小說의 特殊性 …… 38

第二篇 說話時代 • 45

第一章 上古時代의 說話 …… 45
第二章 三國時代의 說話 …… 49
第三章 說話의 移動 …… 62
第四章 漢 以前의 神話·傳說 …… 69
第五章 六朝時代의 志怪小說 …… 72
第六章 ≪世說新語≫의 끼친 影響 …… 76
第七章 唐의 傳奇小說 …… 86
第八章 宋·金의 說話 …… 91
第九章 高麗의 稗官小說 …… 97

第三篇 李朝 初期의 小說 • 111

第一章 建國과 儒敎 …… 111
第二章 前代를 繼承한 稗官文學 …… 115
第三章 元代의 白話小說 …… 122
第四章 ≪剪燈新話≫ …… 130
第五章 ≪金鰲新話≫ …… 133

第四篇 訓民正音과 朝鮮文學 • 143

第一章 訓民正音의 創制 …… 143
第二章 訓民正音과 朝鮮文學 …… 146

第三章 ≪列女傳≫의 國譯 …… 150
第四章 女流와 古代小說 …… 153

第五篇 新文藝의 勃興 • 161

第一章 兩亂 後의 新思潮와 軍談小說 …… 161
第二章 宣·仁間의 戀情小說 …… 169
第三章 林悌와 〈花史〉 …… 173
第四章 社會小說 〈洪吉童傳〉 …… 176

第六篇 小說文學의 爛熟 • 191

第一章 肅宗朝의 軟文學 …… 191
第二章 明末의 人情小說 …… 193
第三章 〈朴氏傳〉 …… 199
第四章 西浦 金萬重과 〈九雲夢〉 …… 208
第五章 家庭小說 〈謝氏南征記〉 …… 219
第六章 古代小說의 特徵 …… 222
第七章 童話의 小說化 …… 224
第八章 說話·傳說의 小說化 …… 249
第九章 〈要路院夜話記〉 …… 276

第七篇 近代小說 • 281

第一章 英正時代의 概觀 …… 281
第二章 清代 小說의 飜譯과 飜案 …… 284
第三章 忠孝小說 〈彰善感義錄〉 …… 288
第四章 〈薔花紅蓮傳〉과 公案類小說 …… 291
第五章 實學의 勃興 …… 300
第六章 燕巖과 ≪熱河日記≫ 속의 小說 …… 303
第七章 〈春香傳〉의 出現 …… 309
第八章 奇緣小說 〈玉樓夢〉 …… 347
第九章 宮中小說 …… 349
第十章 〈春香傳〉 以後의 小說 …… 356
第十一章 古代小說의 衰殘 …… 359

索引 • 365

『조선고대소설사』 표지

序

本來 나의 專攻은 文學 方面이 아니다. 그러나 解放 直後 教壇 生活을 하게 되면서부터 主로 古典文學에 關한 科目을 가르쳐 오다가, 最近에 이르러서는 必要에 끌리어 古代小說 方面에도 적지 않은 關心을 가지고 왔던 것이다. 그렇다 해서 이 方面에 무슨 一家見이 선 것도 勿論 아니다. 다만 眞摯한 學徒들과 함께 硏究하려고, 아무 自信도 없는 古代小說史에 붓을 들게 되었다. 이리하여 이루어진 草藁는 簡略한 노트 程度의 教材에 지나지 않았다. 그러므로 지금 여기에 發表하게 된 이 小著는 斷片的인 노트에다가 多少 加筆하여 억지로 古代小說史의 體裁를 갖추게 한 것이다.

그러나 古代小說에 關해서 내가 붓을 드는 것은 좀 지나친 일로 생각된다. 왜 그러냐 하면 아직까지도 모든 點에 있어서 아무것도 모르는 나로서 自己 專門外에 敢히 손을 댄다는 것은 잘못인 줄 아는 까닭에서다. 참으로 삼가야 할 일인 줄 나 亦是 모르는 바도 아니다.

나는 이 小著에서 古代小說의 史的 展開를 밝히는 것이 그 主要한 目的이므로 古代小說과 連關性을 갖고 있는 異邦 中國의 小說도 아울러 그 大綱을 말하여 써 古代小說이 걸어온 발자취를 全局面에 걸치어 理解하게 하려고 노력하였다.

文學의 發達은 그 評論과 極히 緊密한 關係를 갖고 있다. 銳敏한 評論은 언제든지 그만큼 그 水準을 높이 올려놓는 것이다. 그러나 過去의 어느 文化 部門도 그러하였지마는 特히 古代小說에 對한 評論家들의 活動은 全無

하였다고 해도 過言이 아닐 것이다. 이런 理由에서 내가 이 古代小說史를 쓰는 데 있어서도 많은 困難을 느꼈을 뿐만 아니라 一種의 두려움까지 느끼었으니, 그것은 古代小說의 文學 資料를 接할 때에 그 時代의 社會的 文化的 事情에 내 自身이 너무 어둡고 生疏한 데다가, 當時 作品들에 對한 評論이 없어서, 그 時代의 主潮와 連關하여 正鵠을 붙잡아 쓰지 못하게 되어 自然히 獨斷的인 批判에 치우치게 된 까닭에서다. 다시 말하면 나의 淺學無聞이 자아낸 獨斷과 涉獵의 不足에 緣由한 速斷으로 말미암아 古代의 小說文學을 曲解하는 데로 讀者를 引導할 憂慮가 적지 않은 때문이다.

그리고 矛盾과 錯誤된 點이 많을 것 같은데, 삼가 여러 讀者의 叱正을 힘입어 다시 後日의 完璧을 期하려고 한다.

끝으로 오직 나로서는 이 小著가 우리 文學에 뜻을 둔 분들에게 多少의 도움이라도 될 수 있다면, 이보다 千萬 多幸한 일이 다시없을 것으로 믿어 마지않는 바이다.

庚寅 正月 初六日 小寒날

著者 씀

第一篇 緒論

第一章 小說의 槪念

1. 名稱

小說이라는 말은 예전이나 지금이나 일정한 範圍와 定義가 없이 가장 많이 文苑에 쓰여 왔다. 원래 小說이란 말은 中國에서 傳來된 것이다. 魯迅의 『中國小說史略』[註1]에 보면 小說이란 名稱은 ≪莊子≫의 '外物篇'에 보이는데

> 옛날 장자가 말한 바를 살펴보면, 쓸모없는 작은 言說이나 꾸며 높은 명성과 훌륭한 소문을 구하고자 하는[1]……[註2]

라 한 것이 그것이다. 그리고 또 뒤에 中國小說의 先驅가 된 班固[註3]가 지

---

1) "昔者見于莊周之云 飾小說以于縣令……" (≪장자(莊子)≫ '외물(外物)편'에는 '飾小說以于縣令가 飾小說以干縣令'으로 되어 있다. ①간(干)은 곧 구(求)이다. ②현령(縣令)은 일반적으로 벼슬 명칭으로 해석되나 주왕산이 주해한 [註2] 내용을 보면 '縣令은 곧 高名美譽란 뜻'이라 하였다. 이 부분의 번역은 주왕산의 주해를 바탕으로 하였다.)

은 ≪漢書藝文志≫[2](일반으로 ≪漢書≫라 약칭함)에는 小說家者流의 名目을 두어, 그들 小說家를 說明해서

> 소설가와 같은 부류는 대개 패관(稗官)에서부터 나왔는데, 이는 거리의 이야기나 세상에 떠도는 이야기를 길에서 듣고 지은 것이다.[3]

하였으니, 小說家란 말하자면 在野의 稗官이요, 小說이란 뜻은 오늘날의 小說의 뜻과는 달라서 細言瑣說이란 뜻으로 잡스런 거리의 이야깃거리고, 三面記事[4]와 같은 것이다.

小說의 原型은 說話이었다고 小說의 起源을 말하는 사람들이 定說로서 말하고 있다. 유럽의 小說은 우선 Romance의 形態로 發達되어서 오늘날의 Novel을 낳게 하였다. 英語의 Novel은 이탈리아어로서 新이란 뜻의 Novella에서 온 말이라고 한다. 곧 Boccaccio 時代[註4]의 이탈리아의 Novella가 뒤에 英國으로 옮겨 가자 Novel이란 말이 생기게 되었다. 당시 英國에서는 說話 혹은 小說이란 뜻의 말로는 따로 History란 말이 있었던 것이었다. 또 小說을 Novel이라고 하는 대신에 Fiction이라고도 하였다. 이 Fiction이란 單語의 뜻은 지어낸 이야기 곧 虛構의, 假想의 이야기란 뜻이다. Romance도 現實 生活과는 동떨어진 架空的인 이야기란 뜻이다. 그리고 小說이란 名稱도 中國에서는 그 概念에도 變動을 일으키어 뒤에는 演義와 傳記類의 創作에도 그 名稱을 쓰게 되었다.

---

2) 중국 목록학사상 현존하는 가장 오래된 목록이다. 반고(班固)가, 유흠(劉歆)의 ≪칠략(七略)≫ 7권에 산절(刪節)을 가하여 ≪한서(漢書)≫의 한 편으로 엮은 것으로 그 내용은 거의 변경하지 않았으나 분류 전개 방식의 차이가 있다.
3) "小說家者流는 稗官에서 나왔는데 街談巷說, 道聽塗說者의 지어진 바이다."
4) 신문 발행 면수가 총 4쪽에 불과했을 당시 3쪽[三面]에 실리던 기사라는 뜻이다. 당시 3쪽은 범죄 등 사회 관련 기사가 많이 실렸다.

2. 意義

淸의 高宗(西紀 1736~1795) 때에 ≪四庫全書≫[註5]를 분류할 적에는 ≪漢書≫에서 말한 바와 같이 '小說者流는……道聽塗說로 지은 것이라'고 그렇게 단순하게 생각지 않고 상당한 범위를 정해서

ㄱ. 雜事를 叙述한 것
ㄴ. 異聞을 記錄한 것
ㄷ. 瑣說을 綴輯한 것

으로 하였으니, 여기에서의 小說이란 뜻은 稗說, 諧謔, 野談, 隨筆 등의 部分的 혹은 總稱的 代名詞의 性格을 가진 뜻으로 쓰였다. 그리고 ≪漢書≫에서 말한

> 거리의 이야기나 세상에 떠도는 이야기들은 매우 사소하고 보잘 것 없는 말이지만, 왕은 민간의 풍속을 살피고자 패관(稗官)을 세워 그것을 이야기하게 하였다.5)

라 한 것도 다 같은 것으로, 거리에서 도는 이야기로 民衆의 自己自身들을 위해서 지은 것이 아니고, 王者 政道의 參考에 資하기 위한 材料에 지나지 않았다.

英國의 女流作家 Clara Reeve(1729~1807)는 西紀 1785年에 發刊한 『Romance

---

5) "街談巷說 甚細碎之言也 王者欲知里巷風俗 故立稗官 使稱說之" ≪한서(漢書)≫ <예문지(藝文志)>

의 進步』에서 위에서 말한 Romance와 Novel을 뜻에 差異를 두어

> Novel은 그 당시의 現實 그대로의 人生과 風俗을 描寫한 것이고, Romance는 高調된 言辭로서 실제 일어나지 않은 일, 혹은 일어날 수도 없는 일을 叙述하는 것이다.

> Novel은 日常 우리들의 眼前에서 일어나며, 우리나 우리들의 親友들의 身邊에서 일어나는 것과 같은 事件에 대해서 平易한 記述로써, 그리고 모든 場面을 자연스럽게 描寫해서, 우리들이 그것을 읽고 있는 중에 作品 중의 人物의 喜怒哀樂이 마치 우리들 自身이 느끼고 있는 것과 같이 하여, 모든 것을 참된 것으로 생각하도록 속이어서 그럴 듯하게 하는 것이다.

고 하였다. 그리고 美國의 Clayton Hamilton(1881~1946) 교수는『A manual of the art of fiction』에서 小說의 定義를

> 小說의 目的은 空想的 事實의 連絡으로써 人生의 어떤 眞理를 具體化하는 데 있다.

고 하였다. 이 두 定義를 다 보더라도 小說의 構成은 空想 혹은 정말 그럴 듯하게 그리는 것이다. Romance는 물론 과거 Novel의 대부분이 空想的 分子를 다분히 지니고 있었다. 人生의 어떤 眞理를 具體化하자면 필연적으로 作者는 空想的 手法으로써 描寫하지 않을 수 없다는 것은 理論이 되지 않는다. 現實 그대로의 事實을 描寫해서 단적으로 生活의 眞實을 讀者에게 보이면 된다. 또 그렇다고 해서 오늘날 小說에서 空想的 分子를 일절 除法해 버릴 수도 없는 것이다. 空想은 결국 作品 構成上의 한 手法으로 效用價値를 가졌을 뿐 小說의 必須的 要素는 아니다. 小說은 生活의 當面해 있

는 불가피한 事實을 描寫하여야만 된다. 그리하여 거기에서 生活의 바른 批判과 認識을 讀者에게 섭취시키지 않으면 안 된다. 프랑스의 Abbe Huet(1630~1721)는

> 보통 小說이라 하는 것은 讀者에게 快樂과 敎訓을 주기 위해서 技巧를 써서 散文으로 적은 戀愛, 冒險의 이야기

라고 小說의 定義를 내리었고, 또 Walter Besant(1836~1901)는 小說이 近代 社會에 대하여 얼마나 重大한 意義를 갖고 있는가에 대하여

> 近代의 小說은……사람들에게 觀念을 주고, 信仰을 강하게 하고, 실제에 있어서는 道德보다도 一層 높고 高尙한 道德을 說敎한다. 그것은 勸善, 崇拜, 恐怖의 情緖를 支配한다. 그것은 同情의 感念을 創造하고 거기에 生命을 준다. 그것은 普遍的 敎師다……그것은 倦怠에서 人間의 生活을 구해 내고, 그 마음속에 思想과 慾望과 野心을 넣어 준다. 그것은 幾萬人의 사람들에게 기쁨을 주는 源泉이다.

고 말하였다. 小說이란 간단히 生活의 眞實性을 보여 주는 것으로 알아두자.

小說은 近代 文學의 代表的 樣式이다. 이런 관점에서 文學이란 어떤 것인가 간단히 말하겠다. 文學이 '人生의 表現'이니, '生活의 再現'이니 하는 그러한 定義에서 '現實의 反映', '社會의 表現', '時代의 産物'이라 하면, 그것으로 文學에 대한 일반적인 定義가 될 것이다. 우리는 이러한 일반적인 定義에서 文學의 意味의 일부는 理解할 수 있게 된다. 먼저 '人生의 表現'이란? '生活의 再現'이란? 文學은 人間의 모든 感情-歡喜와 悲哀와 모든 感激-人間의 思想, 理想, 意慾의 世界와 生活과 行爲의 모든 면, 活動과 因習

과 幸福과 不幸 등을 表現한 것이다. 感情과 思想과 行動은 人間 生活의 3대 要素로서 人間의 모든 經驗은 이 三大要素 위에 構成되는 것이다. 그러니까 文學은 人間의 生活 가운데서 經驗과 意味를 찾아내기 위해서, 일정한 形式的 手段에 의해서 그 生活, 그 經驗을 表現 내지 再現하는 것이다. 人間은 實際的 生活과 經驗에 있어서 세 가지의 면 즉 經濟的 生產 過程의 生活, 政治的 生活 過程, 그리고 意識 世界의 生活이 있는데, 文學은 이러한 세 방면의 生活과 經驗을 表現 혹은 再現시킨 人間의 意識 生活의 한 表現이란 것이다.

다음으로 文學은 '現實의 反映'이란? '社會의 表現' 혹은 '時代의 產物'이란? 文學은 人間 生活의 表現과 再現이라면 그 人間은 蒸溜水 속에서 사는 無色透明한 人間이 아니요, 그는 일정한 時代, 일정한 現實, 일정한 社會 環境 가운데서 살고 있는 現實的인 人間이기 때문이다. 따라서 人間의 生活을 表現하려면 필연적으로 그 人間의 背景이요, 生活 舞臺인 時代와 現實과 社會를 그려야 할 것이다.

그러나 여기서 追註하여야 할 것은, 文學은 위에서 말한 바와 같이 生活의 表現, 現實의 反映에 불과하고, 그밖에 아무것도 없다는 解釋으로 그쳐서는 안 된다. 그 밖으로 文學의 要素에는 文學者의 主體的 條件이 가해져야 된다. 文學은 단순히 外界에 대한 模倣이 아니요, 그것은 하나의 創作이다. 文學은 실제의 生活을 存在한 그대로 再現하는 것이 아니고 그것을 '가능한 世界'로서 表現 創造해 가는 곳에 文學의 중요한 特徵이 있는 것이다. 여기에 대해서 Aristotle(B.C. 384~322)은 歷史와 詩를 區別해서

> 詩人의 일은 실제로 일어난 것을 그리는 것이 아니고, 일어날 수 있는 것, 즉 蓋然的 혹은 必然的으로 가능한 것을 그리는 데 있다. 歷史家와 詩

> 人의 差別은 散文과 韻文[註6]과의 差別에 있는 것이 아니요, 한 편은 실제로 存在한 것을 그리고, 한 편은 存在할 수 있는 것을 그리는 데 있다.

고 하여, 이 古代 哲學者의 詩論은 영원히 文學的인 眞理를 表現한 말이 될 것이다. 그리하여 프랑스 批評家 Albert Thibaudet(1874~1936)는 『小說의 美學』에서

> 天才의 小說家는 自己의 가능 生活의 無限한 方向을 찾고 人物을 創造한다. 眞實한 小說은 가능한 것의 自叙傳이 되어야 한다.

고 하였으니, 있을 수 없는 世界를 創造해서는 안 된다는 뜻이다. 곧 文學은 거짓 속의 眞實–가능한 世界–이것이 실제 할 수 있는 現實 속에서 創作을 하여야 된다는 것이다.

그 다음으로 文學의 世界는 실제의 生活이 아니라 가능한 世界란 것은 質의 世界, 곧 價値의 世界를 뜻하는 것이다. 우리에게는 先天的으로 세 가지의 價値 感情이 있다. 眞理的 感情에서 科學이 나오고, 道德的 價値에서 美的 行爲의 노력이 나오고, 審美的 價値 感情에서 藝術的 行動이 생기는 것이다. 文學도 事實을 事實대로 追求하지 않고 批判과 選擇 위에서 美的 價値 곧 藝術的 價値를 구해서, '美'가 創造되어야 한다. 그리하여 프랑스의 小說家 Paul Bourget(1852~1935)는

> 小說이란 복잡한 藝術에는 眞이라는 要素 외에 美라는 要素가 있어야 한다.

고 하였다. 文學에 있어서 美는 그 特質의 6할을 차지하고 있는 중요한 要

素로 되어 있다. 이런 점에서 文學의 定義를 내리자면

言語 文字로 表現된 人間의 思想, 感情, 想像의 美的 作品의 一切

라고 할 수 있다.

위에서 小說에 대해 定義한 槪念과 같은 尺度에서 과거의 古代小說(이야기책)에다 批判을 試한다면, 그 모두가 落第 圈內에 들게 될 것이다. 그리하여 朝鮮에는 과거에 小說이 없었다고 斷言을 내릴 수도 있다. 이 원인은 과거 우리들의 先祖들의 小說에 대한 槪念이 오늘날과는 달랐었던 것이다. 그리고 무엇보다도 과거의 政治的 特殊 事情-漢文學이 朝鮮 天地를 거리낌 없이 橫行했던 것과, 특히 朱子學이 우리 先祖들의 精神界를 支配하여, 우리 先祖들은 모든 것을 儒家三尺[6]으로 批判해 버려, 人間의 價値를 無視하였고 자유로운 情緖의 發露를 抑制하였기 때문에 이러한 결과로 文藝的 創作의 機能을 불가능하게 하였던-이러한 이유에서 참다운 小說이 우리에겐 없었던 것이다.

3. 小說의 分類

小說은 敍事詩로부터 發展되었다고들 하는데 그것은 확실히 알 수 없고, 初期의 小說은 事件 내지 人物의 行動만을 敍述하였을 뿐이었다. 그러던 것이 차츰 偶發的인 事件의 敍述만에는 滿足을 느끼지 않고, 個人의 性格을 명료하게 描寫해서 必然性의 어떤 人生의 眞實을 表示하려고 하게 되

6) '매우 작은 유가적 잣대'를 의미한다.

었다. 전자를 行動의 小說(Novel of Action)이라 하고, 후자를 性格의 小說(Novel of Character)이라고 한다. 이외에 內容과 形式에서, 여러 가지로 小說을 분류한다. 가령 作者가 懷抱하고 있는 ism에서 Romanticism의 小說(文學에 대하여 그것을 主觀的으로 表出해 내는 效果에 重點을 두어 文學은 전혀 새로운 人生, 새로운 眞理를 創造하는 것이라고 主張하는 이른바 浪漫主義), Realism의 小說(文學에 대해서 그것을 現實的인 態度에 置重하여 文學은 새로운 人生과 새로운 生活의 再現이요, 發見이라고 主張하는 이른바 現實主義 혹은 寫實主義)들로 나누어지고, 또는 形式에서 英語로 長篇小說(Novel), 中篇小說(Novellet), 短篇小說(Short Story)들로 분류된다. 또 小說은 特殊한 目的으로 쓰인 것을 소위 目的小說(Novel with a purpose)이라고 하는데, 그 目的에 따라서 政治小說, 宗敎小說 등의 名稱이 賦與된다. 또는 取材하는 範圍에서 農民小說, 軍事小說들이란 이름도 생기고, 時를 標準해서 歷史小說, 現代小說의 區分이 成立된다. 또 階級을 基準으로 해서 Bourgeois 小說, Proletariat 小說의 差別이 생긴다. 다시 이것들의 모든 것을 통해서 大衆小說과 藝術小說로 大別할 수도 있다. 大衆小說은 敎養이 낮은 民衆의 娛樂을 직접 目的으로 한 것으로, 과거의 風習과 道德에 立脚해서 쓴 것이요, 후자는 人類의 自由와 幸福을 위해서 과거의 因襲을 버리고, 앞날의 道德과 새로운 生活의 指標를 구하려는 文學을 말한다.

4. 小說의 構成的 要素

小說 혹은 說話를 構成하는 要素로 다음의 세 가지가 있으니 '무엇을', '누가', '어디에서' 하였다고 하는 것이 곧 그것이다. '무엇을'은 行爲 혹은

事件(action)에 해당하고, '누가'는 人物, 性格(Character)에 해당하고, '어디에서'는 場面, 背景(Setting)에 해당한다. 小說 發達의 初期에 있어서는 이 세 가지의 要素 중에서 行爲的 要素가 가장 많았고 따라서 주로 한 사람 혹은 많은 사람의 身上에 일어난 事件을 叙述하였으며, 場面도 확실하지 않았다. 性格 描寫도 명확하지 못했다. 그러던 것이 個人의 思想이 차츰 覺醒되어, 社會의 全體 속에 吸收되어 있던 個人이 그러한 集團에서 解放되어, 스스로 發展을 하여 나아가는 데 따라 小說 속에 나오는 人物도 명료한 性格을 갖추게 되었고, 동시에 環境이 얼마나 個人의 生活을 左右하는 것을 알게 되자 小說의 場面도 正確하게 表現하게 되었다. 小說에 있어서 環境이 가장 緊要한 要素라고 하지만, 小說은 결국 人間을 그리어내는 것이므로 이 세 要素 중에서도 가장 중요한 것이 역시 人物 곧 性格일 것이다. 이로써 文學의 한 分野로서의 小說에 대한 극히 간략한 說明을 마치려 한다.

[註1] 『中國小說史略』: 西紀 1937年 7月 東京의 改造社 發刊 『大魯迅全集』 第6卷 19頁

[註2] 縣令 : 縣은 '懸'으로 높이 건다는 뜻이고, 令은 '美'의 뜻이다. 縣令은 곧 高名美譽란 뜻이다.

[註3] 班固 : 後漢의 史家(32~92)로 ≪漢書≫를 編纂하였음.

[註4] Boccaccio : Giovanni Boccaccio(1313~1375)로 이탈리아의 小說家이자 詩人이며 古典 연구가다. 그가 지은 이야기 같은 것은 오늘날의 小說과 매우 같아서 小說史의 연구가들은 이로써 近代小說의 先驅라 한다. 그가 지은 것 중에서는 『Decameron』(1339)이 代表作이다.

[註5] ≪四庫全書≫ : 四庫라고 함은 中國의 圖書를 크게 나누어서 經, 史, 子, 集의 네 部로 하여 따로 따로 書庫에 收藏한 데서 그러한 名稱이 생기었다. 이 분류법은 晉代에서부터 비롯한 것으로 淸의 乾隆帝는 새로 四庫全書館을 열어 全國의 여러 種類의 良書美本을 徵集해 놓고, 學者들에게 물어 良否를 決定하여 後世에 傳할 책으로 十有七萬餘冊을 얻어 낱낱이 이것을 淨書해서 四庫에

分藏하였다고 한다.

[註6] 散文과 韻文 : 廣義의 文學은 有韻的인 것과 無韻的인 것의 두 가지가 있는데, 音響을 곧 韻律을 주로 해서 表現하는 것을 韻文 혹은 律文이라 하고, 그러한 韻律法의 制約을 받지 않는, 뜻만을 주로 하는 것을 散文이라 한다.

第二章 漢文化의 流入

朝鮮은 地理的으로 中國 大陸에 陸接하여 관계상 일찍부터 中國 文化에 접하여 그 영향을 많이 받아 왔다. 歷史上으로 西紀前 2世紀에는 北部朝鮮에 燕나라 衛滿이 와서 衛氏朝鮮을 建立하였고, 元封 3年(B.C. 108)에는 漢武帝가 四郡을 設置하여 漢四部 設置 時代를 이루었다. 이와 같이 朝鮮民族이 前漢族에 접하여 그 文化의 영향을 받은 것을 암만 줄잡아도 西紀 前 2世紀 이하는 내려오지 않을 것이다. 이것도 歷史上에 뚜렷한 기록에 남아서 알게 된 것이지, 실제로 漢文化에 접하게 된 것은 훨씬 그 이전이 될 것이다. 漢文化에 접하게 되었다는 것은 漢字의 傳來, 그에 따라서 漢文의 流入, 이어서 漢籍의 移入을 뜻하는 것이다. 그러나 漢籍이 傳來한 年代는 分明하지 않으나 비교적 信憑할 만한 것으로 古來로 學者들의 論評에 오른 것으로 古朝鮮 <箜篌引>이란 樂府가 있으니 ≪海東繹史≫ '藝文志篇'[7]에

(공후인) 곽리자고(霍里子高)가 새벽에 일어나 배를 몰며 노를 젓고 있

7) ≪해동역사(海東繹史)≫ '악지편(樂志篇)'에 진(晉)나라 최표(崔豹)의 ≪고금주(古今注)≫를 인용하여 수록되었다. <공후인(箜篌引)>은 2세기 채옹(蔡邕)의 ≪금조(琴操)≫에 실려 있다. 또 송나라 곽무청(郭茂淸)의 ≪악부시집(樂府詩集)≫에는 노래만 전한다. 이것을 조선의 문인들이 ≪오산설림초고(五山說林草藁)≫, ≪해동역사(海東繹史)≫, ≪대동시선(大東詩選)≫, ≪청구시초(靑丘詩抄)≫, ≪열하일기(熱河日記)≫ 등에 옮겼다.

> 을 때, 어떤 머리가 하얗게 센 미치광이 한 사람이 머리를 풀어헤친 채 술병을 들고 어지럽게 흐르는 강물을 건너려 했다. 그 뒤를 따르던 그의 아내가 말렸으나 미치지 못하고 그 미치광이는 끝내 물에 빠져 죽고 말았다. 이에 그의 아내가 공후(箜篌)를 가져다 타면서 공무도하(公無渡河)의 노래를 불렀다. 그 소리가 몹시 처량하였는데, 노래를 마치고는 스스로 강물에 몸을 던져 죽었다. 곽리자고는 집으로 돌아와 아내인 여옥에게 이야기하며 노래를 들려주었다. 여옥(麗玉)이 슬퍼하며 공후를 뜯으며 그 노래를 불렀는데, 듣는 이들이 모두 슬퍼하여 눈물을 삼키지 않는 자가 없었다. 여옥이 그 노래를 이웃 여인 여용에게 전해주면서 공후인(箜篌引)이라 하였다.[8]

이라 하였으니, 그 노래는 다음의 四言詩로 되어 있다.

> 님이여, 물을 건너지 마오.
> 기어이 물을 건너시네.
> 물에 쓸려 돌아가시니,
> 이제 가신 님을 어이할까.[9]

이는 古朝鮮人 霍里子高의 妻 麗玉의 作으로 朝鮮 最初의 作品이며, 高句麗 第二代王 琉璃王이 그 三年에 繼室 禾姬, 雉姬 二女가 爭寵 끝에 亡歸한 雉姬를 思慕해서 부른 <黃鳥歌>

---

8) "(箜篌引)子高晨起 刺船而濯 有一白首狂夫 被髮提壺 亂流而渡 其妻隨呼止之不及 遂墮河水死 於是 援箜篌而鼓之 作公無渡河之歌 聲甚悽愴 曲終自投河而死 子高還 以其聲語妻麗玉 玉傷之 乃引箜篌而寫其聲 聞者莫不墮淚掩泣焉 麗玉以其聲傳隣女麗容 名曰箜篌引焉……" ≪해동역사(海東繹史)≫ <예문지(藝文志)>

9) "公無渡河 公竟渡河 墮河而死 當奈公何" <공후인(箜篌引)>의 한역은 문헌마다 다르다. ≪해동역사(海東繹史)≫에는 '公無渡河 公竟渡河 墮河而死 當奈公何', ≪대동시선(大東詩選≫에는 '公無渡河 公竟渡河 墮河而死 將奈公何', ≪청구시초(青丘詩抄)≫에는 '公無渡河 公而渡河 公墮而死 將奈公何', ≪열하일기(熱河日記)≫에는 '公無渡河 公終渡河 公淹而死 當奈公何', ≪여유당전서(與猶堂全書)≫ '公無渡河 公終渡河 公墮而死 將奈公河'로 되어 있다.

펄펄 나는 저 꾀꼬리
암수 서로 정답구나.
외로운 이내 몸은
뉘와 함께 돌아갈까.[10]

라 한 노래가 있으니 과연 琉璃王의 作이라면 西紀 前 17年이 된다. 高句麗는 北部朝鮮에 位置하여 漢文化의 영향을 받을 가장 좋은 環境에 있었으므로, 琉璃王代에는 이런 作品이 있었는지도 모를 것이다. 혹은 후세의 기록가가 본래 우리말로 되었던 것을 漢文으로 反譯하였는지도 모르겠다.

그러나 漢文文學은 佛敎의 輸入 후에야 완전히 發達하였을 것이다. 이제 佛敎가 三國에 들어온 年代를 보이면 이러하다.

高句麗 : 佛敎 流入이 비롯한 해는 小獸林王 2年(西紀 372)
百　濟 : 佛法을 비롯한 해는 枕流王 元年(西紀 384)
新　羅 : 佛法을 비로소 行한 해는 法興王 15年(西紀 528)

이와 같이 朝鮮에 漢字, 漢文이 輸入되었다는 것은, 朝鮮文化上에 있어서 크나 큰 事實이다. 즉 이때까지의 朝鮮의 文化란 입의 文化는 될지언정 文字의 文化, 곧 눈의 文化는 되지 못했으니, 말하자면 原始 文化이었던 狀態에서 漢文이 들어온 뒤에야 비로소 文字의 文化로 옮기어져 文化다운 文化를 享有하게 되었다. 여기에 우리의 모든 思想과 感情이 文字上에 비로소 表現될 수 있게 되었고, 따라서 朝鮮文學이 비로소 發生하고 또 朝鮮의 漢文學이 發達하게 된 첫 段階를 이루었다.

---

10) "翩翩黃鳥 雌雄相依 念我之獨 誰其與歸" ≪삼국유사(三國史記)≫ '권13 고구려본기(高句麗本紀) 제1' <유리왕(瑠璃王)>

第三章 儒教와 古代小說

오늘날에 있어서 小說은 現代 文化生活, 특히 精神的 文化生活의 糧食으로서, 모든 文藝의 中心的 地位를 차지하여 스스로 文藝의 心臟이 되어 있지마는, 小說의 發生 당시에는 東西 古今을 말할 것 없이, 갖은 賤待와 侮辱과 疾視를 받았는데, 朝鮮小說은 發生 당시에는 남다른 事情에서 瘠土에서 자라난 풀뿌리와도 같이 완전히 發育을 하지 못했다. 위에서 말한 바와 같이 漢文化의 流入에 따라 들어오게 된 것은, 漢字에서 漢文文學의 移入만이 아니라 儒佛을 崇尙하는 精神이 뒤따라 들어오게 되었다. 이리하여 高麗時代에는 崇佛思想이 濃厚하였고 李朝時代에는 儒教로써 國是를 삼게 되었다. 그리하여 高麗時代에는 漢文學이 全盛하는 동안, 小說에 관심을 가질 여가조차 없어, 麗末까지에는 겨우 《三國遺事》와 稗官說話式의 文藝, 예컨대 《破閑集》, 《補閑集》 이외에는 아무것도 文獻的으로 보여주는 것이 없었다. 麗朝가 起伏하고 朱子學이 全盛할 동안 李朝을 맞이한 후에는 儒教로써 國是를 삼고 斥佛을 하게 되었으며, 儒業 이외에는 모조리 虐待와 迫害를 가하게 되던 時代를 맞이하게 되어, 朝鮮小說은 그 發展上 極難한 難關에 逢着하게 되었다. 그리하여 李朝의 儒學者들은 小說을 蛇蝎視해서 文壇의 一隅에 가까이하는 것을 許諾하지 않았다.

孔子도 小說의 文壇上의 地位를 밝혀 주며, 높여 주기는커녕 도리어 迫害와 冷笑를 퍼부어, 小說에 대해서

> 小道라고 하지마는 可히 볼 것이 있다. 그러나 致遠恐泥하므로 君子는 하지 않는다.[11]

---

11) "雖小道必 有可觀者焉 致遠恐泥 是以君子不爲" (비록 小道(소도)라도 반드시 볼 만한 것이

고 말하였으니 李朝의 儒學者들은 이 말에 體從하여 傳奇小說 같은 것은 士君子의 가까이할 것이 못 된다고 하였다. 이제 이 아래에서 李朝 儒學者들이 小說에 대해 헐어서 욕한 것을 들어 보면 이러하다.

① 朝鮮 禮儀 全集이라고 할 만한 李德懋의 ≪士小節≫에서는
"演義小說은 作奸誨淫하니 不可接目이라, 切禁子弟하여 勿使看之하라."
하였고,

② 그 후에 演義小說에 대한 惡評이 높아져 그로 말미암아 <水滸傳>, <三國志>가 가장 많이 中傷을 當하였는데, ≪疎齋集≫[註1]에 보면
"明末 小說의 盛行은 또한 한 國變이니……足히 써 天下 風俗을 어지럽게 할지라."
하였고,

③ ≪星湖僿說≫[註2]에는
"<水滸傳>의 作家는 반드시 陰賊의 마음이 있었는지?"
하였고,

④ ≪澤堂雜著≫[註3]에 보면
"演史가 본래 兒戲 文字와 같으나 類書에 採入하면 文章의 士가 알지 못하고 混用하게 된다. 演史가 나서 正史가 汨亂하며 男女의 일도 淫媟한 것이 많다."
고 하였고,

⑤ ≪陶谷集≫[註4]에 보면
"<金甁梅>, <肉蒲團> 같은 것은 誨淫의 術일 뿐이라."
고 하였으니,

있으나 원대함에 이르는 데 불통(不通)이 될까 두렵다. 이에 군자가 하지 않는 것이다." ≪논어(論語)≫ '자장(子張)')

이상에서 말한 것을 綜合해 보면

ㄱ. 小說은 風紀를 紊亂하게 한다는 것.

ㄴ. 史實은 混亂하게 하며 科試 기타 作文에 混用될 憂慮가 있다는 것.

이렇게 小說은 갖은 侮蔑과 迫害 속에 있게 되었고, 小說은 人間 生活에 害毒을 끼친다는 관점에서 小說을 미워하는 心理는 마침내는 作家와 批評家까지 미워하여, <水滸傳>의 作者는 三代를 두고 聾啞가 됨이 마땅하다고 하였다(≪疎齋集≫, ≪澤堂集≫에서). 이와 같이 儒學者들은 악착한 保守主義的 傳統的 觀念에 사로잡혀 모든 것을 儒家三尺으로 批判해서 조금이라도 儒道에 빗나가는 것은 曲直은 물론하고 쇠뭉치를 퍼부어서 文藝的 創作은 萌芽할 수 없게 되었다. 朝鮮의 小說文學의 創作이 沮止된 원인이 또 있으니 訓民正音이 創制되기 前에는 우리의 思想, 感情, 想像을 자유자재하게 表現해서 기록할 文字가 없었던 것이다. 그리고 설사 訓民正音이 頒布되어 새로운 文字가 있게 된 후에도 이를 諺文이라 하여 낮본 까닭에서, 依然 漢文文學만이 發達하게 되어, 한글로 기록된 小說文學은 자연 그늘에서 자라 나아가게 되었던 事情에서 그 發育은 극도로 위축되고 말았다.

그러나 이들 儒學者들도 小說의 이로운 점을 들어 말을 하였으니,

① ≪雲陽漫錄≫[12]에서는

"≪搜神記≫[註5]같은 것은……史家의 闕遺를 補하며……"

하였고,

12) 이의현(李宜顯, 1669~1745)의 문집인 ≪도곡집(陶谷集)≫ 권28에 수록되어 있다.

② ≪堂雜著≫에서는

"雜家小說은 間間 男女 風謠를 섞어서 오히려 가히 觀採할 것이 있다."

하였고,

③ ≪澤堂集≫에서는

"雜家小說은 足히 써 破閑止睡가 된다."

고 하였다.

이런 처지에서도 냉정히 人生을 批判하고 反省하는 데서 가슴에서 솟아나는, 막을 수 없는 感情과 着想, 곧 創作의 意慾을 누를 수 없어 創作에 손은 대지만, 그러나 羞恥를 느껴서, 익명으로써 발표한 사람도 간혹 있게 되어 朝鮮의 小說文學은 남다른 社會的 環境에서 畸形的으로 不健康하게 자라나게 되었다. 이것이 朝鮮小說의 남다른 發達相이다.

그리하여 엄격한 儒教的 指導精神-그 根本思想인 封建的 忠孝의 大節로 말미암아 더욱 偏狹하고, 孤陋한 東洋的 倫理觀에서 朝鮮의 小說도 필연적으로 그러한 영향을 입어 그 體裁를 보든지 人物과 背景을 보든지 모두가 千篇一律的으로 固定化하고 말았으며, 그 모든 小說이 形式上으로 共通性을 갖게 되어, 이러한 데서 古代小說이 자연 無味乾燥하고 단순한 느낌을 讀者에게 주어 책을 읽기도 전에 倦厭을 느끼게 하는 그러한 원인이 이러한 데 있는 것이다.

[註1] ≪疎齋集≫ : 英祖 35年 己卯, 洪鳳漢이 李頤命의 遺著를 傳하기 위해 禍餘의 散帙을 收集 刊行한 것.

[註2] ≪星湖僿說≫ : 李瀷이 平生의 隨錄을 輯編한 것인데 天地, 人物, 經史 등으로 나누어 類集 解說해 놓은 것이다.

[註3] 《澤堂雜著》 : 《澤堂集》 중의 하나다. 李植의 詩文集으로 憲宗 15年 甲寅에 全羅監司 李東植이 刊行한 것.

[註4] 《陶谷集》 : 李宜顯의 詩文集으로 英祖 42年 丙戌에 申晦가 編刊한 것.

[註5] 《搜神記》 : 晉 干寶가 지은 六朝時代의 神怪小說로 처음엔 20卷이나 되던 것이 지금엔 8卷만이 남아 있다.

第四章 古代小說의 特殊性

新羅가 唐나라의 힘을 빌려 三國을 統一한 것은 文化的으로 보면 漢文化의 朝鮮 侵入 征服이라 하겠다. 그로부터 漢文化는 아무 거리낌 없이 一大潮流를 이루어 밀고 들어오게 되니, 가뜩이나 文化의 水準이 높지 못했던 당시의 朝鮮은 막아낼 힘도 없게 되어, 고유한 朝鮮의 文化는 漢文化의 侵入으로 여지없이 짓밟혀 中國化해져서 小中華의 形態를 이루게 되었다.

그리고 또 이것을 다른 면에서 考察하면, 漢文化가 上昇하여 貴族文化가 發達하는 反面에, 固有 文化를 基盤으로 한 일반 大衆文化는 慘憺한 狀態에 빠지고 말았다. 高麗는 新羅의 文化를 그대로 踏襲하였으니, 그 까닭은 高麗는 新興國家이었던 만큼 과거의 文化的 傳統을 내쫓을 아무런 새로운 文化가 없어서 자연 그대로 新羅의 文化를 이어 받게 된 것이다. 그리하여 高麗에 들어와서는 中國 文士의 歸化를 歡迎하며, 漢文化를 奬勵하는 政策에서 太祖는 登極 후 干戈가 稍息한 틈을 타서 西京으로 가서 學校를 創設하고 文治에 힘썼고, 뒤이어 歷代의 諸王도 따라 學問을 奬勵하여 漢文化 곧 漢文學은 新天地를 開拓하여 一步 一步 健全한 發達을 하여 나아가게 되었다. 이렇게 漢文學이 큰 勢力을 갖고 점점 일반화하여 가는, 그 중에서도 光宗 9年 戊午(西紀 958)에는 後周人 雙冀[13)]가 王에 進言하여 科擧의 制度를 實施하고(≪高麗史≫ 卷2 光宗 戊午 9年 夏5月條), 成宗(西紀 981~997)은 一層 中國 文化 輸入에 힘써, 國子監을 擴充하여 有爲한 靑年學徒를 上京 修學하게 하고, 西京에는 修書院을 두어 史籍을 抄書하여 備藏할 뿐 아니라, 俊才를 簡拔하여 宋國都 汴京에 留學시키는 동시에, 文臣에게는 月課法이란 새로운 制度를 實施하여 漢文化 특히 漢文文學은 급속도로 發達하여 갔다. 新羅時代에서 비롯한 吏讀文字는 高麗時代에 들어와서는 衰滅하고 말아 思想과 感情을 表現할 수 있는 고유 文字를 갖지 못했던 당시에는 자연 漢字로써 表現慾을 滿足시키려 하였을 것은 넉넉히 짐작된다.

高麗의 뒤를 이어 받은 李朝에 들어와서, 高麗가 佛敎의 中毒으로 인해 國民的 思想이 惡化된 것을 생각한 李成桂는 革命 후 前代의 積弊를 改善하려고, 먼저 偃武 修文[14)]의 策에서 政權을 學者와 文士에게 一任하였고, 佛敎를 排斥하고 儒道로써 國是를 삼아, 大義名分 忠義禮節의 倫理 道德으로써 國民의 精神 生活을 指導하게 되었다. 다시 말하면 李氏朝鮮은 建國 初부터 國家 生活의 儒敎化에 노력하였으며, 그 國家體制에 있어서 封建主義를 섞은 官僚專制主義를 樹立하였던 것이다. 이리하여 李朝는 儒敎思想, 文人政治로 말미암아 漢文文學의 勢力이 더 한층 커져서, 世宗 때에 訓民正音이 頒布되어 새로운 文字가 制定되었어도 이들 儒徒들은 한글을 諺文이라

---

13) 무오(戊午) 9년(958) 여름 5월에 비로소 과거 제도를 설정하고 한림학사(翰林學士) 쌍기(雙冀)에게 명령하여 진사를 선발하게 하였다(九年 夏五月 始置科擧命翰林學士雙冀取進士).

14) '싸움을 그만두고 학문을 닦는다'는 뜻이다. ≪서경(書經)≫ '주서(周書) 무성(武成)'에 보인다. "王朝步自周 于征伐商……王來自商 至于豊 乃偃武修文 歸馬于華山之陽 放牛于桃林之野 示天下弗服" (왕(무왕)은 아침에 주나라를 떠나 은나라를 정벌하러 갔다.…… (전쟁에서 이기고) 은나라로부터 돌아온 왕은 풍(豊)땅에 이르러 무(武)를 거두고 문(文)을 닦으며 말을 화산의 남쪽으로 돌려보내고 소는 도림의 들에 풀어놓아 주고 천하에 쓰지 아니함을 보였다.)

賤視하고 漢文 사용만 고집하여서 李朝의 小說文學도 자연 이러한 漢文學의 領域에서 벗어나지를 못하게 되었다. 이와 같이 朝鮮의 小說文學은 남다른 쓰라린 事情에서 제대로 자라나지 못해 不健康하게 겨우 命脈만을 保存해 오다가 中國 大陸의 高度化한 漢文文化가 波濤 같이 밀려들어오는 勢力을 막아낼 수도 없이, 그저 덮어 놓고 無批判的으로 輸入하여, 그 文藝를 模倣하며 그 生活을 憧憬하여 朝鮮의 小說文學은 中國 文藝의 탈을 그대로 뒤집어쓰고 나아가게 되었다. 이와 같이 朝鮮小說은 이러한 歷史的 事實로 말미암아 事大思想에 빠진 畸形的 發展을 하게 되었다. 그리하여 朝鮮小說은 中國小說을 模倣하여 創作하였기 때문에 다음과 같은 現象을 보게 되었다.

첫째. 古代小說은 中國을 背景으로 한 것

요새는 그리 눈에 띄지 않지마는 조금 전만 해도 夜市나 혹은 길거리에 朝鮮 古代小說 곧 이야기책을 벌려 놓고 길 가는 사람에게 다채로운 視覺的 感覺을 주었다. 요새도 드문드문 보이기는 한다. 이제 故 申明均編의 西紀 1937年에 中央印書館서 發行한 『朝鮮文學全集』 '第五 六卷'의 '小說篇'을 보기로 하겠다. 그 두 卷에 실린 小說로는 <春香傳>, <謝氏南征記>, <薔花紅蓮傳>, <興夫傳>, <장끼傳>, <彰善感義錄>, <洪吉童傳>, <劉忠烈傳>, <朴氏傳>, <토끼傳> 등의 十篇이 있는데 그 중에서 다음의 세 篇이 中國을 背景으로 하였으니, 이제 그 小說의 序頭를 적어 보면 이러하다.

① <謝氏南征記> : "화설 명나라 가정년간(李朝 中宗 17年~明宗 21年, 1522~1566)에 금릉 순천부에 한 명인 있으니, 성은 유요, 이름은 현이니, 개국공신 성의백 유기의 후손이라……위인이 뛰어난지라 소년 등과하여 벼슬이 이부시랑 참지 정사에 이르니……"

② <彰善感義錄> : "각설 명나라 초년(高麗 末葉 李朝 初期)에 장군 하운이 태평부에서 주그매……"

③ <劉忠烈傳> : "각설 명나라 영종황제(英宗皇帝……明나라 第5代王)가 즉위하니(世宗 17年, 1435) 황실의 세력이 미약하고……"

위에서 본 바와 같이 時代는 대개 高麗 末葉서 李朝 明宗 사이요, 地名도 정말 있는지 없는지 모르겠으나, 中國의 地名이요, 官職名도 中國것이어서 소위 民族文學이라는 점에서 부끄러움을 아니 느낄 수 없다. 이와 같이 中國을 背景으로 해서 取材를 하여 地名, 人名, 官職名까지 異國에서 假借하여 썼으니, 여기에는 다음의 서넛 이유를 들 수 있다.

ㄱ. 첫째는 事大思想에서 온 것 : 中國의 文化에 陶醉되어 盲目的으로 그 文化를 賞讚하며 中國에 대해 理想鄕的 憧憬心을 가진 때문

ㄴ. 讀者를 欺瞞하려는 의도에서 : 中國에서 人名, 地名, 官職名을 빌려 쓴 것은 讀者들이 中國의 人文과 地理에 밝지 못한 弱點을 이용해서 作家 자기네들의 疎粗한 곳을 속이려는 까닭

ㄷ. 讀者의 好奇心을 이용하려고 : 背景을 朝鮮으로 하는 것보다는 中國을 舞臺로 하는 것이 讀者로 하여금 異國의 風俗에 대한 興味와 好奇心을 끌려는 까닭

ㄹ. 政治的에서 오는 피하지 못할 事情 : 李朝 肅宗大王이 賢美한 仁顯王

后를 廢位하게 하고 宮人 張氏를 寵愛하여 마침내는 王妃로 삼게 되었다. 이렇게 肅宗은 張氏와의 사랑에 사로잡힌 몸이 되어 金萬重이 이러한 宮中의 眞相을 노골적으로 暴露할 수 없어서 이를 諷刺하기 위해 中國을 舞臺로 하여 쓴 것이 곧 <謝氏南征記>다.

<春香傳>, <薔花紅蓮傳>, <沈淸傳> 같은 것은 다 朝鮮을 背景으로 한 純朝鮮的 色彩가 濃厚한 傑作이지마는, 朝鮮小說의 대다수는 中國을 舞臺로 하였거나, 中國小說을 飜번하였거나 純全히 模倣을 하여 作家로서의 創作意慾을 엿볼 수 없는 小說들이 많이 있으니, <蘇雲傳>, <薛仁貴傳>은 純粹한 翻譯이요, <秋風感別曲>, <彰善感義錄>은 飜案한 것이요, 그 밖으로 <九雲夢>, <玉樓夢> 같은 夢字類는 中國小說 <紅樓夢>, <青樓夢>과 같은 類型의 것이다. 이와 같이 朝鮮小說은 中國을 舞臺로 한 것이 많고 明代의 小說을 翻譯, 變改, 模倣한 것이 많아서 中國小說의 延長이라는 特殊性을 이루게 되었다.

둘째. 古代小說은 韻文인 것

그리고 古代小說에 대하여 또 한 가지 指摘할 것은 그것이 비록 이름은 小說이지마는 新文學 이후의 現代小說과는 매우 다르다는 事實이다. 물론 그 속에 담겨 있는 이데올로기가 다르다는 것은 각각 그 社會的 背景이 다르니까 당연한 일이다. 왜 그러냐 하면 文學 作品은 個人意識의 反映인 동시에 社會 集團意識의 一形態라고 볼 수 있는 만큼 個人의 産物인 동시에 社會的 産物인 것이다. 또한 社會的 集團意識에서 獨立한 個人의 意識이 있을 수 없는 것이요, 社會的 集團意識을 決定하는 것이 그 社會의 生活條件 如何에 달려 있는 만큼 文學 作品은 늘 그 時代的 生活條件에서 직접 영향을 받게 된다. 더구나 李氏朝鮮의 社會的 生活條件이 복잡하였던 당시에 있어서 여러 文學 作品의 이데올로기가 달랐을 것은 당연한 일이다. 이와 같이 文學의 내용만이 달랐던 것은 아니고 形式에 있어서도 現代小說과는 달랐다. 즉 古代小說은 散文이라기보다는 韻文이라고 하는 것이 옳을 것이다. 四四調로 가는 歌辭體다. ≪秋齋集≫ '卷七 詩 紀異' <傳奇叟> 條를 보면

> 전기수. 전기수는 동문 밖에 살면서 입으로는 언문소설을 읽었는데, <숙향전>·<소대성전>·<심청전>·<설인귀전> 등의 전기였다. 매월 초하루에는 첫째 다리 아래에 앉고 둘째 날에는 둘째 다리 아래에 앉고, 셋째 날에는 이현(梨峴)에 앉고 넷째 날에는 교동 입구에 앉고, 다섯째 날에는 대사동(大寺洞) 입구에 앉고 여섯 째 날에는 종루 앞에 앉았는데, 위로 거슬러 올라가는 것이 끝나면 일곱째 날부터는 다시 길을 따라서 내려온다. 내려왔다가는 올라가고 올라갔다가는 또 내려오면서 그 한 달을 마치고 달이 바뀌어도 역시 그와 같이 한다. 이렇듯 읽기를 잘하기 때문에 곁에서 구경하는 사람들이 빙 둘러쌌다. 대체로 가장 긴요하여 몹시 들어볼 만한 구절에 이르러 갑자기 읽던 것을 멈추고 소리를 내지 않으면 사람들은 그 다음 내용이 듣고 싶어 다투어 그에게 돈을 던지니, 이를 일러 요전법(邀錢法)이라고 한다.[15]

이라 한 것을 보면 목청이 좋은 사람, 곧 傳奇叟란 職業을 가진 사람이

---

15) "傳奇叟 叟居東門外 口誦諺課稗說 如淑香 蘇大成 沈淸 薛仁貴等傳奇也 月初一日坐第一橋下 二日坐第二橋下 三日坐梨峴 四日坐校洞口 五日坐大寺洞口 六日坐鐘樓前 溯上旣 自七日沿而下 下而上 上而又下 終其月也 改月亦如之 而以善讀 故傍觀匝圍 夫讀至最喫緊甚可聽之句節 忽默而無聲 人欲聽其下回 爭以錢投之 曰此乃邀錢法云" ≪추재집(秋齋集)≫ '권7 시(時) 기이(紀異)' <전기수(傳奇叟)>

<淑香傳>이나 <沈淸傳> 같은 이야기책을 사람들이 오고 가는 길거리에 앉아서 소리를 내어서 읽으면 어떤 때는 서너 사람, 어떤 때는 수십 명씩 뻥 둘러서서 귀를 기울여 듣고 있었던 것이 想像된다. 이렇게 소리를 내어 읽자니까 자연 散文보다는 韻文이, 곧 四四調로 이어 나아가는 歌辭體의 形式이 좋았을 것은 당연한 일이다. 現代小說을 조용한 곳에서 혼자 책상머리에 앉아 默讀하는 것과는 달랐던 것이다.

第二篇 說話時代

第一章 上古時代의 說話

說話라는 것은 한 民族 사이에서 說話되는 神話, 傳說, 古談, 童話, 寓話, 笑話, 雜說 등의 總稱이다. 이것을 社會學的으로 볼 때에는 어떤 社會 群團의 集團的 生活에서 자연적으로 生長하여 그 集團의 思想과 感情, 또는 社會 事象을 表現한 것이다. 그러므로 어떤 民族 사이에서 도는 說話는 個人的이거나 支配的, 貴族階級的인 것이 아니고 어디까지든지 集團的이요, 總意的이요, 平等的이며 民族的인 것이다. 또 이것을 文學的으로 볼 때에는 이것은 知識階級, 그러한 特殊階級이 文字를 빌려서 기록하여, 後世 사람들이 그것을 다시 읽어 느끼어지는 文學이 아니요, 無識階級의 말을 통해서 느끼어지는 소위 口碑文學이다. 그러므로 說話文學의 特徵은 어디까지든지 集團的이며 流動的인 데 있다. 그리하여 支配階級을 제외한 일반 民族層의 直接 生活에서만 取捨選擇되고 育成된 藝術이므로, 그 民族의 性格과 思想, 感情을 가장 淳直하게 表現한 것이다.

說話文學은 抒情的 形式에 對立되는 敍事的 形式의 文學으로, 어떤 事件을 그 種類의 如何를 불구하고 과거에서 完結된 것으로 보고, 말하는 사람이 듣는 사람에게 죽 이야기하는 그러한 表現 形式을 가진 文學이다. 그리하여 說話文學의 表現 形式은 가장 原始的이면서도 자유로운 形式이다. 그리하여 說話文學은 傳承文學을 母胎로 하고 있다. 小說은 說話를 先驅로 하는 것이어서 朝鮮의 古代小說도 두말할 것 없이 說話文學을 先驅로 하고 있다. 우리 說話文學은 現存하는 材料에서 보면 그 形成過程으로 보아 檀君神話가 가장 오랜 것이다.

朝鮮 古代小說의 濫觴은 어떠하였던가 하여 古代의 說話의 片鱗이라도 찾아보려고 하였으나, 古文獻의 湮沒 殘亡이 심한 震域에서는 上古時代까지 遡及하여 古文獻에 의해서 考證할 길이 없어서 전적으로 알 수 없고, 오직 ≪三國遺事≫에서 겨우 上古時代의 說話의 一班을 알 수가 있을 뿐이다. 上古時代의 古傳說은 약간의 古金石과 ≪山海經≫, ≪博物志≫ 같은 漢土載籍에 傳하는 것이 있지마는 鄕土色과 古原形을 지니고 있는 것은 거의 없으며, 비교적일지는 모르나 古傳說의 原形을 지니고 있다고 볼 수 있는 것으로는 오직 僧 一然이 지은 ≪三國遺事≫가 있을 따름이다.

≪三國遺事≫ : 高句麗, 百濟, 新羅 三國의 遺文軼事를 주로 採綴한 것이고, 그 關聯되는 事項에는 高麗 中葉까지의 事實을 附說한 것이다. ≪三國史記≫의 正史에서 遺漏된 逸事奇聞을 收集한 것이어서 ≪三國史記≫와 아울러 現存한 朝鮮古史의 雙璧이다. 序例 기타에 撰者에 대한 기록이 없고, 오직 卷五의 책머리에

> 국존 조계종 가지산하 인각사 주지 원경충조대선사 일연이 편찬하였다.[16)]

라는 署가 있는 것에서 僧 一然이 撰述한 것임을 알 수 있다. 一然은 初名見明, 字는 晦然, 俗姓은 金氏요, 慶州 章山郡人이었다. 高麗 熙宗 2年 丙寅

---

16) “國尊曹溪宗迦智山下麟角寺住持圓鏡冲照大禪師一然撰” ≪삼국유사(三國遺事)≫

(西紀 1206)에 태어나서 忠烈王 15年 己丑(西紀 1289)에 麟角寺에서 入寂하였다. 享年 84세로, 普覺國尊이라 冊謚되었다. 一然이 ≪三國遺事≫를 짓기는 忠烈王 3年 丁丑(71세)에 忠烈王의 詔를 奉하여 雲門寺에 있을 적에 消興 삼아 著述한 것이다. ≪三國遺事≫의 學的 範圍는 廣汎하여 朝鮮 古代에 관한 神典, 禮誌, 民俗誌, 社會誌, 古語彙, 地名 起源論, 姓氏錄, 詩歌集, 佛教史가 될 것이어서 말하자면 一大 百科典林이 될 것이다. 그리고 무엇보다도 ≪三國遺事≫에는 神話와 그 외의 說話가 많이 수록되어 있어서 東方 神話集이자 동시에 民間 說話集이 된다. 이러한 說話를 紀異, 興法, 感通, 孝善의 여러 部門에서 가장 많이 볼 수 있다.

이제 檀君神話를 ≪三國遺事≫ '卷第一 紀異 第二' <古朝鮮>條를 보면

> 고조선. 왕검조선. ≪위서(魏書)≫에 이르기를, 지금으로부터 2천 년 전에 단군왕검이 있어 아사달(≪경≫에는 무엽산, 또는 백악이라고도 했는데, 백주 혹은 개성 동쪽에 있다고도 한다. 지금의 백악궁이다.)에 도읍을 정하고 새로 나라를 열어 조선이라고 부르니 요(堯)와 같은 때였다.
>
> 또한 ≪고기(古記)≫에 이르기를, 옛날에 환인(제석을 이른다)의 서자 환웅이 자주 천하에 뜻을 두고 인간 세상을 탐내어 구했는데, 아버지가 자식의 뜻을 알고 삼위태백을 내려다보니 인간 세상을 널리 이롭게 할 만했다. 이에 천부인 세 개를 주며 가서 인간 세상을 다스리게 했다. 환웅이 무리 3천 명을 이끌고 태백산 정상(지금의 묘향산) 신단수 아래로 내려와 그곳을 신시라 이르니, 그를 환웅천왕이라 했다. 풍백・우사・운사를 거느렸으며 곡식・수명・질병・형벌・선악을 다스리고 인간의 3백 60여 가지 일을 주관하여, 세상을 다스려 교화시켰다.
>
> 이때 곰 한 마리와 범 한 마리가 같은 굴에서 살았는데 항상 환웅에게 사람 되기를 빌었다. 때마침 환웅이 신령한 쑥 한 심지와 마늘 스무 개를 주면서 말했다.
>
> "너희들이 그것을 먹고 백일 동안 햇빛을 보지 않는다면 사람의 형상

> 을 얻을 것이다."
>
> 곰과 범은 그것을 받아먹으며 삼칠일을 삼가는 동안 곰은 여자의 몸을 얻었으나 범은 능히 삼가지 못하여 사람의 몸을 얻지 못했다. 웅녀가 더불어 혼인할 사람이 없었으므로 매일 신단수 아래에서 잉태하기를 기원하니 환웅이 이에 임시로 변하여 그와 혼인하고 이에 아들을 잉태하여 낳으니 이름을 단군왕검(檀君王儉)이라 불렀다.[17]

라 하였다. ≪三國遺事≫가 인용한 ≪古記≫를 보면 옛날도 옛날 桓因의 庶子 桓雄께서 人間 世上을 貪求하여 太白山頂에 있는 神壇樹下에 내려와 神市를 열고 熊女로 더불어 壇君을 낳았다고 한다. 이 이야기는 누구나 다 아는 壇君聖祖의 誕生神話이니, 우리 神話에서 가장 오랜 것이다. 部族長으로서 神異하고 神聖하고 또 尊嚴한 緣由를 말하기 위하여, 熊女를 어머니로 하고 다시 하늘을 宗家로 한 것이라고 解釋할 수 있다. 이 神話는 가장 오랜 叙事文學으로 原始文學을 연구하는 데 큰 자료가 된다.

이제 神話를 하나 더 찾으면, ≪三國遺事≫ '卷第一 紀異 第二' <東扶餘> 條에

> 북부여왕 해부루(解夫婁)의 대신 아란불(阿蘭弗)의 꿈에 천제가 내려와서 말하기를,
>
> "장차 내 자손으로 하여금 이곳에 나라를 세우려 하니 너는 장차 다른

---

17) "古朝鮮 王儉朝鮮 魏書云 乃往二千載 有壇君王儉 立都阿斯達(經云無葉山 亦云白岳 在白州地 或云開城東 今白岳宮是) 開國號朝鮮 與高同時 古記云 昔有桓因(謂帝釋也)庶子桓雄 數意天下 貪求人世 父知子意 下視三危太伯 可以弘益人間 乃授天符印三箇 遣往理之 雄率徒三千 降於太伯山頂(卽太伯今妙香山)神壇樹下 謂之神市 是謂桓雄天王也 將風伯雨師雲師 而主穀主命主病主刑主善惡 凡主人間三百六十餘事 在世理化 時有一熊一虎 同穴而居 常祈于神雄 願化爲人 時神遺靈艾一炷 蒜二十枚曰 爾輩食之 不見日光百日 便得人形 熊虎得而食之 忌三七日 熊得女身 虎不能忌而不得人身 熊女者 無與爲婚 故每於壇樹下 呪願有孕 雄乃假化而婚之 孕生子 號曰壇君王儉" ≪삼국유사(三國遺事)≫ '권1 기이(紀異) 제2' <고조선(古朝鮮)>

> 곳으로 피해가라. 동해 바닷가에 가섭원(迦葉原)이란 곳이 있는데 토양이 기름져서 왕도를 세우기에 적당하다."
>
> 아란불은 왕에게 권고하여 그곳으로 옮겨 가 도읍을 정한 후 국호를 동부여라 했다.
>
> 부루가 늙도록 아들이 없으므로 하루는 산천에 제사를 지내고 대 이을 아들을 구하니, 그가 탔던 말이 곤연에 이르러 큰 돌을 보고 마주하여 눈물을 흘렸다. 왕이 그 모습을 이상히 여겨 사람을 시켜 그 돌을 굴리니 금빛 개구리 모양의 어린아이가 있었다. 왕이 기뻐하며 말하기를,
>
> "이것은 하늘이 나에게 아들을 주시는 것이로다!"
>
> 이에 그를 거두어 기르고 이름을 금와(金蛙)라 하였으며, 성장하자 태자로 삼아 부루가 죽은 후 뒤를 이어 왕이 되었다.[18]

라는 金蛙王의 神話가 있고, 이외에도 北扶餘의 解慕漱 神話가 있다.

第二章 三國時代의 說話

三國時代의 說話는 ≪三國史記≫와 ≪三國遺事≫에서 많이 찾아볼 수 있다. 먼저 ≪三國遺事≫에서 보면 우선 눈에 뜨이는 것이 卵生에 관한 神話로, 朱蒙의 그것, 赫居世王의 그것, 脫解別傳의 그것, 首露의 그것들이다. 그 다음으로는 閼英의 龍母와, 脫解의 龍胎와, 桃花女의 鬼交와, 居陀知의 報恩婚, 解慕漱 柳花 間의 强制婚, 首露 許黃玉 間의 異族婚 등 神婚 神話가

18) "北扶餘王解夫婁之相阿蘭弗夢 天帝降而謂曰 將使吾子孫 立國於此 汝其避之 東海之濱 有地名迦葉原 土壤膏腴 宜立王都. 阿蘭弗勸王 移都於彼 國號東扶餘 夫婁老無子 一日祭山川求嗣 所乘馬至鯤淵 見大石相對淚流 王怪之 使人轉其石 有小兒金色蛙形 王喜曰 此乃天賚我令胤乎 乃收而養之 名曰金蛙 及其長爲太子 夫婁薨 金蛙嗣位爲王" ≪삼국유사(三國遺事)≫ '권1 기이(紀異) 제2' <동부여(東扶餘)>

가장 많다.

≪三國遺事≫는 참으로 最古 最大의 民間 說話集으로 奈勿王의 堤上 血痕 같은 物形 說明 說話와, 處容郎의 處容歌舞 같은 事物 起源 說話와, 三所觀音의 畫工과 같은 名匠 說話 등 각종 說話의 寶庫를 이루고 있다.

이제 이 여러 神話 중에서 金蛙王이 柳花夫人에게 장가든 것과 朱蒙의 卵生에 관한 說話를 찾으면, ≪三國遺事≫ '卷第一 紀異 第二' <高句麗>條에

고구려……북부여왕 해부루가 이미 동부여로 피해가고 후에 부루가 세상을 떠나자 금와가 왕위를 이었다. 이때 금와가 태백산 남쪽 우발수(優渤水)에서 한 여자를 얻게 되었는데 그녀에게 물으니 대답하기를,

"저는 하백(河伯)의 딸이며 이름은 유화(柳花)입니다. 여러 아우와 더불어 나와 놀고 있을 때, 한 남자가 스스로를 천제의 아들 해모수(解慕漱)라 하면서 저를 웅신산 밑 압록강가에 있는 집 안으로 유인해가서, 몰래 정을 통해놓고 가서는 되돌아오지 않았습니다. 부모님은 제가 중매 없이 혼인한 것을 꾸짖어, 마침내 이곳으로 귀양 보냈습니다."

금와는 그녀를 이상히 여겨 방안 깊이 가두어 두었는데, 햇빛이 비쳐오니 그녀가 몸을 당겨 피했다. 햇빛이 또 따라가 비추자 이로 인하여 태기가 있어 알 하나를 낳으니 크기가 닷 되들이만 했다. 왕은 그것을 개와 돼지 사이에 버렸으나 모두 먹지 않았다. 또 길에 버렸더니 소와 말이 피해가고 들판에 버렸더니 새와 짐승이 이것을 덮어주었다. 왕이 그것을 쪼개려 했으나 능히 깨지지 않아 그 어머니에게 돌려주었다.

그 어머니가 쌀것으로 알을 싸서 따뜻한 곳에 두었더니 한 아이가 껍질을 부수고 나왔는데, 골격과 외모가 영특하고 기이하였다. 나이 겨우 일곱 살에 기골이 뛰어나 일반사람과 달랐다. 스스로 활과 살을 만들어 백 번 쏘면 백 번 다 맞혔다. 나라 풍속에 활을 잘 쏘는 사람을 주몽(朱蒙)이라 하므로 그것으로 이름을 삼았다.[19)]

---

19) "高句麗……北扶餘王解夫婁旣避地于東扶餘 及夫婁薨 金蛙嗣位 于時得一女子於太伯山南優渤水 問之 云 我是河伯之女 名柳花 與諸弟出遊 時有一男子 自言天帝子解慕漱 誘我於熊神山下鴨淥

이라 한 것이 있고, 다음으로 民間說話에서 射琴匣의 이야기를 轉載하면 ≪三國遺事≫ '卷第一 紀異 第二' <射琴匣>條에

제21대 비처왕 즉위 10년 무진(488)년에 왕이 천천정(天泉亭)에 행차하였다. 이때 까마귀와 쥐가 와서 우는데 쥐가 사람의 말로 말하기를,

"이 까마귀가 가는 곳을 찾아가라."

왕이 기병에게 명령하여 뒤따라가게 하였는데 남쪽 피촌에 이르렀을 때, 돼지 두 마리가 서로 싸우는 것을 보고 넋을 잃고 이 모습을 구경하다 문득 까마귀가 있던 곳을 잃어버리고 길가에서 배회하게 되었다. 이때 어떤 노인이 연못 속에서 나와 글을 바치니 겉면에 쓰여 있기를,

'열어보면 두 사람이 죽고, 열지 않으면 한 사람이 죽는다.'

병사가 돌아와 글을 바치니 왕이 말하기를,

"두 사람이 죽는 것은 열어보지 않은 것만 같지 못하다. 다만 한 사람만 죽는 것이 낫다."

일관이 아뢰기를,

"두 사람이란 서민이요, 한 사람은 왕입니다."

왕은 그렇다고 여기고 그것을 열어보니

'금갑을 쏘라.'

고 쓰여 있었다. 왕이 궁에 들어가 거문고갑을 보고 활을 쏘았더니 그곳에는 내전에서 분향수도하던 승려와 비빈이 몰래 간통하고 있었다. 두 사람은 사형을 받았다.

이로부터 나라 풍속에 해마다 정월 상해 상자 상오일에는 모든 일에 삼가고 조심하여 함부로 움직이지 않았다. 이로써 15일을 오기일로 하여 찰밥으로 제사를 지냈는데, 지금까지 행하고 있다.[20]

邊室中 私之而往不返 父母責我無媒而從人 遂謫居于此 金蛙異之 幽閉於室中 爲日光所照 引身避之 日影又逐而照之 因而有孕 生一卵 大五升許 王棄之與犬猪 皆不食 又棄之路 牛馬避之 棄之野 鳥獸覆之 王欲剖之 而不能破 乃還其母 母以物裹之 置於暖處 有一兒破殼而出 骨表英奇 年甫七歲 岐嶷異常 自作弓矢 百發百中 國俗謂善射爲朱蒙 故以名焉" ≪삼국유사(三國遺事)≫ '권1 기이(紀異) 제2' <고구려(高句麗)>

20) "第二十一 毗處王卽位十年戊辰 幸於天泉亭 時有烏與鼠來鳴 鼠作人語云 此烏去處尋之 王命騎士

라 하여 民俗을 소개한 것이 있고, 마지막으로 太宗 春秋王의 '西岳捨溺'[21]의 大地 生殖力의 表象을 變形한, 일종의 地母神話를 더 소개하면, 다음과 같다. 같은 ≪三國遺事≫ '卷第一 紀異 第二' <太宗春秋公>條를 보면 이러하다.

> 제29대 태종대왕의 이름은 춘추요, 성은 김씨다.……왕비는 문명황후 문희니 곧 유신공의 막내누이다. 처음, 문희의 언니 보희가 꿈에 서악에 올라 오줌을 누었더니 오줌이 서울에 가득 찼다. 아침에 동생에게 꿈을 이야기하니 문희가 그 말을 듣고 말하기를,
>
> "내가 이 꿈을 살게."
>
> 언니가 말하기를,
>
> "무슨 물건을 주겠니?"
>
> 동생이 말하기를,
>
> "비단치마를 주면 되겠어?"
>
> 언니가 말하기를,
>
> "그래."
>
> 동생이 옷자락을 벌려 꿈을 받을 때 언니가 말하기를,
>
> "어젯밤 꿈을 네게 전해 준다."
>
> 동생은 비단치마로써 꿈값을 치렀다.
>
> 그 후 열흘이 지났다. 유신이 춘추공과 더불어 정월 오기일에 자기 집 앞에서 축국을 하다 일부러 (춘추공의) 옷자락을 밟아 그 옷고름을 찢고 말하기를,
>
> "청컨대 우리집에 들어가 꿰매도록 하십시오."

追之 南至避村 兩猪相鬪 留連見之 忽失烏所在 徘徊路傍 時有老翁自池中出奉書 外面題云 開見二人死 不開一人死 使來獻之 王曰 與其二人死 莫若不開 但一人死耳 日官奏云 二人者庶民也 一人者王也 王然之開見 書中云 射琴匣 王入宮見琴匣射之 乃內殿焚修僧與宮主潛通而所奸也 二人伏誅 自爾國俗 每正月上亥上子上午等日 忌愼百事 不敢動作 以十五日爲烏忌之日 以糯飯祭之 至今行之" ≪삼국유사(三國遺事)≫ '권1 기이(紀異) 제2' <사금갑(射琴匣)>

21) '西岳捨溺夢'. '문희매몽설화(文姬買夢說話)' 혹은 '선류몽(旋流夢)'이라고도 한다. ≪삼국유사(三國遺事)≫ '권1 기이(紀異) 제2' <태종춘추공(太宗春秋公)>에 전한다.

춘추공이 이에 따르자 유신은 아해[보희의 소명(小名)]에게 꿰매도록 하자 아해가 말하기를,

"어찌 사소한 일 때문에 경솔히 귀공자를 가까이 하겠습니까?"

하며 사양하기에 아지[문희]에게 시켰다. 춘추공은 유신의 뜻을 알아차리고 마침내 문희를 사랑했다. 이후부터 춘추공은 수시로 왕래하였다.

유신은 문희가 임신했음을 알고 이에 꾸짖어 말하기를,

"너는 부모에게 말씀드리지도 않고 임신하였으니 어찌된 일이냐?"

이에 온 나라에 선언하고 누이를 불태우려 하였다.

하루는 선덕여왕이 남산으로 행차하기를 기다렸다가 뜰에 장작을 쌓아놓고 불을 붙여 연기가 일어나게 하였다. 왕이 그것을 바라보고 무슨 연기인지 묻자 좌우 신하들이 아뢰기를,

"아마 유신이 자기 누이를 불태우려는 듯합니다."

왕이 그 까닭을 묻자 아뢰기를,

"그의 누이가 남편도 없이 임신을 했습니다."

왕이 묻기를,

"이는 누가 한 일인가?"

때마침 춘추공이 공적으로 왕을 모시며 앞에 있다가 얼굴빛이 크게 변했다. 왕은 말했다.

"이는 네가 벌인 일이니 속히 가서 그를 구하라."

춘추공은 임금의 명을 받고 말을 달려 왕명을 전하고 일을 막고 이후에 혼례를 치렀다.22)

---

22) "第二十九 太宗大王 名春秋 姓金氏……妃 文明皇后文姬 卽庾信公之季妹也 初文姬之姊寶姬 夢登西岳捨溺 瀰滿京城 旦與妹說夢 文姬聞之謂曰 我買此夢 姊曰 與何物乎 曰 鬻錦裙可乎 姊曰諾 妹開襟受之 姊曰 疇昔之夢傳付於汝 妹以錦裙酬之 後旬日 庾信與春秋公 正月午忌日 蹴鞠于庾信宅前 故踏春秋之裙 裂其襟紐曰 請入吾家縫之 公從之 庾信命阿海奉針 海曰 豈以細事輕近貴公子乎 因辭 乃命阿之 公知庾信之意 遂幸之 自後數數來往 庾信知其有娠 乃嘖之曰 爾不告父母而有娠何也 乃宣言於國中 欲焚其妹 一日俟善德王遊幸南山 積薪於庭中 焚火烟起 王望之問何烟 左右奏曰 殆庾信之焚妹也 王問其故 曰 爲其妹無夫有娠 王曰 是誰所爲 時公昵侍在前 顔色大變. 王曰 是汝所爲也 速往救之 公受命馳馬 傳宣沮之 自後現行婚禮" ≪삼국유사(三國遺事)≫ '권1 기이(紀異) 제2' <태종춘추공(太宗春秋公)>

그리고 이외에도 地名 起源 說話가 가장 많이 있는데, 그 중에서도 寺院緣起的 地名 說話가 허다히 採收되어 있고, 愛國 說話도 많다.

위에서도 말한 바와 같이 三國時代의 說話는 또한 ≪三國史記≫에도 많이 수록되어 있다.

≪三國史記≫ : 現存한 모든 朝鮮 史籍 가운데 가장 오랜 것으로 손을 꼽는 것이 이 ≪三國史記≫, 그 다음이 ≪三國遺事≫임은 世人이 다 아는 바이다. ≪三國史記≫는 高麗 第七十代 仁宗 23年 乙丑(西紀 1145)에 金富軾이 王命을 奉해 撰進한 것이다. ≪三國遺事≫는 이보다 약 1世紀半을 뒤늦게 되었다. ≪三國史記≫는 三國의 政治的 興亡 變遷을 主眼으로 해서 撰述한 政治史로 正史의 體를 標榜한 만큼 그만한 무게와 鄭重味를 띠어 가지고 있다. 그리하여 三國을 中心으로 한 朝鮮 上古史 연구에 가장 貴重한 文獻이다. 作者 金富軾은 文豪요, 名臣이요, 妙淸의 亂을 討平한 元勳이었다. 그리하여 그는 스스로 漢學者로 自處하여 筆端에 몹시 漢臭를 풍기고 있고, 中國의 正史를 模倣해서 國故의 原形을 變改하여 古史의 累가 되고, 國民文學에 罪를 짓게 하였다. 그는 儒家의 見地에서 怪亂하게 생각되면 恣意로 抹削하였고, 野鄙하면 變換하여 字句의 添削과 取捨를 任意로 하여, ≪三國史記≫를 曲筆하여서 正確性은 다소 잃게 되었다. 그러나 이러한 속에도 豐潤한 說話가 있으니 勇敢한 三國時代의 武士譚과 國仙들의 씩씩한 이야기가 간간이 끼어 있다. 說話의 核心을 이루고 있는 部分은

卷四五 : 密友, 紐由, 貴山, 溫達, 朴堤上, 乙巴素 등

卷四七 : 奚論, 素那, 訥催, 官昌, 階伯 등

卷四八 : 勿稽子, 百結, 金生, 率居, 知恩, 都彌 등

으로, 이러한 說話는 卷四十一에서 卷五十까지의 '列傳'에 所載되어 있는데 위에서 든 중에서 한둘 소개하겠다.

① **官昌 (≪三國史記≫ '卷四十七 列傳 第七')**

관창은 신라장군 품일(品日)의 아들이다.……어려서 화랑이 되었고……16세에 말타기와 활쏘기에 능숙했다.……당나라 현경 5년 경신년에 왕이 군사를 일으켜 당나라 장군과 더불어 백제를 침공하려할 때 관창을 부장으로 삼았다. 황산들에 이르러 양쪽 군사가 대치하자 부친 품일이 이르기를,

"네가 비록 나이는 어리지만 의지와 기개가 있다. 오늘이 공을 세워 이름을 떨치고 부귀를 얻을 때이다."

……관창이 대답하기를,

"그렇습니다."

즉시 말에 올라타 창을 비껴들고 곧장 적진을 공격하고 달려나가 군사 여럿을 죽였으나 적군보다 아군의 수가 적었기 때문에 적의 포로가 되어 산 채로 백제 원수 계백 앞에 이르게 되었다.

계백이 투구를 벗도록 시키니 그 소년이 어리지만 용기 있음을 안타깝게 여겨 차마 해칠 수 없어 이에 탄식하며 말하기를,

"신라에는 기특한 군사가 많구나. 소년이 오히려 이와 같거늘 하물며 장수들은 어떠하겠느냐?"

하며 이에 (관창을) 살려 보낼 것을 허락하였다.

관창이 말하기를,

"지난번 내가 적진 가운데서 능히 장수를 베고 깃발을 빼내지 못한 것이 심히 한스럽다. 다시 들어가면 반드시 성공하리라."

하며 손으로 우물물을 움켜 마신 후에 다시 적진으로 돌진하여 격렬히 싸웠다. 계백이 그를 사로잡아 머리를 베어 말안장에 매고서 돌려보냈다. 품일이 아들의 머리를 잡고 소매로 피를 씻으며 말하기를,

"내 아들의 얼굴과 눈이 살아있는 것 같구나. 능히 왕실의 일로 죽었으니 후회가 없다."

3군이 그것을 보고 비분하여 의지를 다지고 북을 울려 진격하니 백제가 크게 패하였다.[23]

② **百結先生 (≪三國史記≫ '卷四十八 列傳 第八')**

백결선생은 어디 사람인지 알 수 없다. 낭산(狼山) 아래에 살았는데 집이 무척 가난하여 옷을 백 군데나 기운 것이 마치 메추라기를 매달아놓은 것 같았으므로 당시 사람들이 동리 백결선생이라고 불렀다. 일찍이 영계기(榮啓期)의 사람됨을 흠모하여 거문고로써 스스로 따랐으니 무릇 기쁘고 성나고 슬프고 즐거운 일과 불평하는 일을 모두 거문고로 풀어냈다.

한 해가 저물 무렵 이웃에서 곡식을 찧으니 그의 아내가 방아소리를 듣고 말하기를,

"사람들은 모두 곡식이 있어 방아를 찧는데 우리만 유일하게 없으니 무엇으로 설을 쇠겠는가?"

백결선생이 하늘을 우러러 탄식하며 말하기를,.

"무릇 죽고 사는 것은 운명이 있고 부귀는 하늘에 달려 있으니 온다고 막을 수 없고 간다고 좇을 수 없는데, 당신은 어찌하여 속상해하는가? 내가 당신을 위하여 방아소리를 내어 위로하겠소."

이에 거문고를 타서 방아 찧는 소리를 내니, 세상에 이것이 전해져 대악[碓樂]이라 하였다.[24]

---

23) "官昌 新羅將軍品日之子……少而爲花郎……年十六 能騎馬彎弓……至唐顯慶五年庚申 王出師與唐將軍侵百濟 以官昌爲副將 至黃山之野 兩兵相對 父品日謂曰 爾雖幼年 有志氣 今日是立功名取富貴之時……官昌曰唯 卽上馬橫槍 直擣敵陣 馳殺數人 而彼衆我寡 爲賊所虜 生致百濟元帥階伯前 階伯俾脫胄 愛其少且勇 不忍加害 乃嘆曰 新羅多奇士 少年尙如此 況壯士乎 乃許生還 官昌曰 向吾入賊中 不能斬將搴旗 深所恨也 再入必能成功 以手掬井水飮訖 再突賊陣疾鬪 階伯擒斬首 繫馬鞍送之 品日執其首 袖拭血曰 吾兒面目如生 能死於王事 無所悔矣 三軍見之 慷慨有立志 鼓噪進擊 百濟大敗" ≪삼국사기(三國史記)≫ '권47 열전(列傳) 제7' <관창(官昌)>

24) "百結先生 不知何許人 居狼山下 家極貧 衣百結若懸鶉 時人號爲東里百結先生 嘗慕榮啓期之爲人 以琴自隨凡喜怒悲歡不平之事 皆以琴宣之 歲將暮 鄰里舂粟 其妻聞杵聲曰 人皆有粟舂之 我獨無焉 何以卒歲 先生仰天嘆曰 夫死生有命 富貴在天 其來也不可拒 其往也不可追 汝何傷乎 吾爲汝作杵聲以慰之 乃鼓琴作杵聲 世傳之 名爲碓樂" ≪삼국사기(三國史記)≫ '권48 열전(列傳) 제8' <백결선생(百結先生)>

③ 密友, 紐由 (≪三國史記≫ '卷四十五 列傳 第五')

밀우와 뉴유는 모두 고구려 사람이다. 동천왕(東川王) 20년에 위나라 유주 자사 관구검(毌丘儉)이 군사를 거느리고 침입하여 환도성(丸都城)을 함락시키니, 왕은 성에서 나와 달아나고 장군 왕기(王頎)가 뒤쫓았다. 왕이 남옥저로 도망하고자 하여 죽령에 이르렀을 즈음, 군사들은 거의 대부분 달아나고 흩어져 오직 동부의 밀우만이 홀로 왕 옆에 있다가 왕에게 아뢰기를,

"이제 추격해오는 병사가 매우 가까이에 있어 형세가 벗어날 수 없게 되었습니다. 신이 청컨대 죽음을 다하여 그들을 막겠사오니 왕께서는 가능한 도망하소서."

마침내 죽음을 각오한 군사를 모아 그들과 함께 적진으로 달려가 힘껏 싸웠다. 왕은 그 틈을 타 겨우 탈출하고 산골짜기에 의지하여 흩어진 병졸들을 모아 스스로를 보호하고 말하기를,

"만약 밀우를 찾아오는 자가 있다면 후한 상을 줄 것이다."

하부 사람 유옥구(劉屋句)가 앞으로 나서며 대답하기를,

"신이 가보겠습니다."

하고 마침내 전장에서 땅에 쓰러져 있는 밀우를 발견하여 즉시 업고 돌아왔다. 왕이 (밀우를) 무릎에 받쳐 눕히자 한참 후에 깨어났다.

왕은 사잇길로 이리저리 헤매면서 남옥저에 이르렀으나 위나라 군사도 쫓아오기를 멈추지 않았다. 왕이 계책이 다하고 형세도 꺾여 해야 할 바를 알지 못하자 동부 사람 뉴유가 나서며 말하기를,

"형세가 매우 위험하고 급박하오나 헛되이 죽을 수는 없습니다. 신에게 어리석은 계책이 있사오니, 청컨대 음식을 가지고 가 위나라 군사를 위로하면서 그 틈을 엿보다가 저들의 장수를 찔러 죽이고자 합니다. 만약 신의 계책이 성공한다면 즉시 왕께서 분격하여 승부를 결판내소서."

왕이

"좋다."

하였다. 뉴유가 위나라 군영에 들어가며 거짓으로 항복하고 말하기를,

"우리 임금이 대국에 죄를 짓고 도망하여 바닷가에 이르렀으나 몸 둘 곳이 없습니다. 장차 진영 앞에 나와 항복을 청하고 돌아가 사구에게 목

> 숨을 맡기려 하는데, 먼저 저를 보내 풍족하지 않은 음식으로나마 군사들을 위로하기 위하여 드리고자 합니다."
>
> 위나라 장수가 이를 듣고 장차 그 항복을 받아들이려 하는데 뉴우가 음식 그릇에 칼을 숨기고 그 앞에 나아갔을 때 칼을 뽑아 위나라 장수의 가슴을 찌르고 그와 함께 죽으니 위나라 군사가 마침내 혼란스러워졌다. 왕이 군사를 세 무리로 나누어 기습 공격하니 위나라 군사는 혼란을 진정시키지 못하고 끝내 스스로 낙랑으로부터 물러갔다. 왕이 나라로 회복하고 그 공적을 논하였는데 밀우와 뉴유를 제일로 삼았다.[25]

이상으로써 ≪三國遺事≫와 ≪三國史記≫에 수록되어 있는 說話의 소개는 끝마치겠다.

이미 위에서도 말한 바 있어서 거듭되지마는 說話에 대해서 좀 더 말하겠다. 美國의 Clayton Hamilton 교수는

> 說話라고 하는 것은 連絡 있는 事件의 表現法이다.

하였으니, 여기에서 말하는 '連絡'은 단순한 時間的 繼續을 뜻하는 것이 아니고 論理的인 인과관계를 말한다. 또 說話는 文學의 한 表現 形式으로서 作者가 事件을 스스로 體驗한 것이거나, 혹은 사람에게서 들은 것에 作者

---

25) "密友紐由者 竝高句麗人也 東川王二十年 魏幽州刺史毌丘儉 將兵來侵 陷丸都城 王出奔 將軍王頎追之 王欲奔南沃沮 至于竹嶺 軍士奔散殆盡 唯東部密友獨在側 謂王曰 今追兵甚迫 勢不可脫 臣請決死而禦之 王可遁矣 遂募死士 與之赴敵力戰 王僅得脫而去 依山谷聚散卒自衛 謂曰 若有能取密友者 厚賞之 下部劉屋句前對曰 臣試往焉 遂於戰地 見密友伏地 乃負而至 王枕之以股 久而乃蘇 王間行轉輾 至南沃沮 魏軍追不止 王計窮勢屈 不知所爲 東部人紐由進曰 勢甚危迫 不可徒死 臣有愚計 請以飮食往犒魏軍 因伺隙刺殺彼將 若臣計得成 則王可奮擊決勝 王曰諾 紐由入魏軍詐降曰 寡君獲罪於大國 逃至海濱 措躬無地矣 將以請降於陣前 歸死司寇 先遣小臣 致不腆之物爲從者羞 魏將聞之 將受其降 紐由隱刀食器 進前拔刀 刺魏將胸 與之俱死 魏軍遂亂 王分軍爲三道 急擊之 魏軍擾亂不能陳 遂自樂浪而退 王復國論功以密友紐由爲第一" ≪三國史記≫ '권45 열전(列傳) 제5' <밀우・뉴유(密友・紐由)>

의 主觀性을 가해 叙述하는 것이다. 위에서 말한 바와 같이 連絡 있는 事件은 時間的인 繼續이 아니므로 事件의 전후를 바꾸어서도 表現할 수 있는 것이다. 說話는 小說의 概念에서 말한 바와 같이 小說이나 譚語를 構成하는 三要素의 하나인 '무엇을'(事件 action)에 해당한다. 곧 說話文學은 事件의 進展만에 主眼을 두어 表現하는 小說文學이므로 小說文學史上에서 보면 가장 初期의 作品들을 말하게 된다.

≪三國遺事≫에서 든 建國神話 내지 古傳說은 國民의 聖經으로서 자못 神聖化하여져, 國民 사이에 傳承되어 왔다. 그러나 그러한 성스러운 神話도 처음에는 말하는 편이나 듣는 사람이 다 神奇하고 영검스럽게 느끼었지마는, 그것을 여러 번 되풀이해서 말하게 되니까 차차 그 神聖味는 줄어져 가서 오히려 싫증이 나게까지 되므로, 이를 점점 興味 本位로 轉換하여 가게 되었다. 요컨대 神聖 本位의 神話에서 興味 本位의 說話로 進展하게 된 것이다.

이렇게 되면 단순히 事件의 進展만을 主眼으로 하던 것이 말하는 사람의 主觀性이 섞여 들게 되어 다분히 文學的 要素를 內包하게 되어 차차 文學의 領域內에 들어오게 되었다.

三國時代의 說話를 찾아 볼 수 있는 文獻으로는 위에서 든 두 文獻, 곧 ≪三國遺事≫와 ≪三國史記≫만이 있는 것이 아니다. 三國時代에도 著作이 상당히 많아서

金大問의 ≪鷄林雜傳≫과 ≪花郎世記≫

崔致遠의 ≪新羅殊異傳≫[26]

같은 책들이 있어서, 당시에 民間에서 돌고 있던 說話를 그러한 冊子에서

---

26) ≪신라수이전(新羅殊異傳)≫의 작자로 최치원(崔致遠), 박인량(朴寅亮), 김척명(金陟明) 등이 거론된다.

많이 얻어 들을 수 있었을 것을, 오늘날엔 逸書가 되고 말아 아깝기 짝이 없다.

漢字와 漢文이 輸入된 후 西紀 2, 3世紀에는 벌써 漢文이 朝鮮人에게 충분히 이용되어 自己의 思想과 感情 즉 朝鮮사람의 生活을 자유자재하게 表記하게 되니, 여기에 朝鮮의 漢文學이 形成되어 일어나게 되었다. 朝鮮의 漢文學이 모습을 나타내고, 그 聲價를 海外에까지 떨친 지도 이미 오래 전 일이지마는, 漢文學다운 漢文學이 擡頭되기는 新羅의 統三時代부터인 듯하다.

新羅가 바야흐로 統三의 偉業을 成就하여 가는 데 따라 國運도 날로 上昇하고 文運도 차차 隆盛하여졌다. 그러자 때마침 唐太宗은 貞觀 13年(西紀 639)에 大學을 增設하여 外國의 子弟들이 入學하기를 許諾하니, 그 영향으로 新羅의 遣唐 留學生은 와짝 늘어, 唐武宗 때(新羅 文聖王 2年 庚申 西紀 840)에는 滿期된 留學生을 還送하였는데, 그 수가 百五人에 달하였다고 한다. ≪三國史記≫ '卷十一 新羅本紀 第十一' <文聖王>條에서도

> ……여름 4월부터 6월까지 비가 내리지 않았다……(당나라 문종은) 볼모로 와있던 왕자와 기한이 다되어 귀국할 학생 총 105명을 함께 돌려보내도록 하였다.……[27)]

이라 하였으니, 그 얼마나 新羅 青年 學徒들의 氣魄이 旺盛하였던가를 能히 짐작할 수 있다. 그 많은 秀才 중에는 唐의 賓貢科에 及第한 者가 唐末까지 五十八人을 헤아렸다고 한다. 이것으로 말미암아 唐나라의 華麗한 文化는 힘차게 新羅로 輸入되어 新羅의 文化는 극도로 發達하였다. 그리하여

27) "……夏四月至六月不雨……放還質子及 及年滿合歸國學生共一百五人……" ≪삼국사기(三國史記)≫ '권11 신라본기(新羅本紀) 제11' <문성왕(文聖王)>

新羅에는 唐나라로부터 文學者 大文學人들이 繼續해서 들어오게 되었으니, 그 중에 崔致遠과 金大問이 끼어 있었던 것이다.

崔致遠은 王京 沙梁郡 사람으로 字를 孤雲 혹은 海雲이라고 한다. 東方漢文學의 鼻祖다. 그는 唐나라에 들어가 18세에 벌써 科擧에 及弟하였고, 거기에서는 詩名이 높던 高駢과 知己가 되어 高駢이 叛賊 黃巢를 칠 때 <討黃巢檄>을 지어 敵으로 하여금 肝膽을 서늘하게 하였다고 한다.

金大問에 관하여서는 ≪三國史記≫ '卷第四十六 列傳 第六' <薛聰>條 끝에

> ……김대문은 본래 신라 귀족의 자제인데 성덕왕 3년에 한산주 도독이 되었다. 전기 몇 권을 지었는데, 그 가운데에서 ≪고승전≫, ≪화랑세기≫, ≪악본≫, ≪한산기≫는 아직도 남아있다.……[28]

이라 하였으니 金大問이 貴門 子弟로 唐留學生으로 ≪花郎世紀≫와 ≪高僧傳≫을 지었음을 알 수가 있다.

이 두 위대한 文豪의 손으로 자유스럽게, 神異怪奇한 傳說과 道聽 塗說을 기록한 것과, 鄕土의 傳說을 叢輯한 ≪鷄林雜編≫, ≪花郎世紀≫, ≪新羅殊異傳≫ 등의 逸文은 참으로 아까운 일이다. 그러나 이러한 책에 收錄되어 있었던 說話는 後代의 作品인 ≪三國史記≫, ≪三國遺事≫, ≪海東高僧傳≫, ≪東國通鑑≫ 등에 많이 인용되어 다소의 기쁨을 갖게 된다. 崔致遠의 遺著는 거의 전부가 散失되고 ≪桂苑筆耕≫ 일부 二十卷과 약간의 詩文이 남아있을 뿐이다.

---

28) "……金大問 本新羅貴門子弟 聖德王三年 爲漢山州都督 作傳記 若干卷 其高僧傳花郎世紀樂本漢山記猶存……" ≪삼국사기(三國史記)≫ '권46 열전(列傳) 제6' <설총(薛聰)>

第三章 說話의 移動

이미 위에서 말한 바와 같이 우리 民族은 적어도 西紀 前 二世紀부터는 漢族 文化의 영향을 입어 왔을 것이다. 그러나 실제는 훨씬 그 이전부터 漢文化와 接觸하였을 것이다. 그리하여 朝鮮의 民族文化는 까마득한 옛날부터 결코 孤立한 文化가 아니요, 참으로 地理的으로 인접된 他民族과 文化 관계에서 같은 울 안에 存在하였을 것이다. 우리 民族을 에워싸고 있던 다른 民族, 그 중에서도 우리 文化는 中國의 文化와 가장 깊고 복잡한, 친밀한 관계에 있었으므로, 質로나 量으로나 漢民族으로부터 받아들인 文化는 크다 아니 할 수 없으나, 우리 民族이 漢民族에 영향을 끼친 바는 그보다는 훨씬 적을 것으로 생각된다. 우리 民族은 對中 文化 관계에 있어서 언제든지 受動的인 立場에 있었던 것이다.

다시 말하면 우리 民族은 政治的으로는 有史 이래로 獨立하여 왔지마는, 文化 部面에 있어서는 新羅 統一 이래 거의 中國의 일부인 觀을 주어 왔던 것이다. 물론 우리의 固有한 燦爛한 文化가 없었던 것은 결코 아니지마는, 大體에 있어서 그 文化는 漢民族의 文化보다 低級하였을 것이다. 文化는 물과 같아서 언제든지 높은 데서 낮은 데로 흐르는 것이 本質일 것이다. 물론 이와는 반대의 境遇도 있기는 하다마는 대체로 高級 文化에서 보다 더 低級한 文化로 文化의 移動이 있는 것이 通常的일 것이다. 우리 民族文化는 漢文化의 感化를 꾸준히 繼續的으로 받아 왔던 것이다. 그리하여 朝鮮의 民族說話 중에서도 中國의 說話와 小說 기타의 영향을 입게 되었던 것이다. 나는 여기에서 오랜 동안을 두고 밀접한 관계에 있었던 中國의 說話와 朝鮮의 說話를 比較하여 얼마나 中國으로부터 영향을 받아 왔던가 考察하기로 한다.(아래에서 든 여러 인용문은 孫晉泰 님이 지으신 『朝鮮民族說話의 研究』

에서 취해 썼다.)

前年 『東亞日報』에서 각 지방의 傳說 古跡 其他를 상세하게 소개한 바가 있었는데 그 중에서 慶北 善山郡에 傳來하는 <義狗塚>의 全文을 여기에 轉載하면 다음과 같다.

> 義狗塚은 桃開面 林洞 鯉埋閣의 上部 洛東江의 東便 언덕에 있으니, 옛적 延香驛吏로 있던 金成發이란 者가 장을 보고 돌아가는 길에, 술이 잔뜩 醉하여 月沒亭(洛東江 東岸에 있었으나 지금은 없어졌다)까지 이르러서는 그만 精神을 잃고 누워 자는 동안에 山火가 일어나서 金成發의 身邊이 점점 危險하게 되매, 옆에 있던 개가 꼬리로 강물을 찍어다가 먼저 들어오는 불을 막아 主人을 구하고는 氣盡하여 죽어 버렸으므로 잠이 깬 뒤의 主人은 그 義理를 嘉尙히 여겨 특히 葬事를 지냈다는데, 그 무덤 앞에 선 碑石은 當時 善山府使로 있던 安應昌氏가 세워 준 것이라 한다.

이런 義狗 傳說은 우리도 어렸을 적부터 귀가 아프도록 들은 이야기로, 이러한 義狗 傳說은 널리 퍼져있다. ≪東國輿地勝覽≫ '蔚山郡' <驛院>條에도

> 견분원(犬墳院)은 고을 서쪽 24리에 있다.[29)]

란 기록이 있으니 犬墳院은 곧 義狗塚을 뜻하는 곳일 것이다. 犬墳院이 있었으면 반드시 義狗 傳說도 따라서 있었을 터이겠다. 이렇게 널리 퍼지어 있는 義狗 傳說은 벌써 高麗時代의 기록에서 찾아볼 수 있다. 崔滋(1188~1260)가 지은 ≪補閑集≫(高宗 41年 甲寅 西紀 1254) 卷中에 보면

---

29) "犬墳院 在郡西二十四里" ≪동국여지승람(東國輿地勝覽)≫ '울산군(蔚山郡)' <역원(驛院)>

김개인은 거령현(居寧縣) 사람이다. 개 한 마리를 키우고 있었는데 매우 아꼈다. 하루는 외출을 하는데 개도 그를 따랐다. 김개인이 술에 취해 길 모퉁이에 누워 잠이 들었는데 들에 불이 붙어 장차 번지려 하였다. 이에 개가 곁에 있는 냇물에서 몸을 적셔 오가며 주위를 둘러 풀과 잔디를 젖게 하여 불길을 끊었으나 기운이 다하여 죽고 말았다. 개인이 술이 깨 개의 자취를 보고 감동하여 노래를 지어 슬픔을 표한 후, 지팡이를 꽂아 이를 표시하였는데, 지팡이가 자라 나무가 되었으므로 그 지역의 이름을 오수(獒樹)라고 하였다. 악보 중에 <견분곡(犬墳曲)>이 있으니 바로 이것이다. 후에 어떤 사람이 시를 지어 이르기를……진양공(晉陽公, 최우)이 문객에게 명하여 전기를 지어 세상에 알려지게 하였다……[30]

이라 하였다. 居寧은 혹 巨寧이라고도 하여 高麗時代에는 全北 任實郡의 屬縣이었으며 지금은 아마 南原에 속하게 된 모양 같다. ≪補閑集≫이 지금으로부터 690여 년 전에 된 것이니까 義狗의 傳說은 훨씬 그 이전부터 있었을 터이다. 위에 든 기록을 보면 義狗를 讚美해서 <犬墳曲>까지 지어 樂譜에 넣었던 모양이고, 詩人들은 讚詩를 읊었고, <義犬傳> 같은 傳記를 지어 널리 세상에 퍼뜨린 것 같다. 그런데 ≪搜神記≫(晉나라의 干寶가 撰述한 것으로 六朝時代의 志怪小說로 二十卷으로 된 책인데 現在엔 八卷밖에 없다.) 卷五에 보면

옛날 오왕 손권 시대에 이신순이라는 사람이 있었는데, 양양군 기남현

30) "金盖仁 居寧縣人也 畜一狗甚怜 嘗一日出行 狗亦隨之 盖仁醉臥道周而睡 野燒將及 狗乃濡身于傍川 來往環繞 以潤著草茅 令絶火道 氣盡乃斃 盖仁旣醒 見狗迹悲感 作歌寫哀 植杖以誌之 杖成樹 因名其地爲獒樹 樂譜中有犬墳曲是也 後有人作詩云……晉陽公 命門客作傳記 行於世……" ≪보한집(補閑集)≫ 권중("金盖仁 居寧縣人也 畜一狗甚怜 嘗一日出行 狗亦隨之 盖仁醉臥道周而睡 野燒將及 狗乃濡身于傍川 來往環繞 以潤著草茅 令絶火道 氣盡乃斃 盖仁旣醒 見狗迹悲感 作歌寫哀 起墳以葬 植杖以誌之 杖成樹 因名其地爲獒樹 樂譜中有犬墳曲是也 後有人作詩云 人恥呼爲畜 公然負大恩 主危身不死 安足犬同論 晉陽公 命門客作傳記 行於世 意欲使世之受恩者 知有以報也")

(襄陽 紀南) 사람이었다. 집에 개 한 마리를 길렀는데 자를 흑룡(黑龍)이라 고 부르고 사랑함이 유독 심했다. 움직이고 앉을 때마다 서로 따르며 밥을 먹는 사이에도 모두 음식을 나누어 주었다.

어느 날 신순은 성 밖에서 술을 마셔 크게 취하여 집에 돌아오다가 이르지 못하고 풀밭에 누웠다. 그때 우연히 태수 정하(鄭瑕)가 사냥하러 나왔다가 밭에 풀이 우거져 있는 것을 보고 풀 속에 사람이 취해 자고 있는 것은 알지 못한 채 사람을 보내 (풀밭에) 불을 붙였다.

신순이 누워 있는 곳으로 마침 바람이 불었다. 개가 불을 보고 와서 입으로 신순의 옷을 물어 끌었으나 신순은 움직이지 않았다. (순신이) 누워 있는 곳이 한 시냇가와 견주어 서로 거리가 30~50보 되었다. 개는 곧 달려가 물에 들어가 몸을 적셔 신순이 누워 있는 곳으로 달려와 몸을 빙빙 돌며 굴려 적셨다. 불은 풀이 젖은 곳에서는 곧 꺼졌다. 주인은 큰 재난을 면할 수 있었으나 개는 물을 운반하느라 지쳐서 곁에서 죽었다.

조금 뒤 신순이 술을 깨고 와보니 개는 이미 죽었는데 온몸의 털이 다 젖어 있음을 보고 매우 의아하게 여겼다. 그리고 사방을 보고 불이 나서 꺼진 자취를 알고는 통곡했다. 태수가 이를 듣고 가련하게 여겨 말했다.

"개가 은혜 갚음이 사람보다 깊구나. 사람이 은혜를 알지 못하면 어찌 개와 같다 하겠는가?"

곧 관곽과 옷을 갖추도록 하여 개의 장례를 치렀다. 지금 기남현에 의구총(義犬塚)이 있는데 높이가 십여 길이다.[31]

라는 것이 있다. 義狗의 傳說은 孫權時代(西紀 182~252)이었다고 하고 ≪補

---

31) "昔 吳王 孫權時 有李信純者 襄陽紀南人也 家養一犬 字曰黑龍 愛之惟甚 行坐相隨 飮饌之間 皆分與食 忽一日 於城外 飮酒大醉 歸家不及 臥草中 時遇太守鄭瑕出獵 見田草深 不知人在中醉眠 遣人縱火爇之 信純臥處 恰當順風 犬見火來 乃以口拽純衣 純亦不動 臥處比有一溪 相去三五十步 犬卽奔往 入水濕身 走來臥處 週廻以身濕之 火至濕處卽滅 獲免主人大難 犬運水困乏 致斃於側 俄爾 信純醒來 見犬已死 遍身毛濕 甚訝其事 因觀血廻 覩火蹤蹟 因爾慟哭 聞於太守 太守憫之曰 犬之報恩甚於人 人不知恩 豈如犬乎 卽命具棺槨衣衾 葬之 今紀南有義犬塚 高十餘丈" ≪수신기(搜神記)≫ 권20 <의견총(義犬冢)> (≪수신기(搜神記)≫가 ≪수서(隋書)≫ <경적지(經籍志)>에는 30권으로 기록되어 있으나 8권만이 전해졌다. 현재 통용되는 책은 20권본으로 후인들이 유서(類書)에서 집록(集錄)해서 만든 것이다.)

閑集≫에서 든 金盖仁의 義狗 傳說과 여러모로 유사한 점을 찾을 수가 있으니, 아무래도 이 說話의 本源地는 中國이라고 할 수밖에 없다. 中國의 說話가 항상 황당하기는 하지마는, 年代와 人物의 姓名을 명백히 기록하여, 孫權時代라든지 李信純이라든지 太守鄭瑕라든지 人物과 時代를 똑똑히 적었으니, 이 說話가 어느 정도 事實性을 갖고 있음은 疑心 없을 줄로 생각된다. 그리하여 孫權時代의 說話라 認定하면 金盖仁의 義狗 傳說보다 近 千年이나 앞서 일어난 이야기다. 그러면 우리 民族의 義狗 傳說은 ≪搜神記≫ 같은 漢民族의 기록에서 傳播된 것이라고 생각 아니 할 수 없다.

그리고 다음으로는 <靑蛙傳說>에 대해서 말하겠다. 장마 때가 되면 으레 靑개구리가 듣기 싫도록 울기 시작한다. 靑개구리가 이렇게 장마 때가 되면 우는 내력에 관하여 다음과 같은 民間에서 널리 도는 說話가 있다.

> 옛날 어떤 靑개구리가 있었다. 그는 不孝한 子息이었다. 어머니가 東으로 가라면 그는 반드시 西로 가고, 어머니가 山으로 가서 놀라고 하면 그는 반드시 물가로 가서 놀았다. 이리하여 어머니의 말을 한 번도 곧이 들은 적이 없었다. 靑개구리의 어머니는 臨終에 이러한 遺言을 남기고 죽었다. "내가 죽거든 부디 山엘랑 묻지 말고 江가에 묻어다오." 이 말은 실상인즉 山에 묻어 달라고 하면, 그 자식이 으레 江가에 묻을 것이므로 그 어머니는 미리 짐작하고 반대로 江가에 묻어 달라고 하였던 것이다. 곧 그 어머니는 山에 묻히고 싶었던 것이다. 生前에는 不孝란 不孝는 다한 子息이었지마는 어머니가 죽고 난 뒤부터의 靑개구리는 매우 슬펐다. 그는 生前에 어머니의 말을 낱낱이 拒逆한 것을 깊이 後悔하였다. 그래서 어머니가 最後로 남겨 두고 가신 遺言이나마 順從하리라 생각하고, 靑개구리는 어머니의 屍體를 江가로 끌고 나가서 땅을 파고 눈물과 함께 묻어 드렸다. 그 뒤로부터는 靑개구리는 장마가 질 때마다 어머니의 무덤을 걱정하였다. 江물이 넘쳐흐르면 어머니의 墓가 떠내려갈까 하고 걱정하였다. 그래

서 靑개구리는 비가 올 때마다 목이 아프게 울게 되었다. 지금까지 장마 때마다 靑개구리가 슬피 우는 것은 이러한 내력을 가진 까닭이라고 한다.

그런데 唐代의 段成式의 ≪酉陽雜俎續集≫ 卷四를 보면

곤명지(昆明池) 가운데에는 무덤이 있는데 세상에서는 혼자(渾子)라고 부른다. 전하는 이야기를 살펴보면,

옛날 오래 전부터 그곳에 살던 사람에게 아들이 있었는데 이름은 혼자였다. 일찍부터 부모의 말을 따르지 않아, 만약 동쪽이라 하면 서쪽이라 하고 물이라 하면 불이라 하였다. 아버지가 병이 들어 장차 죽게 되자 언덕에 묻어주기를 바라는 마음에 거꾸로 말하기를,

"내가 죽거든 반드시 물속에 장사지내도록 하라."

고 하였다. 이윽고 아버지가 돌아가시자 혼자는 울며 말하기를,

"내가 오늘에까지 아버지의 명을 또다시 어길 수는 없다."

며 물속에 장사지냈다.

성홍의 ≪荊州記≫에 이르기를 고성(固城)은 이수(洱水)에 임해있는데 이수의 북쪽 언덕에는 오녀돈(五女墩)이 있다. 서한(西漢) 때에 어떤 사람이 이수 북쪽에 장사지냈는데 무덤이 물에 씻겨 무너지게 되었다. 그에게는 다섯 명의 딸이 있었는데 함께 이 돈대를 만들어 그 묘를 지켰다.

또 이르기를 한 여자가 음현(陰縣)에 사는 한자(佷子)에게 시집갔다. 그 남자의 집안은 재물이 많았지만 그는 어렸을 때부터 성장할 때까지 아버지의 말을 따르지 않았다. 아버지가 죽음에 이르렀을 때 (아버지는) 산 위에 묻어주기를 바랐으나 아들이 그의 말을 따르지 않을까 두려워하여 반드시 나를 물가 아래 돌이 쌓인 곳에 장사지내라고 말했다. 한자가 말하기를,

"내가 원래 아버지의 가르침을 듣지 않았는데 이제는 그 말을 좇는 것이 마땅하다."

고 하며 마침내 집안의 재산을 모두 풀어 돌무덤을 만들고 흙으로 그 무덤을 둘러싸니 하나의 섬을 이루었다. 그 길이가 수백 보에 이르렀다. 원

> 강(元康) 중에 처음 물이 스며들어 무너졌는데 지금 걸상 반 정도 되는 나머지 돌들 수백 개가 물속에 모여 있다.[32]

이란 것이 있다. ≪荊州記≫는 晉 盛弘之의 著다. 지금은 逸書가 되고 말았다.

靑개구리 代身으로 渾子니, 佷子니 하는 것이 나오지마는, 우리의 靑蛙傳說과 얼마나 비슷한 점이 많은가를 보라. 이 傳說도 漢民族으로부터 發源된 說話일 것이다.

이와 같이 民族과 民族 사이에서 이루어지는 文化의 移動, 혹은 交流에 따라서 民族說話도 移動을 하게 된다. 그러면 他民族으로부터 輸入해 들인 說話는 原型대로 있느냐 하면 그렇지는 않고 全然 原型을 잃게 된다. 說話라는 것은 가급적 그것이 事實인 것 같이 듣는 사람에게 느껴져야 되겠으므로, 이러한 필요성에서 輸入해 들인 說話는 年代, 地名, 人名 같은 것을 그 民族이 알아들을 수 있는, 곧 首肯할 수 있는 것으로 고치며, 어떤 때는 내용도 약간 事實性에 가깝도록 뜯어 고치게 된다.

끝으로 文獻에서 낱낱이 例證을 들지 않으나, 日本 民族과의 관계를 보면 그것은 대체로 朝鮮으로부터 日本으로 輸出된 것이 많고, 輸入된 것은 극히 소수이다. 과거의 日本 文化가 朝鮮과의 관계에 있어서 항상 被動的 地位에 있었던 까닭에서 짐작될 줄로 안다.

---

32) "昆明池中有塚 俗號渾子 相傳 昔居民有子 名渾子者 嘗違父語 曰若東則西 若水則火 父病且死 欲葬於陵屯處 矯語曰 我死 必葬於水中 及死 渾子泣曰 我今日不可更違父命 遂葬於此 據盛弘之荊州記云 固城臨洱水 之北岸 有五女墩 西漢時 有人葬洱北墓將爲水所壞 其人有五女 共創此墩以防其墓. 又云 一女嫁陰縣佷子 子家貲萬金 自少及長 不從父言 臨死 意欲葬山上 恐子不從 乃言必葬我於渚下磧上 佷子曰 我由來不聽父教 今當從此一語 遂盡散家財 作石塚 以土繞之 遂成一洲 長數百步 元康中 始爲水所壞 今餘石如半榻許數百枚 聚在水中" ≪유양잡조속집(酉陽雜俎續集)≫ 권4

第四章 漢 以前의 神話·傳說

이미 위에서도 여러 번 말한 바 있거니와 朝鮮의 文化는 漢文化의 侵入으로 말미암아 受動的 立場에 처해 있었던 관계상 說話 방면, 내지 小說文學에 있어서도 受動的 立場에 있었던 까닭에서 항상 漢民族의 說話 내지는 小說도 輸入하게 되었다. 그리하여 과거의 우리 민족은 輸入해 들인 他民族의 小說文學을 한 代 뒤늦어서 飜譯 혹은 飜案하여 우리의 小說文學으로 化하게 하였던 것이다. 그리하여 앞으로 朝鮮의 古代 小說을 말하려면 필연적으로 우선 中國의 小說에 대해서 먼저 말한 후에, 그 영향에서 뒤따라오는 朝鮮小說을 말하여야 되겠다.

中國에 있어서도 太古時代의 原始人들은 天地萬物의 變異와 모든 自然界의 現象이 人力 외에 存在해 있는 것을 알고, 그들은 自然界의 不可思議한 모든 現象에 대해서 각각 여러 가지의 說을 지어내거나 解釋들을 하였다. 이렇게 解釋해 놓은 말이 곧 우리들이 오늘날 말하는 바의 神話 傳說의 最初의 形態일 것이다. 그러한 神話들의 대개는 한 神格을 賦與해서 그 中樞로 삼고 推演해서 叙述하는 것이 보통이다. 그럴 뿐만 아니라, 그들이 叙述한 바의 神 혹은 神에 대한 그들의 解釋 곧 神話에 대해서 이를 信仰할 뿐만 아니라 敬畏를 하게 된다. 또 그들은 神의 威靈을 歌頌하며, 壇廟를 베풀어, 天神, 月神, 其他에 대해서 崇仰을 하여 오는 중에, 文物이 차차 發達 繁盛해지면 그들의 神話는 宗教를 싹트게 한다. 이와 같이 中國에 있어서도 原始社會는 集團的으로 自然에 대해서 敬畏와 恐怖 속에서 영위되어 오다가 마침내 가서는 그들에게 宗教를 낳게 하였던 것이다.

그러한 神話도 차차 發展하는 데 따라 그 神話를 이루고 있는 中樞가 神에서 人性에 가까워진다. 이렇게 人性에 가까워진 神話를 이때에는 傳說이라고 부른다. 그리하여 傳說에 나타나는 主人公들은 神性의 人間이거나, 古英雄이거나, 혹은 그들의 奇才, 異能, 神勇은 凡人이 따를 수 없는 域에 있게 된다. 그리고 그들의 凡人이 미칠 수 없는 바는 대개는 天授的이거나 天助的이다.

中國의 神話와 傳說을 集錄한 專書는 없고 겨우 古籍에서 散見되는데, 中國 古代의 伯益의 著라고 하나 分明하지 않은 ≪山海經≫에서 神話를 많이 찾아볼 수가 있다. ≪隋書≫ <經籍志>에 보면 二十三卷이라 하였으나 지금엔 十八卷만 傳해지고 있다. 이 책은 南山經이니, 西山經이니, 北山經이니 하여 海內外의 山海의 異物, 神祇를 많이 수록한 책이다. 우리가 가장 많이 故事로서 인용하는 崑崙山과 西王母의 神話가 이 책 속에 기록되어 있다. 이외에 中國 古代의 說話는 道家者流의 書인 ≪莊子≫, ≪列子≫ 등에서 寓言으로서 찾아볼 수가 있고, ≪詩經≫, ≪楚辭≫及 '天問'에서도 많이 찾아볼 수 있다. 물론 이런 古籍들에 수록되어 있는 說話들 중에는, 玄鳥 혹은 怪獸에 관한 것이 아니면, 怪誕한 神仙說이 많이 있어서, 우리로 하여금, 荒唐無稽한 感을 주지마는, 이러한 說話에서 後代 中國의 文學的 價値 있는 小說이 胚胎되었다. 漢代의 現存한 小說로 다음의 여러 책들이 있다.

≪神異經≫ : 漢 東方朔의 撰으로 역시 神話的 小說로 山川, 地勢, 異物을 말한 책이다.

≪海內十洲記≫ : 약칭해서 ≪十洲記≫라고도 한다. 이 책도 東方朔의 著라고 한다. 漢 武帝가 祖洲, 瀛洲, 玄州, 炎州, 長州, 元州, 流州, 生洲, 鳳麟洲, 聚窟州 등 十洲의 이야기를 西王母로부터 듣고, 이를 東方朔을 불

러서 地方, 地方의 物名을 물었다고 기록되어 있으나 誕謾하고 荒唐無稽함을 면하지 못하는 책이다.

≪漢武帝故事≫ : 漢 班固의 作이라 하는데[33] 一卷으로 되어 있다. 武帝가 猗蘭殿에서 태어나서부터 茂陵에 崩葬될 때까지의 雜事를 기록한 것이다. 그 중에 神仙怪異의 說話가 많이 기록되어 있다.

≪漢武帝內傳≫ : 이 책도 班固의 撰이라고 하며[34] 역시 一卷으로 되어 있다(≪四庫全書 總目提要≫에는 魏晉 때의 僞作이라 하였다). 이것도 武帝의 出生으로부터 崩葬에 이르기까지의 기록으로, 西王母를 從遊하던 이야기가 자세히 적혀 있다.

≪漢武冥洞記≫ : 後漢의 郭憲의 撰이라 하며 全書 六十則으로 되어 있다. 神仙의 道術及 異域의 怪異를 그린 책이다.

≪飛燕外傳≫ : 漢의 河東都尉 伶玄子于의 撰으로 역시 一卷으로 되어 있다. 飛燕은 武帝의 寵姬로 그 누이동생과 君寵을 다투는 모양을 잘 그리고, 後宮 內部를 조금도 遺憾없이 잘 描寫한 作品이다.

≪穆天子傳≫ : 晉 咸寧 5年(晉 太康 2年?)[35] 汲縣의 縣民 不準이 魏 襄王의

33) ≪수서(隋書)≫ <경적지(經籍志)>에 2권으로 기록되어 있다. 지은이는 미상이다. 책은 산실되었지만 루쉰(魯迅, 1881~1936)이 『고소설구침(古小說鉤沈)』에 집본해 놓았다.

34) ≪수서(隋書)≫ <경적지(經籍志)>에 3권으로 기록되어 있다. 지은이는 미상이다. 명대에 편찬된 ≪광한위총서(廣漢魏叢書)≫에 한(漢)나라 반고(班固)가 지었다고 되어 있다.

35) 함령 5년은 279년이고 태강 2년은 281년이다. 주왕산이 281년으로 고증한 근거는 미

陵墓를 盜掘해서 얻었다는 책으로, 처음에는 十九篇이었는데 現存한 것으로는 六卷밖에 없다. 周穆王이 八駿을 타고 天下를 周遊하다가 西王母國을 찾아가 神과 會飮하는 것을 그린 作品이다.

≪雜事秘辛≫ : 明代의 假作이라고도 한다. 後漢의 桓帝가 將軍 梁商의 딸 瑩을 皇后로 冊立하려는 艶話를 쓴 책이다.

≪西京雜記≫ : 著者 未詳.[36] 처음엔 二卷이었던 것이 지금엔 六卷으로 되어 있다. 世間의 瑣事를 雜載한 것이다.

≪抱朴子≫ : 葛洪(약 283~343)의 著로 內外篇 八卷으로 되어 있다. 抱朴子는 그의 號로 그는 東晉 初期의 神仙 思想家로, 神仙道術에 通達했다고 한다.

第五章 六朝時代의 志怪小說

中國 兩漢時代에는 宗教라고 할 만한 것은 없었고, 일반 民衆은 巫를 信奉하였는데, 秦漢 이래로 道教라고 하는 것이 있었다. 道教는 後漢 張道陵[37]이 創唱한 일종의 宗教다. 道教는 모든 迷信을 끌어넣어서, 神仙說, 陰

상이다.

36) ≪서경잡기(西京雜記)≫의 저자는 논란이 있다. ≪수서(隋書)≫에서는 저자 이름을 밝히지 않았고, ≪신당서(新唐書)≫에서는 진(晉)나라 갈홍(葛洪)의 편찬이라고 기록하고 있다. 그런데 ≪동한관기(東漢觀記)≫에서는 ≪서경잡기(西京雜記)≫에 수록된 고사들이 모두 전한(前漢)의 유흠(劉歆)이 말한 것들이라고 하였다.

陽道, 水火匡廓說, 讖緯學符籙 등 大衆이 信仰하는 對象은 거의 다 포함시켜, 佛教의 三世 因果의 教理도 있고, 儒教 思想도 있어서 ≪孝經≫은 그대로 그 教의 道書로 쓰고까지 있었다. 간단히 말하면 老莊學에 神仙學을 附合한 卑俗한 宗教로, 不老延命, 災息無異를 說教하였다. 이와 같이 神仙의 說이 盛行되는 데 따라 巫風이 크게 일어나 鬼道(귀신 이야기)가 늘게 되었다. 그리고 後漢 明帝 때에 佛教가 傳來되어, 갖은 迫害를 받으면서도 布教를 하였으니, 이들이 또한 대개가 靈異(귀신)를 예로 하여 稱道를 하여서 東晉에서 南北朝時代에 이르는 동안에는 鬼神, 志怪의 書籍이 쏟아져 나오게 되었다. 그러한 書籍 중, 文人의 손에서 된 것은 釋, 道 두 教처럼 자기의 教를 너무 지나치게 神聖化하려고 하지 않았다고 해서 意識的으로 小說을 쓰려고 한 것도 아니다. 이외에 教徒들이 쓴 것도 있다. '志怪'란 뜻은 怪奇한 것을 誌(기록과 같음) 한다는 뜻이다. 六朝時代(吳·東晉·宋·齊·梁·陳, 西紀 222~589)에 志怪 書籍이 많이 나왔으니 이를 간략히 소개하겠다.

≪列異傳≫ : 魏 文帝가 撰한 것으로 三卷으로 되어 있는데, 지금엔 散亡되어 얻어 볼 수 없으나, 다른 文籍에 많이 인용되어 있다. 이제 ≪太平御覽≫과 ≪法苑珠林≫에 인용된 귀신 이야기를 하나 소개하면 이러하다.

南陽의 宗定伯이 나이 어렸을 때 밤길을 걷고 있다가 귀신을 만났다.
宗 "이놈! 넌 누구냐?"
귀 "나? 난 귀신이다. 너는 누구냐?"
하였다. 宗定伯은 귀신을 속이려고

---

37) 장도릉(張道陵, 34~156)은 후한(後漢) 말엽 오두미교(五斗米教)를 창시한 사람이다.

宗 "나도 귀신이다."

그리하였더니 귀신이 어디 가느냐 묻기에 宛市로 가려고 한다고 대답하였다. 귀신도 나도 그리로 가니 같이 가자고 하여 宛市로 가는데 길이 멀어서

귀 "길은 먼 데다가 다리가 아프니 서로 돌려가며 업고 가자."

宗 "그러자. 그런데 나는 죽은 지 얼마 안 되어서 몸이 무거우니 그리 알아라."

이리하여 서로 돌려가며 업고 갔는데, 귀신은 통 무게가 없어서 宗定伯은 편했지마는, 귀신은 더 힘들었다. 이렇게 두어 번 서로 업고 가다가

宗 "나는 죽은 지 얼마 안 돼 모르겠는데 귀신은 무엇을 제일 무서워하느냐?"

귀 "사람의 침(唾)이 제일 무섭다."

그것을 들은 宗定伯은 宛市에 다 와서, 업고 가던 귀신 대가리를 끌어당기어서 침을 발랐더니, 귀신은 한 마리의 羊이 되고 말았다. 그리하여 아주 죽이려고 羊에게 또 침을 발라서 다른 사람에게 팔아 버렸다고 한다.

다른 이야기 하나를 더 적겠다.

武昌 新縣의 北山 위에는 望夫石이 있다. 그 形狀은 마치 사람이 서 있는 것과 꼭 같은데 사람이 傳해 말하기를, 예전에 貞婦가 있었는데 그의 남편이 멀리 賦役에 끌려 나가게 되어 그의 妻는 子息을 데리고, 이 산에까지 나와서 배웅을 하였다. 배웅을 하고 나서 멀리 떠난 남편을 바라보고 있다가, 그냥 돌로 化하고 말았다 한다. (≪太平御覽≫에서)

그런데 이와 똑같이 哀切한 이야기가 三國時代에도 있었다. 곧 朴堤上의 妻가 倭國으로 떠나가서 다시는 돌아오지 않는 자기 남편을 혹시나 하고, 哀痛함을 이기지 못해 세 딸을 데리고 수릿재(鵄述嶺)에 올라 날로 倭國을 바라보며 痛哭하다가, 이내 수릿재 神母가 되고 말았다는 슬픈 이야기

가 바로 그것이다. (≪三國遺事≫ '卷第一 紀異一')

≪博物志≫ : 晉 張華의 撰으로, 처음엔 四百卷이나 되었다고 하는데 武帝는 이를 다시 十卷으로 줄이게 하였다고 한다. 原本은 散佚이 되어 알 수 없고 다른 文籍에 있는 것을 拾綴해 보면 山, 水, 人民, 異獸, 異鳥, 異草木…… 등으로 분류되어 있는데 卷七이 異聞, 卷八이 史補, 卷九, 十이 雜說로 되어 있다. 異聞, 史補, 雜說 등에 志怪小說이 있다.

≪搜神記≫ : 晉의 干寶가 지은 책으로 六朝時代의 代表的 神怪小說이다. 처음엔 二十卷이던 것이 지금엔 八卷만 남아있다. 神祇, 靈異, 人物, 變化, 神仙, 五行 등의 짧은 說話를 수록해 놓은 책으로 佛教說話도 많다고 한다. 干寶의 父親에겐 사랑하던 愛妾이 있었는데, 父親이 죽어서 장사 지내는 날 그 妾을 산 채로 무덤 속에 파묻었다. 그런 후 10年이 지나서 寶의 母親이 죽어 파묻으려고 무덤을 헤쳤더니, 10年 전의 妾이 그냥 살아 있었다고 한다. 그 후 그의 兄이 죽어서 숨이 끊어져 몸이 차디찬 채로 있었다가 다시 살아나서 자기는 天地間의 鬼神을 보았다고 말하였다. 여기에 寶는 느낀 바 있어서 이 책을 지었다고 한다.

≪述異記≫ : 祖沖之의 撰 二卷으로 되어 있다. 散亡되어 遺文이 남아있다.

≪異苑≫ : 劉慶叔의 撰으로 十餘卷이나 된다고 한다. 지금엔 十卷이 남아있는데 原本인 것 같지 않다고 한다.

≪齊諧記≫ : 宋 東陽无疑의 撰으로 七卷인데 이도 散亡되었다.

≪續齊諧記≫ : 梁 吳均의 著로 一卷이다. 現存하는 책이다.

≪拾遺記≫ : 晉 王嘉의 撰으로 十卷이라 한다.

이외에 顏之推의 ≪寃魂志≫, 劉義慶의 ≪幽明錄≫, 祖臺之의 ≪志怪≫ 등이 있다.

第六章 ≪世說新語≫의 끼친 影響

漢末의 士階級은 品目을 무겁게 생각하고 聲名의 高隆失墮에 대해서 마음을 썼는데, 魏晉 이후로는 차차 奢侈스러운 生活을 즐기게 되고, 戲弄, 諧謔, 脫俗, 輕妙, 淸逸한 言辭를 쓰기를 즐겨 하게 되었고, 行動擧止도 粗放하게 되어 漢代의 俊偉堅卓을 尊重하던 것과는 몹시 변하고 말았다. 거기에다가 漢末로부터 南北朝에 걸치어서 佛敎가 隆盛함을 따라 脫俗의 風潮를 일으킨 데다가 싱그러운 세상을 싫어하고 떠나려는 마음까지 먹게 되어, 마침내 가서는 모든 사람들은 淸談과 異言을 好尙하게 되었다. 그리하여 舊聞을 拾綴하거나 近事를 記述하여, 비록 짧은 이야기에 지나지 않지마는, 지금까지에는 人間들의 산 言動을 記錄 描寫한 것이 없었던 관계상 사람들은 이를 歡迎하게 되어, 여기에 비로소 오래 橫行하던 神話나 혹은 志怪小說에서 解放되게 되었다. 물론 人間에 관한 기록은 오랜 예전부터 있었으나 대개 그러한 것들은 道德的, 倫理的, 敎育的이었고 조금도 諧謔性이 없었다.

그러자 東晉 隆和年中(西紀 362)에 河東의 裵啓라고 하는 處士가 漢, 魏 이

후 당시까지의 言語對應 중에서 諷刺的이면서 諧謔性을 띤 것을 選集해서 ≪語林≫이란 책 이름으로 세상에 한 번 발표하게 되매, 好評을 받아 오다가 隋에 이르러서 散亡하고 말았다. 처음에는 十卷이나 되었다고 한다. 그러나 그 遺文이 다른 여러 책에서 散見된다.

≪隋書≫ <經籍志>에 보면 東晉의 中郎 郭澄之의 撰이라는 ≪郭子≫ 三卷이 ≪語林≫과 비슷하다고 하는데 散亡되고 말았으나, 그 遺文이 다른 책에서 散見된다고 한다.

그리고 같은 ≪隋書≫ <經籍志>에 보면 宋의 臨川王 劉義慶의 ≪世說≫ 八卷이 있었는데 梁의 劉孝標가 여기에 註를 붙여 十卷으로 만들었다고 한다. 그러던 것을 宋人 晏殊(何良俊?)가 删併하여 ≪世說新語≫ 三卷으로 만들었다. 現存한 책을 보면 德行, 雅量, 賞譽, 任誕, 汰侈 등의 三十八篇으로 분류되어 있다. 이 책에 인용된 책이 四百餘種이나 되는데, 그 인용한 책들이 다 現在에는 散佚된 것이어서, 世人들이 이를 珍重하게 여기는 바가 여기에 있는 것이다.

梁의 沈約(西紀 441~513)이 三卷의 ≪俗說≫을 지었다고 하는데 지금엔 散亡되어 없고,

梁의 武帝가 殷芸(西紀 471~529)[38]에게 命해서 ≪小說≫ 三十卷을 撰述하게 하였다고 하는데 隋代에 이르러 겨우 十卷이 남아 있다가 明初까지에도 남아있던 것이 지금엔 ≪續談助≫[39]와 原本 ≪說郛≫만이 보인다. 이제 原本 ≪說郛≫ 二十五에서 다음의 戱謔的이야기를 하나 적겠다.

---

38) 은운(殷芸)의 자는 관소(灌蔬). 남조(南朝) 양지(梁陳) 사람이다. ≪수서(隋書)≫ <경적지(經籍志)>에 ≪은운소설(殷芸小說)≫ 10권을 썼다고 기록되어 있다.

39) 송(宋)나라 조재지(晁載之)가 지은 것으로 소설과 잡저 20여 종이 실려 있다. 그중 ≪은운소설(殷芸小說)≫을 인용한 것이 보인다.

孔子는 어떤 날 子路를 데리고 山으로 놀러 가서 子路에게 물을 떠오라고 하였다. 子路는 그만 물이 있는 곳에서 범을 만나 범과 싸운 끝에 범의 꼬랑지를 빼 가지고 주머니에 넣은 후 물을 떠 가지고 돌아왔다. 그리고 孔子에게 물었다.

子 "上士가 범을 죽이게 되면 어떻게 죽일까요?"

孔 "上士가 죽인다면 범의 머리를 쳐서 죽일 것이다."

子 "中士가 범을 죽이게 되면 어떻게 죽일까요?"

孔 "中士가 죽인다면 범의 귀를 쳐서 죽일 것이다."

子 "下士가 범을 죽이게 되면 어떻게 죽일까요?"

孔 "下士가 죽이게 되면 범의 꼬랑지를 빼서 죽일 것이다."

子路는 그 말을 듣고 슬그머니 주머니에서 범의 꼬리를 꺼내서 버리고 말았다. 그리고 子路는 성이 나서 혼자 생각하기를 夫子는 물이 있는 곳에 범이 있는 줄 뻔히 알면서도 나에게 물을 떠오게 하였구나. 아마 나를 죽게 하려고 한 것이로구나! 이렇게 생각을 하고 큰 돌을 몰래 주머니 속에 넣고 장차 孔子에게 던지려고 마음을 먹으면서 孔子에게 또 물었다.

子 "上士가 사람을 죽이려면 어떻게 죽일까요?"

孔 "上士가 사람을 죽이려면 筆端을 쓴다."

子 "中士가 사람을 죽이려면 어떻게 죽일까요?"

孔 "中士가 사람을 죽이려면 舌端을 쓴다."

子 "下士가 사람을 죽이려면 어떻게 할까요?"

孔 "下士가 사람을 죽이려면 큰 돌을 주머니에 넣을 것이다."

子路는 좀 떨어져 있는 곳에 가서 돌을 버리고 孔子에게 心服하였다고 한다.

이러한 戲謔은 우리나라에도 비슷한 것이 있다. 安邊 釋王寺藏 古今文書에 傳하는 바를 보면 이러하다.

어느 따뜻한 봄날 李太祖는 王師 無學禪師와 壽昌宮에서 對坐하고 있었다. 王은 禪師에게 向하여 서로 戲謔을 해서 相對方을 낮게 비방해 보자고 하였더니, 禪師는 좋다고 하며 大王부터 먼저 시작하라고 말하였다. 太祖는 말하기를 老師를 보기를 멧돼지 같이 한다고 하였다. 그랬더니 다음에 禪師가 말하기를 小僧은 大王을 부처님과 같이 우러러 봅니다 하였다. 大王은 意外라 하며 이래가지고서는 勝負가 안 되지 않소. 어째서 相對方을 털어 말하지 않느냐고 물어 보았더니 無學은 對答하기를. "以豬眼觀之則猪也. 以佛眼觀之則佛也"라 하였다. 王과 禪師는 함께 抵掌大笑하였다.

다시 本論으로 돌아가 ≪隋書≫ <經籍志>에 보면 後漢의 給事中 邯鄲淳撰이라는 ≪笑林≫ 三卷이 있는데 지금엔 逸文이 되어 알 수가 없으나 이도 諧謔小說인 것만은 추측할 수가 있다. 遺文 二十餘事가 있다. 그 중 하나만 적겠다.

平原의 陶丘氏는 渤海의 黑台氏의 딸에게 장가를 들었는데, 그 여자의 얼굴이 미모인 데다가 재원이어서 서로 존경하였다. 얼마 안 있어 아들을 하나 낳은 후 부부가 같이 처가로 가게 되었다. 가 보았더니 그의 장모는 몹시 늙었다. 내외가 다시 돌아오자마자 남편은 자기 처와 이혼을 하고 말았다. 소박을 당한 그의 아내는 무엇을 잘못해서 이혼을 하게 되는지 까닭을 물어보았다. 남편은 대답하기를,

"요전에 장모를 만나 뵈었더니 늙어빠진 데다가 예전의 곱던 모습이라고는 통 보이지 않는구려. 아마 당신도 늙어지면 그런 꼬락서니가 될 터이니까 내가 이혼하는 것이요. 다른 이유는 없소."

≪笑林≫이 나온 후에는 이를 模倣한 作品이 쏟아져 나오게 되었으니, 楊玠松의 ≪解頤≫, 侯白의 ≪啓顔錄≫, 呂居仁의 ≪軒渠錄≫, 沈徵의 ≪諧史≫, 周文玘의 ≪開顔集≫, 天和子의 ≪善謔集≫들이 있고 이외에도 ≪世說新語≫와 비슷한 模倣 作品이 상당히 많아 劉孝標의 ≪續世說≫ 十卷, 王方慶의 ≪續世說新書≫, 孔平仲의 ≪續世說≫, 何良俊의 ≪何氏語林≫, 李紹

文의 ≪明世說新語≫ 등으로 이루 다 여기에 기록할 수 없다.

朝鮮文學에 있어서도 유머 文學이 상당한 量에 달하는데 이러한 文學 作品들은 人生의 明暗 양면을 깊이 觀察하여 어떤 때는 諷刺的으로, 또 어떤 때는 逆說을 말하기도 하며, 또 어떤 때는 諧謔을 弄해서 사람의 마음을 부드럽게도 하며, 따뜻하게도 한다.

과거의 조선 사람들은, 自己 知識의 高度만을 自負하던 學者들의 판에 박은 듯한, 儒教的인 談論에 滯症이 생기고, 頭痛이 나고, 싫증이 난지 오래라, 漢代의 淸談, 詼諧的 ≪世說新語≫가 輸入되자 가뜩이나 유머를 즐겨하던 조선 사람들은 이를 반겨 맞아들이어, 儒教的 談論은 流俗으로 극히 輕蔑하는 동시에 脫俗的인 話術을 몹시 좋아했다. 朱子學의 理氣心性의 玄學的 探究에 沒頭하던, 또는 九思九容의 威儀를 갖추어 마음을 바르게 하던 과거의 우리 祖上들의 內心에는 그의 反動으로 웃음과 才談을 즐겨했다. 그리하여 中國의 ≪世說新語≫는 兩班들 사이에 널리 愛讀되었을 뿐만 아니라, 名談, 才談, 奇談, 淸談의 텍스트북으로 사용되었다. 그리하여 古代小說 <興夫傳>, <春香傳>, <장끼傳>, <토끼傳> 등에서 볼 수 있는 유머는 그만 두고라도 여러 野談, 혹은 文集 속에서 간간히 볼 수 있는 諧謔은 다 ≪世說新語≫에서 發源되었던 것이다. 그러면 지금부터서는 朝鮮文學에 있어서도 얼마나 유머가 많았던가를 보이겠다.

朴東亮의 ≪寄齋雜記≫ 卷一에 보면 世祖朝의 功臣 洪仁城의 이야기가 실려 있는데, 仁城은 自己의 功만 믿고 專橫을 하여, 常民들이 조그마한 과실만 해도 殺戮을 해서, 많은 사람이 害를 받아, 우는 어린 아이들도 仁城이 왔다고만 하여도 울던 울음을 그쳤다고 하는, 그렇게 嚴酷한 權臣이었다. 어떤 달이 몹시 밝은 날 밤에, 그는 혼자 앉아서 달을 치어다보고 있다가 자기 옆집에 사는 사람이 재미있는 이야기를 잘 한다는 評이 생

각나서 그 사람을 불러서 말하기를

> 지금 달은 밝고 바람은 고요하며 안석도 맑고 시원하여 자려 해도 잠이 오지 않는데, 자네가 무슨 말을 가지고 나의 심심함을 풀어주고 내 마음을 즐겁게 하여 주겠는가?[40]

라 하였다. 그러나 옆집 사람은 再三 굳이 사양을 하면서 나의 이야기는 모두가 鄙俚委巷의 이야기가 되어서 大監의 淸聽을 더럽힐 뿐입니다 하고, 겸손해서 통 이야기를 하려고 들지 않았다. 仁城은 자꾸 조르면서 만일 재미있는 이야기만 하면 우리 집 담 밖에 있는 小家를 너에게 줄 터이다. 자네는 그 집만 얻게 되면, 한 평생을 걱정 없이 지내게 될 것이 아닌가 하고 재미있는 이야기를 듣기 위해 집까지 내놓게 되었다. 그랬더니 옆집 사람은 무릎을 꿇은 채 천천히 말하기를

> 못가 수양버들 대여섯 그루가 2,3월이 되자 긴 가지가 휘늘어져 초록 장막을 두른 것 같고, 4,5월에는 붉고 흰 연꽃들이 흐드러지게 피고, 6·7월에는 수백 개의 수박이 푸른 구슬이나 조롱박처럼 주렁주렁 매달리는데, 찌는 듯한 더위가 하늘에 퍼져 가득할 때에 따다가 쪼개면 빛깔은 주홍 같고 물은 찬 샘물 같으며 맛은 맑은 꿀 같도다.[41]

이라 하며, 이러한 시원한 이야기는 어떠냐고 仁城에게 물어 보았더니 仁城은 그의 말이 채 끝나기도 전에 손을 내저으면서 말하기를

---

40) "今者月明風靜 几案淸爽 欲眠未就 爾有何語 可以破吾閑而悅吾心乎" ≪기재잡기(寄齋雜記)≫
41) "池畔垂楊五六株 二三月長枝裊如圍草綠帳 四五月紅白蓮花爛漫而開 六七月數百西瓜如碧玉胡蘆箇箇垂空 正當烈炎漲天 剝取斫之 色如朱紅 水如冷泉 味如淸密" ≪기재잡기(寄齋雜記)≫

자네 말하지 말게, 자네 말하지 마. 입에서 침이 질질 나오는구나![42]

라 하고 나서는, 子息을 불러서 담 밖의 小家의 家券을 가져오게 해서, 옆집 사람에게 주었다고 하는데, 그 家券에는 奴婢財産까지도 달려 있었다고 한다. 얼마나 시원하면서도 저절로 침이 삼켜지는, 輕妙한 이야기냐?

宣祖朝의 名臣 淸江 李濟臣이 지은 ≪淸江小說≫[43]에 보면 朴敦復의 욕본 이야기가 있는데, 朴敦復은 宣祖朝의 사람으로 벼슬은 掌令에 이른 사람이었다.

상사 박돈복은 상락 김광준의 사위였다. (박돈복은) 항상 그 아내가 깊이 잠들기만을 엿보다 밖으로 나가 여러 여비와 친압하기를 무수히 하였다. 어느 날 밤에 아내의 코에 귀를 대고 잠들기를 기다리는데, 그 아내가 알아차리고 거짓 숨을 쉬니 이에 여비의 처소로 옷을 벗고 달려들었다. 아내가 이에 안에서 창문을 잠그고 다급하게 외치기를,

"지금 도둑이 들어왔다."

김상락이 모든 노복을 깨워 횃불을 들고 샅샅이 찾게 하였으나 자못 종적이 없었는데, 대청 한쪽 판자 아래에 한 남자가 붉은 볼기를 드러내고 엎드려 있었다. 그 머리가 오목한 곳에 들어가 있어 누구인지 알 수 없었으나 분명 도적이었기에 장차 횃불로 지지려하자 한 여비가 손을 저으며 황급히 저지하며 말하기를,

"그 볼기가 생원님의 볼기와 비슷합니다."

하기에 종들이 다리를 끌어내고 보니 과연 박돈복이었다.

이튿날 장차 아침밥을 먹으려는데 박돈복의 아내가 웃밥을 덜어내어

---

42) "爾勿語 爾勿語 口津津生涎矣" ≪기재잡기(寄齋雜記)≫

43) 이제신(李濟臣, 1536~1583)의 시화집. '청강소설(淸江小說)'이라는 제목은 책에 수록된 4편의 저술 <청강선생후청쇄어(淸江先生鯸鯖瑣語)>, <청강선생사재록(淸江先生思齋錄)>, <청강선생시화(淸江先生詩話)>, <청강선생소총(淸江先生笑叢)>의 제목을 합하여 붙인 것이다.

국을 말더니 중지시켰던 여비를 불러 주면서 칭찬하며 말하기를,

"어젯밤에 낭군이 진실로 잘못하였고 내 장난 또한 지나쳤다. 혹시라도 네가 중지시키지 않았다면 또한 그 볼기를 지졌을 것 아니겠느냐?"

여비가 밥을 받으면서도 몸이 우물쭈물하므로 박돈복의 아내가 알아차리고 말하기를,

"생원님의 볼기인 줄 네가 어떻게 알았느냐?"

하니, 여비는 밥을 던져버리고 달아났다.[44]

참으로 抱腹絶倒할 광경이다.

李恒福의 字는 子常, 號는 白沙 혹은 漢陰이라고 한다. 名相의 한 사람으로, 宣祖朝에 壬辰倭亂을 치르는 동안 王을 뫼시고 扈從하여 王事에 盡瘁하였고, 光海君朝에는 黨論의 激化로 인해 廢妃에 반대하다가 北靑으로 귀양가게 되었다. 朴東亮의 ≪寄齊史草≫에 보면

이자상이 농담을 잘 하였는데……[45]

라 한 것을 보더라도 白沙는 詼諧와 淸談을 잘했던 모양이다.

白沙가 北靑에서 謫居中, 때마침 鄕校生들의 考講의 試驗이 있었다. 그런데 여기에 及第하지 못하면 兵丁에 編入되는 것이었다. 어떤 校生이 ≪孟子≫를 講하다가 考官으로부터 鴻雁이 무엇이냐는 質問을 받게 되었다. 그런데 그 校生은 鴻雁이 무엇인지를 몰라서 對答을 못하고 쩔쩔매고 있으

---

44) "朴上舍敦復 金上洛光準婿也 常伺其妻熟寢 出狎群婢無數 一夜朴注耳妻鼻 以候其睡 其妻覺之佯息 乃脫走婢處 妻乃內鎖窓戶急呼曰 這間有盜賊來 上洛悉起諸僕 擁炬窮尋而殊無迹 見一廳板下有男子赤臀露伏 而其首入凹 不知爲誰 必是賊也 將以炬燒之 一婢揮手遽止曰 厥臀似是生員主臀也 奴輩曳脚而出果朴也 翌朝將食 朴妻除上飯添羹 招止婢賞之曰 去夜郞君誠誤 余戱亦過 倘非汝止之 不亦燒其臀耶 婢受飯其體逡巡 朴妻悟曰 生員主之臀 汝何知之 婢擲飯而走" ≪청강소설(淸江小說)≫

45) "子常善詼諧……" ≪기제사초(寄齊史草)≫

니까 옆에 있던 같은 校生들이 하도 딱해서 작은 소리로 가르쳐 주었는데 그는 알아듣지를 못했다. 그리하여 그의 親友들은 그만 화가 나서 校生에게 욕을 퍼부으면서 그를 "盧連蟲"이라 불렀다. 校生은 이 말소리만은 알아들었든지 考官에게 鴻雁은 盧連蟲이라고 對答하였다. 考官은 너무나 意外의 말을 해서 그를 꾸짖으며 兵丁에 編入시키라고 命令하였다.

校生은 講席을 마치고 나서 白沙를 만나 뵈옵고 울면서 자기의 딱한 事情을 呼訴하였다. 白沙는 말하기를 "不日內로 考官이 나를 찾게 될 터이지" 하였다. 아닌 게 아니라 수일 후에 考官이 白沙를 찾아뵈었다. 이런 이야기 저런 이야기 끝에 시치미를 떼고 白沙는 옆에서 자기를 모시고 있는 사람에게 '盧連蟲이 도망가지 않도록 잘 지키고 있어라' 하였다. 이를 들은 考官은 白沙에게 盧連蟲이 무엇이냐고 물었다. 白沙는 대답하기를 자기는 이 地方에 와서 오래 머물러 있어서 잘 알지만, 이 地方 사람들은 기러기를 盧連蟲이라 한다. 方言이 處所에 따라 다른 까닭이다. 考官은 이 소리를 듣고 펄쩍 뛰어 놀라면서 사실 전날 校生을 考講할 적에 기러기를 盧連蟲이라 對答한 者가 있어서 落第를 시키고 兵丁에 編入시켰습니다. 만일 그것이 이 地方의 사투리라면 제가 잘못한 것입니다. 白沙는 말하기를 南方 사람은 北方 사람들의 사투리를 모르는 것이 당연한 일이다. 그러나 이 地方 사람들은 도리어 비웃을 것이다. 考官은 즉시 그를 兵籍에서 빼서 校生에 다시 속하게 하였다고 한다.

두말할 것 없이 盧連蟲은 愚鈍하다는 뜻으로, 다른 校生들이 그를 벌레로 욕을 하였던 것이다. 그러나 白沙의 運智巧諧로 말미암아 校生은 살아나게 된 것이다. (≪松泉筆談≫ 第三冊에서)

≪續志諧≫에 있는 誑審取墨의 이야기를 하나 더 소개하겠다.

朝鮮에서 墨의 名産地로는 古來로 海州를 쳐 왔고, 그 중에서도 墨銘 首陽과 梅月을 가장 좋은 墨으로 쳐 왔었다. 예전에 어떤 宰臣이 海州 觀察使로 가 있다가 任期가 滿了되어 서울로 돌아왔다. 그런데 그에게는 조카 하나가 있어서, 곧 그를 찾아와 海州墨을 달라고 졸랐다. 그러나 그는 다른 곳에 선사로 보낼 데가 있었든지 墨은 가지고 오지 않았다고 拒絶하였다. 조카는 이를 원통하고 분하게 생각하고, 어떤 때 그의 叔父가 外出한 틈을 타서, 아주머님에게 고해바치기를, 叔父가 海州에 계실 적에 名妓 둘과 사이가 좋았었는데 그 妓生의 이름은 首陽과 梅月이라고 하였소. 그런데 叔父는 歸京할 적에 차마 두 妓生과 헤어질 수 없어서 두 妓生의 이름을 墨에 새겨 가지고 돌아왔소이다. 그러니 疑心되거든 아저씨가 海州에서 가지고 온 상자를 열어 보면 알 터이요 하였다. 夫人은 곧 상자를 열어 보니 墨이 가득 들어 있는데, 그 墨들에는 梅月 혹은 首陽이라고 새겨 있었다. 夫人은 그것을 보고 怒氣勃勃해서 상자를 마당에다가 다 팽개치고 말았다. 그리하여 墨은 마당에 어수선하게 흩어지게 되었다. 그랬더니 조카는 급히 墨들을 집어 주머니 속에 가득 넣어 가지고 돌아갔다. 그러자 宰臣이 밖으로부터 돌아와 상자가 마당에 팽개쳐져 있는 것을 보고 그 까닭을 물었더니 그 夫人은 어째서 당신은 사랑하는 妓生의 이름을 손바닥에 새기지 않고 墨에다가 새겼소 하며, 남편에게 욕을 퍼부었다. 宰臣은 그제야 비로소 조카에게 자기 아내가 속은 것을 눈치 채고 縷縷히 海州 鎭山의 이름이 首陽이고, 海州 가깝게 있는 山 이름이 梅月이어서, 海州에서 나는 墨에다가 首陽 혹은 梅月이라고 새기게 된 것이라고 辯明을 하였다. 그러나 그의 아내는 아직까지도 남편의 말을 믿지 않으려 하고, 나이가 지긋한 당신이 점잖지 않게 무슨 난봉이냐고 조금도 그치지 않고 욕을 퍼부었다고 한다.

위에서 든 그러한 諧謔性 이야기는 다음과 같은 漢文으로 된 책들에서 많이 찾아 볼 수가 있다. 車天輅의 ≪五山說林≫, 徐居正의 ≪太平閑話滑稽傳≫, 李羲準의 ≪溪西野談≫[46], 李濟臣의 ≪淸江瑣語≫, 鄭載崙의 ≪公私聞見錄≫, 沈錥의 ≪松泉筆譚≫, 作者 未詳의 ≪紀聞叢話≫, ≪大東奇談≫[47],

46) ≪계서야담(溪西野譚)≫의 저자는 이희준(李羲準, 1775~1842)이 아니라 그의 형 이희평(李羲平, 1772~1839)이다. '계서(溪西)'는 이희평의 호다.
47) ≪대동기문(大東奇聞)≫의 오기일 가능성이 높다.

≪醒睡叢話≫, ≪靑丘野談≫, ≪稗林≫, 柳夢寅의 ≪於于野談≫들이 있다. 그리고 諧謔性 內容을 갖고 있는 이야기는 대개는 淫談인데 이러한 책으로는 姜希孟의 ≪村談解頤≫, 宋世琳의 ≪禦眠楯≫, 成汝學의 ≪續禦眠楯≫와 閱淸齋[48]의 ≪禦睡錄≫ 등이 있는데 내용은 卑俗한 것들이다.

第七章 唐의 傳奇小說

唐代에 들어와서 文藝는 극도로 發達되어 唐朝 詩文學의 極盛時代를 이루어 詩文의 發達과 아울러 小說도 前代와는 달리 一變하였다. 異聞 瑣說을 찾던 氣風은 아직 안 없어졌지만, 叙述하는 것이 몹시 부드러워졌고, 文辭는 華麗하게 되었다. 六朝時代의 것과 같이 事件의 줄거리만 進展시켜 좀 거친 맛이 있던 것이 없어졌다. 이 時代에 들어와서 顯著히 눈에 뜨이는 것은 비로소 意識的으로 小說을 創作하였다는 사실이다. 胡應麟은 明代에서도 四部(經, 史, 子, 集)의 書籍을 널리 涉獵한 學者인데, 그는

> 六朝時代엔 變異에 관계된 說話가 盛行되었지마는 그렇다고 해서 幻設(想像에 의해서 架空的인 것을 지어내는 것)을 다하였다고는 할 수가 없다. 그러나 唐나라 사람에 이르러서는 奇聞을 즐겨 小說의 形式을 빌어 文才에 寄託하였다.

고 하였으니, 空想的 事實의 連絡으로써 作者가 그 무엇을 表現하려고 하였으니, 唐代의 傳奇小說은 차츰 近代小說의 性格에 가까워졌다고 할

48) 조선후기의 화가 장한종(張漢宗, 1768~1811)의 호. 장한종은 인동장씨 화원 집안에서 태어났다. 어해화(魚蟹畵)를 특히 잘 그렸다.

수 있다. 傳奇小說이라 함은 逸事 奇談을 集錄한 小說인데, 奇異한 이야기에 자극과 흥분을 구하는 讀者의 心理를 이용한 것이다. 그러나 近代科學이 發達하는 데 따라 이러한 荒唐無稽한 小說은 차차 그림자를 감추게 되었다.

傳奇小說이 創作되던 初期에는 혹은 叢集이 있거나, 혹은 單篇이 있었으나 다 卑俗하였었다. 그리하여 韓愈나 柳宗元의 高等한 文章과 스스로 區別되어 일반이 이를 侮蔑해서 '傳奇'라고 卑稱하였으나, 일부 文人들은 傳奇小說에 興味를 느끼어 文人들이 차차 짓게 되어, 名士들에게 面會하러 갈 적에는 小說을 지어서, 行卷으로 가져갔다고들 한다. 行卷이라 하는 것은 高名한 人士에게 面會를 하러 갈 적에 自作의 詩文을 가지고 가서 認定을 받는 것을 말한다. 뒤에 元, 明代의 사람들이 唐代의 傳奇小說을 많이 戲曲化하였다. 幻設을 하여 글을 지은 것은 傳奇小說에만 있었던 것만은 아니고, 晉代로부터 벌써 盛行하던 것으로, 가령 阮籍의 <大人先生傳>, 劉伶의 <酒德頌>, 陶潛의 <桃花源記>, <五柳先生>과 같은 글들도 다 幻想에 의해서 架空的, 虛構的 態度에서 지어진 幻設의 글들이다. 이제 唐代에 지어진 傳奇小說을 소개하겠다.

<古鏡記> : 隋, 唐 間에 王度(西紀 585~625)[49]가 지은 것이니, 古鏡의 여러 가지의 靈異한 일을 적은 것으로 六朝志怪의 餘風이 있다.

<補江總白猿傳> : 唐初에 된 것만은 알겠으나 누가 지은 것인지 모른다. 一卷으로 되어 있다.

---

49) 왕도(王度)의 생몰년은 미상이다. 수(隋)나라에서 어사를 지내고 국사를 편찬했다. 당(唐)이 서자 사라졌다.

梁將 歐陽紇은 土地를 攻略해서 長樂에 이르러 溪洞 깊은 골짜구니까지 들어갔다. 그를 따라 갔던 그의 妻는 白猿에게 잡혀 가 욕을 보게 되었다. 겨우 救出해 놓고 보니, 그의 妻는 벌써 妊娠이 되어 있었다. 一年 후 한 아들을 낳았는데 그 모양이 꼭 원숭이와 같았다. 紇은 그후 陳 武帝에게 殺害되어, 그의 아들은 江總이 거두어 길러냈다. 어린 아이 詢은 成人된 후, 唐에 들어가 有名하여졌다. 그런데 그의 容貌가 원숭이와 비슷하기 때문에 그를 반대하는 者들이 그의 傳記를 썼다고 한다.

作者들이 가장 많이 輩出하기는 開元이요 天寶(西紀 713)[50] 이후에서부터다.

<枕中記>：沈旣濟(약 750~800)가 지은 一篇으로 된 것.

<湘中怨>, <異夢錄>, <秦夢記>：沈亞之가 지은 것. 그의 文集이 十二卷이나 現存해 있는데 그 중에 위에 적은 三篇의 傳奇文이 있다.

<長恨歌傳>, <東城老父傳>, <開元升平源>：陳鴻[51]이 지은 것으로 <長恨歌傳>은 開元 年中에 楊貴妃가 宮中에 들어가서부터 蜀에 가서 죽을 때까지의 故事를 적은 것이다.

<李娃傳>：白行簡(西紀 ?~826)이 지은 것.

<南柯太守傳>, <謝小娥傳>, <廬江馮媼>, <古嶽瀆經>：李公佐(약 770~850)가 지은 것.

---

50) 713년은 개원(開元) 연호가 시작된 해이다. 천보(天寶)는 742년 시작된다.
51) 진홍(陳鴻)이 지었다고도, 오긍(吳兢)이 지었다고도 한다.

이외에도 傳記文이 많다. 李朝威의 <柳毅傳>, 蔣防의 <霍小玉傳>, 許堯佐의 <柳氏傳>, 杜光庭의 <虬髯客傳>, 姚汝能의 <安祿山事迹>들이 있다.

<鶯鶯傳> : 元稹(西紀 779~831)이 지은 것인데, ≪太平廣記≫에 보면 <鶯鶯傳>이 보이므로, 그 이야기의 줄거리만 추려 내용을 대강 적겠다.

貞元 年中(西紀 785~804)에 性貌 溫美 하고 品行 端正한 張生은 나이 스물 둘이 되도록 女色을 가까이 하지 않았다. 어느 때 張生이 普救寺에 寄寓하고 있다가, 寡婦 崔氏가 長安으로 돌아가는 길에 절에 머무르게 되어 자연 알게 되어, 親戚 관계를 따져보니 張生의 어머님의 叔母가 되었다. 이것이 因緣이 되어 훗날 崔氏의 招待宴에서 崔氏의 딸 鶯鶯을 만나 보게 되자 張生은 그의 아름다움에 醉하게 되었다. 그리하여 張生은 崔氏의 婢, 紅娘에게 부탁해서 '春詞' 二首를 지어 鶯鶯에게 자기의 思慕하는 뜻을 傳했더니, '明月三五夜'란 表題로 "달이 추녀 끝에 돋아 오르기를 기다리려니, 바람을 맞은 門은 반쯤 열려져, 담 너머 꽃 그림자, 바람에 움직이니, 혹시 그리운 임이나 오실손가"라 쓰여 있음을 보고 張生은 기꺼 기다리었더니, 鶯鶯이 찾아 왔으나, 몸을 바르게 갖고 앉은 鶯鶯은 張生의 옷매무시가 바르지 못한 非禮를 責한 후 사라지고 말아, 張生은 茫然히 失心하여 꿈이나 꾼 것 같이 앉아 있으려니, 그의 몸에서는 아직까지 女子의 粉자국이 남아 있고 香氣가 풍기고 있었다. 그 후 消息이 열흘 이상이나 끊어져 '會眞詩'를 지어 鶯鶯에게 傳하려고 하였다. 그것이 채 完成 되기 조금 전에 紅娘이 찾아 왔으므로 그는 미완성의 □詩를 鶯鶯에게 傳하였다.

張生의 참마음을 안 鶯鶯은 張生에게 와서 한 달이나 묵으면서 사랑을 속삭이는 보금자리를 만들었다. 張生은 崔氏에게 婚姻에 대해 正式으로 承諾을 맡으려다가 張生은 長安으로 科擧를 보러 가게 되어서, 鶯鶯은 愁心이 滿面에 나타났다. 그러나 張生은 科擧에 떨어져 그냥 長安에 머물러 있으면서 鶯鶯에게 글월을 보내 근심하지 말라 하였다. 鶯鶯에게서 온 回答도 받았다.

그러나 鶯鶯과 떨어져 있게 된 張生의 사랑은 차차 식어졌다. 그는 친구들이 모여 있는 곳에서 鶯鶯과의 사이를 이렇게 말하였다.

"그 女子는 참으로 고와! 나 自身에게 禍를 미치지 못하면, 꼭 다른 사람에게 禍를 미치게 할 女子야. 天子나 大臣의 恩寵을 받게 되면 天下에 큰 事件이 일어날 것이야. 예전 殷의 紂王이나, 周의 幽王이 萬乘의 자리에 있으면서 한 女子로 말미암아 失敗하고 말았지. 나도 그래서 나의 戀情을 억누르고 지낸다."

한 해가 지나갔다. 鶯鶯은 다른 사람에게 出嫁하였다. 張生도 다른 색시를 맞아 장가를 들었다. 어느 날 張生이 우연하게 鶯鶯의 집을 지나가게 되어 崔氏의 從兄이라는 名義로 만나보자고 하였으나, 鶯鶯은 나와서 만나보아 주지 않았다. 수일 후 張生이 그 곳을 떠나려 할 제 鶯鶯은 詩를 지어 張生의 뜻을 謝絶해서 말하기를,

"버림받은 지금의 이 내 몸, 무엇을 말하리요. 그 적엔 몹시나 親切하시었지요. 비단과도 같이 부드럽고도 고운 親切하신 마음씨로 지금의 당신의 아내 되시는 분을 부디 변하지 마시고 사랑해 드리시옵소서."

그 후 鶯鶯의 消息은 영영 끊어지고 말았다.

이야기는 이로써 끝을 막았다. 후에 王實甫가 지은 <西廂記>는 여기에서 取才한 것이다.

그리고 唐代에는 많은 傳奇文을 지었을 뿐만 아니라 이러한 여러 傳奇文을 集錄해서 傳記集을 많이 내었으니, 牛僧孺의 ≪玄怪錄≫, 李復言의 ≪續玄怪錄≫, 段成式의 ≪酉陽雜俎≫ 등이 있다.

위에서 든 여러 唐代의 傳奇文學은 직접 간접으로 영향을 미치게 해서 李朝 初期의 ≪金鰲新話≫와 같은 模倣小說을 낳게 하였다.

第八章 宋·金의 說話

宋은 遼, 金, 蒙古의 三大 異民族의 迫害를 받아 가면서 北, 南宋 合해서 三百年의 統一國家로 興亡하게 되었다. 宋은 宇內를 統一하자 여러 나라의 圖籍을 거두고, 五代의 여러 降王들 밑에 있던 舊臣들 중에는 名士들이 많았으므로 그들을 館閣으로 招待하여, 俸給을 厚히 주면서 古籍編修에 當하게 하였다. 그리하여 다음과 같은 尨大한 撰集들이 세상에 나오게 되었다.

≪太平廣記≫ : 이 책은 太平興國 2年(西紀 977)에 太宗의 勅命에 의하여 주로 李昉이 監修하였고 徐鉉, 吳淑과 같은 作家 十二人이 共同 編修한 참으로 尨大한 책이다. 이 책은 採摭이 宏富하여 인용한 古籍만 三百四十四種에 달하고, 漢, 晉 五代에 미치는 小說家들의 글을 수록한 것으로, 原本들이 散亡해서 찾아 볼 수 없는 것이다. 이 책에 그 遺文들이 수록되어 있어서 珍貴한 책이다. 神仙, 女仙 등 五十五部로 분류되어 있는데, 卷 四八四로부터 四九二까지에는 唐代의 傳奇文이 있고, 全書 중에는 隨筆과 怪談이 많다. 中國小說史上 중요한 文獻이다. 이 책에는 野史, 傳記, 稗官小說 등이 많은데 五百卷으로 되어 있다.

≪太平御覽≫ : 이 책도 거의 같은 때 李昉이 주가 되어 編修한 것으로 그리 文學的 價値는 없지만 一千七百餘種이나 되는 여러 책에서 가리어 編修한 一千卷에 달하는 책이다.

≪文苑英華≫ : 이 책은 太平興國 7年(西紀 982)에 李昉, 扈蒙, 徐鉉, 宋白 등이 太宗의 勅命으로 지은 一千卷에 달하는 책으로 宋의 四大書의 하나

다. 梁末로부터 唐代에 이르는 동안의 글을 收載한 책이다. 全書目을 여럿으로 분류하였는데 雜文, 傳奇 등 書目에 說話가 실려 있는 것 같다.

다음부터는 個人的으로 지은 說話文學에 대해서 말하겠는데 宋代를 죽 살펴보면 獨創的으로 新奇한 說話文學을 지은 것은 드물고, 대개는 六朝時代의 志怪小說과, 唐代의 傳奇文學을 그대로 繼承하여서, 宋代의 作品은 志怪說話와 傳奇小說의 두 種類가 있다.

≪稽神錄≫ : 徐鉉(西紀 916~991)이 지은 것으로 六卷으로 되어 있는데, 겨우 百五十 가량 되는 志怪說話가 실려 있다. 그 중에서 하나를 소개하면 이러하다.

廣陵地方에 王姥라고 하는 老婆가 있었는데, 며칠 동안 자리에 누워서 앓더니, 그 자식에게

"내가 죽으면 西溪의 浩氏 집안에 소로 다시 태어날 터이니, 너는 그 소를 사라. 그런데 그 소 배 밑에는 '王' 字가 있을 터이니 그리 알아라."

이런 遺言을 남기고 얼마 안 있다가 죽고 말았다.

西溪는 海陵의 西쪽에 있는 地名이다. 그런데 그 地方에 사는 浩氏 집에 소 한 마리가 태어났는데 과연 배 밑을 보니까 흰 털로 된 '王' 字의 形이 있다고 해서 그 아들이 가서 그 소를 사왔다고 한다.

≪江淮異人錄≫ : 徐鉉의 사위가 되는 吳淑(西紀 947~1002)이 지은, 三卷으로 된 책이다. 異人 二十五人에 대한 이야기를 적은 것으로, 그들은 당시의 俠客이 아니면 道術을 부리는 사람들이었다. 그리하여 이 책도 志怪小說을 모아 놓은 책이다. 그 중에서 한 사람의 이야기를 적겠다.

成幼文은 洪州의 錄事參軍이었는데 하루는 길거리로 면한 窓을 열어 놓고 내다보니, 그 때 마침 비가 막 갠 뒤라, 길이 진 데서 어떤 나이 어린 아이가 짚신을 팔고 있었다. 그 때 어떤 마음씨 나쁜 少年이 그 짚신 파는 아이를 떼밀게 되어서, 그만 짚신이 진흙에 떨어지고 말았다. 짚신 파는 아이는 집이 몹시 가난해서 울며 짚신 값을 賠償해 주기를 요구하였으나, 물어주기는커녕 도리어 꾸짖으므로 그 불쌍한 아이는

"우리 집은 가난해서 이것을 팔지 못하면 식구는 전부 굶어 죽게 된다."

고 哀願하였으나, 끝끝내 물어주지 않았다. 그 때 어떤 선비가 짚신 파는 아이의 事情이 하도 불쌍해서 대신 값을 물어주려고 하였더니, 마음씨 나쁜 아이가

"나한테 물어달라고 하는 것을 당신이 무슨 관계가 있어서 대신 물어주려고 하시오. 그만 두시오."

하며 몹시 선비에게 욕을 퍼부었다.

이 義俠心 있는 선비를 본 成幼文은, 그를 불러들이어 하룻밤을 새워가며 이야기를 하였다. 成이 안채에 볼 일이 있어서 들어갔다가 나왔더니, 선비가 없어져 이상하게 생각하고 있으려니 어느 겨를에 成의 앞에 나타나면서

"아침의 그 마음씨 나쁜 아이는 그냥 살려 둘 수 없습니다. 나를 몹시 모욕하여서."

하면서 그 마음씨 나쁜 少年의 머리를 내던졌다. 成은 깜짝 놀라,

"잘못은 하였으나, 목까지 벨 것은 무엇 있소. 그리고 우리 집에서 피를 흘리면 후에 내가 疑心을 받게 되어 禍를 입게 되지 않겠소."

하였더니, 그는 주머니에서 무슨 藥인지 조금 꺼내서 머리에 바르고 머리털로 문지르니까 모든 것이 물이 되고 말았다.

"무슨 報酬를 받으려고 하지 않으니, 이러한 術을 가르쳐 드릴까요?"

"나는 道士가 아니니 배울 필요가 없소."

그는 공손히 절을 하더니, 겹겹이 잠근 방에서 연기 같이 사라지고 말았다.

위에서도 말한 바와 같이 宋 太祖는 五代 降王들의 舊臣及 名士들을 四方에서 招待하여 ≪太平御覽≫ 一千卷을 編修하게 하며, 卽位 初부터 儒學을 奬勵하는 동시에, 과거의 訓詁學的 態度를 버리고 儒學을 批判 연구하게 하여, 儒敎는 宋代 思想界의 主潮를 이루게 되었다. 그리고 또 당대에는 儒佛道 三敎가 鼎立하여 있었던 관계상 서로 優劣을 다투게 되어 儒敎는 더욱 연구를 거듭하더니, 마침내는 思想界의 主流가 되었다. 그러나 大衆的 信仰의 뿌리는 巫鬼속에 파묻혀 있었다. 그리하여 徐鉉, 吳淑도 그러했거니와 그 이후의 作家들도 그러하여, 그들의 作品 속에는 變怪 讖應의 談이 많았다. 이러한 作家와 作品을 들면 張君房의 ≪乘異記≫ 張師正의 ≪括異志≫, 秦再思의 ≪洛中紀異≫ 들이 있는데 徽宗이 道士 林靈素에게 惑해 神仙을 믿게 되어, 天下는 道敎를 많이 믿게 되었다. 그리하여 더욱 神仙, 幻誕의 책이 나오게 되어 洪邁(西紀 1123~1202)가 지은 ≪夷堅志≫ 四百二十卷이 세상에 나오게 되었다.

이러한 志怪小說 이외에 傳奇小說도 있었으니 다음과 같다.

≪趙飛燕別傳≫ : 秦醇의 作으로 이 책은 <驪山記>, <溫泉記>, <譚意歌傳>의 세 篇과 合쳐져 四篇으로 되어 있다.

<綠珠傳>(一卷), <楊太眞外傳>(二卷) : 樂史의 撰이다.

이외에 厤叔謀의 <開河記>, <海山記>, <迷樓記> 등[52]과 作者 未詳의

52) 마숙모(厤叔謀)는 <개하기(開河記)>, <해산기(海山記)>, <미루기(迷樓記)>의 작가가 아니라 대운하 작업 시 총감독으로 알려져 있다. 이들 작품의 작자는 논란이 많아 당(唐)나라의 한악(韓偓)이라고도 하고 북송(北宋) 때 사람이라는 설도 있다.

<梅妃傳>도 있다.

위에서 본 바와 같이 宋 一代의 怪奇小說은 六朝를 模倣한 데 지나지 않고, 거기에다가 文彩는 缺乏되고 奇聞도 아마 과거에 여러 번 듣던, 그러한 獨創性이 없는, 平凡한 것이어서 이 방면에서는 볼 만한 것이 없었다. 그런데 宋代에는 다른 代와는 다른 것이 있었으니, 故事를 敍述한 '平話', 곧 지금의 소위 '白話小說'이 流行하게 되었다.

'平話'는 곧 說話를 뜻하는데 '舌辯'이라고도 한다. 古今驚聽의 事實을 口辯으로써 말하는 것을 말한다. 그리하여 이러한 職業을 가진 사람을 '說話人'이라고 하니, 요샛말로 辯士 혹은 野談家와 비슷한 사람이다. 여기에는 다음의 네 종류가 있다.

① 銀子兒 : 花柳, 靈怪, 傳奇, 武技, 出世, 變態 등에 관한 이야기, 곧 怪談 혹은 古談.
② 說公案 : 訴訟, 公事, 裁判의 이야기.
③ 說 參(혹은 說經, 談經, 說參講) : 參禪悟道 하는 데 관한 이야기.
④ 講史書 : 漢, 唐 歷代의 書史 文典에 있는 興廢戰爭의 이야기, 곧 史話.
(이외에도 다르게 분류한 사람이 많다.)

그리하여 說話人이 大衆에게 舌辯을 할 적에는 어떤 본보기가 될 만한 이야기책이 있으니, 그것을 '話本'이라고 하고, 話本으로는 <五代史平話>, <京本通俗小說>, 元代의 劉斧의 <靑瑣高議>와 <摭遺>, 作者 未詳의 <大唐三藏法師取經記>와 <大宋宣和遺事> 등이 있다. 또 이외에 宋代에는 傀儡(우리나라의 人形劇 꼭두각시와 같음)와 影戲(일본 사람의 紙芝居와 같음) 등이 있었다.

金朝는 女眞族으로서 黑龍江 流域에서 狩獵 遊牧을 業으로 하는 族屬이었다. 그러다가 차차 强盛해지더니, 阿骨打가 遼를 쳐 敗하게 하고 스스로 金의 太祖가 되어 國號를 金이라 하였다.(西紀 1115)

金朝는 塞外 民族이었던 관계상 文學的으로 볼만한 것이 통 없었다고 해도 過言이 아닐 것이다. 그러던 것이 遼文學의 영향에 의해서 싹이 트기 시작하게 되었다. 그러나 金의 文學은 遼보다는 宋文學에 힘입은 바 컸다. 政治的으로는 늘 宋을 누르고 있었으나 文化的으로는 金은 宋에게 늘 受動的 立場에 있었다. ≪金史≫ <文藝傳>에 보면 韓昉, 吳淑 등 三十二人의 文人을 들고 있으나 이들 중에는 遼의 舊臣이 그대로 金나라에 벼슬살이를 하는 사람, 혹은 宋나라에서 使臣으로 왔다가 그대로 金나라에 머무르게 된 사람들도 있다.

그러나 이러한 金나라에도 董解元과 같은 참다운 文人이 있었다. 그는 不世出의 文人이었다. 그는 한 편의 <絃索西廂>을 지었다. 中國에서는 대체로 口語體는 낮보는 氣風이 있어서, 學識이 있는 人士들은 口語文學에 손대기를 꺼리었다. 그러던 것을 董解元은 그가 지은 長篇小說 <絃索西廂>을 口語體로 썼다.

<絃索西廂>은 唐代의 元稹이 지은 傳奇小說 <會眞記>를 模倣한 것인데, <會眞記>는 作者가 젊었을 때, 어떤 佳人才子와 사랑을 하던, 그러한 로맨스를 材料로 한 것이다. 이것을 董解元은 그 내용을 劇的으로 뜯어 고치었을 뿐만 아니라, 지금까지 써 오지 않던 口語體로써 쓰게 되었으니 이것이 中國文學에서 最初의 口語體文學이 된 것이다.

<絃索西廂>은 一篇 四卷으로 나누어져 있는데 내용은 이러하다. 唐나라 때 張珙이라고 하는 書生이 崔鶯鶯이라는 處女와 普救寺에서 우연히 서로 만나게 된 것으로부터, 두 사람 사이에는 사랑이 싹터 여러 經緯를 지

난 뒤에 圓滿히 夫婦가 되었다는 극히 平凡한 作品이다.

元의 王實甫가 지은 <西廂記>도 이를 模倣했다고 한다. <西廂記> ‘第四卷 第三折’에 나오는

> 새벽녘 오셔서 누가 서리 내린 숲을 물들여 취하게 하였는가? 모두 이별한 님의 눈물이구나![53)]

라 한 것은 董解元이 지은 <絃索西廂>에서 나오는

> 남자의 마음은 무쇠와 같다고 말하지 마라. 당신은 보지 못하는가? 시내에 가득한 붉은 낙엽이 곧 이별한 남자의 눈에서 흐른 피라는 것을.[54)]

을 달리 美化시켜 表現하려고 한 것이다. 그러나 도저히 王實甫의 글이 董解元의 더 深刻한 表現을 따를 수 있겠느냐. 一說에는 王實甫가 위에서 든 例文까지 달리 써 보려고 그의 精力을 다 기울였던 탓인지 피를 吐하고 죽었다는 說까지 있다.

第九章 高麗의 稗官小說

千年의 國家를 保全하던 新羅의 뒤를 이어 일어난 高麗는 三十四王 近 500年의 國家를 세우게 되었다. 太祖는 이렇게 政治的으로는 一大 改革을 하여 新國家를 세웠지마는 文化的으로는 新羅와 다름없는 政策을 써서 人

---

53) “曉來誰染霜林醉 總是離人淚” <서상기(西廂記)>
54) “莫道男兒心如鐵 君不見滿川紅葉是離人眼中血” <현색서상(絃索西廂)>

民을 新政府에 悅服시키기 위해 唯一한 民間 信仰인 佛教를 國教로 삼는 동시에 敦篤한 保護를 가하였다. 佛教는 벌써 三國時代부터 思想及 信仰界에 根底를 깊이 한 데다가 高麗朝에 들어와서, 이웃나라 遼, 宋 두 나라도 崇佛政策을 썼기 때문에, 이러한 外的 영향에서 佛教는 더욱 隆盛해 가게 되었다. 그리하여 佛教의 感化는 文化的으로, 思想的으로, 社會的 내지는 實生活에까지 國民의 物心兩面을 支配하게 되었다. 그리하여 僧侶들은 社會的으로 優待를 받게 되어, 당시의 선비들은 寺刹로 가서 修學을 하게 되었으니, ≪櫟翁稗說≫에 보더라도

> 이제는 그 배우는 사람들이 다 승려를 따라다니며 문장을 익히고 있다.[55]

라 하였고, ≪高麗史≫ <閔頔傳>에도

> 나라 풍속에 어릴 때에는 반드시 승려를 따라 글을 익혔다.[56]

라 한 것이, 당시의 社會的 形便을 잘 傳해주는 말이다.

太祖는 그뿐만 아니라, 登極 후 干戈가 稍息하는 틈을 타서 곧 西京에 幸하여 學校를 創設하고 文治에 힘을 썼고, 그 후 歷代의 諸王도 따라 學問을 奬勵하여 漢文化는 점점 일반화하여 가게 되었다. 더욱 光宗 때에는 後周人 雙冀가 冊封使를 따라왔다가 病으로 古國에 돌아가지 못하고 그냥 高麗에 머무르게 되어 翰林學士가 되어 王에 進言을 해서, 科擧의 制度를 처

55) "今其學者皆從釋者以習章句" ≪역옹패설(櫟翁稗說)≫
56) "國俗幼必從僧習句讀" ≪고려사(高麗史)≫ 권108 열전(列傳) 권제21 <민적(閔頔)>

음으로 頒布 實施하게 하였고, 따라서 人材 登用의 方法을 확립하게 하였으니, 이로써 文風이 크게 일게 되었는데 그 制度는 唐制를 응용하였다.

그 후 成宗은 一層 中國文化 輸入에 노력하여 官號를 改定하고 地方 行政을 改新하였을 뿐만 아니라, 學校 敎育을 奬勵하여 州郡으로부터 有爲한 靑年子弟를 上京 修業하게 하고 學費를 官給하였고 國子監에는 田庄을 두어 經費에 充當하게 하였으며, 西京에는 修書院을 두어 諸生에게 命해 史籍을 抜書 備藏하게 하였다. 또 이러는 한편 國子監에서 俊才를 簡抜하여 宋나라 首都 汴京에 가서 留學하게 하였다. 다음으로 ≪高麗史≫ 卷七十四 <學校>條에

> 사학(私學). 문종(文宗) 때에 태사(大師)・중서령(中書令) 최충(崔沖)이 후진(後進)을 불러 모아 가르치는 데에 게을리하지 않아, 푸른 깃옷을 입은 생도들[靑衿]과 흰옷을 입은 민(民)들[白布]이 그 집의 문과 거리를 가득 메우고 넘치게 되었다. 그리하여 9재(九齋－낙성재(樂聖齋)・대중재(大中齋)・성명재(誠明齋)・경업재(敬業齋)・조도재(造道齋)・솔성재(率性齋)・진덕재(進德齋)・대화재(大和齋)・대빙재(待聘齋))로 나누었으니……이를 '시중최공도(侍中崔公徒)'라고 불렀다. 양반의 자제[衣冠子弟]들로서 무릇 과거에 응시하려는 자들은 반드시 먼저 이 무리에 들어가 배웠다. 해마다 여름철에는 승방을 빌려 하과(夏課)를 열었는데, 도(徒) 출신으로 급제하여 학문이 우수하고 재능이 많지만 아직 관직에 나가지 못한 사람을 택하여 교도(敎導)로 삼았다. 배우는 것은 9경(九經－주역, 상서, 시전, 주례, 예기, 춘추, 좌씨전, 공양전, 곡량전)과 3사(三史－사기, 한서, 후한서)였다. 간혹 선배가 찾아오면 촛불에 금을 그어 시(詩)를 지어 등급을 붙여놓고 이름을 불러 들어오게 한 후 술자리를 베풀어주었다. 아이들과 어른들[童冠]이 좌우에 벌려있으면서 술잔과 안주를 받드는데, 나아왔다 물러나는 데 예의가 있고 어른과 아이가 질서를 지키며[長幼有序] 하루종일 시를 서로 불러주고 받으므로 보는 사람들이 아름답다고 감탄해 마지않았다. 그 뒤부터 무릇 과

> 거에 응시하려는 자들 역시 모두 이름을 9재의 적(籍)에 두었으니 이를 문헌공도(文憲公徒)라고 일렀다.[57]

라 하였으니, 이상 기록에 의하면, 私立學校 制度를 創始한 崔沖의 教育的 熱意와 그의 學風을 思慕하는 人士가 그의 門下에 雲集하여 왔으므로 이를 九齋로 나누어 教育하였는데, 夏課라 하여 夏季에는 寺院을 빌려 教育하였으며, 教師로는 旣往에 科擧에 登第하여 學德 兼備한 人士로서 就官하지 않은 者를 採用하고, 教科書로는 九經三史를 사용하였던 것을 알 수가 있다. 이리하여 漢文化는 급속도로 發達하고, 따라 漢文學은 日就月將하였다. 그러나 이러한 教育制度는 社會 全體에서 볼 것 같으면 그야말로 일부 特殊階級에 지나지 못하였고, 世家貴族이라도 아직 널리 그 文化를 享有하지를 못했다. 漢文學의 隆盛에 따라오는 것은 儒教의 盛行이다. 이리하여 儒教와 漢學은 서로 손을 잡고 더 한층 發達하여 가게 되었다. 이와 같이 高麗一代의 社會의 裏面은 佛教가 支配하고 表面은 儒學이 盛行하였다. 新羅時代부터 輸入한 儒學은 麗朝에 들어와서는 宋의 朱子學이 輸入되어 佛教 專制의 高麗 精神界에 理論的인 哲學을 이루게 하였고, 東方 理學의 터를 비로소 닦게 되었다. 顯宗 12年으로부터 전후 60餘年間에 걸친 第一次의 大藏經의 刊刻과, 高宗 23年에서부터 시작한 高麗板 大藏經의 出版과 僧 一然의 ≪三國遺事≫, 金富軾의 ≪三國史記≫가 刊行된 것은 다 佛教와 儒教의 盛行에 따라온 副產物들이다.

57) "凡私學 文宗朝 大師中書令崔沖收召後進 教誨不倦 青衿白布 塡溢門巷 遂分九齋曰……謂之侍中崔公徒 衣冠子弟 凡應擧者 必先肄徒中 而學焉 每歲暑月 借僧房 結夏課 擇徒中及第 學優才瞻而未官者 爲教導 其學則九經三史也 間或先進來過 乃刻燭賦詩 榜其次第 呼名而入 仍設酌 童冠列左右 奉樽俎 進退有儀 長幼有序 竟日酬唱 觀者莫不嘉嘆 自後 凡赴擧者 亦皆肄名九齋籍中 謂之文憲公徒" ≪고려사(高麗史)≫ 권74 지(志) 권제28 선거(選擧) 2 <학교(學校)>

光宗朝에 對宋 文化 交涉이 시작된 후 中葉 初期 顯宗朝에 契丹의 外寇를 겪고 나서부터 그 후 德宗으로부터 肅宗代까지 六王代는 國際的으로 契丹, 宋, 女眞과의 交涉으로 한가한 틈이 없었고 다음 睿宗代에 이르러서는 宋, 遼, 金 三國間에 處하여 國交는 더욱 어수선하여져서 同王 2年에서 3年에 걸쳐 女眞을 두 번이나 大破하였다. 그러나 睿宗 自身은 風流 文雅로 들날려 朝廷에선 크게 宋風을 본받아 文學을 崇尙하고 敎化에 힘써, 制度 文物이 整備되었다. 權臣 李資謙의 專橫과 妙淸의 西京 內亂을 겪은 仁宗朝를 지나 毅宗 이후는 벌써 高麗는 衰退期에 들게 되었다. 毅宗은 國事를 제쳐 놓고 宦臣 文人輩와 游宴 沈醉하다가 武臣 鄭仲夫들의 反感을 사서 마침내는 普賢院의 慘變을 이루고, 그 뒤 明, 神, 康, 熙宗의 四代는 안으로 武臣 令公의 交替 跋扈(李義旼, 慶大升, 崔忠獻 및 그의 아들 崔瑀)가 있었고, 밖으론 金의 壓迫 끝에, 高宗代에 이르러서는 金, 契丹의 交代, 入寇를, 蒙古兵의 힘을 빌려 겨우 물리쳤으나, 도리어 그로 인해 蒙古兵의 侵寇를 입어 마침내는 高宗 19年(西紀 1232)엔 江華로 遷都하게 되었으니 高宗 一代 40年間이야말로 나라는 극도로 어지러워지고, 백성은 塗炭에 빠지고, 國勢는 나날이 衰弱해 갔었다. 그러는 중에서도 崔氏 四代(崔忠獻→瑀→沆→竩, 1196~1258의 63年間)의 執權을 中心으로 한 貴族階級의 頹廢的인, 享樂 生活은 그 극에 달하였다. 崔氏 一族의 武臣 執權 이후로는 文臣의 受難期가 되어, 文臣은 山野에 파묻히어 花朝月夕에 마음을 팔거나, 淸溪水邊의 漁翁이 되어, 竹林七賢을 思慕하며 유유히 歲月을 虛送하게 되었다. 이와 같이 高麗의 전반 이상은 內憂外患으로 볼만한 文化的 發達은 없고, 文化 制度를 中國에 模倣하는 데 따라 宋, 元의 儒學을 鼓吹하게 되어, 文學은 詩賦에 限하게 되었고, 처음에는 六朝의 浮華를 배우다가 점점 唐代의 詩味를 專主하게 되었다.

權臣 執權이 끝난 후 元宗朝의 降元의 屈辱과 還都, 뒤를 이은 三別抄의

兵亂, 다음 忠烈王의 荒淫에 뒤따라 外力의 專橫이 날로 심해지더니, 마침내 國俗은 蒙化 一色으로 되어 國家는 危卵에 處하게 되었다. 忠宣王을 지나 忠肅王代엔 오로지 元에게 左右되어 紀綱은 解弛하고 墨冊政事란 評을 받게 되었다. 忠惠, 忠烈의 荒淫과 忠穆, 忠定을 지나 恭愍王代에 와선 國勢는 決定的인 末期가 되고 말았다.

이미 위에서 말한 바 있거니와, 高麗 一代를 두고 社會의 裏面은 佛教가 盛行되고 表面은 儒學이 盛行하여, 儒, 佛이 竝行되어 가는 중에 다음과 같은 積弊를 끼치고 말았다.

佛教는 高麗人의 生活面에 깊이 浸透되어 豪華와 奢侈의 風을 助長하고, 逸樂과 頹廢에 쏠리게 하여, 결국에 가서는 이러한 積弊로 나라를 亡하게 하였다. 佛教에서 외치는 因果應報, 輪廻無常說에 感染된 麗朝의 文人들의 作品은 佛德을 讚頌하는 것이 아니면 厭世主義의 文學이 되고 말았다.

太祖가 建國할 당시에는 剛健質樸한 氣風이 있었던 것이 차차 重文輕武하고 避勞就逸하는 惡風에 물들게 되어 國民精神이 解弛해지고 말았다. 그리고 漢文 崇尙 觀念때문에 純粹한 國文學은 '詞俚不載'로 돌리거나 '俚語'라 하여 貶視한 결과 자연히 亡失 혹은 刪落되고 말았다. 이리하여 고유한 文化는 抹殺되고 말았다. 그뿐만이 아니라 安珦, 權溥 등의 ≪四書集註≫의 刊行은 마침내 朱子學 傳來의 端緖를 지었다.

이리하여 이 두 教가 高麗 사람들의 社會生活에 끼친 영향은 수레의 두 바퀴와도 같이 互相 竝行하여 나아가 때로는 두 教 사이에 軋轢과 摩擦과 紛爭이 있었기도 하였으니, 가령 第十六代 睿宗때에 僧侶가 함부로 政治面에 容喙함을 慨嘆하여, 이를 抑壓하고자 儒學을 奬勵한 것이 곧 그것을 證左하는 것이 아니고 무엇이겠느냐. 이리하여 儒, 佛 두 教는 民心을 支配하여 上層階級엔 頹廢的 享樂思想이 깊이 뿌리박게 되었고, 兩教의 哲學的

理念이 人生觀을 宿命論的, 逃避的, 隱遁的 思想으로 向하게 하였을 뿐만 아니라, 下層階級 사람에겐 上流階級 곧 特權階級들의 封建的, 莊園的 獨占으로 말미암아 극도의 困窮, 流離의 苦痛을 맛보게 하였으니, 그들의 生活에 대한 詛呪와 怨望은 날로 심해 갔을 뿐만 아니라, 이러한 괴로운 生活 가운데서 빚어진 그들의 人生觀은 자연히 諦念的으로 되고 말았다. 人生의 無常을 외치는 佛敎로 말미암아 瞬間的 享樂을 추구하게 되어 男女 情事에 뛰어 들어가게 하고 말았다.

위에서 장황하게 말한 바와 같이 高麗 一代는 儒·佛 兩教의 積弊가 있었던 데다가 契丹, 女眞, 元의 邊患이 그치지 않았고, 內部에는 武臣의 跋扈로 인해 나라는 한가하고 편안한 날이 없었다. 이와 같이 高麗는 장구한 歷年임에 比例하면 新羅 藝術의 繼承을 除한 모든 意味에서 文化的으론 暗黑時代라 할 수 있다. 그러니 文化的 事業인 文學的 방면 특히 小說에 대해서 어느 겨를에 돌보아 주며 북돋아 줄 餘力이 있었으랴. 그러니 小說文學 방면의 文化的 事業은 거의 없다 하여도 過言이 아니다. 원래 高麗人의 文學的 著述은 전반엔 없었고 高宗時代를 中心 삼고 發端되어 약간의 稗官文學이 일어나게 되었다. 麗代의 小說文學은 六朝의 志怪小說과 唐代의 傳奇小說의 영향을 대폭적으로 받아들이었다. ≪三國史記≫와 ≪三國遺事≫ 전에 朴寅亮의 ≪殊異傳≫이 있었는데, 이 책은 오늘날 逸書로 되어 그 本體를 알 수 없던 중 다행히 그 逸文이 ≪海東高僧傳≫, ≪三國遺事≫, ≪筆苑雜記≫, ≪太平通載≫, ≪大東韻府群玉≫ 등에 傳하여 대강 이 책이 說話文學이었던 것만은 짐작된다. 지금 그 여러 책에 採錄된 遺文의 題目을 적으면 다음과 같다.

<圓光法師傳> (≪海東高僧傳≫과 ≪三國遺事≫에)

<阿道傳> (≪海東高僧傳≫에)

<首挿石枏> (≪大東韻府郡玉≫에)

<竹筒美女> (≪大東韻府郡玉≫에)

<老翁化狗> (≪大東韻府郡玉≫에)

<仙女紅袋> (≪太平通載≫와 ≪大東韻府郡玉≫에)

<虎願> (≪三國遺事≫의 <金現感虎>에서와 ≪三國遺事≫에)

<心火繞塔> (≪大東韻府郡玉≫에)

<延烏郎細烏女> (≪筆苑雜記≫와 ≪三國遺事≫에)

이상의 九篇이 現在 우리에게 알려진 ≪殊異傳≫의 逸文이다. 이제 ≪大東韻府郡玉≫ 卷八에서 <首挿石枏>의 說話를 소개하겠다.

신라 최항의 자는 석남이다. 총애하는 첩이 있었으나 부모가 그를 허락지 않아 수개월을 만나지 못하자 최항이 그만 죽고 말았다. 팔일이 지나 밤중에 최항의 혼이 첩의 집을 찾아갔으나 첩은 그의 죽음을 알지 못했다. 첩이 항을 기쁘게 맞아들이자 최항이 머리에 꽂은 석남가지를 나누어 첩에게 주며 말했다.

"부모님이 너와 함께 지내는 것을 허락했기에 이렇게 온 것이다."

마침내 첩과 더불어 그의 집으로 돌아왔으나 최항은 담을 넘어 들어간 후에 밤부터 새벽이 될 때까지 오래도록 소식이 없었다. 집안사람들이 나와 보고 이유를 묻자 첩이 있는 그대로 자세히 말하였다. 집안사람들이

"항이 죽은 지 8일이 되었다. 이제 장사지내고자 하는데 어찌 괴이한 일을 말하는가?"

하고 묻자 첩이 말하기를

"낭군은 나와 석남가지를 나누어 꽂았으니, 이것으로써 증험이 될 것입니다."

이에 관을 열어 보니 시신의 머리에 석남가지가 꽂혀있고 의복은 이슬

> 에 젖어있었으며 신발도 이미 신고 있었다. 첩이 그 죽음을 알고 통곡하며 스스로 목숨을 끊으려 하자 최항이 이에 살아나 해로하였다.[58]

上古 三國時代에 流動하던 神話 혹은 說話文學은 대부분 ≪三國史記≫와 ≪三國遺事≫에 수록되어 있어서, 上古 내지는 三國時代 사람들의 創意的인 想像의 世界를 짐작할 수 있으나, 中世期에 들어와서는 거기서 다시 一步 前進하여, 차차 文學으로서의 獨自性을 發揮하게 되었다.

說話文學은 또 이것을 稗官文學이라고도 하는데 ≪漢書≫ <藝文志>에 보면,

> 소설가와 같은 부류는 대개 패관(稗官)에서부터 나왔는데, 이는 거리의 이야기나 세상에 떠도는 이야기를 길에서 듣고 지은 것이다.[59]

라 하였고 ≪文選≫ 註에는

> 小說者는 叢殘의 小語를 合해, 가까운 譬諭를 取해서 短書를 짓는다.

하였으니 稗官이란 것은, 漢代의 官職名으로 民間의 風俗, 習慣을 알기 위해 稗官을 두어 閭巷의 逸事 異聞을 採集 기록하게 하여 아울러 王者 政道의 參考에 資하게 하려 한 制度이니, 이것이 곧 稗史다. 그러던 것이 稗官의 制度는 廢止되고 말았으나 이와 같이 閭巷의 逸事 奇聞을 採錄하는 風習

---

58) "新羅崔伉字石南 有愛妾 父母禁之 不得見數月 伉暴死 經八日 夜中伉往妾家 妾不知其死也 顚喜迎接 伉首揷石枏枝 分與妾曰 父母許與汝同居故來耳 遂與妾還到其家 伉踰垣而入 夜將曉 久無消息 家人出見 問來由 妾具說 家人曰 伉死八日 今日欲葬 何說怪事 妾曰 良人與我分揷石枏枝 可以爲驗 於是 開棺視之 屍首揷石枏露濕 衣裳履已穿矣 妾知其死痛哭 欲絶 伉乃還蘇偕老" ≪대동운부군옥(大東韻府郡玉)≫ 권8 <수삽석남(首揷石枏)>

59) "小說家者流 蓋出於稗官 街談巷語 道聽塗說之所造也" ≪한서(漢書)≫ <예문지(藝文志)>

은 그대로 남아 小說家란 새로운 직업을 가진 사람이 생기게 되었으니, 말하자면 非公式인 在野의 稗官이다. 그리고 그들이 수록한 逸事 異聞에는 王政을 批評한 것과 民衆의 속임 없는 心的 內面生活을 그대로 叙述한 것도 있다. 採錄者들은 最初에는 忠實한 採錄者이었던 것이, 어느 틈에 점점 個人의 創意가 움직이어, 그 이야기 自體에다가 어떤 興味的 要素를 덧붙이고자 하게 되었으니 벌써 이것이 일종의 文學的 活動이었을 것이고, 그리하여 발표된 稗官文學은 後代의 小說로 發展하게 된 것이다. 그리고 說話文學은 獨自的으로 發達한 것이 아니고 언제든지 漢文文學 作品과 結托하여 小說로 發展한 것이다.

이제 稗官文學이 일어난 원인을 적으면 다음과 같다.

ㄱ. 宋, 元의 文化가 輸入됨을 따라 宋, 元의 隨筆, 說話集과 같은 ≪太平廣記≫ 등이 讀者間에 多讀되므로 그 영향을 받아 異國의 事件보다 國內에서 取材하려는 의도에서.

ㄴ. 新羅時代로부터 口傳되는 傳統的 說話를 기록하여 保存하려는 의도에서.

ㄷ. 政治的으로 勢力을 잃은 文臣들이 山野에 파묻혀 消閑과 泄憤의 資로서 文談을 記述한 것.

그리하여 稗官小說의 내용을 보면, 編者는 見聞이 미치는 대로 筆才에 맡겨 혹은 詩에 대한 逸話, 人物 交際에 있어서의 笑話, 혹은 巷間에 돌아다니는 傳說, 說話, 猥談 等類로 가히 一笑一嚬의 材料가 되는 것들이다. 그런데 이들은 저 中國의 志怪, 傳奇와는 달리 朝鮮的인 情趣를 가득히 품고 있는 것으로, 비록 詼諧, 猥談이라 할지라도 실로 은근하고 점잖은 맛이 있어서 결코 淫亂하거나 野卑하지는 않다.

이제 稗官文學을 포함하고 있다고 볼 수 있는 書目을 적으면 다음과 같다.

≪白雲小說≫ : 李奎報(明宗 때 사람, 字는 春卿, 1168~1241)가 지은 것으로 일종의 詩話와 文談이다.

≪破閑集≫ : 李仁老(字는 眉叟, 號는 雙明齋, 1152~1220)가 지은 것으로 三卷 一冊으로 되어 있다. 그는 李奎報와도 親交가 있었고 이외에, ≪銀臺集≫, ≪後集≫, ≪雙明齋集≫의 著作이 있다.(≪高麗史≫ 卷一○二, 列傳 十五) ≪破閑集≫은 標題 그대로 文人의 消閑的 文談으로 詩談도 있고, 紀事도 있고, 간간 新羅의 舊俗과 西京과 開京의 당시 風物을 기록한 것이 있는데 興味津津한 바가 있다.

≪補閑集≫ : 高宗朝의 文臣 崔滋(字는 樹德, 號는 東山, 1188~1260)가 당시의 權臣 崔瑀의 囑命에 의해서 지은 것으로 李仁老가 ≪破閑集≫ 을 지은 것을 본떠서 閭巷의 瑣言과 재미있는 史實과 妓女들의 이야기를 收拾補足한 책이다. 三卷 一冊으로 되어 있는데 ≪高麗史≫ '列傳'에는 冊名이 ≪續破閑集≫으로 되어 있다.

≪櫟翁稗說≫ : 高麗 一流의 文人이요 名臣이던 李齊賢(字는 仲思, 號는 益齋, 1287~1367)이 지은 것으로, 史籍에서 빠진 異聞, 奇事及 人物評, 經論, 詩文과 書畫評 등을 수록하였다. 그리하여 麗代의 事物에 대해서 研究하는 사람에겐 다시없는 好資料가 될 것이다.

그런데 당시 中國에는 六朝時代의 志怪小說은 그리 많지는 않았겠지마는 唐代의 傳奇文學, 元代의 傳奇, 志怪小說 이외에 話本이 流行되고 있었을 때다. 그런데 高麗는 언제든지 中國보다는 一時代 뒤늦어서 外國文學을 輸入해 들이었으므로, 唐, 宋의 小說이 高麗에 輸入되어 流行 되었을 것이다. 그뿐만이 아니라 그러한 外國文學 作品에서 어떠한 영향과 자극을 받았을 것만은 事實이겠다. 만일 外國文學 作品으로 말미암아 영향을 받았다면, 高麗의 說話文學도 進展을 보이지 않을 수 없었을 것이다. 앞에서 이미 말한 ≪破閑集≫, ≪櫟翁稗說≫과 같은 稗官文學이 詩話로 進展한 것도 進展이라면 進展이겠지마는, 그것은 文學 發展上에 있어서 자연적 過程이라기보다는 派生的 發展이었고, 그러한 說話文學은 마땅히 小說로 發展하는 것이 正路일 것이다. 그런데 여기에 說話文學이 차차 小說文學으로 進展한 것을 볼 수가 있다.

林椿의 <麴醇傳>과 <孔方傳>
李奎報의 <麴先生傳>과 <淸江使者玄夫傳>
李穀(?)의 <竹夫人傳>
李詹의 <楮生傳>
釋息影庵의 <丁侍者傳>

위에 든 여러 作品은 稗官文學, 곧 說話文學에서 비교적 小說에 가깝게 發展한 作品들이다. <丁侍者傳>을 除外해 놓고는 모두 物件을 擬人化하여 쓴 假傳的 筆法으로 戒世懲人을 目的으로 한 作品이다. <丁侍者傳>만은 作者의 幻想에 맡겨 그려진 作品이다. 이러한 作品들은 벌써 前記한 ≪殊異傳≫과는 그 類를 달리 한다. 하나는 既成 文學의 再生이요, 하나는 獨創的

곧 新生한 作品이다. 이리하여 麗代의 稗官文學은 한편으로는 詩話, 野談의 길로 發展을 하였고, 다른 한편으로는 小說에 가깝게 發展하여서, 次期 李朝時代에 일어날 小說의 基盤이 되었던 것이다.

끝으로 三國時代부터 思想界及 信仰界에 뿌리를 깊이 박고, 繼續的으로 隆盛해 온 佛敎는 高麗에 들어와서도 國敎로서 待遇를 받는 통에, 僧侶階級들은 가장 上流社會의 地位를 차지하여 靜雅한 寺院 속에서 安穩한 生活을 하던 그네들에게는 應當 佛敎文藝 作品이 많았어야 옳을 터인데, <浮雪居士傳>, <明學同知傳>[60], <普德閣氏傳>[61]밖에 없으니, 麗代에 가장 隆盛했던 佛敎에 反하여, 이 방면의 小說文學이 희소하였다는 것은 알 수 없는 일이다.

60) 금강산 영원암(靈源庵)에 전한다는 사찰연기설화이다. 주왕산과 김태준은 '명학동지전(明學同知傳)을 '붕학동지전(朋學同知傳)'으로 표기하고 있다.

61) 금강산 보덕굴(普德窟)에 전하고 있다는 사찰연기설화이다.

第三篇 李朝 初期의 小說

第一章 建國과 儒教

高麗 末期에 있어 新進 武將 李成桂 一派는 舊臣 世族과 對立하여, 激烈한 政爭을 展開한 끝에 恭讓王을 廢位시키고 西紀 1392年에 王位에 올라 國號를 朝鮮이라 稱하고, 다시 漢陽에 遷都하게 되니, 이로써 519年間, 27王의 君臨한 李氏 國家의 基礎가 創建된 것이다.

政權이 바뀌면 政策이 또한 變更되는 것은 古今의 通例다. 그리하여 國初 약 30年間, 곧 太祖 定宗 太宗의 3代는 專혀 革命에 의한 民心의 收拾과 새 王朝에 대한 欣服의 策을 세우기에 汲汲하였던 創業의 期間이었다.

그리하여 開國初에 모든 방면에 있어서 前朝의 弊政을 一大改革하게 되었으니, 私兵의 撤廢, 私田의 官收, 新規 田制의 확립, 寺有田의 國有化와 이에 따르는 寺刹數의 大幅的 縮減, 僧侶의 陶汰들이 곧 그것이다. 무엇보다도 千餘年間이나 國民의 信仰을 支配하여 왔고, 더욱 麗代에 들어와서는 國教의 地位를 굳게 잡고 있던 佛教를 마치 헌 신짝 같이 박차 버리고, 儒教로써 國是를 삼아, 政治의 組織, 社會의 制度, 國民의 生活을 오로지 일로 統一하여 버렸다.

이렇게 斥佛 政策으로 나아가게 된 것은 첫째는 새로운 政策을 써서 民心을 收攬할 의도도 있었겠지마는, 佛教 自體로 볼지라도 高麗 末年이 되어서는 심히 墮落하여, 僧侶階級들이 그 本分을 잊어버리고, 공연히 上流社

會에서 地位를 차지해 가지고, 政治上, 社會上, 그 끼친 바 弊害가 莫大하였던 까닭에서다. 이것은 李太祖가 이것으로서는 도저히 國家와 人民을 守護하여 나아가지 못할 것을 미리 깨달았기 때문이다. 그리하여 開國初부터 곧 斥佛 政策을 써서, 그 후 數代를 가지 못해 佛敎는 씻은 듯이 沒落하고 말았다.

이렇게 佛敎의 勢力을 挫折시키는 반면, 崇儒의 策을 써서 中央에 成均館, 地方에는 鄕校 등 敎育 機關을 세워 그 機能을 發揮하게 함에 따라, 朱子學은 바야흐로 思想界及 敎育界를 統一하게 되니, 文運이 또한 隆盛의 一路를 걷게 되었다.

高麗朝에 輸入된 元의 學問, 곧 宋의 理學이 麗代 사람들에게 미칠 영향은 상당히 컸기 때문에, 朱子學 곧 理學은 麗末에 있어서, 벌써 李齊賢, 李穡, 鄭夢周, 鄭道傳, 李崇仁, 李穀, 權近 등의 碩儒를 낳게 하여 상당한 發達을 보았거니와, 李朝에 들어와서도 이들 중에서 鄭道傳과 權近이 太祖의 爪牙가 되어 中心 勢力을 이루게 되니, 자연 강력한 儒敎 政策을 施行하게 되었다. 이와 같이 李朝初에는 佛敎를 排斥하는 한 편 二京에다 大學을 세우고, 文廟를 세우며, 地方 各 郡縣에도 文廟, 鄕校를 設置해서 文敎의 地方勢力 扶植에 힘을 썼기 때문에, 漢學이 자연 奬勵되었고, 거기에 따라 儒敎의 勢力은 確固한 基盤위에 서게 되었다.

李朝 一代 五百年은 儒敎의 時代, 특히 朱子學의 全盛時代였다. 高麗의 文化를 佛敎文化로 친다면 李朝의 文化는 應當 儒敎文化라 아니할 수 없다. 儒敎文化의 發展은 곧 漢文文藝의 隆盛을 뜻한다. 李太祖가 儒敎로써 國是를 삼은 다른 큰 이유가 또 있으니, 李太祖가 一個 百姓으로 일어나서, 一朝에 王位에 오르게 되매, 그는 자기의 王으로서의 威信이 能히 上下의 人心을 順從시키기에 不足함을 느끼고 王權을 伸長하고, 臣民을 絶對的으로

歸服시키려면, 三綱主義의 孔孟을 崇尙하게 함이 첫째가는 手段인 까닭에서다.

그러면 儒敎로써 國家, 社會, 人民을 指導한 결과는 어찌 되었을까?

極端으로 朱子學만을 崇奉하며, 儒敎의 形式에만 置重한 결과로 長衫大笠과 峩冠博帶로 변하여져서, 그러한 氣風에서 자연 繁文縟禮의 累를 입어 점점 文弱에 흐르게 되었다.

儒敎政治에서 이어 따라 오는 封建的 階級 社會 制度를 招來하게 하여, 이에 따라서 支配階級과 被支配階級과의 엄격한 對立은 마침내는 家庭에서도 男女의 差別的 地位와 待遇, 家長의 特權, 그리고 社會에는 八賤의 階級的 差異가 생겨, 常漢이니, 中人이니, 兩班이니 하여 한 社會 안에서도 여러 갈래의 區別이 생겼고, 다시 南貴北賤의 地方色이 濃厚해졌다. 이런 社會에서 오직 兩班만이 苛斂誅求로써 백성의 膏血을 빨아, 富貴와 榮華를 누리게 되었다. 兩班 制度의 起源은 新羅時代로 遡及하여 생각할 것으로, 文官을 龍班, 武官을 虎班이라 하여, 東西 二班의 形態를 取하고 三省, 六尙書, 九寺, 六衙, 牧府, 縣官은 모두 兩班 閥族의 手中에 들어가서, 이것이 世襲形態를 取하게 되었다. 그 후 高麗時代에는 武士 專權, 僧侶 專權의 時期가 있어, 그들이 각각 執權했던 일은 있었을지언정 대체로 奴婢, 良民의 二大階級 外에는 그다지 嚴然한 階級 制度는 없었다. 그러던 것이 李朝에 들어와서는

① 宗親 ② 國舅 ③ 駙馬 ④ 兩班 ⑤ 中人
⑥ 庶孼 ⑦ 胥吏 ⑧ 常民 ⑨ 賤民

과 같은 差別的 社會 階級이 嚴然히 存在하게 되어, 兩班의 勢力은 强盛해

져서, 兩班이 아니면 社會的 進出이 沮止되고 말았다.

兩班들은 공연히 表面的으로 점잖은 척하게 되어서, 形式的인 虛禮의 習俗이 생기게 되어, 도처에 假面을 쓴 假孔子의 超滿員 狀態를 이루게 되었다.

이리하여 儒敎는 다음과 같은 좋지 못한 영향을 社會에 끼치게 되었다.

ㄱ. 儒敎의 家族 本位 思想은 朝鮮에서 家長 絶對 思想을 助成하여 共同祖先 崇拜 思想의 發展을 妨害하고, 度를 지나친 孝悌, 祭祀, 喪葬의 拘束的 行動을 强要한 결과, 國民의 社會的 生活 또는 民族 生活에 관한 自覺을 喪失하게 하였다.

ㄴ. 儒敎의 個人主義的 思想은 民族意識을 蠶食하였고

ㄷ. 儒敎의 封建的 思想은 主從 관계에 있어서 服從을 美德으로 하였기 때문에 民衆은 自己 生活에 대한 批判을 하지 못하게 되어 解放과 自由思想의 發生을 沮止하였다.

ㄹ. 儒敎의 仕宦 至上主義는 필연적으로 官尊農卑의 思想을 助長하게 하였다.

ㅁ. 儒敎의 文治主義는 武力 行使를 拒否하였으므로 朝鮮은 何等 武備 없는 國家를 現出하게 하였다.

ㅂ. 儒敎의 大中華主義는 小國家主義를 排斥하였으므로 儒家 貴族들은 오직 事大慕華主義를 保國 保家의 至上策으로 알고 中華模倣에만 汲汲하여 國民思想은 事大思想에 물들게 되었다.

그리고 무엇보다도 本論으로 돌아가 朝鮮 文學에 미친 점을 列擧하면 다음과 같다.

ㅅ. 儒道 이외의 모든 것에 대하여서는 일절로 排他主義로 나아가 儒教文化 곧 漢文學 이외의 文學에 대하여서는 侮蔑과 迫害와 賤待를 가하여, 앞으로 訓民正音이 頒布된 후의 한글로 기록된 純粹한 朝鮮文學에 대하여서도, 같은 情神下에 排他主義로 나아가게 되어, 한글文學은 그 發達에 적지 않은 被害를 입게 되었다.

ㅇ. 儒教는 獨立的 思想을 주지 못해서 새로운 獨創的인 文化 活動, 특히 文藝 運動을 拒否하여 新說을 抹殺하였고, 想想力을 痲痹시켜 다른 文藝 곧 漢文學만을 崇奉하게 하였고, 小說 방면도 唐, 宋, 元, 明의 小說을 模倣하게 하였다.

第二章 前代를 繼承한 稗官文學

≪高麗史≫ 卷十 宣宗 八年 六月條에

병오일에 이자의 등이 송나라로부터 돌아와 아뢰기를
'황제[송나라 임금]가 우리나라에 좋은 판본의 서적이 많다는 말을 듣고 관반(館伴 : 접대 담당 관원)에게 명하여 구하고자 하는 책의 목록을 써 주었습니다……유향의 ≪칠록≫ 20권……간보의 ≪수신기≫ 30권……'[62]

이라 한 것을 보면 宋나라에서는 도리어 高麗로 干寶가 지은 ≪搜神記≫

62) "丙午 李資義等還自宋 奏云 帝聞我國書籍多好本 命館伴 書所求書目錄 授之……劉向七錄二十卷……干寶搜神記三十卷" ≪고려사(高麗史)≫ 권10 세가(世家) 권제10 선종(宣宗) 8년(1091) 6월 18일

등을 館伴을 시켜 目錄을 적어 書籍을 구해 갔으니, ≪搜神記≫는 그 이전(西紀 1091)부터 輸入되어, 많이 읽혔던 것을 알 수가 있다. 그리고 陳繼儒의 ≪太平淸話≫에도 보면

> 조선사람은 무척 책을 좋아한다. 대개 사신이 입공할 때 그 일행이 혹 50명쯤 되는데 옛 책, 새로운 책, 패관소설로 그 나라에 없는 것은 날마다 시중에 나가 각기 책 목록을 베끼고 사람을 만나 두루 물어보곤 한다. 책값이 비싸다 해도 아까워하지 않고 구하여 돌아가므로 그들 나라에 오히려 귀중본이 있다.[63]

이라 하였으니, 그 때 사람들이 얼마나 軟文藝를 즐겨 해서 값의 高下를 不問하고 中國서 사들였는가를 알 수가 있으며, 도리어 中國보다도 異書가 많았던 것을 짐작할 수 있게 된다.

그리하여 麗朝때 사람들이 稗官文學을 즐겨하던 風習이 그대로 李朝 때 사람에게 傳해져, 李朝 初期의 儒徒들 사이에 高麗의 稗官文學이 流轉되어 李朝의 中葉까지 文苑에서 風靡하였다. 이리하여 李朝 初期에 있어서도 稗官文學이 隆盛하게 되었다. 太祖에서 宣祖 때까지의 稗官小說은 魚叔權의 ≪稗官雜記≫에 나타나 있는 글을 인용하면,

> 우리나라에는 소설이 적다.……조선조에는 인제 강희안의 ≪양화소록≫, 사가 서거정의 ≪태평한화골계전≫·≪필원잡기≫·≪동인시화≫, 진산 강희맹의 ≪촌담해이≫, 동봉 김시습의 ≪금오신화≫, 청파 이륙의 ≪청파극담≫, 허백당 성현의 ≪용재총화≫, 추강 남효온의 <육신전>·≪추강냉화≫, 매계 조위의 ≪매계총화≫, 교리 최부의 ≪표해기≫, 해평 정미수

63) "朝鮮人最好書 凡使臣入貢 限五十人 或舊典新書 稗官小說 在彼所缺者 日出市中 各寫書目 逢人偏問 不惜重値購回 故彼國反有異書藏本" ≪태평청화(太平淸話)≫

의 ≪한중계치≫, 충암 김정의 ≪제주풍토기≫, 적암 조신의 ≪소문쇄록≫이 세상에 유행하였다.[64]

라 하였는데, 이러한 稗官小說들의 範圍는 참으로 넓어서 地理, 詩話, 淫談, 實傳, 逸士遺聞, 奇聞, 雜說, 諧謔, 史話 등에 걸치어 있다.

≪稗官雜記≫에는 빠졌지마는 徐居正의 ≪太平閑話滑稽傳≫이 있다. ≪太平閑話滑稽傳≫은 四卷으로 되어 있는데 麗末 李初의 知名 人士들의 私生活에 있어서의 유머러스한 이야기를 蒐集해 놓은 것이다. 申叔舟가 새로 領議政이 되었고, 具致寬이 右議政이 된 때의 이야기다. 이 때 世祖는 妙謔을 생각해 냈다. 그리하여 급히 兩大臣을 內殿으로 불러들이었다. 兩大臣은 무슨 일인가 하고 급히 參內하였다. 이하서부터는 徐四佳의 ≪太平閑話滑稽傳≫에서 그의 靈彩 있는 筆華를 보일 겸해서 原文을 轉載하겠다.

왕[세조]이 말하기를,

"오늘 경들에게 물어볼 것이 있는데 능히 대답하면 그만이지만 만약 그렇지 못하면 곧 벌을 면치 못할 것이다. 경들은 어떻게 생각하는가?"

두 재상[영의정 신숙주(申叔舟), 우의정 구치관(具致寬)]이 절하며,

"바라옵건대 삼가 조심하여 벌을 받지 않도록 하겠습니다."

갑자기 왕은 신정승을 부르니 신[申]정승이 바로 대답했으나 왕이 말하기를,

"나는 신[新]정승을 불렀는데 당신은 잘못 대답했으니 벌로 큰 잔 술을 마시라."

또 부르기를,

---

64) "東國少小說……本朝 姜仁齊希顔 養花小錄 徐四佳居正 太平閑話 筆苑雜記 東人詩話 姜晉山希孟 村談解頤 金東峯時習 金鰲新話 李青坡陸 劇談 成虛白堂俔 慵齋叢話 秋江南孝溫 六臣傳 秋江冷話 曺梅溪偉 梅溪叢話 崔校理溥 漂海記 鄭海平眉壽 閑中啓齒 金沖庵淨 濟州風土記 曺適庵伸 謏聞瑣錄 行于世" ≪패관잡기(稗官雜記)≫

"구정승"

구[具]정승이 바로 대답했으나 왕이 말하기를,

"나는 구[舊]정승을 불렀는데 당신은 잘못 대답했으니 벌로 큰 잔 술을 마시라"

왕이 또 부르기를,

"구정승"

신[申]정승이 바로 대답했으나 왕이 말하기를,

"나는 성(姓)을 불렀는데 당신은 잘못 대답했다."

그에게 벌주를 내리고 또 부르기를,

"신정승"

구[具]정승이 바로 대답하자 왕이 말하기를,

"나는 성(姓)을 불렀는데 당신은 잘못 대답했다."

그에게 벌주를 내리고 왕이 또 부르기를,

"신정승"

신정승과 구정승이 모두 대답하지 않았다. 또 부르기를

"구정승"

구정승과 신정승이 모두 대답하지 않았다. 왕이 말하기를

"임금이 사람을 부르는데 신하로서 대답하지 않는 것은 예라 할 수 없는 것이니 또한 벌주를 내리겠다."

종일토록 이와 같이 하였더니 두 재상이 하루종일 벌주를 마셔 많이 취했다.[65)]

≪稗官雜記≫에서 列擧한 여러 稗官小說 중에는 ≪慵齋叢話≫가 가장 그 중에서는 白眉다. 이 책은 成俔의 隨筆集으로, 文話, 詩話, 書話, 人物評, 史

---

65) "上曰 今日有問於卿等 能對則已 不能對則罰不可辭 卿等自度如何 兩相拜謝曰 庶幾謹飭無罰 俄而上呼申政丞 申卽對 上曰予呼新政丞 子失對 罰一大爵 又呼曰 具政丞 具卽對 上曰予呼舊政丞子失對也 罰一大爵 上又呼曰具政丞 申卽對 上曰予呼姓子失對也 罰之 又呼曰申政丞 具卽對 上曰予呼姓子失對也 罰之 上又呼曰申政丞 申具皆不對 又呼曰具政丞 具申皆不對 上曰人君有召人臣不對非禮也 亦罰之 如是終日 兩相飮罰終日極醉" ≪태평한화골계전(太平閑話滑稽傳)≫

話들이 있고 文章이 穩雅하다.

이러한 遺風은 近世까지 繼續되어, 여러 說話叢話가 많이 나왔는데,

著者를 알 수 있는 것으로는

柳夢寅의 ≪於于野談≫, 李羲準의 ≪溪西野譚≫과 ≪鵝洲雜錄≫66), 李源命의 ≪東野彙集≫, 安基浩의 ≪獨坐見聞日記≫, 金堉의 ≪潛谷筆譚≫, 許筠의 ≪海東野言≫, 金安老의 <龍泉談寂記>, 副墨子編의 ≪破睡錄≫, 李濟臣의 ≪淸江瑣語≫, 鄭載崙의 ≪公私聞見錄≫, 李德泂의 ≪竹窓閑話≫, 沈鋅의 ≪松泉筆譚≫들이 있고,

著者 未詳한 것으로는

≪靑邱野談≫, ≪靑邱笑叢≫, ≪荷潭記聞≫, ≪終南叢志≫, ≪逸事記聞≫들이 있고,

類書로는

李睟光의 ≪芝峰類說≫과 李瀷의 ≪星湖僿說≫ 등이 있다.

그리고 宋寅의 著述이라 傳하나 확실하지 않은 ≪古今笑叢≫이 있다. 이 ≪古今笑叢≫엔 다음의 세 책이 수록되어 있다.

姜希孟의 ≪村談解頤≫(成宗朝)

宋世琳의 ≪禦眠楯≫(中宗朝)

成汝學의 ≪續禦眠楯≫(仁祖朝)

이 책들은 朝鮮의 唯一한 淫談悖說을 集大成한 책들이다. 이외에 지금으로부터 약 150年 전 水原 사람인 듯한 閱淸齊가 지었다는 ≪禦睡錄≫이 있고, 洪萬宗의 撰으로 되어 있는 ≪蓂葉志諧≫(顯宗朝)와 寫本으로 傳해지

66) ≪아주잡록(鵝洲雜錄)≫의 편자는 홍중인(洪重寅, 1677~1752)이다.

는 ≪攪睡襍史≫가 있다.

≪松溪漫錄≫에 보면

> 송세림의 ≪어면순(禦眠楯)≫은 허황되고 외설스러운 말이 그 속에 많이 섞여 있으니 대개 사람에게 음란함을 가르친다. 호음 정사룡이 그 머리에 서문을 쓴 것은 어째서인가?[67]

라고 하였으니, 道德的으로 拘束이 많았던 당시에, 이러한 警戒網을 교묘히 뚫고, 士林 사이에서 非常히 耽讀되었던 것을 알 수가 있다. 비록 이러한 책들에 淫談이 실려 있지마는, 그 時代의 習俗을 여실히 窺知踐磨할 수 있어서, 이것이 또한 民俗 硏究에 귀중한 자료가 될 뿐만 아니라 朝鮮의 說話文學을 硏究하는 데에서도 貴한 材料라 아니할 수 없다. 물론 日政時代에는 出版法 違反으로 구해 볼 수 없었던 것이었는데 1947年에 朝鮮古 笑談으로 正音社에서 出版하여,[68] 비로소 세상에 널리 알려지게 되었다. ≪村談解頤≫ 중에서 <癡奴護妾>이란 것을 하나 轉載하겠다.

> 한 선비가 아름다운 첩을 두고 있었다. 하루는 그 첩이 친정에 가 부모님을 뵙고 오기를 청하자 선비는 음사(陰事)를 알지 못하는 자를 얻어 그 행차를 보호하고자 종들을 불러놓고 물었다.
>
> "너희들은 옥문이 어디에 있는지 아느냐?"
>
> 모두가 미소만 띠고 대답하지 않자, 어리석은 종 하나가 겉으로는 순박하나 속은 간교한데 갑자기 대답하며 나섰다.

---

67) "宋世琳의 禦眠楯은 淫辭褻語가 多混於其中하니 蓋誨淫이라, 鄭湖陰相公이 序之於其首는 何耶아." (≪송계만록(松溪漫錄)≫의 기록은 다음과 같다. "宋斯文世琳之禦眠楯者 淫辭褻語溢於書中 實誨淫者也 豈有補於風敎之萬一 投畀回祿可也 而湖陰相公亦弁其首 何耶")

68) 1947년 송신용(宋申用, 1884~1962)이 ≪어수록(禦睡錄)≫, ≪촌담해이(村談解頤)≫, ≪어면순(禦眠楯)≫을 『조선고금소총(朝鮮古今笑叢)』이라는 제목으로 묶어 정음사(正音社)에서 출판했다.

"바로 두 눈썹 사이에 있습니다."

선비가 만족해하며 그의 교활함은 알지 못한 채 곧 첩의 행차를 보호하도록 명령하였다.

강가에 이르렀을 때, 첩이 어리석은 종에게 안장을 풀고 잠깐 쉬어가자 하니, 어리석은 종이 발가벗은 채로 강에서 목욕하자 첩이 그 양물의 건장함을 보고 희롱하며 말했다.

"네 다리 사이의 고기몽둥이는 어떤 물건이냐?"

종이 대답했다.

"태어나면서부터 불필요한 살이 점점 돌출되어 이에 이르렀습니다."

이에 첩이 말했다.

"나도 역시 태어나면서부터 다리 사이에 작게 오목하게 들어간 곳이 있었는데 점점 그 구멍이 깊어졌다. 들어간 것과 나온 것을 서로 맞추어 보면 또한 기쁘지 않겠느냐?"

마침내 두 사람은 사통하기에 이르렀다.

선비는 어리석은 종을 보내놓고 오히려 의심을 풀지 못하고 몰래 따라가 산 정상에서 그 모든 것을 엿보았다. 첩과 종이 수풀의 나무를 방패삼아 운우의 정이 바야흐로 무르익어갈 때, 선비가 성내며 우렁차게 부르짖으며 내려와 물었다.

"무슨 일을 하고 있느냐?"

종이 능히 숨길 수 없자 마침내 주머니를 뒤져 송곳과 새끼줄을 꺼내 들고는 몸을 구부렸다 폈다 하며 무엇인가 깁고 꿰매는 시늉을 했다. 선비가 무슨 일인지 묻자 노비가 울면서 고하며 말했다.

"아씨께서 계곡의 끊긴 다리를 건너려는데 말이 달아나 떨어졌습니다. 쇤네가 아씨의 몸을 받들어 살피니 상한 곳은 한 군데도 없었습니다. 오직 배꼽 아래 몇 마디쯤 되는 곳에 한 치 정도 세로로 찢겼는데 그 깊이를 측량할 수 없었습니다. 이에 풍독이 미칠까 염려되어 곧바로 깁고 꿰매고자 한 것입니다."

선비가 기뻐하며 말했다.

"진실로 너는 어리석구나. 하늘이 만든 세로로 낸 구멍이다. 삼가 그것을 번거롭게 하지 마라.[69]

≪古今笑叢≫에 나오는 이야기를 읽어 보면, 겉으로는 가장 점잖은 척하는 兩班 官僚들의 거짓 없는 裏面 生活을 엿볼 수 있다. 그네들이 얼마나 好色的 生活을 즐겼던가를 알 수 있으니, 地方官으로, 赴任하여서는 그곳 官妓들과 가지가지의 艶聞을 날리었을 뿐만 아니라, 오고 가는 途中에서, 버젓이 남편이 있는 남의 아내와 私通을 하는가 하면, 自己 집에서 부리고 있는 남편이 있는 계집종을 凌辱을 하면서도, 一分의 良心의 苛責과 부끄러움을 느끼지 않는다. 그네들에게 있어서는, 모든 女子는 모두 자기네들의 性慾을 滿足시켜 주는 對象으로만 알고 있다. 우리는 이러한 不健康한 說話에서 당시의 男尊女卑하던 社會相을 또한 엿볼 수 있다.

第三章 元代의 白話小說

中國은 秦, 漢 이래로 文學에서는 모두 古雅한 文語體를 써 왔지마는, 平易한 白話體, 곧 口語體는 통 文學 속에 侵入을 하지 못했다. 唐末에 이르러서 佛敎 관계의 것들에서 약간 白話文이 사용되었던 것은 燉煌에서 發掘한 書籍에서 단편적이나마 찾아 볼 수가 있었다. 그러던 것이 宋代에 들어와서는, 그리 傑作이라고는 할 수 없지마는, 여러 種類의 白話文이 나타

---

69) “有一士人 畜美妾 一日請歸寧 士欲得未識陰事者護其行 呼群僕問曰 爾等知玉門在何處乎 皆微笑不答 有一癡奴 外朴內黠 猝然對曰 正在兩眉間 士喜其不知卽令護行 至一川邊 妾令癡奴 解鞍暫息 癡奴裸浴川中 妾見其陽壯 戲之曰 汝脚間肉槌 是何物 奴曰 生時贅肉漸凸以至於斯 妾曰 吾亦生時 脚間微凹漸成深穴 凹凸相喞不亦樂乎 遂與至私 士旣送癡奴 猶不無疑 潛從山頂而覘之 妾與奴 翳林木 雲雨方濃 士忿深叫噪而下曰 方做甚事 奴不能掩遂探囊中 出錐子及繩端 俯仰作補綴之狀 士問是何事 奴泣且告曰 娘子渡絶橋澗 馬逸墜落 小的奉審百體一無所傷 唯臍下數寸許 竪坼一寸深不可測 恐被風毒卽欲補綴云 士喜曰 誠哉爾癡也 天生竪穴 愼勿擾之” ≪촌담해이(村談解頤)≫ <치노호첩(癡奴護妾)>

나게 되었고, 金代에 들어와서는 董解元이 지은 <絃索西廂>이 口語體, 곧 白話體로 씌어진 傑作이어서, 白話文學이 여기에서 비로소 發達의 第一段階를 디디게 되었다.

西紀 1279年에 宋을 이어 일어난 元나라 사람은 본디 荒邈한 沙漠에서 單調한 生活을 해 오던 蒙古族이었다. 그러한 그들이 한 번 中國을 侵入해 들어와 漢族들의 絢爛한 文化에 眩惑되자, 그들은 차차 從來의 簡素勤儉하던 性質은 驕侈多淫해져서 文學과 같은 高尙한 것을 鑑賞할 만한 敎養이 없었다. 거기에다가 元代는 皇位 繼承 問題와 여기에 따르는 權臣의 橫暴, 喇嘛敎 僧侶들의 專橫에다가 財政의 紊亂, 그리고 太祖때 連年 外征의 軍士를 일으키어 이러한 內憂外患에 國民들은 자연 文藝 방면에 눈뜰 여가가 없었던 것이다.

從來의 漢民族에 있어서는 下流階級 사람들이 무슨 여유가 있어서, 어느 겨를에 文學에 趣味를 붙여 자기네들의 無識한 條件에 알맞는 文學, 곧 白話文學이 있었지만 읽지도 못했을 것이니까 애초부터 白話文學의 필요성을 느끼지 않아, 오로지 上下 階級을 통해 오직 文語體로 된 文學만이 있었을 것이다.

그러던 것이 元代에 들어와서는 軍人이거나, 官吏거나, 中流階級 이상의 사람들도 文化的 敎養이 낮아서, 漢族들이 쓰던 文語體는 어려워서 알 수가 없었다. 모처럼 文學에 趣味를 붙여 보려고 하여도, 從來의 文學이 너무나 정도가 높아서 손이 미치지 못했다. 그뿐만이 아니라 아직 元이란 國號를 定하기 전, 곧 蒙古時代의 太宗 9年(西紀 1237)부터 78年間은, 당시의 文官 登用 試驗制이던 科擧制度를 全廢하고 말아서, 元나라 사람 중에서 비교적 文學的 才能이 있던 사람들은, 자기네들의 文學的 力量을 白話文學 곧 戱曲에 힘을 쓰게 되었던 것이다. 漢族을 몰아내고 그 뒤를 이은 蒙古族이 완전히 中國을 차지한 후에 있어서도 元나라 사람들은 中國 사람과 같이, 古來로 束縛을 받아 오던 儒教의 形式에 拘束을 받을 필요도 없었고, 文化人으로서의 體面을 保持하려는 근심도 없었기 때문에 官公署의 公文들도 白話文을 쓰게 되었다. 이러한 모든 社會的 條件이 元代에 있어서 白話文學을 發展시키게 하였다. 그 뒤 元代를 이은 明代에서도 白話文學이 많이 쏟아져 나와서 元, 明의 白話小說이란 章題를 붙이게 된 것이다. 물론 全然 文語體로 된 文學이 아주 없었던 것은 아니다. <三國志>가 文語體임을 보아도 알 것이다.

우선 元代의 小說로는 <水滸傳>을 안 들 수 없다.

<水滸傳> : 著作者와 著作 年代를 확실히 모른다. 白話體로 된 小說이다. 水滸의 故事는 南宋 이래로 流行하던 傳說이었는데 宋江은 實在한 人物이었다. ≪宋史≫ <徽宗 宣和 三年>條[70]에

> 淮南의 盜宋江 등이 淮陽郡을 犯했으므로 將을 보내서 쳐 잡게 하였다. 또 京東과 江北을 侵犯해 와서, 知州 張叔夜에게 命해서 이를 歸順시켰다.

고 하였는데 歸順 후의 일은 史에 記載가 없다.

<侯蒙傳>[71]에 보면

> 宋江이 東京을 侵寇하였는데 그 때 蒙이 上書하여, 宋江 三十六人이 齊, 魏를 橫行하되, 官軍 數萬中에 敢히 抗拒하는 者가 없으니, 차라리 江을 용

70) ≪송사(宋史)≫ '본기(本紀) 22' 휘종(徽宗) 선화(宣和) 3년(1121) 2월 계사(癸巳) "淮南盜宋江等犯淮陽軍 遣將討捕 又犯京東 河北 入楚 海州界 命知州張叔夜招降之"

71) ≪송사(宋史)≫ '열전(列傳) 110' <후몽(侯蒙)> "宋江寇京東 蒙上書言 江以三十六人橫行齊魏 官軍數萬無敢抗者 其才必過人 今青溪盜起 不若赦江 使討方臘以自贖"

> 서해 주어서 方臘을 討伐하게 해서 自贖하게 하는 것이 좋을 것 같다.

고 한 것을 綜合해 보면 宋江이란 者는 實在한 人物이었고, 그들 盜賊의 무리 三十六人이 全國을 橫行하였던 것 같다.

그리고 ≪宋史≫ '列傳 112' <張叔夜>[72]를 또 보면

> 轉略하기를 十郡에 미치어도 官軍이 敢히 그 銳鋒을 막아내지를 못했다.

고 하였다. 이러한 史實에서 時代를 달리하는 데 따라, 奇聞 異說이 民間에 생겨, 그것이 점점 輾轉繁變해서 또 새로운 故事를 이루게 되었다. 이러한 民間에서 오는 奇聞 異說과 史記에 실려 있는 史實들을 掇拾粉飾을 해서 이루어진 것에다가 潤色을 가해서 완전한 說話로 만들어 놓은 것이 곧 <水滸傳>일 것이다.

<水滸傳>의 作者에 대해서는 諸說이 분분한데

> ① 羅貫中이 지었다는 說
> ② 施耐菴이지었다는 說
> ③ 施耐菴의 原作을 羅貫中이 編修하였다는 說
> ④ 七十回까지는 施耐菴이 짓고, 그 후는 羅貫中이 繼續했다는 說

등의 異說이 많다. 施耐菴이란 사람은 錢塘의 사람이라고도 하고, 杭州의 사람 施惠(字는 君美)라고도 하여 명확하지 않고,[73] 羅貫中은 羅本이라고 하

---

72) ≪송사(宋史)≫ '열전(列傳) 112' <장숙야(張叔夜)> "宋江起河朔, 轉略十郡, 官軍莫敢攖其鋒"

73) 시내암(施耐菴, 1363?~1370?)의 원명은 언단(彦端), 자는 조단(肇瑞), 호는 자안(子安), 별호는 내암(耐庵)이다. 태주(泰州, 현 강소성) 興化(흥화) 사람이다. 시내암의 별명을 시혜(施

며 武林 사람이라고 傳할 따름으로 鄕里와 時代를 확실히 알 수 없다.[74]

<水滸傳>은 章回小說이다. 그리하여 오늘날 남아 있는 것으로도 여러 種類가 있어서 一百二十回로 된 <忠義水滸全書>, 一百回로 된 <忠義水滸傳>, 七十回로 된 <水滸傳> 등이 있는데 이 중에서는 一百二十回로 된 것이 가장 正確하다고 한다. 그리고 오늘날 原本은 얻어 볼 수가 없다고 한다.

그 후 <水滸傳>을 模倣한 것으로는 陳忱이 지은 四十回의 <後水滸傳>, 兪萬春이 지은 七十回의 <結水滸傳>(혹은 <蕩寇志>라고도 한다)들이 있고, 明, 清 兩代에는 이를 戱曲化한 作品들이 상당히 많다. 저 有名한 <金瓶梅>는 말할 것 없이 <水滸傳>을 底本으로 한 것이다. 내용은 三十六人의 群盜(어느 作品에선 百八人)들의 替天行義하는 行動은 참으로 讀者로 하여금 痛快無比한 맛을 주는데, 花和尙 魯智深이 五臺山에서 惹鬧를 하는 것을 비롯해서, 行者 武宋이 景陽岡에서 큰 범을 때려잡는 것이라든지, 그 壯絶快絶한 痛快感은 이루 말할 수 없다. 거기에다가 그들이 奸吏를 誅戮하여 懲罰하는 義俠的 行動까지 있어서 古今 讀者들의 人氣를 集中하고 있다. 오늘날 우리가 耽讀하는 洪碧初의 <林巨正>은 다 <水滸傳>을 模倣한 作品이다. 宋代에는 外敵이 끊임없이 侵入해 왔고, 內政은 腐敗解弛해져서, 民衆들은 이러한 稗史를 지어내어 自慰하였던 모양이다. 이 <水滸傳>은 <三國志>와는 달라, 純粹한 歷史的 軍談은 아니고 ≪宋史≫에 약간의 根據를

惠)라고 하기도 한다. 따로 희곡작가 시혜가 있어 주왕산의 착오로 생긴 기술이다. 시혜의 자는 군미(君美) 혹은 균미(均美)로 항주(杭州) 사람이다. 심씨(沈氏) 성으로 불리기도 한다.

74) 나본(羅本)의 자는 관중(貫中), 별호(別號)는 호해산인(湖海散人)이다. 일설에는 이름이 관(貫)이라고도 한다. 태어난 곳은 동원(東原, 현 산동성 동평현), 태원(太原, 현 산서성 태원시), 전당(錢塘, 현 절강성 항주시) 등 여러 설이 있다. 생존 연대는 정확하지 않으나 루쉰(魯迅)은 대략 1330~1400년이라 하였다.

두고, 粉飾과 潤色을 가한 軟文藝라 할 수 있다. 이 <水滸傳>은 앞으로 肅宗朝를 中心한 軟文藝의 爛熟期를 이루게 한 素材가 되었다.

이리하여 <水滸傳>은 儒徒들의 분분한 攻擊과 非難 속에서도 讀者를 점점 얻게 되어 顯宗 10年(西紀 1669)에는 <水滸傳>, <西遊記> 속의 白話難句만을 모아 ≪小說語解錄≫까지 出版하게 되었다. 그리고 다음으로 元代의 小說에서 <水滸傳> 다음 가는 것으로는 <三國志演義> 가 있다.

<三國志演義> : 東漢 후의 魏, 蜀, 吳의 三國時代의 史實을 기록한 史書로 晉나라의 陳壽가 지은 <三國志>를 底本으로 해서 漢靈帝 中平 元年(西紀 184)으로부터 晉太康 元年(四紀 280)에 이르는 97年間의 史實을 小說化한 것이다. 文語體로 되어 있다. 이것도 章回小說로 된 책이다.

新安의 虞氏가 刊行한 <全相三國志平話>를 보면 上下로 欄을 나누어 上欄은 그림, 下欄은 글로 되어 있는데, 桃園結義에서 비롯해서 孔明 病歿로 끝을 맺었다. 그 후에 陳壽가 撰述한 <三國志>에다가 宋의 裵松之가 詳註를 붙인 것을 다시 小說體로 演述한 것이 곧 <三國志演義>인데, 이 책은 元末, 明初(西紀 1330~1400)의 羅貫中이 지은 것이다. 이 책은 오늘날 우리가 얻어 볼 수 있는 것으로는 明 弘治 甲寅(西紀 1494)年의 刊本을 最古로 한다. 이 책은 全書 二十四卷으로 되어 있고 二百四十回로 나뉘어 있다. 漢靈帝 中平 元年 '祭天桃園結義'로 시작하여, 晉 武帝 太康 元年의 '王濬計取石頭城'으로 끝을 맺었다. 이 동안의 史實을 재미있게 꾸며 낸 軍談이다. 中國 사람들은 <水滸傳>보다도 <三國志>를 더 愛讀한다고 한다. 이 <三國志演義>가 뒷날의 朝鮮 軍談小說에 미친 바 영향이 크다.

이 밖에도 元代에는 歷史的 軍談類의 小說, 곧 演義小說 혹은 講史小說이

많다. 우선 元末에서 明初에 걸쳐 白話小說로 된 羅貫中의 作이라는 <三國志> 외에, <隋唐志傳>[75], <說唐全傳>, <粉粧樓>, <平妖傳> 등 네 책이 있다고 하는데 과연 그것들이 羅貫中의 作인지 알 수 없다.

<隋唐演義> : 一百回로 된 章回小說로 明皇과 楊妃와의 再世姻緣의 故事를 그리어 낸 作品이다. 이 책의 전반만을 따로 <隋煬艷史>라 부른다. 이 책은 羅貫中의 <隋唐志傳>이 改作된 것이다.

<說唐全傳> : 唐代의 故事를 기록한 것.

<粉粧樓>[76] : 唐代에 蕃人을 征服한 英雄的 事蹟을 적은 것.

<平妖傳> : 宋의 文彦博 등이 妖人을 討平한 이야기.

그리고 이외에도 講史小說이 상당히 많은데, 周游의 <開闢演義>, 鍾惺의 <開闢唐虞傳>, <有夏誌傳>, <東周列國志>, <西周四友傳>, 袁宏道 評의 <兩漢演義傳>, <西晉演義>, <東晉演義>, 熊鍾谷의 <唐書演義>, <兩宋志傳>[77]들이 있어서 참으로 元代야말로 講史小說時代라 할 수 있다.

---

75) <수당지전(隋唐志傳)>의 원본은 아직 발견되지 않았다. 청(靑)나라 강희(康熙) 14년 장주(長洲)의 저인확(褚人穫)의 개정본이 있는데 <수당연의(隋唐演義)>라고 이름을 바꾸었다.

76) 중국 청대 소설이라고 한다.

77) 루쉰의 『중국소설사략(中國小說史略)』에서 다음 구절을 인용한 것이다. “명(明)대에 이미 상고시대의 우하(虞夏) 주유(周游)의 ≪개벽연의(開闢演義)≫, 종성(鍾惺)의 ≪개벽당우전(開闢唐虞傳)≫ 및 ≪유하지전(有夏志傳)≫, 동서주(東西周) ≪동주열국지(東周列國志)≫, ≪서주지(西周志)≫, ≪사우전(四友傳)≫, 양한(兩漢) 원굉도(袁宏道)가 평(評)한 ≪양한연의전(兩漢演義傳)≫, 양진(兩晉) ≪서진연의(西晉演義)≫, ≪동진연의(東晉演義)≫, 송(宋) 척확재(尺蠖齋)가 평하고 해석한 ≪양송지전(兩宋志傳)≫ 등 역사 사실을 기록한 평

朝鮮에서도 <三國志演義>가 가장 많이 愛讀되었다. 더욱 朝鮮에서는 關岳廟를 세워 關羽를 崇拜하는 信仰이 생기어서 나중에는 그의 일부분을 摘出해 번역해서 <華容道>, <山陽大戰>, <赤壁大戰>, <劉忠烈傳>, <姜維實記>, <玉人傳>, <魏王別傳> 등의 飜譯文學이 나오게 되었다.

元代에는 小說 이외에 雜劇이라 하는 일종의 歌劇과 같은 것이 있었는데, 여기에도 많은 作品이 나왔다.

이제 그 중에서 다음의 세 作品을 소개하겠다.

<西廂記> : 作者에 대해서 다소의 異論이 있다. 전부 關漢卿이 지었다 하기도 하고, 王實甫의 作이라고도 하고, 王實甫는 第四本 三折까지 짓다가 피를 吐하고 죽어서 그 다음부터는 關漢卿이 마저 지었다고도 한다. 이것은 이미 위에서도 말했지마는 董解元의 <絃索西廂>을 底本으로 한 것이다. 이제 내용을 보면 이러하다.

> 西洛의 張珙이라 하는 靑年이 科擧를 보러 서울로 올라가다가 蒲州의 普救寺에서 崔家의 딸 鶯鶯을 만나게 되어, 張珙의 마음을 태우게 하였다. 때마침 孫飛虎라고 하는 賊將도 이 鶯鶯을 戀慕하고 있었다. 張珙은 友人 杜確의 힘을 빌려 孫을 물리치고, 崔家의 侍女 紅娘의 周旋으로 두 사람은 서로 사랑을 주고받게 되었다. 그러나 鶯鶯에게는 벌써 約婚한 사내 鄭恒이란 사람이 있었다. 그리하여 崔夫人은 張珙에게 이러한 事情 이야기를 하고 그들로 하여금 男妹間으로서의 交際를 許諾해 주었다. 張生은 이로 말미암아 病席에 눕게 되었다. 鶯鶯도 그를 同情하였다. 그리다가 崔夫人의 요구에 의해서 서울로 올라가 科擧를 보러 가게 되었다. 張珙은 할 수 없이 蒲州를 떠나 草橋店에서 하룻밤 자다가 凶夢을 보는 것으로 이 曲은 끝났다.

화들이 있었다.”

<琵琶記> : 이는 본래 元代의 高明의 撰이다. 내용은 이러하다.

蔡邕이라고 하는 선비가 妻 趙五娘를 故鄕에 남겨 놓고, 서울로 올라가 科擧에 及第하여, 牛丞相의 사위가 되었다. 五娘은 가난한 살림을 하면서 舅姑에게 孝道를 다하고, 돌아간 舅姑를 精誠껏 喪事를 지내 드리고, 서울로 남편을 찾아 올라와, 마침내 一夫兩妻의 團欒한 家庭을 이루었다.

<還魂記> : 全篇 五十五齣으로 되어 있는 長篇이다. 내용은

南宋 때에 柳夢梅라고 하는 靑年과 杜麗娘이라는 少女가 서로 꿈속에서 사랑을 하게 되어, 少女는 그를 몹시 사랑하다가 마침내는 病死하고 말았다. 그러던 것이 三年 후에 다시 蘇生하여 드디어 柳夢梅와 結婚을 하게 되었다.

그리고 위에서 말한 小說과 이 뒤에서 말할 明末의 小說 <水滸傳>, <三國志演義>, <西遊記>, <金甁梅>를 中國의 四代奇書라고 한다.

第四章 ≪剪燈新話≫

小說은 明代에 들어와서부터 白話體의 小說이 많이 나오게 되었는데, 일부러 晉唐의 志怪小說을 模倣해서 文語體로 쓴 것이 있으니, 그것이 곧 ≪剪燈新話≫다. ≪剪燈新話≫는 短篇의 怪奇小說集이다. 이 책은 明人 瞿佑(錢唐사람, 字는 宗吉)란 사람이 당시의 文藝가 다시 古文으로 復歸하려는 그 時代의 文藝精神에 따라, 時俗에 流行하는 白話小說을 排擊하고 唐人이 지은 艶情小說을 思慕해서 模倣한 作品으로, 그 作品을 보면 間間 幻怪한 말을 섞기도 하였고, 閨情을 粉飾하였을 뿐만 아니라, 艶語를 點綴하였다.

瞿佑는 元末, 明初의 사람으로, 그는 나이 32세를 넘도록 벼슬을 하지 못하고 집에 들어앉아서 ≪剪燈新話≫ 四十卷을 洪武年間(四紀 1368~1398)에 撰述하였는데, 그 내용은 약간 勸善懲惡의 이야기가 많았다. 그리하여 그 때엔 ≪剪燈錄≫이라 불렀는데, 著者가 詩禍로 인해 귀양 간 때에 散亡되고 말았다. 그 후 그 일부를 胡子昻이란 사람이 가지고 와서 瞿佑의 校正을 빌려 出版된 것이 ≪剪燈新話≫라고 한다. 이 때가 瞿佑의 나이 75세로 永樂 19年(世宗 3年, 西紀 1421)이었다고 한다. 그리하여 지금 남아 있는 것으로는 겨우 四卷밖에 없는데, 各卷에 五篇 씩의 新話가 실려 있고, 附錄으로 一篇이 있으니, 전부 二十一篇의 新話를 실은 作品이다.

勸慾的 內容의 素材에다가, 당시의 街談巷語 혹은 古籍들에 採錄되어 있는 說話에다가 다소의 創作을 가해 썼다. 宋朝 이후로 口語體 小說이 盛行되던 反面에 唐代의 文語體 곧 美文的 傳奇小說은 衰滅할 危機에 處해 있었다. 이러한 때에 그는 자기가 지은 ≪剪燈錄≫을 華麗富贍한 文語體로 고쳐 써서 세상에 발표해 낸 것이 ≪剪燈新話≫다. 이리하여 '新話'의 出現은 一瀉千里의 勢로 四方에 傳讀되어, 文壇에 새로운 異彩를 던져 이를 模倣한 作品이 많이 나오게 되었다.

≪剪燈新話≫가 朝鮮에 들어온 年代는 姑捨하고라도, 洪武 11年(西紀 1378)의 作者의 自序와 永樂 19年(世宗 3年 西紀 1421)의 跋을 가진 ≪剪燈新話≫가 世宗 17年 乙卯(西紀 1435)에 난 天才的 文人 東峯 金時習의 손으로 그의 模倣作 ≪金鰲新話≫를 내게 한 것을 보면, 이 책이 얼마나 당시의 士林의 人氣를 끌었던가를 알 수가 있다. ≪剪燈新話≫가 朝鮮에 들어와서 그러한 歡迎을 받게 된 것은, 小說의 참된 目的이라고 할 수 있는, 讀者로 하여금 기쁨과 慰安을 주었을 뿐만 아니라, 그의 絢爛한 文章이 能히 당시

의 文苑에서 作文의 臺本이 될 수 있었던 까닭에서다.

中國에서도 많은 模倣 作品-李禎의 ≪剪燈餘話≫와 ≪覓燈因話≫, ≪聊齋志異≫, ≪虞初新志≫-같은 作品이 쏟아져 나왔을 뿐 아니라, 심지어 日本에까지도 영향을 주어 ≪牡丹燈籠≫, ≪錢湯新話≫, ≪船頭探話≫ 등의 模倣作을 내게 하였다. 이렇게까지 短期間內에 模倣作이 朝鮮에 나온 것으로 미루어 中國과 朝鮮이 文化의 交流가 얼마나 빨랐던가를 알 수 있는 동시에, 또 中國의 文藝가 朝鮮 文藝 방면에 얼마나 영향을 미치었나를 알 수가 있다. 이제 第二卷 중에 있는 ≪牡丹燈記≫ 一篇의 내용을 적겠다.

元明時代 明州(지금의 寧波地方)는 正月 대보름날 밤이 되어서 城內는 燈籠으로 파묻힐 지경이었다. 이 壯觀을 구경하러 가느라고 城 가까운 近郊에 사는 사람들도 이 통에 떠들썩했다. 그런데 明嶺 산기슭에 사는 홀아비 喬生은 이렇게 즐거운 밤을, 혼자 쓸쓸히 門 밖에 서서 멀리 城內를 바라보고 있었다. 바람은 솔솔 불고, 附近에는 소나무가 바람 부는 데 따라 소나무 가지의 흔들리는 소리가 들려 왔다. 그리고는 모든 것이 죽은 듯 고요하였다. 그런데 이런 깊은 밤에 雙頭의 燈籠을 든 美人이 나타났다. 그의 옆에는 侍女가 따르고 있었다. 喬生은 그 美人을 자기 집으로 請해 들이게 되어, 두 사람 사이에는 그 때부터 사랑을 맺게 되었다. 美人은 이리하여 깊은 밤에 喬生을 찾아 와서 만나보고는 새벽녘이 되면 돌아가고 하였다. 이리하여 두 사람의 사랑은 점점 깊어가고, 홀아비로 지내던 喬生은 꿈속과 같이 즐겁게 半箇月이나 지내게 되었다.

그 때 마침 喬生의 옆집에서 살고 있던 老人 한 분이, 喬生의 집에 밤마다 떠들썩하는 소리가 나므로, 하도 異常하게 생각하고 몰래 문틈으로 들여다보았더니, 喬生이 한 개의 白骨과 서로 우스운 소리를 하고 있었다. 그 이튿날 옆집 老人으로부터 이런 이야기를 들은 喬生은 일변 놀라면서, 서글픈 맘이 들게 되어, 그날 밤 그 美人에게 사는 집을 물어서 찾아가 보았더니, 아주 오래된 절 뒤채 복도에 符州判女 麗卿之柩라 쓴 棺이 있고, 그 옆에는 그가 눈에 익숙히 보던 牡丹燈籠과 金蓮이라 쓴 侍女의 殉死한

人形을 보게 되었다.

喬生은 魏法師에게 자세한 이야기를 하고, 神符를 얻어서 陰鬼의 害로부터 逃避할 수 있게 되었다. 그리하여 어느덧 한 달 남짓 지난 어느 날 喬生은 술이 취해 우연히 그 절 앞을 지나가다가, 이미 저승의 사람이 된지 오랜 美人에게 붙잡혀, 美人은 그를 안은 채 棺 속으로 사라지고 말았다.

村 사람들과 住持들이 다시 魏法師에게 議論을 하러 가서, 法師의 計策으로, 四明山上의 鐵冠道人의 힘으로 그 美人의 귀신은 저승에 있는 牢獄에 갇히고 말았다. 이튿날 村 사람들이 山 위로 고맙다고 인사를 하러 갔더니, 단지 草庵만 있을 뿐 道人의 간 곳을 알 수가 없었다. 이러한 이야기를 魏法師에게 말하러 갔더니, 그는 입술을 까불었다는 罪로 벙어리가 되어 있었다.

第五章 ≪金鰲新話≫

이미 위에서 말한 바와 같이 ≪剪燈新話≫가 輸入되자, 朝鮮小說 文壇에 劃期的인 作品 ≪金鰲新話≫가 나왔다. 여기에 비로소 朝鮮의 小說 文壇도 그 本格的 發達 段階에 들어서게 되었다. 朝鮮과 中國은 地理的으로 인접하여 있는 관계상, 朝鮮과 中國은 文化에 있어서 孤立的 狀態를 維持할 수 없게 되어, 늘 두 나라 사이에는 文化의 交流가 있어서, 朝鮮의 文化는 어느 部面을 물론해 놓고 中國 文化의 영향을 받지 않은 것이 없다. 그리하여 朝鮮의 小說文學도 中國의 小說文學의 영향을 받아 發達하여 온 것이다. 곧 朝鮮의 古代小說은 늘 中國의 小說文學의 영향을 많이 받아왔다.

우리 祖上들은 일찍부터 中國에서 書籍을 구해들인 事實이 있으니, 이는 그네들의 讀書熱이 經學뿐에만 그친 것이 아니라 軟文學, 稗史들까지에도 미치었던 까닭에서다. 그리하여 羅代에는 ≪山海經≫이 들어왔고, 麗代

에는 ≪搜神記≫와 ≪列女傳≫들이 輸入되었다는 史實까지 있다. 이런 관점에서 볼 것 같으면 우리의 古代小說은 說話文學, 稗官文學에서 發足된 것이라 말할 수 있다. 대개 우리나라의 古代小說들은 中國의 小說을 粉本으로 한 것으로, 이야기의 줄거리, 構想, 手法 등 각 방면으로 模倣하여 왔던 것이다.

≪金鰲新話≫는 東峯 혹은 梅月堂 金時習(西紀 1455~1493)의 撰한 傳奇小說集이다. 그는 生六臣의 한 사람이다. 그는 어려서부터 神童이란 칭찬을 받아서 黃龍碧海의 句로, 承政院에 불려 들어가 世宗의 天寵을 받고 三角山에 들어가 修學을 다 마치고, 커서 世用을 기약하다가 世祖가 端宗을 魯山君으로 降封하며 王位를 簒奪함을 듣고, 忽然히 痛哭하면서, 書冊을 불사르고, 儒服을 찢어 버리고, 金剛山에 들어가 중이 되어 號를 雪嶺이라 하였다. 金安老의 ≪龍泉談寂記≫에도 그런 말이 있으니

> 동봉 김시습은 어렸을 때부터 이미 시로써 명성이 높았다. 마침내 꼬이고 어지러워진 것을 털어버리고 머리를 깎고 승려가 되어 이름을 설잠(雪岑)이라고 고쳤다.……금오산(金鰲山)에 들어가 글을 지어 석실에 감추어두고 말하기를, “후세에 반드시 나를 알아줄 사람이 있을 것이다” 하였다. 그 글은 대개 기이한 것을 우의적으로 기록한 것으로, ≪전등신화≫ 등의 작품을 모방하여 지었다.[78]

라 한 것을 보면 그는 자주 江陵, 襄陽等地의 名地를 探勝하다가 金鰲山에 들어가 著書를 한 것이 곧 이 ≪金鰲新話≫ 인 것을 알 수 있다. 崔南善은 ≪金鰲新話≫ 解題에서 그가 金鰲山에 들어가 ≪金鰲新話≫를 쓰게 된 來

78) “東峯金時習自齠齔 已有能詩聲 遂擺落糾紛 祝髮爲僧 改命雪岑……入金鰲山 著書藏石室曰 後世必有知嶺者 其書大抵述異寓意 效剪燈新話等作也” ≪용천담적기(龍泉談寂記)≫

歷을 이렇게 말하였다.

≪金鰲新話≫는 東峯 金時習의 撰이니 그가 意外의 世變에 五中의 激盪을 스스로 鎭靖하지 못하고 身世를 아울러 物外로 抛擲하고서 短策熱淚로 八方에 放浪할새 金剛看話의 前과 雪岳誦騷의 後에 哭不盡, 笑不掃하던 窮徹의 哀憫을 그대로 東京 金鰲山 中으로 끌고 가서 舊愁新恨滿腔鬱悒을 禿筆毛紙의 끝에 庶幾喪亡한 것이 이 一篇 新話라.

金鰲山은 一名을 南山이라 하여, 慶州의 南文理에 있으니, 金剛의 秀와, 妙香의 壯과 深祕의 趣가 있는 山이라고 한다. ≪東京雜記≫에도 다음과 같이, 같은 뜻의 기록이 있다.

매월당은 금오산에 있다. 김시습이 머물러 살던 곳이고 옛터가 아직 남아있다.[79]

매월당의 사우(祠宇)는 금오산 남쪽 동굴 입구 주변에 있다.……김시습이 마음 편히 쉬었던 곳이다.[80]

≪金鰲新話≫는 傳本이 稀少하여 朝鮮에 있어서는 거의 逸書에 들게 되었는데, 요행히 日本에 건너가 400年 동안이나 謄本대로 流傳하다가 西紀 1884年에 東京에서 出版되었다. 이것을 崔南善이 西紀 1927年에 啓明俱樂部에서 發行한 『啓明』 第十九號에 발표한 것이 있다. 이리하여 이 책은 日本 翻刻本에 依持하지 않고서는 그 面貌를 짐작할 수가 없는데, 이 책을 보면 본래 序跋 같은 것도 도무지 없고, 다만 卷末에 '書甲集後'라 하여 乙

79) "梅月堂在金鰲山 金時習棲息之處 遺址尙在" ≪동경잡기(東京雜記)≫
80) "梅月堂詞宇在金鰲山南邊洞口……金公時習遊息之地也" ≪동경잡기(東京雜記)≫

集, 丙集……이 있던 것 같으니 이것이 ≪金鰲新話≫의 全貌가 아님을 짐작할 수 있다

≪金鰲新話≫는 벌써 名稱부터 ≪剪燈新話≫를 模倣해서 지은 傳奇小說임을 짐작할 수 있을 뿐만 아니라, 그 體制와 措辭上에서 보든지, 立題名意, 取材設人에까지 ≪剪燈新話≫를 다분히 模倣하였다.

≪金鰲新話≫에 실려 있는 五篇의 내용이 ≪剪燈新話≫의 내용과 비슷하다. 이제 現存한 五篇의 내용을 간단히 말하면 이러하다.

ㄱ. <萬福寺樗蒲記> : 老總角이 부처님께 아뢰어 佳耦를 얻는 이야기

ㄴ. <李生窺墻傳> : 天姿英秀한 李生이 崔家娘과 異緣을 맺는 이야기

ㄷ. <醉遊浮碧亭記> : 富商이 平壤 浮碧樓에서 箕子朝鮮時代의 女子와 異緣을 맺는 이야기

ㄹ. <南炎浮洲志> : 信佛하지 않던 書生이 夢中에 地獄의 炎浮州에 갔다가 와서 宇宙를 達觀한 이야기

ㅁ. <龍宮赴宴錄> : 한 文士가 龍宮에 가 본 이야기

≪金鰲新話≫는 傳奇小說의 白眉이었을 뿐만 아니라, 확실히 朝鮮人의 손으로 된 最初의 小說로서 成功한 逸作이다. 그런데 당시의 文人들은 거의 다 漢化에 染濁되어 國故라도 地人名物을 漢土로 轉化시키는 것이 예거늘, 이 책은 비록 漢字로 表示되기는 하였지만, 朝鮮에 背景을 두었고, 朝鮮의 人物과 風俗을 그대로 描寫한 점을 생각하면, 이 책은 당시에서는 도저히 볼 수 없는, 鄕土色을 保有하고, 내것을 사랑할 줄 아는, 그러한 自主的 精神을 가진 作品이다. 이 아래에 ≪金鰲新話≫에서 一篇을 原文 그대로 轉載한 것을 보면 알겠지마는, 그의 글에서 볼 수 있는 美言妙辭와 麗

情逸態가 讀者로 하여금 恍恍하게 할 뿐만 아니라, 그의 글은 소위 樂而不淫하고 哀而不傷하여서 日本의 文士들은 ≪剪燈新話≫보다 더 높이 評價한다고 한다. 그러나 ≪金鰲新話≫는 麗末의 稗官文學보다는 一步 前進한 作品이기는 하지마는 이 뒤에 나올 <洪吉童傳>이나, <九雲夢>들과는 너무나 距離가 먼 作品이다. ≪金鰲新話≫는 역시 麗末의 稗官文學에서 光海君時代의 <洪吉童傳>으로 다리를 놓아 주는 中間的 일을 할 따름이라고 생각된다. 이제 ≪金鰲新話≫에 실려 있는 五篇 중에서 <李生窺墻傳>을 原文 그대로 適當히 略해 가면서 그 梗槪를 소개하겠다.

〈李生窺墻傳〉 梗槪

송도에 이생이라는 사람이 낙타교 옆에 살았다. 나이가 열여덟이었는데, 신선처럼 맑은 생김새에 빼어난 자질을 타고났다. 늘 국학에 가면서 길에서도 시를 읽었다. 선죽리에는 명문가의 처녀 최씨가 살았다. 나이는 가히 열대여섯에, 자태가 아름답고 자수를 잘했으며 시 짓기에도 뛰어났다. 세상사람들이 풍류남아 이씨 집의 아들, 요조숙녀 최씨 집의 딸이라고 칭하였다. 이생은 날마다 겨드랑이에 책을 끼고 국학에 갔는데 늘 최씨 집 북쪽 담장 밖을 지나가며 종종 그 아래에서 쉬어가곤 하였다.

하루는 이생이 담장 안을 엿보았더니 아름다운 꽃들이 활짝 피어있고 벌과 새들이 그사이를 다투어 날아다녔다. 그 곁에는 꽃나무 수풀 사이로 작은 정자가 보였다. 문에는 구슬발이 반쯤 걷혀 있고 비단 장막이 낮게 드리워져 있었다. 그 안에 아름다운 여인 한 사람이 수를 놓다가 지겨운 듯 턱을 괴고 시를 읊었다.……이생이 그 시를 듣고 들뜬 마음을 이길 수 없었으나 그 문은 높고 험준하며 규방은 깊고 깊으니 단지 속만 끓이다 갔다.

돌아오는 길에 흰 종이 한 폭에 시 세 편을 쓴 후 편지를 기왓장에 묶어 담장 안으로 던졌다.……최씨가 시비 향아에게 그것을 가져오게 하여 보니 이생의 시였다. 두 번 세 번을 읽으니 마음이 절로 기뻤다. 최씨는 작은 종이에 여덟 글자를 써 밖으로 던졌다. 종이에는 이렇게 적혀 있었다.

"당신은 의심하지 마시고 날이 저무는 것으로써 때를 삼으십시오."

이생은 그 말뜻을 알고 밤이 되자 곧장 찾아갔다.

가서 보니 담장 곁에 가는 베로 꼬아 놓은 그넷줄에 대나무로 엮은 바구니가 매달려 아래로 드리워 있기에 이생은 그 줄을 잡고 담을 넘었다.……향아에게 방에서 술과 과일을 가져와 올리라 하니 향아가 명을 받들어 나갔다. 인기척도 전혀 없이 고요해지자 이생이 물었다.

"이곳은 어디입니까?"

여인이 대답하였다.

"이곳은 저희 집 북쪽 정원에 있는 작은 정자 아래입니다. 부모님께서 외동딸인 저를 깊이 사랑하셔서"……(시) 읊기를 마치고 여인이 이생에게 말했다.

"오늘의 일은 반드시 작은 인연이 아닙니다. 당신께서 그 정을 이루시기 원하신다면 저를 따라 오십시오."

말을 마치자 여인은 북쪽 창으로 들어갔고 이생도 그를 따랐다. 방 안에는 사다리가 있었는데, 그 사다리를 타고 오르니 과연 정원에 있던 정자였다.……한쪽 곁에 작은 방이 하나 따로 있었다. 장막과 이부자리 역시 정갈하고 고왔다. 이생은 여인과 함께하는 사랑의 기쁨이 지극하였고 그렇게 며칠을 머물렀다.

하루는 이생이 여인에게 말했다.

"옛 선현들의 말에 부모가 계시면 나갈 때에 반드시 어디 가는지를 말씀드려야 하거늘 나는 지금 문안을 드리지 않은 지 이미 3일이나 지났습니다. 부모님께서 필시 기다리고 바라실 텐데 이것은 자식으로서 도리가 아닙니다."

여인이 서글픈 얼굴로 고개를 끄덕이며 담장 너머로 이생을 보내주었다.……

집에 돌아온 이생은 그 후 부모께 꾸중을 듣고 울주(영남)으로 쫓겨났다.……"이생은 부친께 벌을 받아 영남으로 떠난 지 이미 수개월이 되었습니다." 여인은 이 말을 듣고 병을 얻어 앓아누웠다. 몸을 뒤척이며 일어나지 못하고 물 한 모금도 입에 대지 않았다. 부모가 이를 이상하게 여기고 병이 난 이유를 물었으나 입을 다문 채 말을 하지 않자 그 상자를 찾아보다 이생이 예전에 여인에게 준 시를 발견했다.……"사랑하는 마음은 날로 깊어지고 병은 날로 악화되어 이제 거의 죽음에 이르러 장차 귀신이 될 지경에 이르렀습니다. 아버지, 어머니께서 저의 소망을 들어주신다면"……이라 하여 색시 집에선 정식으로 중매를 놓아 이생과 최랑은 결혼을 하게 되어……마침내 혼례를 치르게 되었으니 거문고와 비파의 끊어진 줄이 다시 이어진 것이다.

……이생은 이듬해 과거에 합격하여 좋은 벼슬을 얻었다. 신축년에 홍건적이 서울을 침략하자 왕은 복주로 옮기고 이생부부와 친척들 또한 능히 서로 보호해줄 수 없게 되어 동쪽으로 달아나고 서쪽으로 숨어 각자 스스로 도망하였다. 이생 역시 가족을 이끌고 깊은 산 속에 숨으려 하였으나 홍건적 한 명이 칼을 뽑아 들고 쫓아왔다. 이생은 있는 힘껏 달려 빠져나올 수 있었으나 여인은 홍건적에게 사로잡히고 말았다. 홍건적이 겁탈하려고 하자 여인은 큰소리로 꾸짖으며 말했다.

"짐승만도 못한 놈! 나를 죽여라! 내가 죽어 승냥이의 뱃속으로 들어갈지언정 어찌 개, 돼지의 짝이 될 수 있겠느냐?

홍건적이 노하여 여인을 죽이고 갈기갈기 찢었다.

……이생은 적이 물러간 후 돌아와 보니 자기 집이나 색시 집이 난리통에 다 타버려 슬픈 생각이 들어 최랑과 인연을 맺게 된 작은 정자를 찾아왔다.……날이 저물도록 홀로 앉아 지난 일을 돌이켜보니 마치 한바탕의 꿈과 같았다. 시간이 장차 이경에 다다랐을 즈음 달빛이 희미하게 들보를 비추는데 행랑 아래쪽에서는 멀리에서부터 점점 다가오는 발자국 소리가 들려왔다. 가까이 이르렀을 때 보니 바로 최씨였다. 이생은 비록 이미 죽은 줄 알고 있었으나 사랑이 깊고 도타웠으므로……이생은 최랑의 영혼을 만나 죽은 부모며 최랑의 시체를 거두어 파묻은 후에……이생은 일가친척들과도 만나지 않고 오직 집에 들어 앉아……두문불출하고 늘 최씨와 더불어 혹은 술잔을 기울이거나 시를 주고받을 뿐이었다.

부부 금실 좋게 지내는 동안 수년이 흘렀다. 어느날 저녁 여인이 이생에게 말했다.

"세 번의 아름다운 인연을 맺고 기쁨과 즐거움이 아직 다하지 않았지만 슬픈 이별의 순간에 빠르게도 이르렀습니다."

하고는 흐느껴 울며 탄식하였다. 이생이 깜짝 놀라 물었다.

"이것이 무슨 말이오?"

"명부의 순리는 피할 수 없습니다. 옥황상제께서 제게 생을 주신 것은 저의 연분이 아직 끊어지지 않았고 또한 죄 없이 죽었기 때문입니다. 인간의 몸을 빌려 살게 함으로써 잠시라도 이별과 그리움의 아픔을 줄이도록 하기 위함이었습니다. 오랫동안 인간세상에 머물면서 사람들을 미혹할 수는 없습니다."

이에 여종에게 술상을 올리라 명하고 노래를 불렀다……한 마디씩 노래를 할 때마다 수없이 흐른 눈물이 입으로 흘러들었다. 이생이 말했다.

"나도 낭자와 함께 구천으로 가겠소.. 어찌 의지할 곳 없이 남은 생을 홀로 살아갈 수 있겠소?"

……이러하여 최랑의 영혼이 사라진 후……이생 역시 아내를 그리워하다 병을 얻어 수개월 만에 죽었다.[81]

---

81) "松都有李生者 居駱駝橋之側 年十八 天資英秀 常詣國學 讀詩路傍 善竹里 有巨室處子崔氏 年可十五六 態度艶麗 工於刺繡 而長於詩賦 世稱風流李氏子 窈窕崔家娘 李生嘗挾冊詣學 常過崔氏之家北牆外 李生憩於其下 一日窺牆內 名花盛開 蜂鳥爭喧 傍有小樓 隱映於花叢之間 珠簾半掩 羅幃低垂 有一美人 倦繡停針 支頤而吟曰……生聞之不勝技癢 然其門戶高峻 庭闈深邃 但怏怏而去 還時以白紙幅 作詩三首 繫瓦礫投之曰……崔氏命侍婢香兒 往見之 卽李生詩也 披讀再三 心自喜 以片簡又書八字 投之曰 將子無疑 昏以爲期 生知其言 乘昏而往 往視之則 以鞦韆絨索 繫竹兜下垂 生攀緣而踰……香兒可於房中賫酒果以進 兒如命而往 閒無人聲 生問曰 此是何處 女曰此是北園中小樓下也 父母以我一女 情鍾甚篤……飮罷 女謂生曰 今日之事 必非少緣 郎須尾我以遂情款言訖 女從北窓入 生隨之 樓梯在房中 緣梯而昇 果其樓也……一傍別有小室一區 帳褥衾枕亦甚整麗 生與女極其情歡 遂留數日 一日生謂女曰 先聖有言 父母在遊必有方 而今我定省已過三日 親必倚閭而望 非人子之道也 女惻然而頷之踰垣而遣之……집에 돌아온 李生은 그 후 父母께 꾸중을 듣고 蔚州(嶺南)로 謫送되었다.……李郎得罪於家君 去嶺南 已數月矣 女聞之 臥疾在床 輾轉不起 水醬不入於口 父母怪之 問其病狀 喑喑不言 搜其箱篋 得李生前日唱和詩……情念日深沉痾日篤 濱於死地 將化窮鬼 父母如從我願……이라 하여 색시 집에선 正式으로 仲媒를 놓아 李生과 崔娘은 結婚을 하게 되어……遂定婚禮 而續其絃焉……生翌年捷高科 登顯士 辛丑年(高麗末 恭讓王 10年 西紀 1361) 紅賊(紅巾賊의 亂)據京城 王移福州 夫婦親戚 不能相保 東奔西竄 各自逃 生挈家隱匿窮崖 有一賊 拔劍而逐 生奔走得脫 女爲賊所虜 欲逼之 女大罵曰 虎鬼殺啗 我寧死葬於豺狼之腹中 安能 作狗彘之匹乎 賊怒殺而剮之……李生은 賊이 물러간 후 돌아와보니 자기 집이나 색시 집이 다 亂離 통에 타버리어 슬픈 생각이 들어 崔娘과 因緣

을 맺게 된 小樓를 찾아 왔다……奄至日暮 塊然獨坐 宛如一夢 將及二更 月色微吐光 照屋梁 漸聞廊下有跫然之音自遠而近 至則崔氏也 生雖知已死 愛之甚篤……李生은 崔娘의 靈魂을 만나 죽은 父母며 崔娘의 屍體를 거두어 파묻은 후에……李生은 一家親戚들과도 만나지 않고 오직 집에 들어 앉아……杜門不出 常與崔氏 或酬或和 琴瑟偕和 荏苒數年 一夕女謂生曰 三遇佳期 歡娛不厭 哀別遽至 遂嗚咽數聲 生驚問曰 何故至此 女曰 冥數不可躲也 天帝以妾與生緣分未斷 又無罪障 假以幻體 與生暫割愁腸 非久留人世以惑陽人 命婢兒 進酒 歌曰……每歌一聲飮泣數下曰 寧與娘子同入九泉 豈可無聊獨保殘生……이러하여 崔娘의 靈魂이 없어진 후……生亦以追念之故 得病數月而卒" ≪금오신화(金鰲新話)≫ <이생규장전(李生窺墻傳)>

第四篇 訓民正音과 朝鮮文學

第一章 訓民正音의 創制

이 땅에 조선 겨레의 첫발자국이 찍히던 그 날부터 조선말의 씨도 뿌려졌으려니 생각하면 까마득한 옛일이다. 몇천몇만 년을 살아오는 동안에 드디어는 그 말을 적을 글자도 만들어졌을 것이니, 이르되 神誌祕詞文이니, 王文文이니, 刻木文이니, 高句麗의 文字이니, 百濟의 文字이니, 新羅의 鄕札과 吏讀文字니 하는 것이 있었고, 高麗에 이르러서는 高麗의 文字가 있었던 듯하나, 모두 相考할 만한 文獻이 많지를 못해 알 수 없다. 그리하여 우리 民族은 半萬年의 歷史를 자랑하는 文化民族이로되, 우리의 思想과 感情을 자유스럽게 表現할 文字를 갖지 못했다.

멀리 아득한 옛적 檀朝 적부터 우리 겨레에게 文字가 있었다고 하나 考證할 길이 없고, 扶餘 三國時代에는 독특한 文字가 있었다고 하나 또한 그 모습조차 찾아볼 길이 없다. 만일 訓民正音이 創制 頒布되기 이전에 우리의 손으로 만든 文字로 오늘날까지 남아 있어서 그 面貌를 볼 수 있는 것으로는 新羅時代의 吏讀文字가 있을 따름이다.

그러나 이것으로 우리의 思想과 感情을 表示하였다고 하되 漢字의 音이나 訓을 빌려 一個人의 생각에서 獨創的으로 지어 낸 文字가 되어서, 지어 낸 그 사람, 그 時代와 떨어져서는 읽기조차 어렵고 뜻조차 아주 알 수 없으니, 文字라고 할 수 없다. 이렇게 생각하면 우리 겨레는 나라를 肇判

한 뒤 四千載를 넘도록 古代의 文字가 자취 없이 사라졌으며 또 새로 나타남이 없이 正音이 頒布되기까지 이르렀다 함은 참으로 한 文化 民族으로 이 이상 더 가는 부끄러움이 어디 있으랴.

우리는 이와 같이 고유한 文字를 갖지 못해서 漢文化의 侵入에 따라 들어온 漢字의 사용에서, 우리 民族은 漢文化를 崇尙하는 事大思想의 뿌리가 깊이 박히게 되었다.

≪東國文獻備考≫ '樂考' <訓民正音>條에

> 임금께서 모든 나라가 각기 문자를 만들어 나라의 말을 기록하고 있는데, 유독 우리나라만 문자가 없다고 여겨 마침내 자음과 모음 스물여덟자를 만들었다.[82]

라 한 것을 보면 世宗大王께서는 다른 나라에는 固有한 文字가 있는데, 唯獨 우리나라만이 文字가 없는 것을 부끄럽게 생각하시고, 이 民族的 恥辱을 씻으려고 하시었고, 또 ≪訓民正音≫의 序文에서

> (우리)나라의 말이 중국과 서로 달라 문자(한자)와는 서로 통하지 아니하므로……[83]

라 말씀하신 것을 보면, 우리나라에는 우리나라의 特殊한 語音이 있어서 中國의 語音과 달라 서로 通할 수 없으니, 우리나라 말을 文字로 쓰자면 소리가 다른 어려운 漢字의 音을 빌려 쓸 것이 아니고, 우리나라의 語音에 맞는 國字가 필요하다는 뜻으로 말씀하신 것이다. 그리고 같은 ≪訓民

---

82) "上以爲諸國各製文字 以記其國之方言 獨我國無之 遂制子母二十八字" ≪동국문헌비고(東國文獻備考)≫ '악고(樂考)' <훈민정음(訓民正音)>

83) "國之語音 異乎中國 與文字不相流通……" ≪훈민정음(訓民正音)≫

正音≫ 序文에

> ……그리하여 어리석은 백성이 말하고자 하는 바가 있어도 마침내 제 뜻을 능히 실어 펴지 못하는 사람이 많다. 내가 이를 불쌍하게 생각하여 새로 스물여덟 글자를 만드니 사람마다 하여금 쉽게 익혀 매일 쓰는 데 편하게 하고자 할 따름이니라.[84]

라 하신 것을 생각하면, 漢文은 外國文이 되고 어려워서, 일반 民衆은 이 어려운 글을 배울 수가 없어서, 漢文 漢字만 사용하던 당시에는 자기네들의 意思를 자유로 表現해서 쓸 文字가 없어서 어리석은 백성들은 말 한마디 자유스럽게 文字를 빌려 발표하지 못했다. 漢文과 漢字는 特權階級이며, 有識階級인 兩班의 손에서만 놀게 되고, 대다수의 民衆은 無識階級을 形成하고 말아서, 억울한 生活을 하게 되었다. 이러한 딱한 事情을 짐작하시고 지어내신 '訓民正音'은 無識階級인 中流 이하의 下流階級 사람을 위하여, 敎育의 機會均等主義를 쓰시어서, 아무리 어리석은 백성이라도 며칠이면 배워서 깨칠 수 있는 '한글'을 지어 내신 것이다.

世宗大王께서는 世宗 25年 癸亥(西紀 1443) 冬12月에 正音의 原案이 完成되었으나, 世上에 頒布하시기 전에 당신의 손으로 實地로 써 보아서, 조금도 未備한 점이 없도록 하시려고, ≪龍飛御天歌≫ 같은 貴重한 冊을 써 보시고, 거기에다가 여러 學者들의 討議와 解釋을 거쳐, 갈고 닦고 다듬어서 世宗 28年 丙寅(西紀 1446) 9月 上澣에 비로소 刊行物로서 世上에 頒布하시었으니, 어둠에서 헤매던 朝鮮의 文化는 光明한 햇빛을 찾게 되었으며, 끝없이 벋어 나갈 文化의 正路를 찾았고, 어리석은 民衆은 無識과 賤待에서

---

84) "……故愚民有所欲言 而終不得伸其情者多矣 予爲此憫然 新制二十八字 欲使人人易習 便於日用耳" ≪훈민정음(訓民正音)≫

解放되었다.

人類文化와 言語 文字가 얼마나 큰 關聯을 가졌는가는 여기에서 다시 呶呶할 필요조차 없다. 文字 없이 文化의 一片도 傳承 保存하여 發達하게 할 수는 없다. 文字야말로 文化 發達의 基本이 되는 동시에, 文化 發展의 推進機가 되는 것이다. 言語와 文字가 民族과 불가분의 관계에 있는 점에서, 우리는 訓民正音 創制에서 民族精神이 覺醒되었고, 새로운 文字 運動은 새로운 民族文化를 樹立하려는 運動이니, 漢文化 특히 漢文과 漢字 사용에 心醉 中毒되어 있던 無自覺한 民族的 羞恥에서 벗어나, 民族의 固有한 文字로써 새로운 民族의 文化를 樹立하려는 것이었다.

漢族이 東漸하여 온 뒤, 三千載에 漢文學이 우리의 知識階級을 支配하였으되, 特權階級인 兩班들에게만 惠澤을 주어, 漢文文學은 特權階級만의 獨占的 文化가 되고 말았다. 그러던 것이 訓民正音이 頒布되어 누구나 할 것 없이, 쉽게 한글을 깨쳐 쓰게 되니 訓民正音에서 오는 文化는 民衆 全體의 文化가 되는 것이다. 階級을 打破하는 것으로서도 한글의 창제는 뜻깊은 바가 있다. 그리고 漢字로 쓰인 文學은 완전한 우리 文學이 될 수 없고, 한 民族의 言語는 다시 그 民族의 文字를 通하여서 表現될 때에만 비로소 진정한 民族文學이 될 수 있으므로, 한글의 창제는 朝鮮 民族文學을 樹立하게 하였다.

第二章 訓民正音과 朝鮮文學

文學은 그 對象을 表現하는 데 있어서 言語와 文字를 媒介物로 하고 있다. 만일 文學의 表現하려는 對象이 言語, 특히 文字를 통해서 外部에 발표

되지 않으면, 그것은 文學이 될 수 없다. 그리하여 러시아의 大文豪 Maxim Gorki(1868~1936)는

> 言語는 文學의 第一 要素이며 基本的인 要具이다. 또는 모든 事實, 生活의 모든 現象과 함께 文學의 材料인 言語다. 가장 賢明한 俗言 하나가 言語의 意味를 다음과 같이 規定한다.-꿀(蜜)은 아니지만 무엇에나 粘着한다.- 고 말하자면 言語에 의하여 世界에는 무엇이나 命名되지 않은 것이 없다는 것이 確證되어 있다. 言語는 모든 事實 온갖 思想의 衣裳이다.……모든 事實 가운데 숨어 있는 社會生活의 意義에 대하여 일절의 重要性과 完璧과 明晳을 그리는 데는 正確한 言語, 注意 깊이 撰擇한 言語가 요구되고 있다.

고 하였고, 또 言語의 重要性을 강조해서, 古代 그리스의 哲學者 Aristoteles (B.C. 384~322)는

> 優秀한 文體와 適當한 言語

를 力說하였다. 이어서 프랑스의 Boileau(1636~1711)도 '適切한 言語'를, 愛蘭 出生의 諷刺家 Jonathan Swift(1667~1745)도 '適當한 場所에 適當한 言語'를 主張하였다. 言語學者 중에서도 같은 趣旨로 말했으니, 獨逸의 Max Muler(1823~1900)와 美國의 W.D. whitney(1827~1894) 같은 言語學者들도 文學과 言語와의 不可分離의 관계를 말하였다.

얼마나 文學家와 言語學者들이 文學과 言語와의 관계를 重要視하였는가를 짐작할 수 있다. 그리고 프랑스의 文學家 Gustave Flaubert(1821~1880)은 같은 프랑스의 小說家인 Guy Maupassant(1850~1893)에게 言語에 대해서 다음과 같이 말하였다.

> 우리들이 表現하려는 것이 어떤 것이든 간에 거기에는 그것을 表現하는 오직 하나의 名詞, 그것에 運動을 주는 오직 하나의 動詞, 그것의 性質을 說明하는 오직 하나의 形容詞가 있을 따름이다. 우리는 오직 하나밖에 없는 이 名詞와 動詞와 形容詞를 發見하기까지 그것을 찾아다니어야 한다. 그리고 그런 말에 비슷한 말을 發見했다고 해서 滿足해서는 안 된다.

그리고 文學과 國語, 곧 文學과 母國語에 대해서 러시아의 小說家 I.S. Turgeneff(1818~1883)는 臨終時에 러시아 言語의 純粹를 엄격히 지킴이 文學者의 責任이라 말했다 한다.

다음으로 言語와 함께 중요한 것은 文學이 그의 對象을 文字로서 表現하는 것이다. 그리하여 이런 점에서 文學이 다른 藝術 部門과 區別되는 것은, 그것들이 각각 자기네들의 特殊한 表現 手段을 갖고 있는 까닭에서다. 이와 같이 文學에 있어서는 文字가 또한 基本的 條件이 되는 것이다. 아무리 高尙한 感情, 高度의 情緖라도, 그것이 文字로써 表現되기 전에는 文學이라고 할 수 없다. 그리하여 온갖 文學 作品은 例外 없이 文字에 의한 表現이라고 말할 수 있다. 이런 점에서 觀察하면 朝鮮의 文學 作品은 마땅히 朝鮮 文字 곧 '한글'로 表現되어야 朝鮮文學이라 할 수 있는 것이다. 그리하여 安自山 님은『朝鮮文學史』에서

> ……그러기에 朝鮮文學을 論하는 사람들도 이 點에 留意하여 文學을 規定한 例가 많다. 文學이라는 것은 美的 感情에 基한 言語 또는 文字에 의하여 사람의 感情을 表示하는 것이다.

하였고 金台俊 님은「訓民正音 制定의 文藝史的 意義」를 論하는 중에서 다음과 같이 說明하였다.

> 文藝라는 것은 어떠한 說話的 素材를 藝術的으로 文字上 表現을 한 것이다. 表現 以前에 文藝가 成立하지 못함과 같이, 表現에 使用하는 文字的 規約이 없이는……國民文學이니, 鄕土藝術이니 하는 것이 完成할 수 없다. 그러므로 정말 조선文學은 '한글' 創定 後로부터 出發하였다고 함이 可하다.

故 文一平 先生도 그의 「朝鮮學의 意義」 중에서 이와 共通되는 말을 하여

> 朝鮮 말은 朝鮮人과 함께 아득한 옛날에 發生하였겠으나 그 使用은 朝鮮글의 發明을 기다려 비로소 完成의 域에 이르렀으며, 朝鮮史는 朝鮮人과 함께 數千年 동안 進步하여온 것이다. 文化的으로 가장 異彩를 빛낸 것은 아무래도 朝鮮글을 創定하는 等 自我에 눈뜨는 그 時期가 될 것이다. 朝鮮文學은 우리 先民들이 吏讀로 歌謠를 적기 시작하던 까만 古代에 벌써 濫觴하였으나, 그것이 形式으로 內容으로 眞正한 朝鮮文學이 됨에는 朝鮮말이 朝鮮글로 적히게 된 以後의 일이다.

하였고, 朴英熙 님은,

> ……朝鮮語(諺文)가 創案된 以後의 作品은 반드시 朝鮮語로 쓰여진 것에 限하여서만 朝鮮文學이 될 수 있는 것이다.

하여 '한글'로 쓰인 作品만을 朝鮮文學으로 認定하였다.

이외에 가람 李秉岐 님, 趙潤濟 님들은 純粹한 朝鮮文學은 朝鮮語文으로 쓰여진 것이겠으나, 廣義의 朝鮮文學은 漢文으로 쓰인 것도 朝鮮文學이라 할 수 있다고 하였다. 그러나 위에서 말한 바와 같이 참된 朝鮮文學은 우리말을 우리 글로 表現한 것이라야 朝鮮文學이라 할 수 있다. 그리하여 訓民正音의 創制는 純粹한, 참된 朝鮮文學의 樹立을 뜻하는 것이다. 한 民族의 言語는 그 民族의 文字를 通하여 表現된 때에 비로소 民族文學이 될 수

있는 것이다. 이런 점에서 世宗大王이 正音 곧 '한글'을 制定하신 것으로 진정한 朝鮮文學史의 첫 페이지가 시작되었다 할 것이다.

第三章 ≪列女傳≫의 國譯

世宗大王께서 創制하신 '한글'은 알기 쉽고 깨치기 쉬워서, 목마른 자가 물을 마시 듯 모든 어리석은 백성은 부지런히 '한글'을 배우고 깨쳐서, '한글'의 사용은 그지없이 번져 나아가게 되었다. 그 뿐만이 아니라 世宗大王께서는 이 갓난 한글의 健全한 發達을 위해 文學的 방면으로, 政治的 방면으로, 혹은 經濟的 방면에서 '한글'의 普及策을 썼고, 뒤를 이은 世祖, 成宗, 中宗朝에 많은 佛經과 四書五經이며 그 밖에 많은 漢文 文獻이 國譯되었고, 麗朝 이래로 吏讀로 쓰인 別曲-安軸의 <關東別曲>, <竹溪別曲>, 權近의 <霜臺別曲>, 卞季良의 <華山別曲> 등-도 한글을 섞어 쓰게 되었고, 수많은 作家의 時調에도 '한글' 을 섞어 쓰게 되어, 한글 文藝가 一瀉千里의 勢로 全國民을 風靡하게 되었다.

어떤 國家 내지 民族이 다른 國家 내지 民族의 高度한 文化를 輸入하여, 兩國間 내지 兩民族間의 文化의 水準을 均等히 하려는 現象이 있으니, 일종의 文化의 平衡 運動이라 할 수 있는 것이다. 이와 같은 文化의 交流는 文化의 差가 있는 두 나라 사이에서만 行해지는 것만이 아니고, 同等한 두 나라 사이에서도 일어나는 現象이다. 이러한 文化의 輸入에 따라 問題되는 것은 言語와 文字가 달라서 모처럼 輸入한 新文化가 소화되지 않는다는 점이다. 여기에서 飜譯이 필요하게 된다. 곧 外國語로 적힌 文章의 뜻을 飜譯者側의 自國語로써 베끼어 쓰는 것을 飜譯이라 하니 飜譯도 文化的 活

動이며, 文藝 運動이라 할 수 있다. 이렇게 새로 飜譯된 文藝는 어떤 意味에서 생각하면 創作의 前提的 活動이 될 수 있다. 이와 같은 飜譯的 活動이 文化 領域에서 行해질 적에 다른 나라의 高度한 文化를 輸入하며, 널리 知識을 世界에 구해서, 이를 잘 씹어 소화를 시켜, 충분히 自己의 體內로 營養을 섭취하게 되면 自國의 文化는 충실해져 가는 것이다. 그리하여 外國文藝의 飜譯은 自國 文藝의 충실을 뜻한다.

訓民正音이 創定되기 이전까지에는 우리 조선에는 固有한 文字를 갖지 못했다가 '한글'이 난 후에는, 일부 소수의 特權階級만의, 文化 곧 漢字로 기록된 作品을 일반 民衆에게 널리 普及시켜 文化의 均霑을 꾀하려는 文藝運動이 일게 된 것은 자연스런 現象이라 아니할 수 없다. 이렇게 輸入해 온 文藝的 作品을 飜譯한 것이 더 나을 수도 있어서 좋은 作品이 날 수도 있다. 飜譯은 第二의 創作이라 할 수 있다. 訓民正音이 頒布된 후, 中國의 傳記를 飜譯한 文藝的 活動이 일게 되었으니, 곧 中國의 有名한 女流의 傳記를 小說的으로 기록한 短篇的인 ≪列女傳≫을 한글로 飜譯한 것이다.

≪大明會典≫ 에 보면

> 영락 연간에 조선국왕에게 ≪열녀전≫을 하사하였다.85)

라 하였으니, ≪列女傳≫이 永樂年間(太宗3年~世宗6年, 西紀 1403~1424)에 朝鮮에 輸入된 것을 알 수 있고, ≪青莊館全書≫에서도

> 중국 서적을 조선에서 수입하였는데 태종 4년에 ≪열녀전≫이 있었다.86)

85) "永樂間 賜朝鮮國王列女傳" ≪대명회전(大明會典)≫
86) "中國書入本朝鮮太宗四年有列女傳" (≪청장관전서(青莊館全書)≫ '≪앙엽기(盎葉記)≫2' <중

이라 하였으니, 太宗 4年(西紀 1404)에 ≪列女傳≫이 輸入된 것을 正確히 알 수가 있다. 그 때가 訓民正音이 創制되기 40年 전이며, 中國의 ≪剪燈新話≫가 輸入되기 대략 15年 전이다. 그런데 中國에서도 ≪列女傳≫이 繡像本의 嚆矢이었다고 하니(≪書林淸話≫(卷八)),[87] 아마 조선에서도 ≪列女傳≫이 揷畵本으로서는 鼻祖가 될 것 같다. ≪列女傳≫은 七卷으로 되어 있다. 劉向이란 사람이 撰述한 것으로, 내용을 보면 母儀, 賢明, 仁智, 貞順, 節義, 辯通, 孼嬖 등의 七種目으로 나누어서, 그 事實을 소개하고 간단한 論評을 붙인 것이다. 後世에 여기다가 ≪續列女傳≫(一卷), ≪古今列女傳≫(三卷)이란 것이 나서, 전자는 ≪古列女傳≫이라 하여 區別한다. ≪稗官雜記≫ 卷四十一에

> 가정 계묘년, 중종 임금께서 유향의 ≪열녀전≫을 내놓으시며 예조에 명령하여 언문(한글)로 번역하도록 하셨다. 예조에서는 신정, 유항이 번역하고 유이손이 글자를 쓰도록 계청(啓請 : 임금께 아뢰어 청함)하였다.……이상좌에게는 고개지의 옛그림을 대략 본받아서 다시 그리도록 명령하셨다.[88]

라 한 것을 보면, ≪列女傳≫을 嘉靖 癸卯(中宗 38년 1543)에 上命으로 申珽, 柳沆 등으로 이것을 번역하게 하고, 柳耳孫[89]으로 글씨를 쓰게 하고,

---

국서래동국(中國書來東國)>에서 중국에서 들여온 책을 나열하고 있다. 그중 "二年甲申[我 太宗四年] 賜列女傳" 구절을 인용한 것이다.)

87) 섭덕휘(葉德輝, 1864~1927)는 ≪서림청화(書林淸話)≫에서 예부터 책에 그림이 많이 포함되었다고 하면서 판각본 중 남아있는 것으로 ≪열녀전(列女傳)≫이 가장 오래되었다고 하고 있다. 이 부분은 김태준『조선소설사』의 오류를 답습한 것이다.

88) "嘉靖癸卯 中廟出劉向列女傳 今禮曹飜以譯文 禮曹啓請申珽柳沆飜譯 柳耳孫寫字……令李上佐略倣顧愷之古圖而更畵之." ≪패관잡기(稗官雜記)≫

89) 생몰년 미상. 조선중기 도화서 화원으로 서예에도 능했으며, 사자청의 설립을 최초로 건의했다.

李上佐[90]로 그림을 그리게 하여, 刊行하게 한 것을 알 수 있다. 이 ≪列女傳≫의 飜譯은 朝鮮小說 飜譯 事業에 先鞭을 잡게 한 것으로, 宣祖 이후의 創作界에 莫大한 영향을 끼치었다. 이와 같이 '한글'을 土臺로 모든 文化的 事業이 活潑히 進展되어 갔다.

그러나 쉬우면 값없고, 내것이면 賤하게만 여겨지는 불행한 버릇을 가지게 된 조선사람들은 어느 사이에 小中華사람이 되어, 덮어놓고 中華의 것을 높이 보며, 높이 값을 치는 事大思想에 물들은 당시의 有識階級 곧 兩班들은 한글을 諺文이니 反切이니 상글이니 하여, 賤視하는 동시에, 한글로 된 文學 作品은 士大夫들의 가까이할 바 못 된다 하여, 돌보지를 않고 漢文文學만 高評해서, 訓民正音이 創制 頒布된 이후에 있어서도, 依然 漢文文學은 貴族文學, 소수 特權階級을 위한 文學으로 存續해 나아가게 되었고, 한글의 文學은 주로 平民階級의 文學, 大衆의 文學으로 發展하여 가게 되어, 朝鮮 小說文學은 이와 같은 二大 傾向을 形成하게 되었다.

第四章 女流와 古代小說

朝鮮에서는 母系 中心의 矇昧한 原始時代로부터 農業時代로 轉換하던 時期가 매우 오랬던 관계상, 자연 家權은 女性으로부터 男性에게로 옮기어, 女性은 社會的 地位를 喪失하게 되었다. 그 위에 代代의 國家 制度와 社會政策이 女子는 小人 즉 被支配階級과 같이 치기 쉬운 人間이 되고 말았다.

---

90) 생몰년 미상. 조선전기 도화서 화원으로 자는 공우(公祐), 호는 학포(學圃)이다. 어숙권의 ≪패관잡기(稗官雜記)≫에 의하면, 본래 어느 선비의 가노(家奴)였으나 어렸을 때부터 그림에 뛰어나 중종(中宗)의 특명으로 도화서의 화원이 되었다고 한다.

그들은 愚民 政策의 對象이었다. 佛敎를 崇奉한 高麗의 政策이 그러했고, 道學이 완전히 發達된 李朝의 代代의 政策이 그러했다. 三從之道니, 七去之惡이니 하는 것들도 다 道學者들이 말끝마다 외치는 소리요, 內訓, 家法, 禮儀, 胎敎들도 다 그네들의 頭腦속에서 자아낸 것이다. 이러한 점에서 생각하면 女子들에게 상당한 文化 敎育을 베풀어, 그들을 人間的으로 解放시키는 것 같이 解釋할 수 있으나, 事實은 全然 그와 正反對이다. 그들을 罪囚와 같이 한 平生을 閨房 안에 가두어 놓고, 生産의 道具, 享樂의 對象, 심지어는 부엌의 드난살이로 대접을 한다.

古代에는 男子에 대한 敎育 機關도 충분하지 못하였으니까 女子의 그것은 더욱 空疎함을 면하지 못했다. 그러나 집안을 다스리는 상기둥이 되고, 子女를 養育하는 婦女를, 그대로 온통 知無 無敎養한 狀態로 버려둘 수는 없었던 것이다. 그래서 줄잡아도 家庭의 守護者 노릇을 할 만한 방법은 예로부터 관심을 가져서 여기에 應하는 가지가지의 書冊이 차차 著述되었다. 朝鮮에서도 訓民正音-곧 한글이 창제된 이후로, 이 알기 쉽고 깨치기 쉬운 글을 통해서 婦女子에게 知識과 趣味를 주기 위한 著述도 생겨나서, 그 때 時節에 있어서 社會 常識의 水準에 섞일 만한 種類는 대강 具備했다고 할 만한 정도에까지 이르렀던 것만은 事實이다. 다만 그런 것의 대부분이 上流 社會, 소수 特權階級에 국한되고, 일반 民衆에게 대한 普及率이 시원하지 못한 遺憾이 있었다. 婦女子에 대한 敎育도 일부 有識階級인 上流 家庭에서만 實施되고, 無知한 下流階級은 婦女子커녕 男子들에게까지도 敎育 行政이 實施 못 되어서 과거의 敎育은 兩班階級만을 위한 偏重的 敎育이 되고 말았다. 그 때의 文化 機構로서는 이를 救濟할 道理가 없었던 것이다. 도리어 兩班階級은 자기네들만이 敎育의 惠澤을 입게 되어 常民, 賤民으로 하여금 社會的 地位에서 더 劣等한 地位에 있게 하여, 자기네들의 特權을 더 굳게 하려는 深思, 遠謀도 潛在해 있었던 것이다.

과거에 있어서 婦女子에게 容許된 文學,-물론 家庭的 文學이지만, 그러한 文學은 그 本質과 性能에 있어서 教育的 效果를 指導 目標로 내세운 것인 만큼 자연 그러한 책들은 儒教精神에서 오는 倫理的인 效果를 노린 책들이었음은 말할 것조차 없다. 말하자면 良妻賢母를 指導 目標로 한 修身教科書 곧 女學讀本이니 廣義의 文學 書籍이라 할 수 있다.

有名한 李德懋의 ≪士小節≫-男女 行爲의 準則을 條條히 가르치는 實踐倫理書로 一代의 名著라 하는 冊-의 '婦儀篇'에서 女子의 倫理를 말해

> 부인은 경서와 사서, ≪논어≫·≪시경≫·≪소학≫ 그리고 ≪여사서≫를 대강 읽어서 그 뜻을 통하고, 여러 집안의 성씨, 조상의 계보, 역대의 나라 이름, 성현의 이름자 등을 알아둘 뿐이요,……[91]

라 하였으니, 李德懋는 ≪論語≫, ≪毛詩≫, 小學書(文字에 관한 知識을 얻는 책) 들을 들었고, 거기에다가 百家姓, 先世 譜系, 歷代 國號, 聖賢 名字를 들었지마는 事實에 있어서 이것을 女子에게 가르친 家庭은 온 世上을 떨어야 몇이 되었을까? 또 가르칠 만한 사람이 士大夫의 家庭을 빼놓고는 어디에 있었으랴, 이 중에서도 朝廷에서나 家庭에서나 女子에게 아무쪼록 읽히려고 애쓴 것은 ≪女四書≫일 것이다.

≪女四書≫란 것은 ≪論語≫, ≪孟子≫, ≪中庸≫, ≪大學≫을 四書라 하여, 男子 必讀의 書로 치는 것처럼 女子에게 대하여서도 읽히려는 것이다. 그것은 漢의 班昭, 唐의 宋若昭, 明의 文皇后, 明의 王節婦 劉氏들의 女子들이 提述한 것으로, 이르는 바 幽閒貞靜의 婦德을 鼓吹함에 가장 適當하

---

91) "婦人當略書史하여 論語, 毛詩, 小學書, 女四書에 通其義하고 識百家姓, 先世譜系, 歷代國號, 聖賢名字而已요,……" ≪사소절(士小節)≫

다는 著述로, 일종의 女子 修身書이다. 이 ≪女四書≫가 朝鮮에 널리 알려지기는 成宗의 生母 仁粹大妃가 이를 한글로 飜譯하게 하고, 거기에 당신께서 손수 지은 ≪內訓≫ 七篇과 아울러서, 成宗 6年 乙未(西紀 1475)에 刊行하게 한 데서부터다. [≪內訓≫의] 내용을 보면 言行, 孝親, 昏禮, 夫婦, 母儀, 敦睦, 廉儉 등 七章으로 나누어져 있는 修身書이다. 이 밖에 ≪女則≫, ≪女範≫, ≪女訓≫이니 하는 책들도 한글로 飜譯되었으나 이러한 책들도 결국엔 特殊階級을 對象으로 한 내용이기 때문에 자연 上流階級에서만 읽혔고, 일반의 婦女子와는 緣分이 깊지 못했다. 그리하여 일반 婦女子들은 이러한 儒教的 指導 精神에서 오는 修身書는 통 돌아보지도 않았고, 설사 읽어 보아야 알아들을 수 없고, 또 趣味가 없어서, 좀 보다가는 집어 던지게 되었다. 아무리 朝廷에서, 家庭에서 읽히려고 귀에다가 퍼부어도 소 귀에 경 읽기였다. 이와 같이 上流階級 일부 女子들에게도 이러한 책으로서는 한글의 發展을 못 보았다. 또 兩班들은 자연 婦女子에게 이러한 修身책을 가르치는 道具로서 한글을 쓰는 것이고, 한글은 女子나 賤民들이나 쓰는 것으로 認識하였던 것이다.

洪直弼이 지은 ≪梅山雜識≫에 보면

> 세상의 풍속이 유학을 마치 원수 보듯 바라본다.[92)]

라 하였으니, 流俗 곧 女流들이 얼마나 儒學을 원수 같이 疾視하였기에 이런 소리를 했으랴? 읽기 싫고, 배우기 싫은 女子 修身書만 보게 한 것을 싫어한 데서다. 요행히 그들에게 '한글'은 배워도 좋다는 권리를 주어서 한글은 이러한 婦女子를 통해, 그 덕분에 發展하게 되었지만, 子女를 指導

92) "流俗之視儒學如仇讎" ≪매산잡지(梅山雜識)≫

하는 선비네들이 무슨 民族과 그 民族의 文字를 重要視해서가 아니니, 곧 李德懋의 ≪士小節≫ '婦儀篇' <事物>條를 보면

> 훈민정음은 자음・모음의 반절(反切)과 초성・중성・종성과 치음(齒音)・설음(舌音)의 청탁(淸濁)과 자체(字體)의 가감이 우연한 것이 아니다. 비록 부인이라도 또한 그 상생상변(相生相變)하는 묘리를 밝게 알아야 한다. 이것을 알지 못하면, 말하고 편지하는 것이 촌스럽고 비루하며 거칠고 어그러져 본보기가 될 수 없다.[93]

라 하였으니, '한글' 이 精妙해서 相變之妙를 칭찬한 것은 고마우나, 女子들이 한글을 배우지 못하면 편지 쓰는 것이 서투르고, 卑俗해서 편지 格式에 들어맞지 않는다고 하였다. 한글은 곧 편지 쓰는 데나 필요하다 하였다. 그러나 燕山主 이후로 한글이 된서리를 맞고 못 쓰게 되었을 때에 婦女子들의 편지 쓰는 것에까지 禁止를 하였더라면 한글은 아주 生命조차 잃어버릴 뻔하였다. 그러니 婦女子는 한글의 守護者이었다.

이렇게 한글은 婦女에게 있어서는 思想, 感情을 表現할 수 있는 唯一無二의 手段이었던 관계상, 士大夫側의 消極的 奬勵策에도 불구하고 급속도로 일반 下層部의 사람, 특히 婦女들 사이에 普及되어 儒敎界에 波紋을 일으켰으니, 그것은 한글의 普及에 따라 古代小說(이야기책)이 流行되었던 까닭이다. 蔡濟恭이 그의 貞敬婦人 吳氏가 飜譯한 ≪女四書≫ 冒頭의 序文에서

> 근래에 부녀자들이 다투어 능사로 삼는 일은 오직 패설(소설)을 숭상하는 일이니, 날마다 더하고 달마나 늘어나 그 종류가 천・백여 종에 이른다.[94]

---

93) "訓民正音 子母翻切 初中終聲 齒舌淸濁 字體加減 非偶然也 雖婦人 亦當明曉其相生相變之妙 不知此 辭令書尺 野陋疎舛無以爲式" ≪청장관전서(靑莊館全書)≫ 권30 ≪사소절(士小節)≫ '부의(婦儀)'

라 하였으니, 婦女들이 다투어서 稗說 즉 小說을 읽어 그 種類가 千餘 種類나 된다고 하였다. 儒敎로 말미암아 閨房에 갇히어 社會의 物情과 人生을 認識할 機緣이 없었다가 小說을 읽음으로써 知識이 넓고 깊어 갔던 때문이다. 그리하여 목마른 자가 물을 마시듯 婦女들은 小說을 耽讀했다. ≪士小節≫을 보면

> 언문으로 번역한 전기(傳奇)를 탐독하여 가사를 방치하거나 여자가 할 일을 게을리해서는 안 된다.[95]

라 하였으니, 婦女들이 小說을 耽讀하느라고 治家에 보살필 틈이 없어서, 女子가 마땅히 집안에서 할 일도 게을리 하였던 모양이다. 그리고 같은 ≪士小節≫ '士典篇' <敎習>條를 보면

> 연의(演義)나 소설(小說)은 간사함을 짓고 음란함을 가르치니 가까이 보아서는 안 된다. 자제들에게 모두 금하여 그것을 보게 하지 마라.[96]

라 하였고, ≪雅亭遺稿≫ 卷之七을 보더라도

> 무릇 풍속의 소위 소설이라는 것은 연의의 종류인데, 음란함과 도둑질을 가르치고 인륜을 무너뜨려 조화를 깨는 도구이다.[97]

---

94) "近世閨閤之競 以爲能事者 惟稗說是崇 日加月增 千百其種" ≪여사서(女四書)≫
95) "諺飜傳奇 不可貪看 廢置家務 怠棄女紅" ≪청장관전서(靑莊館全書)≫ 권30 ≪사소절(士小節)≫ '부의(婦儀)' <사물(事物)>
96) "演義小說 作奸誨淫 不可接目 切禁子弟 勿使看之" ≪청장관전서(靑莊館全書)≫ 권27 ≪사소절(士小節)≫ '상전(上典) 1'
97) "夫俗의 所謂 小說이란 것은 演義의 流인데, 誨淫誨盜壞倫敗化의 具" ≪아정유고(雅亭遺稿)≫

라고까지 하였다. 곧 자기네들이 婦女에게 가르치려는 ≪女四書≫니 ≪女訓≫이니 ≪列女傳≫이니 하는 것은 거들떠보지도 않고 誨淫之具밖에 안 되는 稗說들을 보고 있으므로, 이를 社會的으로 嚴禁시키려고 ＜三國志演義＞ 같은 것도 읽지 못하게 하였으니, 이 禁止令은 女性에뿐 아니라 男性에게까지 미치었다. 당시에는 이러한 小說들이 널리 퍼져 읽혀, 儒徒들은 一大 頭痛거리였던 모양이다. ≪士小節≫을 또 보면

> 언문으로 번역한 전기(소설)를 탐독하여 가사를 방치하거나 여자가 할 일을 게을리해서는 안 된다. 그런데 심지어 돈을 주고 빌려보는 데 이르고 의혹에 빠지기를 그치지 않으니 가산을 기울게 하는 자까지 있었다.[98]

라 하였으니, 小說을 耽讀하느라고 남에게 셋돈을 내면서까지 小說을 빌려다 보느라고 家産까지 기울인 者가 있었다고 하니, 婦女들이 얼마나 이야기책을 즐겨서 읽었던가를 짐작할 수 있다.

이상에 말한 것을 總括해서 말하면, 朝鮮 古代小設의 發達 내지 保護는, 한 나라의 文化를 擔當하고 있는 兩班 士大夫 그네들이 아니고, 社會的으로 賤待를 받는 平民階級 특히 深閨에 갇히어 있는 婦女子이었던 것이다. 朝鮮 古代 小說에서 新小說로 다리를 놓아 주고, 이를 保護해줄 뿐만 아니라 길러낸 사람은 婦女子들이었던 것이다.

---

98) "諺飜傳奇 不可貪看 廢置家務 怠棄女紅 至於與錢而貰之 沉惑不已 傾家産者有之" ≪청장관전서(青莊館全書)≫ 권30 ≪사소절(士小節)≫ '부의(婦儀)' ＜사물(事物)＞

第五篇 新文藝의 勃興

第一章 兩亂 後의 新思潮와 軍談小說

成宗 이래로 李朝의 文化가 爛熟期에 들면서, 社會生活이 沈滯로부터 차차 腐敗에 기울어지다가 燕山朝에는 두 번이나 거듭되는 피비린내 나는 士禍가 일고, 宣祖朝엔 黨論이란 病毒이 몸에 퍼져 나아가, 虛僞와 不統一과 無反省과 내지 文弱 등의 惡症이 나타나, 이때의 朝鮮은 自力이고 他力이고 간에 그 무슨 험상궂은 일이 일게 될 運命에 處해 있었다. 이것이 倭寇라는 政治的 形式으로 나타나게 되었다.

壬辰倭亂은 다만 近世에서뿐만 아니라 실로 全朝鮮史上에 있어서나, 우리 民族 生活에 있어서나, 根本的으로 또는 決定的으로 飜覆을 준 점에 있어서는, 前無後無한 大變局으로 볼 것이다. 壬亂 후의 朝鮮은 모든 것, 모든 방면에 있어서, 낡고 묵은 것은 없어지고 새로 出發하지 않은 것이 거의 없다. 또 朝鮮人은 이 壬亂을 통해서 實力을 暴露하여 모든 長點 缺點을 나타내어, 朝鮮의 眞面目을 조금도 가림 없이 暴露하고야 말았다.

宣祖 25년 壬辰(西紀 1592)에 慶尙道 一隅에 쳐들어온 倭軍은 潮水 물밀듯, 불과 19日 만에[99] 京城이 陷落되어, 당시의 朝廷은 混亂 狀態에 빠져, 御駕를 西道로 모시게 되었다. 이리하여 朝鮮의 錦繡같은 山川은 7年이란 길고

---

99) 왜군은 1592년 4월 15일에 침공하였고 5월 3일에 한양에 입성하였다.

긴 干戈의 風塵을 겪게 되니, 全社會는 精神的으로, 經濟的으로 多大한 被害와 傷處를 입어, 腥風血雨에 山野는 荒涼하여, 차마 눈 뜨고 보지 못할 慘景을 이루게 되었다.

그리고 國家의 禍神은 아직 그것만으로는 물러가지 않아, 壬亂이 끝난지 30餘年 만에, 또 다시 仁祖 丙子胡亂(西紀 1636)의 第二次 戰亂을 당하게 되었다. 하늘도 참으로 無情하다 아니 할 수 없다. 壬辰倭亂만 해도 全國家的, 全民族的으로 財產, 生命 기타 허다한 犧牲을 입었는데도 불구하고, 또 다시 丙子胡亂이 닥쳐오니, 이제는 모든 것이 극도의 弊敗에 이르고 말았다. 이 時代야말로 거듭 外敵의 飜弄을 當하던 被侵寇時代라 할 수 있다.

이 兩亂은 朝鮮 國家 社會에 莫大한 영향을 미치어서, 잠자고 있던 民心에 커다란 衝激과 內省에의 導火線에 불을 붙이게 되었다. 이제 兩亂의 자극에 인한 思想的 動搖를 文藝的 방면에 着眼하여 적으면 이러하다.

우선 일반 民衆이 爲政家를 떠나려는 傾向, 곧 現實을 떠나서 理想的 世界에서, 理想的 生活을 追求 憧憬하게 되었다.

兩亂을 치르고 나서부터 新武器의 創案이 要請되어, 從來의 理想主義的 觀念學의 置重에서 科學的 教育에 눈을 뜨게 되어, 經學 이외의 學問 곧 史學, 地理, 經濟 등의 學問이 盛行하게 되었다.

그리고 宣祖朝는 儒教가 振興하던 때였으므로, 人間의 自由를 拘束하며, 情意와 本能을 無視하는, 그러한 儒教的 抑壓 政策에서 벗어나려는 데서, 漢文學이 隆盛하던 反面에, 朝鮮文藝도 자유로운 天地를 開拓하게 되었다. 곧 壬亂을 통해서 들어온 外來 思潮의 자극을 받아서 朝鮮人의 固有한 思想을 좀 더 쉬운 語調와 자유스러운 表現法으로 기록하고자 하는 마음이 생겨, 비로소 한글에 눈이 띄자 한글이 大衆의 知識 요구에 應하게 되었으니, 곧 그것이 한글로 기록된 新文藝의 勃興이다.

그리고 兩亂을 치르고 난 후부터는 南洋 방면과 西洋 방면의 새로운 文物이 日本을 거치어서 朝鮮에 들어올 뿐만 아니라, 이에 따라 大陸 방면, 日本 방면, 南洋 방면, 멀리는 西洋 방면에까지 많은 사람이 進出하게 되어, 지금까지 封建的이던 階級 觀念에 새로운 異狀을 일으켜, 당시의 平民들은 無條件하고 兩班階級을 崇拜하여 왔으나 兩亂을 통해 본 결과 兩班階級 곧 支配階級의 無力, 無能, 無策이 여지없이 暴露되어 平民들은 비로소 자기네들의 存在를 認識하게 되어, 從來의 兩班에게 順從 盲從하던 生活 태도를 버리고, 자기네들의 實力을 그제야 깨닫고, 從來의 情緒를 抑壓하는 理智主義에 반대하여, 知識의 大衆化, 人間 價値性의 認識 아래에서 새로운 文化가 힘 있게 싹터 나오기 시작했다.

요컨대 이 兩亂은 李朝 五白年史를 兩斷하는 境界線이 되었으니, 政治, 經濟, 文化, 모든 生活樣式에 이르기까지, 前代와는 색다른 特異性을 각 방면에 發揮하게 되었다. 그 중에서도 民心은 漸次로 依他思想에서 自主的으로 옮기게 되어, 이때부터 한글로 기록된 新文藝가 勃興하게 되었고, 平民文學이 擡頭하게 되었다. 前代에는 小說이라면 學問 연구심을 저지하느니, 誨淫之書니 하여 嚴禁하여 創作은 물론이요, 읽는 것조차 禁하여 왔던 것이, 亂을 치르고 나서부터는 兩班이고, 學者이고, 常民이고 간에 小說을 創作하는 이가 많이 쏟아져 나오게 되었다.

≪於于野談≫에 보면, 壬亂 후 中國의 小說이 朝鮮에 輸入된 狀況을 말한 것이 있는데, 거기에 보면

> 금년 봄에 새로 간행된 중국 책 중에 70여 편의 소설을 수록한 책이 있는데, 제목은 <종리호로(鍾離葫蘆)>이다. 관서지방 관찰사로부터 들여온 것인데, 음란하고 외설스러워 차마 보고 들을 수가 없다.[100]

라 하였으니, 明末의 軟派物이, 中國에서부터 流入되어, 沈滯하던 李朝 中葉의 文運에 一段의 活氣를 주어서, 兩亂 후의 文藝 勃興에 積極的인 誘因을 招來하게 한 것을 알 수 있다. 이와 같이 兩亂을 中心 삼고 中國小說이 다량으로 輸入되었는데 거기에다가 讀者層에서도 新奇한 것을 좋아해서, 급속히 民間에 傳寫되어 널리 퍼지게 되었으니, 그는 지금까지의 無味乾燥하던 經書에서 굶주리고 있었던 情調의 실마리를 能히 풀 수 있었던 까닭에서다. 그리고 무엇보다도 兩亂으로 말미암아 民族的으로 試鍊을 겪고 난 뒤부터는, 擧族的으로 敵愾心에 불탔고, 愛國心이 부쩍 늘었고, 거기에 勇壯한 氣風이 생기었을 뿐 아니라, 英雄의 出現을 渴望하는 마음이 생겨, 이러한 傾向이 자연 文學 방면에도 영향이 미치어 軍談類의 小說이 雨後竹筍같이 쏟아져 나오게 되었다.

이와 같이 壬辰, 丙子 兩亂의 失利로 말미암아, 民衆은 얼음과도 같이 차디찬 理性으로 돌아서, 不快한 現實을 똑바로 보고, 각각 자기네들이 內包하고 있는 價値와 힘을 發見하고, 자기네에게도, 自主 自立할 힘과 가능성이 있는 것을 알자, 兩亂에서 오는 失望에서 希望의 世界를 찾게 되었고, 文弱에서 武勇으로, 殘滅에서 新生으로 나아가게 되었다.

이러한 氣運은 平民文學 특히 小說에 있어서 顯著하게 나타나게 되었다. 그리고 이러한 氣風은 壬亂 직후에서부터 丙亂 후 孝宗朝까지 이르게 되어, 孝宗을 에워싸고 있는 閣僚들을 비롯해서 일반 平民에 이르기까지, 滅淸心이 가득 차 있었고, 明나라의 恩義를 느끼어, 심지어는 明의 再建까지 꿈꾸게 되었다. 이러한 모든 忠義心, 愛國心, 敵愾心에 자극되어, 一層 軍談類의 小說이 愛讀되었고, 많은 作品이 나오게 되었다.

---

100) "今年春中原新刊書 七十小說 目曰鍾離葫蘆 自西伯所來 淫褻不忍覩聞" ≪어우야담(於于野談)≫

그러나 그들의 作品들은 中國의 小說을 模倣 혹은 飜案한 漢文小說이 되어서, 自主性이라고는 통 보이지 않고, 讀者 對象이 일부 知識層에만 국한되어, 漢文을 모르는 일반 大衆과는 沒交涉이었다. 다시 말하면 그러한 作品들은 中國小說의 亞流를 이루었고, 아직까지도 模倣의 域을 벗어나지 못한 創意性이 없는 作品들이다. 그나마 國語로 자유자재하게 表現하지 못한 舊態依然한 作品들이다. 이제 壬亂 후에 盛行한 軍談 軍記를 적으면 이러하다.

柳成龍의 <懲毖錄>, 鄭琢의 <龍灣聞見錄>[101], 釋 南鵬[102]의 <奮忠紓難錄>, 黃愼의 <日本往還日記>[103], 金良器의 <少爲浦倡義錄>[104], 李萬秋의 <唐山義烈錄>[105], <永陽四難倡義錄>[106], 作者 未詳의 <壬辰錄>, <郭再祐傳>, <劉忠烈傳>

이 있는데, 모두 朝鮮流의 節義를 高唱하고, 理想的 武勇을 顯彰하여, 作品 중에 英雄을 登場시켜, 英雄 崇拜의 幻想夢을 그리어, 兩亂에서 받은 鬱憤을 씻기도 하고, 消日 材料로 쓴 軍談小說들이다. 뒤이어 丙子胡亂을 치르고 나서도, 繼續해서 軍談小說이 나왔으니,

---

101) 정탁(鄭琢, 1526~1605)이 지은 책이다. 1592년(선조 25) 임진왜란 때 의주에서 명나라와 교섭한 내용을 정리하였다.

102) <분충서난록(奮忠紓難錄)>의 작자는 승려 유정(惟政)이다. 남붕(南鵬)은 유정의 5대 법손(法孫)으로 <분충서난록(奮忠紓難錄)>을 간행하였다.

103) 황신(黃愼, 1560~1617)의 사행일기(使行日記)이다. 1596년(선조 29)에 명나라 책봉사(冊封使) 심유경(沈惟敬)과 양방형(楊方亨)을 따라 일본에 다녀온 일을 기록하고 있다.

104) 김양기(金良器, 생몰년 미상)가 지은 책이다. 임진왜란 때 의병 활동을 한 참의 김우(金佑)가 1627년(인조 5) 정묘호란 때 다시 그의 아들 김득주(金得注)와 함께 의병을 일으켜 용천(龍川) 소위포에서 공을 세운 사실을 기록하고 있다.

105) 이만추(李萬秋, 1677~?)가 지은 책이다. 임진왜란 때 평안도의 중화 지방에서 일본군과 싸운 사실에 관한 기록을 모아 놓았다.

106) 정복휴(鄭復休) 등이 주축이 되어 1822년(순조 22)에 편집, 간행한 책이다. 임진왜란·정묘호란·병자호란 그리고 이인좌(李麟佐)의 난 때 그 지방의 의병 활동상을 기록하였다.

<丙子胡亂倡義錄>[107], <丁卯兩湖擧義錄>[108], <西征錄>[109], <江都日記>[110], <南征日記>[111], <戊申倡義事實>[112]

등이 있는데, 이러한 作品 중에서는 <壬辰錄>, <郭再祐傳>이 傑作이다.

<壬辰錄> : <壬辰錄>은 물론 宣祖 때의 壬辰倭亂의 戰記다. 旣存한 歷史에 다소의 英雄的 誇張을 덧붙여서 幻想으로 架空해낸 作品이다. 당시에 비로소 輸入된 <三國志演義>의 영향을 가장 많이 받은 作品이다. 八·一五 解放 이전까지에는 反日, 侮日的이라 하여, 이를 保管하거나, 읽으면 警察의 매가 오고, 주먹이 오던 책이었다. 壬辰倭亂의 歷史的, 現實은 李舜臣의 海戰, 權慄將軍의 幸州山의 捷 이외에는 全體的으로 보아, 敗戰의 連續이였다. 現實的으로, 敗北한 民族이 精神的으로 승리한 것처럼 꾸미어 놓은 것이 <壬辰錄>이다. 그 중에서도 泗溟堂의 이야기가 더욱 심하다. <壬辰錄>은 이외에도, 도처에서 奏捷하는 조선軍의 忠勇과, 趙重峰, 李忠武公의

---

107) 병자호란 때 호남의 의사들이 의거(義擧)한 사실을 기록한 책이다. 1770년(영조 46)에 호남의 유학자들이 편집하여 처음 간행했고, 1858년(철종 9)에 증보하여 발간했다. 첫 간행본에 김원행(金元行)이 쓴 서문이 실려 있다. <호남병자창의록(湖南丙子倡義錄)>이라고도 한다.

108) 김장생(金長生, 1548~1631)이 정묘호란 때 양호호소사(兩湖號召使)가 되어 의병을 모집하여 활약한 사실을 기록한 책이다.

109) 김기종(金起宗, 1585~1635)이 1624(인조 2)년 도원수(都元帥) 장만(張晩) 등이 이괄의 난을 진압한 사실을 기록한 책이다.

110) 어한명(魚漢明, 1592~1648)이 경기좌도수운판관(畿左道水運判官)이던 때 쓴 일기로, 병자호란 당시 강화도로 피란하는 봉림대군(鳳林大君)과 인평대군(麟平大君)을 갑곶진에서 강화까지 모셨던 일을 기록하고 있다.

111) 박창수(朴昌壽, 생몰년 미상)가 쓴 책이다. 조부인 박성원(朴盛源)이 1775년(영조 51) 11월 17일(음력)에 집의(執義)였던 남강로(南絳老)를 두둔하는 상소를 올렸다가 영조의 노여움을 사 그날로 대사간에서 파직되고 흑산도에 유배되었다. 이에 손자인 저자가 당시 65세인 조부를 모시며 지낸 일들을 일기 형태로 기록한 것이다.

112) 작자 미상. 사본의 표제는 <무신창의사적(戊申倡義事蹟)>으로 되어 있다.

戰略과, 西山大師(休靜), 泗溟堂(松雲)의 道術 같은 것을 기록하였는데, 그 중에서도 泗溟堂의 이야기가 가장 많이 읽혔다.

<壬辰錄>은 異本이 상당히 많았던 것 같다. 그러던 것이 日帝 때 警察의 彈壓으로, 많이 불에 타 없어진 것 같다. <壬辰錄>에는 '한글本'과 '漢文本'의 두 種類가 있다. <壬辰錄>에는 대개 事大主義 思想이 들어 있어서, 自力으로 倭놈을 물리치지는 못하고, 明의 救援兵의 힘을 빌려서 倭놈을 물리치는 外力 依存의 奴隸的 根性이 다분히 보이는 作品이다. 한글本도 그렇지마는 漢文本이 그런 점에서는 더 심하다. 한글本에서는 朝鮮의 名將들-李舜臣, 金德齡, 金應瑞, 姜弘立, 泗溟堂들이 主演者가 되어서 勇戰을 하였는데, 漢文本에서는 李如松이 主演者가 되고 朝鮮의 名將은 다 助演者가 되었다. 이는 漢文本의 <壬辰錄>을 愛讀하던 兩班 官僚들의 事大思想이 더 濃厚했던 까닭에서다. 그리고 <壬辰錄>은 한글本, 漢文本 할 것 없이 地名, 人名들은 말할 것 없고, 人物들의 行績도 事實과는 매우 다르다.

泗溟堂은 實在한 人物이다. 正式으로는 松雲 惟政이라고 불러야 한다. 字는 離幻, 泗溟은 그의 號다. <壬辰錄>에 나오는 泗溟堂은 超自然, 超人間的 道術이 賦與된 道僧으로 倭王에게 父子之國의 降書를 받고, 一年에 人皮 三百張과 불알 서 말을 上納할 것을 條件으로 하고 無事히 歸國하였다. 이제 泗溟堂이 倭王에게 生佛인가 아닌가 試驗해 보는 場面의 이야기를 적겠다.

> ……왜왕이 다시 말이 없이 잔치를 끝내고, 제신을 모아 의논왈
> "조선 사신이 생불이 분명하니, 어찌하리오."
> 한대, 제신이 주왈,
> "내일은 구리로 한 간 집을 짓고, 생불을 청하여, 구리 집에 오거든 문을 잠그고, 사면으로 숯을 피우면, 아무리 생불이라도 그 안에서 죽으리이다."

하니, 왜왕이 옳이 여겨, 구리 집을 짓고, 사신을 청하여, 방 안에 앉힌 후에 문을 잠그고, 사면으로 숯을 쌓고 대풀무를 놓아 부니, 불꽃이 일어나며, 겉으로 구리가 녹아 흐르니, 아무리 술법 있는 생불인들 어찌 살기를 바라리요. 사명당이 간계를 알고, 사면 벽상에다 서리상(霜)자를 써 붙이고, 방석 밑에는 얼음빙(氷)자를 써 놓고, ≪팔만대장경≫을 외니, 방 안이 빙고(氷庫) 같은지라, 왜왕이 왈

"조선 사신이 혼백이라도 남지 못하였으니라."

하고 사관(仕官)을 명하여 문을 열고 보니, 생불이 앉았으되, 눈썹에는 서리가 끼고, 수염에는 고드름이 달렸는지라, 사명당이 사관을 꾸짖어 왈

"왜국이 남방이라 덥다 하더니, 어찌 이렇게 차냐."

한대, 사관이 혼이 나서 그 사연을 왕께 고하니,……

요컨대 <壬辰錄>은 封建制度 崩壞期에 있어서 全民族의 倭賊에게 대한 復讎文學이다.

이외에도 兩亂 후에 많은 軍談小說이 나왔는데, 그러한 것들도 다 <三國志>의 模作系列로서, 낱낱이 그 이름을 列擧할 필요도 없겠지마는, 그 중에도 <林慶業傳>, <趙雄傳>, <蘇大成傳>, <劉忠烈傳>, <越王傳>, <黃雲傳>, <張風雲傳>, <張國鎭傳>, <張敬傳>, <楊豊傳>, <楊朱鳳傳>, <張翼星傳>, <玄壽文傳>, <雙珠奇緣>, <玉珠好緣> 등이 있다. 이러한 軍談小說들은 목숨을 鴻毛에 붙이고, 國家를 위해 勇敢히 戰場에 뛰어 나아가 大功을 세우고 돌아오는데, 그 대개는 어려서 亂을 만나 父母와 離別하여, 서로 갖은 고생을 다 겪은 후에 다시 만나게 된다. 이제 <劉忠烈傳>의 梗槪를 말하겠다.

<劉忠烈傳> : 作者 未詳의 作品이다. 이도 軍談小說의 일종으로, 壬辰,

丙子 兩亂 이후에 忠義를 勸奬하며 義俠을 鼓吹하는 一方 턱없는 自尊心의 發興으로 <壬辰錄>, <丙子錄>, <林慶業傳> 등의 數多한 軍談小說을 낳게 하여, <劉忠烈傳>도 그때에 나온 小說로 武氣 勃勃하며 質朴한 氣像을 崇尙하게 하려는 의도에서 쓰인 小說 같다. 이제 梗槪를 말하면 이러하다.

> 劉忠烈은 어려서(明나라 英宗 때) 그 父親이 姦臣 鄭한담의 讒訴를 입어 流竄을 當하고 그 母親과 쓸쓸히 지내는데, 鄭한담의 謀害는 또 다시 身邊에 가까워져 母子가 목숨을 圖謀하여 逃亡해 가다가, 不意에 또 中途에서 盜賊을 만나 母子가 서로 離別하게 되었다. 忠烈은 母親을 잃고 어쩔 줄 모르고 號痛할 때, 天道는 또한 無心하지 않았든지, 姜희자라는 이에게 救援을 받게 되니, 姜희자는 마침 父親의 친구요, 그에게는 또한 딸이 있어 여기서 忠烈은 結婚을 하고, 一時 安堵하였다. 그러나 姜丞相마저 立朝하여 鄭한담과 싸우다가 流配를 當하게 되니, 身邊은 또 다시 危險하게 되어, 忠烈은 그만 家族과 離別하고 山寺에 들어가 仙僧을 만나 武術을 工夫하고 있었다. 이 때 鄭한담은 忠臣을 모두 물리치고 姦臣만 朝廷에 남게 되어, 權勢를 한 손에 잡고, 드디어 反逆의 마음을 일으키고 있었다. 忠烈은 이런 줄 알자 山寺에서 뛰어나와 社稷의 存亡之秋에 鄭한담과 싸워 물리치고 天子를 도와 社稷을 保存하게 하니, 一朝에 劉忠烈의 名聲이 天下에 떨치게 되었다. 그리하여 忠烈의 父母며, 또 妻 姜氏와 그 岳父는 각각 흩어져 많은 苦生을 하다가 그래도 다 救援을 받았으나 서로 消息을 몰라 궁금히 지내더니, 나라가 平定이 되고, 忠烈이 立功하였다고 듣자 모두 한데 모이어 一家는 團欒해지고 富貴를 一世에 누리었다.

第二章 宣·仁間의 戀情小說

위에서 말한 바와 같이 兩亂 후에는 軍談小說이 盛行되는 한편, 隨筆小

說로 ≪淸江雜著≫, ≪皇極篇≫, ≪懷尼問答≫[113] 등과 個人傳으로 <江都夢遊錄>, <金角干實記>, <桂筍傳>,[114] <柳淵傳>, <紅白花傳> 등이 또한 愛讀되었다.

朝鮮은 道德의 나라요, 禮儀의 나라다. 男女七歲不同席이라는 엄격한 教訓을 참말로 지켜 온 나라는 朝鮮이다. 男女間의 風紀에 대해서 監視와 拘束을 繼續해 온 나라가 朝鮮이다. 李朝는 道學의 나라다. 그리하여 男女間의 風紀에 대하여 더욱 심해져서, 高麗의 詩歌도 男女相悅之詞니 淫詞니 하여 整理의 被害를 입게 되었다. 그러나 男女間의 사랑은 人間의 本能이다. 人間의 香氣다. 만일 人間에게 사랑이 없다면 그 얼마나 荒涼하겠느냐? 이러한 人間의 本能을 과거에는 人爲的으로 强壓하여 왔던 것이다. 그러나 이것은 表面的이요, 裏面에 있어서는 正反對이었으니, 外面上으로는 道學君子인 척하던 그들 선비들도 關關雎鳩는 在河之洲요, 窈窕淑女는 君子好逑라 口誦하지 않았던가. 그네들의 生活은 모두가 虛僞이었다. 그들은 자기네들의 虛僞의 生活을 淸算하고 거짓 없는 참된 生活로 들어가려 하였으나, 당시의 道德과 倫理가 그들을 붙잡아 매두게 했던 것이다. 그러던 것이 實學 思想이 勃然히 일어나 觀念論을 排擊하게 되자, 일반 民衆 사이에는 차차 그러한 假面的 生活을 벗어 버리고 참된 生活로, 人間의 本然한 姿態로 돌아서기 시작하였다. 이렇게 拘束에서 解放되어, 人間다운 人間으로 돌아가, 男女間의 사랑에서 참된 삶을 알자는 意欲이 마침내는 文學 방면에도 영향이 미치어서, 宣仁間에는 戀情小說이 나오게 되었다. 이는 人間의 解放만이 아니라 文學에 있어서도 解放이라 아니할 수 없다. 이리하여 당시 民衆들은 解放되는 瞬間에서부터 人生의 참된 香氣를 맛보게 되고, 그들의

---

113) <懷尼辨說>의 오류로 보인다.
114) <紅白花傳>의 이본이다.

文學은 더욱 光彩를 빛나게 하였다. 이리하여 小說도 참된 姿態를 發見하게 되었다. 후기에 나올 <春香傳>, <淑英娘子傳>, <玉丹春傳>의 艷情小說도 이때에 淵源되었으리라 생각된다. 이때에 된 여러 作品 중에서 다음 두 篇의 梗槪를 말하겠다.

<雲英傳> : <雲英傳>은 一名 <壽聖宮夢遊錄>이라고 하여 青坡士人 柳泳이 宣祖 34年(西紀 1601)에 옛날 世宗大王의 三子 安平大君의 舊居 壽聖宮에서 놀다가 醉夢間에 安平大君의 宮女 雲英과 그의 愛人 金進士를 만났다고 憑藉하여 그 慘切한 情事를 叙述한 것으로, 그 梗槪는 다음과 같다.

> 安平大君은 好學하고 또 豪蕩한 人君으로 때로 文臣들을 모아 놓고 詩酒를 좋아하며, 十人의 宮女에게도 詩를 가르치어 서로 唱和하여 즐기었다. 그러나 그 十人의 宮女는 나이가 차차 들어, 思春期가 되더니, 宮中 生活보다도 바깥세상, 곧 참된 人間의 生活이 그리워졌다. 그 중에서도 雲英에게는 바깥 세상에 대한 煩悶이 컸다. 그 때 마침 大君의 近側에 드나드는 青年 詩人 金進士를 한 번 잠간 보게 된 후에는, 그를 꿈속에서도 잊을 수 없었던 것이었다. 金進士에게 있어서도 雲英을 만나 본 후로는 그의 아리따운 모습이 그의 記憶에서 사라지지 않고, 늘 그리움의 對象이 되었다. 이리하여 두 젊은 男女는 서로 사랑하면서도 宮中 生活을 하는 雲英과 宮밖에 있는 金進士와는 만나기가 힘들어 서로 마음만 졸이고 있었다. 그러다가 마침 宮中에 드나드는 巫女가 있어서, 그를 中間에 놓아 書信 往來를 하게 되고, 나중에는 드디어 높고 높은 宮墻을 넘어 사랑을 속삭이게 되었다. 그러나 그러한 그들의 冒險的 사랑도 한두 번은 無事했으나, 數次 거듭하게 되고 보니, 꼬리가 길면 잡히는 법이라, 사람의 눈치를 사게 되고, 또 大君의 아는 바가 되었다. 이렇게 되고 본즉, 둘의 運命은 決定的이 되고 말았다. 어떤 때는 둘이 만나 逃亡도 하여 보자고 하였으나, 有限한 天地에 그도 못하여 마음을 졸이다가 결국 雲英은 下獄되고 말았다. 여기

> 에 雲英은 또 다른 煩悶이 생겼다. 大君의 노염을 사서 下獄이 되었은즉 다시 살기는 바랄 수 없고, 金生과 다시 만나 보기는 더욱 漠然한 일이다. 이러기보다는 죽어 저 세상에나 가서 金生과 다시 만나 이승에서 다 못한 未盡한 情을 계속해 보려고, 그만 自殺하고 말았다. 여기에 金生의 悲痛도 또한 극도에 다다라, 雲英이 남기고 간 약간의 財物을 收拾하여, 佛前에 그 冥福을 빌어 주고, 또 며칠 후에 雲英의 뒤를 따라 죽고 말았다.

이것이 <雲英傳>의 대강 이야기다. 雲英은 사랑을 위해서는 華麗한 宮中의 生活도 다 버리려고 하였을 뿐 아니라, 사랑을 위해 마침내 자기의 목숨을 바치고 말았다. 참된 人生을 虛飾 없이 描寫한 小說로, <春香傳>과 같이 복잡하지는 않지만 간단한 데 더 힘이 있다. <春香傳>과는 반대되는 점이 있으니, 雲英은 宮中 生活하는 女性이나, 春香은 妓生의 딸이고, <春香傳>은 기쁨과 幸福으로 끝을 맺었으나, 이 小說은 悲劇으로 끝났다. 이만큼 이 小說은 사랑이 목숨보다 重하다는 것을 보인 戀愛 至上主義의 最初의 小說文學이 되었다. 道德의 나라요, 道學의 나라이었던 朝鮮에 있어서, 이 얼마나 生活의 解放을 부르짖은 作品이냐!

<紅白花傳> : <雲英傳>은 한글本이지만 <紅白花傳>은 漢文本이다. 이제 梗槪를 말하면 이러하다.

> 桂東榮과 順京華는 明나라 서울 洛陽에서 자라난 竹馬故友였다. 桂家의 아들 一知와 順家의 딸 織素와의 約婚이 決定되었으나, 오래지 않아 桂東榮은 죽어 버리고, 順京華는 救罪의 恩惠를 준 呂丞旨의 아들 呂生에게 織素와의 結婚을 許諾하였다. 사랑하는 남편 桂一知를 밤낮으로 그리고 있던 順小姐는 마침내는 男服을 갈아입고, 집을 떠나서, 千里 放浪에 끝없는 길을 가다가 薛某의 집에 依託하며 薛家의 딸과 百年 佳緣을 맺고, 科擧에 應

하겠다 속이고 薛府를 떠나 皇京에 올라와, 當年에 壯元으로 及第한 一知와 뜻밖으로 만나보고 自己의 知友이던 皇女에게 이 事情을 通하여, 呂生은 公主에게 장가들게 하고 順·薛 兩姐가 兄弟와 같이 桂公子를 섬겨 富貴榮華 80年을 누리었다.

體裁와 內容이 整頓된 小說이다. 그러나 東洋式 倫理-곧 다 묵어 썩어진 封建的 遺習인 一夫多妻主義가 이 小說에서 엿보인다. 그리하여 이 小說은 그 뒤의 이러한 一夫多妻主義를 그리어 낸 作品의 先驅가 되었다.

第三章 林悌와 〈花史〉

林悌(西紀 1549~1587)의 字는 子順, 號는 白湖 또는 謙齋, 嘯癡라고도 한다. 羅州사람으로 그가 나이 二十九가 되던 해 宣祖 10年 丁丑(西紀 1577)에 文科에 登第하였는데 官은 禮曹正郎을 지나 北評事에 이르러 39세의 短期로 夭折하고 말았다. 그는 李朝에 있어서 天才的 詩人으로 손을 꼽히는 사람이다.

그는 詩를 일찍 俗離山에 숨어 있던 成運(字는 健叔, 號는 大谷, 西紀 1497~1579)에게 受學하여, 날로 能히 數千言을 無難히 暗誦하였다고 한다. 그는 이와 같이 識見이 瑩澈하고 才學이 夙成하였다고 한다. 氣禀이 高潔하고도 感傷的 詩人인 白湖는 墮落한 社會와 溷濁한 朝廷에서 더러운 黨爭의 물결 속에 휩쓸려 들어가기가 싫어, 水石의 美를 찾아 번거로운 時事를 잊으려고 노력하였다. 그는 成大谷의 沒後, 山野에 自放하여 南으론 廣寒樓, 北으론 浮碧樓를 찾아, 詩酒를 즐겨 淸絶한 詩句를 남기고 많은 로맨스를 남겼으니, 松都 三絶의 하나인 當代의 傑妓 黃眞伊와도 戀慕의 사이가 되었다고 한다.

靑草 우거딘 골에 자는다 누엇는다
紅顔을 어듸 두고 白骨만 무텻는다
잔 잡아 권홀 리 업스니 그를 슬허ᄒᆞ노라[115]

이 노래는 白湖가 黃眞伊의 무덤을 지내면서 지은 것이라고 한다.

北天이 몱다커늘 雨裝 업시 길을 나니
山에는 눈이 오고 들에는 촌비로다
오늘은 촌비 마자시니 어러 잘싸 ᄒᆞ노라[116]

이 노래는 平壤妓 寒雨와 노래로 和答하던 때에 지은 그의 答歌다. 그래서 그런지 글씨와 琴歌에 能하였다고 한다. 宋勿齋의 『奇人奇事錄』[117]을 보면

> 牡丹峯下 浮碧樓 곁에 嬌絶한 얼굴과 詩賦의 才能이 當時 敎坊에 第一이 된다는 名妓 一枝梅가 있었다. 全國을 들어도 눈에 맞는 男性이 없고, 또 아름다운 因緣이 없음을 恨하고 있었다. 밝은 달, 선선한 바람에 고요히 혼자 마루에 앉아 愁心에 싸여 있을 적에 魚物商으로 變裝하고, 달밤에 그 庭園에 뛰어든, 白湖는 一枝梅의 읊는 글귀마다 和答하고 詩戱로써 一枝梅를 驚動시켜 드디어 良緣을 맺었다.

---

115) ≪진본 청구영언(珍本靑丘永言)≫, ≪악학습영(樂學拾零)≫에 실려 있다.
116) ≪악학습영(樂學拾零)≫, ≪해동가요(海東歌謠)≫에 실려 있다.
117) 물재(勿齋)는 송순기(宋淳夔, 1892~1927)의 호다. 『기인기사록(奇人奇事錄)』은 『매일신보』 논설부장 송순기가 1921~1922년 신문에 연재한 이야기를 모아 편찬한 야담집이다. 1921년에 상권, 1923년에 하권이 간행되었다.

고 하였다. 이러한 그의 艶談이 도처에 있는 것 같다. 그리하여 李栗谷, 李白沙는 그를 일러 奇男子라 하였다. 그는 臨終時에 諸兒를 돌아보며

> 四海諸國이 稱帝하지 못한 者가 없는데, 홀로 우리나라만이 終古不能하여, 이러한 陋邦에 났다가 죽는 것이 무엇이 아깝겠느냐?

하고, 죽은 후에는 哭을 하지 말라고 했다는 逸話가 있다. 그리고 그는 自己의 鬱積한 마음을 붓에 依托하여 많은 詩를 쓰기도 하였고, 小說 <愁城誌>와 <花史>를 썼다.

<愁城誌>는 그가 일찍 北評事로부터 西評事로 옮길 적에 일부러 犯蹕하고 <愁城誌>를 지었다고 하는데, <愁城誌>는 그의 文集 ≪白湖集≫ 末尾에 수록되어 있다. 이것은 오로지 그의 世上에 대한 不滿과 自己의 力量을 시원히 피어 볼 수 없는 現實을 咀呪하는, 自己의 울적한 心情을 擬人化하여 후대의 <天君衍義>와 같은 體裁를 빌려 쓴 것이다.

<花史>는 각종 花卉로써 國家 君臣의 制度에 擬하고, 꽃에 관한 故事에 依擬하여 治亂興亡의 歷史를 假作한 作品이다.

이외에 그는 秋江 南孝溫의 人格을 思慕하여, 秋江을 모델로 하고 <元生夢遊錄>을 지어 秋江의 境遇를 깊이 슬퍼하였다.

요컨대 白湖의 作品은 假傳體의 小說인데 이 중에서는 白眉라 아니할 수 없다. 林白湖의 豁達한 天禀이 번뜩이는 作品으로, 그는 峻烈한 筆舌로써, 당시 朝廷의 色論을 憤激하여 罵言을 퍼부었으니, 이 作品을 통해 宣祖朝의 思想을 엿볼 수가 있다.

그리고 이외에 假傳體로 된 小說로는 菊堂 鄭泰齊(西紀 1612~1669)가 지은 <天君衍義>와, 純祖朝에 된 鄭琦和의 <天君本紀>(一名 <心史>)가 있다.

<天君衍義>는 사람의 마음이 物慾에 撓奪되고, 陷溺되어, 花酒에 失身하다가, 一朝에 悔悟하여 前來의 行動을 부끄럽게 생각하고 惡에서 善으로 나아가는 것을 그린 것이다.

第四章 社會小說 〈洪吉童傳〉

1. 〈洪吉童傳〉의 梗概

李朝 世宗 시절이었다. 서울 東大門 안에 사는 吏曹判書 洪政丞이 일찍 두 아들을 두었으니, 맏아들은 正室 柳氏의 所生인 行衡이요, 작은아들은 侍婢 春纖의 所生인 吉童이었다. 그러나 吉童은 賤妾의 아들이라는 罪 아닌 罪名으로, 갖은 구박과 虐待를 받아 오다가, 마지막에는 모든 家族의 미움을 받게 되어, 하마터면 죽을 뻔한 變을 당한 것이 한두 번이 아니었다. 일찍 그는 歎息하기를

"大丈夫 아무래도 孔孟을 본받지 못할진대 차라리 東征西伐로 功名을 세우리라."

하고 밤낮으로 兵書와 劍術과 天文 地理를 공부하다가 그 父親이 꾸짖으면 말하기를

"小人의 平生 설은 것은 大監의 血肉을 받은 堂堂한 男子로서, 父生母育之恩이 깊삽거늘 그 父親을 父親이라 못 부르고, 兄을 兄이라 못 부르니, 어찌 사람이라 하오리까?"

하며, 눈물을 흘리는 것이었다. 장차 社會에 나선다 할지라도 科擧도 볼 수 없고, 벼슬도 할 수 없는, 그야말로 앞길이 漠然한 身勢이었다.

이때에 時時刻刻으로 닥쳐오는 危險을 避하기 爲하여 慈母와 家族을 등지고 飄然히 放浪의 길을 나섰다. 運命을 詛呪하면서 定處 없이 나선 어린 吉童은 그 후 어느 賊窟에 當到하여 그 곳 魁首가 되어, 義賊으로 行世하기

시작하여, 奇計로써 陜川 海印寺의 財物을 奪取하고, 自號를 活貧黨이라 하고 八道 守令의 不義의 苞苴(賂物)를 奪取하여 貧民을 救濟하고 百姓은 一戶도 犯하지 아니하니 諸賊이 그 義氣에 感服하였다.

하루는 諸賊을 데리고 말하기를

"이제 咸鏡 監司가 貪官汚吏로서 백성의 膏血을 긁어 塗炭에 빠지게 하니 그를 그저 둘 수 없으니, 그대들은 내 指揮대로 하렸다."

하고, 南門 밖에 불을 질러 官屬과 백성이 그 불을 끄는 사이에 活貧黨 數百名이 城中에 달려들어 倉庫를 열고, 錢穀과 軍器를 搜探하여 北門으로 달아났다. 國王은 監司와 捕將 李洽과 八道 守令에게 令을 내려 잡아들이라 하였으나, 원래 呼風喚雨 遁甲藏身하는 超人間的 道術이 있는 吉童은 人間의 手段으로는 도저히 잡을 수가 없었다.

朝廷에서는 兵曹判書를 주기로 하고, 그를 懷柔하여 보려고도 하고, 吉童의 父兄을 鞠問하고 一年內에 吉童을 잡아들이라고 命令한 일도 있었다. 그러나 일곱 草人 여덟 吉童이 쇠사슬을 끊고 구름에 싸여 空中으로 달아나는 것을 어이 잡을 것인가?

吉童은 그 후 南京으로 向하다가 山川이 秀麗한 硉島國을 보고 와서 政府에서 준 正租 千石을 漢江으로 싣고 三千 賊黨을 거느리고 가서, 芒碭山 妖怪窟로 처녀를 잡아 가는 妖怪를 毒藥으로 退治하고, 잠깐 집에 와서 父母의 三年喪을 마치고 다시 돌아가서 硉島國王이 되어, 乙丑(?) 正月 初五日에 卽位하여 六道 四百 九十州에 理想的 國家를 세웠다.

2. 著者 許筠(1569~1618)

≪澤堂雜著≫, ≪松泉筆談≫을 보면,

허균이 또한 <홍길동전>을 지었다.[118]

---

118) "許筠 又作洪吉童傳" ≪택당잡저(澤堂雜著)≫, ≪송천필담(松泉筆談)≫

라 하였으니, <洪吉童傳>의 著者는 許筠임을 알 수 있다. 許筠은 當代의 名門이며, 道學의 一中心을 이룬 許曄(草堂, 領相)의 三男으로, 二兄 岳麓 許筬, 荷谷 許篈과 一妹 蘭雪軒 許氏를 동기로 둔 才士 家庭에 태어났다.

> 허균은 초당(草堂) 허엽(許曄)의 아들로 명문에서 태어났다. (≪일사기문≫)[119]

> 허균은 그 형 허성(許筬), 허봉(許篈)과 더불어 우리나라에서 문장으로 유명했다. (≪열조시집≫)[120]

> 세 아들인 성(筬)·봉(篈)·균(筠)과 사위인 우성전(禹性傳)·김성립(金誠立)은 모두 문사로 조정에 올라 논의하여 서로의 수준을 높였다. (≪선조수정실록≫ 권14)[121]

라 한 기록들이 다 許氏 一門의 兄弟들이 다 文名이 있음을 말해 준다. 그는 열두 살에 父母를 여의고 慈母의 膝下에서 그 豪蕩하고, 자유스러운 情緖에 아무 拘束을 받지 않고 무럭무럭 자라났다. 筠은 蓀谷 李達에게 詩를 배웠는데 蓀谷은 李朝 三唐詩人의 一人으로 손꼽히는 처지에 있으면서도, 庶流이기 때문에 當路에서 버림을 당한 불우한 詩人이었다. 筠은 蓀谷에게 詩를 배울 뿐만 아니라, 같은 庶流 朴應犀와 妻의 庶三寸 沈友英 등과 交遊하는 동안에 그들의 環境이 깊이 同情하게 되어, 나중에는 朴應犀 一派의 生活을 理想化시켜서 <洪吉童傳>이란 小說을 짓게 된 動機가 이때에 싹이 튼 것이다.

---

119) "許筠者 草堂許曄之子也 系出名家" ≪일사기문(逸事奇聞)≫
120) "許筠 與其兄筬篈 以文鳴東海" ≪열조시집(列朝詩集)≫
121) "三子筬篈筠 女婿禹性傳金誠立皆以文士 登朝論議相高" ≪선조수정실록(宣祖修正實錄)≫ 권14 선조(宣祖) 13년(1580) 2월 1일

許筠의 詩에 대하여는 일찍부터 定評이 있어서 明人 吳明濟가 ≪朝鮮詩選≫에 序하여

> 왕경(王京, 한성)에 이르러서……허씨(許氏)의 집에 머무르게 되었다. 허씨 형제 세 사람은 이름이 허봉(許篈), 허성(許筬), 허균(許筠)으로 모두 문장으로 우리나라에 이름이 났다. 허균(許筠)은 더욱 영민하여……조선의 시 수백 편을 능히 암송하였다.……122)

라 하여, 그의 文藝的 力量을 高評했고, 西浦 金萬重도 ≪西浦漫筆≫에서

> 筠이 才情이 過人한 곳이 있어서 宮詞, 絶句, 竹西樓賦 같은 篇들은 石洲 東岳이라도 能히 하지 못하리라.

하였으니, 筠은 漢詩에 造詣가 깊었던 것을 알 수 있다.

壬辰倭亂을 치르고 난 당시의 國家, 社會는 形便이 아니어서, 黨派의 軋轢, 紀綱의 解弛를 機會로 兩班 吏胥들의 跋扈와 苛歛誅求가 絶頂에 달하여, 거기에 따르는 平民 大衆의 生活의 破綻-여지 없는 困窮, 飢餓와 彷徨-이런 데서 생기는 賤民의 怨嗟, 쓸 데 없는 虛僞의 集合體인 禮義, 그 속에서 特權階級들의 倦怠와 歡樂, 이런 모든 면이 당시의 社會를 그려낸 舞臺面이다. 이런 世紀末的 現狀을 보고 누가 아니 寒心하랴! 이러한 環境에서 자라나서, 實地로 보고 들은 筠은 社會 制度의 缺陷과 政治의 腐敗를 痛嘆하지 않았으랴! 그리하여 筠은 이런 環境에서 社會를 革命하려는 思想이 싹트게

122) "及抵王京 館于許氏 伯仲季三人 日筬日篈日筠 以文鳴東海 筠敏基……能誦東詩數百篇……" (오명제(吳明濟)의 <조선시선서(朝鮮詩選序)>("及抵王京 聞多文學士 乃數四請司馬公 願暫館於外 得於交尋 更入蓮花幕也 許之 濟乃出 館於許氏 許氏伯仲三人 日篈日筬日筠 以文鳴東海間篈 筠皆擧壯元 筠更敏甚 一覽不忘 能誦東詩數百篇")

되었다.

그 때가 마침 中國 四大奇書의 하나인 <水滸傳>이 輸入되어 民間에서 愛讀되고 있었으므로, 筠도 <水滸傳>을 耽讀하게 되었고, 조선의 黑旋風이라고 할 林巨正의 亂에 대한 巷談을 자주 듣게 되었다. 그는 <水滸傳>을 百讀하였다고 한다. 詩人的 感情을 남달리 담뿍 가지고 있는 筠은 당시의 社會 制度의 缺陷, 政治의 腐敗를 보고 듣게 되어, 社會를 革命하고, 階級을 打破하고, 가난하며 無力한 賤民을 救濟하려는 생각이 들게 되어, 자연 이러한 그의 理想이라 할까 思想이 후에 지은 <洪吉童傳>에 나타나게 되었으니, ≪澤堂雜著≫에서도

> 허균은 <홍길동전>을 지어 <수호전>에 비겼다.[123]

라 한 것이 그것을 말한다.

또 筠이 社會에 대한 不平을 품은 것은 庶流의 登庸 廢止이니, 朝鮮에서 庶流를 迫害하기는 庶流 鄭道傳[124]의 亂에 골머리를 앓은 太宗 때에 徐選의 上疏에 의한 것이다.[125] 그 후부터 庶子 庶孫은 中人들과 같이 待遇하였다. 그리하여 中庶라고까지 불리게 되었다. 이 中庶라는 第三階級的 存在에게는 일절 人材 登庸의 길을 끊어 버렸는데, 燕山朝에 柳子光의 亂을 다시 보게 되어, 그 후 永久히 庶流를 廢錮하고 말았다. 그 후 宣祖도 御批를 내려서 文字上으로는 解放을 宣言하였으나, 실제에 있어서는 더욱 殘虐한 侮蔑을 더할 뿐이요, 庶流 登庸의 길은 영영 막혀 버리고 말았다. 그리하

---

123) "許筠 又作洪吉童傳 以擬水滸" ≪택당잡저(澤堂雜著)≫
124) 정도전(鄭道傳)의 모계가 천민 출신이었다고 전한다.
125) "右副代言徐選等六人陳言 宗親及各品庶孼子孫 不任顯官職事 以別嫡妾之分" ≪태종실록(太宗實錄)≫ 권29 태종(太宗) 15년(1415) 6월 25일

여 朴應犀 등이 聯名을 하여 官路를 열어 달라고 빌었으나, 許諾하지 않으므로 憤慨해서 窟을 昭陽江에 짓고, 一室에 同居하면서, 糧食을 貯蓄하여, 다른 날 軍糧으로 쓰려고 積置해 놓고, 혹은 竹林七賢이니, 혹은 桃園結義라고 해서, 同志를 叫合하며, 往來交遊하였다. ≪逸史記聞≫, ≪燃藜室記述≫에서 그들 會合된 同志를 찾으면 이러하다.

朴應犀, 徐羊甲, 沈友英, 李耕俊, 朴致仁, 朴致毅, 金平孫 (이상, 전부 서자)

이들 庶流 一派는, 立身揚名은 姑捨하고, 社會的으로 온갖 賤待를 받게 되어, 革命의 뜻을 품고 여러 가지 計劃을 세우고 資金을 調達하기 위해, 光海 3年 辛亥(西紀 1611)에 鹽商을 海州에서 經營하는 한편, 그 후 富豪 李承崇의 집을 掠奪하고, 嶺南 鳥嶺서 銀商을 쳐 죽이고 銀子 數百兩을 奪取하였다. 許筠도 이들과 사귀는 동안에 그들의 처지를 同情하여 自然 이들 一派에 加擔하게 되었다. 그 후 그의 行動을 그의 反對派들의 記錄(野乘과 隨筆)에서 찾으면

허균……그의 문장은 당대 사람의 입에 오르내렸으나, 천성이 요망하고 행실 또한 괴이하였다. 상(喪)을 입는 동안에 기생을 가까이 하는가 하면…… (≪일사기문≫)[126]

허균은 천지 사이의 한 괴물이다……더구나 허균이 일생 동안 한 행위는 오만 가지 죄악을 구비하였다. 풍기를 문란케 하고 행실을 더럽게 하여……요망한 일을 일으키고 참언을 만드는 것이…… (≪명륜록≫)[127]

---

126) "許筠者……文章籍甚一代 而賦性妖妄 行又怪悖 居喪押妓" ≪일사기문(逸事奇聞)≫
127) "許筠天地間一怪物也……筠一生所爲 萬惡具備 亂常瀆行……興妖造讖……" ≪명륜록(明倫錄)≫ (≪광해군일기≫ 광해 10년(1618) 8월 22일 기사에 같은 내용이 보인다.)

> 오랑캐가 건주(建州)에 접근한다.……허균이 거짓으로 고급서(告急書)를 조작하고……밤마다 사람을 시켜 산에 올라 부르짖기를 "서쪽 도둑이 압록강을 건너서 유구인(琉球人)이 와 많은 사람들이 바다새처럼 숨거나 성 안 사람이 나가서 피난하면……재앙을 면할 것이다. (≪하담파적록≫[128])

> 허균은 만년에 대북(大北)에 투신하여 김개(金闓), 사간 신광업(辛光業) 등으로 심복을 삼았는데……허균은 젊었을 때부터 조짐이 있었다. (≪일사기문≫[129])

이라 하였으니, 居喪押妓는, 虛禮를 비웃은 것이고, 興妖造讖과 詐作告急은 民心을 攪亂시켜 革命 運動을 企圖한 것이고, 投身大北은 本心은 아니나, 어느 黨에 加擔해서 舊社會 制度에 抗拒하려는 뜻에서다. 아마 許筠은 새로운 理想의 社會를 憧憬하면서, 一步一步 자기의 품은 計劃을 實踐에 옮기던 許筠의 行動이 頑固하기 比길 데 없는 당시의 漢學 先生님들에게 일종의 怪物 같은 느낌을 주었던 모양이다. 貴族, 富豪, 兩班들은 모두 許筠의 敵이었고, 筠의 目標는 民衆의 擁護, 社會의 革命이었다.

그러나 筠은 그의 陰謀를 秘密裡에 進行시키다가 發覺되어, 그의 雄圖도 헛되이, 光海 10年(西紀 1618) 8月 24日 그의 同志 河仁俊, 玄應旻, 禹慶邦, 金胤黃 등 四人과 西市에서 百官 序立 下에 磔刑을 당하였다. 許筠은 이리하여 叛逆이라는 罪名으로 74세를 一期로 그 비참한 최후를 마치었다.

許筠을 한 逆臣으로 貶하고 싶지 않다. 차라리 逆臣이라고 排斥을 받던 점이 도리어 그의 장점이었을는지도 모른다. 그는 不義를 보면 피가 끓어

---

128) "虜兵逼建州　筠詐作告急　每夜使人登山呼曰　西賊渡鴨綠　琉球人來藏海島　城中人出避則免殃" ≪하담파적록(荷潭破寂錄)≫ ("我國逼近建州　人心洶懼　筠詐作告急邊書　又作匿名書　言某地有逆賊某日當發　恐動城中　每夜使人登山呼曰　城中人能出避　則可免池魚之殃")

129) "筠晩年　投身大北　以金闓　辛光業爲腹心……筠早年作讖." ≪일사기문(逸士奇聞)≫ ("晩年投身大北　奴事爾瞻　擔當廢論　招集怪鬼　以洛川君金闓　司諫辛光業輩爲腹心")

오르는 志士였고, 感傷的인 詩人이었다. 어느 形態의 社會가 극도로 矛盾이 擴大되어서 불안이 심해질 적에는 새로운 形態의 社會, 또는 불안 없는 社會를 憧憬하는 것이 당연한 일이라 아니할 수 없다. 陶潛의 桃花源도 그러한 불안 없는 社會, 곧 理想鄕이다. 筠은 이 理想鄕을 얻자니까 자연 現實社會의 革命을 企圖하였던 것이다. 이 理想鄕은 그의 <洪吉童傳>에 나오는 硉島國이 곧 그것이다. 筠이 理想鄕을 國外에서 그린 것은 그 때 李睟光의 ≪芝峯類說≫에 '네덜란드', '프랑스' 등이 소개된 때이고, 許筠 자신이 明에 갔었기에 자연 國際的 視野가 넓어져 그의 理想鄕을 南京, 琉球, 朝鮮의 交叉點에서 구하게 된 것이다. 또 筠이 그가 理想으로 하는 洪吉童으로 하여금 活貧黨을 組織하여 貧民을 救濟한 것은 그와 비슷한 人物들이 이미 많았던 까닭에서다. 다음에 든 사람이 그러한 사람들이다.

ㄱ. 一枝梅가 不義의 財産을 뺏은 이야기 (≪秋齋紀異≫)
ㄴ. 義賊 朴長脚과 葛處士 (≪逸士遺事≫)

3. 〈洪吉童傳〉의 價値

<洪吉童傳>은 壬辰亂 후의 社會制度의 缺陷과 腐敗한 政治를 改革하려는 社會小說이다. 또 <洪吉童傳>을 許筠 自身에 비유해 보면, <洪吉童傳>은 許筠의 自敍傳이라 할 수 있다. <洪吉童傳>은 許筠에 있어서 제 자신의 피로 물들인 運命의 自敍傳이다. 그리고 이러한 作者의 革命的 運動을 떠나서, 純全히 一個의 文學作品으로 <洪吉童傳>을 볼 때에 <洪吉童傳>은 도저히 <水滸傳>과는 比較하여 論할 것이 못 된다. <洪吉童傳>으로

의 缺點은 主人公 洪吉童의 性格 描寫가 되어 있지 않아, 事件이 그저 平面的인 說明으로 끝마치고 말았다. 그러나 <水滸傳>에 나오는 百八豪傑들은 하나하나 性格이 鮮明하게 描寫되어 있다. 그리고 <洪吉童傳>은 <水滸傳>을 模倣한 小說임을 아직 면하지 못하는 傳奇小說이다. ≪金鰲新話≫는 短篇小說이므로 이러한 점에서 보면 <洪吉童傳>은 ≪金鰲新話≫보다도 發展한 小說이요, 앞으로 나올 <九雲夢>과 <謝氏南征記>에 미치지 못하는 小說이다. 그리고 <洪吉童傳>은 소위 古代小說의 첫 出發的 作品이요, 또 東進한 明代 小說에 가장 많은 영향을 입은 小說이다. 이러한 意義에서 <洪吉童傳>의 文學史上 意義는 자못 큰 것이 있다.

<洪吉童傳>에서 또 볼 수 있는 점은 이러한 것이다. 당시의 社會制度가 庶流에 대한 差待가 심하여 그들이 많은 不平을 품고 있다는 社會的 現象과 地方의 守令들이 不義의 財物을 沒收하여 百姓의 生活이 불안하였다는 社會的 現實-이러한 모든 社會的 現實을 前代의 小說처럼 架空的으로 表現한 것이 아니고, 寫實的으로 그려내서, <洪吉童傳>은 前代의 小說보다 크게 進步한, 小說다운 形態를 갖추게 된 最初의 古代小說이다. 다시 말하면 종전의 虛構的인 娛樂小說이 아니고 寫實的 小說이며, 社會的 小說이다. <洪吉童傳>은 封建的 儒教 政治 社會의 모든 缺陷을 表現한 한 幅의 寫生畵다.

끝으로 <洪吉童傳>에 나타난 思想을 要約해 적으면 이러하다.

ㄱ. 嫡庶 差別의 廢止를 絶叫한, 곧 階級 打破를 高調한 점

ㄴ. 당시 社會 制度의 모든 矛盾을 改革하려는 것, 곧 社會를 改革해 보려는 점

ㄷ. 鄕土 巨閥과 土豪 貴族의 苛歛誅求와 地方 守令의 不義에 의한 蓄財를

痛擊 내지는 肅淸하려는 점
ㄹ. 朝鮮 軍人의 海外 進出을 慫慂한 점

이제 洪吉童이 갖은 재주를 부리는 場面을 골라 原文을 맞춤법에 맞게 고쳐 쓰겠다.

4. 原文及 註解

일일은 길동이 여러 사람을 모으고 의논하여 가로되,
"이제 우리 합천 해인사에 가 재물을 탈취하고, 또 함경 감영에 가 전곡(錢穀)을 도적하여 소문이 [1]파다하려니와 나의 성명을 써 감영에 붙였으니 오래지 아니하여 잡히기 쉬울지라, 그대 등은 나의 재조를 보라."
하고 즉시 초인(草人) 일곱을 만들어 [2]진언(眞言)을 오이고 혼백을 붙이니 일곱 길동이 일시에 팔을 뽐내며 크게 소리하고 모두 [3]난만히 수작하니 어느 것이 정작 길동인지 아지 못할지요, 또 팔도에 하나씩 흩어지되 각각 수백여 명씩 거느리고 다니니 그 중에 정작 길동이 어느 곳에 있는 줄을 더욱 아지 못할러라. 여덟 길동이 팔도로 다니며 호풍환우(呼風喚雨)하는 술법을 부리니, 여러 읍 창고에 들어있는 곡물을 일야 간에 종적 없이 가져가서 서울 오는 봉물(奉物)을 기탄(忌憚) 없이 탈취하니, 팔도 각읍이 요란하여 밤에 능히 잠을 자지 못하고 도로에 행인이 끊겨지니, 이러므로 감사 이 일로 [4]장계(狀啓)하니 그 글에 대강 하였으되,
"난데없는 홍길동이란 대적이 있어 능히 풍운을 짓고 각 읍의 재물을 탈취하오매 봉송(奉送)하는 물종(物種)이 올라가지 못하옵고 작란이 무수하오니, 그 도적을 잡지 못 하오면 장차 어느 지경에 이를 줄 아지 못하오니 바라옵건대 성상은 좌우포청으로 잡게 하소서."
하였더라.

상이 장계를 보시고 대경하사 포장(捕將)을 명초(命招)하실새, 연하여 팔도가 장계를 올리는지라 떼어 보시니 도적의 이름이 다 홍길동이라 하였고, 전곡 잃은 일자가 모두 한날한시라 상이 더욱 놀라 가라사대,

"이 도적의 용맹과 술법은 옛날 [5]치우(蚩尤)라도 당하지 못하리로다. 아무리 신기한 놈인들 어찌 한 몸이 팔도에 있어 한날한시에 도적하리오. 이는 심상한 도적이 아니라 잡기 어려우니 좌우 포장이 군사를 풀어 잡으라."

하시니 이에 우포장 이흡(李翕)이 아뢰어 가로되,

"신이 비록 재조 없사오나 그 도적을 잡아 올리리니 전하는 근심 말으소서. 조고마한 도적으로 이제 어찌 좌우 포장이 다 군사를 내오리이까."

상이 옳이 여기사 급히 발행(發行)함을 재촉하시니, 이흡 하직하고 허다한 군사를 거느려 발행할새 각각 흩어져 아무 날 문경(聞慶)으로 모두 임을 약속하고 이흡은 포졸 수삼 명을 친히 데리고 변복하고 다니더니, 일일은 날이 저물매 주막에 들어 쉬더니, 문득 한 소년이 나귀를 타고 들어와 뵈거늘, 포장이 답례한대 그 소년이 문득 한숨을 지으며 가로되,

"보천지하(普天之下)가 막비왕토(莫非王土)요, 솔토지민(率土之民)이 막비왕신(莫非王臣)이라 하니, 소생이 비록 [6]향곡(鄕曲)에 있으나 국가를 위하여 근심이로소이다."

포장이 거짓 놀라며 가로되,

"이 어찌 이름이뇨?"

소년이 가로되,

"이제 홍길동이란 도적이 팔도로 다니며 작란하오매 인심이 소동하오나 이놈을 잡지 못하오니 어찌 분한(忿恨)하지 아니하리오."

포장이 이 말을 듣고 가로되,

"그대 기골(氣骨)이 장대하고 언어가 충직(忠直)하니 날과 한가지로 그 도적을 잡음이 어떠하뇨?"

소년이 가로되,

"내 벌써 잡고저 하나 용력 있는 사람을 얻지 못하여 한이러니, 이제 그대를 만났으니 어찌 다행이 아니리요마는 그대 재조를 아지 못하니 그윽한 곳에 가 한 번 시험하자."

하고 한가지로 가더니 한 곳에 이르러 높은 바위 위에 올라앉으며 이르되,

"그대 힘을 다하여 두 발로 나를 차서 내리쳐 보라."

하고는 바위 끝에 나앉거늘 포장이 생각하되,

"저 아무리 용력이 있은들 한 번 차면 어찌 아니 떨어지리요"

하고 평생 힘을 다하여 두 발로 매우 차니 그 소년이 문득 돌아앉으며 가로되,

"그대 [7]짐짓 장사로다. 내 여러 사람을 시험하되 나를 요동하는 자 없더니 그대에게 차이매 오장이 울리는 듯하도다. 그대 나를 따라 오면 길동을 잡으리라."

하고 첩첩한 산곡으로 들어가거늘 포장이 생각하되,

"나도 힘을 자랑할 만하더니 오늘 이 소년의 힘을 보니 어찌 놀랍지 않으리요. 그러나 이곳까지 왔으니 설마 저 소년 혼자라도 길동 잡기를 근심하리요"

하고 따라 가더니 그 소년이 문득 돌쳐 서며 가로되,

"이 곳이 길동의 굴혈이라 내 먼저 들어가 탐지할 것이니, 그대는 여기서 기다리라."

포장이 마음에 의심되나 빨리 잡아 옴을 당부하고 앉았더니, 이윽고 홀연 산곡으로 조차 수십 명 군졸이 요란히 소리 지르며 내려오는지라. 포장이 대경하여 피하고자 하더니 점점 가까이와 포장을 결박하여 꾸짖어 가로되,

"네 포도대장 이흡인가? 우리 등이 [8]지부왕(地府王)의 명을 받아 너를 잡으러 왔다."

하고 쇠사슬로 몸을 얽어 풍우같이 몰아가니, 포장이 혼불부신(魂不附身)하여 아무런 줄 모르는지라. 한 곳에 다다라 소리 지르며 꿇려 앉히거늘 포장이 정신을 진정하여 위를 치어다보니 궁궐이 광대한데, 무수한 황건역사(黃巾力士) 좌우에 벌여 있고 전상(殿上)에 한 군왕(君王)이 용상(龍床)에 앉아 소리를 높여 가로되,

"네 조고마한 필부로 어찌 홍장군을 잡으려 하는고? 이러므로 너를 잡아 풍도(風濤)섬에 가두리라."

포장이 겨우 정신을 차려 가로되,

"소인은 인간의 [9]한미(寒微)한 사람이라 무죄히 잡혀 왔으니 살려 보냄을 바라나이다."

하고 심히 애걸하거늘 선상에서 웃음소리 나며 꾸짖어 가로되,

"이 사람아, 나를 자세히 보라. 나는 곧 활빈당 행수 홍길동이라, 그대 나를 잡으려 하매 그 용력과 뜻을 알고자 하여 어제 내 [10]청포(青袍) 소년으로 그대를 인도하여 이곳에 와 나의 위엄을 보게 함이라."

하고 말을 마치매, 좌우를 명하여 맨 것을 끌러 당상(堂上)에 앉히고 술을 내어 권하여 가로되,

"그대는 부질없이 다니지 말고 빨리 되돌아가되 나를 보았다 하면 반드시 죄책(罪責)이 있을 것이니, 부대 이런 말을 내지 마라."

하고 다시 술을 권하고 좌우를 명하여 내어 보내라 하니 포장이 생각하되,

'내가 이것이 꿈인가 생신가, 어찌하여 이리 왔으며 길동이 조화는 참으로 신기하도다.'

하며 일어나 가고자 하더니 홀연 사지를 요동하지 못할지라. 고이히 여겨 정신을 진정하여 살펴보니 가죽 부대 속에 들었거늘 간신히 나와 본즉 부대 셋이 낡에 걸렸거늘 차례로 글러 내려 보니 처음 떠날 제 데리고 왔던 군졸이라 서로 이르되,

"이것이 어쩐 일고. 우리 떠날 제 문경으로 모이자 하였더니 어찌 이곳에 왔는고."

하고 두루 살펴보니 다른 곳이 아니요 장안성 북악(北岳)이라.

네 사람이 어이없어 장안을 굽어보며 군졸더러 일러 가로되,

"너는 어찌 이곳에 왔느뇨?"

세 사람이 고하여 가로되,

"소인 등은 주막에서 자옵더니 홀연 풍운에 싸이어 이리 왔사오니 무슨 연고를 아지 못하도소이다."

포장이 가로되,

"이 일이 가장 허무맹랑하니 남에게 전설(傳說)하지 말라. 그러나 길동의 재조 불칙하니 어찌 인력으로써 잡으리요. 우리 등이 이제 그저 들어

가면 필경 죄를 면하지 못하리니 아직 수월을 기다려 가자."
하고 내려가더라.

註解 1. 파다하다 : 꽤 많다. 2. 진언(眞言) : 佛經 속에 있는 呪文 3. 난만히 : 많이 흩어져. 4. 장계(狀啓) : 王께 書面으로 올리는 報告. 5. 치우(蚩尤) : 黃帝 때 諸侯의 이름. '蚩尤…好兵亂 作刀戟 大弩 暴虐天下 帝征之 戰於涿鹿 蚩尤作大霧 帝造指南車 破之 遂戮蚩尤…'의 故事가 있다. 6. 향곡(鄕曲) : 시골 구석 7. 짐짓 : 참으로. 8. 지부(地府) : 저승. 9. 한미(寒微)한 : 가난하고 천한. 10. 청포(靑袍) : 빛이 푸른 도포.

그리고 <洪吉童傳>과 비슷한 것으로 다음은 <田禹治傳>이 있다.

<田禹治傳> : 다음에 든 여러 기록을 보면 田禹治는 實在하였던 人物이다.

우치는 한낱 병졸(兵卒)이었다. ≪계산시화≫[130]

전우치는 담양인(潭陽人)으로 일찍이 요사한 여우에게 환서(幻書)를 얻어 보았기 때문에 도술에 능했다. ≪송도지≫, ≪해동이적≫[131]

전우치는 송도(松都)에 숨어 살았다. ≪대동야승≫[132]

전우치는 신선의 술법을 지닌 도사다. ≪어우야담≫[133]

---

130) "禹治는 一個의 兵卒이었다." ≪桂山詩話≫ (≪계산시화(桂山詩話)≫는 미상도서이다. 김태준의 1933년 판 『조선소설사』에는 주왕산이 말한 대목이 등장하지만 1939년 판 『(증보)조선소설사』에는 삭제되어 있다. 따라서 주왕산은 1933년 판 『조선소설사』 참고하고 있다.)
131) "田禹治 潭陽人 嘗得妖狐幻書 善幻" ≪송도지(松都志)≫, ≪해동이적(海東異蹟)≫
132) "田禹治는 松都隱逸이라." ≪대동야승(大東野乘)≫
133) "田禹治는 方技之士라." ≪어우야담(於于野談)≫

> 전우치는 몰락한 양반으로 환술이 뛰어나고 많은 기예를 지녔다. ≪지봉유설≫[134)]

고 하였으니, 이들을 綜合해 생각하면 田禹治는 아마 潭陽人으로 洛中에서 무슨 벼슬을 한 자리 얻어 하다가, 松都에 가서 숨어 버린 것 같다. 그리고 그는 幻術(道術)을 잘한다고 하였다. 아마 그도 洪吉童과 같은 環境에서 자라나 벼슬이란 말뿐으로 微官末職이나 얻어 하다가 쫓기어 난 것 같다. 그도 社會에 不平을 품고 있었던 것 같다. 이러한 점을 생각하면 <洪吉童傳>과 비슷한 作品이다. 누가 지었는지 알 수 없다. 아마 許筠이 짓지 않았나 생각된다. 이제 그 梗概를 적으면 이러하다.

> 麗末 田叔의 아들 禹治라는 이는 尹公이란 사람에게 道術을 배워 竹林에서 울고 있는 處女에게서 狐精을 뺏어 九尾狐를 죽이고 그 후로는 科業을 全廢하고 仙官으로 변하여 혹은 闕內에 날아들며, 혹은 들보를 베어 五百金을 얻어, 이것이 端緖가 되어 逮捕令을 내려 田禹治를 잡아다가 甁 속에 넣어도 죽지 아니하였다. 그 때 各道에서 잡아들인 田禹治가 三百六十一人이나 되었다고 한다. 그러한 禹治의 道術로도 그 때의 어느 각님 도령이란 사람에게 屈服한 후로는 어머님을 모시고 산에 가 숨어 버렸다.

그리고 이외에 <徐花潭傳>이 있는데, 아마 같은 때에 된 것 같다. 누가 지었는지 알 수 없다. 이것도 <洪吉童傳>, <田禹治傳>과 같이 道術文學이다. <徐花潭傳>을 보면 花潭을 道術로 有名한 方技之人처럼 꾸미어 여러 가지의 怪說을 附會하여 지어 놓은 것이다.

---

134) "田禹治는 洛中賤儒니 善幻多技耳라." ≪지봉유설(芝峯類說)≫

第六篇 小說文學의 爛熟

第一章 肅宗朝의 軟文學

壬辰, 丙子의 兩亂을 치르고 난 肅宗朝는, 日本은 元祿時代, 中國은 淸代의 康熙時代를 맞이하여서 三國이 다 泰平을 노래 부르게 되어, 차차 朝鮮은 殘滅에서 新生으로, 絶望에서 希望의 光明을 구하여 나아가던 때다.

肅宗 이전을 생각하면 鄭松江, 申象村, 朴蘆溪, 尹孤山 등과 같은 가히 一世를 風靡할 詩歌 作家가 뒤를 이어 나왔고, 肅宗 이후를 바라보면 金天澤, 金壽長을 中心으로 한 平民 文學家가 輩出하여, 肅宗朝는 前代의 文學을 繼承하여, 후대의 文學을 일으키게 하였다.

肅宗 이전까지는 朝鮮文學을 일종의 漢文學의 餘技로 생각하던, 그러한 餘技 文學者의 沒落 時代를 이루어, 詩歌 방면에서만 보더라도 金聖器, 金裕器, 朱義植, 李鼎輔, 南九萬, 李澤, 柳赫然, 朴泰輔, 具志禎, 金昌業, 尹斗緖, 張炫 등 이루 헤아릴 수 없을 만큼 作家가 쏟아져 나왔다.

肅宗朝는 李朝 後期에 속하는데, 이 李朝 後期에 들어오면, 小說文學이 勃然히 일어나게 되었다. 兩亂을 치른 후에 新文藝가 勃興되었을 뿐만 아니라, '한글'로 기록된 小說이 나왔지마는, 아직까지도 漢文으로 기록된 小說이 많아서, 그러한 文學은 特殊階級의 文學이었지 일반 大衆의 文學은 되지 못하였다. 그러던 것이 平民階級들의 自我에 눈 뜬 文藝運動은 '한글'과 함께 시작되어, 小說文學은 일반 庶民階級과 發展을 같이 하게 되었다.

小說이란 文學이 根本的으로 庶民과 文學이기 때문이다. 종전에는 漢文으로 된 稗官文學이 '한글'로 기록된 文學으로 轉向을 하게 되었으니, 이른바 '諺稗'가 그것이다. 이리하여 진정한 우리의 小說文學이 誕生하게 되었던 것이다.

그런데 여기에 肅宗朝를 中心삼고, 小說文學이 勃興하게 된, 다른 원인이 또 하나 있으니, 隣邦 中國은 小說文學이 가장 燦爛하던 明末에서 清初에 걸치어 있던 때여서, 中國으로부터 小說이 다량으로 繼續해서 流入되어, 일반 大衆이 愛讀하였을 뿐만 아니라, 또 그 輸入된 小說의 대부분은 朝鮮語로 飜譯 飜案되어, 자연 우리의 小說文學을 자극하였던 것이고, '한글' 自體에 있어서도 李朝 後期에 들어와서는 완전히 普遍化하여, 小說文學 發達에 絶好의 機會를 주었던 것이다. 이리하여 肅宗朝의 文藝-詩歌 방면에 있어서나, 小說文學에 있어서나, 그 本質에 있어서는 平民文學이었다.

이와 같이 李朝 後期의 肅宗朝를 中心하고 小說文學이 爛熟하게 된 것은, 위에서 말한 바와 같이, 時代的 背景을 얻게 되었고, 거기에다가 또 여러 가지의 外的 條件을 具備하게 되어 부쩍 發達하게 되었던 것이다. 이리하여 古代小說의 發達史的 階段은 드디어 肅宗朝를 中心삼고, 그 最高峰을 이루게 되었다. 만일 肅宗朝 이후의 小說史上에서 小說이 가장 興盛한 時代를 찾는다면, 혹은 여러 가지 客觀的 情勢로 보아 英正時代를 말할 수 있으나, 그 時代의 小說은 肅宗朝의 小說을 그대로 繼承하였을 따름이지, 小說 自體에 있어서는 何等의 發展을 보지 못한 까닭이다.

宣, 仁間에 胚胎된 '한글'로 기록된 小說文學이, 이때에 와서 全盛함을 따라, <九雲夢>, <玉樓夢>을 筆頭로 夢字類의 新作品과 飜案小說, 가령 <玉麟夢>, <玉蓮夢> 같은 것이 나왔고 이외에 <謝氏南征記>가 나왔고, <朴氏傳>, 童話, 民間 傳說, 說話를 小說化한 雜多한 小說이 쏟아져 나와,

참으로 小說의 洪水時代를 이루게 되어 일반 平民의 喝采과 絶讚을 받게 되었다.

그러나 이러한 大衆小說에 흐르고 있는 共通的 潮流는, 佛敎的인 諦念觀, 宿命論的인 自暴自棄의 思想과 儒敎的인 勸善懲惡 觀念이 서로 混合되어 있고, 그 대개는 夢幻의 世界를 憧憬하고, 享樂主義를 노래 부르고 있다.

第二章 明末의 人情小說

조선 古代小說에 직접 간접으로 영향을 준 것은 外國文學 특히 中國의 小說文學일 것이다. 조선에서 年年 來往하는 使臣을 통해서 中國의 小說은 말할 것도 없고, 기타의 著作物도 불과 十年이 못 가서 반드시 輸入되었다. 다만 小說은 士君子의 忌避하는 바였으므로 文獻에 오르지 않았을 따름이다. 그리하여 明代의 人情小說이 大量으로 輸入되었다.

元나라는 佛敎를 믿으면서도 道敎를 崇尙하였다. 그리하여 세상에는 그 동안 갖은 幻惑變怪한 일이 많았다. 그러던 것이 明初에는 조금 勢力이 弱해지더니 中葉에 이르러 成化年間(西紀 1465~1487)에 方士(혹은 道流) 李孜, 釋繼曉가 方技雜流로서 높은 벼슬을 얻어 富貴와 榮華를 극도로 누리게 되어, 세상에는 妖妄의 說이 자연 盛行하게 되어 이러한 영향이 文學 방면에까지 미치어, 明代에는 神魔小說이 퍼지게 되었다. 또 元代에는 이외에 人情小說이 나타나게 되었다. 이러한 거리의 神魔에 대한 가지가지의 巷談을 集大成해 놓은 것이 <西遊記>다.

<西遊記> : 白話文으로 된 章回小說이요. 長篇小說이다. 이런 類의 小說에서는 白眉다. 내용은 一百回로 나뉘어 있는데, 唐나라 僧 玄奘이 神通廣大한 猿 孫悟空을 비롯해서, 猪 八戒, 沙悟淨들을 데리고, 西天竺에 이르러, 부처님을 만나보고 佛經을 얻어 오는 일종의 旅行記다. 그 전부터 民間에 傳해지고 있는, 唐太宗의 傳說, 玄奘의 傳說, 孫悟空의 傳說, 그 外의 神話들을 基底로 한 데다가 上兜率天으로부터 下奈落에 이르는 宇宙乾坤을 洗練된 會話, 雄大한 規模, 참으로 世界的으로 稀貴한 小說이다.

元나라 邱處機가 지었다고 하는데, 邱處機가 지은 <西遊記>[135]는 同名異書의 西域地理書이었다. 淸代의 丁晏 등의 硏究로는 吳承恩일 것이라고 한다. 吳承恩의 字는 汝忠, 號는 射陽仙人, 嘉靖, 萬曆初(西紀 1500~1582)의 사람이라고 한다.

<西遊記> 外에 <西遊記傳>이라고 하는 것이 있는데 四卷 四十二回로 된 책이다. '齊雲 楊志和編 天水 趙景眞校'라고 하였는데 梁志和에 대해서는 알 수가 없다.

이외에 <西遊記>를 評議한 것으로는 淸의 悟一子 陳士斌 評의 <西遊眞詮>, 張書紳 評의 <西遊正旨>, 悟元道人 劉一明 評의 <西遊原旨>의 세 種類가 있고, 模倣한 것으로는 <後西遊記>, <續西遊記>, <封神傳>, <西遊補>, <西洋記> 등이 있다. 淘谷 李宜顯의 ≪燕行雜識≫에 의해 보면 肅宗 46年(西紀 1720)에 北京에 가서 <西遊記>를 사가지고 온 것이라 하는데, 明末 곧 壬辰倭亂이 끝난 후 丙子胡亂이 일어나기 전에 구해왔으리라 생각된다.

---

135) 구처기(邱處機, 1148~1228)가 지은 <서유기(西遊記)>의 원명은 <장춘진인서유기(長春眞人西遊記)>이다.

<金瓶梅>：明代에 들어와서 最初의 人情小說이다. 처음에는 이것이 寫本으로 돌던 것이 萬曆 38年(西紀 1610)에 刊行되었다. 물론 一百回로 된 章回小說이다. 이것도 作者가 未詳한 책이다. 明나라 沈德符는 嘉靖間(西紀 1522~1566)의 大名士가 지은 것이라 하는데, 世人들은 王世貞이 지었을 것이라고들 한다.

'金瓶梅'라는 책 이름이 생기게 된 것은 이 作品에 나오는 人物들-武大의 妻 潘金蓮, 花子虛의 妻 李瓶兒, 侍女 春梅의 세 女子의 이름에서 한 字씩 뽑아서 책 이름을 지은 것이다. 이 小說을 明代 社會의 裏面 生活 곧, 閨房의 秘事를 노골적으로 描寫했다고 하여, 이 小說은 市井의 淫夫蕩夫의 誨淫文學이라는 말을 받지마는, 이러한 觀察은 皮相的 見解로서 이 책을 읽으면 알겠지만, 그렇지 않다. 물론 西門慶과 潘金蓮 사이의 情話를 노골적으로 卑猥하게 쓴 곳도 있기는 하지마는, 그 洗練된 文句라든지, 華麗淸婉한 辭藻, 微細한 描寫는 참으로 이 小說이 아니면 다시는 얻어볼 수 없을 것이다. 作者는 누군지 모르겠으나 당시의 世情에 洞達하였을 뿐만 아니라, 社會의 缺陷 人間의 弱點을 잘 把握해서 波瀾과 曲折이 있게 하였는데, 조금도 부자연한 곳이 없다.

이 <金瓶梅>의 全書는 <水滸傳>에 나오는 西門慶을 主人公으로 삼았다. 이제 <金瓶梅>의 梗概를 적으면 이러하다.

西門慶은 號를 四泉이라 하며 淸河의 사람인데 讀書도 아니하고, 허구헌 날을 아무 것도 하는 것 없이 놀면서 放蕩한 生活을 하여, 一妻三妾이 있었다. 그는 또 浮浪者 十人과 義兄弟를 맺어 가지고 있는데, 潘金蓮이란 계집에게 홀려서, 그의 남편 武大를 毒殺시킨 후, 金蓮을 데려다가 妾으로 삼았다. 武大의 아우 武松은 復讐를 하러 왔다가 西門慶을 찾지 못하고, 잘못 李外傳란 사람을 죽여 孟州로 流刑되고 말았다. 그러나 西門慶만은 아무 탈 없이 그날그날 放蕩한 生活을 繼續할 뿐 아니라, 前日에 比해서 行實이 더 나빠졌다. 그리하여 그는 金蓮의 侍婢 春梅와 私通을 하게 되었고, 李甁兒와도 私通을 하게 되었다(金甁梅란 이름은 西門慶의 愛妾 潘金蓮, 李甁兒, 春梅의 세 글자를 떼내서 지은 것이다). 慶은 春梅, 李甁兒를 다 妾으로 삼았다. 그런 후 그는 不正한 짓을 해서 致富를 하게 되어 그의 집안 형편은 날로 繁昌해 갔다. 얼마 안 있어서 李甁兒가 아들을 낳았다. 慶은 蔡京이란 사람에게 많은 賂物을 주어서 金吾衛副千戶란 벼슬을 얻어 가진 후, 그는 더욱더욱 放恣해지며, 淫樂을 구해서 色慾을 滿足시키며, 賂物로써 法까지 그에게는 無能하게 하였다.

그런데 潘金蓮은 李甁兒에게 아들이 있는 것을 샘내서 여러 번 奸計를 써서, 어린 아이를 驚風이 들어 죽게 하였다. 그러자 李甁兒도 자식을 잃고 傷心 끝에, 아들의 뒤를 따라 마저 죽었다. 潘은 그리하여 慶에게 갖은 아양을 떨었으나, 어느 날 밤 慶은 淫藥의 量을 지나치게 먹고 急死하고 말았다. 이제 慶이 관계한 계집이 열아홉이나 되니 가히 그의 亂行을 짐작할 수 있다. 金蓮과 春梅는 그 후 西門慶의 사위 陳慶濟와 또 관계를 맺다가 그것이 發覺되어 斥賣(官家에서 放賣하는 것)하게 되어, 金蓮은 마침내 王婆의 집에서 자기를 사갈 사람을 기다리고 있었다. 그 때 마침 武松이 容赦를 받아, 귀양살이에서 그리로 돌아오게 되어, 金蓮은 마침내 武松의 손에 죽고 말았다. 春梅는 팔려서 周守備의 妾이 되어 귀염과 사랑을 받아 아들까지 낳아 官許되어 正夫人이 되었다. 그 때 孫雪娥란 계집을 官家에서 公賣하게 되었는데, 春梅는 孫雪娥가 다른 사람을 충동여서 陳慶濟를 얻어맞게 한 일이 있었으므로 이를 앙갚음하려고 孫雪娥를 사서 몹시 매질을 퍼붓다가 나중에는 술집으로 팔아 버리었다. 그리고 春梅는 慶濟를 자기 아우라 하여 집안에 불러 들여 依然 추잡한 관계를 맺어 갔다. 그러나 얼마 안 있어 宋江이 功을 세워 濟南兵馬制置에 拔擢되어 陳慶濟도 軍門에 이름이 들게 되어 參謀로 오르게 되었다. 그 후 金人이 侵寇해 와서, 守備하던 陳은 滅亡을 하고 말았다. 春梅는 陳慶濟의 前妻의 아들과도 관계를 맺고 있다가 春梅는 그만 淫縱으로 인해 急死하고 말았다. 金兵이 淸河에 이르려고 하므로 西門慶의 妻는 遺腹子 孝哥를 데리고 濟南으로 도망해 가다가 途中에서 普淨和尙을 만나, 그를 따라 永福寺에 이르러 因果應

報의 꿈이 現實로 再現된 것을 깨닫고, 孝哥는 마침내 出家하여 法名을 明悟라 하였다.

이것이 <金甁梅>의 梗槪다. 과연 奇文이다. 沈鋅의 ≪松泉筆譚≫에도

명나라 사람들이 방탕하고 경박하여 글을 저술한 것이 마치 <금병매>나 <육포단>처럼 음란함을 가르치는 저술이 아닌 것이 없다.[136]

하였다. 이는 明末 衰世의 亂脈인 世態를 그대로 그리어낸 作品이다. 明末의 어지러운 社會가 이러한 小說을 만들어 내게 한 것이다.

<金甁梅>가 한 번 세상에 나오자 이와 비슷한 책이 꼬리를 물고 잇대어 나왔다.

<肉蒲團> : 禁斷된 淫書다. 現在엔 傳하지 않는다.

<玉嬌李> : 一名 <雙美奇緣>이라고도 한다. 作者 未詳. 二十回로 된 章回小說로 蘇友白이란 靑年이 白玉紅과 盧夢梨의 두 女子를 妻로 삼게 되기까지의 이야기다.

<續金甁梅> : 前後編, 六十四回로 된 책으로 丁耀亢(號는 野鶴, 西紀 1599~1669)이 지은 책이다.

<隔簾花影> : 一名 <三世報>라고도 한다. <金甁梅>와 趣向이 같아서

---

136) "大明人物이 浮浪輕佻하여 著述文字一如金甁梅肉蒲團等書 無非誨淫之術이라." ≪송천필담(松泉筆譚)≫

<金瓶梅>의 後本이라고 한다.

<平山冷燕> : 荻岸山人編의 二十回로 되어 있는데, 平如衡, 燕白頷의 두 青年이 冷絳雪, 山黛의 두 女子와 제각기 結婚하기까지의 事件을 그린 作品.

<好逑傳> : 作者 未詳, 十八回로 되어 있다. 內容은 鐵中玉이라는 青年과 佳人 冰心과의 結婚하기까지의 이야기를 그린 作品.

<鐵花仙史> : 雲封山人編, 二十六回, 青年 王儒珍과 그의 妻 蔡若蘭과, 王의 友人 陳秋麟과 그의 妻 夏瑤枝와의 結婚 이야기와, 최후에 그 두 夫婦가 神仙이 되는 이야기를 그린 佳作.

위에 든 것들은 長篇小說이다. 이외에도 <古今小說>, <三言>, <石點頭>, <西湖佳話>, <清平山堂話本>, ≪今古奇觀≫ 등이 있다.

이 중에서 ≪今古奇觀≫은 明나라의 抱甕老人이 編輯한 明代 唯一한 短篇小說 傑作選集이다. 四十卷으로 된 尨大한 것이다. 이 短篇 속에서 많이 飜譯 改作한 作品들이 나오게 되었으니 그 중 몇만 들어도 다음과 같다.

ㄱ. <彩鳳感別曲>은 ≪今古奇觀≫ 第三十五回 <王嬌鸞百年長恨>을 譯改한 것

ㄴ. 한글體로 된 <금고긔관>은 ≪今古奇觀≫ 第二十七回 <錢秀才錯占鳳凰儔>를 譯改한 것

ㄷ. <酒中奇仙李太白實記>는 ≪今古奇觀≫ 第六回 <李謫仙醉草嚇蠻書>를 譯改한 것

또 宣祖 末年에는 隋唐, 兩漢, 齊魏, 五代, 唐, 北宋의 모든 演義가 潮水 같이 밀려들어와 軍談小說의 氾濫時代를 이루었다. 이 중에서도 <西漢演義>가 많이 愛讀된 듯하여, 그 속에서 일부분씩을 摘出해서

<楚霸王實記>

<張子房實記>

로 飜案되었다.

이와 같이 明代에는 演義小說, 戀情小說 등의 軟文藝가 쉬지 않고 흘러들어와 李朝 中葉의 文運에 一段의 活氣를 주었으며, 나아가서는 肅宗朝를 中心으로 한 軟文學의 爛熟期를 이루게 하는 데 큰 도움이 되었다.

第三章 〈朴氏傳〉

〈朴氏傳〉의 梗槪

李朝 仁祖 때에 漢陽 安國坊에 사는 李득춘(?)은 吏曹參判 弘文館 副提學으로 名望이 높아, 그 夫人 姜氏와 和樂히 지내지마는, 成婚한지 40年이 되도록 자식이 없어, 李公이 金剛山 明月庵에 들어가, 七日 祈禱를 마치고 오니, 그 달부터 夫人에게 胎氣가 있어, 열 달이 차서, 夫人의 産氣가 급할 때, 仙女가 하늘로 부터 내려와 아기를 받아 씻겨 눕히고

"이 아이는 하늘의 태백성으로 인간에 내려와……이 아기의 배필은 금강산에 있으니, 부디 천정을 어기지 말으소서."

하고, 부인께 고한 후, 어디론지 사라졌다.

이 아기, 곧 李時白이 열 세 살 되던 해, 李公은 江原 監司를 除受하여, 監營에 到任하여 있을 때, 金剛山 속에 사는 朴處士가 李公을 찾아 와, 자기 딸과 時白과 婚姻을 정하자고 하여, 李公은 한 마디에 快諾을 하였다. 그래 그 이듬해에 朴處士의 愛娘과 婚姻하는 날, 첫날밤을 치르러 들어간

時白은 색시를 보니, 天下의 薄色이어서 '키는 거의 칠 척은 되고, 퍼진 허리는 열 아름 되고, 높은 코와 내민 이마며, 둥근 눈망울이 끔찍이 흉하고, 수족이 불인하여, 걸음을 절며, 안색이 먹칠 같고, 두 어깨에 쌍혹이 늘어져 가슴을 덮었으니……'

이 모양이니, 新郎이 新婦방엘 들어가기 싫어하고, 姜氏도 미워하고, 온 집안이 흉을 보므로, 新婦 朴氏는 집 뒤에 避禍堂을 따로 짓고, 혼자 외로운 세월을 보내고 있더니, 원래 學術이 通徹하고, 智謀가 深遠한 朴氏는 하룻밤에 媤父의 朝服을 짓고, 三百金으로 三萬金짜리의 龍馬를 사며, 碧玉으로 만든 硯滴을 郎君에게 주어 科擧에 壯元 及弟하게 하고, 郎君 時白은 平安 監司가 되어 갈 제, 朴氏의 醜貌는 朴處士로 말미암아 하룻밤 사이에 絶代佳人으로 되어, 時白과 琴瑟이 和合하게 되었다. 그 때 胡王은 朝鮮의 李時白과 林慶業 將軍이 있음을 미워해서, 胡王의 公主가 朝鮮에 潛入해서 江原道 原州에 사는 雪中梅란 妓生으로 변해 美人計를 써서 時白을 찾아 와 죽이고자 하였으나, 明見萬里하는 朴氏에게 도리어 道術로써 혼이 나서 本國으로 겨우 살아갔다. 그 후 無道한 胡兵이 侵入하니 御駕는 우선 南漢山으로 幸行하게 되었으나, 胡兵을 막을 길이 없어, 王은 賊將에게 降書를 올리는 恥辱을 보게 되었다. 이때에 朴氏는 道術로써 敵將 龍骨大의 아우를 죽이자, 大怒한 龍骨大가 避禍堂을 엄습하였으나, 크게 敗해 돌아갔다. 그 후 李時白은 丞相이 되어 夫婦는 一世의 榮華를 다하였다.

<朴氏傳>은 作者가 未詳하다. 그리고 李時白의 夫人에게 이러한 숨은 이야기가 있었는지 알 수 없고, 또 全然 없는 것을 架空的으로 捏造한 것인지 알 수 없다. <朴氏傳>에서는 李時白의 丈人이 朴氏로 되어 있는데, 李時白은 尹軫의 사위라 하니, 이 小說의 女主人公인 朴氏와 들어맞지 않는다. 혹은 이와 같은 逸事가 李時白의 妻 尹氏에게나 있었는지? 그도 年代가 맞지 않는다. 仁祖 17年에 金文谷의 夫人 羅氏가 얼굴이 몹시 흉해서, 醮禮하는 날 밤에 文谷이 바로 제 집으로 돌아오고자 한 일은 있었고, 그

夫人 羅氏는 貧民 救濟와 軍糧 調達과 戰傷者 治療 등으로 많은 功績이 있었다고 하는데, 이 羅氏의 行狀에다가 道術을 添加해서 이 小說을 지었나 하는 생각도 들고, 또 그때 漢字小說인 ≪黃岡雜錄≫ <淸風記>에 적혀 있는

漢陽 南山洞에 사는 朴進士가 歲末에 糧食이 떨어져 親舊에게 구걸을 갔다가 갑자기 丙子胡亂을 만나 捕虜가 되어, 淸國 어느 閣老의 종으로 팔려가 舍廊을 쓸어 주고 있었다. 하루는 閣老의 딸이 뒤뜰에 나와 거니는 것을 보고, 불길 같이 일어나는 情慾을 누르지 못해, 相思病이 들어 瀕死 狀態에 이르렀다. 그 때 이 形便을 본 그 집의 首奴가 깊이 이 朴進士의 事情을 딱하게 생각하여, 同情의 손을 내밀어 안채로 들어가는 열쇠를 주었다. 朴進士는 이 열쇠를 얻어 안채로 들어가 娘子의 寢所로 뛰어 들어가 이불을 헤치고 大膽히 情을 請하였다. 일이 이미 여기에까지 이르러 죽기를 決心한 男子의 마음을 막을 길이 없음을 안 娘子는 一夜 深情의 百年 佳緣을 맺게 되었다. 그 후 閣老가 宗廟에 제사를 지내러 간 틈을 엿보아 娘子와 進士는 미리 準備하여 둔 千里馬를 달리어 鴨綠江에 이르러 寶劍을 선물로 주는 首奴와 손을 나눈 후, 朝鮮 옷으로 갈아입고 漢陽 附近에, 道術이 超越한 娘子는 따로 淸風室을 짓고 홀로 살았다.

는 朴進士 夫人의 史蹟을 들어 고친 것이 아닌가도 생각 된다.

<洪吉童傳>은 男性에게 超人間的인 道術을 주었는데, <朴氏傳>에는 女性에게 超人間性을 주었다. 女性의 地位는 社會的으로나 家庭에서나 劣等한 地位에 있던 것을, 여기에서는 女性에게 優位를 주어 李時白은 아무런 活躍이 없고, 朴氏의 獨舞臺가 된 것은 <洪吉童傳>의 洪吉童과 같다. 洪吉童은 한 社會, 한 國家를 改造하려 하였으나, 朴氏는 從來의 儒教的 倫理 觀念에서 벗어나 女性도 男性과 어깨를 나란히 할 수 있다는 것을 보인 것이다.

또 이와 같은 婦女를 主人公으로 한 까닭으로는 당시의 小說을 耽讀하는 層이 男性보다도 女性層에 더 많았으므로 女性들의 好奇心을 이용해서, 才子와 佳人의 良緣을 맺게 한 후에, 여기에 潤色을 더 가해서 道術을 부리는 女性 朴氏를 만든 것이다. 또 丙亂 후의 일반 思潮인 外敵을 막고자 하는 마음, 外敵에 대한 敵愾心 愛國心을 보이는 동시에, 婦女도 針線만 붙잡고 있을 것이 아니라 國家가 危亂에 빠져 있을 때는 마땅히 男女가 一致協力하여 外敵을 막아야 된다는 그러한 義烈에 불타는 당시 婦女들의 精神을 그려낸 것이다.

그런데 이 小說엔 다소의 모순이 있다. 제일 먼저 눈에 띄는 것은 스토리를 진전시키는데 선후가 들어맞지 않는 데가 있다. 李時白과 朴氏의 結婚 日字가 八月 二十日인데 金剛山 중에 있는 그날의 朴處士의 집을 이렇게 修飾하였다.

> ……뜰 앞에 백학은 쌍쌍이 왕래하고 양류 사이에 누른 꾀꼬리는 봄빛을 자랑하니……

이러한 矛盾은 <春香傳>에서도 찾을 수 있다. 당시의 作家가 그저 美文麗句만 羅列하는 버릇에서 오는 失手다. 그리고 위에서도 말한 朴氏의 醜貌를 그린 것도 있을 수 없는 修飾이다. 이제 原文의 일부를 소개하겠다.

原文及 註解

하루는 [1]소저ㅣ [2]정당에 나아가 [3]구고께 문안하고 인하여 부복하여 공에게 여짜오되

"明日 아침에 奴僕을 吩咐하시되, 鍾路 [4]旅閣에 가면 繫馬 數十匹이 있을 터이오니 그 中 [5]비루먹은 말을 잡고, 값을 물으면, 일곱 량을 달라 할 것

이니, 그 말은 들은 체 말고, 돈 三百兩을 주고 사오라 하소서."
공이 놀라 물어 가로되
"현부의 말이 괴이하도다. 말 값이 일곱 량이라 하면서 그다지 厚價를 주고 사오라 하느뇨."
소저ㅣ 대답하여 여짜오되,
"日後에 보시면 自然 아시오리이다."
공은 그러히 여기되, 부인은 冷笑하여 공의 믿음을 웃더라.
이튿날 早朝에 공이 [6]외당에 나와 노복 중 忠僕을 불러, 돈 삼백 량을 주고 분부하되,
"네 종로에 가서 如此如此하라."
하니, 노복이 명을 받들고, 종로 말 여각에 가 본즉, 과연 上典의 분부와 같거늘, [7]馬都尉를 불러 그 중에 비루먹은 말을 가리켜 가로되,
"저 말 값이 얼마뇨."
馬都尉 이르되,
"좋은 말이 無數하거늘 구태여 [8]파리한 말을 사려 하느뇨. 이 말 값은 일곱 량이로다."
충복이 가로되,
"우리 [9]노야ㅣ 분부하시되, 삼백 량을 주고 사 오라 하시니, 이 돈을 받으라."
馬都尉 놀라 가로되,
"이상한 말을 다시 마라. 일곱 량 가는 말을 어찌 삼백 량 重價를 받으리오."
충복이 가로되,
"나는 우리 노야의 분부라 어찌 거역하리요."
하고, 삼백 량을 억지로 주려 하니 馬都尉 가로되
"말 값 일곱 량은 내어 놓고, 그 나머지는 우리 兩人이 分食하고, 가서 삼백 량을 다 주고 산 양으로 고하라."
충복이 그러히 여겨 반씩 나누어 가지고, 말을 끌고 돌아오니 공이 나와 말을 이끌고 후원에 들어가 소저를 불러 보라 하니, 소저 이윽히 보다가 공에게 여짜오되,

"저 말을 도로 내어 주라 하소서."
공이 의아하여 가로되,
"네 말대로 사 왔거늘, 어찌 도로 주라 하느뇨."
소저ㅣ 가로되,
"尊舅께서는 모르시나 소부는 아옵나니, 말 값을 덜 주고 사왔사오니 무엇에 쓰리이까."
공이 놀라 충복더러 꾸짖어 가로되,
"네 말 값을 얼마나 주고 사 왔느냐."
충복이 여짜오되,
"노야의 주신 대로 주고 사 왔나이다."
박씨 그 말을 듣고, 몸을 돌이켜 충복을 꾸짖어 가로되,
"네 아무리 愚昧한 賤人인들 상전 속이기를 能事로 하니, 어찌 통분하지 아니리요. 네 말 값을 다 중도위 놈을 주니, 그 놈의 말이 '말 값 일곱 량만 떼어 놓고, 나머지는 우리 둘이 分食하자' 하니, 네 그 놈의 말에 솔깃하여 나누어 가진 후, 너의 두 놈의 말이 '벼락 치는 하늘도 속인다' 하였으니 나는 속이지 못하리니, 상전 欺罔한 罪는 從此 다스리려니와, 이 길로 급히 나아가 너의 分食한 돈을 말 장사를 주고 오되, 만일 지체하면 너의 목숨을 保全하지 못하리라."
충복이 惶怯하여 땅에 엎디어 만만 謝罪하고, 급히 말 여각에 가 마도위를 보고 꾸짖어 가로되,
"이 몹쓸 놈아, 너의 말을 곧이 듣고, 말을 끌고 갔더니, 하마터면 상전께 重罪를 지을 뻔하였다."
하고, 말 값을 收合하여 말 임자를 찾아 [10]事機를 말하고, 삼백 량을 억지로 주고 돌아와, 소저께 緣由를 고하여 가로되,
"인제는 다 주고 왔나이다."
소저ㅣ 가로되,
"아직 물러 있으라."
하고, 공께 여짜오되
"그 말을 하루에 참깨 한 되와, 청정미 오 홉씩으로 죽을 쑤어 삼 년을 먹이고, 이 초당 앞뜰의 찬 이슬을 맞히어 버려두었다가 쓸 곳이 있나

이다."

공이 [11]흔연히 허락하고 그 말대로 먹이며 삼 년을 버려두었더니, 하루는 소저ㅣ 정당에 나아가 구고께 문안하니 부인은 박씨의 용모가 보기 싫어 [12]蛾眉를 찡기고, 공은 웃는 낯빛으로 대하여 가로되,

"현부ㅣ 무삼 말을 하고자 하여 왔느뇨."

소저ㅣ 여짜오되,

"某月 某日에 明나라 皇帝 돌안간 通訃 勅使ㅣ 올 것이니, 心腹 奴子를 분부하사, 명일 食前에 그 말을 끌고 南大門 옆에 세워 두면, 牌文 가지고 오는 勅使ㅣ 이 말을 보고, 값을 물을 것이니, 말 값이 三萬 八千 兩이라 하면 그 칙사ㅣ 그 수효대로 다 주고 살 터이니 말 값을 받아 오라 하소서."

공이 소저의 말을 신기히 여겨 흔연히 허락하고, 그 이튿날 심복하는 奴子 元三을 불러 분부하되,

"네 이 말을 이끌고 남대문 안에 가 있으면 명나라 칙사ㅣ 여차여차히 물을 것이니, 말 값이 삼만 팔천 량이라 하면, 묻지 않고 다 주리니 주는 대로 받아 오라."

원삼이 命을 듣고 즉시 말을 이끌고 남대문 안에 가 있더니, 과연 칙사ㅣ 들어오다가 그 말을 보고 [13]通事를 시켜 묻거늘 그대로 말하였더니, 다시 묻지 아니하고 말 값을 다 주거늘 받아 가지고 돌아와 공께 고한대, 공이 기이히 여겨, 후원에 들어가 소저더러, 말 값 받아 옴을 말하여 가로되,

"그 말 값이 어이 그리 많으뇨."

소저ㅣ 여짜오되,

"그 말이 千里 駿驄이라 조선서는 알아 볼 이 없거니와, 明國은 地方이 넓삽고 未久에 쓸 데 있는 고로, 칙사는 神明한 사람이라 알아보고 三萬餘金 중가를 아끼지 아니하고 사 갔사오나, 조선은 지방이 좁사와 쓸 곳이 없나이다."

공이 歎服하여 가로되,

"너는 비록 여자이나, 신명함이 이러하니, 만일 男子로 태어났던들, 國家 棟樑이 되어 有益함이 많으리로다."

하더라.

註解 1. 소저(少姐) : 아가씨. 색시. 2. 정당(正當) : 대청. 3. 구고(舅姑) : 媤父母. 4. 旅閣 : 곡식, 약종, 생선들의 賣買를 거간하고, 또 굴건의 임자를 묵게 하는 영업. 5. 비루먹다 : 말이나 개가 皮膚病에 걸리다. 6. 외당(外堂) : 바깥채. 7. 馬都尉 : 말 賣買하는 伸价人. 居間. 8. 파리한 : 몸이 살이 적은. 여윈. 말라빠진. 9. 노야(老爺) : 늙은이. 늙은 主人. 10. 事機 : 事件의 중요한 곳. 11. 흔연(欣然)히 : 기쁘게. 12. 蛾眉 : 눈썹. 13. 通事 : 通辯하는 사람.

이 小說을 통해서 肅宗朝 이후에는 小說文學이 婦女層에까지 일반화하여 진 것을 알 수 있다. 女性을 主人公으로 한 小說로는 <朴氏傳> 이외에 <女將軍傳>이 또한 널리 愛讀되었다. 이것도 女子의 몸으로 戰場에 나아가 勇敢히 싸운, 그런 女性 固有의 義烈心을 그리어 낸 作品이다.

그러나 <朴氏傳>도 일종의 怪奇小說이다. 巷間에 돌아다니는 怪奇한 이야기를 作品化한 것이다. 이러한 類로는 <唐太宗傳>이 있는데, 數年 전에 죽었던 사람의 魂이 다시 이 세상에 살아 나오는데, 그 魂이 의지할 肉體가 없었다. 그때 마침 壽命이 盡해 죽는 어떤 사람의 몸에 의지하여 還生하는 이야기다. 이러한 怪奇한 것이 小說로는 아무 價値가 없는 것이지마는 古代小說엔 이러한 怪奇한 要素를 表現 樣式으로 썼던 모양이다.

이러한 怪奇的 小說은 위에 든 이외에도 또 있으니, <諸馬武傳>과 <金圓傳>이 있다. 이제 <金圓傳>의 梗槪를 적으면 이러하다.

〈金圓傳〉

金圓은 낳자마자 수박과 같이 둥굴둥굴하였다. 그러나 난 지 十年이 되었을 때 仙官이 내려와, 幕을 벗겨 주니 훌륭한 奇男子가 되었다. 그 때부터 父母는 즐거워하고, 金圓은 山中에 들어가 武藝를 배우고 있었는데, 하루는 머리가 아홉 달린 怪獸가 등에 세 女子를 업고 지나가는 것을 보았다. 그는 奇異한 생각도 들고, 그 女子들이 불쌍해서, 怪獸를 치고자 하였으나, 도저히 이길 수가 없었다. 그랬더니 그 怪獸가 하는 말이, 나는 山속에서 數億萬年을 살고 있는 오랜 아귀라 하는 것인데, 세상에서 나를 能히 이길 者는 없다. 지금 막 皇帝로부터 세 공주를 뺏어 가는 길이니, 나에게 對抗하지 말고 그냥 돌아가라고 하였다. 金圓은 더욱 奇異한 생각이 들어서, 그 뒤를 따라 數百里를 갔더니, 그 怪獸는 큰 巖穴 속으로 들어가 버리고 말았다.

그 때 皇帝는 怪獸에게 세 公主를 뺏긴 후부터는 몹시 悲觀한 끝에 드디어 그 怪獸를 征伐할 勇士를 天下에 구하였다. 이를 들은 金圓은 自進하여 皇帝에게 나아가니, 皇帝는 크게 기뻐하며, 그를 곧 元帥를 삼고, 또 姜문초로 副元帥를 삼아 怪獸를 征伐하게 하였다.

그리하여 元帥는 곧 巖穴이 있는 곳으로 가, 山川에 祭를 지내고, 큰 둥구리를 만들어 줄을 매어서, 이 줄 끝에 달린 방울이 울리거든 잡아당겨 올리라고 副元帥에 게 일러 놓고, 둥구리를 타고 굴속으로 들어갔다. 며칠 동안을 들어가니, 廣漠한 平野가 열리며 큰 門이 하나 있는데, 도저히 그것을 열 수가 없었다. 그랬더니 마침 한 石棺이 있어, 그 속에서 武器와 三冊의 神書를 얻고, 또 흠미扉니 저미扉니 하는 魔術扇을 얻어 가지고 그 문을 열고 들어가게 되었다. 그리하여 점점 깊이 들어가다가, 피 묻은 手巾을 가지고 祈禱를 하고 있는 女子를 만나게 되었는데, 바로 그 女子가 세 公主 中의 하나였다. 그리하여 元帥는 公主와 相議하여 가지고 怪獸가 자는 틈을 타서, 목을 잘라 죽이고, 그 속에 監禁되어 있던 남은 公主와 또 여러 侍女를 구해 가지고, 둥구리에 넣어 줄을 흔들어 巖穴 밖으로 내어 보냈다. 이 때 姜문초는 별안간 나쁜 마음이 들고, 慾心이 나서, 다음 둥구리를 내려 보내 주지 않았을 뿐만 아니라 구덩조차 메우고 달아나고 말았다.

金圓은 타고 올라갈 둥구리가 내려오지 않아, 姜에게 속은 줄을 비로소 알고, 할 수 없이 그 穴內를 探險을 해 보았더니, 참으로 굉장히 넓은데, 어느 한 곳에 이르렀더니, 한 童子가 나무 위에 얽매어 있어서, 그를 구해 주었더니, 그 童子인즉 바로 龍王의 아들이어서 그와 함께 다음은 龍宮으로 갔다. 龍王은 크게 반겨하며, 龍女와 結婚시키고, 후에 龍女와 함께 本家로 돌려보내 주었다. 돌아올 적에 龍王으로부터 硯滴을 하나 얻었는데,

그 硯滴은 무엇이든지 요구하는 대로 나오게 하는 寶物이었다.

그러나 돌아오는 途中 旅館에 들었다가 그만 그 寶物은 主人에게 盜賊을 맞고, 金圓은 主人에게 죽고 말았다. 龍女는 그때 간신히 逃亡하여 皇帝에게 일러, 그 旅館 主人놈을 잡고, 죽었던 金圓에게는 更生의 藥을 먹이어 다시 살아나게 하였다. 그리하여 金圓이 皇帝를 뵈오니, 皇帝는 크게 반겨 公主와 結婚 시키고, 龍女를 公主로 삼게 되어 金圓 一家는 크게 繁盛하다가 후에 金圓과 龍女도 仙人이 되었다.

第四章 西浦 金萬重과 〈九雲夢〉

仁祖와 孝宗의 兩朝는 文藝의 黎明期이었으나, 肅宗朝에 들어와서는 燦爛한 文藝의 黃金時代를 이루었다. 許筠이 <洪吉童傳>을 지은 후에는 아직 大作家는 없어서, 丙亂을 치르고 나서는, 軍談이 盛行되는 동시에 淸의 人情小說, 花柳小說, 艶情小說 등이 많이 愛讀되고 있었고, 한글文學이 점점 發達되어 오다가, 肅宗朝에 이르러서는 國民文學의 위대한 先驅者요, 開拓者인 大作家 西浦 金萬重이 세상에 나타나게 되었다. 이리하여 肅宗朝의 文藝의 隆盛은 金萬重을 中心삼고 일어난 文藝 運動에 말미암은 바 크다.

金萬重(西紀 1637~1692)의 字는 重叔, 號는 西浦요, 光山 金氏의 巨族으로 태어났으니, 忠烈公 金益謙의 아들이며, 瑞石 金萬基의 아우다. 遺腹子로 태어나 父面을 對하지 못했음을 平生 두고 哀痛이 여겼으나, 慈母 尹氏는 古今에 드물게 보는 賢夫人으로, 가난한 살림살이에서도, 子息들의 工夫를 위해서는, 書冊을 보면 값을 묻지 않고, 織造하던 中軸을 뚝 끊어서라도 사 주기도 하였으며, 隣近에 있는 書冊을 손수 謄寫해서 두 兄弟를 가르쳤다고 한다. 그뿐만이 아니라 日課를 定해 嚴重히 勉學을 督勵하여 ≪小學≫,

≪十八史略≫, ≪唐詩≫ 같은 것을 모두 家庭에서 가르쳤다고 한다. 그리하여 西浦도 慈母에 대한 尊敬과 孝養의 精誠이 극진하여, 매양 古史 異書와 稗官雜記를 밤낮으로 이야기해 드리었을 뿐 아니라, 후에 벼슬해서 朝廷에 나아가 公務가 多端할 적에도 定省을 궐한 적이 없었다고 한다. 顯宗朝에 이르러 登科하여 벼슬이 大提學 判書에 이르렀다.

그는 胡亂이 채 끝나기 전에 났으므로, 당시에는 國家 多事하고 世道가 紛紜하며, 거기에다가 色黨의 軋轢은 深刻化하여 思想의 潮流는 昏頓 狀態에 빠져 있었다. 奸邪가 朝廷에서 時勢를 따라 橫行하여 政界에서 失勢한 學者는 山林에 파묻히게 되고, 날로 國政은 어수선하여 가서, 政客의 生活은 安定性을 잃게 되었다. 이러한 社會的 環境에서 자라난 西浦가 政治家로 立身하게 된 것도 자연이라 아니할 수 없다. 그리하여 그는 肅宗 時代에 한참 激化한 黨派싸움에 西人의 重鎭으로 指目되어, 肅宗이 閔后 곧 仁顯王后를 廢하여 感古堂으로 내쫓고, 張禧嬪을 세워 王妃로 冊封하려는 데 반대하다가, 南海로 追放되어 竄謫 生活 四年 만에 憂愁에 찬 가슴을 그대로 부둥켜안고 謫所에서 不歸의 客이 되고 말았으니, 그 때가 肅宗 18年 壬申이었다. 諡 文孝. 그의 政治的 生活은 風雲과 波瀾이 거듭되는 生活에 與黨의 失敗로 多年 謫所에서 呻吟을 하면서, 갖은 苦楚를 쓰라리게 體驗하였다. 多情多恨한 그러한 經驗에서 西浦는 時事를 慷慨하면서 創作에 손을 대게 되었다. 그리하여 丙浦의 從孫인 金天澤은 자기가 지은 散藁 ≪北軒雜說≫에서

서포는 속언(한글)으로 소설을 지은 것이 자못 많았다.137)

137) "西浦頗多以俗諺爲小說" ≪북헌잡설(北軒雜說)≫

라 한 것을 보면, 한글로 小說을 많이 지었는데 그 중에 오늘날까지 확실히 그의 作品인 줄로 알고 있는 것으로는 <九雲夢>과 <謝氏南征記>가 있다. 西浦는 朝鮮에서 드물게 보는 小說家다. 그는 그의 遺著 ≪西浦漫筆≫에서 宋人 小說을 말하고

> ≪東坡志林≫에 말하였으되, 閭巷에 說書家가 있어서 三國事를 말할새 玄德이 졌다고 하면 눈물을 흘리는 者 있으며, 曹操가 敗했다고 하면 痛快雀躍하나니 이것이 <羅氏衍義>의 權輿인지 알 수 없다. 인제 陳壽 <三國志>와 <溫公通鑑>같은 것으로는 泣涕할 者 없으니, 이것이 通俗小說을 쓰는 理由라.

한 것을 보면, 그는 小說에 대하여 造詣가 깊고, 또 小說에 대하여 一家見을 갖고 있었음을 알 수 있을 뿐만 아니라, 그는 文藝의 價値와 그 大衆的 効果를 명백히 말한 것을 알 수 있다. 곧 西浦는 文學의 人間 生活에 있어서의 필요성을 명확히 認識하고 있었다. 당시의 學者들이 小說이라면 덮어놓고 排斥하던 데 比하면 雲泥의 差가 있다 할 수 있다. 또는 참으로 朝鮮文學을 理解하는 사람이어서 朝鮮文學은 마땅히 한글로 써야 된다고 외쳤다. 그는 ≪西浦漫筆≫에서 ≪松江歌辭≫를 批評해서

> 우리나라의 시문은 우리말을 버리고 남의 나라 말을 배우고자 하는데, 설령 서로 십분 비슷하다 하더라도 다만 앵무새가 사람의 말을 하는 것일 뿐이니, 마을의 나무꾼 아이와 물 긷는 아낙네들이 홍얼거려 서로 화답하는 소리가 비록 비루하고 속되다고 하나, 만약 참과 거짓을 함께 논한다면 진실로 사대부들의 이른바 시부 따위와는 결코 같이 말할 수 없다.[138)]

138) "我國詩文 捨其言而 學他國之言 設令十分相似 只是鸚鵡之人言 而閭巷間樵童汲婦咿啞而相和

이라 하였으니, 그 民族의 文字로써 그 民族의 文化, 특히 文學 作品을 써야 된다는 가장 自覺한 國語 尊重論을 말하였다. 다시 말하면 그는 우리말의 價値에 대한 確乎한 見解를 가졌던 것이다. 그리하여 松江의 詩作을 더없이 愛好해서, 西浦의 從孫인 北軒 金春澤의 ≪北軒雜說≫에 보면

> 우리 西浦翁이 일찍 그 詞(≪松江歌辭≫)를 別冊에 謄寫하여 두고서 書名을 諺騷라 稱하였다.

고 하였다. 西浦는 한 民族으로서 自覺한 바가 있고, 國民文學과 그 民族의 言語와의 관계 다시 말하면 國民文學으로서의 特質을 깨달았던 것을 알 수가 있다.

西浦는 우리말로 많은 小說을 創作했다고 하나, 그 作品으로는 <九雲夢>과 <謝氏南征記>가 남아 있을 뿐이다. 다 우리 글로 된 作品이다. 그런데 漢文本으로 된 <九雲夢>과 <謝氏南征記>는 西浦의 從孫 金春澤이 漢文으로 飜譯한 것이다. 西浦의 두 作品을 읽어 보면 알겠지만 作品으로서의 構成으로서나 文體로 볼지라도 조금도 소홀한 데가 없다.

〈九雲夢〉의 梗概

衡山에 衛夫人이 仙童 玉女를 데리고 鎭山하여 있고, 여기에 六觀大師가 西域으로부터 와서 草庵을 지어 놓고 說法을 하니, 洞庭 龍王조차 法席에 來參하였다. 하루는 大師가 龍王에 回謝次로 그 弟子 性眞을 洞庭 水府에 보냈더니, 때마침 衛夫人은 또 八仙女를 大師에게 보내어 花果를 撃進하였다. 그리하여 이들 使者가 각기 그 職責을 다하고 돌아가는 便인데, 우연히도 途中 石橋 上에서 서로 만나게 되어, 柔軟한 情으로 한 번 戲弄함이

者 雖曰鄙俚 若論共眞贗 則固不可與學士大夫 所謂詞詩賦者 同日而論" ≪서포만필(西浦漫筆)≫

없지 않을 수 없었다. 그러나 그것이 罪가 되어, 그들은 드디어 閻王에 抑送되어 각각 人間에 내친 바가 되고 말았다. 여기에 性眞은 楊少游로, 八仙女는 각각 華州 秦彩鳳, 洛陽 名妓 桂蟾月, 江北 名妓 狄驚鴻, 京師 鄭小姐와 및 그의 侍婢 春雲, 皇妹 蘭陽公主, 吐蕃 刺客 沈裊煙, 龍女 白淩波로 人間으로 還生하였고, 楊少游는 少年 壯元 及第로 立身 揚名하고 八夫人을 또한 차례로 만나 一家和樂하니 富貴 功名이 一世에 震動하였으며, 人間 享樂을 마음껏 누리었다. 그러다가 하루는 九人이 한데 모여 人生의 虛無함을 論하고 장차 佛道로써 永生을 구하려 하였더니 때마침 胡僧의 來訪함이 있어, 서로 주고받는 말 가운데 楊少游 大悟하여 이 人間 輪廻의 꿈을 깨고, 지금 大師의 앞에 서있음을 깨달았다. 그리하여 前非를 謝하고 悟覺을 빌었더니, 그 때 또한 八仙女가 다 같이 와서 大師에게 明教를 特垂하기를 빌었다. 여기에 大師 그들을 위하여 講說 經文하니 性眞과 八尼姑가 모두 本性을 頓悟하여 寂滅의 道를 大得하고 후에 極樂 世界에 돌아갔다 한다. 옛날의 八仙女가 되어 極樂 世界로 돌아갔다.

위에서 말한 바와 같이 西浦는 賢母의 사랑과 指導 속에서 特殊한 訓育을 받고 자라나서, 西浦의 心情에는 恩義를 느끼는 奉養의 마음이 절로 커져서 孝誠이 남달리 지극하였다고 한다. 그런데 ≪五洲衍文長箋散稿≫를 보면

민간에 유행하는 것은 다만 <구운몽>뿐이다.(서포 김만중이 지은 것으로 자못 뜻이 담겨 있다.) 세상에는 서포가 귀양갈 때 대부인이 한가로움을 잊도록 하기 위해 하룻밤 사이에 지었다고 전한다.[139]

---

139) "閭巷間流行者 只有九雲夢 西沛金萬重所撰 稍有意義 世傳西浦竄荒時 爲大夫人破閑 一夜製之" (≪오주연문장전산고(五洲衍文長箋散稿)≫ <소설변증설(小說辨證說)>. "閭巷間流行者 只有九雲夢(西浦金萬重所撰 稍有意義) 南征記(北軒金春澤所著) 世傳西浦竄荒時 爲大夫人銷愁 一夜製之")

라 하였고, 또 ≪松泉筆談≫을 보면

> 패설에 <구운몽>이 있는데 서포가 지은 것이다. 그 내용은 공명과 부귀가 하룻밤 꿈으로 돌아가는 것인데, 요컨대 대부인의 근심을 풀어주고 위로하기 위함이었다.[140]

라 한 것들을 綜合하여 생각해 보면, 西浦가 肅宗 15年엔 그는 벌써 53세이었는데, 그 때 그가 南海로 竄謫되어서 謫所에서 母夫人이 病患이 계시어서 이를 慰勞해 드리려고, 하룻밤 사이에 <九雲夢>을 지어 보내 드렸다고 한다. 확실히 알 수 없으나, 그가 中國 使臣으로 갔다가, 中國小說을 사오라는 母親의 부탁을 깜빡 잊어버리고 그대로 歸國하여 하룻밤 사이에 이것을 지어 바치었다는 설도 있으나, 孝誠이 至極한 西浦가 母夫人의 부탁을 잊을 까닭이 없겠으므로, 이는 믿을 수 없다.

<九雲夢>은 요컨대 ≪松泉筆譚≫에서 말한 바와 같이 人間의 富貴, 榮華, 功名은 一場春夢에 歸한다는 뜻의 小說이다.

위에서 말한 梗概만 보더라도 알겠지만 東洋의 代表的인 宗教-儒數, 佛教, 道教의 思想이 교묘히 配合되어, 儒教의 忠心을 내세운 現實主義와, 佛教의 世俗的인 富貴 榮華를 부정하는 隱遁 思想과, 道教의 享樂主義가 渾然히 一致된 小說이다. 다시 말하면 <九雲夢>은 東洋人의 理想이 文學的으로 잘 描寫되어 있는 小說이다. 그리하여 과거 30年 동안이나 朝鮮에 와 있던 J.S. Gale 박사는 <九雲夢>을 『The Cloud Dream of the nine』이라는 책 이름으로 고치어서 飜譯하여 유럽에까지 소개하였는데 그는 序文에서

140) "稗有九雲夢者 卽西浦所作 大旨以功名富貴歸之於一場春夢 要以慰釋大夫人憂思" ≪송천필담(松泉筆談)≫

"讀者는 이 책을 끝까지 재미있게 보려면 西洋의 道德觀念을 떠나야 한다."

고 한 것도 <九雲夢>이 徹頭徹尾 東洋 思想으로 일관되어 있는 까닭이다.

우리는 또 <九雲夢>에서 이러한 점들을 엿볼 수 있다. 과거 朝鮮人의 精神 生活을, 특히 信仰 生活을 적나라하게 조금도 가림 없이 그리어냈다. 또는 과거의 階級 社會의 全面을 환하게 들여다볼 수 있도록 그리었고, 과거의 封建主義의 矛盾을 들추어냈으니, 그들 八仙女의 女權은 여지없이 짓밟혀, 楊少游 앞에서 家畜과 같은 待遇를 받으면서도, 도리어 그를 滿足하게 여겼던 것이다. 또 이 作品에서 과거의 一夫多妻主義의 社會 組織을 여실히 보이고 있으니, 主人公인 才士型의 楊少游는 風流라는 口實 밑에서 放蕩한 生活을 하여, 道學者로 하여금 눈살을 찌푸리게 할 만한 作品이다. 이렇게 <九雲夢>은 作者 自身이 道學者이면서도 一絲不亂한 構成과 簡潔한 文體로 倫理 道德의 엄격한 拘束에서 벗어나, 人間 본래의 欲望-그 중에서도 男性의 女性에 대한 欲望을 숨김없이 表現하고 있다. 地上에다가 天上의 仙境을 存在하게 한 架空的 小說이라기보다 사람의 본래의 希望인 來世的 樂園을 現實上에서 그리어 본 것이다.

요컨대 <九雲夢>은 東洋的인 中世紀 生活 樣相을 여실히 表現한 作品이다. 一夫多妻主義의 교묘한 合理化-儒, 佛, 仙 三教의 渾然한 一致境, 그리고 그들의 樂天的인 人生 享樂 思想-이런 것들이 조금도 구김살 하나 없이 描寫되어 있다.

朝鮮에 <九雲夢>과 같은 夢字小說이 勃興하게 된 것은, 清朝의 乾隆年中(西紀 1765年頃)에 曹雪芹이 지었다고 하는 人情과 風俗을 그린 <紅樓夢>(一名 <石頭記> 혹은 <金陵十二釵>)에서 淵源이 되었다. <紅樓夢>은 榮國과 寧國의 盛衰를 經으로 하고 榮國府의 貴公子 賈寶王과 薛寶釵, 林黛玉 등 十二

美人과의 情事를 緯로 한 小說로 中國의 夢字小說類의 鼻祖가 되었다. 그 후 다수의 模倣作이 쏟아져 나와 <紅樓夢補>, <續紅樓夢>, <紅樓夢圖>, <後紅樓夢>, <紅樓夢譜>, <紅樓夢圖詠>, <紅樓夢散套>, <青樓夢>, <紅樓幻夢>, <紅樓增夢> 등이 세상에 나와 淸朝에는 夢字小說의 沙汰時代를 이루게 되어 朝鮮도 자연 여기에 영향을 받아 <九雲夢>이 나왔으니, <九雲夢>은 朝鮮의 夢字小說의 鼻祖가 되었던 것이다. 그리하여 <九雲夢>을 始祖로 하고, 中國의 夢字小說을 飜案한 作品이 나와, 英正時代까지 流行되어, <玉麟夢>, <玉蓮夢>, <玉樓夢> 등의 著作이 輩出되었다. 그러나 이들 셋은 漢字小說로 作者가 未詳한 作品들이다.[141]

그 중에서 <玉樓夢>이 가장 有名한 것으로, 지금까지도 耽讀되고 있는 小說인데, 作者에 대하여서도 일정하지 않아, 南益薰의 作이라고도 하고, 洪進士 某의 作이라고도 하는데, 만일 南益薰의 作이라면 그의 生存時는 顯肅間이었으므로, <九雲夢>과 같은 年代에 되었을 것이다. <玉樓夢>은 漢文으로 되어 있지마는 한글로 된 <九雲夢>보다는 그 體裁나 構成에 있어서 훨씬 凌駕하는 점이 있다. <玉樓夢>은 夢字小說을 集大成한 느낌을 주며 楊昌曲을 에워싸고 도는 江南紅, 碧城仙, 一枝蓮 등의 魅力은 <九雲夢>의 狄驚鴻, 桂蟾月의 類가 아니다. 女性 描寫에 成功한 作品이고, <九雲夢>은 八仙女를 꾸미어 놓았는데, <玉樓夢>은 前記한 三仙女 外에 尹夫人, 黃夫人을 가해서 五仙女로 되어 있다. 六十四回로 된 章回小說이다.

이외에 '夢遊錄'이란 책도 나오게 되었으니, <金仙寺夢遊錄>과 <泗水夢遊錄>이 그것이다. 李朝 五百年間은 表面的으로는 儒教 더구나 朱子學派가 官學의 名을 任意로 하여 그 勢力은 壓倒的이었다. 그러나 民衆 사이에

---

141) <옥루몽(玉樓夢)>과 <옥련몽(玉蓮夢)>은 같은 작품으로 19세기에 남영로(南永魯)가 지었다. <옥린몽>은 이정작(李庭綽)의 작품이다.

는 엄격한 儒教보다도 華麗한 佛教나 道教가 不絕不滅의 潛在力을 가지고 隱然히 그 勢力과 生命을 維持하고 있었다. 이러한 現實 속에서 佛教와 道教의 徹底한 撲滅을 最大 目標로 지은 것이 <泗水夢遊錄>이다. <泗水夢遊錄>이나 <金山寺夢遊錄>은 다한 儒生이 登天해서 孔子의 素王國의 耀耀한 승리를 보고 기록한, 朝鮮 儒者의 '理想鄕'을 그리어 낸 것이다. 佛教에서는 極樂世界, 基督教에서는 天堂을 내세워, 이 教徒들의 燦爛한 希望의 '理想鄕'이지마는, 儒教에서는 孔子의 怪力亂神을 말하지 말라는 教理에 抵觸됨이었든지, 이렇다 할 '理想鄕'이 있어 보이지 않는다. 擊壤歌를 부르던 堯舜時代의 나라가 다소 '理想鄕'的 色彩를 띠고 있기는 하지마는 이를 '理想鄕'이라고 하기에는 너무나 소박하다.

그러나 우리는 이 <泗水夢遊錄>에서 비로소 다른 宗教에서 지지 않는 '理想鄕'을 볼 수 있다. 이 '理想鄕'은 時間과 空間을 超越하여, 古今 諸賢이 總動員되고 楊迦와 老子와 釋墨과 그리고 老 釋 聯合軍과 싸워 孔子의 軍이 百戰百勝한다. 그리하여 儒者의 凱歌가 半空을 震動한다. 이렇게 <泗水夢遊錄>는 宗教的 意義를 갖고 있는데 <金山寺夢遊錄>은 製作한 動機가 달라 霸道에 대한 王道의 讚揚을 그린 政治的인 意義를 갖고 있다. <泗水夢遊錄>나 <金山寺夢遊錄>가 다 製作 年代나 作者가 未詳하다. 原文은 순수한 한글로 적혀 있는데 中國 古代의 人名과, 《詩傳》, 《論語》에서 인용한 것이 많아서 우리로서는 알기 힘들다. 그런데 朝鮮 古語를 研究하는 데 좋은 자료를 얻을 수 있는 參考書가 된다.

이상으로써 <九雲夢> 이후의 作品 傾向을 마치기로 하고, 여기에서는 楊生이 科擧를 보러 洛陽에 갔다가 우연한 機會에 詩로써 名妓 桂蟾月과 情을 通하게 되는 場面의 原文을 뽑겠다. 原文은 한글로 되어 있으나 適當히 漢文을 섞어 쓰겠다.

原文及 註解

楊生이 暫間 醉한 눈을 들어 妓生을 보니 二十餘人이 각기 재조가 있으되, 오직 한 妓生이 端正히 앉아, [1]풍류도 아니 하고, 接語도 아니하는데, 맑은 容貌와 고운 態度 실로 天下一色이라, 生이 心身이 散亂하여 스스로 巡盃를 잊으며, 그 美人이 또한 楊生을 바라보고, 가만히 秋波로 情을 보내더라.

楊生이 또 자세히 보니, 여러 幅 詩箋이 그 앞에 쌓였거늘 諸生을 향하여 이르되,

"저 詩篇은 必然 諸兄의 아름다운 글이리니, 可히 한 번 구경하리이까."

諸生이 미처 對答하기 前에, 美人이 문득 일어나 詩篇을 가져 楊生 앞에 놓거늘, 生이 낱낱이 본즉 모두 十餘장 글이 그 중에 優劣은 있으나, 모두 平平하여 驚語佳句가 없는지라. 生이 속으로 이르되, "내 일찍 들으니 洛陽에 才士가 많다 하더니 일로 본즉 虛言이로다." 이에 詩箋을 美人 앞에 도로 보내고, 諸生을 향하여 읍하며 이르되,

"楚따 사람이 上國 글을 보지 못하였더니, 이제 다행히 諸兄의 珠玉을 구경하니 [2]胸襟이 열리고 眼目이 높아지나이다."

이 때 諸生이 大醉한지라, [3]흔흔히 서로 이르되,

"楊兄이 다만 글句의 妙함만 알고, 이 外의 妙함은 아지 못하였도다."

楊生이 이르되,

"小弟 諸兄의 [4]愛眷하심을 입어, 疑心 없는 벗이 되었는지라. 이 外의 妙함을 어찌 말하지 않느뇨."

王生이 크게 웃고 이르되,

"兄에게 말하기 무엇이 어려우리요. 우리 洛陽은 본래 人才가 많다 일컫는 고로 전부터 科擧에 洛陽 사람이 壯元을 못하면 [5]探花郎이 되는지라, 우리 여러 사람이 다 글자에 헛된 이름을 얻었으나, 스스로 그 優劣과 高下를 定하지 못하더니, 이제 저 娘子의 姓은 桂요 名은 蟾月이라, 姿色과 歌舞가 [6]東京에 第一일뿐 아니라, 古今 詩文을 無不通知하고, 글의 優劣 아는 것이 더욱 신통한 고로, 洛陽 모든 선비 글 지어 물은즉, 評論과 立落이 [7]如合符節하여 [8]一毫 差錯이 없으니, 이런 고로 우리가 지은 글을 桂娘에게 보내어, 그 눈에 드는 것을 歌曲에 넣고, 풍류에 올려, 그 高下를 定

하며, 또 桂娘의 姓名이 달 속에 桂樹를 應하였으니, 이번 科擧에 壯元할 吉兆가 실로 이에 있나니, 이 일이 어찌 妙하지 아니하뇨."

또 杜生이란 자 있어 이르되,

"이 위에 別妙하고 또 奇妙한 일이 있으니, 모든 글 중에 그 한 首를 가려, 桂娘이 노래하면, 그 글 지은 사람이 오늘 밤에 꽃다운 因緣을 桂娘으로 더불어 맺고, 우리는 致賀하는 손이 되리니, 이 어찌 絶妙한 일이 아니리요. 楊兄도 또한 男子이라 一般 [9]興致가 없지 아니리니, 또한 글 한 首를 지어 우리로 더불어 高下를 다툼이 좋을까 하노라."

楊生이 이르되,

"諸兄이 글 지은 지 已久하니, 아지 못게라 桂娘이 이미 어떤 사람의 글을 노래하였나뇨."

王生이 對答하되,

"佳娘이 오히려 맑은 소리를 아껴 앵도 입술을 오래 닫고 皓齒를 열지 아니하여, 맑은 노래 한 곡조 오히려 우리 귀에 들어오지 아니하였노라."

楊生이 이르되,

"小弟 일찍 楚따에 있어 비록 글句나 지었으나, 곧 판 밖 사람이니, 諸兄으로 더불어 재조를 比較함이 未安하도다."

王生이 외쳐 이르되,

"楊兄의 容貌 女子보다 아름다우니 丈夫의 뜻이 없으랴. 그대 실로 글 재조 없나뇨. 어찌 부질없이 고집하여 겸손하나뇨."

楊生이 비록 外樣으로 사양하였으나, 桂娘을 한 번 보매 豪蕩한 情을 制御할 길 없는지라, 그 곁에 빈(空) 詩箋이 있는 것을 보고, 한 幅을 뽑아 一筆揮之하여, 글 세 首를 지으니, 그 形勢 順風 만난 배가 바다에서 달아나고, 목마른 말이 냇물로 닫는 듯하니, 諸生이 모두 놀라 失色하더라.

楊生이 붓을 座上에 던지고 이르되,

"마땅히 諸兄에게 가르침을 청할 것이로되, 오늘 試官은 桂娘이니, 글장 드리는 시간이 혹 늦을까 두렵도다."

하고, 곧 그 詩箋을 桂娘에게 보내니, 그 글에 하였으되,

(지은 노래는 略함).

蟾月이 샛별 같은 눈을 잠간 들어 한 번 보니, 거문고 줄을 한 번 튀기

며 맑은 노래가 스스로 흘러 나와, 鶴이 [10]青田에 울고, 鳳이 [11]丹丘에 우는 듯, 피리는 소리를 뺏기고, 비파는 곡조를 잃으니, 滿座 모두 혼을 잃고 얼굴빛을 고치더라.

註解 1. 풍류(風洸) : 歌舞音曲. 2. 胸襟 : 마음속에 품은 생각. 3. 혼혼(昏昏)히 : 정신이 혼미해져서. 4. 愛眷 : 사랑해 돌보아 주는 것. 5. 探花郎 : 甲科(科擧의 區別)에서 셋째로 及第한 사람. 6. 東京 : ≪辭源≫에 "東京…漢時洛陽之稱也" 7. 如合符節 : 꼭꼭 들어맞는다는 뜻. 8. 一毫差錯 : 털끝만한 틀림. 9. 興致 : 興味가 이는 마음. 10. 青田 : ≪辭源≫에 "青田…山名 在浙江青田縣治西北 舊產鶴" 11. 丹丘 : 神仙이 사는 곳을 말함.

第五章 家庭小說 〈謝氏南征記〉

〈謝氏南征記〉의 梗概

明나라 嘉靖年間(中宗 17年~明宗 21年, 1522~1566)이다. 順天府 劉翰林의 正室 謝氏는 淑德과 才學을 兼備한 사람이었는데 劉氏 家門에 出嫁한 지 九年이 되도록 子女가 없어서, 후일 祖上의 香火를 받들지 못하게 될까 두려워하여, 男便 翰林을 勸하여 妾 喬氏를 맞아들이게 하였다. 그런데 喬氏는 본시 凶淫한 女子라, 門客을 私置하고, 공연히 妬忌하는 마음이 생겨서 가만히 謝氏를 害하려고 여러 가지로 男便에게 讒毁하였다. 어리석은 翰林은 그만 喬氏의 말을 곧이 듣고 謝氏를 내쫓으니, 謝氏는 하는 수 없이 쫓겨 나와 南으로 끝없이 流浪 生活을 하다가 懷沙亭, 黃陵廟에 이르러 娥皇, 女英을 만나게 되어, 그의 保護와 慰勞를 받으면서 그로부터 괴로운 앞날에 光明이 있을 것을 暗示받았다. 그러자 喬氏의 凶計가 綻露되었다. 翰林은 크게 前事를 後悔하여 곧 喬妾과 門客을 一時에 내쫓고, 謝氏를 찾아 들여 一家 和樂하고 翰林은 丞相에 榮進하여 門戶가 繁榮하였다.

西浦 金萬重의 從孫되는 金春澤이 지은 ≪北軒雜說≫에

> 서포는 한글로 소설을 지은 것이 자못 많았다. 그 중 소위 <사씨남정기>는 등한시할 수 없는 작품이기에 내가 문자(한자)로 옮겼다.142)

라 한 것을 보면 <謝氏南征記>는 西浦가 지은 것이고 金春澤은 이 <南征記>를 다시 漢文으로 飜譯하였음을 알 수가 있다. ≪五洲衍文長箋散稿≫에서 <南征記>를 지은 本目的을

> <南征記>는 北軒이(北軒은 金春澤. 이는 잘못이다. 北軒이 지은 것은 漢文으로 된 <南征記>다. 그러므로 여기서는 西浦로 말한 것이 잘못되었다.) 숙종이 인현왕후 민씨를 쫓아내자 임금의 마음을 깨닫게 하고자 지은 것이다.143)

라 한 것을 보면, 肅宗大王이 閔妃를 廢黜한 것을 諷諫하려는 의도에서 지은 것이다.

仁顯王后는 兵曺判書 閔維重의 따님으로 肅宗大王妃 仁敬王后가 昇遐하매, 그 繼妃로서 冊封되었다. 天生聖姿와 聖德으로 더구나 名門 法家에 자라 그 놀라운 凡節은 보는 사람으로 하여금 자연 우러러 보게 하였다.

그 때 肅宗大王의 春秋가 二十一, 后의 春秋는 十五이었다. 坤位의 春秋가 同甲이 아니면, 몇 해 위가 되던 것이 恒例이었는데, 그렇게 여섯 해나 더 젊은 극히 賢美한 后를 맞은 肅宗의 仁顯王后에의 사랑은 어떠하였으랴!

그러나 閔后는 일찍 生産을 못하고 大王을 권하여 淑儀 金氏를 뽑아 後

142) "西浦頗多以俗諺爲小說 其中所謂南征記者 有非等閑之比 余故翻以文字而" ≪북헌잡설(北軒雜說)≫
143) "爲肅廟仁顯王后閔氏巽位 欲悟聖心而製者" ≪오주연문장전산고(五洲衍文長箋散稿)≫

宮에 들이기로 하였다. 그런데 宮人 張氏는 侍婢로 後宮에 參與하고, 퍽 慧黠하여 肅宗의 마음을 잘 맞추어서 극히 寵愛를 받으며, 그 몸에서 景宗을 낳았고 이어서 禧嬪이 되었다. 그러자 張禧嬪은 景宗을 낳은 것을 威勢로 權勢를 부리고 가지가지로 閔后를 謀陷하여 廢位하게 하고 自己가 王妃가 되었다.

后는 여섯 해 동안이나 그 본곁인 安國洞 本宮에서 외롭고 괴로운 날을 보내다가 復位가 되어, 끊어진 사랑을 다시 이어 보려다가, 얼마 안 가서 春秋 三十五로 昇遐하였다.

이와 같이 邪戀에 눈이 어두운 肅宗大王의 眼光을 다시 빛나게 하려고 西浦는 明나라의 人名과 地名을 빌려 써서 肅宗의 마음을 돌이키려고 한 것이다.

어느 날 肅宗은 宮人으로 하여금 이야기책을 읽히고 들으려니까, 이 <謝氏南征記>이었다. 肅宗도 無罪한 本室을 내쫓는 데 가서는 劉翰林을 "천하에 고약한 놈이라"고까지 욕했다고 한다. 그 후 肅宗은 자기의 잘못을 깨닫고, 禧嬪을 내쫓고 閔后를 復位하게 하였으니, <謝氏南征記>는 마침내는 肅宗의 마음을 感動시킨 것이다. 이런 점에서 이 小說은 目的小說이다. 지금까지의 小說은 軍談이 아니면, 才士와 佳人과의 戀情을 그린 것이 많은데, <謝氏南征記>는 家庭內의 시앗 싸움을 그린 最初의 家庭小說이라 할 수 있으며, 宮中 生活의 內面을 暴露한 最初의 作品이라 할 수 있다. 또 <謝氏南征記>는 中國을 舞臺로 하여, 中國小說을 飜案 혹은 飜譯한 것 같은 느낌을 주나, 事實은 宮廷 悲劇을 側面에서 攻擊한 諷刺小說이다. 그리고 결과에 있어서 어진 仁顯王后를 復位하게 하고, 妖嬪 張氏를 내쫓게 한 것을 보면 처음부터 뚜렷한 勸善懲惡文學이다.

第六章 古代小說의 特徵

나의 管見으로는 朝鮮 古代小說이 內包하고 있는 特徵으로 封建的 思想과 超人間性의 둘을 들 수 있다.

封建思想, 이것은 朝鮮 古代小說이 가지고 있는 唯一한 思想이다. <九雲夢>을 中心으로 한 夢字類의 小說이 그러하고, <謝氏南征記>도 그러하고, <春香傳>도 그러하다. 朝鮮의 唯一한 社會小說인 <洪吉童傳>도 또한 그러하다. 그 중 典型的인 것이 <九雲夢>일 것이다. <九雲夢>의 梗槪는 이미 위에서도 말하였지마는, 그 짤막한 梗槪만을 보더라도 우리는 根本 思想이 封建的 觀念 形態인 것을 알 수 있다. 儒教, 佛教, 道教 등 三教로 뒤범벅이 된 思想은 朝鮮 封建思想의 참된 모습이다.

이와 같은 封建思想에 있어서는 兩班 士大夫의 男性들의 愛慾 生活은 '放縱'의 두 글자로 表現할 수 있다. 女性의 人格은 여지없이 짓밟히고 말았다. 참으로 女性은 高尙한 奴隷에 지나지 않았다. 男性의 性愛的 장난감에 불과하였다. 女性에 대한 이 같은 劣等한 條件은, 封建主義가 個人 生活, 내지 家庭 生活에 浸潤한 데서 起因된 것이다.

<九雲夢> 全篇을 通하여 注意할 것은 八仙女의 女性들의 社會的 地位에 대한 참된 批判은 볼 수 없고, 女性으로 覺悟하여야 할 見解라든가 主張에 대하여서도 批判的인 것을 볼 수 없다. 오직 楊少游라는 한낱 男性을 위하여 盲目的으로 追從하고 情慾的일 따름이다. 全篇이 楊少游의 愛慾 生活을 滿足시키도록 終始一貫으로 展開되어 있다.

八仙女와의 참된 理解 밑에 맺어진 戀愛 感情은 물론, 참된 結合에서 오는 戀愛 生活도 描寫되어 있지 않다. 어디까지든지 楊少游의一方的 感情과 行動에 致重해서 그려져 있을 따름이다. 八仙女는 한낱 傀儡 같이 楊少游

의 손에서 놀 따름이다. 바꾸어 말하면 八仙女는 전부가 한 男性의 性愛的 對象이거나, 또는 그 밖의 生活의 필요에 應하여 蠢動하는 群像에 불과하였다. 결국은 楊少游의 能動的 一面과 八仙女의 受動的 側面 등 두 면의 支持로 <九雲夢>은 構成된 것으로 封建思想의 典型的인 것이다.

이 思想은 作者 西浦 金萬重의 假想한 것이 아니다. 西浦에 의하여 表現된 당시의 時代 思潮, 李朝 五百年을 일관한 思潮다. 楊少游의 恣意性은 作者의 理想으로 여기던 것일는지 알 수 없다. 한 男性을 둘러싼 수많은 女人群像은 한낱 人格의 所有者라기보다 楊少游란 한 男性을 위대하게 만들게 하는 助演者들에 지나지 않는다. 이들 八仙女가 女性的 무기력, 無思想으로 전혀 服從과 屈服으로 終始하고, 男性의 放縱한 愛慾的 行動에 대하여 도리어 肯定과 同情의 態度를 갖게 하는 것도 作者의 항상 描寫하고자 하는 그 時代의 女性의 참된 모습일는지 모른다. 楊少游와 같은 享樂主義的 男性과, 八仙女와 같은 男性에 대해서 늘 微溫的이고, 不徹底하고, 諦觀的이고, 盲目的인데 그치는 受動的인 女性은 모두들 朝鮮 封建 社會의 理想的인 代表的인 人物들이다. 이 두 타입의 人間을 여실히 描寫해 놓은 것이 <九雲夢>이다.

그 다음 超人間性-혹은 超人格性, 超自然性-이란 무엇인가. 超人間性-그것은 作品 中의 主人公에게 無限한 힘이 賦與되어 있는 것이다. 朝鮮 古代小說을 읽고 印象에 깊이 남는 것은 이 점이다. <九雲夢>의 楊少游와 八仙女가 그러하고, <謝氏南征記>의 謝氏가 그러하고, <朴氏傳>의 朴氏가 그러하고, <田禹治傳>의 田禹治가 그러한데, 그 중에 典型的인 것이 <洪吉童傳>의 主人公 洪吉童이다. 洪吉童의 道術로 인한 全知全能에서 오는 不死身 그것이 超人間性, 超自然性이다. 이렇게 古代小說에서 超人間性을 요구하게 되는 것은 당시의 平民들이 現實과 惡戰苦鬪 끝에 慘敗를 맛본 결과로 現實을 背反하여 逃避하려고 하는 心情에서 오게 된 것이다. 곧 이러한 超人間性은 이러한 平民 階級의 心理를 反映한 것이다. 具體的으로 말하면 이와 같은 超現實的 要素를 描寫해서 興味 追求의 技巧로 흐르는 것은 現實의 그들의 生活-物質的 欲望에서 絶望的으로 敗北한-에서 逃避해서 그 무슨 理想的 社會를 憧憬하는 心理에서 오는 것이다. 現實에서의 生活의 敗北를 空想으로나마 최후의 理想的 승리를 얻으려고 하는 心理를 그려낸 것이 超人間性이다.

第七章 童話의 小說化

童謠도 그렇지만 童話에 있어서도 傳說 童話와 創作 童話의 두 가지로 나눌 수 있다. 傳說 童話는 兒童들 사이에서 時代의 흐름 속에서 保存 傳來되어 온 民族說話이다. 그런데 이러한 民族說話인 傳說 童話 중에서는 國境線을 넘어 世界 人類를 한 식구와 같이 融和하게 하는 文化의 힘을 갖고 있는 것이 있다. 文化는 어느 民族, 어느 階級의 사람들에게만 賦與된 獨占的 固定 文化가 아니고 文化는 流動性을 內包하고 있어서 民族에서 民族으로, 國家에서 國家로 흘러가게 된다. 그리하여 우리가 現在 가지고 있는 文化 속에는 다른 文化 團體에서 流入 傳播된 것이 있다. 따라서 우리가 가지고 있는 文化는 어느 틈에 다른 文化 團體로 넘어 흘러가 있음을 往往 發見하게 된다. 童話는 가장 流動性과 傳播性을 內包하고 있는 것이다.

요새 童話集으로서 有名한 『Aesop's Fable』(이솝寓話)은 이 책의 原流를 연구한 분들의 考證에서 알려진 바로는, 이 童話集은 Aesop이라는 一個人이 지은 것이 아니고, 인도, 그리스, 기타의 東西 古今의 寓話 諭言의 古傳

說話가 자연히 Aesop이라는 名稱 밑에 모이어 들게 된 것이라고 한다. 그러면 이 寓話集의 最古 結集은 기원전 300年경이라고 한다. Aesop은 英語이고, 그리스어로는 Aisopos로 이 사람이 最初의 寓話를 지은 사람이라고 하는데, 그의 國籍은 확실하지 않다고 한다. 그는 기원전 620~520年 사이의 사람이라고 하니 孔子 釋尊보다도 더 오랜 사람이다. 그리하여 獨逸出生의 英國의 言語學者 이며, 梵語學者인 Max Muller(1823~1900)는 Aesop寓話 中의 <젖 짜는 색시와 젖통>의 起源을 古印度의 動物 寓話集인 ≪五部書≫ 中의 <婆羅門僧과 쌀 항아리>까지 遡及해서 東方 印度 說話의 西進한 것을 論證하였다. 같은 Aesop寓話 중에 가장 재미있는 <이리와 어린羊>의 이야기는 古印度의 動物 喩言集 ≪本生經≫ 中의 <표범과 어린양>에서 온 것이라고 하였다.

조선의 口傳 童話는 잘 알 수 없으나, 이 중에는 外國으로부터 들어와서 數千年 傳해 오는 동안에 우리네의 文化와 調和되고, 우리네의 風俗, 習慣, 信仰, 傳說 등과 折衝되어 본래의 原型을 변하여 버리고, 오늘날의 우리가 듣게 되는 童話로 變形된 것도 있을 것이다. 柳夢寅의 ≪於于野談≫에 있는 <두더지의 婚姻이야기>-'恩津彌勒 밑에 사는 두더지가 잘난 딸을 두고 天地 風雲과 彌勒에게까지 求婚하다가 마침내는 도로 두더지와 結婚시켰다'는 說話는 日本에 가서는 日本의 無住法師의 ≪砂石集≫에 있는 <鼠의 嫁入>이 되었는데, 이들 說話와 印度의 <반잔단드라>, <히도바데사> 등 속에 있는 이야기는 다 같은 起源에서 왔다고 한다. 또 <콩쥐팥쥐>의 이야기는 西洋에서 널리 유행되고 있는 仙姑譚인 『Cinderella』와 同系의 童話다.

우리의 古傳 童話는 ≪於于野談≫, ≪芝峯類說≫, ≪大東野乘≫, ≪大東稗林≫과 같은 隨筆物 속에 間間 찾아 볼 수 있다. 그런데 朝鮮의 童話는

본래 原型을 버리고 歌劇, 小說 等類로 變遷되었다. 그러면 小說化한 傳說 童話를 이 아래서 말하겠다.

第一節 〈콩쥐 팥쥐〉

이 <콩쥐 팥쥐>이야기는 西洋에 널리 유행하고 있는 仙姑譚인 『Cinderella』와 同系의 說話로 朝鮮의 代表的 民譚인데, 家庭의 葛藤을 題材로 한 것이다. 繼母의 虐待小說로는 <薔花紅蓮傳>과 같다. 西洋에서는 이것을 變作한 것이 많이 유행되어 英國의 民俗學會에서 이것을 모아서 一卷의 책으로 出版한 일도 있다고 하며, 中國에서는 千餘年 전에 南方 吳姓人의 家庭에 이러한 事實이 있었다고 한다.

〈콩쥐 팥쥐〉의 梗概

어떤 내외 양주가 살다가 콩쥐라는 한 딸을 남기고 어머니는 죽었다. 남편은 後室을 맞아 들였더니, 그 後室은 자기가 낳은 딸 팥쥐를 데리고 오게 되었다. 그런데 繼母와 繼母의 딸 팥쥐는 마음씨가 不良하였다. 繼母가 하루는 콩쥐에게 나무 호미를 주면서, 먼 데 있는 돌이 많은 밭은 매라고 하였다. 나무 호미가 부러져서 울고만 있는 콩쥐 앞에는 별안간 난데없이 암소가 한 마리 나타나서, 쇠 호미를 주어서 콩쥐는 쉽게 그 날 일을 마치게 되었다. 또 하루는 구멍이 난 독에 물을 길어 채우라고 하니, 두꺼비가 그 구멍을 메워주어서 쉽게 물을 채웠다. 이러한 連續的인 奇蹟에 배를 앓는 母女는 두 사람이 먼저 잔치 집에 가면서 벼 한 섬, 피 한 섬을 찧고 오라고 이르니 仙女가 내려와서, 모두 찧어 주었다. 콩쥐는 기쁨에 넘치어, 잔치 집에 가다가 마침 한 내에 이르렀는데, 뒤에서 巡歷 다니던 監司 행차의 벽제 소리가 요란하게 나므로 콩쥐는 겁결에 신 한 짝을 물에 떨어뜨렸다. 監司는 그 曲折을 살펴보고 後妻를 삼았다. 繼母와 팥쥐는 그가 一朝에 富貴를 누리게 된 것을 시기하고 샘내서 다시 凶計를 생각해 蓮花 구경하러 蓮塘에 가자고 하고서는 그냥 콩쥐를 물속에 밀어 넣어 죽게 하였다. 그리고 팥쥐가 變服하고 콩쥐 노릇을 하여 監司의 主婦가 되었다. 그 후 監司는 蓮못에 나온 꽃을 꺾어다가 물병에 꽂아 놓았더니, 팥쥐가 드나들 적마다 머리를 잡아 뜯으므로 팥쥐는 그 꽃은 아궁이에 넣었다. 그 근처에 있던 어떤 할미가 불씨를 얻으려고 왔더니, 아궁이에 五色 구슬이 있으므로 가지고 돌아갔더니, 神奇하게도 그것이 化해서 때때로 콩쥐가 되어 나타났다. 할미는 어느 날 監司를 招待하고 盛饌을 베풀어 놓았는데 젓가락이 하나는 길고, 하나는 짧아서 監司는 不快한 생각을 느끼자 콩쥐가 面前에 나타나서 말하기를 젓가락의 長短을 알면서도 콩쥐 팥쥐의 區別을 못하느냐고 責하고 그 事由를 監司에게 아뢰었더니 監司는 그제야 깨달아 繼母와 팥쥐를 重罰에 處하였다.

第二節 〈장끼傳〉

〈장끼傳〉의 梗概

몸 가벼운 보라매는 예서 떨렁 제서 떨렁, 몽치 든 몰잇꾼은 예서 위여 제서 위여, 냄새 잘 맡는 사냥개는 이리 꿀꿀 저리 꿀꿀하여 살아 날 길 바이 없는 신세의 장끼가 엄동설한에 주린 몸이 되어, 까투리와 아홉 아들, 열두 딸년 앞세우고, 평원 광야 너른 들에 바삐 갔더니, 난데없는 붉은 콩 한 낱이 덩그렇게 놓여 있었다. 장끼란 놈이 그것을 보고 그 소담한 콩은 하늘이 주신 복이니 마다 하리, 내 복이니 먹어보자 하거늘 까투리는 간밤에 불길한 꿈을 꾸었으니, 부디 그 콩을 먹지 마소 하고, 여러 번 간밤에 꾼 불길한 꿈을 이야기하였으나, 장끼는 그것을 도리어 전부 길몽으로 해몽하여 까투리의 말을 듣지 않고, 콩 먹으러 들어갈 제, 꾸벅 꾸벅 고개 조아 조츰조츰 들어가서 반달 같은 혀뿌리로 들입다 꽉 찍으니, 우지끈 뚝딱 푸드득 변통 없이 치었구나. 장끼는 까투리에게 자네 몸

수절하여 정렬부인 되옵소서 하고 차위 임자 탁첨지에 잡혀가서 까투리는 장끼의 털을 얻어 산역, 하관을 마치었다. 이때 갈가마귀 북악을 구경하고 도중에 허기 만나 요기차로 까투리에게 조상하고 과실 나누어 먹은 후에, 여보 까투리 과부님 들어보소. 체면은 틀리오나 그대 상부하자 내가 우연히 여기 왔으니, 꽃 본 나비 불을 세아리며, 물 본 기러기 어옹을 두려할쏘냐. 내 형세 그대 알 터이니 우리 자수성가할 셈 잡고 백년동락 어떠한가 하였더니, 까투리 아무리 미물인들 삼 년 상도 못 마치고 개가하는 법이 없으니 임마다 좇을쏘냐 하고 거절하였더니, 앞 연당에 있던 물오리란 놈이 일곱 번 상처하고 남녀간 혈육 없어 후처를 구하던 차에 까투리 과부 되었다는 소식 듣고, 까투리에게 장가들려다가 퇴짜를 맞았다. 조상 왔던 홀아비 장끼를 만나 수절할 마음이 없어져서 홀아비 장끼에 개가하여 자웅이 쌍을 지어, 명산대천 노닐면서 자손 창성하였다고 한다.

<장끼전>은 누가 지었으며 어느 때 지어진 것인지 알 수가 없다. 다만 장끼가 탁첨지가 놓은 차위에 치어 허부적거리며 遺言하는 말 속에

……나를 굳이 보려거든 명일 조반 일찍 먹고 차위 임자 따라가면 김천(金泉)장에 걸렸거나, 전주(全州)장에 걸렸거나, 청주(淸州)장에 걸렸거나, 그렇지 아니하면 감영또나 수령또의 관청고에 걸렸든지, 봉물 짐에 얹혔든지 사또 밥상 오르든지……

한 것을 보면 이 이야기는 南朝鮮 地方에서 일어난 것 같다. 登場 人物이 참으로 많은데, 主人公 되는 장끼 이외에 까투리를 비롯해서 두루미, 제비, 앵무새, 따오기, 소리개, 갈가마귀, 부엉이, 물오리, 기러기, 진경이, 황새, 왜가리, 호반새 등의 助演이 있다. 그런데 이 助演者들이 전부 새들이다. 그런데 이러한 여러 가지의 새들을 각각 그의 體格, 性格 行動에 알

맞게 교묘히 擬人化하여, 새의 세계를 빌려 가장 深刻하게 우리의 人間 社會를 비꼬아서 描寫했다.

文體는 三四調의 騈儷文(漢文 글자를 넉 자 혹 여섯 자씩 맞추어서 짓는 漢文體)으로 된 歌辭體로 되어 있어서 읽으면 小說이요, 노래 부르면 歌詞로 될 수 있는 特性을 갖고 있으니, 책머리에 실려 있는 것만 보아도 알 수 있다. 곧 이러하다

> 건곤이 배판할 제 만물이 번성하여 귀할 손 인생이요, 천할손 짐승이라, 날짐승도 삼백이요, 길짐승도 삼백이라……

우리는 이 <장끼전>에서 첫째로 女子의 貞操 觀念에 대해서 示唆한 것이 있으니 곧 婦女는 守節할 필요가 없다는 것이다. 男便되는 장끼를 잃고, 남편의 遺言인 "수절하여 정렬부인 되옵소서"라고 한 말을 지켜, 처음에는 가마귀와 물오리의 請婚을 물리쳤으나, 조상하러 온 홀아비 장끼에게 금방 시집을 가고 말았으니, 原文에서 이를 인용하면 이러하다.

> 까투리 하는 말이
> "죽은 낭군 생각하면 개가하기 절박하나 내 나을 꼽아보면 불로 불소 중늙은이다. 수맛 알고 살림할 나이로다. 오늘 그대 풍신 보니, 수절 마음 전혀 없고 음난지심 발동하네. 허다한 홀아비가 예서 제서 통혼하나……까투리가 장끼 신랑 따라감이 의당당한 상사로다. 아무커나 살아보세"
> 장끼란 놈 꺽꺽 푸드득하더니 벌써 이성지합 되었으니……

까투리가 이것으로 처음 개가해 가는 것이 아니니 原文을 보면

> 까투리 한숨 쉬고 살펴보며 하는 말이
> "……이다지 기박한가 상부도 자주한다. 첫째 낭군 얻었다가 보라매에 채여 가고, 둘째 낭군 얻었다가 사냥개에 물려가고, 셋째 낭군 얻었다가 살림도 채 못하고 포수에게 맞아 죽고, 이번 낭군 얻어서는 금실도 좋거니와 아홉 아들 열두 딸을 낳아 놓고 남혼여가 채 못하여 구복이 원수로 콩 하나 먹으려다 저 차위에 덜컥 치었으니……"

한 것을 보면 이번으로 네 번째로 개가해 가는 셈이 되니, 아홉 아들 열두 딸을 둔 婦女로 네 번째나 改嫁해 가는 것을 생각하면, 까투리의 貞操觀念을 가히 짐작할 수 있다. 당시 너무나 儒教 精神을 婦女에게 鼓吹하여 "烈女는 不更二夫"라 하여, 얼마나 많은 과부가 눈물과 한숨으로 지냈으랴. 이 <장끼전>은 이러한 倫理的 拘束에서 벗어나려는 反儒教的 鬪爭으로서 나타난 時代的 精神을 이 小說에서 엿볼 수 있다.

婦女의 말에도 三分의 道理가 있으니 곧 옳은 소리가 있으니, 들어보라 하는 뜻의 男性들에 대한 忠告를 우리는 또 이 小說에서 들을 수 있다. 장끼가 까투리의 말만 곧이 듣고 콩을 먹지 않았던들 아까운 목숨을 건졌을 것이다. 너무 사내라고 家長된 體面을 過度히 傲慢하게 가져 고집통이로 지낼 것이 아니라, 집안사람의 忠告도 들어라 하는 뜻이다. 그리하여 <장끼전>에서 까투리는

> 까투리 슬픈 중에 하는 말이
> "공산야월 두견성은 슬픈 회포 더욱 설다. 통감에 이르기를 "독한 약이 입에는 쓰나 병에는 이하고, 옳은 말이 귀에는 거슬려도 행실에는 이하다" 하였으니 그대도 내 말 들었으면 저런 변 당할손가"

여기서는 까투리 解夢의 一節을 소개하겠다.

原文及 註解

이때 장끼 치장 볼작시면, 다홍 [1]大緞 [2]겉마기에, 草綠 [3]宮綃 깃을 달아 白綾 동정 시쳐 입고, 주먹 벼슬 [4]옥관자에 열 두 [5]장목 滿身 風采, 丈夫 氣像 좋을시고. 까투리 치장 볼작시면 잔누비 속저고리 폭폭이 잘게 누벼 上下 衣服 갖추 입고, 아홉 아들 열 두 딸을 앞세우고 뒤세우고, 어서 가자 바삐 가자 平原 曠野 너른 들에 줄줄이 퍼져 가며,

"널랑 저 골 줏고, 우릴랑 이골 줏자. 알알이 豆太를 주을세면 사람의 供養은 부러 무엇하리."

天生 萬物 제마다 祿이 있으니, 一飽食도 재수라고, 점점 주어 들어 갈제, 난데없는 붉은 콩 한 낱 덩그렇게 놓였거늘 장끼란 놈 하는 말이,

"어화 그 콩 [6]소담하다. 하늘이 주신 복을 내 어이 마다 하리, 내 복이니 먹어보자,'

까투리 하는 말이

"아직 그 콩 먹지 마소. 雪上에 사람 자취 수상도 하여지다. 다시금 살펴보니, 입으로 홀홀 불고, 비로 싹싹 쓴 자최 심히 고이하매 제발 덕분 그 콩 먹지 마소."

장끼란 놈 하는 말이

"네 말이 미련하다. 이때를 論議ㅎ건대, 冬至 선달 雪寒이라. 첩첩이 쌓인 눈이 곳곳이 덮였으니 '千山에 鳥飛絶이요, 萬徑에 人蹤滅이라' 사람 자취 있을소냐."

까투리 하는 말이

"사기는 그러할 듯하나, 간밤에 꿈이 大不吉하온지라, 自量 處事하옵시오."

장끼란 놈 하는 말이

"내 간밤에 一夢을 얻으니, 黃鶴을 빗기 타고 하늘에 올라가 玉皇께 問安하니, 나를 山林處士 封하시고 만석고의 콩 한 섬을 賞給하셨으니, 오늘 이 콩 하나, 그 아니 반가운가. 옛글에 이르기를 飢者甘食이요, 渴者易飮이라 하였으니, 주린 양을 채워보자"

까투리 하는 말이

"그대 꿈 그러하나, 이 내 꿈 解夢하면, [7]무비 다 凶夢이라 어젯밤 二更

初에 첫잠 들어 꿈을 꾸니, 北邙山 음지쪽에 궂은 비 뿌리며, 靑天에 쌍무지개 忽地에 칼이 되어, 그대 머리 뎅겅 베어 나리치니, 그대 죽을 凶夢이라, 제발 그 콩 먹지 마소."

장끼란 놈 하는 말이

"그 꿈 염려 마라, 春塘臺 [8]謁聖科에 文官 壯元 參與하여 御賜花 두 가지를 머리 위에 숙여 꽂고, 長安 大道上에 往來할 꿈이로다. 科擧나 힘써 보세."

까투리 또 하는 말이

"三更夜에 꿈을 꾸니, 千 斤 들이 무쇠 가마 그대 머리 흠뻑 쓰고, 萬頃蒼波 깊은 물에 아주 풍덩 빠졌거늘, 나 혼자 그 물가에서 大聲痛哭하여 뵈니, 그대 죽을 凶夢이라, 부대 그 콩 먹지 마소."

장끼란 놈 이른 말이

"그 꿈은 더욱 좋다. 大明이 中興할 제 救援兵 請하거든, 이 내 몸이 大將되어 머리 위에 투구 쓰고, 鴨綠江 건너가서 中原을 平定하고 勝戰大將 되올 꿈이로다."

까투리 하는 말이

"그는 그렇다 하려니와, 四更에 꿈을 꾸니 老人 [9]당상하고, 少年이 잔치할 제 스물 두 폭 구름 遮日 바쳤던 서 발 장대 우지끈 뚝딱 부러지며, 우리 둘의 머리에 아주 흠뻑 덮여 보이니, 답답한 일 볼 꿈이요, 五更初에 꿈을 꾸니, 落落長松 滿庭한데 [10]三太星 太乙星이 銀河水를 둘렀는데, 그 一點星이 뚝 떨어져 그대 앞에 내려져 뵈니, 그대 [11]장성 그리 된 듯, 三國적 [12]諸葛武侯 [13]五丈原에 殞命할 제 장성이 떨어졌다."

장끼란 놈 하는 말이

"그 꿈 염려마라. 遮日 덮여 보인 것은 日暮靑山 오늘 밤에 花草 屛風 잔디 장판 [14]등걸로 벼개 삼고, 칡잎으로 요를 깔고 갈잎으로 이불 삼아 추켜 덮고 궁굴 꿈이요, 별 떨어져 보인 것은, 옛날 [15]軒轅氏 大夫人이 北斗七星 精氣 타서 第一生男하여 있고 牽牛織女星은 七月 七夕 相逢이라, 네 몸에 胎氣있어 貴子 낳을 꿈이로다. 그런 꿈만 많이 꾸어라."

까투리 하는 말이

"鷄鳴時에 꿈을 꾸니, 色저고리 色치마를 이내 몸에 丹粧하고, 靑山流水

노니다가, 난데없는 [16]청삽사리 입술을 악물고 와락 뛰어 달려들어 발톱으로 [17]허위치니, 驚惶 失色 갈 데 없어 삼밭으로 달아날 제 긴 삼대 쓰러지고, 굵은 삼대 춤을 추며, 자른 허리 가는 몸에 휘휘친친 감겨 뵈니, 이 내 몸 寡婦 되어 喪服 입을 꿈이오니, 제발 덕분 먹지 마소. 부대 그 콩 먹지 마소."

장끼란 놈 大怒하여, 두 발로 이리 차고, 저리 차며 하는 말이

"花容月態 저 간나위년 [18]기둥서방 마다하고 他人 男子 즐기다가, 참바 올바 朱黃絲로 [19]뒷죽지 結縛하여, 이 거리 저 거리 鐘路 네거리로 북 치며 [20]조리 돌리고 [21]삼모杖과 [22]治盜棍으로 亂杖 맞을 꿈이로다. 그런 꿈 말 다시 마라. 앞정강이 꺾어 놀라."

註解 1. 大緞 : 中國에서 나는 비단의 一種. 2. 곁마기 : 婦女가 衣服으로 입는 연두 바탕에 자지 깃, 자지 끝동, 자지 끈을 단 웃옷. 3. 宮綃 : 비단의 一種. 4. 옥관자(玉貫子) : 망건에 달아 망건 줄을 꿰는 작은 고리. 5. 장목 : 꿩의 꽁지 깃. 6. 소담하다 : 물건이 숱이적지 않다. 똑 맞아서 보기에 좋다. 7. 무비 : 모두. 죄다. 8. 謁聖科 : 임금이 文廟에 참배한 후에 행하는 科擧. 9. 당상(堂上) : 正三品 以上의 官員. 10. 三太星 : 하느님을 지킨다는 세 가지 별-上台星, 中台星, 下台星. 11. 장성(將星, 長星) : ①將軍의 美稱. ②彗星. 12. 諸葛武侯 : 三國時代의 蜀相인 諸葛亮을 말함. 13. 五丈原 : ≪辭源≫에 "五丈原…地名 在今陝西郿縣西南 渭水南原也 蜀漢諸葛亮伐魏 駐此 後卒於軍" 14. 등걸 : 줄기를 잘라낸 초목의 밑둥. 15. 軒轅氏 : ≪辭源≫에 "軒轅…史稱黃帝生於軒轅之丘(在今河南新鄭縣) 故曰 軒轅氏.…黃帝. 古帝名姓公孫. 生於軒轅之丘. 故曰 軒轅氏…" 16. 청삽사리 : 빛이 검고, 털이 긴 개. 17. 허위치다 : 손 혹은 발톱으로 파서 헤치다. 18. 기둥서방 : 妓生, 唱妓를 사다 두고 영업을 시키는 남편. 妓夫. 抱主. 19. 뒷죽지 : 뒤쪽의 날개 밑둥. 20. 조리돌리다 : 죄인을 끌고 돌아다니다. 21. 삼모杖 : 세모난 곤장. 22. 治盜棍 : 刑具의 一種으로 곤장 중에서 제일 길고, 폭이 넓고, 두터운 것.

위에서 나는 <장끼전>이 어느 때 지어졌는지 알 수 없다고 하였으나,

지금 위에서 본 장끼가 하는 말 속에서 "大明이 中興할 제 救援兵 請하거든"이라고 한 것으로 미루어 생각하면 <장끼전>은 明이 滅亡한 해 곧 仁祖 22年 甲申(西紀 1644) 이후에 지어진 것임을 알 수 있다. 이보다 八年 앞서 朝鮮은 仁祖 14년 丙子(西紀 1636)에 胡亂을 치러 淸나라에 대한 敵愾心이 심하였던 그러한 心理가 <장끼전>에 表現되어서 明나라를 위해 救援兵을 내겠다고 한 것이다.

그리고 事實 朝鮮은 明나라를 위해 救援兵을 發했던 史實이 있다. 光海君에 滿洲에는 野人 누르하치(努爾哈赤)란 자가 일어나 지금의 興京老城을 中心으로 하여 모든 部族을 차차 統一하고 明나라의 邊境을 침략하더니, 光海君 8년(西紀 1616)에는 興京老城에서 自立하여 後金國汗이라 일컬었다. 明에서는 이를 듣고 將兵을 보내어 칠새, 朝鮮에 대하여도 救援兵을 請하니 朝鮮으로서는 三角關係에 있어 立場이 困難하나, 어찌 할 수 없이, 姜弘立 등을 보내어 明을 돕게 한 史實이 있었다. <장끼전>은 이러한 歷史的 史實과 그 당시의 民衆의 心理를 表現하였다.

第三節 〈토끼傳〉

<토끼傳>은 一名 <兎의 肝>이니 <兎生員傳>이니 <토끼打令>, <鼈主簿傳>이니 <兎鼈山水錄>이니 한다.

〈토끼傳〉의 梗槪

남해 광리왕이 우연히 병을 얻어 백약이 무효하여 거의 사경에 이르러, 하루는 왕이 신하를 모아 놓고, 대대로 상전하던 왕가의 기업을 영결하고 죽을 일이 망연하니, '고명한 의원을 구하여 약을 쓰게 하여라' 하교하였다. 그랬더니 어떤 신하가 월나라, 당나라, 촛나라의 세 호걸을 불러 문의하는 것이 좋겠다고 아뢰었다. 그러나 세 호걸들이 와서 보고는, 불사약이 산과 같이 쌓였어도 아무 소용없고, 대왕의 병환은 오직 한 가지 토끼의 생간을 얻어서, 그 간을 더운 김에 잡수셔야 효험을 보겠다고 아뢴 후 백운산을 향해 하직을 고했다. 광리왕은 여러 신하에게 누가 능히 인간에 나가 토끼를 산 채로 잡아 올 수 있느냐. 수천 년 묵은 문어와 자라가 다툰 끝에 자라가 토끼의 간을 구하러 가게 되었다. 자라의 별호가 별주부이었다. 그는 왕께 용궁에만 있어서 산중에 있는 토끼를 구경하지 못해 형상을 알 수 없으니, 토끼 화상을 그리어 달라고 하였다. 용왕은 도화서에 하교하여 토끼 화상을 그려 주었다. 별주부는 집에 돌아와 처자와 이별하고, 행장을 수습해 만경창파 깊은 물에 허위둥실 떠올라서 물결치는 대로 바람 부는 대로 지향 없이 흐르다가 벽계산간에 들어가게 되니 때는 춘삼월의 호시절이었다. 벽계를 따라 올라가며 토끼 자취를 살피다가 한 곳에서 화본과 방불한 토끼를 만나 인사를 한 후에 서로 자기가 사는 곳의 살기 좋고 경치 좋은 것을 다투어 말하였으나, 마침내 토끼는 구변 좋은 별주부에게 지고 말아, 그대의 수궁 재미는 과연 어떠한가 한 번 듣기를 청하였다. 별주부는 천방백계로 토끼를 꾀고 달래어, 수궁에 가서 벼슬을 얻어 주겠다고 속이어서, 토끼는 이러한 꼬임에 귀가 솔깃하여, 별주부를 따라 수궁으로 떠나게 되었다. 이에 별주부는 토끼를 데리고 수변으로 나아가 토끼를 등에 업고 창파에 뛰어들어 순식간에 남해 수궁에 득달하여 토끼를 내려놓았다. 별주부는 이 공로로 벼슬이 오르게 되었다. 만조백관이 모여 있는 곳에 토끼를 잡아들여 용왕이 너의 간으로 나의 병을 고치게 되었으니 나를 원망하지 말라 하고, 좌우를 호령하여 빨리 토끼의 배를 가르고 간을 가져오라 하니, 토끼 이 말을 듣고, 놀란 마음을 겨우 진정해서, 소토는 심상한 토끼와 달라 아침이면 옥 같은 이슬을 받아 마시어서 저의 간이 영약이 되므로 세상 사람이 저의 간을 달라 보채므로 염통과 함께 꺼내 청상 녹수 맑은 물에 여러 번 씻어 고봉준령 깊은 곳에 감추어 두고 왔나이다. 하고 왕께 아뢰었으나, 왕은 이를 믿지 않는지라, 부질없이 나를 죽인 후에 간을 얻지 못하게 되면 후회막급이라 하였다. 용왕은 토끼의 말을 곧이 듣더라. 토끼 다시 자라 등에 올라 바닷가에 이르러, 토끼 자라를 보고 이 미련한 자라야, 대저 오장 육부에 붙은 간을 어이 출납하리요. 잠시 내 신기한 꾀로 너의 수국 군신을 속이었으니, 망령된 생각을 내지 말라 하고, 이내 깊은 송림 사이로 들어가고 말았다. 별주부는 자기의 충성이 부족하여 토끼에 속은 바 되었으니, 무슨 면목으로 임금과 만조 동료를 대하리요 하고 바윗돌을 향해 자살하려 할 제 도인이 나타나, 너의 충성이 지극하니 내 천명을 받자와 너에게 선단을 주노라 하고 소매 속에서 약을 내어 주더라.

朝鮮에서 가장 많이 퍼진 童話로는 <興夫傳>과 <토끼傳>일 것이다. 우리는 <토끼傳>에서 朝鮮 民族이 動物이나 魚物에 대한 예리한 觀察力과 優秀한 文學的 表現力을 發見할 수 있다. 의뭉스럽고 숭굴숭굴한 자라며, 간사하고 방정맞은 토끼가 아주 자연스럽게 擬人化되어 있다. 우리가 살고 있는 社會에서 이 두 타입의 性格을 가진 人間을 볼 수 있다. 이러한 점에서 이 小說은 寓話의 性格을 띈 作品으로도 훌륭히 成功한 作品이다. 그리고 우리는 이 <토끼傳>에서 자기의 분수에 넘치는 虛慾을 탐내지 말라는 教訓을 배우게 된다. 이 小說로 <興夫傳>이나 <장끼전>과 같이 全篇에 諧謔이 넘쳐흐르고 있다. 이제 그러한 部分을 적어보면 이러하다.

토끼 대답하되

"……그대 같은 박색을 보던 바 처음이로다. 담 구멍을 뚫다가 학치뼈가 빠졌는지 발은 어이 뭉뚝하며, 양반 보고 욕하다가 상투를 잡혔든지 목은 어이 기다라며, 기생방에 다니다가 한량패에 밟혔든가 등은 어이 넓적한가. 사면으로 돌아보니 나무접시 모양이라……"

자라 그 말을 듣고 마음이 불쾌하기 그지없으나, 마음을 눅쳐 참고 답대하여 가로되,

"……등이 넓기는 물에 떠 다녀도 가라앉지 아님이요, 발이 짜른 것은

육지에 걸어도 넘어지지 아님이요, 목이 긴 것은 먼 데를 살펴봄이요, 몸이 둥근 것은 행세를 둥글게 함이라, 그러하므로 수중의 영웅이요, 수족의 어른이라……"

그러나 이 <토끼傳>도 漢文學的 色彩가 濃厚하여 古事를 죽 잇대어 놓은 데가 많고, 詩句의 일부를 덮어놓고 잇대어 나간 데가 많다. 그리하여 美文麗句만 찾아 쓰느라고 다음과 같은 錯誤를 낳게 된다. 토끼가 자기 사는 고장의 자랑을 하는 말에

토끼 가로되
"심산 풍경 좋은 곳에 산 봉오리는 칼날 같이 하늘에 꽂혔는데 배산임수하여 앞에는 춘수만사택이요, 뒤에는 하운이 다기봉이라……"

<토끼傳>은 朝鮮의 固有한 것으로 생각되나, 이와 비슷한 童話가 다른 나라에도 있으니 印度의 佛經에서 淵源된 ≪사타가 本生經≫에 이러한 이야기가 있다.

예전 海中에 한 龍王이 살았는데, 그의 마누라 되는 龍이 妊娠을 하여, 원숭이의 염통을 몹시 먹고 싶어 했다. 그 남편 되는 龍王은 病勢가 尋常하지 않아서, 하도 딱하고 기가 막혀, 간곡하게 물어보며, 무슨 병이며, 무엇이 먹고 싶으냐 하였다. 마누라 對答이 당신이 그대로 施行한다면 속에 품은 말을 하겠지만 그렇지 못하면 그만 두겠노라 하였다. 남편은 말만하면 무엇이든 해 보겠다고 하였더니, 비로소 마누라가 원숭이의 염통이 먹고 싶다고 하였다. 남편은 바다에 사는 우리가 산 속에 있는 원숭이를 무슨 수단으로 잡느냐고 하였다. 마누라는 그러면 이 일을 어찌 하면 좋소. 그것을 못 얻어 먹으면 나는 落胎를 하고 죽을지도 모르겠소. 남편은 그 길로 바로 나와서 커다란 나무 위에서 果實을 따 먹고 있는 원숭이

를 만났다. 龍王의 말이 당신 계신 곳이 그리 좋아 보이지 않소. 남은 열매도 많지 못하니, 내려와서 나만 따라오면 저 건너 쪽 海邊에 훌륭한 숲이 있는데, 거기에는 갖은 나무의 열매가 주렁주렁 달려 있으니, 내가 당신을 그리로 案內하겠소이다. 원숭이는 기뻐서 龍王의 잔등을 타고 물속으로 들어가다가 龍王이 事實대로 말한즉, 원숭이는 놀라서 염통은 나무 위에 놓은 채 그대로 왔으니, 얼른 다시 그리로 돌아가자 하였다. 龍王은 그 말대로 陸地에 내려놓은즉 원숭이는 뛰어 나무 위로 올라가서 내려오지 않고 龍王을 嘲弄만 하였다.

그리고 이와 비슷한 說話는 新羅時代에도 있었으니 ≪三國史記≫ '卷第四十一 列傳一' <金庾信 上>을 보면 金春秋가 高句麗에 들어갔더니 죽이고자 하므로 靑布 三百步를 高句麗王의 寵臣에게 보내 겨우 살아 나오게 되는데, 거기에 龜兎의 說話가 있으니 이러하다.

……춘추가 청포 300보를 비밀히 왕이 총애하는 신하 선도해에게 주었다. 도해가 음식을 가지고 와서 함께 술을 마셨다. (도해가) 한창 술이 무르익을 즈음에 우스운 이야기라며 물었다.

"그대도 일찍이 거북과 토끼의 이야기를 들어본 적이 있는가?"

옛날 동해 용왕의 딸이 심장을 앓았는데 의원의 말이 토끼 간을 얻어 약을 지으면 치료할 수 있다고 하였다. 그러나 해중에는 토끼가 없으니 어찌할 수 없는 일이었다. 이 때 한 거북이 용왕에게 아뢰어 자기가 그것을 얻을 수 있다 하였다.

거북이 육지로 올라와 토끼를 보고 하는 말이,

"바다 속에 섬 하나가 있는데 맑은 샘과 흰 돌, 무성한 숲과 맛좋은 과일이 있으며 추위도 더위도 없고 매와 새매도 공격하지 못한다. 네가 만약 그곳에서 산다면 편안하고 우환 또한 없을 것이다."

인하여 (거북이) 토끼를 등에 업고 2·3리쯤 가다가 거북이 토끼를 돌아보며 말했다.

"지금 용왕의 딸이 병이 들었는데 토끼 간이 약이 된다 하였다. 때문에 내가 수고로움을 꺼리지 않고 너를 업고 오는 것일 뿐이다."

토끼가 말하기를,

"아아! 나는 신명의 후예이기에 능히 오장을 꺼내어 씻어 넣을 수 있다. 일전에도 속이 답답함을 깨닫고 간을 꺼내어 씻은 후에 잠시 바위 깊은 곳에 감추어 두었다. 너의 감언을 듣고 바로 왔기 때문에 간은 여전히 그곳에 있으니 간을 가져오기 위해 어떻게 돌아가지 않을 수 있겠는가? 그래야 너는 그것을 구할 수 있을 것이다. 나는 비록 간이 없어도 살 수 있거늘 양쪽 모두 마땅한 일이 아니겠는가?"

거북이 그 말을 믿고 돌아와 겨우 육지에 다다르니 토끼가 수풀 속으로 도망치며 거북에게 말했다.

"어리석구나! 거북아! 어찌 간 없이 살 수 있는 자가 있겠느냐?"

거북이 차마 부끄러워 말도 못하고 물러나왔다.

춘추가 이 이야기를 듣고 그 뜻의 의미를 알았다. 이에 왕에게 글월을 보내어 말하기를……[144]

이라 한 것을 보면, 오늘날의 <토끼傳>은 벌써 1300餘年 전에 龜兎說話로서 있었음을 알 수 있다. 처음엔 이렇게 짤막하였던 것이 여기에 살이 붙고 옷이 입혀져, 오늘날의 諧謔에 넘치는 <토끼傳>으로 되어 있다. 여기에는 水宮에 잡혀간 토끼가 危機一髮의 死境에서 교묘한 言辯으로 벗어나는 場面의 原文을 적겠다.

---

144) "……春秋以青布三百步 密贈王之寵臣先道解 道解以饌具來相飲 酒酣戲語曰 子亦嘗聞龜兎之說乎 昔東海龍女病心 醫言 得兎肝合藥則可療也 然海中無兎 不奈之何 有一龜白龍王言 吾能得之 遂登陸見兎言 海中有一島 淸泉白石 茂林佳菓 寒暑不能到 鷹隼不能侵 爾若得至 可以安居無患 因負兎背上 游行二三里許 龜顧謂兎曰 今龍女被病 須兎肝爲藥 故不憚勞負爾來耳 兎曰 噫吾神明之後 能出五臟 洗而納之 日者小覺心煩 遂出肝心洗之 暫置巖石之底 聞爾甘言徑來 肝尙在彼 何不廻歸取肝 則汝得所求 吾雖無肝尙活 豈不兩相宜哉 龜信之而還 纔上岸兎脫入草中 謂龜曰 愚哉汝也 豈有無肝而生者乎 龜憫默而退 春秋聞其言 喩其意 移書於王曰……" ≪삼국유사(三國史記)≫ '권41 열전(列傳) 제1' <김유신(金庾信)>

原文及 註解

문득 한 꾀를 생각하고, 이에 얼굴 빛을 조금도 변ㅎ지 아니하고, 머리를 들어 전상을 우러러보며 가로되,

"小兎ㅣ 비록 죽을지라도 한 말씀을 아뢰리이다. 大王은 千乘의 임금이시요, 소토는 산중의 조고마한 즘생이라, 만일 소토의 간으로 대왕의 患候ㅣ 십분하리실진대 소토ㅣ 어찌 감히 죽기를 사양하오며, 또 소토ㅣ 죽은 후에 厚葬하오며 심지어 사당까지 세워주리라 하옵시니, 이 恩惠는 하늘과 같이 크신지라 소토ㅣ 죽어도 한이 없사오나, 다만 애다로운 바는 소토는 비록 즘생이오나 심상한 즘생과 다르와, 본래 [1]房星 精氣를 타고 세상에 내려와, 날마다 아침이면 옥 같은 이슬을 받아 마시며 주야로 奇花 瑤草를 뜯어 먹으매, 그 간이 진실로 영약이 되는지라. 이러하므로 세상사람이 모두 알고, 매양 소토를 만난즉 간을 달라 하와 보챔이 심하옵기로, 그 괴로움을 견디지 못하와, 염통과 함께 꺼내어 青山 綠水 맑은 물에 여러 번 씻사와, 高峰峻嶺 깊은 곳에 감추어 두옵고 다니옵다가, 우연히 자라를 만나 왔사오니, 만일 대왕의 환후 이러하온 줄 알았던들, 어찌 가져오지 아니하였으리이꼬."

하며, 또 자라를 꾸짖어 가로되,

"네 임금을 위하는 정성이 있을진대, 어이 이러한 사정을 一言半辭도 날더러 하지 아니하였느뇨."

하거늘, 용왕이 이 말을 듣고, 크게 노하여 꾸짖어 가로되,

"네 진실로 간사한 놈이로다. 천지간에 온갖 즘생이 어이 간을 출입할 이치 있으리요. 네 얕은 꾀로 과인을 속여 살기를 도모하나, 과인이 어이 近理ㅎ지 아닌 말에 속으리요. 네 과인을 欺罔한 죄 더욱 큰지라. 빨리 너의 간을 내어 일변 과인의 병을 고치며, 일변 과인을 속이는 죄를 다스리리라."

토끼 이 말을 듣고 또한 어이없고, 정신이 散亂하여, 간장이 녹는 듯하고, 땀이 흐르며, 사지에 맥이 없고, 가슴이 막히어, 심중에 생각하되, '속절없이 죽으리로다' 하다가 다시 웃으며 가로되,

"대왕은 소토의 말씀을 다시 자세히 들으시고, 굽어 살피시옵소서. 이제 만일 소토의 배를 갈라 간이 있사오면 천만 다행이오나, 만일 간이 없

사오면 대왕의 병환도 고치지 못하옵고, 소토만 부질없이 죽을 따름이니, 다시 누구에게 간을 구하오려 하시나이까. 그 제는 후회막급하실 터이오니, 바라건대 대왕은 세 번 생각하옵소서."

용왕이 토끼의 말을 듣고, 또 그 기색이 태연함을 보고, 심중에 심히 疑訝하여 가로되,

"네 말과 같을진대, 무슨 간을 출입하는 표적이 있는다?"

토끼 이 말을 듣고 크게 기꺼 생각하되, 이제는 내 살아날 도리 快히 있도다 하고 여짜오되,

"세상의 날즘생 길즘생 가운데, 소토는 下體에 굶이 셋이 있사오니, 그 하나는 대변을 통하옵고, 하나는 소변을 통하옵고, 하나는 특별히 간을 출입하는 곳이옵나이다."

왕이 그 말을 듣고, 더욱 노하여 꾸짖어 가로되,

"네 말이 더욱 간사한 말이로다. 날즘생 길즘생을 물론하고 어찌 하체에 굶이 셋 되는 것이 있으리요.."

토끼 다시 여짜오되,

"소토의 굶이 셋이 있는 내력을 말씀하오리니, 대저 天開於子하와 하늘이 되옵고, 地開於丑하와 따이 되옵고, 人生於寅하와 사람이 나옵고 物生於卯하와 즘생이 되었사오니, 卯라 하는 글자는 곧 소토의 別名이니, 날즘생 길즘생의 근본을 [2]궁구하오면 소토는 곧 금수의 으뜸이 되나니, 生草를 밟지 아니하는 저 [3]麒麟도 소토의 아래옵고, 주리되 좁쌀을 먹지 아니하는 저 [4]鳳凰도 소토만 못하옵기로 특별히 [5]稟賦하와 日月星辰 三光을 應하와 하체에 세 굶이 있사오니, 대왕이 만일 이 말씀을 믿으시지 아니하실진대 말으시려니와, 그렇지 아니하오시면 소토의 하체를 [6]적간하옵소서." 하는지라 용왕이 아직 疑惑하여 가로되,

"네 말이 네 간을 굶으로 낸다 하니, 도로 넣을 제도 그리로 넣는다?"

토끼 속으로 헤오되 '이제는 내 五六分이나 生道ㅣ 있도다' 하고 여짜오되,

"소토는 다른 즘생과 특별히 같지 아니하온 일이 많사오니, 만일 孕胎하오려면 보름달을 바라보아 受胎하오며, 새끼를 낳을 때에는 입으로 吐하옵나니, 옛글을 보아도 가히 알 것이요, 이러하므로 간을 넣을 때에도

입으로 넣나이다."

용왕이 더욱 의심하여 가로되,

"네 이미 간을 출입한다 하니, 네 혹 잊음이 있어 네 배 속에 간이 있는지 깨닫지 못할 듯하니, 급히 내어 나의 병을 고침이 어떠하뇨." 토끼 생각하되,

"이제는 내 生道ㅣ 十分이나 있도다."

하고 다시 여짜와,

"소토ㅣ 비록 간을 능히 출입하오나 또한 정한 때 있사오니, 달마다 初一日로부터 十五日 까지는 배 속에 넣어, 日月精氣를 호흡하여 陰陽元氣를 온전히 받사옵고, 十六日부터 三十日까지는 줄기 아울러 꺼내어, 玉溪 清流에 정히 씻어 蒼松綠竹 우거진 정한 바회 틈에 아무도 아지 못하게 감추어 두는 고로 세상 사람이 영약이라 하는지라, 금일은 夏 六月 初旬이오니 자라를 만나는 때는 곧 五月 下旬이라 만일 자라ㅣ 대왕의 病勢 이러하심을 말하였던들, 數日 지체하여 가져 왔을지니, 이는 다 자라의 [7]無狀함이로소이다."

註解 1. 房星 : 二十八宿中 第四位 되는 별의 이름. 卯가 十二支 중 第四位 됨에 應한 것이다. 2. 궁구(窮究) : 깊이 연구하는 것. 3. 麒麟 : 格物論에 "麒麟…含仁抱養…不履生草" 4. 鳳凰 : 格物論에 "鳳瑞應鳥也……非梧桐不棲 不竹實不食 非醴泉不飮…" 5. 稟賦 : 타고 나는 것. 天生的인 것. 6. 적간(摘奸)하다 : 죄인을 조사하는 것. 7. 無狀 : 行動에 禮節이 없는 것. 공적이 없는 것.

龍王이 크게 기꺼하여, 자라의 忠誠을 자랑하고 畫工을 불러 토끼의 畫像을 그리어 자라를 주게 한 데가 있는데, 그 토끼 畫像을 그리는 光景을 歌曲化한 것이, 저 유명한 <토끼 화상>이란 歌詞다. 이와 같이 <토끼傳>의 일부분이 別個로 一篇의 歌詞를 이루게 되었으니, 여기에서 그 原歌를 소개하고 註解를 붙여 보겠다.

토끼 畵像을 그린다. 토끼 화상을 그린다. 畵工을 불러라. 화공을 불렀소. 토끼 화상을 그린다. 이리 저리 그린다. [1]燕昭王의 黃金臺 [2]美人 그리던 환쟁이, [3]李謫仙 鳳凰臺, 鳳 그리던 환쟁이, [4]南國天子 凌虛臺上 日月 그리던 환쟁이, [5]동정 유리 청홍硯 金沙秋波 거북硯滴 오징어로 먹갈리고, [6]양두화筆 담북 풀어 白綿 雪花 [7]簡紙上에 이리저리 그린다. 天下名山 勝地間에 景槪 보던 눈 그리고, 蘭草 芝草 온갖 花草 꽃 따 먹던 입 그리고, [8]蓬萊 方丈 雲霧中에 내 잘 맡던 코 그리고, 鸚鵡 孔雀이 짖어 울 제 소리 듣던 귀 그리고, 萬化方暢 花林中에 펄펄 뛰던 발 그리고, 嚴多大寒 雪寒中에 白雪이 펄펄 휘날릴 제 防風하던 털 그리고, [9]神農氏 百草野에 이슬 떨던 꼬리 그려, 두 귀는 쫑긋, 두 눈은 도리도리, 꽁지는 모뚝, 앞발은 잘록, 뒷발은 강충, 허리는 날신하고, 左便에는 靑山이요, 右便에는 綠水로다. 綠水靑山 깊은 곳에 桂樹나무 그늘 속게, 들락 날락 오락 가락 앙금조츰 섰는 모양, 山中兎, 花中兎, [10]峨嵋山月半輪兎ㄴ를 이에서 더할소냐. 쇄쇄 그려 내던지며, 아나 엿다 鼈主簿야, 네 가지고 나가거라.

註解 1. 燕昭王의 黃金臺 : 戰國時代 燕나라의 昭王이 臺를 짓고, 그 위에 千金을 두고, 天下의 賢士를 구했더니 世人이 그 臺를 黃金臺라 불렀던 것이다. 2. 美人 그리던 : 다른 歌詞集에는 '면'이라고 기록되어 있는데, 이는 본래 昭王이 黃金臺에 賢士를 모아, 燕나라가 諸侯의 覇되기를 圖謀하였으므로 '覇燕'의 訛音이 '미인'이 되고, '미인'이 다시 변해 '면'으로 된 것이다. '그린다'는 것도 정말 그림을 그리는 것이 아니라, '圖謀'란 말의 '圖'字를 그 뜻대로 그린다고 한 것이다. 3. 李謫仙 鳳凰臺 : 李白의 鳳凰臺詩 4. 南國天子 凌虛臺 : 唐人 陳希亮이 嘉祐年間에 鳳翔府 知事로 있을 때 南山 아래에다가 樓臺를 짓고, 이름을 凌虛臺라고 하였다. 5. 동정 : 銅雀의 訛音인 듯하다. <硯譜>에 "魏銅雀遺趾 人掘地得古瓦 以爲硯 貯水數日不滲"이란 文句가 있고, 梅聖兪의 <銅雀硯>에 대한 詩가 있다. 아마 이를 가리켜 말하는 것 같다. 6. 양두화筆 : 화筆은 畵筆이겠다. '양두'는 '羊兎'를 말하는 것이니 羊兎毫筆의 준말이다. 7. 簡紙 : 品質이 좋고 두꺼운, 편지에 쓰는 종이. 8. 蓬萊, 方丈 : 三神山(蓬萊, 方丈, 瀛洲) 中의 두 山이름. 9. 神農氏 百草野 : ≪搜神記≫에 "神農以赭鞭鞭百草 盡知其平毒寒溫之性 臭味所主

以播百穀 故天下號神農也"라 하였고, 또 神農氏가 百草를 맛보아 醫藥을 처음으로 만들었다는 기록도 있다. 10. 峨嵋山月半輪兎 : 李白의 詩 峨嵋山月半輪秋'에서 '秋' 대신 '兎'字를 넣은 것.

第四節 〈鼠同知傳〉, 〈두껍傳〉

〈鼠同知傳〉(一名 〈鼠勇傳〉, 〈鼠翁傳〉) 梗槪

秦始皇 때다. 天竺山 萬景臺 밑에 別天地가 있는데 거기에는 많은 쥐가 살았다. 그 어느 동네에 富裕한 쥐와 가난한 다람쥐가 살았다. 富裕한 쥐 '서대쥐'는 자주 가난한 쥐 '다람쥐'의 뒤를 도와 주었으나, 염치없는 다람쥐는 더욱 더욱 農糧을 달라고 하므로, 서대쥐는 그 다음부터는 주지 않았더니, 이에 성이 난 다람쥐는 舊恩을 잊고 官家에 誣告하여 "서대쥐가 저의 양식을 전부 뺏어 갔다"고 하였다. 잡혀간 서대쥐는 太守에게 자기의 無罪함을 말하고 無事하게 나오게 되었으나 다람쥐는 重罰을 받게 되었다.

일종의 寓話小說이다. 자기가 힘을 들이고, 이마에 땀을 흘리면서 부지런히 일을 해서 제가 벌어먹을 것이지, 편안히 놀면서 남만 믿고, 염치없이 구걸해서 사는 것을 懲戒한 小說이다.

그런데 서대쥐가 官家에 붙잡혀 가서 자기의 無罪를 呼訴해서 하는 말 가운데,

저는 祖父가 慶北 密陽에 侵入한 倭寇를 쳐부수고 爵祿을 받아 世世豪居하다가……

한 것을 보면, 이 傳來 童話는 壬辰倭亂 이후에 생겨난 것을 알 수가 있고,

慶北 地方에서 發源된 것 같다.

그리고 이야기 첫머리에

天竺山 萬景臺 밑에 別天地가 있는데……

한 것을 보면, 이 童話는 印度의 童話가 朝鮮에 들어와 朝鮮 童話로 化한 것 같다.

〈두껍傳〉(一名 〈蟾同知傳〉, 〈蟾處士傳〉) 梗槪

嘉靖年間(西紀 1522~1566)에 冀州 玉抱山에 五福을 갖추고 있는 獐先生이 慶宴을 열고 山君 白虎를 除外한 外에는 모든 짐승을 모두 招待해 놓고, 처음 자리를 定할 적에 모두 자기들이 年長이라고 하여 決定하지 못하고 있을 때, 그중 한 편 구석에 가만히 앉아 있던 두꺼비가 自己의 一生의 經論을 吐露하여 座中의 年長者가 되었다.

이것도 일종의 寓話小說이다. 민간에 가장 널리 퍼져 있는 說話인데, 朴趾源의 <閔翁傳>에도 이 說話가 인용되었으니 이러하다.

"영감님은 나이 많은 사람도 보았습니까?"

"보았지. 내가 아침 일찍 숲에 들어갔더니 두꺼비와 토끼가 서로 나이가 많다고 다투고 있더군.

토끼가 두꺼비에게 말하기를,

'나는 팽조(彭祖)와 나이가 같으니 네가 늦게 태어났다.'

하니, 두꺼비가 머리를 숙이고 울었지. 토끼가 놀라 묻기를,

'너는 어찌하여 슬퍼하느냐?'

하니, 두꺼비가 말하기를,

'나는 동쪽 이웃집의 어린아이와 나이가 같은데 그 아이는 다섯 살에 글을 읽을 줄 알았지. 아이는 목덕(木德)으로 태어나 섭제(攝提)격[인년(寅

年)]에 왕조를 시작하고[145] 제왕을 여러 번 거치다가, 주나라의 왕통이 끊어지자 책력 하나를 이루었지. 이어 진나라로 이어졌고 한나라와 당나라를 지난 후, 아침에는 송나라 저녁에는 명나라를 거쳤지. 모든 일을 다하고 변화를 경험하면서 기뻐하기도 하고 놀라기도 했어. 죽은 이를 애도하고 가는 길을 전송하며 어려움을 버티며 지금에 이르렀어. 그럼에도 귀와 눈은 밝고 환하며 이와 머리카락은 날마다 자라나니, 나이가 많은 사람이이라도 그 어린아이와 같은 사람은 없을 거야. 그리고 팽조는 800살에 요절하였으니 지나온 시대가 많지도 않고 일이 바뀌는 것도 오래 경험하지 않았으니 나는 그것이 슬플 뿐이야.'

토끼가 이에 거듭 절하고 뒷걸음으로 달아나며 말하기를,

'네가 내 할아버지 항렬이구나.'

하였다네. 이런 이유로 보건대, 글을 많이 읽은 사람이 가장 오래 산 사람이겠지."[146]

이러한 나이 자랑하는 說話는 또 있으니, 다음과 같다.(孫晉泰 님의 『朝鮮民族說話의 硏究』에서)

옛날 사슴과 토끼와 두꺼비가 한 곳에 살고 있었다. 어떤 날 잔치를 베풀고 床을 받게 되었는데, 누가 먼저 그것을 받겠느냐는 問題가 일어났다. 사슴의 하는 말이

"나는 天地가 開闢되어 하늘의 별들을 박았을 때에 그 일을 거들어 준 일이 있었으니, 내가 第一年長일 것이다."

---

145) "≪십팔사략(十八史略)≫ 첫머리에 '천황씨(天皇氏)는 목덕(木德)으로 왕이 되니 세성(歲星 : 목성)이 섭제(攝提), 즉 인방(寅方)에 나타났다.'라고 되어 있다. ≪십팔사략≫에는 삼황오제(三皇五帝) 이전 중국 최초의 왕을 천황씨로 기록하고 있다."

146) "閔翁能見長年者乎 曰見之 吾朝日入林中 蟾與兎爭長 兎謂蟾曰 吾與彭祖同年 若乃晩生也 蟾俛首而泣 兎驚問 曰若乃何悲也 蟾曰 吾與東家孺子同年 孺子五歲乃知讀書 生于木德 肇紀攝提 迭王更帝 統絶王春 純成一曆 乃閏于秦 歷漢閱唐 暮朝宋明 窮事更變 可喜可驚 吊死送往 支離于今 然而耳目聰明 齒髮日長 長年者乃莫如孺子 而彭祖乃八百歲蚤夭 閱世不多 更事未久 吾是以悲耳 兎乃再拜卻走曰 若乃大父行也 由是觀之 讀書多者 最壽耳" <민옹전(閔翁傳)>

하였다. 토끼의 하는 말이

"나는 하늘에 별을 박을 때에 쓴 사닥다리를 만든 나무를 내 손으로 심었으므로 내가 年長者이다."

하였다. 두꺼비는 兩者의 말을 듣고 훌쩍훌쩍 울기 시작하였다. 왜 우느냐고 하니, 두꺼비는 이렇게 대답하였다.

"나에게는 자식이 셋이 있었더니라. 그들은 各各 나무를 한 株씩 심어 長子는 그 나무로서 하늘의 별을 박을 때에 쓴 몽치 자루를 만들고 둘째는 제 심은 나무로 銀河水를 팔 때에 쓴 삽 자루를 만들고, 셋째는 제 나무로 해와 달을 박을 때에 쓴 몽치 자루를 만들어서, 일을 하였으나 不幸히 세 자식이 모두 그 역사를 한 까닭에 죽게 되었다. 지금 자네들의 말을 들으니, 죽은 자식들의 생각이 나서 우는 것이다."

이리해서 두꺼비의 最年長者인 것이 判定되어 첫 床을 두꺼비가 받게 되었다고 한다.

이 說話는 다음의 佛典에서 나온 것 같다.

과거 세상에 근운산(近雲山) 아래 세 짐승이 함께 살고 있었다. 첫째는 탈새이고 둘째는 원숭이며 셋째는 코끼리니 이것이 세 짐승이다. 서로를 업신여기며 공경하지 않자 이 세 짐승은 함께 이 생각을 하였다.

'우리들은 어찌하여 함께 서로 공경하지 않는가? 만일 먼저 태어난 자가 있으면 응당 공양하고 존중하며 우리들을 교화해야 한다.'

이때 탈새와 원숭이가 코끼리에게 물었다.

"너는 과거 무슨 일을 기억하느냐?"

이때 큰 나무가 자리하고 있었는데 코끼리가 대답하기를,

"내가 어릴 적 이곳을 지나다닐 때에 이 나무는 내 배 아래 정도밖에 크지 않았지."

코끼리와 탈새가 원숭이에게 물었다.

"너는 과거 무슨 일을 기억하느냐?"

원숭이가 대답하기를,

“내가 기억하기를 어렸을 때에 땅에 앉아 이 나무의 끝을 잡아당겨 땅에 닿게 하였지.”

코끼리는 원숭이에게 말했다.

“네가 나보다 나이가 많으니 내가 마땅히 공경하고 너를 존중하겠다. 너는 마땅히 나를 위해 설법하라.”

원숭이가 탈새에게 물었다.

“너는 과거 무슨 일을 기억하느냐?”

탈새가 대답하기를,

“저곳의 큰 나무는 내가 당시에 그 열매를 먹고 여기에서 대변을 보았더니 곧 이 나무가 자라 이처럼 장대해졌으니 이것이 내가 기억하는 것이다.”

원숭이가 학에게 말했다.

“네가 나보다 나이가 많으니 나는 마땅히 너를 공양하고 존중하겠다. 너는 마땅히 나를 위하여 설법하라.”[147)]

요컨대 이 나이 자랑하는 <두껍傳>은 奇辯巧言보다 沈默質朴한 것이 도리어 낫다는 것이다. 兎龜의 競走에서 배울 수 있는 訓育的 價値를 얻을 수 있는 作品이다.

이외에 <금송아지전>(<金犢傳> 혹은 <金牛太子傳>)이 있다.

〈금송아지전〉 梗概

新羅 昭聖王의 王后 石氏가 病이 危急하므로, 太子 簫仙이 普陀山 紫竹林

147) “過去世時 近雲山下 有三禽獸共住 一鵽二獼猴三象 是三禽獸 互相輕慢 無恭敬行 是三禽獸 同作是念 我等何不共相恭敬 若前生者 應供養尊重 教化我等 爾時 鵽與獼猴問象言 汝憶念過去何事時 是處有大蓽茇樹 象言 我小時行此 此樹在我腹下過 象鵽問獼猴言 汝憶念過去何事 答言 我憶小時坐地 提此樹頭 接令到地 象語獼猴 汝年大我 我當恭敬 尊重汝 汝當爲我說法 獼猴問鵽言 汝憶念過去何事 答言 彼處有大蓽茇樹 我時噉其子 於此大便 乃生斯樹 長大如是 是我所憶獼猴語鵽 汝年大我 我當供養尊重汝 汝當爲我說法……” ≪고려대장경(高麗大藏經)≫ 권 34 <십송률(十誦律)> (코끼리와 원숭이가 나무를 두고 나이를 다투는 비슷한 설화가 ≪대지도론(大智度論)≫, ≪석가여래행적송(釋迦如來行蹟頌)≫ 등 여러 문헌에 보인다.)

에 가서 약을 얻어 가지고 돌아오는 길에 庶兄 世徵의 칼에 맞아 눈이 멀게 된 채, 漂流하다가 琉球國王 白文賢의 救護로 唐 德宗 때에 唐에 들어가서 어머님의 書信을 얻어 눈이 열리고, 駙馬 元帥가 되었다가 昭聖王이 돌아간 뒤에 新羅王이 되었다.

이와 비슷한 이야기가 佛典에도 있고, 뒤에서 말할 <狄(翟)成義傳>과도 내용이 비슷한 作品이다.

第八章 說話·傳說의 小說化

말로 傳해 온 民間의 이야기를, 文學을 넓게 解釋할 때에, 일종의 文學이라고 할 수 있다. 마치 民謠의 境遇와 같다. 다만 民謠는 그것이 音樂的 律調로 되어 있고, 說話나 傳說은 어지럽게 傳承되어 왔다. 記憶의 文學이었다.

이러던 것이 文字로 固定해지기는 ≪三國史記≫나 ≪三國遺事≫에서부터 비롯하였다. 그러나 이때에 된 것은 漢字로 기록되었던 것이다. 그러던 것이 한글이 頒布된 후에 口傳說話가 國文學으로 形成되기는 <興夫傳>, <沈淸傳> 등에서부터 비롯하게 된 것이다. 이와 같이 民間에서 傳承되어 오다가 어느 時期에 이르러서 어떤 才上의 손에서 小說로 고정된 것을 일괄해서 說話小說이라 부르겠다.

第一節 〈興夫傳〉

<興夫傳>은 우리가 익숙히 알고 있는 이야기이므로 여기서는 梗槪를 略述하겠다. <興夫傳>은 作者와 製作 年代가 未詳하다. 다만 小說 첫머리에

> 충청 전라 경상도 어름에 사는 연생원이라는 사람이 아들 형제를 두었는데 형은 놀부요 아우는 홍부라……

하였으니, 忠淸·全羅·慶尙의 三道가 接境되는 곳에서 일어난 이야기로 <春香傳>의 南原 地方과 그다지 멀지 않은 곳에서 일어난 이야기다.

<興夫傳>은 朝鮮 固有의 童話가 아니고 蒙古의 <박타는 처녀>라는 이야기를 輸入하여 朝鮮化한 小說이니, 蒙古의 <박타는 처녀>라는 이야기는 이러하다.

> 옛날 어느 때 한 처녀가 바느질을 하다가 처마에 집을 짓고 있는 제비 한 마리가 땅에 떨어져서 버둥거리는 것을 보고 불쌍히 여겨 바느질 하던 五色실로 감쪽같이 동여매어 주었다. 이를 感謝히 생각하며 날아갔던 제비가 얼마 뒤에 다시 와서 박씨를 떨어뜨렸다. 그 처녀가 그 박씨를 심었더니, 커다란 박이 하나 열렸다. 박이 굳어지기를 기다려 하루바삐 타 본즉, 金銀珠玉과 갖은 寶貨가 쏟아져 나와서 금시에 巨富가 되었다. 그 이웃에 심술궂은 색시가 하나 있어서, 이 말을 듣고 제 집 처마 끝에 집 짓고 사는 제비를 일부러 떨어뜨려서 뼈를 분지르고 실로 동여매어 날려 보냈더니, 얼마 지나서 과연 제비가 박씨를 가져 왔다. 땅에 심어 또한 커다란 박을 얻었다. 이를 타 본즉 야단이 났다. 무시무시한 毒蛇가 나와서 그 각시를 물어 죽였다.

<興夫傳>에서는 저 처녀와 이웃 집 색시 대신에 착한 동생 興夫와 마

음씨 나쁜 놀부로써 하였으니, 無味乾燥한 <박 타는 처녀>를 輸入해서 모두 朝鮮의 人物, 地名, 風俗에 맞도록 하여, 鄕土的 色彩를 濃厚하게 한 데다가, 辛辣한 諷刺와 諧謔을 加味해서 全篇을 익살맞고 재미있게 하였다. 착한 아우와 못생기고 심술궂고, 성미 급한 兄 놀부와의 對照에 무슨 敎育的인 뜻을 붙인 것이다.

우리가 보는 <興夫傳>에는 흔히 童話에 나오는 典型的 善人과 惡人으로서의 興夫와 놀부가 아니라, 훨씬 現實的인 人間性을 띤 놀부와 흥부가 나타난다. 그리하여 <興夫傳>에서도 이 두 兄弟의 性格을 다음과 같이 그리었다.

> 한 어미 소생으로 현우가 판이하여 흥부는 마음이 착하여 효행이 지극하고, 동기간에 우애 독실하되, 놀부는 오장이 달라 부모께 불효, 동기간에 우애 없어, 마음 쓰는 것이 괴상하였다. 이놈의 심술을 볼진대 다른 사람은 오장육부로되 놀부는 오장칠부였다. 어찌하여 그런고 하니 심술부 하나이 더하여 결간 옆에 가 붙어서 심술부가 한 번만 뒤집히면 심사를 피우는 데 썩 야단스럽게 피웠다. 술 잘 먹고 욕 잘하고, 에테하고 싸움 잘 하고, 초상난 데 춤추기, 불 붙는 데 부채질하기, 해산한 데 개 잡기, 장에 가면 억매(抑買, 抑賣 : 남의 물건을 억지로 사고 억지로 파는 것) 흥정, 우는 아이 똥 먹이기, 무죄한 빰치기, 빚값에 계집 뺏기, 늙은 영감 덜미 잡기, 논두렁에 구멍 뚫기, 애호박에 말뚝 박기, 꼽사등이 엎어 놓고 밟아 주기, 아이놈 밴 계집 배 차기며, 우물 밑에 똥 누어 놓기, 오려논에 물 터 놓기, 잦힌 밥에 흙 퍼붓기, 패는 곡식 이삭 빼기, 논두렁에 구멍 뚫기, 애호박에 말뚝 박기, 꼽사등이 엎어놓고 밟아주기, 똥 누는 놈 주저앉히기, 안질방이 턱살 치기, 옹기 장사 작대 치기, 면례하는 데 뼈 감추기, 남의 양주 잠자는 데 소리 지르기, 수절 과부 겁탈하기, 통혼하는 데 간혼 놀기, 만경창파에 배 밑 뚫기, 목욕하는 데 흙 뿌리기, 담 붙은 놈 코침 주기, 눈 앓는 놈 고춧가루 뿌리기, 이 앓는 놈 빰 치기, 어린 아이

꼬집기와, 다 된 홍정 파의하기, 중놈 보면 대테(그릇에 매는 쪼갠 대로 만든 테) 메기, 남의 제사에 닭 올리기, 행길에 허공 파기, 모과나무 같이 뒤틀리고 동풍 안개 속에 수수잎 같이 꼬인 놈이 무거불측하되(이루 흉악한 짓을 다 들 수 없으되), 홍부는 그렇지 아니하여, 충후인자한 마음으로 그 형의 행사를 탄식하고, 때로 간하고자 하나 말하여야 쓸 데 없는 고로, 함구무언하고 주면 먹고, 시키면 일이나 공순히 하되, 무거한 놀부놈이 일분 회개함이 없으니, 어찌 아니 분통하랴. 놀부의 착한 마음 부모의 물려준 재산, 많은 전재와 남전북답 노비 우마를 혼자 다 차지하고, 아우 홍부를 구박하되, 홍부의 어진 마음 조금도 다름없더라.

우리는 이 小說의 主人公인 興夫를 통해서 李朝時代의 貧困한 兩班, 변변하지 못한 무기력한 兩班의 生活 意識 내지는 生活 態度를 엿볼 수 있다. 집이 가난하면 제 힘으로 어떻게 해서든지 生活 방도를 생각할 것이지 兄弟之間의 義理만 찾아, 富者로 사는 兄만을 依賴하려는 홍부의 心情과 態度를 찾아 볼 수 있다. 이러한 무능 무기력한 生活意識은 다 저 儒敎의 敎理에 中毒되어 生産 방면에서 遊離되어 있는 까닭에서 온 것이다. 벼슬 한 자리 얻어 하지 못하고, 生存 競爭에서 敗北한 兩班의 生活 態度다. 善意로만 解釋한다면 興夫는 소위 好人의 代表的 人物이 될 것이다. 興夫는 善人은 善人이지만 그는 兄도 依賴할 수 없게 되면 요행을 바라 힘 안 들이고, 박씨 같은 것을 얻어서 猝地에 富貴를 누리고 싶어 하며, 生活力이 없으면서도 安逸을 찾는 人物이다. 李朝 封建時代의 무기력한 兩班階級의 沒落 過程을 여실히 보이어 주는 作品이다. 그리하여 이 小說에서도 興夫의 依賴心을 놀부의 입을 빌려 다음과 같이 小說에서 批難해 말했다.

놀부 본디 집 한 간 변통하여 주고 나가란 것이 아니라, 건으로 배송내려다가 홍부의 착한 말을 들으니, 불량한 심사 불 일 듯하는지라 눈을

부릅뜨고 팔뚝을 뽐내어 가로되
"이 놈! 홍부야 잘 살아도 내 팔짜요, 못 살아도 내 팔짜니, 형을 어찌 길게 뜯어 먹고 매양 살랴 하느냐, 잔말 말고 어서 나가거라."

그리고 <興夫傳>에서 또 한 가지 느끼는 것은 全篇에 흐르고 있는 諷刺, 諧謔이 많아 讀者에게 끊임없이 웃음을 준다. 이러한 점은 <春香傳>도 그렇지마는, 人物과 事件을 판에 박은 듯한 抽象的인 說明에 그치지 않고 現實에 나타나 있는 具體的인 生活을 描寫해서 우습고도 심술궂고도 성미 급하고도, 방정맞은, 가지가지의 性品과 行動을 잘 그려 놓았다. 이리하여 兩班階級들의 文學보다 훨씬 活氣가 있고 우습게 그리어져 있다. 이런 例를 들어 보겠다. 홍부가 형에게 쫓겨 난 후의 이야기에서

홍부 아무 대답 아니하고, 아내와 어린 것들을 데리고, 지향 없이 문을 나니 갈 바이 망연하고나. 건넌 산 언덕 밑에 움을 파고 모여 앉아 밤을 새우고 아무리 생각하여도 갈 곳은 없고 이곳에 수간 모옥이라도 짓고 사는 수밖에 다른 변통은 없으니, 집을 지려 할새 만첩청산 들어가서 크나큰 대부동을 와르렁 퉁탕 지끈동 베어 내어 안방 대첩 중채 사랑 네모번듯 입구자로 짓고, 선자추녀, 굽돌이, 바리받침, 내외분합, 물퇴에 살미살창, 가로다지, 분벽주란, 고대광실 짓는 것이 아니라, 낫 한 가락을 들게 갈아 지게에 꽂아 지고, 묵은 밭이라면 좇아다니며 수숫대, 뺑대를 모조리 베어 짊어지고 돌아와서 집을 짓는데 비슷한 언덕에다 안방 대청 행랑 몸체를 밀짚으로 한나절에 지어 필역하고 돌아보니 수숫대 반 짐이 그저 남았구나. 안방을 볼작시면 어찌 너르든지 누워 발을 뻗으면 발목이 벽 밖으로 나가니, 착고 찬 놈도 같고, 방에서 멋모르고 일어서면 모가지가 지붕 밖으로 나가니, 휘주 잡기에 잡히어 칼 쓴 놈도 같고, 잠결에 게지게를 켜량이면 발은 마당 밖으로 나가도 두 주먹은 두 벽으로 나가고 엉덩이는 울타리 밖으로 나가 동네 사람들이 출입시에 거친다고 이 궁둥이 불러들이라는 소리에……이 년석들을 이루 의복을 어찌하여 입히리오.

> 큰 놈 작은 놈 몸을 못 가리고 한 구석에 우물쭈물하니, 방문을 열어 보면 마치 미역 감는 냇가 같이 아이 어른이 벗고들 있는지라, 홍부 기가 막혀 옷 해 입힐 생각하니……모두 다 몰아닥아 한 방 속에 넣고 큰 멍석 한 잎 얻어닥아 구멍을 자식 수대로 뚫고 나려 씌워 놓으니 대강이만 콩나물 대강이처럼 내밀어 한 년석이 똥을 누러 가량이면 여러 년석들이 후배로 따라가고……

위에서 본 바와 같이 說話小說의 最大 特徵은 豊富한 諧謔性과 그 거의 전부가 唱劇化한 데 있다. 이것은 大衆이 웃음을 좋아한 때문으로 東西 古今을 통한 普遍的 事實이다.

<興夫傳>은 책에 따라 다르지마는, 전반에서 興夫가 兄 놀부의 집에서 쫓겨나 갖은 고생을 겪다가 후반에 이르러 報恩박과 報讐박 이야기로 된다. 후반은 東洋 一帶에 널리 퍼지어 있는 童話로서 朝鮮 특유의 것은 아니다. 다시 말하면 전반에 있어서의 現實은 비참하기 짝이 없다. 후반은 비참한 環境에 있는 民衆들의 念願이다. 小說과 같이 그렇게 까지 360도로 回轉해서 悲哀에서 喜悅로 轉向될 수는 없는 것이다. 生活力이 弱한 者들의 空想이다.

<興夫傳>의 價値는 위에서 말한 바와 같이 興夫가 놀부 집에 구걸하러 갔다가 매를 맞고 쫓겨나는 場面과 돈 三十兩을 받으려고 富者 대신 매를 맞으러 하루에 一百七十里씩 걸어서 며칠 만에 營門에 갔다가 갑자기 容赦되어 실망하고 돌아서는 場面에서는, 그러한 무기력하기 짝이 없는 선비의 悲痛과, 財物에 눈이 어두워져, 人間 倫理를 짓밟고도 도리어 부끄러워 할 줄 모르는 守錢奴와의, 兩極端의 對照가 이 作品에서는 잘 그리어져 있다. <興夫傳>은 어디까지든지 비참한 현실을 웃음으로 돌리려는 作品이다.

그러나 결과에 있어서 興夫는 善에 대해서 善의 報酬를 받았고, 놀부는 惡에 대한 惡의 報酬를 받았다. <興夫傳>은 이와 같이 因果應報를 말하는 勸善懲惡의 小說이다. 그런데 ≪搜神記≫에 보면

> 한나라 때, 홍농(弘農)군에 양보(楊寶)라는 사람이 있었다. 그의 나이 아홉 살 때 화음산 북쪽에 이르렀는데 황작 한 마리가 올빼미에게 공격을 당하여 나무 아래에 떨어져 개미들에 둘러싸인 것을 보았다. 양보는 황작을 가련하게 여겨 집에 데리고 와서 헝겊 상자 안에 넣고 국화를 먹였다.
> 백일이 지나 털과 깃이 온전해지자 아침마다 나갔다가 저녁에 들어오곤 했다. 어느 날 저녁 삼경쯤에 양보가 책을 읽으며 자지 않고 있는데 황색 옷을 입은 동자가 양보를 향해 재배하며 말했다.
> "저는 서왕모의 사신입니다. 명을 받아 봉래산에 가는 길에 조심하지 못하여 올빼미에게 공격을 받았습니다. 당신이 인자한 마음으로 구해주었습니다. 진실로 그 크신 덕에 감사합니다."
> 곧 양보에게 하얀 고리 4개를 주며 말했다.
> "당신의 자손들은 희고 고결하며 삼사의 벼슬에 올라 마땅히 이 고리와 같을 것입니다."[148]

이라 한 것이 있다. 우리의 <興夫傳>과는 상당한 距離가 있다. 그러나 비슷한 데가 있다. <興夫傳>은 一名 <놀부傳>. <제비다리>라고도 한다. 다음에 홍부가 놀부의 집에 가서, 兄의 同情을 請하다가, 두들겨 맞고 쫓겨나는 場面의 原文을 적겠다.

原文及 註解

홍부 하는 말이

148) "漢時弘農楊寶 年九歲時 至華陰山北 見一黃雀 爲鴟梟所搏 墜於樹下 爲螻蟻所困 寶見愍之 取歸 置巾箱中 食以黃花 百餘日 毛羽成 朝去暮還 一夕三更 寶讀書未臥 有黃衣童子 向寶再拜曰 我西王母使者 使蓬萊 不愼爲鴟梟所搏 君仁愛見拯 實感盛德 乃以白環四枚與寶曰 令君子孫潔白 位登三事 當如此環" ≪수신기(搜神記)≫ 권20 <황의동자(黃衣童子)>

"형님 댁에 갔다가 보리나 타고 오게"
흥부 아내 착한 마음에 보리라 하니까 먹는 보리로만 알고 하는 말이,
"여보 마누라 보리라니까 갈보리 봄보리 늦보리로 아나 보오 그려. 우리 형님이 음식 끝을 보랑이면 사촌을 몰라보고 [1]가시목이나 [2]무푸레 몽치로 함부로 치는 性品이니, 그런 보리를 어떤 놈이 탄단 말인가."
흥부 아내 하는 말이
"애고 이 말이 웬 말이요. 상담에 이르기를 '동냥은 아니준들 쪽박까지 깨치리까.' 맞으나 아니 맞으나, 쏘아나 보다가 그만 둡소."
흥부 이 말 듣고, 마지못하여 형의 집으로 건너간다. 흥부 [3]치장 차리고 가는 거동을 볼작시면, 앞 살 터진 헌 망건에 물렛줄로 [4]당줄 달아 쓰고, 모자 빠진 헌 갓을 실로 총총 얽어 매어 [5]죽영을 달아 쓰고, 깃만 남은 [6]중치막에, 동강동강 이은 [7]술띠로 흉복통 눌러 매고, 떨어진 고의적삼, [8]청올치로 헌 짚신 들메하고, 세 살 부채 손에 들고, 서 홉 들이 [9]오망자루를 꽁무니에 비슥 차고, 바람 맞은 병인처럼 비슥비슥 건너가서, 놀봇집 들어가며, 전후 좌우 돌아보니, 앞 [10]노적 뒷 노적, 멍에 노적, 쌀 노적, [11]담불담불 쌓았으니, 흥부의 어진 마음 즐겁기 칙량 없건만, 놀부 심사 무지하되, 흥부 오는 싹을 보면, 구박이 태심하는지라, 흥부 그 형을 보기도 전에 이왕에 맞던 생각을 하니 겁이 절로 나서 일신을 떨며 공손히 마루 아래 서서 두 손길을 마주 잡고 절하며 문안하니, 다른 사람 같으면 와락 뛰어 내려와서 잡아 올리며 형제간에 마루 아래 문안이란 말이 웬 말이냐 하며 위로가 대단하련마는, 놀부는 워낙 무도한 놈이라 흥부 온 일이 전곡간에 구걸하러 온 줄 알고, 못 본 체 하다 여러 번째야 묻는 말이 네가 누구인고, 흥부 기가 막히어 대답하되
"내가 흥부올시다."
놀부 소리 질러 가로되,
"흥부가 어떤 놈인가."
흥부 울며 하는 말이
"애고 형님 이 말씀이 웬 말씀이요. 마오 마오, 그리를 마오. 비나이다 비나이다 형님전에 비나이다. 세 끼를 굶어 누운 자식 살려 낼 길 전혀 없어, 염치를 불고하고 형님댁에 왔소오니, 동기지정을 [12]고렴하시와

벼가 되나, 쌀이 되나 양단간에 주업시면, 콩을 판들 못 갚으며, 일을 한들 공하리까. 아무쪼록 동기지정을 생각하여 죽는 목숨 살려 주옵소서."

이처럼 애걸하나 놀부 거동 보소. 맹호같이 날뛰며, 모진 눈을 부릅뜨고 픠 올려 하는 말이

"너도 염치없는 놈이로다. 내 말을 들어 보라. 천불생무록지인(天不生無祿之人)이요, 지불생무명지초(地不生無名之草)라. 너는 어이하여 복이 없어 날만 이리 보채는다. 잔말을 듣기 싫다."

홍부 울며 하는 말이

"어린 자식을 데리고 굶다 못하여 형님 처분 바라지고 불고염치 왔사오니 양식이 만일 못 되거든 돈 서 돈만 주시오면, 하루라도 살겠나이다."

놀부 더욱 화를 내어 하는 말이

"이 놈아 물어 보아라. 쌀이 많이 있다 한들 너 주자고 섬을 헐며, 벼가 많이 있다 한들 너 주자고 노적 헐며, 돈이 많이 있다 한들 너 주자고 [13]괫돈 헐며, 가루 되나 주자한들 너 주자고 대독에 가득한 걸 떠내며, 의복가지나 주자한들 너 주자고 행랑것들 벗기며, 찬밥술이나 주자한들 너 주자고 마루 아래 청삽사리를 굶기며, 지게미나 주자한들 새끼 낳은 돝을 굶기며, 콩 섬이나 주자한들 큰 농우가 네 필이니, 너를 주고 소 굶기랴. 염치없고 이면 없는 놈이로다."

홍부 하는 말이

"아무리 그러하실지라도 죽는 동생 살려 주오."

놀부 화를 더럭 내어 벽력 같은 소리로 하인 마당쇠를 부르니, 마당쇠가

"예"

하고 오거늘, 놀부 분부하되

"이 놈아 뒷광문 열고 들어가면 저 편에 보리 쌓은 담불이 있지."

이 때 홍부는 그 말 듣고 내심에 옳다 우리 형님이 보릿 말이나 주시려나 보다 하고 은근히 기꺼하더니, 놀부놈이 마당쇠를 시켜 보리 섬 뒤에 하여 두었던 도끼 자루 묶음을 내다 놓고 손에 맞는 대로 골라 잡더니, 그만 달려들어 홍부 뒤꼭지를 잔뜩 훔쳐 쥐고, 몽둥이로 함부로 치는데, 마치 손 잰 승의 비질하듯, [14]상좌 중의 [15]법고 치듯, 아주 탕탕 두드

리니 홍부 울며 하는 말이

"애고 형님 이것이 웬일이요. 방약무인 [16]도척이도, 이에서 성인이요, 무거불측 관숙이도 이에서는 군자로다. 우리 형제 어찌하여 이렇게 하오. 아니 주면 그만이시지 따리기는 무슨 일고. 애고 어머니 나 죽소."

놀부의 모진 마음 그래도 그치지 아니하고 지끈지끈 함부로 치다가 제 기운에 못 이기어 몽둥이를 내던지고 숨을 헐떡이며

"이 놈 내 눈 앞에 뵈지 말라."

하고 사랑으로 [17]분분히 들어가며 문을 벼락같이 닫치니, 이 때 홍부는 어찌 맞았든지 일신이 느른하여 돌아갈 마음 그지없건만, 그 중에도 형수나 보고 가려고 엉금엉금 기어 부엌 근처로 가니, 놀부 아내가 마침 밥을 푸는지라, 홍부가 매 맞은 것은 고사하고 여러 날 굶은 창자에 밥 냄새 맡으니 오장이 뒤집히어

"애고 형수씨 밥 한 술만 주오. 이 동생 좀 살려 주오."

하며 부엌으로 뛰어 들어가니, 이 년 또한 몹쓸 년이라 와락 돌아서며 하는 말이

"남녀가 유별한데 어디를 들어오노."

하며, 밥 푸던 주걱으로 홍부의 마른 빰을 지끈 따리니, 홍부가 그 빰 한 번을 맞은 즉 두 눈에 불이 화끈하여 정신이 어찔하다가 빰을 슬며시 만져 보니, 밥이 볼따귀에 붙었는지라 일변 입으로 훔쳐 넣으며 하는 말이

"아주머님은 빰을 쳐도 먹여가며 치시니 감사한 말을 어찌 다 하오리까, 수고스럽지마는 이 빰마저 쳐 주시오. 밥 좀 많이 붙은 주걱으로. 그 밥 갖다가 아이들 구경이나 시키겠소."

이 몹쓸 년이 밥주걱은 놓고 부지깽이로 홍부를 흠씬 따려 놓으니, 홍부 아프단 말도 못하고 할 일 없이 통곡하며 돌아오니 천지가 망망하더라

註解 1. 가시목 : 가락나무의 一種, 榎木. 2. 무푸레 : 木犀科에 속한 落葉喬木, 靑皮木. 3. 치장 : 모양나게 잘 꾸미는 것. 4. 당줄 : 망건의 끈. 5. 죽영(竹纓) : 가는 대를 꿰어 만든 갓 끈. 6. 중치막 : 큰 장옷과 같다. 男子의 表衣의 一種으로 소매가 넓고 긴 옷인데 네 폭으로 되어 있다. 7. 술띠 : 술로 된 띠. 8. 청올치 : 칡의 속껍질로 꼰 노. 9. 오

망자루 : 조그만한 자루. 10. 노적(露積) : 집 밖에 쌓아 둔 곡식. 11. 담불 : ① 높이 쌓아 놓은 곡식. ② 벼 백 석. 12. 고렴(顧念) : 돌보아 생각하는 것. 13. 궷돈 : 궤 속에 넣어 둔 돈. 14. 상좌(上佐) : 스님의 대를 잇는 중으로서 法師에게는 제자라 하고, 恩師에게는 상좌라 하는 佛敎의 用語. 15. 法鼓 : 佛前에 있는 작은 북. 16. 도척(盜跖) : ≪辭源≫에 "盜跖…人名 柳下惠之第 亦作盜跖 ≪史記≫ 盜跖日殺不辜 肝人之肉 ≪正義≫ 跖者 黃帝時代盜之名 以柳下惠之第爲天下大盜 故世放古號之盜蹠"이라 하였으니 본디는 큰 盜賊의 이름으로, 人倫에 벗어난 사람을 指稱하는 말. 17. 분분(忿憤)히 : 분이 나서

第二節 〈沈淸傳〉

〈沈淸傳〉의 梗概

黃海道 黃州郡 桃花洞에 사는 名族인 沈鶴圭라는 이가 새로 장님이 되었다. 그의 賢妻 郭氏는 아름다운 딸 沈淸을 낳은 후 즉시 重病이 들어 限있는 命數를 어찌 할 수 없이 이 世上을 버렸다. 鶴圭는 어린 젖먹이를 안고 집집에 다니면서 젖과 밥을 빌어 一年을 하루 같이 길렀다. 그 후 沈淸은 열다섯 살부터 스스로 밥을 빌어다가 아버지를 奉養하여 여가만 있으면 裁縫과 學行을 오로지 배워서 稀世의 天女라고 名聲이 嘖嘖하니, 武陵洞에 사는 張丞相夫人이 養女를 삼고자 하였으나 沈淸은 盲父의 곁을 잠시도 떠날 수가 없다고 拒絶하여 버렸다. 하루는 夢運寺에 있는 住持 僧 한 사람이 供養米 三百石만 佛供하면, 盲眼이 열릴 수 있다고 말을 하여, 이 말을 들은 沈鶴圭는 앞뒤를 생각할 겨를도 없이, 勸善章에 '三百石 沈鶴圭'라고 記入하였다. 아버지의 근심을 눈치 챈 沈淸은 벌써 三百石을 절에 부쳤다. 원래 서울서 數十名의 商賈가 臨堂水의 船路가 危險하므로 15세 된 處女를 구하여 生贄를 드리고 水路를 安全히 하고자 하던 次에, 沈淸은 供養米 三百石에 이 사람들에게 몸을 팔아 몸값으로 받은 三百石을 아버지 모르게 夢運寺로 보낸 것이다. 沈淸은 約束한 그 날에 아버지께 모든 이야기를 하고 눈물로 아버지와 헤어진 후, 商賈의 배를 타고 臨堂水에 이르러

몸을 던지니, 上帝가 四海 龍王을 命해서 大孝 沈淸을 玉蓮花에 싸서 臨堂水 물 위에 返還시켰다. 船人들은 큰 利를 얻어 가지고 돌아오다가 물 위에 뜬 天上蓮花를 天子에게 드리니, 實은 蓮花가 아니요, 사랑스러운 處女 '沈淸'의 化身이었다. 王은 즉시 王后를 삼고, 그 盲父를 찾고자 '장님 잔치'를 열었으나 기다리는 아버지 沈봉사는 오지 아니하였다. 沈봉사는 愛妻와 孝女를 잃고 '뺑덕'이라는 흉악한 계집을 맞아 살림을 하다가 뺑덕은 沈봉사의 서울 갈 旅費까지 뺏어서 沈봉사는 빌어 먹으면서 그 잔치에 참례하게 되었다. 沈淸은 나날이 點考 하다가 그 末席에 와서 앉은 이가 자기의 아버지인 줄 알았다. 아버지라고 부르짖는 沈淸의 목소리에 깜짝 놀란 沈봉사는 그만 눈을 뜨게 되었다.

<沈淸傳>은 <春香傳>과 아울러 朝鮮의 代表的 小說이다. 특히 婦女子들 사이에서 耽讀되는 <沈淸傳>의 人氣는 자못 絶對的이어서 오늘날에서도 그러하여 演劇으로, 映畵로, 唱劇으로 씹으면 씹을수록 싫증이 안 나는 小說이다. 沈淸이가 아버지의 눈을 뜨도록 하려고 供養米 三百石에 몸을 팔아 臨堂水 無邊大海의 거센 바다 물결에 몸을 던지는 슬픈 場面에서는 婦女子들은 손수건을 짜 가면서 눈물을 흘린다. 곧, <沈淸傳>의 전반은 悲劇의 連續이지마는 후반에 들어가서는 沈淸은 四海龍王으로 말미암아 救出되어 왕후에까지 이르게 된 데다가, 盲人 잔치에서 沈淸이라는 소리에 "이게 웬 말이냐." 하고 달려드는 바람에 두 눈을 뜨게 되는 場面에 이르러서는 天地 光明을 보게 되는 기쁨에 넘치는 場面을 이루고 기쁨과 幸福으로 끝을 막게 된다. 상말로서 말하는 '고생 끝의 樂'이다. <沈淸傳>은 이와 같이 喜悲相交하는, 死에서 生으로, 賤에서 貴로, 永別에서 邂逅를 보게 되는 小說이다.

<沈淸傳>은 그러나 그 時代의 참된 現實을 그린 作品이라면 現實 그대로 悲劇으로 끝을 맺어야 옳은 것이다. 沈淸이가 몸을 팔아 臨堂水에 몸을

던져 자기의 몸을 犧牲시키는 것은 '孝'를 내세우는 儒敎的 精神에서 온 것이겠으나 現實的으론 도저히 이런 일이란 있을 수 없는 것이다. 小說의 本質이 人生의 敍事詩요 社會의 反映이라면 당시의 時代를 그대로 描寫하는 데서 <沈淸傳>의 小說로서의 價値도 더 컸을 것이다. 그래야 옳을 것을 후반에 들어가서는 奇蹟이 演出되어 悲劇에서 歡喜로 三百 六十度의 一大 迴轉을 하고 말았다. 이렇게 끝을 非現實性으로 맺게 한 것이 이 작품으로서는 最大의 缺點이라 아니할 수 없다. 小說은 어디까지든지 현실을 그대로 그려내는 데에 충실하여야 된다. 古代小說은 흔히 이런 점을 잊게 되는 수가 많다.

性格 描寫에 있어서도 主人公인 沈淸이보다 沈奉事를 더 여실히 表現하였다. 이런 점은 <春香傳>에 있어서도 같은 過誤를 犯해 主人公인 春香이보다도 春香 母 月梅를 더 자세히 描寫했다. 古代小說의 共通되는 점으로, 主人公의 孝女는 徹底하게 孝女로, 烈女이면 徹底하게 烈女로 描寫하느라고 그의 人間性을 描寫하는 것을 흔히 忘却하여 버린다. 沈奉事도 <興夫傳>의 興夫와 똑같은 사람으로 무기력한 沒落된 兩班에 지나지 않는다. 優柔不斷하며, 남에게 잘 속는 그러한 無能한 典型的인 人物이다. 요컨대 이 小說에서 느껴지는 것은 아무리 微賤한 少女라고 德行만 쌓으면 그의 應報로서 能히 王后의 尊貴를 누릴 수 있다는 것을 暗示하는 小說이다. 이런 점에서 생각하면 因果應報를 말하는 佛敎的 색채를 약간 지닌 소설이라 할 수 있다. 그러나 <沈淸傳>의 主題는 '孝'에 있는 것이다.

<沈淸傳>과 같은 說話는 日本에도 있으니, <小夜姬>라고 하는 것이 그것이고, 印度의 <專童子>, <法妙童子>의 傳說 童話가 그러한 것들이다. <沈淸傳>과 비슷한 說話는 우리 朝鮮에서도 오랜 예로부터 있었으니, ≪三國遺事≫ '卷二 紀異第二' <眞聖女王 居陁知>條를 보면

……제51대 진성여왕대에……이 왕대의 아찬 양패(良貝)는 왕의 막내아들인데, 당나라에 사신으로 갈 때 후백제의 해적이 진도에서 길을 막는다는 말을 듣고 궁사 50명을 뽑아 그를 따르게 하였다. 배가 곡도(우리말로 곡섬)에 이르니 바람과 물결이 크게 일어나 열흘 이상을 머물러야 했다. 공이 이를 근심하여 사람을 시켜 이 일을 점치게 하니 말하기를,

"섬에 신령한 못이 있으니 그곳에 제사지내는 것이 좋겠습니다."

하였다. 이에 못 위에 재물을 바쳐 제사지내니, 못에서 한 길 남짓 물기둥이 솟았다. 밤에 꿈속에서 한 노인이 공에게 일러 말하기를,

"활 잘 쏘는 한 사람을 이 섬에 머물도록 하면 바람이 바뀌는 것을 얻을 수 있습니다."

공이 깨어 이 일로 좌우에 묻기를,

"누가 머물겠는가?"

사람들이 대답하기를,

"마땅히 나뭇조각 50쪽에 저희의 이름을 쓰고 물에 잠기는 것으로써 제비를 뽑아야 합니다."

공이 그 말을 따랐다.

군사 중에 거타지(居陁知)라는 사람이 있는데 그 이름이 물속에 잠기므로 이에 그 사람을 머물게 하니 바람이 홀연 바뀌어 불어 배는 치제하지 않고 앞으로 나아갈 수 있었다.

거타가 근심하며 작은 섬에 서있는데 문득 한 노인이 연못으로부터 나와 말하기를,

"나는 서쪽 바다의 신이오. 매번 한 승려가 해가 뜰 때면 하늘로부터 내려와 다라니주문을 외고 이 못을 세 번 돌면 우리 부부와 자손들이 모두 물 위로 떠오르게 되는데, 그 승려는 내 자손의 간을 취하여 먹기를 다하였소. 오직 우리 부부와 딸 하나만 남았는데, 내일 아침에 또 반드시 내려올 터이니 청컨대 당신이 그를 쏘아주시오."

거타가 말하기를,

"활 쏘는 일은 내가 잘하는 것입니다. 그 명을 듣겠습니다."

노인은 감사의 말을 하고 물속으로 들어갔다.

거타가 숨어 엎드려 기다리니 동쪽에서 밝은 해가 떠오르자 승려가 과

연 내려와 주문 외기를 전과 같이 하였다. 노룡의 간을 취하려 하자 그때 거타가 그를 향해 활을 쏘아 승려를 맞히니 곧 늙은 여우로 변하여 땅에 떨어져 죽었다. 이에 노인이 나타나 사례하며 말하기를,

"당신의 은덕을 받아 우리의 생명을 보존할 수 있었소. 청컨대 나의 딸을 아내로 맞이하기를 바라오."

거타가 말하기를,

"사례를 해주시고 남겨두지 않으시니 진실로 원하는 바입니다."

노인이 그의 딸을 한 송이 꽃가지로 변하게 하여 그의 품에 넣어주고 이내 두 마리의 용에게 명하여 거타를 받들고 사신의 배를 좇아 그 배를 호위하도록 하니, 당나라 경계에 들어섰을 때 당나라 사람들이 신라의 배를 두 마리의 용이 받들고 있음을 보고 있는 그대로 황제에게 아뢰니, 황제가 말하기를,

"신라의 사신은 반드시 비상한 인물이다."

이에 잔치를 베풀어 여러 신하들의 윗자리에 앉도록 하고 금과 비단을 후하게 주었다. 고국에 돌아오자 거타는 꽃가지를 꺼내 여자로 변하게 한 후 함께 살았다.[149]

라 한 것을 보면, 龍婦가 꽃가지로 변했다가 다시 女子로 변한 것이 있으니, 이러한 점이 沈淸이 玉蓮花로 변했다가 다시 王后로 된 것과 같은 說

---

149) "……第五十一代 眞聖女王(西紀 887~896)……此王代阿飡良貝 王之季子也 奉使於唐 聞百濟海賊梗於津島 選弓士五十人隨之 舡次鵠島(鄕云骨大島) 風濤大作 信宿浹旬 公患之使人卜之. 日島有神池 祭之可矣 於是貝奠於池上 池水湧高丈餘 夜夢有老人 謂公曰 善射一人 留此島中 可得便風 公覺而以事諮於左右曰 留誰可乎 衆人曰 宜以木簡五十片 書我輩名 沈水而鬮之 公從之 軍士有居陁知者名沈水中 乃留其人 便風忽起 舡進無滯 居陁愁立島嶼 忽有老人 從池而出謂曰 我是西海若 每一沙彌 日出之時 從天而降 誦陁羅尼 三繞此池 我之夫婦子孫 皆浮水上 沙彌取吾子孫肝腸 食之盡矣 唯存吾夫婦與一女 爾來朝又必來 請君射之 居陁曰 弓矢之事 吾所長也. 聞命矣 老人謝之而沒 居陁隱伏而待 明日扶桑旣暾 沙彌果來 誦呪如前 欲取老龍肝 時居陁射之中沙彌 卽變老狐 墜地而斃 於是老人出而謝曰 受公之賜 全我性命 請以女子妻之 居陁曰 見賜不遺 固所願也 老人以其女 變作一枝花 納之懷中 仍命二龍 捧居陁 趁及使舡 仍護其舡 入於唐境 唐人見新羅舡有二龍負之 具事上聞 帝曰 新羅之使必非常人 賜宴坐於羣臣之上 厚以金帛遺之 旣還國 居陁出花枝 變女同居焉" ≪삼국유사(三國遺事)≫ '권2 기이(紀異) 제2' <진성여왕 거타지(眞聖女王 居陁知)>

話다. 또, ≪三國史記≫ '卷第四十八 列傳 第八' <孝女知恩>條를 보면

효녀 지은은 한기부의 백성 연권(連權)의 딸이다. 성품이 지극히 효성스러워 어렸을 때 아버지를 여의고 홀로 그 어머니를 봉양하면서 나이 32세가 되도록 오히려 시집가지 않았으니, 아침저녁으로 보살피며 곁을 떠나지 않았고 봉양할 것이 없으면 혹은 품팔이를 하거나 혹은 구걸하여 음식을 얻어와 어머니를 모셨다. 그러한 날이 오래되자 괴롭고 고달픔을 이기지 못하여 부잣집을 찾아가 자기 몸을 팔아 그 집 종이 되고자 청하여 쌀 10여 석을 받았다. 하루 온종일 그 집에서 일을 하고 날이 저물면 밥을 지어 돌아와 봉양하였는데 3,4일을 이와 같이 하였다. 그 어머니가 딸에게 말하기를,

"전에는 밥이 거칠어도 맛이 좋았는데, 지금은 밥이 비록 좋으나 맛은 전과 같지 않고 마음을 칼날로 찌르는 것 같으니 무슨 까닭일까?"

딸이 사실대로 고하니 어머니가 말하기를,

"나 때문에 네가 종이 되었다니 빨리 죽는 것만 같지 못하다."

하며 소리를 내어 크게 통곡하고 딸 또한 울음을 우니 그 슬픔이 길가는 사람들을 감동케 하였다.

이때 효종랑(孝宗郎)이 놀러 다니다가 그것을 보고 돌아와 부모에게 청하여 그 집에 곡식 100석과 옷가지를 실어다 주었다. 또한 그녀를 산 주인에게 몸값을 갚아 양민이 되도록 하였더니 수천 명의 사람들이 좇아 각자 곡식 한 섬을 내주었다. 대왕이 이를 듣고 또한 벼 200석과 집 한 채를 하사하고 부역을 면제하였다. 이로써 곡식이 많아져 노략질하고 훔치려는 자들이 있을까 염려하여 관련 부서를 시켜 병사를 보내어 번갈아 지키게 하고 그 마음을 표창하여 효양방(孝養坊)이라 하였다.[150)]

---

150) "孝女知恩 韓岐部百姓連權女子也 性至孝 少喪父 獨養其母 年三十二 猶不從人 定省不離左右 而無以爲養 或傭作或行乞 得食以飼之 日久不勝困憊 就富家請賣身爲婢 得米十餘石 窮日行役於其家 暮則作食歸養之 如是三四日 其母謂女子曰 向食麤而甘 今則食雖好 味不如昔 而肝心若以刀刃刺之者 是何意耶 女子以實告之 母曰 以我故使爾爲婢 不如死之速也 乃放聲大哭 女子亦哭 哀感行路 時孝宗郎出遊見之 歸請父母 輸家粟百石乃及衣物予之 又償買主以從良 郎從幾千人各出粟一石爲贈 大王聞之 亦賜租五百石 家一區 復除征役 以粟多恐有剽竊者 命所司差兵番守 標榜其里 曰孝養坊" ≪삼국사기(三國史記)≫ '권48 열전(列傳) 제8' <효녀지은

이라 한 것을 보면 <沈淸傳>에서는 아버지를 奉養하였는데 孝女 知恩은 어머니를 奉養하였고, 臨堂水 물에 빠진 것이 아니고, 몸을 팔아 婢가 된 것만이 다를 뿐이요, <沈淸傳>과 一脈 相通하는 데가 있다. <沈淸傳>과 酷似한 것으로 또 全南 玉果縣 聖德山에 있는 觀音寺의 緣起가 같은 데가 있다. <沈淸傳>은 이와 같이 벌써 三國時代부터 있던 說話가 傳해 내려오다가 李朝에 들어와서 오늘날의 <沈淸傳>이 된 것임을 알 수 있다.

<沈淸傳>은 다음의 여러 種類의 板本이 있다. <沈淸傳>(漢文本), <심청전>(한글本, 三種), <江上蓮>(新小說), 또 歌劇體로 된 것으로 <沈淸王后傳>이 있다.

여기서는 供養米 三百石에 몸이 팔려 가는 場面의 原文을 소개하겠다.

原文及 註解

하루는 乳母 귀덕 어미가 오더니,

"아가씨 이상한 일 보았나니라."

"무삼 일이 이상하오."

"어떠한 사람인지 십여 명씩 다니면서, 값은 고하간에 十五歲 처녀를 사겠다 하고 다니니, 그런 놈들이 있소."

심청이 속마음에 반겨 듣고

"여보 그 말이 眞正이요. 정말로 그리 되랑이면 그 다니는 사람 중에 老熟하고 점잖은 사람을 불러 오되, 말이 밖에 나지 않게, 조용히 데려오오."

귀덕 어미 대답하고, 과연 데려 왔는지라. 처음은 유모 시켜 사람 사려는 내력을 물은 즉, 그 사람 대답이

"우리는 본대 皇城 사람으로서 商賣차로 배를 타고 萬里 밖에 다니더니, 배 갈 길에 印塘水라 하는 물이 있어 變化不測하여 자칫하면 沒死를 당하

(孝女知恩)>

는데, 十五歲 처녀를 祭需로 넣고 제사를 지내면, 水路 萬里를 무사히 왕래하고 장사도 흥왕하옵기로 생애가 원수로 사람 사러 다니오니, 몸을 팔 처녀 있사오면 값을 관계하지 않고 주겠나이다."

심청이 그제야 나서면서

"나는 本村 사람으로, 우리 부친 眼盲하여, 세상을 분별ㅎ지 못하기로, 평생에 한이 되어, 하느님전 축수하더니, 夢恩寺 [1]化主僧이 供養米 三百石을 佛前에 施主하면 눈을 떠서 보리라 하되, 가세가 至貧하여 주선할 길 없삽기로, 내 몸을 放賣하여 發願하기 바라오니, 나를 삼이 어떠하오. 내 나이 十五歲라 그 아니 적당하오."

船人이 그 말을 듣고, 沈小姐를 보더니, 마음이 [2]억색하여, 다시 볼 정신이 없어, 고개를 숙이고, 묵묵히 섰다가

"娘子 말씀 듣사오니, 거룩하고 장한 효성 비할 데 없삽네다."

이렇듯이 致賀한 후에, 일이 긴한지라

"그리하오."

허락하니,

"行船날이 언제니까?"

"來月 十五日이 행선하는 날이오니, 그리 아옵소서."

피차에 相約하고, 그 날에 선인들이 공양미 삼백 석을 몽은사에 보냈더라. 심소저는 귀덕 어미를 백 번이나 단속하여 말 못하게 한 연후에, 집으로 돌아와 부친전에 여짜오되,

"아버지 왜 그리시오. 공양미 삼백 석을 몽은사로 올렸나니다."

심봉사 깜짝 놀라서

"그게 어쩐 말이냐, 삼백석이 어디 있어 몽은사로 보냈어."

심청이 이 같은 효성으로, 거짓말을 하여 부친을 속일가마는 事勢 不得已라 잠간 속여 여쭙는다.

"일전에 武陵村 張丞相宅 夫人께서 小女 보고 말씀하시기를 수양딸 노릇해라 하되, 아버지 계시기로 허락 아니하였는데, 事勢 不得하여 이 말씀 사뢰더니, 부인이 반겨 듣고 쌀 삼백석 주기로, 몽은사로 보내옵고 수양딸로 팔렸내다."

심봉사 물색 모르고 大笑하며 즐겨한다.

"어허 그 일 잘되었다. 언제 데려 간다더냐?"

"내월 십오일날 데려간다 하옵니다."

"네 게 가 살더라도, 나 살기 관계찮지. 참으로 잘되었다."

부녀간에 이 같이 문답하고, 부친을 위로한 후 심청이 그 날부터 선인을 따라갈 일을 곰곰 생각하니, 사람이 세상에 생겨나서 한 때를 못 보고, 이팔청춘에 죽을 일과 안맹하신 부친을 永訣하고 죽을 일이 정신이 아득하여, 일에도 뜻이 없어 음식을 전폐하고, 시름없이 지내다가, 다시 생각하여 본즉 얼크러진 그물이 되고, 쏟아 놓은 물이로다. 내 몸이 죽어 노면 춘하추동 사시절에 부친 의복 뉘라 다할까. 아직 살이 있을 때에, 아버지 사철 의복 [3]망종 지어 드리리라 하고 춘추 의복과 하동 의복 보에 싸서, 농에 넣고, 갓 망건도 새로 사서 걸어 두고, 행선 날을 기다릴 제 하룻밤이 격한지라, 밤은 점점 삼경인데 銀河水는 기울어져, 촉불이 희미할 제, 두 무릎을 쪼쿠리고 아무리 생각한들, 심신을 難定이라. 부친의 벗은 보선 볼이나 망종 받으리라. 바늘에 실을 꿰어 손에 들고 [4]하염없는 눈물이 肝腸에서 솟아올라 [5]耿耿烈烈하여 부친 귀에 들리지 않게 속으로 느껴 울며, 부친의 낯에다가 얼굴을 가마니 대어보고, 수족도 만져보며, 오늘 밤 뫼시면 또 다시는 못 볼 테지, 내가 한 번 죽어지면 如斷手足 우리 부친 누굴 믿고 살으실까. 애닯도다 우리 부친, 내가 철을 안 연후에 밥 빌기를 하였더니, 이제 내 몸 죽게 되면, 춘하추동 사시절을 洞里 乞人 되겠구나. 눈총인들 오직하며 [6]괄시인들 오직 할까. 부친 곁에 내가 뫼셔, 百歲까지 供養하다가 이별을 당하여도 망극한 이 설움이 측량할 수 없을 터인데, 하물며 이러한 生離別이 古今 天地間에 또 있을까……우리 父女 이별은 내가 영영 죽어 가니, 어느 때 소식 알며, 어느 날에 만나볼까. 돌아가신 우리 모친 黃泉으로 들어가고, 나는 인제 죽게 되면 水宮으로 갈 터이니 수궁에 들어가서 母女 相逢을 하자 한들, 황천과 수궁 길이 水陸 [7]懸殊하니 만나볼 수 전혀 없네. 수궁에서 황천 가기 몇 千里나 머다는지, 황천을 묻고 물어, 不遠千里 찾아간들 모친이 나를 어이 알며 나는 모친 어이 알리. 만일 알고 뵈옵는 날 부친 소식 묻자오면 무슨 말로 대답할고. 오늘날 五更時를 [8]咸池에 머무르고 내일 아침 돋는 해를 [9]扶桑에 매었으면, 하늘 같은 우리 부친 더 한 번 보련마는 밤 가고 해 돋는 일 그 뉘라서 막을 손가.

천지가 私情 없어, 이윽고 닭이 운다. 심청이 기가 막혀

"닭아 닭아 우지 말아. 半夜 秦關에 [10]孟嘗君이 아니 온다. 네가 울면 날이 새고, 날이 새면 나 죽는다. 나 죽기는 섧지 않으나 의지 없는 우리 부친 어찌 잊고 가잔 말가"

밤새도록 설리 울고 동방이 밝아 오니, 부친 진지 지으려고, 문을 열고 나서보니 벌써 선인들이 柴扉 밖에 주저주저하며

"오늘 행선날이오니, 수이 가게 하옵소서."

심청이가 그 말을 듣고, 대번에 두 눈에서 눈물이 빙빙 돌아, 목이 메어 시비 밖에 나아가서

"여보시오 선인네들, 오늘 행선하는 줄은 내가 이미 알거니와, 부친이 모르오니, 잠간 지체 하옵시면 불쌍하신 우리 부친 진지나 하여, 상을 올려 잡순 후에 말씀 여쭈옵고 떠나게 하오리다."

선인이 가긍하여

"그리 하오."

허락하니, 심청이 들어와서, 눈물 섞어 밥을 지어 부친 앞에 상 올리고 아무쪼록 진지 많이 잡숫도록 하노라고 상머리에 마주 앉아 자반도 뚝뚝 떼어 수저 위에 올려 놓고 쌈도 싸서 입에 넣어

"아버지 진지 많이 잡수시오."

"오냐 많이 먹으마. 오늘은 별로 반찬이 좋구나. 뉘 집 제사 지냈느냐?"

심청이 기가 막혀, 속으로만 느껴 울며, 훌쩍훌쩍 소리 나니, 심봉사 물색없이 귀 밝은 체 말을 한다.

"아가 네 몸 아프냐, 감기가 들었나보구나. 오늘이 며칠이냐. 오늘 열 닷새지응."

父女 天倫이 重하니 夢兆가 어찌 없을소냐, 심봉사가 간밤 꿈 이야기를 하되,

"간밤에 꿈을 꾸니, 네가 큰 수레를 타고 한없이 가 보이니, 수레라 하는 것은 귀한 사람 타는 것이라, 아마도 오늘 武陵村 丞相宅에서 너를 가마 태워 가려나 보다."

심청이 들어보니 분명히 자기 죽을 꿈이로다. 속으로 슬픈 생각 가득

하나, 겉으로는 아무쪼록 부친이 안심하도록

"그 꿈 장이 좋소이다."

대답하고, 진짓상 돌려내고, 담배 피어 들린 후에, 祠堂에 下直次로 洗手를 淨히 하고, 눈물 흔적 없이 한 후, 정한 의복 갈아입고, 後苑에 들어가서, 사랑문 가만히 열고, 酒果를 차려 놓고, 통곡재배 하직할 제,

"不孝 女息 심청이는 부친 눈을 띄우려고, 南京장사 선인들게 삼백 석에 몸이 팔려 인당수로 돌아가오니, 소녀가 죽더라도 부친의 눈 띄어, 착한 부인 作配하여 아들 낳고 딸을 낳아 祖上 香火 전하게 하오."

이렇게 祝願하고, 곧 닫치며 우는 말이

"소녀가 죽사오면, 이 문을 누가 여닫으며, 冬至, 寒食, 秋夕 四名節이 온들, 酒果 [11]脯醯를 누가 다시 올리오며, 焚香 再拜 누가 할고. 조상의 복이 없어 이 지경이 되옵는지 불쌍한 우리 부친 無强近之親族하고, 앞 못보고 형세 없어 믿을 곳이 없이 되니, 어찌 잊고 돌아갈까."

우루루 나오더니, 자기 부친 앉은 앞에 섰다 철석 주저앉아,

"아버지!"

부르더니, 말 못하고 기절한다. 심봉사 깜짝 놀라

"아가 웬 일이냐. 봉사 딸이라고 정가하더냐. 이것이 희롱하였고나. 어쩐 일이냐. 말 좀 하여라."

심청이 정신 차려

"아버지."

"오냐."

"내가 불효 여식으로 아버지를 속였소. 공양미 샘백 석을 누가 나를 주오리까. 南京 장사 선인들께 삼백 석에 몸을 팔아, 印塘水 祭需로 가기로 하와, 오늘 행선 날이오니 나를 오늘 망종 보오."

사람의 슬픔이 극진하면, 도리어 가슴이 막히는 법이라, 심봉사 하 기가 막혀 놓으니, 울음도 아니 나오고, 실성을 하는데

"애고 이게 웬 말이냐. 응 참말이냐, 농담이냐, 말 같지 아니하다. 나더러 묻지도 않고, 네 마음대로 한단 말가. 네가 살고 내 눈 뜨면 그는 응당 좋으려니와 네가 죽고 내 눈 뜨면 그게 무슨 말이 되랴. 너의 모친 너를 낳고 칠일 만에 죽은 후에, 눈조차 어둔 놈이 품 안에 너를 안고, 이집 저

집 다니면서 동냥젖 얻어 먹여, 그만치나 자랐기로, 한 시름 잊었더니, 네 이게 웬 말이냐. 눈을 팔아 너는 살 제, 너를 팔아 눈을 산들, 그 눈해서 무엇하랴, 어떤 놈이 팔자로써 아내 죽고 자식 잃고, [12]四窮之首가 되단 말가. 네 이 선인놈들아, 장사도 좋거니와, 사람 사다 祭需 넣는 데 어디서 보았느냐. 하느님의 어즈심과 귀신의 밝은 마음, 殃禍가 없을소냐. 눈먼 놈의 무남독녀 철모르는 어린 것을 나 모르게 유인하여, 사단 말이 웬 말이냐. 쌀도 싫고 돈도 싫고, 눈 뜨기 내 다 싫다. 이 독한 상놈들아."

註解 1. 化主僧 : 施主 거두러 다니는 중. 2. 억색하여 : 가슴이 막혀서. 3. 망종 : 살아 있는 동안의 마지막. 4. 하염없는 : 아무 생각 없는. 5. 耿耿烈烈 : 근심이 많은 것. 6. 괄시 : 업신여기고 소홀히 대접하는 것. 7. 懸殊하다 : 아주 다르다. 판이하다. 8. 咸池 : 太陽이 沐浴한다는 天池, 해지는 곳의 바다 이름. 9. 扶桑 : ≪辭源≫에 "扶桑…神木 古謂日出處≪淮南子≫, 朝發扶桑 日入落棠…" 10. 孟嘗君 : ≪辭源≫에 "孟嘗君…戰國時齊之公族 名文 姓田氏 封於薛 孟嘗君其稱號也 相齊 招致賢士食客數千人 入秦 昭王欲殺之 以客有能爲狗盜雞鳴者得免 後卒於薛" 11. 脯醯 : 포육과 식혜. 12. 四窮之首 : 老而無妻를 鰥이라 이르고, 老而無夫를 寡라 이르고, 幼而無父를 孤라 이르고, 老而無子를 獨이라 말하는데 이 鰥寡孤獨이 四窮이요, 四窮之首는 四窮 중에도 으뜸이라는 말이다.

第三節 〈狄成義傳〉

〈狄成義傳〉(一名 〈翟成義傳〉, 〈赤聖義〉) 梗概

山水가 秀麗한 江南의 安平國의 王后의 病勢가 날로 危重해 가나 長子되는 狄抗義는 母親의 病患을 모른 척하고 있으나, 次子되는 成義는 밤낮으로 근심하며 어머님의 病 救護에 노력하였다. 어느날 道士가 와서 '일영주'가 있으면 親患을 구할 수 있다는 말을 듣고 成義는 '일영주'를 얻고자 西天을 向해 길을 떠났다. 오랜 時日이 걸려 갖은 苦生과 中路에서 갖은 妖

魔와 싸워 가면서 弱水 三千里를 지나 西天에 이르러 金剛經, 天佛尊師에게 靈藥을 구해 가지고 돌아오다가, 아우의 成功을 시새는 兄 抗義가 거느리고 나온 武士 一行을 만나, 上陸도 하지 못하고 成義는 兄의 칼에 눈을 맞아, 장님이 되어 破船된 木片을 依支해서 楚나라의 竹林 속에 漂着하였다. 마침 安南으로 갔던 中國 使臣 胡丞相을 만나 中國으로 따라 들어가서 天子의 사랑을 받으며 公主 琴簫의 벗이 되었다. 抗義는 동생이 구해 온 藥을 뺏어 가지고 돌아가 母后의 병을 고쳤으나, 成義를 그리며 생각하는 母后는 成義의 소식이 하도 궁금해서 成義가 사랑하던 기러기의 발에 편지를 붙여, 中國으로 건너가서 公主가 居處하고 있는 翫月樓에 떨어뜨리게 하였다. 公主가 그 편지를 보고 읽으매, 成義는 하도 기뻐서 눈을 뜨게 되어 마침내 公主와 婚姻을 하고, 科擧를 보아 壯元 及第하여 錦衣로 故國에 돌아와서 抗義를 屈伏시키고 父母께 다시 뵈온 후에, 中國에 들어가서 丞相이 되었다가 후에 安平國 王世子로 冊封되어 故國에 돌아왔다.

이 <狄成義傳>은 일종의 道德小說이다. <沈淸傳>과 같이 '孝'를 강조한 作品이다. 그것만 같은 것이 아니라 成義의 盲眼이 다시 열린 것도 <沈淸傳>과 같다. 그리고 成義가 西天으로 藥을 얻으러 간 것은, 저 <西遊記>에 본 玄奘의 西天取經과도 같다. 成義가 出生한 安平國도, 西天도, 不治病을 고칠 수 있다는 藥도, 다 假想한 것들이다. 이 作品은 이와 같이 幻想으로 이루어져 있다. 위에서 든 여러 作品들에서 模倣한 것 같다.

이러한 道德小說로는 이미 위에서 든 <沈淸傳>을 비롯해서, <金太子傳>, <張韓節孝記>, <金孝曾傳> 등이 있는데 여기서는 그러한 小說들의 일례로서 <張韓節孝記> 의 梗概를 말하겠다.

〈張韓節孝記〉

張英의 父親은 宋亡 元興하자 守節하여, 鄕里에 隱居하여 있다가 南陽太守 吳世信에게 그만 죽고 말았다. 그 때 張英은 겨우 세 살이었다. 그런데

吳는 英의 父親을 죽였을 뿐만 아니라, 英의 母親이 美人임을 탐내서, 드디어 그 節을 굽히게 하려고 英의 母親을 强壓하였다. 그의 母親 韓氏는 처음에는 몹시 怒했으나, 이때가 바로 亡夫의 원수를 갚을 때임을 알고, 거짓 許하고 처음 만나던 날 毒酒를 먹이어, 吳를 毒殺시켰다. 그리하여 韓氏는 英과 侍婢 啓香을 데리고, 定處없이 逃亡하고 말았다. 吳의 夫人 秦氏는 韓氏가 그 男便을 毒殺하고 逃亡한 줄을 알자 곧 사람들을 시켜 韓氏의 뒤를 쫓게 했다. 韓氏는 밤낮을 가리지 않고, 낯선 길을 가다가, 어느날 숲속에서 길을 잃고 쩔쩔맬 때, 불빛과 사람 소리가 나므로 반겨 갔더니, 뜻밖으로 그들은 韓氏를 追擊해 온 사람들이었다. 死地에 들어선 韓氏는 할 수 없이, 英을 啓香에게 맡기고 다른 곳으로 逃亡하려고, 죽을 覺悟를 하고 그들에게 잡히고 말았다 그랬더니 그들도 韓氏의 貞節에 感服하여 놓아 주고 말았다. 그러나 그 때는 벌써 英의 踪跡을 알 수 없게 된 뒤라, 韓氏는 마침내 自殺하려다가, 마음을 돌이키어, 濟仁寺란 절을 찾아 중이 되었다. 英은 그 후, 啓香에게 업히어 逃亡을 치다가, 金岳山 元夫人에게 구한 바 되어, 그 夫人의 養子가 되어, 거기서 글을 배우고 있게 되었다. 그런데 秦氏도 어디까지든지 자기 남편의 원수를 갚으려고, 四方으로 다니다가 그도 마침내는 濟仁寺로 들어가 중이 되니, 원수인 韓氏와 한 지붕 밑에서 살게 되었다. 그러나 韓氏는 벌써 그가 秦氏인 것을 알았지마는 秦氏는 몰랐다. 그러자 英은 점점 長成하여지자. 元氏 夫人이 자기의 친어머니가 아닌 것을 알고, 친어머니를 찾아 濟仁寺에 이르게 된다. 문 앞에서 마침 秦氏를 만나 母親의 소식을 물었더니, 이를 눈치 챈 秦氏는 거짓말로 韓氏는 이미 敵에게 죽었다고 속여 英을 돌려 보낸 후 韓氏와 英을 잡아 원수를 갚을 꾀를 생각하고, 절에서 내려와 秦太守 桓에게 가서 英을 잡으라고 하였다. 그러나 英은 원수를 갚기에 形勢가 利롭지 못함을 알고 절에서 내려와 父親의 省墓를 마치고, 다시 養母에게로 갔다. 또 韓氏는 秦氏의 行動이 수상해서 鷄龍寺로 亂을 피해 가다가 途中에서 해는 떨어지고, 발은 아파서 寸步도 걷지 못할 때, 여기서 養母의 집으로 가던 英과 만났으나, 자기네들이 母子間인 줄 모르고 그대로 헤어지고 만다. 英은 養母에게서 武藝를 배우기에 힘썼다. 그러자 秦桓이 逆謀를 하니, 英이 나와 天子를 도와 秦桓을 물리치고, 그 功으로 荊州刺史가 되어, 여기서 親母를 만나게 된다. 그리고 英은 秦氏를 잡아 죽이고자 하였으나, 그의 어머님이 秦氏가 자기의 男便에 대한 貞節이 佳賞하다 하여 용서해 주라 했다.

이와 같이 이 小說도 忠孝를 강조하고 貞節을 絶讚한 작품이다. 그 뿐만 아니라 構想에 있어서도 재미있게 되어 있다. 끝에 가서 敵의 貞節을 칭찬해서 도리어 살려 주는 것은 이 小說이 본래 道德을 鼓吹하는 小說인 까닭이다. 그리하여 이 小說은 道德을 강조하였기 때문에 人間性은 자연 輕視되었던 것이다. 이 小說도 대체로 勸善懲惡의 小說을 면하지 못하는 작품이다.

第四節 ≪三說記≫

≪三說記≫는 三卷(六篇)으로 된 短篇集이다.

이제 ≪三說記≫에 있는 六篇의 짧은 說話의 내용을 간단하게 말하겠다.

〈三士橫入黃泉記〉의 梗概(第一卷)

예전 洛陽 東村에 세 선비가 살고 있었는데, 다들 才學이 兼備하여 當世에 이름이 높았다. 하루는 이 세 선비들이 白嶽山에 올라 長安 萬戶를 굽어보면서 金樽美酒로 醉興이 陶陶하였다 그 때 마침 하루에 千名씩이나 사람을 잡아먹던 閻羅大王이 天下가 泰平하므로 먹을 것이 없어서 白嶽山에서 술을 기울이고 있던 세 선비를 잡아 가니 崔判官이 閻王에게 報告하였다. 判官은 '生死置付帳'을 찾아보았더니, 十年 후에 잡아 와야 될 것을 미리 잡아 오게 되었으므로, 이 일을 閻王에게 아뢰었더니, 閻王은 할 일 없이 어느 宰相집 家門에 點指하여 주라고 命했다. 이때에 세 선비는 閻王에게 呼訴하여 平生의 素願을 아뢰게 되었다. 한 선비는 '兵曹判書 驃騎大將'

을 願하였고, 한 선비는 '壯元及第로 八道御史 大司成'되기를 바랐더니, 閻王은 모두 四方淨土 極樂淨土로 가라고 命했다. 마지막 한 선비는 '人間 生活의 모든 幸福'을 願했더니, 閻王은 大怒해서 "그런 곳이 있으면 나도 閻王의 職을 던지고 그리로 가겠다"고 하였다 한다.

이 小說도 佛敎 思想의 영향을 착실히 받은 作品이다. 단순한 沙門 說話에 많은 諧謔과 朝鮮의 가난한 선비들의 希望을 添加한 作品이다. 人間의 그지없는 慾心을 그리어냈다.

〈五虎大將記〉의 梗槪

옛날에 한 兩班이 있으되, 氣像이 雄偉하고 風度俊邁하며, 意氣堂堂하여, 平日에 眼下無人하더니, 일찍 登科하여 벼슬이 極望에 올라 刑曹判書에 訓鍊大將을 兼하고 典牲提調와 捕盜大將을 兼察하고 있었다. 一日은 都監習陣罷한 후에 諸執事 將校 七色 軍兵을 거느리고, 너희들에게 물을 말이 있으니 숨기지 말고 分明히 아뢰어라. 다른 일이 아니라 너희들이 들은 말과 본 일을 자세히 아뢰어라. 내 벼슬이 極望에 올라 사람마다 못하는 것을 다 가졌으니 世上 公論이 나는 가하다 하더냐 하고 물었더니, 그 때나 이 때나 말치레하는 놈이 아뢰어, 秋判에 捕將을 兼했으니, 一邊으로 使道의 威嚴을 두리오며, 一邊으로 使道의 恩德을 感激하옵니다 하였더니, 兩班이 다시 만일 그러하면 내 三國時節에 났던들 어디에 參與하였겠느냐 하고 물었더니, 將校 등이 五虎大將에 넉넉히 參與하시리이다고 對答하였다. 그 때 소위 哨砲手라 하는 軍士中 最末의 벼슬을 해서, 다 파먹은 料쌀 七斗에 몸을 매고 있는 한놈이, 使道가 五虎大將에 參與한 듯이 기뻐하는 것이 아니꼬와서, 使道 앞에 나아가 使道를 五虎大將에 도라보내시니 萬分之一이나 그림자에 當할 말씀입니까 하고 반대하였다. 大怒한 使道는 일을 再三 살펴 명백히 罪를 다스리려고 한 가지씩 따져 보았으나 砲手의 對答하는 말이 名正言順하며, 節節이 事理에 당하지 않음이 없는지라, 그 때에야 자기가 阿諛諂佞하는 部下에 속은 줄을 알고, 直言하는 砲手를 천거하여, 大將의 地位를 주고, 奸臣을 모조리 처벌하였다.

〈西楚霸王記〉의 梗槪(第二卷)

예전에 氣稟이 豪逸한 선비가 少年 風流로 各地를 放浪하다가 數間 草屋에 지나지 못하는 虞美人의 廟宇에 이르게 되었다. 美人의 곁에 楚霸王이 나타나면서 家宅 侵入을 했다고 꾸짖었다 그랬더니 그 선비는 대답하기를 拔山蓋世의 氣力으로 天下를 다투던 英雄이 어쩌면 조그마한 초가집을 다투느냐고 하였더니 霸王이 부끄럽게 생각하고 달아나 버렸다.

〈三子遠從記〉의 梗槪

예전 松都 서울 시절에 세 弟子를 가르치고 있던, 어떤 道士가 하루는 그들에게 각각 자기네들의 所願을 물어보게 되었다. 한 아이는 '少年登科, 翰林學士로 吏曹判書, 平安, 全羅監司'되기를 願했고, 또 한 아이는 名山勝地에 집을 짓고 花朝月夕에 杜牧之의 生活을 본받기를 願했고, 마지막 아이는 巨富로 一生을 지내기를 願하니, 道士는 말하기를 장차 너희를 所願대로 될 터이니, 각각 너희 집에 가 있으라고 하였다. 그 후 세 사람은 과연 所願대로 모두 宿望을 達成했다. 平安監司가 된 선비는 神仙이 되어 다니는 學友를 三十年만에 만나, 半日의 閑談을 하였더니, 그 半日은 人間의 八十年의 긴 세월인 것을 몰랐었다. 집에 돌아와 보니, 아들도 白髮이요, 四方에 알 사람은 하나도 없었다. 그래서 나라에 上疏하였더니, 王이 기특히 여기고 다시 平安監司를 除授하였다.

〈黃州牧使戒〉의 梗槪

예전 東村 梨花井에 尹壽賢이라는 南行이 있었으니 세 아들 龍弼, 寶弼, 貴弼을 두었다. 그런데 龍弼은 거만하고, 寶弼은 영리하지마는 親友의 忠告를 듣지 아니하고, 貴弼은 뒤숭숭한 도련님이었다. 黃州牧使가 된 尹은 龍弼, 寶弼은 將來에 失敗할 것이고, 貴弼만은 成功하리라고 豫言을 하였더니, 그 후 그의 말대로 되었다.

〈老處女歌〉의 梗槪

옛날 全身에 여러 가지의 病을 지니고 있어서, 마흔 살이 될 때까지 시집을 가지 못한 老處女가 있어서 밤낮으로 슬픈 노래를 부르고 있었다.

그런데 그 近處에서 살고 있던 金道令과 婚姻을 한 후에는 먹은 귀가 밝아지고, 병신발을 쓸 수 있게 되었을 뿐만 아니라, 婚姻한지 十朔만에 玉童子를 낳았는데, 아들은 후에 모두 英雄이 되었다.

歌曲으로 된 기록이다.

第九章 〈要路院夜話記〉

이 책의 내용부터 말하면 이러하다. 어떤 선비가 서울에 올라와서 科擧를 보고 시골로 다시 내려가는 길인데, 素砂를 지나 要路院에 이르자 날은 저문지라 어느 酒幕에 드니, 벌써 어떤 兩班이 들어, 그의 초라한 行色을 보고, 종을 시켜 내모는 것을 譏弄으로 이를 물리치고, 그냥 그 집에 머물며, 兩班과 함께 밤이 깊어 가는 줄 모르고, 서로 譏弄으로써 問答을 하였다. 그리하여 하룻밤 동안 兩班과 선비와의 사이에 오고 간 이야기-京鄕의 風俗, 肉談, 風月, 作詩競技, 學問修養 등등-이것을 對話體로 쓴 것이다. 肉談은 쓰되 그 때 선비들의 말투라 俗되지 않고 古雅한 맛이 있다. 이런 점이 <春香傳>이나, <沈淸傳>에서 나오는 말과 다르다.

<要路院夜話記>는 寫本으로 傳하는데, 여기에는 우리 말글로 된 것과 漢文으로 된 두 가지가 있다. 이 두 가지를 서로 대어보면, 漢文本이 한글本보다 더 敷衍한 곳이 있고, 한글本은 漢文本보다는 좀 다른 데가 있다. 分量으로는 漢文本이 많지마는, 要緊하기는 한글本이 낫다. 그리하여 어느 것이 原本이며, 어느 것을 飜譯하였는지 알 수가 없다

그런데 어느 寫本을 보면 著者를 朴斗世라고 한 것이 있다. 朴斗世는 蔚

山 朴氏 繘의 子로서 字는 士仰이요, 孝宗 元年 庚寅(西紀 1650)에 나서, 肅宗 8年 壬戌에 甲科 及第를 하였고 그 후 正同樞를 지냈다. 忠淸道 大興郡에 居住하였다. 이 글의 사연과 그의 經歷과 言行이 서로 符合됨을 보면, 그를 이 글의 著者로 봄이 과히 틀림이 없을 것 같다.

<要路院夜話記> 本文 첫머리에

> 戊午春의 내 서울로부터 과거 보고 올 제……

하였으니, 戊午는 肅宗 4年(西紀 1678)으로 그의 나이 스물아홉이던 때이다. 그러므로 이 책은 肅宗 4年에 된 것이 아니면 그 이후에 되었을 것이다. 그러니까 지금으로부터 약 270年 전의 글이다. 그리 오랜 것은 아니지마는 本文을 읽어보면 그 語法, 世態 등이 오늘날과는 다른 점이 많다.

漢文으로 기록된 小說은 원래 兩班 官僚들의 文學이었으므로, 그 小說에 나타나 있는 이데올로기는 일관되어 있었다. 그러나 그들의 이데올로기도 時代에 따라 상당히 變化하였으니 대체로 肅宗 이전에는 그들의 小說文學 가령 <金山寺夢遊錄>같은 것을 보더라도 알겠지마는, 그들의 希望과 꿈이 들어 있었다. 그 때까지도 그들의 現實的 土臺가 堅持되어 있었던 까닭이다. 그러나 肅宗 이후에 들어와서는 그들의 꿈이 그리 달콤하지는 못했다. 그들의 現實的 土臺가 벌써 흔들리기 시작하였던 까닭에서다. 우리는 이런 점을 <要路院夜話記>에서 엿볼 수 있으니, 잘난 척하는 서울 兩班을 타박하는 諷諭, 諷刺가 이 책에 充滿해 있다. 그리하여 이 책을 읽으면 朴趾源의 <兩班傳>, <虎叱>을 聯想하게 한다. 이제 本文 첫 머리만 조금 소개하겠다.(李秉岐 님이 選解한 乙酉文庫本의 <要路院夜話記>에서 인용함)

本文及 註解

[1]무오춘(戊午春)의 내 서울로부터 과거 보고 올 제 행색(行色)이 피폐(疲弊)하여 병 든 말게 [2]긔복(騎卜)을 겸하고, 종이 잔멸(殘滅)하고, 의복이 람루(襤褸)하니, 길의 든 대마다 보는 재 업수히 녀기다가

낫에 소사교(素砂郊)에 발행(發行)하여, 저녁의 [3]요로원(要路院)에 갈새, 오 리(五里)를 못 미쳐서 말이 절어, 채를 [4]마이 돌아 초혼(初昏)의 [5]겨유 다다르니, 행인이 발서 [6]숫막에 들었는지라 고단행장(孤單行裝)이 주인의게 호령할 세 없는지라 마음에 생각하되 냥반 든 곳에 접족(接足)할가 하여 한 숫막에 들어가니, [7]봉당(封堂) 우해 한 양반이 반만 누엇다가 내 오르는 양을 보고 종을 크게 불러 갈오대 너희 어대 잇관듸 행인을 그치 아니하느뇨. 두 종이 [8]작도(斫刀)ㅅ간으로서 대답고 나오니 내 이믜 부담(負擔)해 뛰어 나린지라 그 종이 한 놈은 내 말을 치고 한 놈은 내 등을 밀어내거늘 내 밀리어오며 이르되 남의 행차(行次)를 [9]앗으랴 하는 것이 아니라 잠간 머믈어 다른 곳을 정코저 하거늘 너희 양반이 어찌 상액(相厄)함이 이러틋하뇨. 봉당의셔 객이 듯고 웃으며 그만하야 두라 하거늘 내 도로 봉당 앞의 나아가니 객이 이믜 침구를 [10]베프고 누엇더라 내 장차 공경하여 뵈는 례를 베플랴 하니 객이 오히려 답지 아니거늘 내 마음에 [11]혜오되 이 반다시 경화(京華) 거족(巨族)으로 의관이 선명하고 안마호사(鞍馬豪奢)하니 날로써 식골 사람이라 하여 답례를 아니 하되 [12]어린긔와 교만한 뜻을 내 [13]궤휼(詭譎)로 속이랴 하고 나아가 공순이 절하되 객이 응치 아니하고 늣읏이 물으되 그대 어듸 잇느뇨. 내 이믜 저를 속이려 하는지라 즉시 대답하되 충천도 홍쥐서면 금곡리(忠淸道 洪州西面 金谷里)의 잇사이다. 객이 내 말이 너모 공순함을 [14]우이 너겨 이르되 내 그대다려 [15]호적단자(戶籍單子)를 하라 하더냐.

註解 1. 무오춘(戊午春) : 肅宗 4年(西紀 1678). 2. 긔복(騎卜) : 말을 타고 짐을 실은 것. 3. 요로원(要路院) : 牙山等地에 있던 驛院. 4. 마이 : 몹시. 5. 겨유 : 겨우. 6. 숫막 : 술막(酒幕, 炭幕). 7. 봉당(封堂) : 안방과 건넌방 사이에 있는 土房. 8. 작도(斫刀)ㅅ간 : 마소를 먹이는 짚이나 풀을 써는 칼을 두는 곳. 9. 앗으랴 : 뺏으려. 10. 베프고 : 베풀고. 깔고.

펼쳐 놓고. 11. 헤오되 : 생각하기를. 헤아리기를. 12. 어린긔와 : 어리석은 것과. 13. 궤휼(詭譎) : 교묘히 속이는 것. 14. 우이 : 우습게. 15. 호적단자(戶籍單子) : 戶籍을 쓰는 종이.

第七篇 近代小說

第一章 英正時代의 槪觀

여기에서 말하는 英正時代란 景宗朝에서 正祖朝에 이르는 80年間을 말한다. 景宗朝는 불과 4年밖에 안 되지마는 英祖, 正祖時代는 80年 가까운 긴 期間으로, 李朝의 文化는 여기에 와서 더 한층 堅實하여졌다. 英正時代는 近代에 있어서 가장 特色이 있는 時代로, 일종의 文藝 復興的 氣運이 濃厚하던 時代로 舊文化의 精華를 再現함은 물론이요, 西來 新文化의 侵入으로 學界와 思想界가 多彩多異한 觀을 띠게 되었다. 李朝의 文藝는 世宗朝에 싹터서 肅宗朝에 잎이 퍼지고, 英正朝에 열매를 맺고, 떨어지고 말았다.

英祖에서 正祖에 걸친 蕩平 政策에서 비록 깊은 뿌리는 뽑히지는 않았으나, 이후부터는 전과 같은 黨爭의 餘波인 허다한 逆獄은 일지 않게 되었다.

그리고 이때는 때마침 淸朝 文化의 絶頂期인 康熙 乾隆의 한창 文化가 高度로 發達하여 갈 時期이었으므로, 이러한 外部的 자극과 영향에서 文化意識을 李朝 學者는 銳敏히 感受하여 自己에 대한 嚴正한 省察 혹은 自己에 대한 認識이 깊어졌다.

英正時代의 學界를 槪觀하면 아직도 純然히 空理 空論의 理學을 되풀이하는 派가 있었지마는, 일부 學者 間에는 안으로 李瀷(星湖) 一派의 學風과 밖으로 淸朝 考證學의 영향을 입어 實用 實事를 주로 하고 博學 多聞을 旗

幟로 하는 學風이 일어나 單調하던 당시의 學界의 寂寞을 깨치게 되었다. 곧 兩亂 이후로 自我라는 思想이 鮮明해지면서 朝鮮의 本質을 알고 실제를 밝히려는 傾向이 날로 깊어져 가다가 英正 兩朝에 이르러서 드디어 學風이 一變되고 만 것이다.

孝宗 顯宗 때에 柳馨遠(磻溪)이 性理學及 科擧文 全盛時代에 있어서 一平生 朝鮮의 實地를 연구하여 여러 가지의 著述을 하고, 더욱 ≪磻溪隧錄≫ 二十六卷에서는 古來의 事實에 證據한 朝鮮 經濟의 改造策을 썼으니, 아마 이 것이 新學風의 앞잡이가 될 것이다. 磻溪의 후에 肅宗, 英祖 때에 李瀷(星湖)이 나서 더욱 實證 實用의 學을 倡導하였다. 그리하여 이러한 學風이 널리 行해져 英祖 이후에는 물론이요, 단순한 文士라도 그 學究的 態度를 實用的 內省的으로 가져서, 朝鮮 연구의 潮水가 와짝 넘쳐흐르게 되었다. ≪東史綱目≫, ≪列朝通記≫ 등의 著者인 安鼎福(順菴), ≪疆界志≫, ≪山水經≫, ≪東音解≫, ≪訓民正音圖解≫ 등의 著者인 申景濬(旅菴), ≪文獻備考≫를 주로 纂輯한 李萬運(默軒), ≪京都雜記≫, ≪四郡志≫, ≪渤海考≫ 등의 著者인 柳得恭(惠風), ≪海東繹史≫의 著者인 韓致奫, ≪擇里志≫의 著者인 李重煥(淸潭), ≪燃藜室記述≫의 著者인 李肯翊(燃藜室), <東海輿圖>를 作成한 鄭恒齡 등은 그 代表的 人物이며, 이 實學의 風이 流進하여 英祖末에 이르러서는 丁若鏞(茶山)이 나서 博學 精識으로써 ≪經世遺表≫, ≪我邦疆域考≫, ≪風俗考≫, ≪醫學要鑑≫ 등 ≪與猶堂全集≫ 百數十卷을 著述하였다.

自己에 대한 嚴肅한 省察이 進行함을 따라서 朝鮮의 缺陷과 그 矯捄之策을 생각하는 風이 일게 되었으니, 그 중에서도 두드러지게 나타난 것은 朝鮮을 구하려면, 먼저 經濟的으로 손을 대어야 할 것이요, 그러함에는 外國人의 실제 生活上 長處를 배우고, 특히 그 進步한 交通 貿易의 실제를 본뜨자 하던 一派가 있었으니, 우선 中國에서부터 배우자 한 점으로 이네들의 主張을 北學論이라 부른다. 北學論者로는 朴趾源(燕巖), 洪大容(湛軒), 李德懋(雅亭), 朴齊家(楚亭) 등으로 그들은 北京에 奉使 혹은 隨行員으로 가서 淸朝의 文物을 구경하고, 당시 淸朝의 名流들과 交遊하여 그 見聞을 넓히고, 淸朝 文化의 極盛을 欽慕하였다. 그리하여 이들은 北으로 淸朝의 物質 文化를 불가불 배워야 하겠다는 趣旨 밑에서 ≪北學議≫란 책을 著述하기에까지 이르게 되었다. 北學派의 代表的 意見은 朴燕巖의 ≪熱河日記≫와 朴楚亭의 ≪北學議≫에 실려 있다.

西浦 金萬重이 朝鮮語의 價値를 絶叫한 것도 그 根本에 있어서는 自己에 대한 嚴正한 省察, 혹은 自己에 대한 認識과 一脈을 通하고 있다. 그리하여 文學에 있어서도 顯著히 그러한 思想의 發露를 볼 수 있게 되었으니, 이때까지 비교적 가볍게 評論되었던 朝鮮의 文學이 점점 일반의 관심을 끌게 되어 小說은 一時에 創作熱이 높아져, 作品의 大量的 出産을 이루었고, 詩歌에 있어서도 歷代의 作品을 蒐集 修纂하는 風이 새로 일어났으니, ≪靑丘永言≫, ≪海東歌謠≫, ≪古今歌曲≫과 같은 歌集 編纂 事業도 그러한 의도에서 행해진 것이다.

이리하여 英正時代의 文化的 業績은 前代나 後代와 判異한 差를 낳게 하였으니 그 원인을 적으면 다음과 같다.

ㄱ. 英祖 正祖가 몸소 學問 文藝를 즐긴 것.

ㄴ. 黨論을 蕩平하고 綱紀를 肅淸하며, 그 外의 모든 文化 制度가 維新的 氣運에 있었던 것.

ㄷ. 壬辰, 丙子의 兩亂 이후의 瘡痍가 얼마큼 恢復된 것.

ㄹ. 淸朝 考證學派의 소위 '實事求是'의 學風의 영향을 입어 內的 復興의 요구에 의하여 經濟의 學風이 유행한 것.

第二章 淸代 小說의 飜譯과 飜案

滿洲에서 일어난 愛親覺羅가 天下에 君臨하게 되자 朝鮮과 滿洲와의 관계는 俄然 緊張하여 오다가 丙子胡亂을 치르고 나서는 淸은 不共戴天의 怨讐가 되고 말았다. 그리하여 朝鮮은 淸나라에 대해서 北虜 朝廷이라는 侮蔑의 觀念으로써 항상 反撥할 機會만 엿보던 즈음에 淸朝의 康熙, 乾隆 二帝가 建設한 高度의 文化와 놀라운 學風에 愕然히 自己의 短處를 깨닫고, 英正時代의 實學派는 淸初에 隆盛한 軟文藝에 대하여서도 外面으로는 攻擊을 하면서도 內面으로는 唯一한 愛讀者이었고, 飜譯者이었고, 또 飜案者이었다. ≪五洲衍文長箋散稿≫[151]에 보면 <金瓶梅>가 당시에 극히 稀貴해서 英祖 51年(乾隆 40年, 西紀 1775)에 永城副尉 申綏가 譯官 李謐에게 부탁해서 그 일부를 사왔는데, 銀 한 兩을 주었다는 逸話까지 있으니, 당시 儒徒들도 軟派物에 대한 渴望이 얼마나 심하였던가를 짐작할 수 있다.

이와 같이 英正時代에는 淸朝를 敵視하면서도 그 文化만은 崇拜하기 비롯하여, 小說의 創作에 있어서도 그 太半은 첫머리에 '大明 ×× 年間'에서 出發한 것은 李朝가 明에 대하여 慕華의 念이 굳세어서 '大淸'이라 쓰지 않았을 따름이었다. 淸朝의 小說이 널리 愛讀되었으니, 李圭景의 ≪五洲衍文長箋散稿≫에 인용된 淸朝 小說만 보아도

> <芙蓉亭> <雙渠怨> <風月順知> <桃花扇> <紅樓夢> <續紅樓夢> <續水滸志> <封禪演義> <東遊記> <聊齋志異> <列國志> <虞初新志> <續金瓶梅> 等 其餘不可勝記

---

151) 조선후기 실학자 이규경(李圭景, 1788~1863)이 쓴 백과사전 형식의 책. 조선시대 백과사전을 대표하며 ≪지봉유설(芝峰類說)≫, ≪성호사설(星湖僿說)≫, ≪청장관전서(青莊館全書)≫의 흐름을 계승한다.

라 한 것을 보면 가히 짐작이 될 것이다.

清代에는 참으로 많은 作品이 나왔는데, 이제 그것을 여기서 다 낱낱이 소개할 수 없으므로 그 중에서 가장 大作이라 할 만한 것만 추려서 解說을 붙여보겠다.

<聊齋志異> : 蒲松齡(字는 留仙, 號는 柳泉 1640~1715)의 作인데 傳說에 의하면 그는 길가에 앉아서 往來하는 사람들에게 茶를 대접해서 사람들로부터 怪奇한 이야기를 많이 들었다고 한다. 그리하여 이 책은 全十六卷으로 그 속에 四百 三十一 篇의 說話가 있는데 六朝, 唐代의 志怪 傳奇를 模倣한 것이 많다.

<儒林外史> : 乾隆 初에 吳敬梓(字는 敏軒, 1701~1754)가 지은 五十五回로 된 章回小說인데, 세상사람 들이 科擧에 及第하기를 唯一한 目的으로 알고 一生을 科場에서 마치는 사람도 있는 것을 憤하게 생각하고 쓴 作品이다. 일종의 諷刺小說이다. 그리고 이 作品에 나온 사람들은 다 實在한 사람들이었다.

<紅樓夢> : 이것이야말로 清朝의 唯一한 最高 最大의 作品이다. 一名 <石頭記> 혹은 <金玉緣>이라고도 한다. 百二十回로 된 章回小說로, 作者 曹雪芹의 自敍傳이다. 榮國府의 貴公子 寶玉과 薛寶釵, 林黛玉, 賈元春, 妙玉 등 十二 美人과의 情事를 그린 作品이다. 이를 模倣한 <紅樓夢補> 이니 <續紅樓夢>이니 하는 것이 十三種이나 있다고 한다.

<野叟曝言> : 光緒年間에 夏敬渠가 지은 百五十四回로 된 章回小說이다.

文白이란 超人間的 主人公을 그린 作品.

<鏡花緣> : 李汝珍(字는 松石)의 作, 唐敖란 者가 벼슬에서 내쫓기어 배를 타고 海外로 떠돌다가 女人國에 간 이야기

<品花寶鑑> : 梅子玉과 俳優 杜琴言 사이의 情事를 그린 作品

<兒女英雄傳> : 光緒年間에 文康(字는 鐵山)이 지은 大衆的 義俠小說로, 武術에 通達한 何玉鳳이란 兒女가 자기 아버지의 원수를 갚으려고 이름을 十三枚라고 고치어 가지고, 갖은 고생을 겪는 中, 危機에 빠진 貴公子 安驥를 구해주게 되어, 두 사람은 서로 사랑하는 사이가 되었다가 마침내는 結婚을 하게 된다. 이 小說이 가장 朝鮮에서 愛讀된 作品이다.

이외에도 <三俠五義>, <花月痕>, <蟫史> 등이 있다. 이만한 정도로 清代 小說에 대한 說明은 마치고, 다시 本論으로 돌아가겠다.

南人 名士의 一人인 李承薰은 正祖 7年(西紀 1783) 겨울에 아버님을 따라 北京에 갔을 때, 西洋人 神父에게 洗禮를 받고 많은 書籍을 구하여 가지고 돌아왔다. 이것이 南人 新進派의 天主教 實踐 運動에 있어 가장 기록적으로, 이때 그 방면 人士에게 자극과 영향을 줌이 매우 컸다. 이 信仰 實踐 運動이 熱烈하여짐에 따라, 士類로 神主를 집어 치우고 제사를 폐하는 일까지 생기게 되니, 儒教를 根本으로 삼던 在來의 傳統과는 여간 背馳되는 것이 아니었다. 다시 말하면 道學에 대한 西學 異端之道는 그 소위 선비님들의 걱정거리가 되었다. 그리하여 正祖 10年 이후 朝廷에는 이를 邪學이라 하여 法으로써 禁하고 中國으로부터의 모든 書籍의 輸入을 嚴禁하였으

며, 同王 15年(西紀 1791)에는 士人으로 神主를 살라 없앤 尹持忠, 權尙然 등을 死刑에 處한 일까지 있게 되었다. 이리하여 正祖 15年에는 稗官 雜書는 물론이요, 明末 淸初의 唐本文集까지 일절 輸入을 嚴禁하였다. 당시의 敎旨를 보면

> 요즘 습속을 보면 모두 경학을 버리고 잡서를 따라감을 면치 못하고 있다.……나는 한 번도 소설을 펴본 일이 없고 내각에 소장하고 있는 잡서를 이미 모두 없앴다.[152)]

하였다. 그러나 워낙 正祖는 寬大한 政策을 써서, 후일에서처럼 그렇게 광범위에 걸친 심한 虐殺과 迫害는 가하지 않아서, 小說과 天主敎는 점점 盛하여 갈 뿐이었다. 그리하여 作家도 많이 나오게 되고, 讀者도 늘어갔다. 그리하여 또 다시 純祖 8年(西紀 1808)에는 南公轍이 다시

> 패관잡설은 일절 엄격하게 금하고 경사와 함께 사서 가지고 오지 말도록 하라.[153)]

고 狀答하여, 稗官 雜說은 嚴禁하고 經史及 儒敎 文集만 燕京으로부터 사와도 좋도록 되었다. 그러나 學問을 禁하는 이러한 어리석은 일은 古今 東西에서 그 類例를 볼 수가 없다.

潮水와 같이 밀려들어오는 維新的 氣運은 文藝 방면에도 波紋을 던지어, 儒者들은 經書 功究의 餘力으로 純文藝에 從事하여, 中國의 稗史-四大奇書

---

152) "近來俗習이 皆未免邪學而趨書라……予於小說에 一不披覽하고 內藏雜書를 皆已去之라." ≪정조실록(正祖實錄)≫ 권33 정조(正祖) 15년(1791) 11월 7일

153) "稗官雜說은 一切 嚴禁하고 竝與經史而姑令勿爲購來事라." ≪순조실록(純祖實錄)≫ 권11 순조(純祖) 8년(1808) 3월 26일

와 歷史의 演義를 비롯해서 위에서 이미 말한 <兒女英雄傳>, <蘇雲傳>, <玉簫傳>, <太上感應篇> 같은 名作은 모조리 飜譯되었고, 또 <九雲夢>, <玉樓夢>의 亞流라고도 볼 수 있는 飜案物이 많이 나왔으니, <河陳兩門錄>이니, <劉氏兩門錄>이니 하는 것이 그러한 것들이다. 그리하여 <東廂記>는 中國의 <西廂記>에 對峙的 意義를 가진 飜案物이다.

〈東廂記〉의 梗槪

이것은 金道令과 申處女의 結婚을 劇으로 꾸민 것으로, 金道令은 28세, 申處女는 24세로 당시로는 매우 晩婚이라고 할 老總角과 老處女의 결혼이, 그나마 朝廷의 威德에 의해서 擧行되게 되었다. 正祖 15年 2月 꽃봉오리가 맺힐 적에 正祖는 漢陽 城內에 士庶의 貧窮한 女子가 適當한 때에 結婚을 못하는 것을 불쌍하게 여겨, 특히 國命으로써 그 宴費 補助로 金 五百 布 二段씩을 주어 일반에 婚姻을 勸한 것인데, 통틀어 百五十名의 結緣이 있었다. 그때 金道令과 申處女만은 여러 가지 事情으로 이 좋은 特典에 끼이지 못하게 되어서 正祖께서는 다시 특히 이 두 사람을 結婚시키고, 戶判 趙鼎鎭과 宣惠廳上 李秉模에게 吩咐하여 서로 兩便의 父母처럼 되어 모든 宴費는 나라로부터 받아서, 경사스럽게 婚禮式을 마치게 하였다.

이 空前絶後한 奇事佳傳을 기록하라는 國命을 받은 이가 실로 博學能文한 李德懋이었다.

第三章 忠孝小說 〈彰善感義錄〉

李朝는 원래 忠孝節義와 嘉言善行을 極端으로 崇奉하는 儒學國이었던 만큼, 英正時代에 이르러 그러한 思想을 高唱하는 忠孝小說이 文壇에 많이 나타나게 되었다. 이제 그러한 小說만 추려 적으면 다음과 같다.

<蘇氏忠孝錄>, <徐門忠孝錄>, <華氏忠孝錄>, <三代忠孝錄>, <唐氏忠孝錄>, <劉氏忠孝錄>, <三門忠孝錄>, <薛門忠孝錄>, <蘇氏明行忠義錄>, <劉孝公善行錄>, <河氏善行錄>, <明行貞義錄>, <金氏奉孝錄>, <李氏孝門錄>, <彰善感義錄>

과 같은 다수한 作品이 쏟아져 나왔는데, 이러한 勸懲類, 忠孝類의 小說들은 장구한 時日이 경과하는 동안에, 趣味가 단순하고 내용이 모두 歸一한 관계로, 자연 淘汰를 받아서 그 대부분은 讀者를 잃어버리고, 文苑에서 차차 자취를 감추게 되고 말았다. 그리하여 오늘날에 와서는 오직 <彰善感義錄>만이 殘存한 것을 보면, 이것만이 自然淘汰에서 승리한 傑作이라 아니할 수 없다.

<彰善感義錄>은 勸懲의 家庭小說이다. 본대 <彰善感義錄>에는 한글, 漢文의 兩本이 있는데, 모두 作者가 未詳하다. 漢文으로 된 <彰善感義錄>은 趙在三의 ≪松南雜識≫에

나의 선조인 졸수공 행장에 이르기를,
'대부인은 고금의 사적에 대해 널리 듣고 익숙하여 알지 못하는 것이 없었다. 만년에는 누워서 소설 듣기를 좋아했는데 이로써 졸음을 막고 한가함을 떨치는 도구로 삼았다. 공이 스스로 옛이야기를 연의하는 것에 의지하여 몇몇 책을 엮어 바쳤다.'
한다. 세상에 전하는 <창선감의록>이나 <장승상전> 같은 것이 그것이다.[154]

154) "我先祖拙修公行狀曰 太夫人於古今史籍 無不博聞慣識 晩又好臥聽小說 以爲止睡遣閑之資 公自依演小說講出數冊以進 世傳創善感義錄 張丞相傳是也" ≪송남잡지(松南雜識)≫

라 한 것으로 보아, 拙修의 著作인 듯한데, 拙修는 趙聖期의 號로, 顯, 肅때 사람이었으므로 만일 그의 作이라 하면 <九雲夢>, <謝氏南征記>와 서로 전후하여 나왔을 것이다. 또 漢文本에 대하여 鄭浚東 혹은 金道洙의 作이란 說이 있는데, 그 眞假를 알기 어려우나 만일 金道洙의 作이라면 金道洙는 號를 春洲라 하는 英正時代의 사람인즉 英正時代의 作品일 것이다. 그러나 어느 정도까지 믿어야 옳을지 모르겠다.

〈彰善感義錄〉의 梗概

嘉靖 年間(1522~1566) 花尙書에는 沈夫人, 姚夫人, 鄭夫人의 三妻가 있어 각각 瑃, 太姜小姐, 珍이라는 所生이 있었다. 그런데 姚夫人은 일찍 죽고 太姜小姐는 鄭夫人에게 養育되었더니, 小姐의 賢德함과 珍의 非凡함을 尙書가 日常 사랑하는 것을 본 沈夫人은 그 소생 瑃과 같이 그들을 嫉妬하여 가만히 害하려고 하였다. 그러자 尙書와 鄭夫人은 小姐와 珍의 約婚만 定하여 놓고 作故하고 말았다. 여기에 沈夫人의 妬忌心은 거의 露骨的으로 나타나 小姐와 珍의 孝誠이 至極하였음에도 불구하고 하루바삐 그들을 害하려 하였다. 그러나 마침 尙書의 姊氏 成夫人이 있어서 뜻을 이루지 못하고, 그동안 小姐와 珍은 각각 父母가 約婚하여 두었던 柳生과 또 尹, 南 두 小姐와 結婚하였다. 그러나 沈夫人의 尹, 南 두 夫人에 대한 猜忌는 날로 심하여 가며, 瑃은 또 范漢, 張平 등의 不良輩와 交遊하여 그의 妻 林夫人을 내치고 妾 趙女를 들여 正實을 삼는 한편, 范漢을 충동이어서 珍을 朝廷에서 몰아내니, 珍은 그만 竄謫되고 말았다. 그러니 花門의 家族은 드디어 四方에 離散하고 말아 그 禍亂이 극도에 달하게 되었으나, 여기까지 이른 情勢가 뒤집혀 珍의 無罪가 判明되고 沈夫人과 瑃이 또한 改過遷善하여 離散하였던 家族은 다시 서울에 모이어 一家 團欒하고 富貴로 一世를 누리었다.

이러한 花氏 一門의 波瀾을 叙述한 것이니, 妖妾과 姦夫의 秘計로 花家의 一門을 濁亂하게 한 것은 <謝氏南征記>와 비슷한 데가 있고, 孝子의 出天한

至孝로 惡한 嫡母와 悖倫한 兄이 마침내 前罪를 悔改하고 慘憺한 悲境에 들어 있던 一家가 다시 幸福의 光明을 보게 된 것은 <翟成義傳>의 前轍을 밟은 듯하다.

第四章 〈薔花紅蓮傳〉과 公案類小說

〈薔花紅蓮傳〉의 梗概

지금으로부터 三百年 전의 옛날이었다.

鐵山 裵座首의 아내 張氏가 애처로운 두 딸을 남기고 病으로 세상을 떠나고 말았다. 座首는 그 近處에서 妖惡한 許氏를 맞아들여 後室을 삼았더니, 許氏는 어리석은 三兄弟를 낳으니, 長男은 장쇠라고 이름 지었다. 繼母 許氏는 벌써 前室 所生의 두 딸, 薔花와 紅蓮을 매우 미워하여, 薔花가 잠자는 이불 속에 쥐를 잡아넣고 座首에게 落胎한 것이라고 참소하여, 곧 그날 밤에 장쇠에게 密令해서 薔花를 말에 싣고 外家에 가자고 핍박해서, 데리고 深山幽谷을 지나 한 곳에 다다르니, 中秋 八月 보름달이 뚜렷이 비치고 있는 우중충한 연못이었다. 장쇠의 肉迫으로 薔花는 할 일 없이, 깊은 연못에 몸을 던지자, 난데없는 범이 나와 장쇠의 다리를 베어 먹었다.

이때 집에 혼자 남은 紅蓮은 이상한 꿈에서 잠이 깨어 薔花의 죽은 자취를 알고 靑鳥의 案內를 받아, 또한 그 못가에 가서, 언니의 죽은 곳을 찾아, 紅蓮도 마저 언니 薔花의 뒤를 따라 연못에 몸을 던지고 말았다.

그러자 이 두 죽은 兄弟의 怨魂이 자주 府使의 公廳에 나타나서 자기네들의 원통한 것을 풀어 달라고 哀訴하니 새로 到任하는 府使마다 모두 氣絶하여 죽고 말았다. 새로 또 拔擢되어 온 郡守 鄭東祐가 비로소 그 寃魂의 말을 듣고 裵夫婦와 및 그 落胎를 가져 오라고 命하였다. 落胎를 解剖해 보니, 理論보다는 證據로 쥐의 똥이 더 많이 나왔다. 府使는 곧 許氏를 斬刑하게 하고, 그 兄弟의 遺骨을 건져서 葬禮하게 하였다. 그 후 座首는 다시 近處의 淑女 尹氏에게 장가들어 그 兄弟의 後身인 사랑스런 雙女를 얻어서 그와 동시에 雙男을 낳은 平壤 李連浩의 두 아들과 結婚시켰다.

<薔花紅蓮傳>도 作者와 製作 年代가 未詳한 作品이다. 이 小說의 첫머리에

> 화설 해동 조선국 세종대왕 시절에 평안도 철산군에 한 사람이 있으니 성은 배요 이름은 무용이니……

한 것을 보면, 平北 鐵山 地方에서 일어난 繼母의 虐待를 그린 實談 같다. 現在에도 鐵山 地方에서는 이와 똑같은 傳說이 있는 것을 보면 확실한 實談을 小說化한 것이다. 이런 점에서 생각하면 朝鮮의 鄕土色이 濃厚한 傳說文學의 代表的 作品이라 아니할 수 없다. 또 이 作品에서 注意할 것은 오랫동안 文化圈 外에 있던 平安道가 小說의 舞臺로 된 것은 아직까지 없었던 것으로, 이런 점에서 國民文學이 普及된 例證을 보이어 주는 作品이라 할 수 있다.

물론 이 作品은 <콩쥐 팥쥐>와 아울러 너무나 有名한 繼母小說로, 薔花와 紅蓮의 두 處女는 繼母에게 虐待를 받는 불쌍한 對象으로서의 別名처럼 들리게 된다. 이 두 처녀가 억울하게 죽었다가 정동우라는 부사가 怨恨을 풀어 주어, 다시 다른 집 딸로 태어나는 奇蹟을 演出하여 凄慘한 空氣를 全篇에 넘쳐흐르게 하고 있다. 그런데 이 作品은 在來의 傳說에 너무 충실하여서 그런지는 모르겠으나, 善人은 어디까지 善人으로 그리었고, 惡人은 너무나 악독한 사람으로 그리려고 하여서, 다시 말하면 너무 表現에만 置重한 탓인지 실제를 떠난 느낌이 있다. 裵座首가 너무나 어리석고 똑똑하지 못한 것을 그린 것은 善人을 지나치게 그린 것이고, 그렇다고 해서

繼母를 惡毒한 계집으로 다루어서 表現하기를

> 그 용모를 의논할진대 두 볼은 한 자히 넘고, 눈은 퉁방울 같고, 코는 질병 같고, 입은 미여기 같고, 머리털은 도야지 털 같고, 키는 장승만 하고, 소리는 이리 소리 같고, 허리는 두 아람이나 되는 것이, 게다가 곰배팔이요, 수중다리에 쌍언청이를 겸하였고, 그 주둥이를 썰어 내면 열 사발은 되겠고, 얽기는 콩 멍석 같으니, 그 형용은 참아 바로 보기 어려운 중에……

라 하였으니, 너무나 現實을 超越한, 곧 非現實的 表現이라 아니할 수 없다. 흉측스러운 얼굴의 集大成이라 할 수 있다. 이것은 확실히 文學 이전의 表現이요, 傳說的인 趣味라 아니할 수 없다. 요컨대 이 小說도 惡敗善昌하는 勸懲的인 幼稚한 家庭的인 原形을 완전히 脫却하지 못한 繼母小說이다.

家庭小說이라고 한 것은 家庭內에서 일어나는 여러 가지의 事實에서 取材한 小說을 意味하고자 한 것이다. 家庭內의 여러 事實, 그 중에서도 주로 繼母와 先妻 所生과의 관계, 다시 말하면 "母在에 一字寒"이란 閔子騫의 句 모양으로 일정한 對峙的 出演者로 말미암아 빚어지는 悲劇的 스토리가 아니면, 妻妾間에 일어나는 不和를 다룬 것이었다.

<薔花紅蓮傳>은 우리 周邊에서 흔히 볼 수 있는, 前妻가 죽고 그 所生이 있을 때 繼母가 들어오면, 흔히 繼母와 前妻의 所生과의 사이는 으레 좋지 못하다. 이리하여 家庭內에 風波가 일게 되고, 이러한 家庭內의 事實을 現實 問題로 取材하여서 쓴 小說이 또한 많다. 이를테면 이미 위에서 든 <콩쥐 팥쥐>의 이야기는 물론이어니와 이외에도 <鄭乙善傳>, <趙生員傳>, <玉娘子傳>, <陳大方傳> 등이 있다.

다음에 許氏가 凶計를 꾸미는 場面의 原文을 적겠다.

原文及 註解

하루는 [1]좌수 外堂으로 들어와 딸의 방에 앉으며, 두 딸을 살펴보니, 딸의 兄弟 손을 서로 잡고 슬픔을 머금어 눈물을 흘려 옷깃을 적시거늘, 좌수 이것을 보고 매우 [2]잔잉히 여겨 歎息하여 가로되,

"이는 반드시 너의 죽은 母親을 생각하고 슬퍼함이로다."

하고, 역시 눈물을 흘리며 위로하여 이르되,

"너이 이렇듯 장성하였으니, 너의 母親이 있었던들 오직 기쁘랴마는, [3]팔자 崎嶇하여 許氏를 만나 구박이 자심하니, 너이들의 설어함을 짐작할지라. 이 후에 이런 緣故 또 있으면, 내 처치하여 너이의 마음을 편하게 하리라."

하고 나왔더니, 이 때에 凶女 窓틈으로 이 광경을 엿보고 더욱 분노하여 凶計를 생각하다가, 문득 깨닫고 제 자식 장쇠를 시켜 큰 쥐를 한 마리 잡아 오라 하여, 가만이 튀하여 피를 바르고 落胎한 모양으로 만들어, 薔花 자는 방에 들어가 이불 밑에 넣고 나와, 좌수 들어오기를 기다려 이것을 보이려 하더니, 마침 좌수가 外堂에서 들어오거늘, 許氏 좌수를 보고 正色하며 혀를 차는지라, 좌수 고이히 여겨, 그 緣故를 물은대, 許氏 가로되,

"家中에 不測한 변이 있으나, 郎君이 반드시 妾의 謀害라 하실 듯 하기로, 처음에 敢히 發說하지 못하였거니와 郎君은 親어버이라, 나면 이르고 들면 반기는 情을 자식들은 전혀 모르고, 부정한 일이 많으나 내 또한 친어미 아닌 고로 짐작만 하더니, 오늘은 늦도록 起動하지 아니하기로, 몸이 불편한가 하여 들어가 본즉, 과연 落胎하고 누웠다가 妾을 보고 미처 收拾하지 못하여 惶忙하기로, 妾의 마음의 놀라움이 크나, 저와 나만 알고 있거니와, 우리는 代代 兩班이라, 이런 일이 漏泄되면 무슨 면목으로 세상에 서리오."

하고, 가장 [4]분분한지라 좌수 크게 놀라, 이에 부인의 손을 이끌고, 女兒의 방으로 들어가 이불을 들치고 보니, 이때 薔花 兄弟는 잠이 깊이 들었

는지라, 許氏 그 피 묻은 쥐를 가지고 여러 가지로 [5]비양하거늘, [6]庸劣한 좌수는 그 凶計를 모르고 가장 놀라며 이르되,

"이 일을 장차 어찌 하리오."

하며 애를 쓰거늘, 이 때 凶女가 가로되,

"이 일이 가장 重難하니, 이 일을 남이 모르게 죽여 흔적을 없이 하면, 남은 이런 줄을 모르고 妾이 심하여 애매한 前室 자식을 謀害하여 죽였다 할 것이요, 남이 이 일을 알면 부끄러움을 면하지 못하리니, 차라리 妾이 먼저 죽어 모름이 나을까 하나이다."

하고, 거짓 자결하는 체하니, 저 미련한 좌수는 그 凶計를 모르고, 곧 대들어 급히 붙잡고 빌어 가로되,

"그대의 [7]진중한 德은 내 이미 아는 바이니, 빨리 方法을 가르치면, 저를 처치하리라."

하며 울거늘, 凶女 이 말을 듣고

"이제는 원을 이룰 때가 왔다."

하고 마음에 기꺼하여 겉으로 歎息하여 가로되,

"내 죽어 모르고저 하였더니, 郎君이 이다지 過念하시매, 不得已 참거니와, 저를 죽이지 아니하면 門戶에 禍를 면하지 못하리니, 其勢 兩難이나 빨리 처치하여 이 일이 탄로되지 않게 하소서."

하매, 좌수 亡妻의 遺言을 생각하고 罔極하나, 一邊 憤怒하여 처치할 妙策을 의논하니, 凶女 기뻐하여 가로되,

"薔花를 불러 거짓말로 속여 저의 外三寸 집에 다녀오라 하고, 장쇠를 시켜 같이 가다가 뒤 연못에 밀쳐 넣어 죽이는 것이 上策일까 하나이다."

좌수 듣고 옳이 여겨, 장쇠를 불러 이리이리 하라 하고 계교를 가르치더라.

이 때 두 小姐는 亡母를 생각하고 슬픔을 禁하지 못하다가 잠이 깊이 들었으니, 어찌 凶女의 이런 不測함을 알았으리요. 薔花 잠을 깨어 心身이 藹藹 하므로 十分 고이히 여겨, 다시 잠을 이루지 못하고 일어앉았더니, 父親이 부르시거늘 薔花 놀라며 즉시 나아가니, 좌수 가로되,

"너의 外三寸 집이 여기서 멀지 아니하니 잠간 다녀오라."

하거늘, 薔花 너무도 意外의 命을 들으매 일변 놀라우며, 일변 설어 눈물

을 머금고 對答하여 가로되,

“少女 오늘까지 [8]지게를 나지 아니하여 外人을 대한 일이 없삽거늘, 父親은 어찌하여 이 深夜에 아지 못하는 길을 가라 하시나이까.”

좌수 大怒하여 가로되,

“네 오라비 장쇠를 데리고 가라 하였거늘, 무슨 잔말을 하여 아비의 令을 거역하느냐.”

하거늘, 薔花 이 말을 듣고 放聲大哭하여 가로되,

“부친께서 죽으라 하신들 어찌 令을 거역하리이까마는 夜深하였삽기로, 어린 생각에 事情을 告함이요, 吩咐 이러하시니, 惶悚하오나 다만 바라옵기는, 밤이나 새거든 가게 하옵소서.”

하였더니, 좌수 비록 庸劣하나 자식의 淸을 생각하고 망설이거늘, 凶女 이렇듯 수작함을 듣고, 문득 문을 발길로 박차며 꾸짖어 가로되,

“너는 아비의 令을 順히 좇을 것이어늘, 무슨 말을 하여 父命을 어기느냐.”

호령하거늘, 薔花 이를 보매, 더욱 설으나 할 일 없이 울며 가로되,

“아버님 분부 이러하시니 다시 여쭐 말씀이 없사오며, 분부대로 하오리다.”

하고, 寢房으로 들어가 紅蓮을 불러 손을 잡고 울어 가로되,

“부친의 意向을 아지 못하거니와, 무슨 緣故 있는지 이 심야에 외가에 다녀오라 하시매 마지못하여 가거니와, 이 길이 아무리 생각하여도 不吉하니, 時急하여 事情을 못 다하거니와 가장 罔極한지라, 다만 슬픈 마음은, 우리 兄弟 母親을 여의고 서로 依支하여 세월을 보내되, 一刻이라도 서로 떠남이 없이 지내더니, 千萬意外에 이 길을 당하여, 너를 적막한 빈 방에 혼자 두고 갈 일을 생각하면, [9]흉격이 터지고 肝腸이 타는 이 심사는 靑天一張紙로도 다 기록지 못할지라. 아모렇게나 잘 있으라. 내 길이 좋지 못할 듯하나, 萬一 順하면 속히 돌아오리니 그 사이 그리운 생각이 있을지라도 참고 기다리라. 옷이나 갈아입고 가리라.”

하고, 옷을 갈아입은 후 兄弟 다시 손을 잡고 울며, 아우를 警戒하여 가로되,

“너의 부친과 繼母를 극진히 섬겨 得罪함이 없게 하고 나의 돌아오기를

기다리면, 내가서 오래 있지 않고 數三日에 곧 오려니와 그동안 그리워 어찌하며, 너를 두고 가는 兄의 마음 칙량 없나니, 너는 설어 말고 부대 잘 있거라."

말을 마치매, 大聲痛哭하며 다만 손을 붙잡고 서로 나누지 못하니, 슬프다 生時에 그지없이 사랑하던 그 母親은 어찌 이런 때를 당하여서 兄弟의 형상을 굽어 살피지 못하는고..

註解 1. 좌수(座首) : 鄕所의 頭目. 2. 잔잉히 : 殘忍하게. 人情과 사랑이 없이. 3. 팔자 崎嶇하다 : 한 평생의 운수가 나쁘다. 4. 분분하다 : 분하고 원통하게 여기다. 5. 비양하거늘 : 빈정거리거늘. 6. 庸劣한 : 못생기고 재주가 남만 못한. 7. 진중한 : 삼가고 조심하는 태도. 8. 지게 : 문. 9. 흉격 : 가슴.

이러한 純全한 繼母小說로는 <薔花紅蓮傳> 이외에 다음에 列擧하는 바와 같은 것이 있는데, 이제 극히 간략한 내용만 적겠다.

〈張豐雲傳〉

宋나라 金陵에 丞相 張熙의 아들 豐雲이 亂中에 避亂을 하다가, 父母와 나뉘어져 李雲敬이란 사람에게 救助되어 그의 딸 慶貝와 婚約을 해두게 된다. 그러나 雲敬이가 죽고 마니, 繼母 胡氏의 구박이 자심해서, 할 수 없이 豐雲은 雲敬의 아들 慶玉을 데리고 延城寺에 들어가 아버지 張熙를 찾게 되고, 慶貝는 汝南僧堂에 들어가 豐雲의 어머니를 찾게 되었다.

〈魚龍傳〉

宋나라 冀州 魚處士의 妻는 아들 才龍과 딸 月을 남기고 죽고 말았다. 魚處士가 벼슬하려고, 서울로 올라간 후 後妻 姜氏는 月과 才龍을 하룻밤에 쫓아냈다. 月은 漂浪하다가 娥皇女英廟에 이르러 自殺을 하려다가 神靈의 引導로 月白洞 尹侍郎의 養女가 되고, 才龍은 西域 通天道士의 指導를 받아 文武 兵書를 보게 되었다. 그 후 어느덧 10年의 歲月이 흘러 月의 남편

林仙은 壯元及第로 右丞相이 되고, 才龍은 北匈奴의 亂을 물리치고 左丞相이 되어 뜻밖에 男妹가 서로 만나게 된다.

이 두 作品은 그 背景을 中國으로 取했다. 그리고 薔花, 紅蓮은 연못에 빠져 죽지마는 이 두 作品에는 죽지도 않고 도리어 마지막에는 幸福한 生活을 하게 된다. 같은 繼母小說이면서도 事件을 進行시킨 手法이 이렇게 다르다. 그리고 이외에 <鄭乙善傳>이 있다.

<薔花紅蓮傳>에 있어서, 事件은 冤魂이 府使의 公廳에 나타나 伸冤을 呼訴함으로 말미암아 歷代 府使가 모두 氣絶하여 죽는 데서, 解決의 실마리가 풀리는 契機가 지어진다. 拔擢된 名府使 정동우는 드디어 冤魂의 말을 좇아 繼母의 凶計를 剔抉하고 후에는 판에 박은 듯이 幸福으로 끝맺는다.

여기에서 나오는 정동우는 實在人物 全東屹이라는 것이 대개 틀림없는 것 같다. ≪朝鮮名臣錄≫ <全東屹>條에

효종 2년 무과에 등제했다. 효종이 군사를 일으킬 때에 이상진, 소두산과 더불어 삼걸(三傑)로 칭해졌다. 전주목사 시절 자주 칭찬하는 포계(褒啓)가 올라왔다. 이때 철산에서 억울한 옥사가 있었는데 이 옥사 이후로 철산에 부임하는 자들이 잇따라 죽으니 철산부사로 가려는 사람이 없었다. 조정에서 공을 철산부사로 천거하니 부임하여 장애(장화)와 홍련의 원통함을 조사하여 풀어주었다. 그러자 마을이 마침내 무사했다.[155]

라 한 것을 보면, 全東屹이 鐵山 府使로 가서 薔愛(薔花의 잘못) 紅蓮의 冤獄

155) "孝廟三年 武科 當孝廟將用兵時 與李相尙眞 蘇斗山稱三傑 歷典州牧屢登褒啓 時鐵山有冤獄 前後莅任者相繼而死 人無應赴者 朝廷薦公鐵山府使 至則査得薔愛紅蓮之冤而伸之 邑遂無事" ≪조선명신록(朝鮮名臣錄)≫ 권2 <전동흘(全東屹)>

을 풀어 준 것이니, 全東屹은 實在한 人物이었음을 알 수가 있다. 그러니 <薔花紅蓮傳>은 巷間의 傳說을 小說化한 것이다. 이러한 法廷에서 자라난 實話를 小說化한 것을 일괄해서 公案小說이라 한다. 그러면 公案小說로는 이외에도 또 있으니, 다음에 들겠다.

〈玉娘子傳〉

咸南 高原 땅의 李時業이란 젊은 사람이 永興 金座首의 딸 玉娘과 婚姻을 하였다. 그 후 時業이 어디로 마을 가는 길에, 건방지다고 시비를 건 永興 土豪와 格鬪를 하다가 土豪의 종 하나를 죽이게 되어, 時業은 獄에 잡혀 가서 죽을 날을 기다리고 있었다. 그의 아내 玉娘은 굳은 決心을 하고 男服으로 갈아입고, 獄門에 이르러 毒酒 嘉肴를 獄卒에게 주면서 時業을 잠깐 만나 보게 하여 달라고 빌었다. 玉娘은 獄卒의 許可를 맡아 獄中에 들어가서 呻吟하는 남편을 보고, 한바탕 울고 나서, 스스로 남편을 대신해서 刑罰을 받기로 하고, 남편에게는 나아가서 媤家를 相續하라고 極勸하였다. 李郎은 無事히 나와서 양편 父母를 孝養하였다. 그러자 死刑 執行日이 다가와서 府使 앞에 나타난 罪人의 얼굴을 보니, 前日에 본 그 사람이 아니었다. 府使는 크게 怒해서 玉娘을 拷問하니 약한 몸으로 견디지 못해 自白을 하였다. 烈女의 自白에 感動한 府使는 政府에 告해서 貞烈夫人을 封하고, 時業은 벼슬하여 吏判까지 되었다.

〈陳大方傳〉

宋나라 涿州사람 陳大方은 晩得子로 자라나서 酒色에 빠져 집안일을 돌아보지 않더니, 잔악한 楊氏를 맞아 집안이 和睦하지 못하고, 가족을 모두 내쫓게 되니, 그 母親도 大方의 동생을 데리고, 정처 없는 길을 떠났다. 太守 金莊伯이 그 家族을 전부 잡아다 앉히고 그 어머님에게는 가르치지 못한 罪를, 大方에게는 不孝의 罪를, 楊氏에게는 七去之惡을 發許하여 일일이 詰責하였다. 이에 感動한 온 집안 식구들은 그 후부터는 和睦하게 지냈고, 天子는 大方의 孝行을 表旌하였다.

위에 든 이외의 法窓의 小說로는 白沙 李恒福의 <柳淵傳>과 <月峯記>, <朴文秀傳>, <蛙蛇獄案>, 《欽欽新書》 등이 있다.

第五章 實學의 勃興

李朝 朝鮮은 歷代의 墮落된 社會, 즉 高麗 末年에는 佛敎는 본래의 使命을 잊은 듯이 僧侶들은 國家 政治에 干涉을 하게 되었고, 社會의 高貴한 地位에서 富裕한 生活을 하는 한편, 백성들은 塗炭에 빠진, 그러한 舊社會의 現實을 救濟하고자 그 당시 新興 學問으로 들어온 朱子學을 가지고 國學을 삼고, 儒敎로써 國內의 모든 思想을 統一하여 民生問題를 解決하려고 하였다. 간단히 말하면 佛敎와 儒敎를 바꾸어 놓은 셈이다.

麗代의 佛敎도 그 본래는 哲學的이요, 人生을 苦海에서 救濟하려는 趣旨의 宗敎이었으나, 終末에는 原始的인 民間 俗信으로 떨어졌을 뿐만 아니라, 現實과는 동떨어진 世界에 있었던 것이다. 일반 民衆들의 生活과는 距離가 너무나 동떨어져 있었던 것이다. 그러자 李朝에 들어와서 佛敎보다는 더 現實的이요, 우리의 生活과 距離가 가까운 朱子學을 國學으로 삼자, 思想의 轉換에서 오는 心理도 있겠지마는, 대체로 일반 民衆의 歡迎을 받았던 것이다. 이리하여 李朝初에 道學이 일어나게 됐던 것이다.

그러나 儒敎라 하니까 우리가 과거에 귀가 아프도록 듣던 三綱 五倫의 道德敎가 아니고, 좀 더 무게가 있고 깊이가 있는, 말하자면 深奧한 哲學的인 眞理를 探究하려는 性理學이었다. 性理學은 道學이라고도 하는데, 宇宙의 原理로 理氣의 二元을 認證하고, 다시 그것을 綜合하여서는 太極의 一元으로 歸一시켜, 이러한 原理로써 일절의 現象을 說明하려는 것이다. 麗末의

暗憺하고 空虛하던 生活에, 哲學的 理論으로써 그 텅 빈 生活을 充滿하게 하여, 人生 問題를 解決하고, 당시를 救濟하는 唯一한 길이 되고 말았다.

이리하여 道學은 退溪에 이르러 大成하게 되었다. 그리하여 집집에는 祠堂이 있게 되었고, 일반 社會에는 文公 家禮가 널리 行해지게 되었다. 坊坊谷谷에는 孝子碑와 烈女閣이 서게 되었다. 朝鮮은 이리하여 儒敎의 나라, 東邦禮儀之國이 되고 말았다.

그 후 年年歲歲 人口는 점점 늘어만 갔다. 人口의 자연 增加는 일반 民衆의 生活을 物質的으로 困窮에 빠지게 하였다. 이러한 現象은 個人的이 아니요, 社會的이었다. 하루에 쌀 한 톨을 얻어 보기 힘들게 되었다. 이러한 民生 問題를 解決하기에, 儒敎는 너무나 哲學的이었고, 너무나 理論的에 흐르고만 말았다. 民生 問題를 解決할 힘이 없었던 것이다. 房中에 들어앉아서 修身齊家治國平天下를 絶叫해 보았자, 어디에서 쌀 한 톨인들 얻어 볼 수 있게 되랴. 역시 儒敎도 現實的인 空腹을 채워 줄 수 있는 學問은 아니었던 것이다. 이리하여 道學은 처음에는 新奇로운 學問으로 散漫한 生活을 어느 정도 條理있게 指導와 解決을 하였던 것이, 理論으로만 흐르게 되어, 現實을 離脫하여 理論을 위한 理論에 빠지게 되었던 것이다.

道學은 道學으로서 그 理論이 深奧한 곳으로 파고들어 갈수록, 일반 國民 全體의 生活과는 차차 距離가 멀어져 나아갔다. 그러던 중 壬辰, 丙子의 兩亂을 겪고 나서부터는, 백성의 生活은 慘狀에 이르고 말았다. 그리고 일반 國民도 兩亂 전과 判然히 달라졌으니 그 전의 生活은 兩班 宮僚들을 그저 盲目的으로 追從하던 것이, 그 이후의 生活은 自覺的 自主的 生活로 돌아서게 되어, 自己를 돌아보게 되었고, 自己의 힘으로 問題를 解決하려고 들게 되었다. 戰亂에서 온 經濟的 犧牲과 困乏은 말할 나위 없고, 人口의 자연 增加로 物質的 生活은 더욱 더욱 窮逼해 갔다. 그리하여 時間이 갈수록 道學은 國民의 現實 生活과는 점점 距離가 멀어져, 도저히 民生 問題를 解決할 수 없게 되고, 단순한 觀念論에 淪落하고 말았다.

이런 때 淸朝는 建國과 동시에 明末 學問界의 惰氣를 一新하여 淸朝 독특한 學風을 樹立하고, 내용이 충실한 一大文化를 構成하게 되었다. 그 學問 방법은 이른바 '實事求是'이었다. 그 要旨는 問題를 空理 空談에서 解決하지 말고 實地에서 現實 問題로서 解決하자 하는 것이다. 從來의 主觀的이며, 獨斷的이요, 空虛한 방법을 排除하고, 事實에 卽해서 證據를 잡자는 客觀的이요, 科學的인 연구방법을 사용한 學風이었다. 이리하여 淸朝에서도 여러 가지의 學問이 나오게 되었으니 考證學, 目錄學, 文字學, 金石學, 天文學, 算學, 地理學, 史學, 經濟學 등이다.

이와 같은 淸朝 學風의 變革에 대하여 銳敏한 感受性을 갖고 있던 조선 사람들은 여기서 滅淸興明의 固執을 버리고 淸朝의 '實事求是'의 學을 輸入하게 되었던 것이다.

淸朝에 대한 敵愾心도 식은 지 오래요, 淸朝의 文化를 憧憬한 지도 오래 되었고, 淸나라에서도 威服主義에서 德化主義로써 조선을 대해 주었기 때문에, 말경에는 淸朝 文化를 崇拜한 나머지 朝鮮 文化에도 많은 革新이 일게 되었다.

이 가운데 顯著한 現象은 學風이 實質的이 되고, 自我의 認識이 커지고 鮮明하여져서, 조선의 本質을 알고, 실제를 밝히려는 傾向이 생기고, 從來에는 科擧만을 文人들이 最高 目的으로 알고 性理의 연구만 하던 痼習이 차차 一掃되어 가게 되었다. 여기에다가 西洋의 科學 곧 西學이 中國으로부터 朝鮮에 渡來하게 되어 朝鮮은 여러 방면에서 자극과 충격을 받게 되었다.

朝鮮에 있어서 '實事求是'의 學風을 알게 한 분은 孝宗, 顯宗朝의 磻溪 柳

馨遠이다. 그가 實學을 倡道한 후 차차 英祖 때에 李瀷(星湖)이 나서 더욱 實證 實用의 學을 倡道하자 이 風이 차차 널리 퍼지어, 英祖 이후에는 學者는 毋論이요, 단순한 文士라도 그 態度를 實用的 內省的으로 가지게 되어서 朝鮮을 연구하는 學風이 부쩍 일게 되었다. 이때에 이 방면에 힘쓴 분들은 李瀷, 丁若鏞, 安鼎福, 李德懋, 朴齊家, 柳得恭, 洪大容, 申景濬, 朴趾源, 李學逵, 李圭景, 李萬運, 李重煥, 李肯翊, 鄭恒齡 등이다. 이와 같은 時代的 潮流의 變革은 자연 文學 방면 특히 小說에도 波紋이 미치었을 것만은 事實이다.

第六章 燕巖과 ≪熱河日記≫ 속의 小說

燕巖 朴趾源은 英祖 13年 丁巳(西紀 1737)에 漢陽 西大門 私第에서 出生한 후 15세가 되도록 책이라고는 구경도 못하였다. 16세에 장가를 든 後 妻叔 되는 李校理로부터 <信陵君傳>을 句讀하기 시작해서 讀書에 비로소 趣味를 붙여 諸子百家를 涉獵하더니, 마침내는 當代의 文壇에 벌써 頭角을 나타내게 되었다.

그는 그 후 深博한 抱負를 지니면서도 자기의 抱負를 알아주는 사람이 없어서 그런 抱負를 펴보지도 못한 채 당시에 隆盛한 尤庵學派를 譏刺하며, 腐儒들을 譏弄하며, 繁文褥禮의 陋習을 욕질하며, 爲政者의 無能을 痛罵하여 世上에 容納되지 못하고 不遇한 半生을 보내게 되었다. 이와 같이 燕巖은 國家 社會에 이바지하고자 애썼으나 당시의 國家, 社會는 너무나 그를 오랜 동안을 두고 冷待하였던 것이다.

그러자 그가 44세 때(正祖 4년, 1780)에 비로소 三從兄되는 朴明源이 淸國

乾隆帝(高宗)의 七旬 賀筵의 祝賀 使節의 正使로서 燕京으로 향할 적에, 燕巖은 老兵의 服色으로 隨員으로서 따라가게 되었으니, 그의 熱河 途中詩에서도 자기의 모습을 그리어

> 머리 하얀 서생이 황경(皇京 : 북경)을 들어가니, 의복 차림이 의연히 한 노병이로다. 말을 타고 또다시 열하를 향해 가니, 진실로 공명에 나아가는 가난한 선비 같구나.[156]

이라 하였다. 使臣이 燕京에 이른즉 淸帝가 避暑次로 이미 熱河로 갔는 고로, 使臣은 거기에서 또 발길을 돌리어 熱河까지 간 것이다. 燕巖은 이와 같이 老兵의 服色으로 熱河까지 따라가서 여러 가지의 文物 制度를 눈으로 보며, 또 名流 碩學과 만나 胸襟을 넓히고 돌아와서 보고 들은 대로 기록한 것이 ≪熱河日記≫ 二十六卷이다.

그의 憂國慨世의 不朽의 名著인 ≪熱河日記≫도 腐儒들의 笑罵를 받았을 뿐이었고, 그의 글은 稗官者流와 同一한 것으로 보게 되어, 그의 글이 正祖의 天覽에 달하자 正祖까지도 燕巖을 稗官文學者로 다루었다. 그 후 數年 만에 沔川郡守가 되었을 때 正祖가 널리 좋은 農書를 구할 적에 燕巖은 지어 두었던 ≪課農小抄≫를 올렸다. ≪課農小抄≫야말로 兵制, 經濟의 大法을 論한 著述이요, 燕巖의 가진 바 抱負의 一端을 披瀝한 것으로서, 正祖의 기쁨을 사서 이제야 燕巖의 人物을 안 正祖는 장차 그를 크게 쓰려고 하였으나 正祖는 이미 돌아가고, 燕巖도 그 후 5年 만에 69세를 一期로 하고 돌아가고 말았다. 그 때가 純祖 5年 乙丑(西紀 1805)이었다. 諡號는 文度.

燕巖의 文集은 儒者의 彈劾을 받아 燕巖의 孫 珪壽가 벼슬이 領相에 이

156) "書生白首入皇京 服着依然一老兵 又向熱河騎馬去 眞如貧士就功名" ≪연암집(燕巖集)≫ 권4 <映帶亭雜咏 吟得一絶>

르면서도 文集을 出版하지 못하여서, 그의 全集을 보기 어려우나, 그 일부씩이 流傳하는 것으로는 이러한 것들이 있다.

≪燕巖集≫(六卷) : 燕巖 歿後 96年만에 出版되다.

≪熱河日記≫(一冊) : ≪燕巖集≫ 卷十七에서 卷之四十二까지를 朝鮮光文會에서 西紀 1911年에 出版하다.

≪渡江錄≫ : ≪熱河日記≫ 속의 일부로, 이를 故 李允宰 先生이 翻譯한 것을 西紀 1946年에 大成出版社에서 出版하다.(그리고 正音社에서도 正音文庫로서 金聖七 님의 飜譯으로 벌써 네 권이나 나오다)

≪燕巖集≫(拔萃, 二冊) : 金滄江이 拔選한 것.

≪談叢外記≫(一冊)
≪燕巖文抄≫(一冊) } ≪燕巖全集≫ 속에서 재미있는 小說만을 골라서 單行本으로 한 것.

燕巖 朴趾源은 近世의 大文豪다. 위에서 말한 바와 같이 燕京에 往來하여 文物制度를 目擊하고, 또 名流 碩學과 接觸하여 見聞을 넓혀 紀行錄 ≪熱河日記≫ 二十六卷을 썼다. 이것은 一世의 名文으로 높이 評價되고 있는데, 그는 거기에다가 泰西의 新科學 知識을 傳하였다. 또 그는 實學 精神에 基하여 短篇小說 數篇을 썼으니, 그 目錄을 들어 보면, <許生員傳>, <虎叱>, <兩班傳>, <馬駔傳>, <穢德先生傳>, <閔翁傳>, <廣文者傳>, <金神仙傳>, <虞裳傳>, <易學大盜傳>, <鳳山學者傳> 등이 있는데 최후 二篇은 遺失되어 내용이 어떠한 것인지 알 수 없다. 오늘날 전해지는 그의 作品

을 보면 모두가 珠玉과 같은 作品으로 당시의 現實을 예리한 눈으로 알알이 샅샅이 裡面 生活을 꼬집었을 뿐만 아니라, 그러면서도 諷刺를 섞어 썼다. 그의 小說은 다 썩은 社會, 썩은 冠冕, 썩은 儒學을 비웃었으며, 욕설한 것들이다. 그러면서도, 그의 ≪熱河日記≫는 字字句句 憂國慨世의 文字 아님이 없다. 이와 같이 燕巖의 文章은 자유자재하게 붓을 놀리어서, 그의 글은 언제든지 儒徒들의 글과는 달라서 人情 機微에 부딪치는 曲盡한 描寫와 유머를 섞어 起伏이 豊富한 文體로 되어있다. 위에서 든 것 이외에 <烈女咸陽朴氏傳>도 있다. 이제 그의 小說 속에서 다음 세 편의 내용을 극히 간단하게 소개하겠다.

〈許生員傳〉의 梗槪

墨積洞에 사는 許生은 南山 밑의 다 쓰러져 가는 數間 草屋에서 讀書만 하면서 살림을 돌보지 않아, 그의 妻는 針線으로 겨우 입에 풀칠을 할 정도의 살림을 하여 갔다. 그러자 하루는 그의 妻가 몹시 시장함을 못 이겨 男便되는 許生에게 울며

"당신은 평생 책만 읽으면서도 科擧도 보지 않으려고 하니, 어떻게 살아 나아갈 생각은 안 하오."

하였더니, 許生은 오직 웃을 뿐

"내가 밑천이나 있어야 장사나 하지 않소."

"밑천이 없으면 도적질도 못 한단 말이요."

하였더니, 許生은 보던 책을 덮고

"내가 본디 十年을 期約하고 책을 읽으려고 하였더니, 이제 겨우 七年에 책을 못 보게 되니 아까운 일이로군."

하며, 許生은 그의 草屋의 문을 나서고 말았다.

許生은 길거리에서 사람들에게 漢陽 城中의 第一가는 富者인 卞氏를 물어 알게 되어, 그는 卞氏를 찾아 가서 十萬金을 빌려 가지고 집으로 다시 돌아가지 않고, 京畿, 忠淸, 三南地方의 要衝地에서 대추, 감, 배 같은 果實

種類를 倍額으로 사들여서 全國에 果實이 동이 나서 許生은 이를 다시 十倍의 額을 받고 팔아 巨利를 본 후, 濟州島로 건너가서 칼, 솜, 베, 비단 等屬으로 濟州島에서 나는 말 갈기털을 전부 거두어 사들여 두었더니, 數年이 못 가, 網巾 값이 十倍로 오르게 되어 또 다시 利를 본 후, 無人島로 건너가서, 때마침 一千 名이나 되는 도적이 잡혀 있는 데를 가서, 말을 해서 도적들에게 一婦, 一牛와 돈을 주어 無人島를 開墾하게 하여, 數年 후에 許生은 巨額의 돈을 貯蓄하여 두고 생각하기를 내가 나의 재주를 조금 試驗해 보려고 한 것이 巨額의 돈을 貯蓄하게 되었다 하고, 五十萬金은 바닷속에 던지고, 남은 돈으로 온 나라를 돌아다니면서 가난한 사람을 도와주고도 아직도 十萬金이 남은지라, 許生은 卞氏를 찾아보고 前日 꿔어 간 돈을 갚고, 집에 돌아와 보니, 그의 妻는 許生이 나간 날짜로써 제사를 지내고 죽은 사람으로 치고 있었다. 卞氏는 許生에게서 돈을 받고 깜짝 놀라 그 뒤를 밟아 간즉 南山 밑 어느 조그마한 오막살이집으로 들어가는 것을 보고 동네 老人에게 물어 許生인 것만을 알았을 뿐, 이름도 알 수 없었다. 그 후 卞氏는 許生을 찾아 親交가 날로 두텁게 되어 갔다.

卞氏는 御營大將으로 있는 李政丞 浣과 사귀어 오던 중, 李浣大將이

"巷間의 閭閻中에 혹 奇才가 있어서 가히 大事를 議論할 사람을 못 보았소."

하고 물으니, 卞氏는 문득 許生의 생각이 나서, 許生을 薦擧하여서, 李浣과 卞氏는 許生을 찾아보고, 나라에서 求賢한다는 뜻을 말하고 大明의 復讐를 말하였으나, 許生은 도리어 時事 三難을 말했다. 李는 아무 對答도 못 하고 돌아와서 그 이튿날 다시 찾았으나, 집은 텅 비고 許生은 간 곳이 없었다.

(이 <許生傳>은 ≪燕巖集≫ 卷之三十七 <玉匣夜話> 속에 나오는 이야기다.)

〈虎叱〉의 梗概

어느 날 山中王으로 이름이 높은 큰 호랑이가 獸肉을 먹는 이야기를 할새, "醫者疑也"라 醫者는 자기의 疑心되는 바로써 여러 사람을 試驗하다가 한 해에도 數萬의 人間을 죽이는 것, "巫者誣也"라 惑世惑民으로써 職業을

삼는 것-이 모든 것이 모두 不義의 腥血이며 罪惡의 고기니 차마 먹을 것이 못 된다. 그러나 忠義之心이 있으며, 입으로는 百家之言을 오이며, 碩德한 儒者의 고기는 五味를 갖추고 있어서 좋다. 이와 같이 儒者의 고기를 먹을 공론이 났다. 그런데 鄭之邑에 나이 四十이 된 北郭先生이 있었는데, 그는 學問과 德이 높아 일찍 天子의 表彰도 받은 분이었다. 그런데 같은 邑의 東편에는 일찍 寡婦가 된 美人 東里子가 守節을 하고 있어서, 또한 天子의 表彰을 받았다. 이 寡婦에게는 각각 姓이 다른 다섯 아들이 있었다. 北郭先生이 東里子와 私通하다가 그 다섯 아들에게 쫓겨 목숨만 살아 가지고 달아나다가 選肉會議를 하고 있던 大虎를 만나, 北郭先生은 大虎王께 머리를 조아리며 엎드려서 그의 一命만을 구해 주기를 간청하였다. 大虎는 北郭先生을 꾸짖어 "儒者諛也"라 平時에는 범을 여러 가지로 욕설을 퍼붓다가도 형편이 급해지면 아첨하며 목숨을 구하며, 平時에는 人間에 있어서 모든 暴惡한 일을 敢行하면서도 罪名을 범에게 전부 돌리느냐? 하고 꾸짖자 해가 뜨니, 범은 不知去處로 사라져 없어지고 말았다. 아침에 밭을 갈려고 들에 나온 어떤 農夫 北郭先生이 엎드려 있는 것을 보고 先生께서는 무슨 까닭으로 이른 아침부터 祈禱를 드리려 나오셨나이까 말을 걸었더니, 비로소 제 精神이 들어서 그는 어물거리며 對答을 하였다.

이 <虎叱> 一篇은 ≪燕巖集≫ 卷之二十 <關內程史>條에 있는 이야기다. 모든 人間 社會의 醜惡한 裡面을 暴露시킨 小說이다. 守節을 해서 表彰을 받은 少年 寡婦에게는 姓 다른 다섯 아들을 두었다는 어지러운 行實이며, 學問과 德行으로 表彰을 받은 北郭先生이 寡婦와 산 속의 여우 窟에서 密會를 하다가 들킨다는 것, 그 얼마나 당시에 橫行하던 儒者들의 羊頭狗肉의 虛飾과 人面獸心을 가장 切實한 譬喩로써 가장 힘 있게, 송곳 끝같이 따끔하게 諷刺한 小說일 것이다.

〈兩班傳〉의 梗概

旌善郡에 한 兩班이 있었는데 날로 讀書하기를 좋아하고 新任 郡守가 到

着하면 사랑으로 新任 郡守를 맞아들여 잔치하기를 즐겨했다. 그러나 워낙 집이 가난해서 官廳의 糴米 타다 먹은 것이 벌써 千石이나 되고 보니, 다시 갚을 道理가 없었다. 그러자 觀察使가 巡行하여 와서 이것을 알고 그 兩班을 잡아 가두고자 하였다. 이 때 이웃집에 사는 한 賤富가 있었는데 이 機會에 千石의 쌀을 갚아 주고, 그 兩班權을 사보려고 그 兩班에게 자기의 뜻을 通하였더니, 快히 承諾을 하므로 드디어 그대로 決行하였다. 그 후부터는 그 兩班은 氈笠 短衣에 常民 노릇을 하는데, 이것을 알게 된 郡守는 그 賤富를 크게 稱讚하고, 이것은 私的 交易으로 될 수 없으니, 마땅히 文卷을 만들어 내가 郡人에게 立證하겠다 하고, 郡中 士族을 모두 모아 놓고 文卷을 作成하였다. 그 文卷에 兩班의 갖은 形式的인 行動을 낱낱이 枚擧하였으니, 이를테면 一行 百字의 글을 박아 쓴다든가, 쌀값을 묻지 않는다든가, 성이 나도 아내를 치지 않는다든가 하는 여러 條件을 늘어놓아, 이것을 지키기를 誓約한다는 뜻이다. 賤富가 가만히 듣고 본즉, 兩班이라는 것은 神仙 같은 줄만 알았더니 이렇게 拘束的이고, 乾燥하여서야 나는 못하겠다 하고 내뺐다.

觀念論者들인 썩어빠진 선비들의 虛僞에 찬 生活을 그린 것이다. 모두가 兩班 社會의 腐敗와 무기력과 欺瞞性과 虛僞的 生活을 剔抉하고, 人間的으로 能動的인 新興 庶民階級들의 勢力과 그들의 未來의 希望을 그린 作品이다. 實學派의 人物로서 小說을 쓴 이도 있었던 듯, 星湖의 高弟 愼後聃 같은 이도 <金華外傳>, <續列仙傳>, <龍王記>, <海蜃記>, <南興記事> 등을 지었다고 한다.

第七章 〈春香傳〉의 出現

<春香傳>은 朝鮮에서 가장 널리 大衆的으로 愛讀되는 作品이다. 小說로,

映畫로, 演劇으로, 우리에게 가장 親熟한 느낌을 주는 古代小說이다. <春香傳>의 原作者와 그 原本은 지금에 와서는 漠漠하여 相考할 길을 잃었으나, <春香傳>은 朝鮮 古代小說의 한 異彩다. 그 내용에 있어서 보더라도 從來의 모든 古代小說의 典型을 깨뜨리고 人間生活의 純情을 實寫하였다는 점만이 아니고, 그 形式에 있어서나 그 燦爛한 文彩에서나 도저히 다른 小說의 追從을 許하지 않는다. 그리하여 <春香傳>은 과거에 있어서 壓倒的 勢力을 가지고 모든 小說에 君臨하여 種種의 異種本을 내었다.

1. 〈春香傳〉의 梗概

話說 仁祖 때에 南原 府使의 아들 李夢龍이 方春花節에 春興을 못 이기어 房子를 불러 南原 景槪에 廣寒樓가 좋단 말을 듣고, 房子를 앞세우고 천천히 걸어서 廣寒樓에 올라 한참 春景을 바라보고 있으려니, 이때 春香이가 衣服 丹粧을 고이 하고 侍婢 香丹을 데리고 건너편에 와서 鞦韆을 하고 있었다. 豪蕩한 李道令은 곧 그가 누구인가 房子에게 물어 보았으나, 房子는 처음에는 이리 저리 피하면서 얼른 가르쳐 주지 않다가, 나중에야 그가 本邑 妓生인 月梅 딸 春香이라 아뢰었다. 李道令은 그가 妓生인 줄 알고 곧 房子를 시켜 廣寒樓로 불러 보려고 하였으나, 春香은 오지 않고 雁隨海, 蝶隨花, 蟹隨穴이라는 말을 傳喝하고 집으로 돌아가고 말았다. 李道令은 窈窕淑女가 찾아오라는 뜻으로 알아차렸다.

李道令은 廣寒樓서 戀戀히 春香을 보내고 冊房에 돌아와서 使道의 退燈을 기다리면서 讀書하는 끝에, '春香傳' 一流의 <千字풀이>가 나오고, 春香을 보고 싶은 마음에서 '보고지고!'라고 외쳐 이 소리에 놀란 使道가, 道令의 周公을 보고자 한다는 對答에 도리어 感激하여 冊房에 睦郎廳을 불러 자기의 아들을 칭찬한다. 이 책 저 책 되는 대로 읽다가 겨우 夕飯 후 使道의 退燈을 기다려 몰래 빠져 나와 春香이의 집을 찾게 된다. 이리하여

房子란 놈이 李道令을 데리고 春香이의 집을 찾아 가는 途中에서 익살스러운 賤輩 房子와 兩班집 貴童子 李道令 사이에 유머러스한 才談과 笑話가 나오게 된다.

이 때 春香은 거문고를 타고 있는데, 房子 들어가 먼저 春香母를 부르니 春香母 나와 道令을 맞아들이어 道令의 찾아 온 뜻을 안 春香母는 兩人의 婚約을 承諾해 준다. 春香 또한 반겨 道令을 맞아들여 담배며 술로 待接하고, 다시 勸酒歌를 불러 즐기면서 두 사람의 情은 밤이 깊어갈수록 두터워져 그들의 사랑을 <사랑歌>로서 나타냈다.

그리다가 靑天霹靂으로 離別이 된다. 使道는 同副承旨에 昇進하여, 道令은 父親으로부터 內行을 모시고 먼저 上京하라는 命令을 받았다. 道令은 그 말을 듣고 春香을 離別할 생각을 하니, 가슴이 터지는 듯하여, 春香이 집으로 春香을 찾으니 春香도 서러워서 欣欣히 離別하려 하지 않았으며, 春香母도 또한 그 離別을 容易히 應諾하지 않고 道令에게 데려가기를 肉迫하였다. 李道令도 이렇게 되니, 할 수 없이 그러면 春香을 神主 뫼시듯 腰輿에 태워서라도 남몰래 데려 가겠다 하니, 이 말 한 마디에 春香도 도리어 李道令의 形便에 同情하여 그러면 離別하는 수밖에 할 일 없다 하여 눈물로써 離別하며 떨어지지 못하다가, 後陪使令이 나와 行次를 재촉할 때에야 겨우 마지막 一盃酒로 헤어지며, 울며 서로 明鏡과 玉指環을 信物로 交換하고 春香은 道令에게 速히 立身揚名 후 찾아오라 哀願하고, 道令은 信을 지켜 自己의 돌아오기를 기다리라 付託하고 離別한다.

그 뒤 新官이 任命되었다. 그는 자핫골 사는 卞學道라는 者로, 그는 本是 好色之人이라 벌써 新延下人이 現身하였을 때 春香을 묻더니, 赴任하자 곧 '妓生 點考'를 하고, 春香의 이름이 그 중에 없음을 怒하여 使令을 시켜 春香을 잡아 오게 한다. 春香이 처음 나오는 使令을 술도 먹이고, 돈도 주어 無事히 돌려보냈으나, 연달아 거푸 나왔을 때에는 부득이하여 官廷에 나가니, 使道는 곧 守廳을 擧行하라 命한다. 그러나 春香은 "貞節은 兩班에게만 있고 상놈에겐 없소?" 하고 내내 節介를 굽히지 않아, 笞杖 執行을 하게 되어 한 개, 두 개 맞는데, 春香은 소위 <十杖歌>로써 和答한다. 그 다음 春香이 下獄이 되고, 春香母는 목을 놓고 운다. 春香은 獄中에서 <長嘆歌>로써 울었다. 春香母는 自己의 딸이 李道令을 위하여 守節을 하는 것을 서러워한다. 이로부터 春香은 獄中에서 數個月을 보냈는데 하루는 꿈을 꾸니, 방문 위에 허수아비가 달리고, 뜰에 櫻桃花가 떨어지고, 보던 體鏡 한복판이 깨어지거늘, 마침 지나가는 許봉사를 불러 물으니, 許봉사가 解夢해서 말하기를, '花落하니 能成實이요, 鏡破하니 豈無聲가, 門上에 懸제라.' 하니 萬人이 皆仰視라 하고 李道令이 수이 及第하여 相逢할 占卦라고 壯談하고 간다.

李道令은 上京 후 學業을 닦아 太平科에 壯元으로 及第하여 自願 三道御史가 되어 南原으로 向發한다. 途中 農夫와 酒幕 老人에게 春香이 新官에게 守廳을 들어 民弊가 많다고 하니 참말이냐 묻다가 도리어 節介 春香을 辱한다 하여 農夫에게 辱을 當하고, 南原에 當到하여 春香의 집을 찾으니 春香母는 井華水를 떠다 놓고 李道令이 科擧에 及第하라 빌고 있었다. 御史 매우 그 精誠에 感動되었으나, 처음 春香母가 御史의 乞人 形色을 보고 깜짝 놀랐을 때는, 上京한 그 후 宦路는 끊어지고 家産을 蕩盡하여 父親은 학장으로 나가고 母親은 親家로 가서 自己는 할 수 없이 春香을 찾아 왔다고 속였다. 그랬더니 春香母는 정말 그런 줄 알고 落膽 끝에 御史를 薄待한다. 그럴수록 御史는 지긋지긋 달려 붙어 밥을 달라 보채니 春香母 더욱 薄待가 심하여져 갔으나 그럴 때에 香丹이가 나와 御史를 극진히 대접한다. 御史는 우는 香丹을 달래며 春香母를 재촉하여 香丹에게 燈을 들려 獄으로 가서 만나는데, 이 때 春香은 李道令이 머리에 金冠을 쓰고 몸에 紅衫을 입고 온 꿈을 꾸었다. 春香은 御史를 보고 道令인 줄 못 알아보다가 나중에야 알아보고 그 形色에 놀란다. 그러나 春香은 잘났어도 내 郎君, 못났어도 내 郎君이라고 도리어 그 行色을 同情해서 그 母에게 좋이 接待하라고 勸하였다. 春香은 御史에게 來日이 本官 生日이라 잔치 끝에 필경 무슨 일이 있을 것이니, 來日은 꼭 와서 칼머리나 들어달라 請한다. 御史 걱정 말라 하고 물러나와 春香의 집에서 자고, 이튿날 官門 밖에 가서 探問하니, 과연 本官의 生日이라.

御史가 官門 밖에서 기웃기웃 하다가 틈을 타서 宴席에 들어가 乞客으로서 술을 請하니, 本官은 싫어하였으나 雲峯이 홀로 好意를 가지고 通引시켜 술도 갖다 주고, 또 御史가 妓生을 請하니 妓生도 불러 勸酒歌도 시켜 준다. 그러자 큰 床이 들어오는데 바라보니, 御史 앞에 놓인 床은 보잘

것 없으므로 들어 엎어버리고 御史가 次韻을 請해

금잔의 맛좋은 술은 천 사람의 피요,
옥쟁반의 맛있는 안주는 만백성의 기름이라.
촛농 떨어질 때 백성의 눈물 흐르고
노랫소리 높은 곳에 원망의 소리 높구나."157)

라는 詩를 지어 두고, 나와 三門에 暗行御史 出道를 한다. 이에 宴席은 별안간 修羅場으로 변하였으나, 御史는 곧 坐定하여 本官은 于先 封庫罷職을 하고 獄中의 春香을 잡아 올려 속여 守廳들라 命하니 春香이 또 이에도 拒絶한다. 그제야 御史 칭찬하고 다른 妓生으로 하여금 그 칼을 벗기어 준 후 春香에게 낯을 들어 臺上을 보라 命令한다. 春香이 치어다보니, 그리고 그리던 郎君이라 좋아서 뛰어 올라가 붙잡고 우니 御史가 이를 慰勞한다.

이때에 그런 줄도 모르고 딸 주려고 미음을 들고 오던 春香母는 그제서야 이 喜消息을 듣고 無限히 반기고 御史는 大宴을 베풀어 春香과 즐긴 후 公事를 마치고 春香 母女를 데리고 上京하여 上께 그 緣由를 奏達하니, 上이 칭찬하고, 春香을 貞烈夫人을 封했다. 그 뒤 李道令은 領相까지 지내고 春香에겐 三男 二女를 두었는데 다 聰明하여 모두 職居一品으로 萬世에 遺傳하였다고 한다.

2. 作者, 製作 年代及 動機의 考證

이 作品은 作者 불명에 속하는 作品이다. 現在 있는 <春香傳>의 種類가 매우 많아서 그 어느 것이 原本인지 眞假도 區別하기 어려우며, 그 각종 <春香傳>의 첫머리에 나오는 年代를 綜合하여 보면 中宗 卽位의 明年이

157) "金樽美酒千人血 玉盤佳肴萬姓膏 燭淚落時民淚落 歌聲高處怨聲高" <춘향전(春香傳)>

니, 肅宗大王 卽位 初이니 하였으니, 적어도 肅宗 이후의 作品일 것이다. 肅宗朝는 西紀로는 1674~1720年이니, 지금으로부터 적어도 270餘年 전의 作品이다. <春香傳>의 作者는 누구인지 알 수가 없다. 小說者流를 蔑視하던 때이었으므로 最初의 作者가 自己의 이름을 숨기고 作品을 발표한 것 같다. 古代小說이 擧皆가 다 作者 未詳의 作品인 것이 다 그런 이유에서 온 것이다. 아마 <春香傳>도 익명으로 발표된 作品이 肅宗 이후의 여러 사람의 손에 傳寫되고 口傳되어 오는 동안에 많은 潤色이 가해졌고, 補綴되었을 것이다. 中國의 저 유명한 <三國志演義>, <水滸傳>, <西游記> 같은 大作品들도 여러 百年을 두고 傳해 오는 중간에 여러 사람의 潤色과 補綴이 있었던 것이다.

그리고 <春香傳>의 製作된 動機에 대하여서도 여러 說이 있다. 이제 그 中의 몇을 소개하면 다음과 같다.

① 全北 地方의 傳說에서
南原에 얼굴이 몹시 醜하게 생겨 시집갈 수 없어서 自殺을 하여 寃魂이 된 處女 '春香'이가 있었는데, 그 후 南原 府使는 赴任해 오는 족족 죽는 故로 어느 大作家가 이 小說을 지어 春香을 慰勞했더니, 그 후로는 無事하여졌다는 말.

② 南原에 梁進士가 있어서 科擧에 及第하고 돌아와서 倡侏(난쟁이 廣大)를 데리고 遊街하였으나 집이 가난하여 그 費用을 報償하지 못해서 노래를 지어 함께 불렀다고 하는데 그때 그가 부른 노래의 臺本이 곧 <春香傳>의 古本이 되었다고 한다.

③ 純祖 때 詩人인 趙在三의 ≪松南雜識≫에 春陽打詠에 관한 기록이 있는데,

> 고악부(古樂府)는 이 가락 없이 부채를 치며 길게 읊는 까닭에 세상에서 타령이라 하였다. (중략) 우리나라에서 노래를 하는 배우들을 민간에서 창부라고도 하고 광대라고도 하였는데, 춘양타령을 가장 훌륭한 가락으로 여겼다고 호남말에 전한다. 남원부사 아들 이도령은 어린 기생 춘양을 곁눈질하였는데,. 후에 (춘양은) 이도령을 위하여 절개를 지키려 하니 신관사또 탁종립이 그를 죽였다. 호사자들이 그를 애도하여 그 뜻을 펼치고 원통함을 노래하여, 춘양의 원통함을 씻어주며 춘양의 절개를 드러내었다고 한다.[158]

이라고 하였으니, 당시에 趙在三이 사는 忠北 槐山地方에까지 '春陽'(春香과 音이 비슷해서 잘못된 것 같다)의 <廣大타령>이 있었다는 것과, 그 緣起 說話는 南原 府使의 아들 李道令이 童妓 春陽을 본 후, 李菹令이 上京한 뒤 妓生의 몸으로 꾸준하게 守節하다가 新任 使道 卓宗立에게 打殺된 후 好事者가 이 이야기를 敷衍해서 만들었다는 것이다.

④ ≪溪西野譚≫에

> 南原人 盧禛이 中宗 때에 그 叔父인 宜川 府使를 찾아 갔다가 府妓와 친밀한 사이가 되었다가 盧禛이 그 후 御史가 되어 自己를 爲하여 守節한 府妓를 深山에 있는 절로 찾아가서 故鄕 南原으로 데리고 가서 偕老하였다.

158) "古樂府 無此調而打扇長詠故 俗謂打詠 (中略) 我國倡優 俗謂唱夫 亦曰廣帶 以春陽打詠 爲第一調而湖南諺傳 南原府使子李道令 眄童妓春陽 後爲李道令守節 新使卓宗立殺之 好事者哀之 演其義爲詠寃 以雪春陽之寃 彰春陽之節云" ≪송남잡지(松南雜識)≫

는 이야기가 있다. 아마 <春香傳>은 이 盧禛의 事實을 小說化한 것이 아닌가. ≪溪西野譚≫은 李羲準이 지은 것인데 그의 字는 平汝요, 號는 溪西로 英祖 51年 乙未(西紀 1775)에 出生하여 純祖 5年 乙丑(西紀 1805)에 禮曹判書에 이르렀던 사람이니 <春香傳>이 만일 盧禛의 事實을 小說化한 것이라면 적어도 前記한 西紀 1800年 전후에 되었을 것이다.

⑤ 淸朝의 最大 傑作이라 하는 <桃花扇> 傳奇가 이와 비슷하니, 이제 그 梗槪를 적어 보면 이러하다.

> 司徒 候恂의 아들 方域이 紅燈綠酒로 有名한 南原 秦淮 물가에서 社友와 함께 道院에서 놀다가 退妓 李貞麗의 딸 香君(芳年 十六)이라는 童妓와 芳緣을 맺었으나 好事多魔하여 어찌할 수 없이 離別하게 되었다. 香君은 候郎과의 離別 時에 준 詩扇을 唯一한 信物로 再會의 期를 바라다가 地方官 田仰에게 劫奪한 바 되었으나, 妓院 賤流로 그의 金力과 權威에 조금도 굽히지 않고 죽기로써 拒否하였다. 그러자 淸人의 南下로 百姓은 모두 避亂할 제 候郎과 香君도 避亂民의 한 사람으로서 우연히 山寺에서 만나게 되었으나 住持의 說送으로 各各 東西로 나뉘어 入道하고 말았다.

어느 정도까지 <春香傳>과 一脈 相通하는 데가 있다. <桃花扇>은 康熙年間(西紀 1662~1721)의 著作인즉 <春香傳>을 英正時代의 作品이라 하면 <桃花扇>보다 적어도 7, 80年 이후의 著作일 것이니, 中國 作品이 每年 往來하는 使臣을 通하여 著作한 지 10年 以內에 모두 輸入되었은즉, 하물며 淸朝의 最大 傑作인 <桃花扇>이 輸入되어 그를 模倣해서 지었을 것은 또한 믿음직한 推想이 아닐 수 없다.

이외에도 文人들의 傳記 같은 데서 <春香傳>의 成立 過程을 說明한 것도 있으나 여기서는 略하겠다.

3. 〈春香傳〉이 보여주는 思想

<春香傳>이 보여주는 思想은 다음의 세 점일 것이다.

(一) 貞操 觀念

우리는 李朝 末葉에, <劉忠烈傳>에서는 '忠'을, <沈淸傳>에서는 '孝'를, 그리고 <春香傳>에서는 '烈'의 思想을 본다. 그리하여 <春香傳>의 異本 中의 하나인 <烈女春香守節歌>는 이런 思想을 標題로 내건 것임을 알 수 있다.

> 충신은 두 임금을 섬기지 않으며 열녀는 지아비를 두 번 바꾸지 않는다."[159]

이는 春秋때 齊人 王蠋의 말[160]로서 婦女를 廚房에 幽閉하여 두고 그의 貞操를 獨占하려는 男性으로서의 一方的인 欲望에서 出發한 것으로, 男子의 貞操에 대해서는 云謂한 일이 없다. 그리하여 이러한 思想 곧 '烈'은 封建主義的 社會에 있어서 男女 관계, 더구나 女子에게 負荷된 最大 最高의 倫

159) "忠臣不事二君 烈女不更二夫" ≪사기(史記)≫ <전단열전(田單列傳)>
160) 중국 전국시대 제(齊)나라의 왕촉(王燭)과 관련된 이야기는 ≪사기(史記)≫ <전단열전(田單列傳)> 말미에 실려 있다.

理的 規範으로 嚴守되어 왔던 것이다. 春香은 이런 封建社會의 模範的 人物인 동시에 封建時代의 産物이다.

南原에 新任된 卞府使는 貪財 好色하는 當代의 代表的인 酷吏로서, 春香은 그의 獸行에 죽음으로써 頑强히 자기의 貞節을 내세워

> 禮儀는 兩班의 집에만 있어야 옳으냐? 妓의 賤家에는 貞節도 없어야 옳으냐?
>
> 大典通編 어느 句節에 有夫女 姦通하란 데가 있느냐?

하고 외치며 肉慾家 卞府使의 强迫에도 굽히지 않고 조용히 死刑에 就하려고 한 것이나, 그의 母觀이 新官 使道에게 歸順하라고 하여 春香은 孝道와 愛慾의 岐路에서도 斷然

> 차라리 不孝는 될지언정 마음을 고치지 못하겠소.

하였으니 春香은 貞烈의 權化이다.

그러면 당시의 일반 妓生들의 貞操 觀念은 어떠하였나? 春香이가 李道令과 作別하고 울며불며 하는 것을 보고, 春香母 月梅가 말하기를

> 예라, 이년 변시럽다. 이별도 남다르다. 기생이라 하는 것이 이별 거기 늙느니라. 나도 소시 구실할 제 대부를 셀량이면 손가락이 아파 못 세겠다. 앞문으로 불러 들여 뒷문으로 손짓하되, 눈물은커니와 콧물도 안 나더라.……

하였으니 이처럼 당시의 妓女들의 貞操 觀念을 暴露한 말이 또 있겠느냐.

春香은 貞烈을 죽음으로써 지킨 것뿐이 아니다. 獄中에서 그의 남편이

乞人이 되어 온 것을 보고 同情하여 옷 팔아, 노리개 팔아 호사시키고 잘 먹이라고 母觀에게 부탁하는 것을 보면 家庭主婦로서의, 賢妻로서의 春香의 一面이 또한 엿보인다.

(二) 對特權階級에의 反抗 運動

春香이 一個의 妓女로서 天上郎 같이 우러러 보이는 新任 府使 卞學道에게 唐突하게도 妓女의 人格을 主張하며, 貞節을 내세운 것은 事實 春香의 貞節보다도 한 人間으로서의 人格을 主張하며 요구하였던 것이다. 곧 人間으로서 平等 待遇를 絶叫한 것이다. 이러한 점에서 생각하면 春香의 부르짖음은 人權의 擁護를 요구한 것이다. 個性에 눈뜬 春香이보다도 春香의 입을 빌어 絶叫한 自由를 찾는 民衆의 口號이었던 것이다. 이는 곧 特權階級 곧 支配階級에 대한 反抗運動이며, 春香이 府使에게 굽히지 않고 自己의 貞節을 지킨 것은 庶民階級의 승리라고 할 수 있다.

(三) 封建主義의 打破

春香과 李道令은 社會的 階級이 다른데도 불구하고 戀愛를 할 수 있었을 뿐 아니라 結婚까지도 하였다. 이런 것은 舊社會에서는 있을 수 없는 일이다. 사랑에는 國境도 없다고 하는데 같은 民族 사이에서 階級을 差別해서 結婚한다는 것은 큰 矛盾이다. <春香傳>은 말하자면 이러한 矛盾과 舊社會制度의 遺物인 封建制度를 打破하고 四民平等의 思想을 高唱한 것이다.

4. 〈春香傳〉의 現實性

우리는 <春香傳>을 통해서 그 때 사람들의 生活을 經濟的, 精神的 양면에서 통틀어 엿볼 수 있다. 그리하여 <春香傳>은 당시의 '社會百科辭典'의 性格을 갖고 있다. 그때의 社會相, 現實相을 엿볼 수가 있다. 여기서는 다만 다음의 세 現實性만을 들겠다.

(一) 貪官汚吏

李朝待代의 地方官이런 方伯 守令들의 跋扈와 結託, 백성의 膏血을 쥐어짜는 苛斂誅求는 극도에 달했다. 이제 官邊 記事를 서넛 들어보면 太宗朝에

> 17년. 백성에게 폐가 되는 일[民瘼]을 묻게 하였다. 이조(吏曹)에 교지를 내리기를,
>
> 백성은 오직 나라의 근본이니, 근본이 견고해야 나라가 편안하므로 민생의 질고는 모두 알아야 함이 마땅하다. 각 도관찰사(都觀察使)・도순문사(都巡問使)는 각도내 수령과 한량품관(閑良品官)으로부터 소민(小民)에 이르기까지 골고루 방문하여 진실로 괴롭고 힘든 일을 듣고 그중에 가려 고른 것을 아뢰도록 하라. 수령으로 혹 숨기고 보고하지 않은 자가 있다면, 율(律)에 따라 죄를 논하라. (≪태종실록≫ 권33)[161]

라 하였으니, 벌써 李朝 初期에 있어서 守令의 不法 貪濁을 엿볼 수 있고,

---

161) "十七年 訪問民瘼 下旨吏曹曰 民惟邦本 本固邦寧 民生疾苦 宜當盡知 各道觀察使 都巡問使 各其道內守令及閑良品官 以至小民 備細訪問 實爲疾苦之事 採擇以聞 守令如或隱匿不報 依律論罪" ≪태종실록(太宗實錄)≫ 권33 태종(太宗) 17년(1417) 4월 25일

세종 5년……임금이 찰방 등에게 전교하기를,

여러 주현(州縣)을 자세히 살피고 여러 촌락의 여염집을 출입하면서 무릇 수령(守令)이 재물을 탐하거나 형벌을 혹독하게 하거나 민간에 괴로움을 주는 일들을 상세히 다 방문하여 매우 철저히 조사하여 밝히되, 그 중에 중대한 사건으로…… (≪세종실록≫ 권22)[162]

성종 4년……사헌부 대사헌 서거정 등이 차자(箚子) 올리기를,

(숙천부사) 유자문(柳子文)은 사람됨이 탐욕되어 정갈하지 못하고 가혹하며 마음이 비뚤어져 남을 잘 거스를 뿐만 아니라 간사하여 사람을 속임이 많아……임소(任所)에 5, 6년 있는 동안에 가혹하게 세금을 거두어 원망을 사고 음란하며 불법으로 행한 일들은 이루 말할 수 없고……낱낱이 두루 아뢸 겨를이 없으므로 우선 그 대략만을 거론합니다. 평양・벽동 두 고을의 관비를 간음하고 나란히 관아[아소(衙所)]에 두어 앉아서 관곡을 축내게 하고 관물을 훔쳐서 주었으며, 사전 수십 결을 차지하고 관민과 우력을 마음대로 징발하여 경작하게 하여……처첩을 만족하게 하였으며…… (≪성종실록≫ 권27)[163]

이라 하였고, 이밖에도 歷代의 實錄을 들추어 보면 守令의 貪濁, 人民의 貧困窮乏, 盜賊의 橫行, 豪强士族의 專暴 등은, 諸使의 報告, 司憲府의 奏啓, 國王의 敎諭 등으로서 橫溢되어 있다. 明, 宣祖朝의 趙憲의 疏文을 보면

지금의 수령관 되는 자는 모두 칠사(七事 : 농상성(農桑盛)・호구증(戶口增)・학교흥(學校興)・군정수(軍政修)・부역균(賦役均)・사송간(詞訟簡)・간활식(姦猾息) 등 수령이 지켜야 할 일곱 조목)에 능한 사람이라고 이를 만하지만,

---

162) "世宗五年……上傳敎察訪等曰 按行州縣 出人里閭 凡守令之貪饕酷刑 民間疾苦 詳悉訪問推覈其重事……" ≪세종실록(世宗實錄)≫ 권22 세종(世宗) 5년(1423) 10월 3일

163) "成宗四年……司憲府大司憲徐居正等 上箚子曰 柳子文(註 : 肅川府使) 爲人貪濁苛酷愎狠邪譎……其在任所五六年之間 掊克斂怨淫縱不法等事 不可勝言……不暇一一歷陳 姑擧其略 奸淫平孃 碧潼兩官婢 竝畜衙所 坐耗公廩 盜給官物 占私田數十結 擅發官民牛力耕穫……以肥妻妾" ≪성종실록(成宗實錄)≫ 권27 성종(成宗) 4년(1473) 2월 22일

그러나 신의 생각으로는, 칠사 가운데 하나라도 능히 할 수 있는 것이 없습니다. 옛날에는 백성들 가운데 전지(田地)를 받지 못하는 자가 없었으며, 백성들의 힘을 동원하던 것도 해마다 3일에 지나지 아니하였기에 사람들이 농상(農桑)에 힘을 다할 수가 있어서 의식이 풍족하였습니다. 그러나 요즈음 가난한 백성이 늘어나는 것은, 송곳 하나 세울만한 땅도 없는데 1년을 통산하여 부역에 나가야 할 날이 거의 1개월을 넘으며, 조금 빌려주는 환자[糴]의 곡식도 모두 쓸데없는 비용으로 다 써버려서 능히 농사지을 양식으로 되지 못하기 때문에 농사일이 번성하지 못하고 헐벗고 굶주리는 자가 많아지는 것입니다.……지금에 남자는 겨우 강보를 면하자마자 즉시 군정(軍丁)에 보충되므로 일가 가운데 부역에 나가야 할 자가 많아져서 이미 지탱할 수가 없는데도 일가족에게 겹쳐서 조세를 징수하는 걱정이 있으니, 그 전택(田宅)을 다 팔아도 오히려 능히 지탱할 수가 없습니다. 그 까닭에 유리되고 흩어지는 사람들이 날로 늘어나 마을의 거리들이 고요해졌습니다. (≪증보문헌비고≫ 권223 '직관고')[164]

이라 하였으니, 李朝末의 壓制弊政 밑에서 얼마나 人民들이 呻吟하였나를 알 수가 있다. 그리하여 正祖朝의 詩人인 李亮淵은 이러한 社會相을 詩로 읊었는데 다음의 <田家苦> 一首와 <蟹鷄苦> 一首가 그것이다. (≪臨淵集≫에 있음)

갈던 밭을 팔아 곡식을 사니, 내년에는 어디에 농사를 지을까. 바라는 바는 영리한 아이를 낳아, 글을 배워 관리가 되는 것이네." (<田家苦 : 농가의 고통>)[165]

---

164) "今之爲守令者 皆謂七事之可能 而以臣思之 七事之中 無一可能也 古者 民無不受田之家 而用民之力 歲不過三日 所以人得盡力於農桑 而衣食有源 今者 貧民多 無立錐之地而 通計一年 應役之日 恰過一月 些少出糴之穀 盡歸濫費 而不克爲農粮 所以農桑不成而多凍餒……今者勇子纔免襁褓卽補軍丁 一家之中應役多已不可支 而一族疊徵之患 罄賣田宅猶不能支 所以流亡日繁 日閭井蕭然" ≪증보문헌비고(增補文獻備考)≫ 권223 '직관고(職官考)'

165) "耕田賣田糴 來歲耕何地 願生怜悧兒 學書作官吏" ≪임연집(臨淵集)≫ <전가고(田家苦)>

라 하였으니, 밭을 갈고도 그 밭을 팔아서야 稅納을 하게 되니, 내년엔 그나마 어느 밭을 갈려느냐, 聰明한 아들이나 낳아서 官吏가 되었으면 좋겠다고 하였으니, 尊官의 風潮를 엿볼 수 있고

> 태수가 게 한 마리 바치라 하였는데, 백성들이 수척해져도 만족하지 않네. 게 한 마리 변해서 닭 한 마리 되더니, 만 마리 닭이 온 나라 피를 말리네. 그것들로 임금님 배를 불린다면야, 밭가는 소를 끌어간들 나는 아깝지 않네. (<蟹鷄苦 : 게와 닭으로 말미암은 고생>)[166]

이라 한 것은 一蟹를 賦課한다면, 尺瘠될 것이 없으나, 一蟹가 一鷄로 된다면 집집에서 萬鷄를 내놓게 되니, 정말 王廚에 쓸 國稅로 댄다면 耕牛도 아깝지 않다만 하는 뜻이다.

暗行御史 李夢龍이 卞府使의 生日 잔치에서 읊은

> 금잔의 맛좋은 술은 천 사람의 피요, 옥쟁반의 맛있는 안주는 만백성의 기름이라……[167]

라고 한 것이 卞學道가 일반 大衆을 搾取한 것을 뜻하는 것이 아니고 무엇이겠느냐? 이와 같이 <春香傳>은 地方 官員인 方伯이나, 守令들의 末端 行政을 맡아보는 官吏들의 腐敗한 社會相과 墮落한 生活 意識을 잘 보여 준다.

---

166) "太守賦一蟹 未足爲民瘠 一蟹爲一鷄 萬鷄凋八域 苟然充王廚 耕牛吾不惜" ≪임연집(臨淵集)≫ <해계고(蟹鷄苦)>

167) "金樽美酒千人血 玉盤佳肴萬姓膏……" <춘향전(春香傳)>

(二) 絶對的인 階級性

≪國朝寶鑑≫ <肅宗 五年>條를 보면

> 요즘 들어 세력 있는 사람이 다른 사람의 처첩을 빼앗아 간사하게 속이고 교활한 행동을 하니, 추하고 욕됨이 여러 가지라……이는 고금에 듣지 못한 바라.[168]

고 하였으니, 李朝 末葉의 封建社會에 있어서, 그들 兩班階級은 이 世界가 모두 자기네들의 享樂과 幸福을 위해 되어있는 줄 알았으며, 따라서 당시의 身分, 곧 階級的 差異는 絶對的인 것이어서, 農民 婦女들의 貞操쯤 蹂躪하는 것은 食前 일이다.

新任한 南原 府使가 赴任한 첫날 妓生 都案을 들여놓고 守廳 妓生 五十首를 차례로 點考할 제 이것도 猶爲不足해서 退妓의 딸 春香을 불러, 그의 節介를 꺾으려 한 것도 怪異한 일은 아니다. 不奪不壓, 淫虐無道한 兩班이 春香의 貞操를 蹂躪하려 하는 것은 당연한 일이고, 도리어 그것을 拒否하는 春香이야말로 제 身分을 확실히 認識하지 못한 沒常識한 女子로 볼 수밖에 없다. 事實 李朝의 野史를 보면 수많은 兩班 官僚들이 地方官으로 客地에 나서면 正式으로 거기 配置되어 있는 官妓는 더 말할 것도 없고, 身分이 그다지 좋지 못한 女子를 더러 관계하는 것쯤은 당연한 일이었다. 그리하여 일반 大衆은 至極히 억울한 條件 밑에서 그저 柔順한 羊처럼 順從하여 奴隷 根性에서 벗어나지 못했던 것이 당시의 現實이었던 것이다. 이러한 現實下에서 春香이가 卞學道의 行動을 人權을 無視하는 것이라고 한 것은

168) "近月勢力之家가 掠人妻妾하여 奸騙狙作에 醜辱萬端……此古今所未聞이라." ≪국조보감(國朝寶鑑)≫ <숙종(肅宗)>

도리어 당시의 歷史的 現實을 無視한 것이다.

그리하여 일반 民衆은 兩班만 보면 憎惡心이 생겨

원님은 老妄이요, 座首는 酒妄이요, 衙前은 逃亡이요. 百姓은 怨望이라. (<古本春香傳>에서)

이라 한 것이 다 이러한 心理에서 나온 말이다.

(三) 生活의 斷面

<春香傳>에는 그 時代의 모든 社會層이 모두 舞臺에 오르는 만큼 各層의 生活의 斷面을 명백하게 보여주고 있다.

李道令이 廣寒樓에서 그네 뛰는 春香이를 보고, 그때 春香이의 치장한 것을 그리었는데 거기에서,

- 裝身具로 : 옥룡잠, 금봉차, 삼천주, 산호수, 밀화, 불수옥, 진주, 월패, 청강석, 자개향, 비취향
- 옷감으로 : 초록갑사, 분홍갑사, 용문갑사, 백항라, 화문월사, 몽고삼승, 초록우단, 오색당사, 주황당사
- 옷치장으로 : 산호당기, 까끼적삼, 겹매기, 겹바지, 도홍지마

들의 이름이 나왔고 李道令이 春香의 집을 찾아 春香의 마루에 올라 室內裝置를 구경한 것을 그리었는데, 거기에 나오는 物名으로

- 衣櫥으로 : 용장, 봉장, 제뒤지, 가께수리, 들미장, 자개함롱, 면경, 체경, 왜경대, 쇄금들미, 삼층장, 게자다리, 옷거리, 용두머리, 장목비

- 담배로 : 평안도 성천초, 강원도 김성초, 전라도 진안초, 양덕 삼등초, 광주 남한산성 금광초
- 그릇으로 : 팔모 접은 대모반, 통영 소반, 안성 유기, 왜화기, 당화기
- 병으로 : 죽절병, 오동병, 왜화병 산호병, 대모병
- 술로 : 국화주, 포도주, 죽엽주, 연엽주, 감홍로, 계당백화주
- 음식으로 : 가리찜, 저육초, 양지머리, 차돌바기, 어두봉미, 전골, 생치다리, 농어회, 포육, 문어, 전복

등이 나타나 있으니, 얼마나 豪奢스런 生活을 하고 있었나! 우리로서는 전부 낯선 이름들로 듣고 보도 못한 것이 전부다. 만일 春香의 집이 이와 같이 豪奢스럽게 살림을 하는 형편이라면 君王에 부럽지 않은 사치스런 生活이다. 아마 이는 作者가 덮어 놓고 아는 대로 적은 것일 것이다. 당시에 있어서 한 退妓의 집안 형편이 이렇게까지 豪華스럽지는 않았을 것이다.

5. 〈春香傳〉의 文學的 價值

<春香傳>은 朝鮮 古代小說로서 너무나 有名하여 그 人氣는 다른 作品들이 도저히 따를 수 없어 現代에 있어서도 小說로, 演劇으로, 映畫로, 舞踊으로 그 얼마나 헤아릴 수 없을 만큼 上演이 되고, 上映되고, 主題가 되었던가. 이렇게 널리 普及되어 人氣가 있는 것에는 여러 가지의 이유가 있겠지마는, 과거 허다한 古代小說에서 볼 수 없었던 唯一한 戀愛小說이기 때문이다. 그것도 府使의 아들 李夢龍과 退妓의 딸 春香과의 階級을 超越한 사랑을 그린 作品이기 때문이다. 그리고 <春香傳>은 大衆的으로 耽讀되는 大衆小說이다. 階級을 無視하는 小說인 동시에 <春香傳>은 일종의 勸懲

小說이라 아니할 수 없다. <春香傳>은 그 成立 當初에는 단순한 艶情小說이었으며, 일종의 烈女傳이었을지 모른다. 그러던 것이 차차 唱劇化하여 일반 大衆의 喝采를 받기 시작한 <春香傳>은 强烈한 휴머니즘의 文學이다. 동시에 反封建的 文學이라고 할 수 있다.

6. 〈春香傳〉의 異種本

<春香傳>은 오늘날 그 異本이 많기로 有名하다. 이제 西紀 1939年에서 1940年에 걸쳐 『震檀學報』 第十一卷과 第十二卷에 발표된 趙潤濟 님의 「春香傳의 異本考」의 論文에서, 出版된 年代順에 의해 羅列한 <春香傳>의 異種本을 간단히 소개하겠다.

① 〈春香傳〉(京版本)

刊行 年代는 확실히 알 수 없고, 京城서 刊行된 木版本으로 字體는 印刷式의 楷字가 아니고 보통 手寫式의 行書體를 써서 보기에 좀 힘들다. 翰南書林에 保藏되어 있다. 여기에서는 春香이는 다만 妓生의 所出로 現在 妓生으로 있는 人物로 적혀 있다. 春香의 助演 人物로 반드시 나오는 香丹은 처음부터 나타나 있지 않다.

② 〈烈女春香守節歌〉(完版本 春香傳)

이 책의 版木이 아직까지도 全州 多佳書館에 保藏되어 있는 것이나, 刊記가 없어서 불행히 版刻 年代를 相考할 수가 없다. 京版本은 '說話 仁祖朝'로 筆起되었으나, 本書는 '肅宗大王 卽位初'로 시작되었다. 春香은 退妓 月梅와 成參判과의 사이에서 出生한 딸로 되어 있고, 李道令의 이름은 夢龍으로 되어 있다. 이 책에서는 香丹이 나타나 廣寒樓로 그네 뛰러 온 春香

의 옆을 떠나지 않고 香丹이가 있었다고 하였다.

③ 〈春香傳〉(高麗大學 圖書館 藏本)

이 책은 高麗大學 圖書館에 所藏되어 있는 古寫本이다. 寫出 年代가 未詳하다. 京版本과 完版本의 中間本으로 되어 전반인 李道令의 離別까지는 京版本에 가깝고, 후반은 完版本에 倣似한 점이 많다.

④ 〈春香傳〉(李明善 님의 藏本)

著作 年代라든지 寫出 年代가 불명한 古寫本이다. 完版本과 大同小異하여 거의 비슷하다고 할 수 있다.

⑤ 〈古本春香傳〉

이 책은 西紀 1913年에 新本館에서 發行한 책이다. 이름은 古本이고, 編輯 兼 發行人으로 崔昌善이라 되어 있는데, 其實은 六堂 崔南善 님의 改冊本으르 상당히 광범위에 걸치어 改冊한 책이다.

⑥ 〈別春香傳〉

編者 未詳한 寫本이다. 表紙 內面에 "癸丑 十月 十日 冊主 朴琪俊"이라 한 것으로 미루어 西紀 1918年 이전의 寫本인 것만은 疑心 없다. 내용은 李明善 님의 本과 完版本의 兩本을 折衷한 데 지나지 않는다.

⑦ 〈獄中花〉

本書는 李海朝의 編著로 西紀 1912年 普及書館에서 그 初版이 發行되었다. 李海朝라 하면 지금엔 作故하였으나, 李仁稙과 아울러 近代 新小說 時代의 大家다. 요컨대 이 책은 形式 內容 어느 방면에서나 從來의 <春香傳>을 大幅的으로 改纂한 것이다. 현대적인 <春香傳>이다.

⑧ 〈萬古烈女春香傳〉

本書는 編輯 兼 發行人 姜義永의 名義로 西紀 1925年에 永昌書館과 韓興書林에서 揷畵를 넣어 發行한 책이다.

⑨ **〈獄中絕代佳人〉**

이 책도 <萬古 烈女 春香傳>과 같은 編輯 兼 發行人이요, 發行한 書林이나 年代도 같다.

이 아래서부터는 책의 이름만 쓰겠다.

⑩ **〈古代小說 諺文 春香傳〉**
⑪ **〈懷中 春香傳〉**
⑫ **〈萬古 烈女 特別 無雙 春香傳〉**
⑬ **〈倫理小說 廣寒樓〉**
⑭ **〈增修 春香傳〉**
⑮ **〈우리들傳〉**
⑯ **〈萬古 烈女 獄中花〉**
⑰ **〈增像 演熱 獄中 佳人〉**
⑱ **〈萬古 烈女 圖像 獄中花〉**
⑲ **〈奇緣小說 烏鵲橋〉**
⑳ **〈一說 春香傳〉**

本書는 春園 李光洙 님의 編著로 西紀 1929年 漢城圖書株式會社에서 發行한 책이다.

이외에 近代 漢文 大家인 呂圭亨 님의 編으로 된 '漢文 春香傳'이 네 가지가 있다.

그런데 李明善 님의 本과 完版本은 唱曲을 위주로 한 戱曲的임에 反하여 京版本은 스토리를 위주로 한 小說이어서, 보통 <春香傳>에서 볼 수 있는 歌曲的 방면은 거의 省略되어, <十杖歌>라든지 <相思歌> 같은 것은 없고, 또 <春香傳>의 特色으로 흔히 나오는 <千字풀이>라든지 <妓生 點考>의 詠唱式의 呼名 같은 것도 볼 수 없다.

7. 〈春香傳〉과 歌詞

위에서 말한 바와 같이 그 많은 異種本 중에서 李明善 님의 本과 完版本과 같은 책은 四四調의 韻文體로 되어 있어서 막힘없이 흘러나오는 그 流暢한 맛은 도저히 다른 小說의 追及을 許하지 않는다. 이제 完版本에서 春香이 獄中에서 長嘆하는 場面을 들어 보면

> 이내 罪가 무삼 罪냐. 國穀偸食 아니거던 嚴刑重杖 무삼 일고, 殺人罪人 아니어든 項鎖足鎖 웬 일이며, 逆律綱傷 아니어든, 四技結縛 웬 일이며, 陰陽盜賊 아니어든, 이 刑罰이 웬 일인고, 二綱水는 硯水되어 青天一張紙에 나의 설음 原情지어 玉皇 전에 올리고저, 郎君길워 가삼답답 불이 붙네. 한숨이 바람되야 불난 불을 더부치니 속절없이 나 죽겠네.

또 春香이 그네 뛰는 場面을 적으면

> 香丹아 밀어라. 한 번 굴러 심을 주며 두 번 굴러 심을 주니, 발 밑에 가는 띠걸 바람조차 펄펄, 앞뒤 점점 멀어가니, 머리 우에 나뭇잎은 몸을 따라 흐늘흐늘, 오고갈 제 살펴보니 綠陰속에 紅裳자락이 바람결에 내비치니, 九萬長天, 白雲間에 번갯불이 쇠이난 듯, 瞻之在前 忽焉後라, 앞에 얼른 하는 양은 가부야운 저 제비가 桃花 일점 떨어질 제 차려하고 쫓이는 듯, 뒤로 번듯 하 는양은 狂風에 놀란 蝴蝶 짝을 잃고 가다가 돌치는 듯, 巫山仙女 구름타고 陽臺上에 나리는 듯

이와 같이 全體가 韻文體로 되어 있는 만큼 다분히 歌曲的 部面을 가지게 된다. 그리하여 完板本에 나오는 이러한 四四調의 韻文體로 된 歌詞로 <사랑歌>, <妓生 點考>, <十杖歌>, <農夫歌>, <長嘆歌> 등은 지금엔 俗歌

로서 歌詞化하고 말았다.

이제 崔南善 님의 編으로 된 ≪古木春香傳≫에서 <사랑가>를 적으면

어우화 내사랑아, 야우동풍 모란같이 펑퍼져 피는 사랑, 포도다래 덩굴같이 휘휘친친 감긴 사랑, 봉래방장 산세처럼 봉봉이 솟는 사랑, 동해서해 물결같이 구비구비 깊은 사랑, 남창북창 노적같이 담불담불 쌓인 사랑, 앞내에 수영처럼 척처져 천만 자 늘어진 사랑은, 하직녀 비단처럼 수절같이 그은 사랑, 용장봉장 장식같이 모모마다 짱인 사랑, 긴긴사랑 내 눈에 드는 사랑, 내 뜻에 맞는 사랑, 사랑도 사랑이라.

그러나 이 <사랑歌>는 文學上의 <사랑歌>요, 俗歌로서의 <사랑歌>와는 歌詞의 내용이 다르다. 이제 俗歌로서의 <사랑歌>를 첫머리만 적으면 이러하다.

이도령이 홍을 겨워 타고 노자노자, 영척은 소를 타고, 맹호연은 나귀타고, 이태백은 고래 타고, 적송자는 학을 타고, 일대장강 저 어부는 조고마한 일엽선 타고, 지격지격 저어갈세 이도령은 탈 것 없어 둥둥 내사랑 어허둥둥 내 사랑아. 너 죽어도 나 못살고 나 죽어도 너 못 살리라, 어허둥둥 내사랑아. 우리들이 사랑하다가 한번 아차. 죽게 되면 후생 기약 서로하자……

또 같은 책에서 <十杖歌>를 적으면 이러하다.

일각로 같은 우리 도련님 일조일별 떠난 후에 일점고등 벗을 삼아 일촌간장 춘설스듯 일별음용 양묘망이나 일편단심 폐부중하니 일심사군 굳은 마음 일천 년인들 변하리까. 일부함원에 오월비상이라 하오."

둘을 딱

"이성지합 백년기약 이부불경 죄를 삼아 이차 엄형 하오신들 이심을

어찌 두오리까. 이경삼경 두견성에 이비고절 죽상루를 이 매 암만 따리서도 이 몸이 죽어 좇으려 하오."

셋을 딱

"삼청동 이승지댁 삼한갑족 우리 도련님 삼생연분 서로 만나 삼종지의 굳은 맹서 삼황오제 권세인들 삼강오상 어찌하리. 삼경옥루 최은전에 삼시춘망 무소식이라, 삼혼칠백 넋만 남아 삼천리 약수라도 가랴하오.(以下略)

이 <十杖歌>도 歌詞로는 이와 달라 다음과 같다.

"전라좌도 남원 남문 밖의 월매 딸 춘향이가 불쌍하고 가련하다."

하나 맞고 하는 말이

"일편단심 춘향이가 일종지심 먹은 마음 일부하잤더니 일각일시 낙미지액에 일일칠형이 웬 일이요."

둘을 맞고 하는 말이

"이군불사 본을 받아 이수중분 백로주 같소. 이부지라 아니어든 일구이언 못하겠네."

셋을 맞고 하는 말이

"삼한갑족 우리 낭군 삼강에도 제일이요, 삼춘화류 승화시에 춘향이가 이도령 만나 삼배주 나은 후에 삼생연분 맺었기로 사또 거행은 못하겠소."(以下略)

이외의 다른 歌詞에 대해서는 지면의 여유가 없어서 略하겠다.

8. 〈春香傳〉의 諧謔性

<興夫傳>, <장끼傳>, <토끼傳>도 그렇지마는 <春香傳>에도 才談, 笑話가 無數히 있어서 諧謔性을 다분히 띠고 있다. 이제 <古本春香傳>에

서, 廣寒樓에서 春香을 돌려보내고 冊房에 돌아온 李道令이 春香을 보고 싶은 마음에서 "보고지고"라고 외쳐 使道께 꾸중 듣는 場面을 적겠다.

대학 소학 시전 서전 논어 맹자 내어 놓고, 옥촉에 불 밝히고 차례로 읽을 적에

하늘천 따지 가물현 누르황 집우 집주 집 가르쳐 뵈는 양이 눈에 암암 귀에 쟁쟁 천지지간 만물지중에 유인이 최귀하니 귀한 중에 더욱 귀한 춘향이를 보고지고, 천황씨는 이목떡으로 왕하여 세기섭제하여 제 못 와도 내 가리라. 이십삼 년이라 초명 진대부 위사 조적 한건하여 한 가지로 못 간 줄이 지금 후회막급이라. 원형리정은 천도지상이요 인의예지는 인성지강이니라, 강보부터 못 본 줄이 지금 한이 더욱 깊다. 맹자견양혜왕하시니 왕왈 쉬불원천리이내하시니, 천리 천리로다. 지척이 천리로다. 관관저구 재하지주로다, 요조숙녀는 군자호귀로다, 우리들을 이름이라. 대학지도는 재명명덕하며 재친민하며, 재지어지선이라. 춘향이가 지선이라. 원은 형코 정코 춘향이코 내코 대인이로코, 춘향이만 뵈는구나. 책장마다 춘향이요, 글자마다 춘향이라. 한 자가 두 자가 되고 한 줄이 두 줄이 되어 자자 줄줄이 이 아니 맹랑하냐. 온 책에 글짜들이 바로 뵈지 아니한다. 천자는 감자요, 동몽선습 사습이라, 사략이 화약이요, 통감이 곡감이라, 맹자는 비자요, 논어는 방어로다. 시전이 딴전이요, 유합이 찬합이라, 강목이 깽목이요, 춘추는 후추로다. 하늘천짜 큰대짜 되고, 따지짜 못지짜요, 달월짜 눈목짜요, 손수짜 양양짜이라. 일천천짜 방패간, 웃상짜 흙토짜요, 옷의짜 밤야로다. 한일짜 두이 되고, 또차짜 그기짜라. 집주짜 범인이요, 하위짜 말마로다. 근근짜 되승 되고, 돝해짜 집가로다. 밭전짜 납신되고, 두냥짜 비우로다, 묘할묘짜 이자 보고, 춘향일시 분명하다. 책상을 밀쳐 놓고 벽상에 보검 빼혀 들고, 사면으로 두르면서 이매망량 속거천리 춘향이만 보고지고, 잠간 만나 보고지고, 지금 만나 보고지고, 어둑한 빈 방안에 불현드시 보고지고, 천리 타향 고인 같이 얼른 만나 보고지고, 대한 칠년 가물적에 빗발 같이 보고지고, 구년지수 장마질 제 햇빛 같이 보고지고, 동창 명월 햇빛 같이 번쩍 만나 보고지고, 서산에 낙조처럼 뚝 떨

어져 보고지고, 오매불망 보고지고, 전전반측 보고지고, 답답이도 보고지고, 야속히도 보고지고, 알뜰이도 보고지고, 맹랑히도 보고지고, 살뜰히도 보고지고, 조금 만나 보고지고.

그리고 李明善 님의 藏本인 <春香傳>에서 李道令이 房子를 데리고 春香의 집을 찾아 가는 途中의 場面을 인용하겠다.

房子놈 돌아서며

"道令님 말씀 들으시오. 妓生의 집 가는 길에 우리 둘이 平髮인즉 房子라고 말으시오. 이름이나 불러 주오.."

"그리하마. 네 이름이 무엇이냐."

"이름이 몹시 거북하지요, 小人의 姓은 알으시오.."

"姓이 무엇이냐."

"僻姓이지요."

"무엇이냐."

"아가요."

"姓도 고약하다. 이름은 무엇이냐."

"버지요."

"그 놈 姓名도 고약하다. 兩班이야. 부르겠느냐. 상놈일다."

"여보 道令님, 말씀 들으시요, 具姓名하여 불러 주시면 모시고 가려니와 房子라고 부를 터이면 道令님이 혼자 가시요, 小人은 다른 데로 갈 터인즉 갈려건 가고 말려건 마시고려."

李道令 바쁜 마음에 一刻이 三秋로다. 가만히 생각하여 姓名을 붙여 보니, 부르기가 難堪하고, 부르지 마자 하니, 갈 길을 못 가겠네.

"이 애 房子야, 오늘밤만 姓名을 고쳐 부르면 어떠하냐."

"되지 못할 말을 마오. 아무리 상놈인들 變名逆姓이 될 말이요. 갈 터이어든 혼자 가오. 來日 아침에 冊房으로 만납시다."

떨치고, 逃亡하니 李道令이 황망하여 좇아가며

"이 애 말아, 어서 가자."

房子놈이 등불 끄고 가만히 숨었으니까 허다한 人家 중에 찾을 길이 전혀 없다. 李道令 민망하여 이리 저리 찾으면서

"이놈이 여기 어디 숨었겄다."

중얼중얼하는 모양은 혼자 보기는 아깝다. 道令님이 생각하되, 房子야 부르면 더군다나 안 되겠고, 姓名을 부르자니 難重하여 못하겠네. 이런놈의 姓名도 세상에 있나, 밤은 점점 깊어 가고, 내 일이 바빠 할 수 없다.

"아버지야."

房子놈 썩 나서며,

"우애."

익살스런 賤輩 房子와 兩班집 貴童子 李道令의 描寫가 실로 교묘하다고도 하겠으나, 또 일점 꾸밈도 없이 天然스러운 그것은 가히 平民文學의 極致라 아니 할 수 없다. 이외에도 이와 같은 유머러스한 場面이 도처에 있으나 여기서는 略述하겠다.

그런데 完版本인 <烈女春香守節歌>는 너무 文章을 다듬고 言語 表現美에만 힘을 傾注하였기 때문에 과연 그 文彩는 燦爛하였으나, 그 反面에 事實을 굽히고 茅盾을 스스로 이루는 弊가 있으니, 이제 春香의 그네 뛰는 場面을 인용하면

巫山仙女 구름 타고 陽臺上에 나리는 듯, 나뭇잎도 물어 보고 꽃도 질끈 꺾어 머리에다 실근실근

"이 애 香丹아, 근디바람이 毒하기로 정신이 어질하다. 근딧줄 부뜰어라."

부뜰라고 무수히 進退하며 한창 이리 노닐 적에 시냇가 盤石上에 玉비녀 떨어져 쟁쟁하고 "비내비내"하는 소리 珊瑚채를 들어 玉盤을 깨치는 듯, 그 態度, 그 形容은 世上 人物 아니로다.

이와 같이 얼마든지 非現實的인 矛盾을 찾아 낼 수 있다. 곧 그네를 뛰면서 나뭇잎을 따서 입에 물어 볼 수도 없고, 꽃을 꺾어 머리에 꽂아 볼 수 없는 것을 여기서는 천연스럽게 할 수 있는 것 같이 그려 냈고, 또 春香의 비녀가 떨어져서 쟁그렁했다고 하니, 春香은 아직까지 出嫁하지 않은 處女라 어찌 비녀를 꽂을 수 있으랴.

9. 暗行御史

近世 朝鮮의 李朝時代에는 暗行御史의 制度가 있었다. 暗行御史에 관하여서는 ≪經國大典≫, ≪續大典≫의 法典에도 명확히 記載되어 있지 않고, 史上에 있어서도 단편적으로 기록되어 있을 따름이다. ≪增補文獻備考≫ '卷二百三十 職官考 十八 外官 二'를 參照해 보면 李朝時代에는 議政府下에 吏, 戶, 禮, 兵, 刑, 工의 六曹가 있고, 여기에 直屬해 있는 諸廳司(가령 文選司, 版籍局, 考律司, 營造司 등)와 諸衙門(가령 承政院, 春秋舘, 經筵廳, 司憲府, 司諫府, 弘文舘, 藝文舘 등)이 있었다. 그런데 이러한 것들의 소속 관계는 形式的이고, 國王下에 議政府도, 六曹도, 諸衙門及 八道에 駐在해 있는 觀察使도 直屬해 있었다. 그런데 地方의 行政 事務는 일절 觀察使에 直屬해 있고, 守令은 觀察使를 經由해서 國王에게 上奏할 수 있었다.

各道에는 觀察使가 있고, 觀察使의 事務는 中央 官制의 縮圖로 中央 官廳과 같이 吏, 戶, 禮, 兵, 刑, 工의 六房으로 나뉘어 있는데, 그 事務에 從事하는 사람은 吏屬들이다. 吏屬은 그 地方에서 오래 산 사람들이다. 그리고 道에는 다시 府, 州, 郡, 縣 등으로 分劃되어 제각기 府尹, 大都護府使, 都護府使, 牧使, 郡守, 縣監, 縣令 등이 直屬해 있어서 地方을 다스리고 있었다.

府尹 이하 縣令까지를 綜合해서 守令이라 하고, 觀察使는 方伯이라고 한다. 守令의 總數는 全鮮에 三百四十六員이 있었다.

郡(府, 牧, 縣을 포함해서)에서도 역시 吏, 戶, 禮, 兵, 刑, 工의 六房을 두었고, 또 따로 六房보다 上位에 있는 鄕廳이 있는데, 鄕廳의 首席은 소위 座首다. 그리고 六房에 있는 吏屬을 衙前이라고 부른다. 그리하여 郡政은 이들 座首及 衙前들이 맡아 본다. 郡守 이외의 座首 六房들이 執務하는 廳舍는 다 각각 個別的으로 있는데, 郡守가 執務하는 郡廳의 出入口의 門인 三門 밖에 있다. 백성들은 이 廳舍를 出入할 수 있을 뿐, 직접 郡守의 廳舍로 갈 수는 없다. 그런데 이들 吏屬은 그 地方에 오래 居住한 사람으로 그들의 勢力은 確固不動한 것이었다. 守令의 任期는 九周年(≪磻溪隨錄≫ '卷十三 任官之制項'에)으로 되어 있으나, 실제는 그렇지 않아서 一年에도 몇번씩 갈게 되므로 永久性이 稀薄한 벼슬이었다. 그런데 吏屬은 그 地方에서 오래 居住하여 勢力을 갖고 있어서 郡守에게 抗拒하는 일도 드물지 않고, 그들 吏屬은 地方 强豪와 結託해서 良民에게 끼치는 害毒은 守令 이상이었다.

그리하여 側面的으로 百僚를 糾察하기 위하여 中央 諸官衙에는 司憲府가 古來로부터 設置되었고, 또 地方 邊陲의 勃發 事件의 處理, 惡守令과 强豪의 糾察 彈劾, 賢德의 擧用, 褒賞及 民聲을 듣기 위해 國王으로부터 특별히 直接御史와 暗行御史가 臨時로 파견되었던 것이다. 丁茶山이 私撰한 法制書인 ≪經世遺表≫ '卷五 秋官 刑曹 第五'에

사헌부(司憲府) 대사헌 중대부 1인 장헌(掌憲)상사 2인……암행어사 12인[169]

169) "司憲府 大司憲中 大夫一人 掌憲上二人……暗行御史十二人" ≪경세유표(經世遺表)≫ '권5 추관(秋官) 형조(刑曹)'

이라 한 것을 보면 실로 暗行御史는 司憲府와 不可分離의 관계에 있었던 職員으로 常置의 官員이었던 것임을 알 수가 있다.

百僚를 糾察하는 制度는 일찍 中國의 晉漢때부터 있었다고 한다. 그리하여 ≪通典≫ '卷二十四 職官' <御史臺>條에

> 어사(御史)라는 명칭은 주(周)나라 관리에 있다.170)

라 하였으니, 周代에 있어서 벌써 御史란 官名이 있었음을 알 수 있다.

李朝時代에는 地方의 紊亂에 따라 여러 가지의 使者 곧 御史가 國王의 勅命을 띠고 地方으로 파견된 예가 많다. 그리하여 그 任務 範圍도 區區하였다. 文獻에 보이는 御史의 種類는 分巡御史, 巡撫御史, 巡按御史, 督捕御史, 災傷御史 등 다수에 달하였는데, 暗行御史도 또한 御史의 일종이다. 暗行御史의 資格은 다소의 예외는 있었으나 일반으로 堂下 侍從臣이었다(≪增補文獻備考≫ '卷二二七 職官考 御史項'). 暗行御史는 本質的으로 일반 御史와는 다르다. 暗行御史는 그 이름이 보이는 바와 같이 暗行하여 民情과 治績을 偵察하는 것을 필연적 義務로 하는 反面, 御史는 先文을 發送한 것으로 보아 暗行御史의 責任이 重大하였던 것이다. 그리하여 暗行御史는 國王의 秘密 任命으로 宰相도 모르는 것을 原則으로 한다. 그러던 것이 暗行御史는 일반 御史의 任務까지 兼行하게 되어 宣祖 이후에는 暗行御史가 御史를 대표하게 되어 御史라고 하면 暗行御史를 말하게 되었다.

위에서도 말한 바와 같이 暗行御史의 資格은 堂下 侍從臣이라고 하였으니, 堂下 侍從臣은 무엇일까. 李朝時代의 品階는 正從 各九品으로 分등되어 正三品에서 堂上, 堂下의 區別이 있다. 正三品 이상은 堂上官으로 이를 俗稱

---

170) "御史之名周官有之" ≪通典≫ '권24 직관(職官)' <어사대(御史臺)>

令監이라 하고 從三品 이하를 堂下官이라 하여 俗稱 이를 進士라고 한다. 그리고 侍從臣은 科擧에 及第한 者로서 暗行御史는 이들 중에서도 學識과 德行이 뛰어난 者를 選擇해서 任命한다. 그리고 科擧 중에서도 특히 謁聖科(國王이 孔子廟에 參拜하는 날에 施行하는 科擧로, 특히 謁聖 文科에 壯元으로 及第하는 것을 謁聖 壯元이라고 한다)에 及第한 후 玉堂(弘文館 副提學 이하의 官員)에 任命되었다가 곧 暗行御史를 拜命하고 地方으로 떠나게 된다. <春香傳>의 主人公도 謁聖科의 及第者다.

그러면 暗行御史는 대체 무엇을 하였을까, 여러 文獻에 나타나 있는 바를 綜合해서 概括的으로 말하면

① 守令及 地方 吏胥의 行政 治績의 賢否를 廉察하는 것.
② 土豪 老奸을 摘發 膺懲하는 것.
③ 田政, 儲置米, 軍糧 등을 檢察하는 것.
④ 要塞 邊境의 兵備 狀況을 廉探하는 것.
⑤ 刑罰의 公平, 寃抑의 伸遠, 流囚를 監察하는 것.
⑥ 妖誣의 團束, 風俗의 矯正, 貧民의 救恤.
⑦ 度量衡 制度의 勵行 監督.
⑧ 忠信의 선비, 孝子, 節婦 등의 表彰.
⑨ 災民의 救恤.

暗行御史가 出發할 때에는 '到南大門外開織'라는 封書를 國王으로부터 받고 直時 出發하여 南大門 밖에서 開封을 한다. 이것을 事目이라고 하는데 御史의 調査 事項이 적혀 있는 것이다. 御史의 職務 內容이다. 한 번 南大門 밖에서 開封한 이상에는 任務를 終了하기 전에는 다시는 南大門을 들어서지는 못하는 것이다. 馬牌로써 靑坡驛에서 驛馬를 갈아타고 志向하는 地方

으로 떠난다. ≪增補文獻備考≫ '職官考 御史項' <景宗 二年>條를 보면

> 성종 때 하루는 강연을 마친 뒤에 옥당(玉堂 : 홍문관)의 한 사람을 머물도록 명하고, 행자(行資 : 여비)가 들어 있는 궤를 내려 주며……[171)]

이라 한 것을 보면 御史의 旅費는 國王이 치러 주었던 것을 알 수가 있다. 御史는 自己가 信賴하는 部下를 物色해서 同伴한다. 이들 一行은 適當히 變裝한다. 소위 弊衣破笠으로 自己의 本色을 감춘다. 調査할 區域에 이르러서는 部下들과 헤지어 廉探하게 한 후, 期日을 定해서 邑內에서 만난다. 그때에 廉探한 事項을 綜合해서 御史가 出道하게 된다. 이를 露踪이라고 한다. 곧 御史가 그의 資格을 部下로 하여금 地方 官衙에 開座해서 事件을 處理하는 것을 말한다. 그런데 暗行御史가 露踪을 할 때에는 部下로 하여금 三門에 이르러 馬牌로써 門을 두드리고 '御史出道'를 외치게 한다. 御史는 附近에 머물러 있다가 正式으로 出迎을 받아 官衙로 들어간다. 그리하여 옳지 못한 守令이 있으면 官印을 뺏고, 倉庫를 閉鎖하고 封印을 한다. 이를 封庫라고 한다. 그런 후 彈劾 事項을 國王께 書啓한다. 물론 守令과 貪官汚吏의 糾彈만이 아니라 善治하는 守令과 人民 中의 忠信孝烈의 백성도 褒賞하게 한다. 露踪이 끝나면 곧 變裝을 하고 行方不明이 된다. 暗行御史는 職務를 다 遂行한 후에는 歸京해서 國王에게 拜謁한 후 探訪한 事項을 기록해서 文書로써 奏上한다. 이로써 暗行御史는 復命을 마치게 된다. 이 報告文을 別單이라고 하는데, 이 別單에 依據해서 議政府 내지는 해당한 曹에서 處理를 한다.

---

171) "……成廟朝一日 講筵畢後 命留玉堂一人 賜匱置行資於基中……" ≪증보문헌비고(增補文獻備考)≫ '직관고(職官考) 어사(御史)' <경종(景宗)>

10. 原文及 註解

이제 <古本春香傳>에서 廣寒樓에서 李道令과 春香이 만나는 場面의 原文을 인용하여 註解를 달겠다.

한창 이리 노닐 적에, 이도령이 바라보고, 意思 豪蕩하고 心神이 황홀하여, 얼굴이 달호이고 마음이 취하인다.

이 "방자야."

방 "예."

이 "저 건너 雲霧中에 울긋불긋하고 들락날락하는 것이 사람인다. 신선인다."

방자놈 딴전하되

방 "어디 있는 무엇이오, 소인의 눈에는 아모랴도 아니 뵈오."

이 "아니 뵌단 말이 웬 말이니. 遠視를 못하느냐. 靑紅을 모르나냐, 나 보는 데를 자시 보라. 仙女 下降하셨나 보다."

방 "[1]巫山 十二峰 아니어든 선녀ㅣ 어찌 있으리까."

이 "그러면 [2]淑香이냐."

방 "[3]梨花亭 아니어든 淑娘子ㅣ라 하오리까."

이 "그러면 [4]西施로다."

방 "吳王 宮中 아니어든 서시라 어찌 하오리까."

이 "그러면 [5]玉眞이로구나."

방 "[6]長生殿이 아니어든 楊貴妃라 어찌 하오리까."

이 "그러면 金玉이냐."

방 "玉出崑崗이라 하나, 荊山에 불이 나서 玉石이 俱焚할제 다 타고 없사오니, 옥이 어이 있사오며, 金生麗水라 하나, 楚漢乾坤 紛紛時에 曲逆侯 [7]陳平이가 [8]范亞父를 쫓으랴고 黃金 四萬金을 흩었으니, 金이 어이 있으리까."

이 "桃花냐 海棠花냐."

방 "武陵 明沙 아니어든 도화 해당화ㅣ 어이 있으리까."

이 "鬼神이냐 魂魄이냐."

방 "天陰雨濕 北邙山川 아니어든 鬼神 魂魄 웬 말이요."

이 "그러면 日月이냐."

방 "[9]扶桑 [10]太白 아니거든 日月이 어이 있으리까."

이 "그러면 네 할미냐, 분명 사람은 아니로다. 千年 묵은 불여우가 날 호리려 왔나보다."

방자놈 여짜오되

"여러 말씀 그만 하오. 그네 뛰는 저 처녀 말씀이오. 此時綠陰芳草勝花時에 士夫宅 閨秀가 鞦韆하러 왔나 보이다."

이 "여 보아라, 그렇지 아니하다. 그 처녀를 보아 하니, 靑天에 떴는 [11]松鶻매 같고 夕陽에 물 찬 제비도 같고, 綠水波瀾 [12]비오리 같고, 회양회뚝 별진(辰) 잘숙(宿)하니(허리가 잘숙하다는 뜻)閭巷 처녀가 그럴 길은 만무하고, 너는 이곳에서 生於斯 長於斯 遊於斯하여 묘리 장단 맑은 쇠를 역력히 알 듯 하니, 사람 죽겠다. 바로 일러라."

방자놈 또 한참 보다가 [13]진솔로 하는 말이

"진정 알려 하시오, 바른 대로 하오리다. 저 아이는 本官 妓生 月梅 所生 春香이라 하는 아이, 年光은 二八이요, 人物은 一色이요, 行實은 白玉이요, 風月은 黃眞伊요, 재질은 芙蓉이요, 歌曲은 蟾月이라. 아직 서방 정하지 않고 [14]이물하고 [15]사재고 교만하고 [16]도뜨기가 [17]靈霄寶殿 北極 天門에 턱 건 줄 아시오."

도련님 이 말 듣고 허둥지둥 허튼 말로

"이 애 방자야, 우리 義兄弟하자. 방자 동생아 날 살려라. 만일 재주가 만일 비상하면 한 번 구경 못 할소냐. 네가 만일 못 하겠다 하여 내가 병 곧 들 량이면 [18]神農氏 嘗百草하여 一萬病을 다 고쳐도, 내 병은 할일 없고, 江界 人蔘과 [19]嶺東鹿茸병 [20]瑤池宴 千年 [21]蟠桃 [22]三神山 不死藥이 車載斗量이라도 속절없이 못 살리니, 제발 덕분에 날 살려라."

방자놈의 거동 보소, 펄쩍 뛰어 하는 말이

"이런 말씀도 하압나이까. 저를 부르려면 밥풀을 풀고 새 새끼 부르듯 아조 쉽기 如反掌이나 만일에 이 말씀이 사또 귓구멍으로 다

름박질하랴이면, 도련님은 係字 관계가 없거니와, 방자 이 놈은 팔
짜에 없이 늙겠으니, 그런 분부는 말으시고, 바삐 돌아가사이다."
이도령 이른 말이
"죽기 살기는 [23]시왕전에 매었으니, 경망스러이 구지 말고, 저만
이리 불러 오면, 내일부터 官廳에 나는 것을 도무지 휩슬어다가
달피바로 질끈질끈 묶어다가 방자 형님 댁으로 꿩 진상 아뢰요 하
고 모두 다 [24]송일 것이니, 다른 염려는 꿈에도 말고, 어서 바삐
불러 오라."
俗談에 이른 말이 白酒는 紅人面이요, 黃金은 黑人心이라, 방자놈 마음이
焰硝廳 굴뚝이요, [25]虎頭閣 大廳이라, 주마하는 말에 비위가 동하여 하는
말이
"도련님 말씀이 하도 저러하시니 불러는 오려니와, 계집 말 물을
장단이나 아옵나이까."
"세상 사람이 남은 것 하나씩은 다 있나니라. [26]왈짜가 망하여도
왼 다리길 하나는 남고, 宗家가 亡하여도 神主䄡과 香爐 香盒은 남
고, 노던 계집이 결단이 나도 엉덩이 짓은 남고, 남산골 생원이 망
하여도 걸음 걷는 보수는 남는다 하니, 京城에서 生長한 내가 계집
말 물을 줄 모르랴. 형님이라도 [27]주저넘의 아들놈의 말을 말고 나
는 듯이 불러 오라."
방자놈 거동 보소. 아래 [28]멀쑥한 [29]도래참낡을 지끈둥 부루질러 거꾸로
깊고 綠楊芳草 벋은 길로, 거드렁 충청 바삐 갈새, 한 모퉁 두 모퉁 나는
듯이 건너가서 우레 같이 소리하되,
"아나 春香아 무엇하느냐, 큰 일 났다. 冊房 도련님이 광한루 구경
와서, 멀리서 너를 보고, 두눈의 [30]부처가 [31]발등거리고하고, 온 몸
의 힘줄이 [32]龍大旗 뒷질이 되었으니, 어서 급히 바삐 가자. 잠깐이
나 지체하면 모두가 대탈이 날 것이니, 얼른 바삐 수이 가자."
계집아이 거동 보소. 그넷줄에 뛰어 나려 明眸 흘리 뜨고, 朱脣을 半開하
여 하는 말이
춘 "어찌 그리 급히 부르나니, [33]요망의 아들녀석 같으니. 사람을 그
다지 놀래나니 책방 도련님은 왜 내 등에다가 春香이라고 大字로

立春처럼 써 붙였느냐, 가장 말 많고, 익살스럽고 분주다사하고, 뒤숭숭스럽게, 춘향이니, 蘭香이니, 麝香이니, 沉香이니 종지리새 열씨 까듯, 가초가초, [34]庚申年 글강 외듯 다 읽어바치라더냐."

방 "아나 요년의 아이년 말 듣거라. 도련님이 워낙 아는 법이 모진 바람벽 뚫고 나온 중방 밑 귀뜨라미요, 또는 네가 잘못한 것이 그넨지 고넨지, 추천인지, 투천인지, 뛰려 하면 네집 동산도 좋고, 정 조용히 뛰려하면 네 집 대청 들보도 좋고, 정 은근히 뛰려 하면 안방 아랫목 횃대에 메고 뛰지, 요 똑 비어진 언덕에서 점잖은 아이년이 아조 들락날락 별별 [35]발겨 같 짓이 무수하니, [36]미장가전 아이놈이 눈꼴이 아니 상하겠느냐. 뉘 분부라 거스르리, 두 말 말고 어서 가자. 바른대로 말이지, 도련님이 외입장일러라, 곧 烏梅之上이요, 촛병 마개요, 말게 채인 엉덩이요, 돌에 채인 복숭아뼈요, 경게 주머니 아들일러라. 맵시 있게 새를 부려, 초 친 어름을 만든 후에, 갖은 자미를 다 알리면, 어이 아니 묘리 있겠느냐. 南原것이 네 것이요, 運糧庫가 [37]아람치라. 네 덕에 나도 少年 官廳 好子나 얻어하여, 거들어거려 호강 좀 하여 보자."

춘향이 대답하되

"아니를 가면 어찌를 하나. 누를 날로 죽이나. 비 오는 날 쇠 꼬리 쳐도 날 궂은 날 개 사귄 이 같이 지근지근히 구지 말고, 말하기 싫다. 썩 가거라."

방 "네가 요대지 [38]보동뙤다 단단하고 앙세고 [39]수세냐. 아모케나 견디어 보아라. 잔속을 자세히 몰랐다. 도련님이 눈가죽이 팽팽한 것이 독살이 우이 없고, 만일 속에 틀리면 네 어미 月梅까지 [40]생불을 받을 것이니, 아모케나 견디어 보아라."

춘향이 할 일 없이 따라 온다. 치마꼬리 휘루쳐 [41]胸膛에 떡붙이고, 玉步 방신 緩步할새 石逕山路 險峻하다. [42]邯鄲 市上의 壽陵의 걸음으로, 百越叢中의 西施의 걸음으로, 백모래밭의 금자라 걸음, 陽地 곁마당의 씨암탉 걸음, 大明殿 대들보의 명막의 걸음, 百花園林 두루미 걸음, 狂風에 나비 노듯, 물속에 鯉魚 노듯, 가만 사뿐 걸어와서 광한루 다달으니, 방자놈 여짜오되,

방 "춘향이 現身 아뢰오."
이 때 이도령이 정신 잃고 기다리고 기다리다가 [43]무망중 하는 말이
이 "현신이 될까 보냐. 바삐 오르소서 하여라."
춘향이 올라와 이도령께 뵈는 거동 西王母 瑤池宴에 周穆王께 뵈옵는 듯, 楊貴妃 長生殿에 唐明皇께 뵈옵는 듯, 수집은 고운 양자 春山蛾眉에 붉은 기를 잠간 띠어 종용 나직 앉아 뵈니, 이도령 일어나 맞은 후에 얼굴을 자시 보니, 萬古에 짝이 없는 진짓 國色 春香이라. 明月이 처음 돋아 잔 구름이 자최 지고, 芙蓉이 반만 피어 상서 안개 잦아 간다. 먼 낢에 푸른 내는 조으름이 푸르렀고, 銀河 秋波는 眉間에 맑았도다. 가는 허리는 버들이 새암하고, 흰 얼굴은 菊花의 아양이라. 백 가지 아양이 사랑홉고 천 가지 맵시가 아리땁다. 남 호리게도 생겼다. 남의 세간 파하게도 생겼다. 숫되고 찬란하여 내 눈에 어리오고, 천연자약하여 간장이 [44]스는고나. 花容月態 향기로와 정신 다 [45]빠히고 楊柳 氣質 纖細하여 비단 옷을 못 이기는 듯하고나.
이 "그랑 누라 하나."
춘향이 쌍끗 웃고 앵도 입술 잠간 열어, 가는 목 맑은 소리로
춘 "이름은 춘향이오."

註解 1. 巫山 : 四川省에 있는 山名이다. 文選 宋玉高 唐詩에 "昔者 先生嘗遊高唐 怠而晝寢 夢見一婦人 曰妾巫山之女也 爲高唐之客 聞君游高唐 願薦枕席 王因幸之 去而辭曰 妾在巫山之陽 高丘之岨 旦爲朝雲 暮爲行雨 朝朝暮暮 陽臺之下 旦朝視之 如言 故爲立廟 號曰朝雲"이란 故事가 있다. 2. 淑香 : <淑香傳>의 女主人公의 이름(?). 3. 梨花亭 : 淑香이 그 남편 李仙을 離別하고 居處하던 麻姑 仙女의 東村梨花亭 4. 西施 : ≪辭源≫에 "西施 : 春秋越苧羅村西鬻薪之女 有姿容 越王句踐敗於會稽 范蠡取西施獻於吳王夫差 吳亡 西施復歸范蠡 從遊五湖" 또 ≪拾遺記≫에는 "西施越女 所謂西子也 有絶世之美 越王句踐獻之吳王夫差 夫差嬖之 卒至傾國"이라는 文句가 있다. 5. 玉眞 : 楊玄琰의 딸 名은 太眞이요, 小字는 玉環이니, 卽 唐나라 玄宗의 寵妃 楊貴妃다. ≪辭源≫에는 "謂仙人也"라 하였다. 6. 長生殿 : 唐나

라 淸華宮中의 殿名. ≪辭源≫에는 "唐官名…明皇與楊貴妃事也…". 7. 陳平 : ≪辭源≫에 "陳平…漢陽武人 少家貧 好讀書 美如冠玉 事高祖 屢出奇策 縱反間 封曲逆侯 惠帝時爲左丞相 後與周勃共誅諸呂 劉氏賴以復存". 8. 范亞父 : 范增을 말한다. ≪辭源≫에 "范增…項羽謀士 巢人 年七十 輔項羽覇諸侯 稱亞父 羽中漢反間疑增. 遂栾羽而歸范疽發於背死 漢高祖曰. 項羽有一范增而不能用. 此其所以爲我敗也". 9. 扶桑 : ≪辭源≫에 "扶桑…神木 古謂爲日出處 (≪淮南子≫)朝發扶桑月入落棠…". 10. 太白 : 李白의 字. ≪候鯖錄≫에 "李白過采石 酒狂入水 捉月而死"란 文句가 있으니 扶桑은 '日'과 關係가 있고 太白은 '月'과 關係가 있다는 뜻이다. 11. 松鶻매 : 매의 一種으로 몸이 작고 힘이 세며 動作이 猛烈한 매. 12. 비오리 : 游水類에 붙은 물새로 모양은 기러기 같은데 입이 뾰죽한 새. 13. 진솔로 : 솔직하고 꾸밈없이. 14. 이물하고 : 성질이 음험해서 마음을 추측할 수 없고. 15. 사재고 : 사밥스럽고. 16. 도뜨기가 : 눈이 높기가. 17. 靈霄寶殿北極天門 : 무척 높다는 뜻. 18. 神農氏 : ≪辭源≫에 "神農…古帝名 始教民爲耒耜 興農業 故稱神農氏…". 19. 嶺東 : 江原道의 大關嶺 東쪽의 地方. 20. 瑤池 : ≪辭源≫에 "瑤池…神仙所居(≪集仙傳≫) 西王母所居宮闕 在龜山崑崙之圃 閬風之范 左帶瑤池 右環翠水". 21. 蟠桃 : ≪辭源≫에 "蟠桃…(≪淵鑑類函≫) "<十洲記>曰 東海有山名度索山 有大桃樹屈盤數千里 曰蟠桃". 漢時東郡獻短人 呼東方朔至短人因指朔謂上曰 西王母種桃 三千年一結子 此兒不良 已三過偸之 見(≪漢武故事≫)又<漢武內傳>云 西王母以僊桃四顆與帝 桃味甘美 帝收其核欲種之 母曰此桃三千年一生 中夏地薄 種之不生…" 22. 三神山 : ≪辭源≫에 "三神山…神仙所居之山也 或稱三島 以其形似壺 又曰三壺 (≪史記≫) 蓬萊 方丈 瀛洲 此三神山者 在渤海中 諸仙人及不死藥在焉 而黃金白銀爲宮闕". 23. 시왕 : 十王의 訛音(?), 저승에 있다고 하는 十人의 王을 말하는 듯, 그 중에 閻羅王이 있음. 24. 송일 : 보낼 送(?). 25. 虎頭閣 : 義禁府에 있는 罪人을 訊問하던 室名. 그 대청이 매우 어둡고 컴컴하기로 방자의 마음보에 비유한 것이다. 26. 왈짜 : 왈패와 같음. 성질이 팔팔하고 言行이 얌전하지

아니한 계집. 27. 주재넘의 : 건방지고 시큰둥하게. 28. 멀쑥한 : 키가 큰. 29. 도래참낡 : 둥근 참나무(?). 30. 부처 : 夫妻, 곧 두 눈을 쌍지어 말하는 듯하다(?). 31. 발등거리 : 초상 난 집의 문에 달기도 하고 연반군들이 들고 가기도 하는 백지로 만든 등. 32. 龍大旗 : 龍駕 앞에 세우던 용을 그린 큰 기. 33. 요망의 : 言行이 輕率한 것. 34. 庚申年 글강 외듯 : 俗談으로 여러 번 부탁한다는 뜻. 35. 발겨 : 사람의 몸을 두 수레에 매어 좌우쪽으로 끌어 찢다. 36. 미장가전 : 아직 장가들기 前. 37. 아람치 : 自己의 所有, 私事個人의 所有. 38. 보동뙤다 : 키가 작고 통통하고 앙세다. 39. 수세다 : 강하다. 40. 생불 : 쓸 데 없는, 關係 없는 禍. 41. 胸膛 : 복장. 42. 邯鄲 : 邯鄲은 趙都名 燕國 少年 壽陵이 邯鄲에 가서 그 都人의 步法을 배우려다가 熟練되기 前에 燕都에 돌아온 故로 固有의 步法도 잊어 버리어 기어서 돌아왔다는 故事가 있다. 그러므로 壽陵의 걸음걸이는 실상 얌전한 것이 아니다. 43. 무망중(無妄中) : 뜻밖에. 44. 스는고나 : 녹는구나. 45. 빠히고 : 빼고(奪)의 古語.

第八章 奇緣小說 〈玉樓夢〉

〈玉樓夢〉의 梗概

天上 白玉樓에서 우연히 만나게 된 因緣으로 文昌星과 帝傍 仙女와 諸天仙女 天妖星, 紅鸞星, 桃花星이 각각 人間 世上에 귀양살이로 쫓겨 내려오게 되어, 文昌星은 楊昌曲으로 그 밖의 仙女들도 각각 江南紅, 尹小姐, 黃小姐, 碧城仙, 一枝蓮 등으로 태어난다. 그리하여 楊昌曲이 科擧를 보려고 서울로 올라가는 途中 杭州 青樓에서 江南紅을 만나게 된다. 江南紅은 天下名妓로서 자기 눈에 드는 사람이 아직까지 없어서 몸을 依托하지 못하고 있었는데 그 날 우연히 만난 楊昌曲이 天下의 秀才임을 알고, 그에게 몸을 依托하려고 楊昌曲과 百年의 佳約을 맺었다. 그러나 그것을 샘내고 미워하는 사람이 있어서 후일을 期約하고, 楊昌曲은 서울로, 江南紅은 蘇州로 避

하여 가서, 그 곳 刺史의 保護를 받게 되고 그의 딸 尹小姐와 알게 되어 정답게 사귀어서 지내게 된다. 이 尹小姐는 淑德을 兼備한 女子로 江南紅이 일찌기 楊昌曲에게 그의 配匹로 薦擧하였던 女子로, 여기에서 江南紅은 앞으로 楊昌曲을 둘이 함께 모시고 살아보려고 생각하게 된다. 그러자 얼마 안 있어서, 江南紅은 다시 禍를 만나게 되어, 남쪽으로 漂流하게 되고, 楊昌曲은 서울에 올라와 뜻대로 壯元及第하게 되니, 장안 안 高位高官들은 그를 모두 사랑해서 사위를 삼으려고 한다. 그 중에서도 黃閣老는 남달리 몹시 사위를 삼으려고 하는 마음이 간절하였지만, 楊昌曲은 마침내 尹小姐와 婚姻을 한다. 그런데도 불구하고, 黃閣老는 斷念하지를 못하고, 皇帝를 움직이게 하여서, 자기 딸 黃小姐를 억지로 楊昌曲과 婚姻을 시켰다. 그 후 朝廷에서 楊昌曲을 猜忌하는 者가 있어서 부득이 江界로 流配를 갔다가 거기서 또 우연히 名妓 碧城仙을 만나게 된다. 그러자 얼마 안 있어서 南蠻에 亂이 일어나, 楊昌曲은 그리로 出征하게 되고, 碧城仙은 本家로 돌아갔다. 그런데 黃小姐는 淑德이 없는 女子인 데다가 샘이 많고 하여서, 尹小姐는 碧城仙을 반가이 맞아 주었지마는, 黃小姐는 妒忌하는 마음이 심해서 碧城仙을 갖은 꾀와 謀略을 써서 죽이려고 하였다. 그리하여 碧城仙은 마침내 집에 있게 되지 못해, 집을 나가게 되었다. 楊昌曲은 戰地에 나가서 敵과 苦戰을 하고 있던 중 죽은 줄 알았던 江南紅이 敵將이 되어, 서로 마주 서서 싸우게 된 것을 알았다. 이리하여 둘은 戰地에서 感激과 興奮 속에서 서로 오래간만에 만나게 되었다. 두 사람은 하나는 都督, 하나는 元帥로 合心 合力하여 無難히 南蠻을 平定하여, 오래지 않아 凱旋을 하게 되었다. 그 때 敵國의 王女 一枝蓮이라는 天下의 絶色이 있어서 그도 또한 楊昌曲을 恩慕해 함께 서울로 올라오게 된다. 皇帝는 크게 기꺼해 論功을 해서 楊昌曲은 燕王에 江南紅은 鸞城侯에 각기 封하게 되니 그 勳功이 靑史에 빛나게 되고, 一家의 榮光은 이에 더할 바 없었다. 이 때 黃小姐는 자기의 前非를 뉘우치고, 一時 避禍하였던 碧城仙이 돌아오게 되니, 楊昌曲에게는 二妻 三妾의 和樂한 家庭을 지니게 되었다. 그 후 一時는 朝廷에 黨爭이 있어서 燕王이 잠간 流配당한 일은 있었지마는 그도 瞬間的이요, 그 후는 아무런 禍가 없이, 一家 和樂한 가운데서 이세상 사람의 福祿을 그지없이 누리다가 다시 天上 仙官으로 깨어났다.

<玉樓夢>도 <九雲夢>과 같이 한 男性이 五仙女를 戱弄하는 一夫多妻主義를 그려낸 文學이다. 從來의 倫理 道德의 엄격한 拘束에서 벗어나, 人間 본래의 거짓 없는 慾望, 그 중에서도 男性의 女性에 대한 숨김없는 慾望을 자연스럽게 合理化시켜 교묘한 手法으로 그려낸 作品이다.

사람의 一生은 運命에 支配된다. 그리하여 사람과 사람이 만나고, 헤어지고 하는 것이 다 運命이 아니라 할 수 없다. 그리하여 우리의 生活은 이러한 人生觀에 支配되고 있다. 그리하여 古代小說 文學도 이러한 運命에 支配되는 人生을 描寫한 作品도 있을 것이니, 그것이 곧 <玉樓夢>이다. 楊昌曲과 그를 에워싸고 있는 여러 女性의 群像들이 어떠한 알 수 없는 運命에 支配되어 있는 것이다. 그러나 사람과 사람이 우연히 만나게 되고 헤어지게 되는 것이 다 運命이겠지마는, 人生의 現實에서 보면 다 그것이 奇緣이요, 奇逢이다. 이러한 奇緣, 奇逢을 描寫한 作品이 또한 많았으니, <明沙十里>,[172] <林花鄭延>,[173] <江陵秋月> 등이 있고 <玉蓮夢>, <玉麟夢> 같은 夢字小說도 있다.

第九章 宮中小說

第一節 〈仁顯王后傳〉

가람 李秉岐 님이 <仁顯王后傳>의 解說한 것을 인용하면

172) 작자와 창작시기 미상. 남녀의 사랑과 기이한 인연과 보은이 주제이다. 명(明)나라를 배경으로 한 <보심록(報心錄)>과 영향관계가 있다.

173) 작자와 창작시기 미상. 일명 <사성기봉(四姓奇逢)>이라고도 하며, 이본으로 <쌍성봉효록(雙星奉孝錄)>이 있다.

仁顯王后는 兵曹判書 閔維重의 따님으로 肅宗大王妃 仁敬王后께서 昇遐를 하시매 그 繼妃로서 冊封이 되시었다. 天生 聖姿와 聖德으로 더구나 名門 法家에 자라 그 놀라운 凡節은 일컫던 太姙 太姒에 比한대도 何等 遜色이 없었던 터이다.

그 때 肅宗大王의 春秋는 21세요, 后의 春秋는 15세이었다. 坤位의 春秋가 同甲이 아니면 몇해 우히 되던 것이 恒例이던 바, 그렇게 여섯 해나 더 젊은 극히 賢美하던 后를 맞으시매, 처음 불 같이 일어나던 그 사랑이야 오직하였으리오.

그러나 后는 일찍 生産을 못 하고 大王을 권하여 淑儀 金氏를 뽑아 後宮에 들이기도 하였다. 한대 宮人 張氏는 侍婢로 後宮에 參與하고, 퍽 慧黠하여 上意를 잘 迎合하고 극히 寵愛를 받으며 그 몸에 景宗을 낳아서 禧嬪이 되었고 더욱 權勢를 부리고 가지가지로 后를 謀害하여 廢位하게 하고 自己가 王妃가 되었다.

마침 重大한 許堅의 事件이 있었고, 老少黨論이 일어나며 서로 葛藤과 紛爭이 심한 그 때 또한 이 事件과 얽히어 더욱 복잡하였다. 검은 구름은 겹겹이 싸고 돌며, 한때 天心은 흐리고 말았다.

后는 여섯 해 동안이나 그 본곗인 安國洞 本宮에서 외롭고 괴로운 그 날을 보내시다가 復位가 되어 끊였던 사랑을 다시 이어 보시려다가 얼마 아녀 春秋 三十五로 昇遐하시었다.

이 <仁顯王后傳>은 后가 自筆하신 것이 아니고, 그 뒤에 正祖때쯤 宮人의 손으로 된 듯하다. 이도 또한 宮禁 史話로 <恨中錄>과 아울러 雙璧으로 되었다. 그 고리 線이 굵고 센 것보다도 다른 맛이 있으며, 漢文脈으로 이룬 우리 말글의 代表的임직하다……이는 우리가 알아야 할 古典이라기보다도 마땅히 읽어야 할 人生讀本이다.

요컨대 이 小說은 著者 未詳의 宮中小說로 仁顯王后와 張禧嬪 사이의 君寵의 싸움을 그리었고, 아무리 英明한 帝王이라도 女色 앞에는 눈이 어두워짐을 그린 것이다. 이제 가람 李秉岐 님이 註解한 <仁顯王后傳>의 本文의 첫머리만을 적으면 다음과 같은데, 內簡體 散文으로 記寫된 特異한 價

値를 갖고 있는 閨秀 作品이다.

숙종대왕세비(肅宗大王世妃) 인현왕후(仁顯王后)의 본은 여흥(驪興)이시니, 행병조판서(行兵曹判書) 여양부원군(驪陽府院君) [1]둔촌(屯村)의 녀시오, 영의정 [2]송동춘선생(宋同春先生)의 외손이시라.

부인 송시 긔이하신 신몽을 꾸시고 [3]정미 사월 이십삼일(丁未 四月 二十三日) 탄생하오시니, 집 우에 서기(瑞氣) 나타나고, 산실의 향취 옹실(擁宝)하여 오래 되도록 없어지지 아니니, 부뫼 [4]지기(知機)하심이 있어 가중의 말을 내지 못하시게 하시더라.

잠간 장성 하시매 [5]정정탁월(亭亭卓越)하사 화월(花月)이 븟그리는 듯하시고, 용안(龍顔)이 황홀찬란하사 [6]백일(白日)이 빛을 잃으니 고금의 비할 곳이 없으시며, [7]녀공재봉(女工裁縫)이 민첩신이(敏捷神異)하자 일백신령(一百神靈)이 가르치는 듯하시나 안색(顔色)에 나타내지 아니하시고, [8]유정유일(唯精唯一)하시고 [9]숙연(肅然)하사 회포(懷抱)를 남이 아지 못하며 무심무려(無心無慮)한 듯하사 [10]흡연(洽然)하신 성덕(聖德)이 유화천연(柔和天然)하사 덕행례절(德行禮節)이며, 효의(孝義) [11]특출(特出)하사 [12]유한정정(幽閑貞靜)하시고 [13]단일성장(端一誠莊)하시고 널은 도량이 [14]어위하시고 백행(百行)이 구비하시니, 종일 단좌(端坐)하시매 [15]화풍경운(和風景雲)이 옥체(玉體)에 둘렀으니 단엄침중(端嚴沈重)하사 사람이 우럴어보지 못하며 맑고 좋으신 골격과 향기로시기 가을 물결과 높은 하늘 같으시고, 높고 곧은 절개는 금옥(金玉)과 송백(松栢) 같으시고 어려서부터 희학(戱謔)과 사치를 좋아 아니하시고 단순이 [16]적적하시니, [17]무색한 [18]의대(衣襨) 가운대 긔이한 자태 비상하시며, 정대(正大)하사 일백 가지로 [19]빠혀나시고, 문필이 유여(有餘)하사 만교녁대를 무불통지하시나, [20]가만한 가온데나 붓을 들어 문자를 쓰지 아니시니, 부모와 삼촌 형제 사랑 과중(過重)하시고 원근 친척이 놀라고 탄복하여 지내니, 아시 적부터 공경하지 아닐 이 없어 꽃다운 일홈이 세상에 가득하더라.

(中略) [21]경신동(庚申冬)에 인경왕후(仁敬王后) 승하하시니, 대왕대비(大王大妃)께옵서 [22]곤위(坤位)가 비었음을 근심하사 간택(揀擇)하는 영을 나리

오사 숙덕(淑德)을 구하시니 [23]청성부원군 김공(金公)이 후의 덕행을 익히 들은 고로 대비끠 주달(奏達)하고 영의정 송선생(宋先生)이 상전(上前)의 알의대, "국모(國母)는 만민(萬民)의 복이라 당금 병관 민모(閔某)의 여애(女兒) 숙덕이 쌍전함을 신이 익히 아오니 복망(伏望) 전하(殿下)는 번거이 간택을 말으시고 대혼(大婚)을 완정(完定)하소서." 대비 대열(大悅)하사 [24]비망기(備忘記)를 나리와 [25]전교(傳敎)하사 지실(知悉)하라 하시니, 민공(閔公)이 송률(悚慄)하여 즉시 상소하여 지극히 사양하니 말슴이 심히 간절하되 상의(上意) 이미 굳으신지라 허ᄒ지 아니시고 세 번 상소에 도로혀 엄지(嚴旨)를 나리와 책하시매 좌의정(左議政) 노봉 민공(老峯 閔公)을 입대(入對)하사 국체불경(國體不敬)함을 경책(警責)하시니, 신자(臣子) 도리의 사양할 길이 없어 물러 집에 돌아와 형제자질(兄弟子姪) 다 뫼여 송황(悚惶)하온 천은(天恩)을 감축(感祝)하여 눈물이 절로 떨어짐을 깨닫지 못하더라.

註解 1. 屯村 : 閔維重, 號 屯村. 2. 宋同春 : 宋浚吉 號 同春. 3. 丁未 : 顯宗 8年(西紀 1667). 4. 지기 : 미리 기틀을 아는 것. 5. 亭亭卓越 : 남보다 훨씬 뛰어난 것. 6. 白日 : 밝은 해. 대낮, 7. 女工裁縫 : 女子가 할 길쌈과 바누질. 8. 唯精唯一 : 오직 純潔하고 緻密한 것. 9. 肅然 : 삼가고 두려워하고 조용한 것. 10. 洽然 : 넉넉한 모양, 11. 特出 : 특별히 뛰어난 것. 12. 幽閑貞靜 : 婦女로서의 淑德이 높은 것. 13. 端一誠莊 : 端正하고 정성이 있는 것. 14. 어위하시고 : 넓으시고. 15. 和風景雲 : 和樂한 空氣. 16. 적적하시고 : 쓸쓸하시고. 17. 무색하다 : 面目이 없다. 부끄럽다. 18. 衣襨 : 임금의 옷. 19. 빠혀나시고 : 뛰어나시고. 20. 가만한 : 매우 조용하다는 古語. 21. 庚申冬 : 肅宗 6年(西紀 1680) 22. 坤位 : 王妃의 자리. 23. 淸城府院君 : 肅宗大王의 外祖 金祐明. 24. 備忘記 : 나라 임금의 命令을 기록하여 承旨에게 내리는 文書. 25. 傳敎 : 임금의 命令.

第二節 〈恨中錄〉

가람 李秉岐 님이 <恨中錄>의 解說한 것을 그대로 인용해 쓰겠다.

> 李朝 五百年 동안 가장 오래 수하시고 龍床에 계오시던 임금으로는 英祖大王이다. 그 東宮때부터 一生을 두고 놀라운 波瀾이 많은 가운데 가장 놀랍고 무서운 悲慘은 그 자랑스러운 世子를 뒤주에 넣어 宮庭 한 옆에 내쳐 두고 이레를 굶기어 죽이고 思悼世子라 일컫던 일이다.
>
> 思悼世子는 英祖大王의 둘째 아드님인 바 暎嬪 李氏의 己出로써 英祖 11年 昌慶宮 集福軒에서 낪자오시며 世子 冊封이 되고 八歲에 入學하고 九歲에 冠禮를 行하고 十五歲에 代理를 보고 二十八歲되던 해, 刑曹判書 尹汲의 傔從 羅景彦의 告變으로 드디어 罪人이 된 것이다. 이 事實이 實錄, 其他 記錄에 많이 적히어 그 是非와 曲直이 紛紜하지만 이 <恨中錄>처럼 切實한 記錄이 없을 것이다.
>
> <恨中錄>은 그 世子 嬪宮 洪氏가 친히 지내고 겪으며 보고 듣고 또는 자기의 所天을 잃고 남다른 怨恨과 悲哀을 품고 눈물과 피로 적은 것이다.
>
> 洪氏는 永豊府院君 洪鳳漢의 따님으로 역시 英祖 11年 盤松坊居平洞에서 誕降하여 十歲에 於義洞 本宮에서 世子嬪 冊封이 되어 嘉禮를 行하고 世子 昇遐하던 그 해 惠嬪으로 賜號되고, 그 아드님 正祖大王이 卽位하시며 惠慶이라는 宮號를 進하고, 그 뒤 여러 번 尊號를 올리고 八十一歲되던 純祖 15年에 昌慶宮 景春殿에서 昇遐하시었다.
>
> 洪氏는 본래 卓越한 精力과 聰明을 타고 낪으며 文筆의 才幹이 놀랍던 바 ……그 仲母 申夫人에게 諺文을 배웠으니 그 文翰은 말할 나위 없이 능란하고 용하던 것이다.

우리 글월로는 대개 세 가지 가 있으니, 內簡體, 歌詞體, 譯語體가 곧 그 것이다. <春香傳>·<沈淸傳>과 같은 글을 歌詞體, 綸音·諺解와 같은 글은 譯語體, 諺文 傳敎·諺文 편지와 같은 글은 內簡體라 함이니, 歌詞體는 절로 한 韻律이 있고 구수한 肉談으로 된 것도 있으며, 譯語體는 漢文과 같은 外來語를 우리말로 옮긴 것이라 좀 빽빽스럽고 어설픈 곳이 있으며, 內簡體는 從來 有識한 이들 사이에 써 오던 것이고 장구한 傳統이 있고 항상 實用이 되던 글이고 오로지 우리 말글을 맡아 오던 婦女들의 글, 이른바 閨房文學 가운데 가장 進就된 것이다.

이 洪氏와 같은 훌륭한 붓으로 적은 이 <恨中錄>은 內簡體 글월, 그 중 優秀한 것이다. 이 冊은 그 序言에도 間間 보이는 것과 같이 그 回甲 해, 그 親庭 큰 조카의 請과 그 뒤 몰렸던 그 親庭을 伸冤하려 지은 것이다. 끔찍한 聰力으로 그 과거를 追憶하여, 從來 兩班의 집과 宮中의 生活 貌樣을 細細히 그리고, 맺혔던 自己의 情懷를 풀어 하소연하였다. 이것이 史料로도 貴重하지만 우리 말글로는 더욱 보배로운 것이다. 그 때 恒用 쓰던 漢字語 또는 特殊한 尊敬語, 宮中語가 많이 섞이고 雜俗한 말이 없어, 典雅한 말만 가지고 쓴 것이라, 너무 점잖은 하다고 할망정 그 많은 語彙, 아름다운 詞藻, 알뜰한 筆致가 思悼世子의 일을 싸고 돌며 奇薄한 自己의 一生을 말하였다. 여기에서 <恨中錄>의 첫머리만을 註解를 달아 보겠다.

(<恨中錄> 其一 그 序文과 그 자랄 때의 일부만)

내 유시(幼時) 궐내(闕內)에 들어와 서찰(書札) 왕복(往復)이 조석에 있으니 내 수적(手蹟)이 많이 있을 것이로되 입궐후(入闕後) [1]선인(先人)겨오사 경계하오시되 "외간(外間) 서찰이 궁중에 들어가 훌릴 것이 아니오 [2]문후(問候)한 후에 [3]사연(詞緣)이 많기가 공경하는 도리에 가치 아니하니, 조석 [4]봉서(封書) 회답의 소식만 알고 그 조회에 써 보내라" 하시기 [5]선비(先妣) 겨오서 아침 저녁 [6]승후(承候)하시는 봉서에 선인 경계대로 조회 머리에 써 보내옵고, 집에서도 또한 선인 경계를 받자와 다 모화 [7]세초(洗草)하므로 내 필적이 전하염즉한 것이 없는지라. 백질(伯姪) [8]수영(守榮)이 매양

"본집의 [9]마누라 수적이 머믄 것이 없으니, 한 번 친히 무슨 글을 써나리오서 보장(保藏)하야 길이 전하면 [10]미사(美事)되겠다" 하니 그 말이 옳으여 써 주고저하되 틈이 없어 못하였더니, 올해 내 회갑(回甲) 해라 [11]추모지통(追慕之痛)이 백배 더하고 세월이 더하면 내 정신이 이 때만도 못할 듯하기 내 [12]흥감(興感)한 마음과 경력(經歷)한 일을 생각하는 대로 긔록하얐으나 하나을 건지고 백을 빠치노라.

[13]선왕조(先王朝) [14]을묘 륙월 십팔일(乙卯 六月 十八日) 오시(午時)에 [15]반송방거평동(盤松坊居平洞) 외가에서 낫자오시니 전일야(前日夜)에 선인겨오서 흑룡(黑龍)이 선비 겨오신 방 반자에 서림을 꿈에 보와 겨오시더니 내가 나니 녀재라 몽조(夢兆)의 합지 아니함을 의심하시더라 하며, [16]조고(祖考) 정헌공(貞獻公)이 친히 림하야 보오시고 "비록 녀재나 범아(凡兒)와 다르다" 하시더라. 삼칠일 후 집으로 들어오니 [17]증조모 니씨(李氏)겨오서 보오시고, 긔대(期待)하오서 "이 아회 다른 아회와 다르니 잘 기르라." 하오서 유모를 친히 갈희여 보내시니, 곧 내 [18]아지더라. 내 점점 자라매 조부겨오서 이상히 사랑하오사 무릎 아래 떠나본 때가 드물고 매양 희롱같이 말씀하오시되 "이 아희가 작은 어른이니 성인(成人)을 일즉이 하리라" 하오시니, 내 어려서 듣자왔던 일이 [19]궁금(宮禁)의 들어온 후 생각하니 내 평생의 당할 줄 즐겨 아니한 일이로되 량대(兩代)의 귀중하오시던 말습이 무슨 일음이 겨오신가 매양 생각이 있더라.

註解 1. 先人 : 돌아가신 그 아버님 永豐府院君, 洪鳳漢. 2. 問候 : 問安과 같음. 3. 詞緣 : 편지의 本文. 4. 封書 : 王后가 그 본집에 보내는 편지. 5. 先妣 : 돌아가신 그 어머님 郡夫人 韓山 李氏. 6. 承候 : 웃어른에게 문안하는 것. 7. 洗草 : 글월을 불태워 없애는 것. 8. 守榮 : 洪鳳漢의 長孫이니 곧 洪樂仁의 長子로 벼슬은 牧使까지. 9. 마누라 : 世子嬪을 이르는 말. 10. 美事 : 좋은 일. 11. 追慕之痛 : 지내던 일을 그리워하는 마음의 아픔. 12. 興感 : 興이 일어 마음에 느끼는 것. 13. 先王朝 : 英祖. 14. 乙卯 : 英祖 11年(西紀 1735). 15. 盤松坊居平洞 : 지금 서울市 西大門區 平洞. 16. 祖考 : 돌아가신 그 할아버님 洪鉉輔. 17. 증조모 : 贈貞敬夫人 全州 李氏. 18. 아지 : 保姆의 別稱. 19. 宮禁 : 宮闕.

第十章 〈春香傳〉 以後의 小說

<春香傳>은 참으로 英正時代의 文運을 등지고 出現한, 李朝 末葉의 아직도 鎖國主義 國家를 未免한 朝鮮에 나타난 朝鮮 最高의 水準에 달한 古典이었다. 古代小說文學은 <春香傳>에서 最高 絶頂에 달했으나, <春香傳> 이후로는 쓸쓸한 가을과 같은 느낌을 주어, 점점 衰沈해 가는 狀態로 들어가게 되었다. 그리하여 '春香傳'보다 더 優秀한 情艶小說이라든지 혹은 <春香傳>과 比肩할 만한 것을 전혀 볼 수가 없고, 억지로 든다면 다음의 <淑香傳>, <淑英娘子傳>, <玉丹春傳>, <梁山伯傳>, <白鶴扇傳> 등이 있을 따름이다.

〈淑香傳〉의 梗槪

宋末 金銓이라는 어질고도 착한 君子가 있었는데, 그는 어느 날 漁夫가 거북을 잡은 것을 보고, 불쌍히 여겨 돈을 주고 사서 바다에 놓아 주었다. 그 후 그는 나이 스무 살 때 張氏를 맞아들여, 귀여운 딸 淑香을 낳았다. 그러다가 급작스레 金人의 亂을 만나 避亂하다가, 그들 夫婦는 어린 淑香의 품에 眞珠 두 알과 四柱를 넣어 주고, 一家가 四方으로 흩어지고 말았다. 淑香은 靑鳥의 案內로 仙宮에 갔다가 사슴의 등에 업혀 알지 못할 深山에 들어가 南郡 張丞相이 發見하고, 淑香을 데리고 가서, 길러냈는데, 그의 侍婢 麝香의 猜忌로 말미암아 그 집을 마침내 떠나고 말았다. 그 후 淑香은 嫦娥와 火德陣君의 擁護를 받다가 天台山麻姑의 집에 들어 繡를 놓아 팔며 살아가게 되었다. 그리다가 이 繡를 산 어떤 盜賊이 洛陽 尙書의 아들 李仙에게 題目을 써 달라고 願하였다. 李仙은 才德과 風采가 第一이었다. 그는 그 繡 놓은 사람을 찾으려고 갖은 고생을 겪은 후에 淑香을 만나 叔母의 主禮로 婚姻을 하게 되었다. 서울로 간 仙의 아버지 李尙書는 그 消息을 듣고 怒하여 洛陽令이 된 金銓에게 命해서 淑香을 죽여 버리게 하였다. 그리하여 淑香은 많은 曲節을 지닌 후에, 金銓은 여기에서 그의 친딸

淑香을 만나 보게 되고, 李仙과 淑香은 四柱가 같아서 天定 緣分이라 하여 李尙書도 그들의 사랑을 許諾하게 되었다. 그 후 李仙은 文科에 壯元及第하여 兵部尙書가 되었다가 皇太后의 病이 危急하였던 때에 功을 세워 楚王이 되고, 淑香은 貞烈夫人이 되어 富貴와 榮華를 누리게 되었다.

이 책은 한글本이 두 種類가 있고, 漢文本으로 한 種類가 있다. <春香傳>과 같은 艶情的 要素는 통 없다. 作者는 그저 淑香이라는 한 女性의 難業 苦行을 주어서, 상말과 같이 고생 끝에 樂을 준, 平凡한 小說이다. 그리고 조선 사람들의 道佛混用한 精神的 生活을 그리어냈고, 主人公 李仙이 皇太后의 위급한 病을 고치려고 蓬萊山 밑에 가서 藥을 구해 오는 것은 <西遊記>를 模倣했고, 淑香이 青鳥의 案內로 仙宮에 가게 된 것은 <薔花紅蓮傳>과 비슷하다. 요컨대 <淑香傳>에서 非現實的인 夢幻的 部分을 제외해 놓으면 아무것도 남지 않는 作品이다.

〈淑英娘子傳〉의 梗概

世宗때에 慶尙道 安東땅에 白상공의 아들 白仙君이라는 秀才가 있었다. 그가 나이 十六이 되던 해, 어느 날 書堂에서 책을 읽고 있다가 잠간 잠이 들었더니, 綠衣紅裳한 仙女가 나타나 自己의 畵像과 金童子 한 쌍을 주고 갔다. 그 후부터 그는 꿈에서 만나 본 仙女를 그리워 病이 들어 거의 죽을 지경이었다. 이를 본 仙女 淑英은 그를 慰勞해 주려고 玉蓮堂에서 만나볼 제 아직도 天時가 이르지 않은 것을 만나 집에 돌아와서 아내를 삼고, 仙君은 科擧를 보려고 서울로 올라간 동안에 失寵되었던 侍女 梅月은 샘이 나서 淑英을 죽이었지만 怨魂이 된 淑英의 屍體는 조금도 움직이지 않았다. 서울로 올라간 仙君은 壯元으로 及第하고 돌아와 侍婢 梅月의 罪를 다스리고, 다시 살아 온 仙女 淑英의 幽魂을 다시 만나 仙君과 淑英은 八十年까지 富貴와 榮華롤 누리다가 龍을 타고 하늘로 올라갔다.

이 책은 漢文本으로 된 <再生緣>과 한글本으로 된 <淑英娘子傳>의 두 種類가 있다.174) 再生說話는 처음인 것 같다.

〈白鶴扇傳〉의 梗槪

洪武年間이었다. 南京 劉尙의 아들 劉伯魯는 열 살에 道學을 배우고자 城南 雲水先生을 찾아갈 제 尙書는 그에게 家寶로 傳해 내려온 白鶴扇을 주었다. 길을 가는 途中에서 曺尙書의 딸 曺銀河를 만나서 柚子 한 개를 건너 준 恩緣으로 伯魯는 銀河에게 白鶴扇을 주며, 서로 姓名을 通하게 되었다. 그 후 伯魯는 壯元及第를 하고 南方 巡撫使가 되어 銀河를 찾아보고자 하다가 勅命을 받고 가달의 亂을 平定하려고 나가 싸우다가 捕虜가 되고 말았다. 그 동안 曺銀河는 吏部尙書 崔國陽의 求婚을 拒絶하고 그의 참소를 받아서, 온 집안 식구들은 四方으로 흩어지고 말았다. 銀河는 四方으로 流離하면서 여러 번 生死의 難關을 지나, 가달의 亂에 捕虜가 된 伯魯를 구하고자, 스스로 上疏하여 三萬軍의 元帥가 되어 가달을 쳐부수고 돌아오니, 劉元帥는 燕王을 封하고 元帥는 偕老 貞烈 忠義 王妃를 封하였다.

平凡한 作品이다. 淸代의 義俠小說 <兒女英雄傳>을 模倣한 作品이다.

〈玉丹春傳〉의 梗槪

肅宗때에 宰相 李楨과 金楨은 각각 아들을 두었으니, 李血龍과 金眞喜가 그들이다. 그들은 함께 工夫를 하였으며, 또 누구든지 먼저 成功하면 서로 薦擧하기로 約束을 하였다. 그랬더니 金眞喜가 먼저 成功을 해서 平安監司가 되어 練光亭에서 뱃놀이를 하던 날 李血龍은 乞人 行色으로 監司를 찾아 갔더니 眞喜는 반겨하기는커녕 도리어 血龍을 죽이려고 하였다. 그 때 손님을 접대하고 있던 名妓 玉丹春은 사람을 알아보는 知慧 있는 美人이라. 그는 첫눈에 든 血龍에게 生活費를 대주어 가지가지로 그를 慰勞해 주

174) 현재 <숙영낭자전(淑英娘子傳)>의 이본은 필사본 66종, 판각본 4종 등 총 71종으로 조사되었다. 한문본 <재생연(再生緣)>을 제외하고는 모두 국문본이다. 단, <재생연>은 기록으로만 남아있을 뿐 실물은 전하지 않는다.

었다. 血龍은 그 후 暗行御史가 되어 金眞喜의 罪狀을 暴露했다.

<春香傳>과 어딘지 비슷한 데가 있다. 血龍과 夢龍, 玉丹春과 春香 그리고 血龍이 暗行御史가 되는 것, 構想까지도 비슷한 作品이다.

이외에 <梁山伯傳>이 있는데 그것은 梁山伯과 祝英臺와의 로맨스를 그린 作品이다.

第十一章 古代小說의 衰殘

李氏朝鮮의 累百年의 經綸도 純祖(西紀 1801) 이후에 들어와서는 百策이 無效하여 不遠 亡國의 슬픈 鐘소리가 들려오게 되었다. 儒害와 政弊는 人心을 극도로 불안하게 하였다. 情緒面을 抑壓하던 儒敎思想은 일반 民衆들의 支援을 잃은 지 오래요, 唯一한 民間信仰이던 道佛思想도 敎旨가 低下되어 虛妄한 迷信과 雜術만이 民間에 盛行되어 人心을 더욱 眩惑하게 하였다. 여기에다가 八字運命論까지 생겨 民性은 恐怖, 虛僞, 安逸의 구렁 속으로 끌려 들어가게 되었다. 이러한 국면에 그 무슨 험상궂은 革命의 氣運이 爆發될 것 같았다.

이 같은 불안한 社會相의 無秩序와 無統制는 바로 文學 방면에까지도 영향이 미치게 되어, 獨創力은 완전히 枯渴되어버리어 旣成 作品의 反芻的 文學運動만이 反復되어, 겨우 그 命脈만을 維持해 나아가게 되었다.

小說의 流行도 英正時代까지는 아직도 生生한 機能을 發揮하더니, 그것도 한때요, 純祖朝 이후부터는 廣大에 의해서 旣成 小說 중에서 가장 人口에 膾炙되던 것을 歌劇化하여 大流行을 하게 되었다. 古代小說의 作品化의

過程은 오늘날은 活字로 다량적으로 印刷되어, 個人의 손에서 默讀되지마는, 예전에는 넓은 사랑에서 여러 사람이 모여 있는 그 속에서 寫本으로 된 책을 한 사람이 소리를 내서 읽게 되므로, 朗讀調가 되어야 한다. 이러한 필요성에서 古代小說은 朗讀調로 다시 朗讀詞에서 차차 歌詞體로 變化해 갔다. 여기에는 물론 朗讀調로 된 作品이 안 나온 이유도 있기는 하다.

그렇다고 해서 처음부터 唱劇調로 된 作品이 없었느냐 하면 그런 것도 아니니, <春香傳>, <박타령>, <토끼타령>, <沈淸歌> 등을 改作하여 唱劇化한 申在孝(西紀 1812~1884)의 <가루지기타령>(一名 <변강쇠타령>)이 있다. 처음부터 唱劇的 意識으로 지은 것이 되어서 庶民小說로서의 諧謔性, 寫實性을 마음대로 發揮하고 있다. 이리하여 대체로 英正時代를 넘어선 古代小說은 차차 朗讀調로 된 것을, 일반 民衆은 그것으로 滿足하지 않고, 朗讀者를 舞臺 위에 세우고 朗讀되어 온 小說에다가 다소 戱曲的 要素를 加味하게 되어서 唱劇化 하고 말았다. 이리하여 純祖 이후는 唱劇 全盛 時代를 이루게 되었다. 그리고 唱劇 全盛時代는 바로 甲午更張 이후의 新小說에 連結된다. 다시 말하면 古代小說은 純祖 이후엔 唱劇으로 變形된 作品的 行動過程을 지나 新小說과 連結된다.

이렇게 古代小說이 唱曲化되고 劇化되어 小說은 새로운 生命을 얻어서 發展해 나아갈 때 淸代의 傳奇小說 <白羅衫>이 輸入[175]되었는데, 이 小說은 悲劇的 要素를 다분히 지니고 있는 復讐類의 小說이어서 당시에 流行하던 情艶類의 小說과 竝行하여, 一時에 文壇을 風靡하는 小說이 되고 말아서 그와 비슷한 飜譯類의 小說이 뒤따라 流行하게 되었다. 그러한 것으로는

175) ≪태평광기(太平廣記)≫의 <최위자전(崔尉子傳)>이 명(明)대 <소지현나삼재합(蘇知縣羅衫再合)>으로, 다시 청(淸)대 <백나삼(白羅衫)>로 창작되었다. 이러한 작품들이 우리나라에 수입되어 개작된 작품이 <소운전(蘇雲傳)>, <옥소전(玉簫傳)> 등이다.

다음의 두 가지를 들 수가 있다.

〈蘇雲傳〉의 梗槪

明나라 崇禎年間이다. 蘇丞相의 두 아들 蘇渭와 蘇雲은 天子의 寵愛가 깊어 蘇渭는 杭州刺史로 拜命되어 老母와 兄 雲을 作別하고 水路로 杭州로 向하다가, 中間에서 徐俊이라는 水賊을 만나 刺史는 물속에 던지고, 夫人은 皇天塔 徐俊의 집으로 잡혀 갔다가 恩人의 도움으로 虎口를 벗어나 山寺에 依居할새 遺腹子를 낳으니 중들이 不祥事라고 排斥하므로 어린 아이를 羅衫에 싸서, 鳳釵를 품에 넣어 길에다 버리고, 가져가는 사람을 엿보고 있었더니 필경 徐俊의 집 종아이 가지고 가서 徐俊을 주니 徐俊은 그의 이름을 徐雲敬이라고 지어 자기의 자식을 삼았다. 雲敬은 明敏하여, 10여 세에 科擧를 보고자 서울로 向해 가다가 浙江 蘇學士의 집에 이르니, 蘇學士의 老母와 小婢들이 17年 전에 집을 떠난 蘇學士의 얼굴과 같다고 하며, 그 전날 밤에 眞父母를 찾으라는 夢托도 있었다고 하고 雲敬의 나이가 十七이므로 蘇學士가 떠난 후에 낳은 遺腹子가 아닌가 스스로 疑心이 생겼다. 雲敬은 壯元 及第하여 暗行御史가 되어 돌아오니, 蘇學士의 老母가 蘇渭夫婦와 및 그 夫婦를 찾으려고, 蘇雲을 찾아 달라고 부탁하였다. 집에 돌아오는 中路에서 伸冤狀을 드린 蘇渭 夫婦와 蘇雲을 만나 이에 자기의 父母와 季父인 줄 알고, 徐俊을 一刀에 버이고 故鄕으로 돌아왔다.

<蘇雲傳>은 여러 가지의 名稱을 갖고 있으니 <蘇學士傳>, <月峯山記>, <月峯記>라고도 한다. ≪今古奇觀≫[176]의 <蔡小姐忍辱報仇>[177] 이야기와 비슷하다.

---

176) 명(明)대의 단편소설선집. 풍몽룡(馮夢龍, 1574~1646)의 ≪삼언이박(三言二拍)≫에 수록되어 있는 200편의 이야기 가운데 대표적인 것 40편을 선별하였다.

177) <채소저인욕보구(蔡小姐忍辱報仇)>를 번안한 작품으로 박이양(朴頤陽)의 <명월정(明月亭)>(1912, 유일서관)이 있다. 서사 및 주요인물의 역할은 일치하지만 풍속・수사・문체・주제는 우리나라의 특성을 반영하여 개작하였다.

<玉簫傳> : <蘇雲傳>이 많이 歡迎받는 것을 보고 作者가 눈치 빠르게 潤色을 더 가해 <玉簫傳>이라고 한 것.

그리하여 이때에는 奇緣類, 奇逢類의 小說이 쏟아져 나오게 되었다. 이때에 잠깐 淸新한 맛을 보여 주던 小說文學은 純祖朝로부터 약 百年 동안이나 沈滯하여 버리고 古代의 그것을 되풀이함에 지나지 못하였다. 약간 特色을 가진 것으로는 다음에 든 것들이 있다.

<金鈴傳> : 東海 龍王의 아들 海龍과 龍女 금방울과의 結婚 로맨스를 그린 것.

<裵裨將傳> : 色에 녹지 않는다고 壯談하던 서울 裵裨將이 濟州島에 가서 愛娘의 美에 빠져 동무들의 嘲笑를 받은 이야기.

<彩鳳感別曲> : 金進士의 사랑하는 따님으로 태어난 彩鳳은 宣川府使로 가는 張弼成을 만나 月下의 因緣을 굳게 맺었다. 그러자 金進士는 서울 許判書의 妾으로 자기 딸을 보내고서 그의 周旋으로 縣監이 되고자, 家財를 다 팔아버리고 家族과 함께 서울로 올라가는 途中에 火賊을 만나, 所持하고 있던 金品을 모두 掠奪당하고, 딸 彩鳳마저 行方不明이 되었다. 彩鳳은 이 때 決心한 바가 있어서 平壤으로 내려가서 靑樓에 몸을 팔고 있다가 平壤監司로 新任된 李輔國에게 彩鳳의 美貌와 書畫의 秀才가 알려져, 彩鳳을 불러다가 自己의 秘書를 삼았다. 監司의 別堂에 있으면서, 彩鳳은 父母와 愛人 姜弼成을 思慕하고 있을 때 한편 姜弼成은 彩鳳이가 平壤 李監司의 秘書로 있는 것을 알고, 자기도 志願해서 監營의 吏房이 되었다. 鳳은 사람의 눈이 무서워서 秋九月 둥근 달밤, 울며 예는 기러기 소리를 듣고서 白綾의 卷紙에다가 ‘秋風感別曲’으로 자기의 품은 마음을 적어서 姜生에게 보냈는데, 이것을 알게 된 監司는 둘의 끊어졌던 因緣을 맺어 주었다. 金進士도 다시 딸을 찾게 되었다.

<春香傳> 이후의 小說은 儒害와 政弊, 情的 教育의 不足, 創作慾의 衰退 등으로 인해 약간의 좋은 作品이 있었을 뿐으로 대개는 淸代의 小說을 模倣하거나, 그렇지 않으면 <春香傳>의 情艶小說을 模倣한 作品이 약간 있었을 따름이었다. 요컨대 前代를 그냥 繼承한 作品이 있었을 뿐, 새로운 進展이 없었다. 이리하여 古代小說은 西紀 1894年의 甲午更張에 이르러 外來 文化의 洗禮를 받아 小說文學에 있어서도 表現 方法이 古代小說과는 다른 形式과 內容을 가진 新小說에 이르게 되어 古代小說은 자연 終幕을 告하게 되었다.

索引

ㄱ • • •

歌辭體 43, 44, 229
歌詞體 353, 360
家庭小說 219, 221, 289, 293
攪睡襍史 120
江都夢遊錄 170
江都日記 166
江陵秋月 347, 362
講史書 95
講史小說 127, 128
江上蓮 265
姜維實記 129
江淮異人錄 92
姜希孟 86, 119
姜希顔 116, 117
開顔集 79
開元升平源 88
開河記 94
隔簾花影 197
京本通俗小說 95
鏡花緣 286
鷄林雜編 61
繼母小說 292, 293, 297, 298
溪西野譚 85, 119, 315, 316
桂筍傳 170
稽神錄 92
啓顔錄 79
桂苑筆耕 61
古鏡記 87
古今列女傳 152
古今小說 198
古今笑叢 119, 122
古代小說諺文春香傳 329
古本春香傳 325, 328, 332, 341
古嶽瀆經 88
古列女傳 152
高僧傳 61
公私聞見錄 85, 119
公案(類)小說 291, 299
孔方傳 108
霍小玉傳 89
郭子 77
郭再祐傳 165, 166
括異志 94
廣文者傳 305
怪奇小說 95, 130, 206
傀儡 95
瞿佑 130, 131
九雲夢 42, 192, 208, 210, 211, 212, 213, 214, 215, 222, 223, 288, 290, 349
邱處機 194
麴先生傳 108
麴醇傳 108
軍記 165
軍談小說 127, 161, 166, 168, 170, 199

宮中小說 349, 350
勸懲(勸善懲惡)小說 221, 255, 273, 289, 293, 326
今古奇觀 198, 361
金犢傳 248
金鈴傳 362
金瓶梅 35, 126, 130, 195, 196, 197, 198, 284
金山寺夢遊錄 216, 277
金鰲新話 90, 116, 117, 133, 134, 135, 136, 137, 141, 184
金玉緣 285
金牛太子傳(금송아지전) 248
金華外傳 309
紀聞叢話 85
奇緣小說 329, 347
奇緣小說烏鵲橋 329
奇人奇事錄 174
寄齋雜記 80, 81, 82
金角干實記 170
金大問 59, 61
金萬重(西浦) 42, 179, 208, 209, 210, 211, 212, 213, 220, 221, 223, 283
金時習(東峯, 梅月堂) 116, 117, 134, 135
金氏奉孝錄 289
金神仙傳 305
金安老 119, 134
金良器 165
金圓傳 206
金堉 119
金淨 117
金太子傳 271
金孝曾傳 271

ㄴ • • •

羅貫中 125, 127, 128
洛中紀異 94
南柯太守傳 88
南益薰 215
南征記 212, 220
南征日記 166
南孝溫 117, 175
南興記事 309
內簡體 350, 353, 354
盧江馮媼 88
老翁化狗 104
老處女歌 275
綠珠傳 94
놀부傳 255

ㄷ • • •

段成式 67, 90
蟫史 286
談叢外記 305
唐山義烈錄 165
唐氏忠孝錄 289
唐太宗傳 206
大唐三藏法師取經記 95
大東奇談 85
大東韻府群玉 103
大東野乘 189, 225
大東稗林 225
大宋宣和遺事 95
渡江錄 305
道德小說 271
桃花扇 284, 316
獨坐見聞日記 119
東國通鑑 61
東廂記 288
東城老父傳 88
東野彙集 119
東遊記 284
東人詩話 117
東晉演義 128

董解元 96, 97, 123, 129
두껍傳 244, 245, 248

ㅁ • • •

馬駔傳 305
萬古烈女圖像獄中花 329
萬古烈女獄中花 329
萬古烈女春香傳 328
萬古烈女特別無雙春香傳 329
梅溪叢話 117
梅妃傳 95
明沙十里 349
蓂葉志諧 119
明學同知傳 109
明行貞義錄 289
夢字小說 214, 215, 349
穆天子傳 71
戊申倡義事實 166
文苑英華 91
迷樓記 94
閔翁傳 245, 246, 305

ㅂ • • •

朴東亮 80, 83
朴文秀傳 300
博物志 46, 75
朴氏傳 40, 192, 199, 200, 201, 206, 223
朴趾源 245, 277, 283, 303, 305
班固 21, 22, 30, 71
裵裨將傳 362
白羅衫 360
白雲小說 107
白鶴扇傳 356, 358
白話小說 95, 122, 124, 128, 130
白話文 122, 124, 194
白話文學 123, 124
白話體 122, 123, 124, 130
飜案小說 192
飜譯文學 129
法苑珠林 73
鼈主簿傳 234
別春香傳 328
騈儷文 229
丙子錄 169
丙子胡亂倡義錄 166
補江總白猿傳 87
普德閣氏傳 109
補閑集 34, 63, 64, 107
復讎文學 168
鳳山學者傳 305
封禪演義 284
副墨子 119
芙蓉亭 284
浮雪居士傳 109
北學議 283
粉粧樓 128
奮忠紓難錄 165
飛燕外傳 71
琵琶記 130

ㅅ • • •

謝小娥傳 88
泗水夢遊錄 215, 216
謝氏南征記 40, 41, 42, 184, 192, 210, 211, 219, 220, 221, 222, 223, 290
社會小說 176, 183, 222
山陽大戰 129
山海經 46, 70, 133
三國史記 33, 46, 49, 54, 55, 56, 57, 58, 59, 60, 61, 100, 103, 105, 238, 239, 249, 264
三國遺事 33, 46, 47, 48, 49, 50, 51, 52, 53, 54, 58, 59, 61, 75, 100, 103, 104, 105, 239, 249, 261, 263

三國志 35, 124, 126, 127, 128, 168, 210
三國志演義 127, 129, 130, 159, 166
三代忠孝錄 289
三門忠孝錄 289
三士橫入黃泉記 273
三說記 273
三言 198
三子遠從記 275
三俠五義 286
雙渠怨 284
雙珠奇緣 168
徐居正 85, 116, 117, 321
鼠同知傳 244
徐門忠孝錄 289
西廂記 90, 97, 129, 288
鼠翁傳 244
鼠勇傳 244
西遊記 127, 130, 193, 194, 271, 357
西征錄 166
西晉演義 128
西楚覇王記 275
西湖佳話 198
徐花潭傳 190
石頭記 214, 285
石點頭 198
仙女紅袋 104
善謔集 79
說公案 95
說唐全傳 128
薛門忠孝錄 289
舌辯 95
薛仁貴傳 42
說參 95
說話文學 45, 46, 59, 92, 103, 105, 106, 108, 120, 134
說話小說 249, 254
說話人 95
蟾同知傳 245
蟾處士傳 245
醒睡叢話 86
成汝學 86, 119
星湖僿說 35, 37, 119, 284
世說 77
世說新語 76, 77, 79, 80
蘇大成傳 43, 168
笑林 79
小說 77
小說家 105, 106
小說語解錄 127
蘇氏明行忠義錄 289
蘇氏忠孝錄 289
蘇雲傳 42, 288, 360, 361, 362
少爲浦倡義錄 165
蘇學士傳 361
續金瓶梅 197
續列女傳 152
續列仙傳 309
續世說 79
續世說新書 79
續水滸志 284
續禦眠楯 86, 119
續齊諧記 76
續志諧 84
續玄怪錄 90
續紅樓夢 215, 284
松溪漫錄 120
松南雜識 289, 315
宋世琳 86,119
松泉筆談 177, 213
隋唐演義 128
壽聖宮夢遊錄 171
愁城誌 175
首揷石枏 104
搜神記 36, 64, 65, 66, 75, 116, 134, 255

隋煬艷史 128
殊異傳 103, 104, 108
水滸傳 36, 124, 125, 126, 127, 180, 184, 195
淑英娘子傳 171, 356, 257, 358
淑香傳 44, 345, 356, 357
述異記 75
乘異記 94
施耐菴 125
新羅殊異傳 59, 61
神異經 70
愼後聃 309
心史 175
沈淸傳 43, 44, 265, 317, 353,
心火繞塔 104

ㅇ • • •

兒女英雄傳 286, 288, 358
阿道傳 104
鵝洲雜錄 119
樂本 61
安基浩 119
安祿山事迹 89
鶯鶯傳 89
野叟曝言 285
兩班傳 305, 308
梁山伯傳 356, 359
兩宋志傳 128
楊朱鳳傳 168
楊太眞外傳 94
楊豊傳 168
兩漢演義傳 128
養花小錄 116, 117
魚龍傳 297
語林 77, 79
禦眠楯 86, 119, 120
禦睡錄 86, 119, 120
魚叔權 116, 153
於于野談 86, 119, 163, 225
諺稗 192
女四書 155, 156, 157, 159
女將軍傳 206
譯語體 353, 354
櫟翁稗說 98, 107, 108
易學大盜傳 305
軟文藝 116, 127, 199, 284
燕巖文抄 305
燕巖集 304, 305, 307, 308
延烏郎細烏女 104
演義小說 35, 127, 158, 199
戀情小說 169, 170, 199
列國志 284
列女傳 151, 152, 153, 159
烈女春香守節歌 317, 327, 335
烈女咸陽朴氏傳 306
列異傳 73
閱淸齋 86
熱河日記 12, 31, 32, 283, 303, 304, 305, 306
艷情小說 130, 171, 208, 327
永陽四難倡義錄 165
影戲 95
穢德先生傳 305
五代史平話 95
五山說林 31, 85
五洲衍文長箋散稿 212, 220, 284
五虎大將記 274
玉嬌李 197
玉丹春傳 171, 356, 358
玉娘子傳 293, 299
玉樓夢 42, 192, 215, 288, 347, 349
玉麟夢 192, 215, 349
玉簫傳 288, 360, 362
玉人傳 129

玉珠好緣 168
獄中絶代佳人 239
獄中花 328
蛙蛇獄案 300
王世貞 195
王實甫 90, 97, 129
要路院夜話記 276, 277
龍灣聞見錄 165
龍王記 309
慵齋叢話 117, 118
龍泉談寂記 119, 134
우리들傳 329
虞裳傳 305
虞初新志 132, 284
寓話小說 244, 245
雲英傳 171, 172
圓光法師傳 103
元生夢遊錄 175
寃魂志 76
月峯記 300, 361
月峯山記 361
魏王別傳 129
越王傳 168
儒林外史 285
幽明錄 76
柳夢寅 86, 119
謏聞瑣錄 117
柳成龍 165
劉氏兩門錄 288
柳氏傳 89
酉陽雜俎 67, 68, 90
柳淵傳 170, 300
柳泳 171
聊齋志異 132, 284, 285
劉忠烈傳 40, 41, 129, 165, 168, 169, 317
柳馨遠 302
劉孝公善行錄 289
六臣傳 117
肉蒲團 35, 197
倫理小說廣寒樓 329
銀子兒 95
義俠小說 286, 358
夷堅志 94
李穀 108
李圭景 284, 303
李奎報 107, 108
李德泂 119
李陸 116, 117
李萬秋 165
異夢錄 88
李睟光 119, 183
李氏孝門錄 289
李娃傳 88
異苑 75, 371
李源命 119
李瀷 37, 119, 303
李仁老 107
李濟臣 82, 85, 119
李齊賢 107, 112
李詹 108
李恒福 83, 300
李羲準 85, 316
人情小說 193, 195, 208
仁顯王后傳 349, 350
日本往還日記 165
逸事記聞 119
一說春香傳 329
林慶業傳 168, 169
林悌 173
壬辰錄 165, 166, 167, 168, 169
林椿 108
林花鄭延 349

ㅈ • • •

潛谷筆譚 119
雜劇 129
雜事秘辛 72
張敬傳 168
張國鎭傳 168
장끼傳 40, 80, 227, 228, 229, 230, 233, 234, 236, 332
張翼星傳 168
張子房實記 199
張豐雲傳 297
長恨歌傳 88
張韓節孝記 271
薔花紅蓮傳 40, 42, 226, 291, 292, 293, 297, 298, 299
章回小說 126, 127, 128, 194, 215, 285
再生緣 358
楮生傳 108
赤壁大戰 129
赤聖義 270
狄(翟)成義傳 249, 270, 271
傳奇小說 35, 86, 87, 92, 94, 96, 131, 136, 184, 360
剪燈錄 131
剪燈新話 130, 131, 133, 134, 136, 137, 152
剪燈餘話 132
全相三國志平話 127
田禹治傳 189, 190, 223
錢湯新話 132
鄭琦和 175
丁卯兩湖擧義錄 166
鄭眉壽 116, 117
丁侍者傳 108
情艶小說 356, 363
鄭乙善傳 293, 298
鄭載崙 85, 119
鄭琢 165
鄭泰齊 175
諸馬武傳 206
제비다리 255
濟州風土記 117
齊諧記 75, 76, 368
趙飛燕別傳 94
趙生員傳 293
曹雪芹 285
趙聖期 290
曹伸 117
趙雄傳 168
曹偉 116
趙在三 289
終南叢志 119
酒中奇仙李太白實記 198
竹夫人傳 108
竹窓閑話 119
竹筒美女 104
增像演藝獄中佳人 329
增修春香傳 329
志怪 64, 72, 73, 76, 106, 285
志怪小說 10, 75, 76, 92, 94, 103, 108, 130
芝峰類說 119, 190, 284
陳大方傳 293, 299
秦夢記 88
陳壽 127, 210
懲毖錄 165

ㅊ • • •

彰善感義錄 40, 41, 42, 288, 289, 290
車天輅 85
彩鳳感別曲 198, 362
天君本紀 175
天君衍義 175, 176
鐵花仙史 198
淸江使者玄夫傳 108

清江小說 82, 83
清江瑣語 85, 119
清江雜著 170
青邱笑叢 119
青丘野談 119
青樓夢 42, 215
青瑣高議 95
青坡劇談 116
清平山堂話本 119
楚覇王實記 199
村談解頤 86, 117, 119, 120, 122
崔校理傳 117
崔滋 63, 107
崔致遠 59, 61
秋風感別曲 42
春陽打詠 315
春香傳 40, 42, 80, 171, 172, 202, 222, 250, 253, 260, 261, 276, 309, 310, 313, 314, 316, 317, 319, 320, 323, 325, 326, 327, 328, 329, 330, 332, 334, 339, 353, 356, 357, 359, 360, 363
秋江冷話 116, 117
忠義水滸傳 126
忠義水滸全書 126
忠孝小說 288
枕中記 88

ㅋ • • •

콩쥐 팥쥐 225, 226, 227, 292, 293

ㅌ • • •

太上感應篇 288
太平廣記 89, 91, 106, 360
太平御覽 73, 74, 91, 94
太平淸話 116
太平通載 103, 104
太平閑話滑稽傳 85, 116, 117, 118
토끼傳 40, 80, 234, 236, 237, 239, 242, 332
토끼打令 234, 361
兎鼈山水錄 234
兎生員傳 234
兎의 肝 234

ㅍ • • •

破睡錄 119
破閑集 34, 107, 108
稗官 22, 23, 105, 287
稗官文學 10, 103, 105, 106, 107, 108, 109, 115, 116, 134, 137, 192, 304
稗官小說 91, 97, 106, 116, 117, 118
稗官雜記 116, 117, 118, 152, 153
稗林 86
稗史 105, 126, 133, 287
平山冷燕 198
平妖傳 128
漂海記 116, 117
品花寶鑑 286
風月順知 284
諷刺小說 221, 285
抱朴子 72
筆苑雜記 103, 104, 116, 117

ㅎ • • •

荷潭記聞 119
河氏善行錄 289
河陳兩門錄 288
漢武帝故事 71
漢武帝內傳 71
漢山記 61
閑中啓齒 117
恨中錄 350, 353, 354
漢文春香傳 329
海內十洲記 70
海東高僧傳 61, 103, 104

海東野言 119
諧史 79
海山記 94
海蜃記 309
解頤 79
許生員傳 305, 306
許筠 177, 183, 190, 208
玄怪錄 90
絃索西廂 96, 97, 123, 129
玄壽文傳 168
好逑傳 198
虎願 104
虎叱 277, 305, 307, 308
洪吉童傳 40, 137, 176, 201, 208, 222, 223
紅樓夢 42, 214, 284, 285
紅樓夢圖 215
紅樓夢圖脉 215
紅樓夢補 215, 285
紅樓夢譜 215
紅樓夢散套 215
紅樓增夢 215
紅樓幻夢 215
洪萬宗 119
紅白花傳 170, 172
花郎世記 59, 61
話本 95, 108
花史 173, 175
華氏忠孝錄 289
華容道 129
花月痕 286
還魂記 130
黃岡雜錄 201
黃愼 165
黃雲傳 168
懷尼問答 170
懷中春香傳 329
會眞記 96
後水滸傳 126
後紅樓夢 215
訓民正音 36, 39, 115, 143
欽欽新書 300
興夫傳 40, 80, 236, 249, 250, 261, 332

교주자 소개

심치열 성신여자대학교 국어국문학과 교수
김나영 성신여자대학교 인문과학연구소 연구원
신희경 성신여자대학교 인문과학연구소 연구원
최지선 성신여자대학교 국어국문학과 박사 수료
연안나 성신여자대학교 국어국문학과 박사 수료
서신애 성신여자대학교 국어국문학과 박사 수료
박은미 성신여자대학교 국어국문학과 박사 수료

옛한글문헌연구총서 1
교주 조선고대소설사

초판 인쇄 2018년 2월 13일
초판 발행 2018년 2월 23일

교 주 자 심치열·김나영·신희경·최지선·연안나·서신애·박은미
기 획 옛한글문헌연구회
펴 낸 이 이대현
펴 낸 곳 도서출판 역락
편 집 권분옥
디 자 인 홍성권

주 소 서울시 서초구 동광로46길 6-6(반포4동 577-25) 문창빌딩 2층
등 록 1999년 4월 19일 제303-2002-000014호
전 화 02-3409-2058, 2060
팩 스 02-3409-2059
이 메 일 youkrack@hanmail.net

ISBN 979-11-6244-131-2 94810
979-11-6244-130-5(세트)

* 책값은 표지에 있습니다.
* 파본은 교환해 드립니다.

이 도서의 국립중앙도서관 출판예정도서목록(CIP)은 서지정보유통지원시스템 홈페이지(http://seoji.nl.go.kr)와 국가자료공동목록시스템(http://www.nl.go.kr/kolisnet)에서 이용하실 수 있습니다.(CIP제어번호: CIP2018004197)